애프터

5

AFTER WE FELL
by Anna Todd

애프터 5

초판 1쇄 발행 2019년 4월 25일
초판 2쇄 발행 2020년 3월 5일

지은이 | 안나 토드
옮긴이 | 강효준

발행인 | 금교돈
편집인 | 문경선
디자인 | 장선희
마케팅 | 이종웅, 김민정

발행 | 콤마
주소 | 서울시 중구 세종대로 21길 30
등록 | 2013년 11월 7일 제301-2013-205호
내용 문의 | 02-724-7855~7
구입 문의 | 02-724-7851
인스타그램 | @comma_and_style

ISBN 979-11-88253-12-8 04840
        979-11-88253-02-9 04840(세트)

＊잘못된 책은 구입하신 곳에서 바꾸어 드립니다.

AFTER
애프터

5 관계의 함정

이 책을 읽는 모든 독자들에게,
무한한 사랑과 감사의 마음을 전합니다.

낯선 듯 낯익은 그의 얼굴을 보고 있자니, 옛 기억들이 스멀스멀 떠올랐다.

어릴 적 나는 바비 인형 머리를 꼼꼼히 빗겨주곤 했다. 그러면서 종종 인형이 되는 상상을 했다.

바비는 매력적이고 항상 단정한 차림이다. 언제나 그 모습 그대로. 부모님은 그녀를 자랑스럽게 생각하겠지. 여자의 아빠는 큰 기업의 CEO일 거다. 가족을 위해 전 세계로 출장 다니기를 마다하지 않을 것이고, 그동안 엄마는 가정을 잘 돌볼 것이다.

바비의 아빠는 취해 비틀거리며 집에 돌아오는 일도 없겠지. 엄마에게 고함을 지르거나 살림살이를 때려 부수지도 않을 거다. 바비는 소란을 피해 온실에 숨지 않아도 된다. 가끔 사소한 오해로 부부 싸움을 하겠지만, 상관없다. 바비에게는 완벽한 남자친구인 켄이 있으니까.

바비는 완벽했다. 그래서 그녀의 삶 또한 완벽했다, 완벽한 부모님 슬하에서.

하지만 우리 아빠는 9년 전에 나를 떠났다. 그리고 지금 내 앞에 서 있다. 더럽고 초라하기 그지없는 행색으로. 그가 아무 존재도 아닌 것처럼, 나는 아무 기억도 나지 않았다. 그는 만면에 미소를 가득 머금고 나를 보고 있었다. 그러자 어떤 장면이 어렴풋이 떠올랐다.

그가 집을 나갔던 날 밤…, 엄마는 돌처럼 굳어 있었다. 울음조차 터뜨리지 못한 채. 엄마는 그대로 서 있기만 했다. 아빠가 돌아오기만을 기다리면서. 그날 밤, 엄마는 변했다. 예전의 다정한 엄마는 사라졌다. 엄마는 무심해졌고, 알 수 없는 거리감이 생겼으며, 더 이상 행복하지 않았다.

하지만 아빠가 떠난 그 집에 엄마는 그대로 남아 있었다.

1 · 테사

"아빠?"

내 앞에 있는 이 남자가 아빠일 리가 없다. 그럼에도 나를 돌아보는 남자의 갈색 눈동자는 낯이 익었다.

"테시?"

까마득한 기억 속에 남아 있던 것보다 남자의 목소리는 더 굵었다.

하딘이 나를 돌아보았다. 이글거리는 눈빛으로 나를 보다가 아빠에게로 시선을 옮겼다. 그는 내 아빠였다. 여기, 이 질 안 좋은 동네에, 누더기 옷더미를 등에 메고.

"테시? 정말 너니?"

나는 그대로 얼어붙었다. 머릿속이 하얘졌다. 무슨 말을 하겠는가. 술에 취해 아빠 얼굴을 하고 있는 이 남자에게.

"테사…."

하딘이 내 어깨에 손을 올렸다. 정신을 차리게 하려는 거다.

나는 낯선 남자에게 한 걸음 다가갔다. 남자는 미소를 지었다. 갈색 턱수염 군데군데가 희끗희끗했다. 남자의 미소는, 내 기억 속에서처럼 환하지도 맑지도 않았다. 어쩌다가 이런 꼴이 되었을까? 한때 아빠의 삶도 켄 씨처럼 달라졌을 거란 희망을 품었다. 그 희망은 물거품처럼 사라졌다. 이 남자가 진짜 내 아빠라는 걸 알아버린 지금, 더 심한 상처가 되었다.

"저예요."

누군가의 목소리다. 잠시 후 그게 내 입에서 나왔다는 걸 깨달았다.

남자는 내게 다가오더니 두 팔로 나를 안았다.

"믿어지지가 않는구나! 널 만나다니! 그렇게 찾았는데…."

하딘이 남자를 밀쳐내는 바람에 말이 끊겼다. 어떻게 해야 할지 몰라 뒤로 주춤 물러섰다.

실은 아빠인 낯선 남자는 하딘과 나를 쳐다보았다. 경계와 의심의 눈빛이었다. 하지만 곧 안정을 찾은 듯 몸을 움츠리며 더 이상 다가오지 않았다. 다행이었다.

"널 찾으려고 몇 달이나 애를 썼단다."

아빠는 손으로 이마를 문질렀다. 하지만 오히려 더러운 얼룩이 생기고 말았다. 하딘이 금방이라도 달려들 기세로 내 앞을 막아섰다.

"전 계속 여기에서 살았어요."

나는 하딘의 어깨 너머로 힐끔거리며 조용히 말했다. 하딘이 막아준게 정말 고마웠다. 하딘은 분명 혼란의 도가니 속일 거다.

아빠는 하딘에게 시선을 돌렸다. 잠깐 그를 아래위로 훑었다.

"노아, 너 정말 많이 변했구나."

"아니에요, 얘는 하딘이에요."

아빠는 하딘 주위를 잠시 서성이다가 다시 다가왔다. 그가 움직이자 하딘이 긴장하는 게 느껴졌다. 더 가까이 오자 악취가 났다. 술 냄새인지, 찌든 땀 냄새인지 분간할 수가 없었다.

술 때문에 헷갈린 걸까. 하딘과 노아는 극과 극이다. 비교조차 할 수 없을 만큼 다르다. 아빠는 나를 향해 팔을 흔들었다. 하딘이 내게 눈치를 주었지만, 나는 살짝 고개를 저으며 그를 저지했다.

"이놈은 누구냐?"

아빠는 불편하리만큼 꽤 오랫동안 나를 붙잡고 있었다. 하딘은 그저 그 자리에 서 있기만 했다. 폭발할 것 같은 표정을 하고서 말이다. 무슨 말을 할지, 어떻게 행동해야 할지 모르겠다는 얼굴이었다. 그건 나도 마찬가지였다.

"얘는…, 하딘은 제….

"남자친구요. 저는 얘 남자친구예요."

하딘이 대신 말을 맺었다.

그의 눈동자는 동그래졌다. 그제야 하딘의 차림새가 이해되는 듯했다.

"만나서 반갑네, 하딘. 나는 리차드라고 하네."

아빠는 더러운 손을 하딘에게 내밀었다.

"음…, 저도 반갑습니다."

하딘은 확실히…, 동요하고 있었다.

"너희 둘, 여기서는 뭐 하고 있었니?"

나는 아빠와 헤어질 기회를 엿보며 하딘 옆에 어정쩡하게 서 있었다. 하딘이 뒤로 나를 잡아끌어 옆에 바짝 붙였다.

"하딘이 타투를 했어요."

기계적인 대답이었다. 대체 지금 일어나고 있는 이 상황은 뭘까?

"아…, 좋지. 나도 예전에 이곳을 쭉 이용했었는데."

매일 아침, 커피를 마시던 아빠의 모습이 떠올랐다. 물론 집을 떠나기 전이었다. 이런 모습은 본 적도, 이렇게 말하는 걸 들은 적도 없다. 물론 타투 같은 건 했을 리가 없다. 내가 어렸을 적에는 말이다.

"내 친구 탐도 타투를 하거든."

아빠는 소매를 걷어 올렸다. 팔뚝에 해골처럼 보이는 그림이 드러났다. 도무지 아빠의 것처럼 보이지 않았다. 하지만 그를 찬찬히 보고 있자니, 어쩌면 그럴 수도 있겠다 싶었다.

"아…."

내 입에서 나온 소리는 겨우 이것뿐이었다.

정말 어색하고 이상했다. 이 남자는 내 아빠다. 이 남자는, 엄마와 나를 버리고 떠난 사람이다. 그 남자가 지금 내 앞에 서 있다…, 술에 취한 채로. 이걸 어떻게 받아들여야 할지 모르겠다.

나는 흥분 상태였다. 인정하고 싶지 않았지만, 분명 내 안의 일부는 그랬다. 말하지는 않았지만, 아빠를 다시 만나길 바랐다. 엄마에게서 아빠가 다시 돌아왔다는 소식을 들었던 그때부터 쭉. 그래, 정말 바보같고 어리석은 생각이었다. 그래도 어떤 면에선 아빠가 예전보다 나아 보이는 것도 같다. 그는 술에 취했고, 아마 집도 없을 거다. 그렇더라도 내가 아빠를 그리워했다는 사실을 부정할 순 없다. 어쩌면 내가 깨닫고 있는 것 이상으로 더 많이. 아마 최근에 꽤 힘들었기 때문인지도 모른다. 그가 지금까지 어떻게 살았는지 모르면서, 그에 대해 어떻게 왈

가왈부 할 수 있을까?

기묘한 느낌이다. 아빠를 다시 만났는데, 세상은 아무렇지도 않게 돌아가고 있다. 그가 비틀거리며 우리 앞으로 다가왔을 때, 시간이 멈춘 것 같았는데.

"어디 사세요?"

내가 물었다. 하딘은 방어 태세를 갖추고 있었다. 그를 위험하고 흉포한 짐승인 양 쳐다보았다.

"여기저기에."

그는 소매로 이마를 닦았다.

"아."

"레이마크에서 일했는데, 잘렸단다."

레이마크라는 이름은 어렴풋이 들어본 것도 같다. 무슨 제조회사 같은 데였다. 그럼 공장에서 일했던 거야?

"넌 어떻게 지냈니? 그러니까… 5년 동안?"

옆에 있는 하딘의 몸이 뻣뻣해지는 게 느껴졌다.

"9년이에요."

"9년? 미안하구나, 테시."

아빠가 웅얼거렸다.

심장이 쿵 떨어지는 것 같았다. 좋았던 시절, 아빠는 나를 그렇게 부르곤 했다. 목말을 태우기도 하고, 마당에서 함께 뛰어놀았다. 어쩌다가 이렇게 된 걸까. 나는 울고 싶었다. 아빠를 너무나 오래 못 만났으니까. 웃고도 싶었다. 이런 곳에서 이런 행색의 아빠와 마주친 아이러니한 상황이라니. 그리고 소리 지르고 싶었다. 나를 버리고 떠났던 눈앞의 아빠에게. 이런 식으로 만나게 되다니, 혼란스럽다. 늘 술에 취해 있던 아빠의 모습이 기억났다. 술 취한 그는 웃기는커녕 분노에 차 있었다. 타투를 자랑하고, 내 남자친구에게 악수를 권하는 그런 사람이 아니었다. 혹시나 아빠가 좋은 사람으로 변한 걸까….

"가야 할 것 같은데요."

하딘이 그를 쳐다보며 입을 열었다.

"정말 미안하다. 근데 전부 내 잘못만은 아니었다. 네 엄마…, 너도 엄마가 어떤지 잘 알잖니."

아빠는 변명을 해대며 손을 흔들었다.

"부탁이다, 테레사. 한 번만 더 기회를 주렴."

애원조였다.

"테사…."

하딘이 옆눈으로 경고를 했다.

"잠시만요."

몇 걸음 떨어진 데로 하딘을 끌고 왔다.

"대체 뭐하는 거냐? 너, 설마…."

"우리 아빠야, 하딘."

"빌어먹을, 술 취한 노숙자야."

하딘이 짜증스럽게 내뱉었다. 눈물이 왈칵 솟구쳤다. 정곡을 찌르는 말이었지만 너무나 가혹했다.

"9년이나 못 만난 아빠잖아."

"말은 똑바로 해야지. 네 아버지가 널 버린 거잖아. 시간 낭비야, 테사."

하딘은 등 뒤로 아빠를 힐끔 쳐다보았다.

"상관없어. 아빠 얘기를 듣고 싶어."

"그래, 그렇겠지. 그렇다고 저 남자를 아파트에 초대하거나 하란 뜻은 아니야."

하딘이 고개를 절레절레 흔들었다.

"내가 그러고 싶으면, 그럴 거야. 그리고 아빠가 오고 싶다면, 들를 수도 있는 거지. 거긴 내 집이기도 해."

나도 매몰차게 말했다. 아빠를 넘겨다보았다. 여전히 그 자리에 서 있었다. 더러운 옷을 입고 하염없이 땅바닥을 바라보면서. 침대에서 마지막으로 잔 게 언제였을까? 식사는 했을까? 가슴이 아팠다.

"설마, 저 남자를 우리 집으로 데리고 가려고?"

하딘은 머리카락을 쓸어 넘겼다. 기분이 좋지 않다는 사인이다.

"딱 오늘 밤만. 저녁식사 정도는 대접할 수 있잖아."

아빠가 고개를 들었고, 나와 눈이 마주쳤다. 그의 웃음에 나는 시선을 피했다.

"저녁식사? 테사, 저 남자는 완전 술에 꼴았고 너랑 거의 10년이나 못 만났어…. 그런데도 저 남자에게 저녁을 대접하겠다는 거야?"

그의 격한 표현이 귀에 거슬렸다. 나는 그의 멱살을 쥐고 바짝 잡아당기며 낮은 목소리로 말했다.

"내 아버지야, 하딘. 그리고 난 지금 엄마하고도 연락 안 하고 살잖아."

"그렇다고 저 남자를 받아줘야 하는 건 아니잖아. 이런 건 끝이 안 좋아, 테스. 넌 누구한테나 너무 잘해주려는 경향이 있어. 안 그래도 될 사람들한테까지 말이야."

"나한텐 중요한 거야."

그의 눈빛이 조금 누그러졌다. 그의 반대가 얼마나 모순적인지 조목조목 지적하려다 말았다. 하딘은 한숨을 내쉬었다.

"젠장, 테사. 이건 정말 끝이 안 좋을 거라고."

"끝이 어떻게 될 진 너도 모르잖아, 하딘."

그에게 속삭이며 아빠를 쳐다보았다. 그는 턱수염을 쓰다듬고 있었다. 하딘 말이 맞을지도 모른다. 그래도 그를 이해하려는 시도쯤은 해봐야 한다. 아니면 적어도 그의 얘기를 들어는 봐야 한다.

아빠에게 돌아갔다. 내 목소리는 조금 떨렸다.

"우리 집에 가실래요, 저녁 먹으러?"

"정말이니?"

아빠가 외치듯 말했다. 한줄기 희망이 그의 얼굴에 번졌다.

"오케이! 좋아!"

아빠가 활짝 웃었다. 아주 잠깐 내 기억 속에 있던 남자가 스쳐 지나갔다. 술을 마시기 전의 그가.

차까지 걸어가는 동안, 하딘은 한마디도 하지 않았다. 화가 났을 테지. 이해한다. 하지만 하딘의 아빠도 더 나은 사람으로 변했다. 우리 대학 총장이잖아. 내가 너무 어리석은 걸까? 아빠도 그렇게 변하길 바라는 내가?

차를 보자 아빠가 놀라며 물었다.

"와, 이 차 네 거니? 카프리잖아, 맞지? 70년대 후반 모델?"

"네."

하딘이 운전석에 올랐다. 하딘의 짧은 대답에도 아빠는 아무 말 하지 않았다. 오히려 그게 나았다. 오디오에서는 나지막이 음악이 흘러나왔다. 하딘이 급가속을 했다. 우리는 동시에 손잡이를 꼭 붙들었다. 음악 소리가 이 어색한 침묵을 덮어주길.

아파트로 가는 길 내내, 엄마가 이 일을 어떻게 받아들일지 궁금했다. 생각만으로도 오싹해졌다. 조만간 시애틀로 이사 갈 거라는 데만 생각을 집중하려고 애를 썼다. 아니다, 이게 더 나쁘다. 하딘에게 이 얘길 어떻게 꺼내야 할지도 모르는데. 눈을 감고, 차창에 머리를 기댔다. 하딘의 손이 나를 감쌌다. 따뜻했다. 긴장감이 누그러졌다.

"여기가 네가 사는 데야?"

아파트 주차장에 도착했다. 아빠는 뒷좌석에서 입을 떡 벌리고 두리번거렸다. 하딘이 묘한 표정으로 다 왔다는 눈치를 챘다.

"몇 달 전에 이사 왔어요."

엘리베이터를 타자, 하딘이 보호자라도 되는 양 나를 쳐다보았다. 두 뺨이 달아올랐다. 그에게 슬쩍 미소를 지어 보였다. 하딘이 누그러지길 바라면서. 조금은 효과가 있는 것 같다. 이 낯선 사람을 집까지 끌고 오다니, 대체 무슨 생각이었을까? 나는 슬슬 후회가 되기 시작했다. 하지만 너무 늦었다.

하딘은 현관문을 열고, 뒤도 돌아보지 않고 안으로 들어갔다. 그러더니 말없이 침실로 향했다.

"금방 올게요."

아빠를 돌아보았다. 현관에 잠시 세워두려 했다.

"화장실 좀 써도 될까?"

그가 쫓아오며 물었다.

"복도 저쪽에 있어요."

나는 돌아보지도 않고 화장실을 가리켰다.

침실에 가보니 하던이 침대에 앉아 부츠를 벗고 있었다. 문쪽을 보며 닫으라는 손짓을 했다.

"나한테 화난 거 알아."

그에게 다가가며 조용히 말했다.

"그래, 화났지."

그의 얼굴을 두 손으로 잡고, 엄지로 두 뺨을 살살 문질렀다.

"그러지 마."

하던은 눈을 감고 내 부드러운 터치를 느끼고 있었다. 그의 팔이 내 허리를 안았다.

"저 남자가 널 해칠까 봐 그런 것 뿐이야."

"아빠가 딸을 해치진 않아. 그리고 오랫동안 못 만났잖아."

"지금도 밖에서 우리 물건을 피 묻은 주머니에 쑤셔 넣고 있을지 몰라."

하던의 말에 키득키득 웃음이 새어나왔다.

"웃자고 하는 소리 아니야, 테사."

한숨을 쉬며 그의 턱을 들었다. 그리고 나를 바라보게 했다.

"부탁인데, 마음을 좀 편하게 갖고 긍정적으로 생각할 수는 없어? 네가 화내고 압력을 넣지 않아도 충분히 혼란스럽거든."

"화내는 게 아니라, 널 보호하려고 애쓰는 거지."

"안 그래도 돼. 우리 아빠잖아."

"저 남자가 아빠인 건 확실해?"

"제발 부탁이야, 응?"

엄지로 그의 입술을 쓰다듬었다. 표정이 한결 부드러워졌다. 한숨을 내쉬더니 하딘이 결국 대답했다.

"좋아. 그럼 저녁이나 먹자. 음식다운 음식을 먹어봤겠어. 쓰레기통에서 주워 먹었겠지."

내 의지와 상관없이 입술이 떨렸다. 하딘이 눈치를 살피며 말했다.

"미안해. 울지 마."

그가 한숨을 쉬었다. 아빠와 마주 친 뒤부터 그의 한숨이 끊이질 않는다. 그게 걱정인지 화내는 건지는 몰라도, 전혀 도움이 안 된다.

"내가 말한 거 전부 진심이야. 그래도 나쁜 놈은 되지 않도록 노력해 볼게."

하딘이 내게 입을 맞췄다. 침실을 나서며 그가 중얼거렸다.

"거지한테 밥 좀 먹여보자."

기분이 좋지 않았다.

아빠는 거실에서 안절부절못하고 서성이고 있었다.

"저녁 준비할게요. 텔레비전 보실래요?"

"도와줄까?"

"음, 좋아요."

억지로 미소를 지었다. 아빠는 나를 따라 부엌으로 들어왔다. 하딘은 멀찍이 떨어져 거실에 남아 있었다.

"네가 이렇게 자라서 독립했다니, 믿어지지가 않는구나."

아빠가 말했다. 나는 냉장고에서 토마토를 꺼내며 헝클어진 생각들을 정리하려고 애썼다.

"전 WCU 학생이에요. 하딘도 그렇고요."

"정말? WCU라고? 와우."

아빠는 테이블 앞에 앉았다. 더러웠던 손이 깨끗해진 게 눈에 띄었다. 이마에 있던 얼룩도 사라졌다. 윗옷 어깨 부분이 젖어 있었다. 아마 더러운 걸 닦아내려 했던 것 같다. 아빠도 긴장하고 있었던 거다. 어쩐지 기분이 조금 나아졌다.

아빠에게 시애틀 얘기를 꺼낼 뻔했다. 새롭게 펼쳐질 내 인생이 얼마나 기대되는지. 하지만 하딘에게도 아직 하지 않은 얘기다. 느닷없는 아빠의 등장이 내 인생 항로에 또 하나의 샛길을 보태주었다. 도대체 내가 얼마나 많은 문제들을 감당할 수 있을까. 이 모든 게 한순간에 무너져 내리기 전에 말이다.

"네가 자라는 걸 지켜볼 수 있었더라면 좋았을 텐데. 항상 네가 뭔가 해낼 줄 알았단다."

"아빠의 선택이었잖아요."

매몰찬 말을 내뱉자마자 죄책감이 들었다. 그렇다고 되돌리고 싶진 않았다.

"안다, 그래도 지금 여기 있잖니. 그걸 다 갚아나갈 수 있기를 바란다."

단순한 말이었지만, 실은 잔인했다. 나한테 일말의 희망을 줬으니까. 혹시나 아빠가 그렇게 나쁜 사람은 아닐지도 모른다는. 또 아빠도 술을 끊으려면 도움이 필요할지도 모른다는.

"혹시 아빠…, 아직도 술 드세요?"

"마신다."

아빠는 고개를 들지 못했다.

"많이는 아니야. 지금 당장은 그렇게 보이지 않겠지만. 요 몇 달 무척 힘들었거든…, 그게 다야."

하던이 부엌을 들여다봤다. 잠자코 있으려고 무던히 애를 쓰는 중인 것 같다. 성공하기를 빈다.

"네 엄마는 몇 번 만났단다."

"그러셨어요?"

"그래. 네가 어디 있는지 말해 주지 않더구나. 엄마는 꽤 좋아 보이더라."

너무 어색하다. 아빠가 엄마 얘기를 꺼내다니. 귓전에서 엄마 목소리가 맴돌았다. 이 남자가 우리를 버렸노라 끊임없이 말하던. 이 남자가 지금의 엄마를 만들었다.

"두 분 사이엔 무슨 일이 있었던 거예요?"

닭가슴살을 팬에 놓았다. 기름이 치익 소리를 내며 튀었다. 대답을 기다리고 있었다. 뒤를 돌아 얼굴을 마주 대하고 싶지는 않았다. 내 질문은 갑작스럽고 직접적이었으니까. 그렇대도 멈출 순 없었다.

"우리는 그냥, 같이 지내기가 힘들었어. 네 엄마는 늘 내가 줄 수 있는 것보다 더 많은 걸 원했으니까. 네 엄마를…, 너도 알잖니."

그건 나도 안다. 하지만 아무렇지도 않게 멸시하는 듯한 말투로 엄마 얘기를 하는 아빠도 견디기 힘들었다. 엄마에 대한 원망까지 아빠에게 옮겨갔다. 나는 몸을 홱 돌렸다.

"그럼 전화는 왜 안 하셨어요?"

"했다. 항상 전화했었다. 네 생일 때마다 선물도 보냈고. 네 엄마가 너한테 말하지 않은 모양이로구나, 그렇지?"

"안 했어요."

"어쨌든, 언제나 네가 너무나 보고 싶었다. 지금 같이 있다는 게 믿어지지 않는구나."

그의 물기 어린 눈은 반짝였고, 목소리는 떨렸나. 아빠는 일어나 나에게 다가왔다. 어떻게 행동해야 할지 모르겠다. 이 남자를, 나도 잘 모르겠다. 제대로 안 적이 있었던가?

하딘이 부엌으로 들어왔다. 아빠와 나 사이를 막아서려는 듯. 그의 등장은 타이밍이 무척 절묘했다. 적어도 지금은 이 남자와 나 사이를 떼어줄 물리적 공간이 필요했다.

"날 용서할 수 없다는 거 잘 안다."

남자가 흐느꼈다. 가슴이 덜컥 내려앉았다.

"그런 거 아니에요. 시간이 좀 필요할 뿐이에요. 아빠를 내 삶에 다시 받아들일 시간 말이에요. 난 아빠를 잘 모르잖아요."

그가 고개를 끄덕였다.

"안다, 나도 안다."

남자는 다시 식탁 앞에 앉았다. 나는 다시 저녁식사를 준비했다.

2 · 하딘

숨도 쉬지 않고 두 접시째 비우는 중이다. 테사의 아버지인가 뭔가 하는 작자 말이다. 한동안 길에서 지내며 굶은 게 분명하다. 운이 나빠서 힘든 시간을 보내는 사람들이 안쓰럽지 않은 건 아니다. 하지만 이 남자는 술에 취해 자식마저 저버렸다. 그러니 이 남자를 잠시라도 안타깝게 여기진 않을 거다.

물까지 벌컥벌컥 마시고, 남자가 테사를 향해 환히 웃었다.

"요리를 정말 잘하는구나, 테시."

한 번만 더 저 이름으로 부르기만 해봐, 소리를 질러줄 테니까.

"감사합니다."

테사가 착한 미소를 지었다. 남자의 수작이 먹혀들었나 보다. 감정의 틈을 교묘하게 파고들면서 말이다. 어린 테사를 버리고 떠나서 그런 결핍을 만든 게 누군데.

"진심이다. 나중에 시간 되면, 이 레시피를 좀 배워야겠구나."

뭘 배운다는 거야? 요리할 부엌도 없는 주제에.

"그래요."

테사가 일어나 빈 접시들을 치웠다.

"이제 가봐야겠구나. 저녁식사 고마웠다."

밥맛없는 인간이 자리에서 일어섰다.

"아니에요, 오늘 밤은…, 여기 계셔도 돼요. 괜찮으시면, 저희가 내일 아침에…, 집에 모셔다 드릴게요."

테사가 더듬거렸다. 그녀도 이 상황을 어떻게 해야 할지 모르는 거다. 분명한 건, 나는 이 모든 거지 같은 상황이 마음에 들지 않는다는 거다.

"그거 참 좋구나."

밥맛없는 인간이 양팔을 문질러댔다. 술 마시고 싶어 몸이 근질거리는 거겠지. 테사가 미소를 지었다.

"침실에서 베개랑 덮을 것 좀 가져다 드릴게요."

테사가 제 아빠를 잠시 쳐다보았다. 그러다 내 기분이 어떤지 알아차렸다.

"두 분, 잠깐 같이 계셔도 괜찮죠?"

테사의 아빠가 웃었다.

"그럼, 나도 이 친구를 좀 알고 싶으니까."

'오, 노! 그러지 마시죠.'

테사가 내 표정을 보더니 인상을 찌푸렸다. 그러더니 둘만 남겨놓고 느릿느릿 부엌을 나섰다.

"그러니까, 하딘. 우리 테사와는 어디서 만난 게냐?"

테사가 방문 닫는 소리가 들렸다. 테사에게 안 들리는 걸 확인할 때까지 잠깐 기다렸다.

"하딘?"

남자가 재차 물었다.

"단도직입적으로 얘기하죠."

나는 이를 악물고 낮게 말하며 식탁에 비스듬히 기댔다. 남자는 깜짝 놀라는 눈치였다.

"쟤는 당신의 테사가 아니에요. 쟤는 내 거라고요. 그리고 당신이 무슨 짓을 하려는지 다 알아요. 그러니까 날 속일 생각은 하지 마세요."

남자는 순순히 두 손을 들어올렸다.

"난 아무 짓도 안 할 거다, 난⋯."

"원하는 게 뭐예요, 돈?"

"뭐라고? 아니다, 당연히 돈을 원하는 건 아니지. 내 딸하고의 부녀 관계를 회복하고 싶은 거지."

"그걸 하고 싶어서 9년이나 기다린 거라고요? 당신이 여기 있는 건 순전히 그 빌어먹을 주차장에서 우연히 테사를 마주쳤기 때문이라고요. 찾아다닌 척하지 말아요."

나는 소리를 질렀다. 어느새 내 손이 남자의 목을 움켜쥐고 있었다.

"나도 안다."

남자가 머리를 흔들며 고개를 떨궜다.

"나도 내가 잘못했다는 거 안다. 그래서 이제 다 보상해줄 거다."

"술주정꾼 주제에 뭘 어떻게요? 당신 같은 주정뱅이들을 잘 알죠. 당신들한테는 일말의 동정조차 가질 필요가 없어요. 가족을 내팽개치고, 9년이 지나고도 뉘우칠 줄 모르는 당신 같은 인간."

"네가 좋은 의도로 이러는 거 안다. 그리고 내 딸을 이렇게나 보호해주려고 하다니 나도 기쁘다. 하지만 나도 이젠 더 이상 엉망으로 살진 않을 거야. 그저 내 딸을 더 알고 싶구나…, 그리고 너도."

나는 잠자코 감정을 누그러뜨리려 애를 썼다.

"넌, 저 애랑 같이 있을 때가 훨씬 낫구나."

남자는 조용히 나를 훑어보았다.

"당신은 저 애가 없을 때의 연기가 더 형편없군요."

똑같이 되갚아주었다.

"네가 날 믿지 못한대도 뭐라 할 수 없지. 그래도 저 애를 위해 나에게 한 번만 더 기회를 줬으면 한다."

"어떤 식으로든 테사한테 상처를 줬다간, 죽을 줄 알아요."

아무리 그래도 테사의 아버지를 이렇게 협박하다니. 조금이라도 죄책감을 느껴야 하지만, 이 딱한 주정뱅이한테서는 오로지 분노와 불신만 느껴질 뿐이다. 본능적으로 그로부터 테사를 보호해야 한다는 걸 직감했다. 술 취한 이방인에게 동정 따윈 없다.

"저 애에게 상처 주진 않을 거다."

남자가 허무한 약속을 했나. 어이가 없었다.

그렇게 내뱉고는 상황이 종료된 줄 아는지, 남자가 농담을 건넸다.

"이 대화, 우리 역할이 바뀌어야 하는 거 아니냐?"

남자의 말을 무시하고 침실로 들어갔다. 그래야만 했다. 안 그랬다간 테사가 자기 아버지를 목 졸라 죽이려는 나를 발견할 테니까.

3 · 테사

베개랑 담요, 수건 들을 챙기고 있었다. 갑자기 하딘이 침실로 들어왔다.

"무슨 일이야?"

하딘이 왜 먼저 상의하지 않았냐고 따지기만을 기다렸다. 하딘은 침대로 가더니 벌렁 누웠다. 그리고 나를 쳐다보았다.

"아무 것도 아니야. 내가 인질도 아니고. 암튼 난 손님에게 할 만큼 한 것 같아. 그래서 여기 있기로 했어."

"아빠한테 못되게 군 건 아니라고 해줘, 제발."

이제 아빠를 겨우 만났는데, 더 이상의 긴장 상황은 없기를 바랐다.

"걱정 마. 손을 꽁꽁 묶어두고 왔으니까."

하딘은 눈을 감았다.

"담요 갖다드리고, 네 행동을 사과드려야 할 것 같아. 늘 그랬지만."

목소리에 짜증이 섞여 나왔다.

거실로 나가보니, 아빠는 마룻바닥에 앉아 청바지에 있는 구멍을 손으로 쑤시고 있었다. 내 목소리가 들리자 그가 고개를 들었다.

"소파에 앉으세요."

들고 나온 꾸러미를 소파 팔걸이에 걸쳐 놓았다.

"음, 네 소파를 더럽히고 싶진 않구나."

그 음성에는 당혹감이 묻어 있었다. 가슴이 아팠다.

"그런 걱정 마세요…. 여기서 샤워하시면 돼요. 하딘한테 주무실 때 입을 옷가지 정도는 있을 거예요."

그는 나를 쳐다보지도 않고, 거절의 뜻을 비쳤다.

"그런 편의까지 봐주지 않아도 된다."

"괜찮아요. 입을 만한 걸 가져다 드릴게요. 샤워하세요. 수건은 이거 쓰시고요."

아빠가 나를 보고 힘없이 웃었다.

"고맙다. 널 다시 만나서 정말 기쁘단다. 정말 많이 보고 싶었는데…, 네가 여기 눈앞에 있구나."

"하딘이 무례하게 군 건 죄송해요. 걔는…."

"방어적이라고?"

"네, 그런 것 같아요. 가끔씩 너무 무례하게 굴 때가 있어요."

"괜찮다. 그 정도는 감당할 수 있다. 널 보호하려고 그러는 거잖니. 그 애를 탓하진 않는다. 나에 대해서도 잘 모르고. 젠장, 너도 마찬가지로구나. 걔를 보니, 예전에 알았던 어떤 사람이 떠오르는구나…."

아빠가 말을 끊고는 슬쩍 웃었다.

"누구요?"

"나…. 나도 그 애 같았다. 누구도 존중하지 않았고, 내 일에 끼어드는 사람이면 누구든 들이받기 일쑤였지. 나도 하딘과 똑같이 세상에 온갖 불만을 가지고 있었다. 다른 점이라면 그 애가 나보다 타투가 훨씬 더 많더구나."

아빠가 빙긋 웃었다. 오랫동안 잊고 있었던 기억에 숨을 불어넣는 듯한 이야기였다. 나도 따라 웃으며, 이 기분을 만끽했다. 아빠는 일어나 수건을 손에 쥐었다.

"이제 샤워하러 보내드려야겠네요."

갈아입을 옷가지를 챙겨서 욕실 문 앞에 놓아드려야겠다.

방으로 돌아가자, 하딘은 여전히 침대에 있었다. 눈은 감은 채였다.

"샤워하러 들어가셨어. 아빠한테 네 옷으로 갈아입으시라고 했는데."

그가 벌떡 일어나 앉았다.

"대체 왜?"

"아빠가 다른 옷이 없잖아."

나는 침대로 다가갔다. 애원하듯 두 팔을 뻗었다.

"그렇겠지. 맘대로 해."

하딘은 성난 듯 말했다.

"이 침대에 내 자리도 내줘야 하나?"

"좀 그만해. 우리 아빠잖아. 앞으로 우리 관계가 어떻게 될지 알고 싶어. 네가 네 아버지를 용서하지 못한다고 해서, 내 앞길까지 방해하진 말아줘."

나도 똑같이 성난 목소리로 대답했다.

하딘이 나를 노려보았다. 초록색 눈동자는 가늘게 떨리고 있었다. 나한테 퍼붓고 싶은 온갖 독설들을 필사적으로 참고 있는 게 분명했다.

"그런 게 아니야. 넌 너무 순진해. 내가 몇 번이나 얘기해야 해? 잘 대해줄 자격이 없는 사람도 많은 법이라고, 테사."

"그럴 자격이 있는 사람은 너밖에 없는 거지? 용서해주고, 하는 말을 다 믿어줘야 할 사람은 오직 너뿐인 거지? 말도 안 되는 소리 하지 마. 그건 정말 너무 이기적이야."

하딘의 서랍장 아래칸을 열어 트레이닝 바지를 꺼냈다.

"난 사람들의 선한 면을 보는 사람이 될 거야. 누구한테나 막 대하고, 다들 나를 못 잡아먹어 안달한다고 여길 바엔 말이야."

셔츠 한 벌과 양말까지 챙겨 서둘러 밖으로 나왔다. 욕실 문 앞에 옷가지들을 가져다놓았다. 아빠가 샤워하며 노래를 흥얼거리는 소리가 들렸다. 욕실 문에 귀를 갖다 대었다. 듣기 좋은 소리에 미소가 절로 지어졌다. 엄마가 얘기했던 게 기억났다. 아빠가 만날 노래를 부르는데, 그게 얼마나 듣기 싫은지 모르겠다는 불평이었다. 하지만 내 귀에는 사랑스럽기만 했다.

거실로 돌아와 텔레비전을 켜두었다. 테이블 위에 리모콘까지 가지런히 챙겨두었다. 아빠가 맘 편히 보고 싶은 걸 보시게 하고 싶었다. 근데 아빠가 텔레비전을 볼까?

부엌으로 돌아왔다. 남은 음식들을 정리해 식탁 위에 올려놓았다. 혹시나 배가 고플 수도 있으니까.

'제대로 된 식사를 한 건 얼마 만일까?'

또 한 번 궁금증이 일었다.

욕실에서는 아직도 물소리가 났다. 한동안 제대로 씻지도 못한 거겠지.

준비를 마치고 침실로 들어갔다. 하딘은 내가 준 새 가죽 바인더를 다리 위에 올려놓고 있었다. 제대로 쳐다보지도 않고 그에게 다가갔다. 그가 내 팔을 잡았다.

"우리, 얘기 좀 할 수 있을까?"

나를 끌어당겨 그의 다리 사이에 서게 했다. 그는 바인더를 잽싸게 닫아 치웠다.

"해봐, 얘기."

"못나게 굴어서 미안해, 오케이? 난 그냥 이 모든 걸 어떻게 받아들여야 할지 모르겠어."

"이 모든 거 뭐? 달라진 건 아무 것도 없어."

"그래, 그렇겠지. 너랑 나랑 둘 다 잘 모르는 남자가 내 집에 있어. 근데 그 남자가 너랑 가까워지고 싶대. 9년이나 지나고 난 지금 말이야. 이건 말도 안 되잖아. 이건 직감적으로도 뭔가 위험한 느낌이라고. 난 내 직감을 따를 거야. 그렇게만 알고 있어."

"네 얘긴 잘 알겠어. 그래도 적대적으로 굴면 안 돼. 나한테 그런 소리를 해서도 안 되고. 아빠를 거지라고 말하는 거, 정말로 마음이 상한단 말이야."

하딘은 나를 끌어당기더니 손을 잡고 깍지를 꼈다.

"미안해, 베이비. 정말 미안해."

하딘이 잡은 손을 입에 가져가 손 마디마다 천천히 입을 맞추었다. 그의 부드러운 입술이 닿자 화가 스르르 풀렸다.

"그런 심한 소리는 이제 안 할 거지?"

"그럼."

하딘은 내 손바닥을 뒤집어 손가락으로 손금을 따라 더듬었다.

"고마워."

그의 긴 손가락이 내 손목까지 왔다가 다시 손가락 끝으로 춤추듯 내려왔다.

"조심해, 알겠지? 조금이라도 이상하면 내가 바로…."

"괜찮아 보이잖아, 안 그래? 분명히 좋은 분일 거야."

내가 차분히 말했다. 어찌 됐든 폭력도 불사하겠다는 그를 막아야 한다. 하딘은 손놀림을 멈추었다.

"난 잘 모르겠어. 좋은 사람인지 어떤지."

"내가 어렸을 때나 좋은 분이 아니었지."

하딘이 나를 쳐다보았다. 눈이 이글이글 타올랐지만 말투는 다정했다.

"저 남자와 내가 가까이 있을 때는 이런 얘기하지 말자, 부탁이야. 나 지금 최선을 다하고 있는 중이라고. 그러니까 너무 밀어붙이지 마."

내가 그의 다리 위에 올라앉자, 그가 나를 안고 벌렁 누웠다.

"내일이 큰일이지, 뭐."

하딘이 한숨을 쉬었다.

"그러게."

따뜻한 온기에 머리를 파묻으며 그의 팔에 대고 속삭였다. 내일은 하딘이 제드를 폭행한 안건으로 학교 회의가 있는 날이다. 확실히 좋은 날은 아니겠지.

갑자기 공포가 밀려오며 몸이 떨렸다. 제드가 나한테 보낸 메시지가 떠올랐다. 타투샵 앞에서 아빠를 만나는 바람에 깜박 잊고 있었다. 스테프와 트리스탄의 답신을 기다리던 중 휴대전화가 주머니 속에서 진동했다. 하딘은 문자를 읽는 동안 가만히 나를 쳐다보았다. 다행히 무슨 문자인지 묻지 않았다.

내일 아침에 너랑만 얘기 좀 할 수 있을까?

제드였다.

뭣 때문에 이런 메시지를 보낸 건지 모르겠다. 뭐라고 말해야 할지 도. 제드는 트리스탄에게 하딘을 고소할 거라고 했단다. 체면 때문에 트리스탄에게 센 척하려고 그랬기를 바란다. 하딘이 진짜로 곤경에 빠진다면 어떡해야 할지 정말 모르겠다. 메시지에 답을 보내야 할 텐데. 제드를 만나거나 단둘이 얘기하는 게 좋은 생각인지도 잘 모르겠다. 나까지 보태지 않아도 하딘은 벌써 차고 넘칠 만큼 혼란스러운데 말이다.

"내 얘기 듣고 있는 거야?"

하딘이 나를 쿡 찔렀다. 그를 올려다보았다. 그가 안아주니 마음이 편안해졌다.

"아니, 미안."

"무슨 생각을 그렇게 하는데?"

"전부 다. 고소도, 퇴학도, 영국도, 시애틀도, 우리 아빠도…."

한숨이 나왔다.

"전부 다."

"그래도 나랑 같이 갈 거지? 퇴학 문제 알아보러?"

하딘의 목소리는 다정했지만 긴장감이 역력했다.

"네가 원한다면."

"나야 같이 가는 게 좋지."

"그럼 같이 갈게."

화제를 돌려야겠다.

"네가 그 타투를 했다니, 아직도 못 믿겠어. 다시 한 번 보여줄래?"

하딘이 나를 내려놓고 몸을 굴려 엎드렸다.

"내 셔츠 좀 올려줘."

검정색 셔츠 끝자락을 잡고 등이 다 드러나도록 끌어올렸다. 새로 새긴 글귀 위에 붙인 붕대를 살며시 떼어냈다.

"붕대에 피가 조금 묻었어."

"괜찮아, 원래 그런 거야."

내가 타투를 몰라도 너무 모르는구나.

손끝으로 붉어진 부분을 따라 더듬어갔다. 완벽한 문구다. 나를 위해 했다는 이 타투, 내가 좋아하는 문장 목록에 새롭게 등록해야지. 이 완벽한 문구는 내게도 큰 의미다. 분명 그에게도 마찬가지일 테지. 하지만 그 문구에 오점이 남게 생겼다. 시애틀로 가기로 결심을 굳혔으니까. 내일은 꼭 말해야겠다. 회의 결과가 나오고 난 다음 바로. 그러겠다고 마음속으로 백 번도 넘게 다짐했다. 오래 끌수록 하딘의 화만 더 돋구게 될 거니까.

"그 정도 서약이면 되겠어, 테시?"

그의 뒤통수에 대고 인상을 찌푸렸다.

"그 이름으로 부르지 마."

"나도 그 애칭 진짜 싫다."

그가 고개를 돌려 나를 바라보았다. 여전히 엎드린 채였다.

"나도 싫어. 근데 아빠한테 그러지 말라고 하긴 싫어. 어쨌든 타투는 그 정도면 충분해."

"진심이야? 아니면 다시 가서 그 밑에다 네 얼굴 새길 거거든."

하딘이 키득거렸다.

"제발 그러지 말아줘!"

나는 고개를 세차게 저었다. 그의 웃음소리가 더 커졌다.

"확실히 이거면 충분한 거지?"

그가 일어나 앉으며 셔츠를 뒤에 놓았다.

"결혼은 없어."

한마디 덧붙였다.

"그게 그런 거였어? 결혼 대신에 타투를 한 거라고?"

이건 또 무슨 소리인가.

"딱히 그런 건 아냐. 하고 싶어서 한 거지. 한동안 타투를 못 했거든."

"배려심 깊기도 하시지."

"너를 위한 거기도 해. 너한테 내가 이걸 원한다는 걸 보여주려고."

하딘이 내 손을 잡고 나와 그를 번갈아 가리켰다.

"우리 사이에 뭐가 있든, 난 그걸 절대 잃고 싶지 않아. 한 번 잃어버리긴 했지만. 심지어 지금도 완전히 되찾진 못했고. 그래도 분명히 무언가 있어."

그의 손은 따뜻했다. 그리고 그 어느 때보다 내 손을 꼭 잡고 있었다.

"다시 한 번 말하지만, 그래서 내가 써먹은 거야. 나보다 훨씬 로맨틱한 남자가 한 말을. 내 요지를 분명하게 표현하고 싶어서 말이야."

하딘이 환하게 웃었다. 하지만 나는 그 뒤에 숨겨진 두려움을 볼 수 있었다.

"미스터 다아시가 자기 말을 네가 맘대로 써먹은 걸 알면 깜짝 놀라겠는데?"

짓궂게 놀리듯 말했다.

이 짧은 드라마 같은 순간이 우리에겐 너무나 소중했다. 이런 시간이 우리에겐 큰 위안과 방패막이가 된다. 아무리 우리 앞에 놓인 현실의 문제들이 골치 아프더라도 말이다.

"너네 아버지, 욕실에서 나왔나 봐. 소리가 들렸어."

하딘이 말했다. 조심스러운 말투였다.

"가서 인사드리고 올게."

하딘의 품에서 몸을 일으키며, 그의 이마에 쪽 입을 맞추었다.

거실로 나갔다. 하딘의 옷을 입고 있는 아빠는 낯설기만 했다. 그래도 생각했던 것보다 옷이 잘 맞아서 다행이다.

"옷 내줘서 고맙구나. 내일 아침에 갈 때 잘 두고 가마."

"괜찮아요, 가져가셔도 돼요…, 필요하시면."

아빠는 소파에 앉아 다리 위에 두 손을 얹었다.

"벌써 나한테 할 만큼 해줬잖니. 그럴 자격도 없는데."

"진짜 괜찮아요."

"네 엄마보다 훨씬 이해심이 깊구나."

아빠는 싱긋 웃었다.

"지금 당장은 뭐가 뭔지 저도 잘 모르겠어요. 그래도 앞으로 계속 노력은 해보고 싶어요."

"내가 부탁하고 싶은 것도 그거다. 조금만 시간을 가져보자꾸나, 내 귀여운…, 아니, 내 다 큰 딸아."

나는 억지로 웃어 보였다.

"저도 그러고 싶어요."

아빠는 갈 길이 멀다. 나도 하룻밤 새에 그를 용서하진 않을 거다. 그래도 이 사람은 내 아빠다. 그리고 아빠를 미워할 힘조차 남아 있지 않다. 아빠도 달라질 수 있다는 걸 믿고 싶었다. 하딘의 아빠는 완전히 다른 인생을 살고 있다. 아직도 하딘은 고통스러운 과거를 떨쳐버리지 못했지만. 하딘 역시 변하는 걸 보아 왔다. 하딘 만큼 고집 센 사람도 드물 거다. 그러니 우리 아빠에게도 희망이 있다. 혹여 그동안 잘못 살아왔더라도 말이다.

"하딘이 나를 싫어하더구나. 내가 또 그런 눈치는 빠르잖니."

아빠의 유머 감각은 어쩐지 전염성이 있었다. 싱긋 웃음이 나왔다.

"네, 네. 그러시겠죠."

복도 쪽을 쳐다보았다. 새까만 옷을 입은 내 남자친구가 언짢은 얼굴로 서 있었다. 눈에 의심을 가득 담고서.

4 · 테사

"알람 좀 꺼."

하딘이 신음했다. 어두운 방 안에서 알람이 요란하게 울리고 있었다.

손으로 더듬어 휴대전화를 찾았다. 화면을 건드려 달갑지 않은 소리를 껐다. 일어나 앉았지만 양 어깨가 무거웠다. 긴장감이 무게가 되어 나를 짓누르는 것 같았다. 하딘의 퇴학 여부를 가리게 될 대학의 결정, 제드의 고소 여부, 그리고 마지막 결정타가 있다. 반스 출판사의 시애틀 지사에 합류하기로 한 내 계획을 하딘에게 얘기해야 한다. 그 얘기를 듣고 하딘이 어떻게 나올까. 하딘이 시애틀을 싫어한다고는 했지만, 그래도 같이 가준다고 하면 좋겠다.

어떤 게 가장 두려운 걸까. 욕실로 들어가 찬물을 얼굴에 끼얹었다. 폭행 혐의가 가장 나쁘다. 혹시라도 하딘이 감옥에 가게 되면 어떡하지. 솔직히 어떻게 해야 할지 아무 생각도 나지 않는다. 생각만으로도 속이 메스껍다. 아침에 만나자고 했던 제드의 문자가 다시 떠올랐다. 무슨 얘기를 하려는 걸까. 가능성 있는 모든 생각이 머리를 스쳐갔다. 특히 마지막으로 제드를 만났을 때 했던 말이 걸린다. 나를 사랑한다고 했던 그 말.

수건에 얼굴을 대고 심호흡을 했다. 제드에게 답을 보내 무슨 얘기를 하려는지 알아봐야 할까? 트리스탄에게는 고소하겠다고 해놓고, 나한테 다른 말을 한 이유는 뭘까. 고소하지 말라고 부탁했던 게 괜히 미안했다. 하딘이 그렇게 심하게 다치게 했는데. 그래도 나는 하딘을 사랑한다. 그리고 제드도 하딘과 같은 의도를 가지고 있었다. 서로 내기에서 이기려던 것이니까, 물론 처음에만 그랬다지만. 그런 의미에서 하딘과 제드 중 결백한 사람은 없다.

모든 상황을 너무 깊게 생각하지 말자. 일단 제드에게 메시지를 보내자. 이건 모두 하딘을 돕기 위한 거다. 스스로에게 몇 번이나 다짐했다. 메시지를 보내고, 머리 손질과 화장을 했다.

담요가 얌전히 개어져 소파 팔걸이에 걸쳐 있었다. 가슴이 철렁했다. 아빠가 가버리셨나?

'이제 아빠를 어떻게 찾아야 하지?'

부엌에서 싱크대 서랍 여는 소리가 들렸다. 철렁했던 가슴이 조금 진정된다. 캄캄한 부엌으로 들어갔다. 불을 켜자 아빠가 깜짝 놀라 숟가락을 바닥에 떨어뜨렸다. 요란한 소리가 났다.

"미안하다. 최대한 조용히 하려고 했는데."

아빠가 잽싸게 몸을 굽혀 숟가락을 집어들었다.

"괜찮아요. 불을 켜지 그러셨어요."

나는 조용히 웃었다.

"깨우고 싶지 않아서. 시리얼을 먹으려고. 괜찮을까?"

"당연히 괜찮죠."

커피 머신을 켜고 시간을 확인했다. 15분 후에 하딘을 깨우면 되겠다.

"오늘은 뭘 할 계획이니?"

아빠는 입안 가득 시리얼을 물고 있었다. 하딘이 제일 좋아하는 거다.

"저는 수업이 있어요. 하딘은 대학 이사회 회의에 가야 해요."

"대학 이사회? 거, 심각한 소리로 들리는데⋯."

아빠를 쳐다보았다.

'말해야 할까?'

아무래도 얘기를 해야겠다.

"하딘이 학교에서 싸움을 했거든요."

"그래서 하딘을 이사회에 불러서 진술하게 하는 거냐? 내가 젊었을 적에, 나도 야단을 좀 맞았었지. 그런 걸 거야."

"학교 기물을 좀 많이 부쉈어요. 고가의 기물들을요. 그리고 어떤 애 코도 부러뜨렸고요. 그래서 퇴학을 당할지도 몰라요."

한숨을 내쉬며 커피에 설탕을 넣고 휘휘 저었다. 오늘은 특별히 더 힘을 내야 하니까.

"잘했군. 뭣 때문에 싸운 건데?"

"저요, 아무튼 그 비슷한 것 때문에요. 시간이 갈수록 쌓여 왔던 게 결국…, 폭발하고 말았어요."

"음, 어젯밤보다 하딘이 훨씬 더 마음에 드는걸."

아빠는 환하게 웃었다. 내 남자친구에게 호의를 보이는 건 기뻤지만, 썩 좋은 이유는 아닌 것 같다. 두 사람이 폭력을 빌미로 유대감을 갖게 되는 건 싫다.

머리를 가로저으며 커피를 절반이나 마셔버렸다. 미처 날뛰던 신경이 뜨거운 커피로 조금은 진정되는 것 같았다.

"걘 어디서 왔니?"

아빠는 하딘을 더 알고 싶어하는 눈치였다.

"영국이요."

"억양을 듣고 그럴 거라 생각했다. 그럼 그 애 가족들은 거기에 있니?"

"어머니만 거기 계세요. 아버지는 여기 있죠. WCU 총장님이시거든요."

아빠의 갈색 눈동자에 호기심이 가득 찼다.

"아이러니하군. 그런데도 퇴학이라니."

"그렇죠."

나는 한숨을 내쉬었다.

"네 엄마도 저 애를 만났니?"

아빠가 시리얼 한 스푼을 떠먹으며 물었다.

"엄마는 쟤를 증오해요."

나는 인상을 썼다.

"'증오'라니, 너무 심한 말이구나."

"제 말이 맞아요. 그닥 심한 말도 아니에요."

어쩐지 아픔이 덜해졌다. 엄마와의 관계가 끊어진 게 예전만큼 힘들지 않았다. 그게 잘된 건지 아닌지는 잘 모르겠다.

아빠는 숟가락을 내려놓더니 고개를 끄덕거렸다.

"네 엄마가 좀 완고하지. 그래도 다 널 걱정해서 그러는 거란다."

"엄마가 그럴 필요까진 없는데요. 전 잘 지내거든요."

"글쎄, 엄마랑 다시 잘 지내보렴. 어쨌든 양자택일할 필욘 없다."

아빠가 미소 지었다.

"네 외할머니도 나를 허락하지 않으셨어. 아마 지금도 우리가 얘기하는 걸 무덤 속에서 노려보고 계실 거다."

이 모든 상황이 낯설었다. 아빠와 함께 부엌에 앉아 대화를 나누다니. 헤어진 지 수년이 지나고 시리얼과 커피가 우리를 묶어주었다.

"어려울 거예요. 엄마랑은 늘 너무 가까웠으니까요…, 엄마는 뭐든 본인이 쥐락펴락할 수 있길 원했어요."

"네 엄마는 네가 자기처럼 되길 원했어. 젊었을 때부터 다짐했단다. 네 엄마가 나쁜 사람은 아니야, 테시. 엄마는 그냥 두려운 거야."

의문스러운 눈빛으로 아빠를 쳐다보았다.

"뭐가 두려운데요?"

"모든 게 다. 자제력을 잃게 될까 봐 두려웠겠지. 네가 하딘과 같이 있는 걸 보고 더 이상 너를 통제할 수 없다는 걸 알았으니까."

내 앞에 놓인 빈 잔을 바라보고 있었다.

"아빠는 그래서 떠난 거예요? 엄마가 모든 걸 통제하고 싶어 해서?"

아빠는 조용히 한숨을 내쉬었다. 어쩐지 애매하게 들렸다.

"아니다, 내가 떠난 건 나름의 이유가 있었어. 우린 서로 잘 지내지 못했고. 네 엄마랑 나는 걱정하지 말거라."

아빠가 빙긋 웃었다.

"너랑 네 문제아 남자친구 걱정이나 해."

내 앞에 있는 이 남자와 엄마가 대화를 할 수나 있었을까? 도저히 상상이 안 된다. 두 분은 너무 다르다. 시계를 힐끔 보았다. 8시가 지났다.

자리에서 일어나 컵을 식기세척기 안에 넣었다.

"하딘을 깨워야 해요. 아빠 옷은 어젯밤에 세탁했어요. 가져다 드릴게요."

침실로 들어갔다. 하딘은 이미 깨어 있었다. 검정색 티셔츠를 입는 걸 보고, 한마디 거들었다.

"좀 더 점잖게 입고 가야 할 것 같아."

"왜?"

"네 앞날이 어떻게 될지 그 사람들이 결정할 거니까. 검정색 티셔츠 같은 건 좀 무성의해 보이잖아. 끝나고 바로 갈아입어도 되니까 격식을 갖춰 입는 게 좋겠어."

"젠장, 빌어먹을."

하딘이 거칠게 말하며 고개를 뒤로 젖혔다. 나는 옷장에서 검정색 버튼업 셔츠와 정장 바지를 가져왔다.

"정장 바지는 안 돼, 제발!"

나는 아랑곳하지 않고 바지를 그에게 건넸다.

"눈 딱 감고 잠깐만 입자."

하딘은 무슨 핵폐기물이라도 되는 양 손가락 끝으로 옷을 받아 들었다.

"이 거지 같은 걸 입었는데도 날 쫓아내면, 학교를 전부 불태워버릴 거야."

"넌 너무 극단적이야."

그에게 어이없는 표정을 지었다. 그도 기분이 좋아 보이진 않았다. 막 불편한 옷을 입었으니까.

"우리 아파트는 아직도 노숙자 쉼터를 운영 중인가?"

나는 옷걸이 채로 셔츠를 침대에 던져놓았다. 그리고 문 쪽으로 걸어갔다. 불안한 듯 그가 머리를 쓸어 넘겼다.

"빌어먹을! 테스, 미안해. 점점 불안해져서 그래. 네 아버지가 소파에 있어서 섹스도 못 하잖아. 그럼 좀 진정될 것 같은데."

그 말에 내 몸이 먼저 반응했다. 그래, 하딘 말이 맞다. 다른 방에 아빠가 있다는 건 큰 장애물이다. 나는 하딘에게 다가갔다. 그는 셔츠의 맨 위 단추를 잠그려고 사투 중이었다. 조심스럽게 그의 손을 치웠다.

"내가 해줄게."

하딘의 눈빛이 부드러워졌다. 하지만 그는 아직도 공황 상태인 것 같았다. 이런 그의 모습을 보는 건 정말 싫다. 그는 항상 상황을 지배해 왔고, 다른 걸 신경 쓰는 법도 없었다. 물론 나는 예외였지만. 자기 감정도 꽤 잘 숨겼다.

"다 잘 될 거야, 베이비. 잘 해결될 거야."

"베이비?"

그의 얼굴에 미소가 번졌다. 동시에 내 뺨도 붉게 물들었다.

"그래…, 베이비."

그의 셔츠 칼라를 정돈해주었다. 그가 몸을 기울여 내 코끝에 입을
맞추었다.

"네 말이 맞아. 최악의 시나리오가 펼쳐진다 해도, 우리가 영국에 가
면 되니까."

마지막 말은 못 들은 척하며 옷장으로 갔다. 오늘 입을 옷들을 챙겼다.

"그들이 나도 들여보내줄까?"

뭘 입어야 할지 모르겠다.

"같이 들어갈 거야?"

"그쪽에서 허락해주면."

새로 산 보라색 원피스를 집었다. 원래는 내일 회사에 입고 가려던
거였다. 최대한 재빨리 옷을 갈아입었다. 검정색 구두를 신으며 하던
에게 말했다.

"나 좀 도와줄래?"

하던에게 등을 돌리며 돌아섰다.

"일부러 고문하는 거지?"

그의 손끝이 드러난 내 어깨선을 따라 아래로 내려갔다. 순식간에
닭살이 돋았다.

"미안."

입이 바짝 말랐다. 하던은 천천히 지퍼를 올렸다. 그리고 뒷목덜미
에 입술을 대었다. 온몸이 부르르 떨렸다.

"우리, 나가야 해."

그가 투덜거리며 내 엉덩이를 움켜쥐었다.

"아빠한테 가는 길이라고 전화할게. 네 아버지는…, 중간에 내려드려야겠지?"

"응, 여쭤볼게. 내 가방 좀 가져가줄래?"

그가 고개를 끄덕였다.

"테스?"

막 문 손잡이를 잡는데, 하딘이 나를 불러 세웠다.

"사랑해, 네 멋진 원피스도."

나는 정중하게 인사를 하고, 한 바퀴 빙글 돌았다. 이제 내 모습을 잘 봤겠지. 하딘이 긴장하는 모습을 보는 건 참 싫은데도 이상하게 끌린다. 결국 그가 거친 사람이 아니라는 걸 다시 한 번 확인하게 되니까.

거실로 나왔다. 아빠는 소파에 앉아 다시 잠이 들어 있었다. 어떻게 해야 하지? 아빠를 깨워야 할지, 아니면 학교에서 돌아올 때까지 여기서 쉬시게 해야 할지….

"그냥 주무시게 두자."

하딘이 뒤따라 나오면서 내 생각을 읽은 듯 말했다.

재빨리 메모를 휘갈겨 썼다. 언제 돌아올지 적고, 우리 휴대전화 번호도 남겨 두었다. 근데 아빠한테 휴대전화가 있을까? 그래도 혹시 모르니까.

학교까지 가는 길은 너무 짧았다. 하딘은 당장이라도 비명을 지르거나 뭐든 때려 부술 것처럼 보였다. 학교에 도착하자 주차장에서 켄 씨의 차를 찾았다.

"여기서 만나기로 했어."

하딘은 5분 동안 다섯 번이나 휴대전화를 확인했다.

"저기 계시네."

주차를 하고 있는 은색차를 가리켰다.

"대체 왜 이렇게 오래 걸린 거야?"

"아버지한테 얌전하게 굴어. 다 널 위해서 이러시는 거잖아. 부탁인데, 제발 착하게 굴어야 해."

내가 애원하자 하딘은 한숨을 내쉬었다. 절망스럽지만 동의하는 눈치였다.

켄 씨는 카렌, 랜던과 함께 왔다. 하딘은 놀랐지만, 나는 미소가 절로 나왔다. 하딘을 이렇게나 응원해주다니, 사랑할 수밖에 없는 가족들이다. 도움 따윈 필요 없다는 듯 건방지게만 굴었는데도 말이다.

"넌, 그렇게 할 일이 없냐?"

하딘이 랜던에게 쏘아붙였다.

"그러는 넌?"

랜던이 맞받아쳤다. 그 말에 하딘이 웃고 말았다. 하딘과 랜던이 티격태격하는 걸 듣고는 카렌이 활짝 웃었다. 켄 씨의 차에서 내릴 때와는 사뭇 다른 표정이었다.

대학 본관으로 다 같이 걸어가며 켄 씨가 말했다.

"이 사안을 길게 끌고 가지 않기만을 바라고 있다. 연락할 수 있는 분들께는 다 연락드렸으니, 잘 풀리기를 기도해야지."

켄 씨는 걸음을 멈추고 하딘을 돌아보았다.

"안에 들어가서는 내가 잘 얘기해보마. 진심이다."

켄 씨는 하딘의 표정을 살폈다. 하딘이 자기 말에 수긍하기를 기다리는 것 같았다.

"알겠어요."

하딘이 순순히 말했다. 켄 씨는 고개를 끄덕이고는 나무로 만든 육중한 문을 열었다. 그리고 우리를 먼저 안으로 들어가게 했다. 하딘의 어깨 너머에서, 켄 씨는 권위적으로 말했다.

"테사, 미안하지만 너는 회의실로 함께 들어가긴 어렵겠구나. 강요하고 싶진 않다만 밖에서 기다려주면 좋겠구나."

켄 씨는 나를 돌아보며 자상하게 미소 지었다. 그러자 하딘이 바로 공황 상태에 빠진 듯 외쳤다.

"그게 무슨 소리예요? 난 테사가 필요하다고요!"

"유감스럽지만, 가족들만 배석할 수 있어."

켄 씨가 우리를 복도 쪽으로 데리고 가면서 설명했다.

"테사가 증인이 아닌 한 어쩔 수 없어. 문제가 될 거야."

회의실 앞에 다다르자 켄 씨가 잠시 멈춰 뭔가를 생각하는 듯했다.

"나 또한 상충되는 이해관계에 놓여 있지. 총장이자 네 아버지니까. 그러니까 우리, 한 가지 상충 요소만 가져가도록 하자, 알겠니?"

나는 하딘을 돌아보았다.

"아버지 말씀이 맞아. 그렇게 하는 게 나을 거야. 괜찮아."

나는 하딘을 안심시켰다. 그는 내 손을 놓으며 고개를 끄덕였다.

"하딘, 부탁인데 최선을 다해야…."

하딘은 한 손을 들어올렸다.

"네, 그럴게요."

하딘은 내 이마에 입을 맞추었다.

네 명 모두 회의실 안으로 들어갔다. 랜던에게 나와 함께 기다려달라고 부탁하고 싶었다. 하지만 하딘도 그가 필요할 거다. 밖에 앉아 기다리는 동안, 내가 너무나 쓸모없는 것처럼 느꼈다. 저 안에서는 근엄한 사람들이 하딘의 미래를 쥐락펴락하고 있는데, 나는 아무 것도 못하고 여기 앉아만 있다. 아, 내가 도울 방법이 하나 있을 것 같다.

휴대전화를 꺼내 제드에게 메시지를 보냈다.

나, 지금 대학 본관에 있어. 이리로 와줄래?

답장을 기다리며 휴대전화를 뚫어지게 쳐다보았다. 채 1분도 되지 않아 답이 왔다.

알았어, 그리로 갈게.

밖에서 기다릴게.

나도 얼른 답을 보냈다.

회의실을 슬쩍 쳐다보고, 밖으로 나갔다. 날씨는 추웠다. 무릎 길이의 원피스를 입고 기다리기엔 너무 추웠다. 하지만 어쩔 수 없었다.

잠시 기다리다 안으로 들어가기로 했다. 그때 막 제드의 트럭이 주차장에 들어왔다. 제드가 차에서 내렸다. 검정색 트레이닝 상의에 블랙진 차림이다. 얼굴에는 온통 시커먼 멍자국 투성이였다. 어제 봤는데도 다시 보니 깜짝 놀랄 정도였다. 그는 양 주머니에 손을 꽂으며 내 앞에 섰다.

"만나줘서 고마워."

"내가 만나자고 했잖아, 기억 안 나?"

제드가 미소를 지었고, 불안감이 약간 덜어졌다. 나도 따라 웃었다.

"네 말이 맞네."

"네가 병원에서 했던 말, 다시 얘기해보고 싶었어."

내가 얘기하려고 했던 바로 그 주제다.

"나도."

"네가 먼저 얘기해."

"스테프가 그러더라. 네가 트리스탄한테 하딘을 고소할 거라고 했다고."

멍들고 핏발 선 그의 눈을 최대한 피하며 말했다.

"그랬지."

"근데 나한테는 고소 안 한다고 했잖아. 왜 거짓말했어?"

내 목소리는 상처 받았다는 걸 표현하려는 듯 떨리고 있었다.

"거짓말 아니야. 그땐 진심이었어."

나는 그에게 가까이 다가갔다.

"그럼 왜 생각이 바뀐 건데?"

그가 어깨를 으쓱했다.

"여러 가지 때문에. 하딘이 나한테 저지른 짓들을 생각해봤어. 그리고 너도. 하딘한테 이런 결과를 회피할 자격 같은 건 없어."

그는 내게 눈짓을 했다.

"나를 좀 봐, 제발."

이 상황에서 제드에게 무슨 얘기를 해야 할까. 그는 충분히 하딘에게 화를 낼 수 있다. 그래도 그가 법적 조치까지 취하지는 않았으면 좋겠다.

"하딘은 벌써 학교 이사회에 회부되어서 곤란한 지경에 처해 있어."

제드가 마음을 바꾸기를 바라며 말했다.

"전혀 곤란하지 않을걸. 스테프가 얘기해줬어. 걔네 아빠가 총장이라고."

제드가 콧방귀를 뀌었다.

'스테프는 왜 그딴 소리를 한 거야?'

무슨 말인지 알아들었다는 듯, 나는 고개를 끄덕였다.

"그렇다고 해서 모든 게 해결되는 건 아니잖아."

내 말은 제드의 화만 돋울 뿐이었다.

"테사, 넌 늘 하딘만 두둔해. 걔가 무슨 짓을 하든, 넌 언제나 걔를 위해 나서 싸울 태세를 갖추고 있잖아!"

"그렇지 않아."

거짓말을 했다.

"아냐, 맞아!"

믿을 수 없다는 듯 그가 양손을 털썩 떨어뜨렸다.

"너도 그렇다는 거 알잖아! 걔를 떠나라고 했던 내 말을 생각해보겠다고, 네 입으로 말했어. 그러더니 바로 며칠 후에 걔랑 같이 타투샵에 갔잖아. 내가 다 봤어. 그게 말이 돼?"

"이해 못 하겠지만, 난 하딘을 사랑해."

"그렇게 걔를 사랑한다면서, 왜 시애틀로 도망치려고 한 건데?"

당황스러웠다. 나는 잠시 아무 말도 못 하고 있었다.

"도망치는 거 아니야. 더 나은 기회가 있어서 가려고 하는 거야."

"걘, 너하고 같이 가지 않을 거야. 패거리 애들이 다 그러더라, 알아?"

뭐라는 거야?

"하딘도 가겠다고 했어."

또 거짓말을 했다. 하지만 제드는 사실을 알고 있을 거다. 제드의 눈이 이글이글 타올랐다. 그는 옆쪽으로 시선을 돌렸다가 다시 나를 노려보았다.

"그럼 분명히 말해. 나한테 일말의 감정도 없다고. 손톱만큼도 없다고 하면, 하딘을 고소하지 않을게."

바로 그 순간, 공기는 더 차가워졌고 바람은 더 세게 불었다.

"뭐라고?"

"들었잖아. 나한테 말해보라고. 널 내버려 두라고, 다시는 말도 걸지 말라고 해봐. 그럼 그렇게 할 테니까."

그의 요구를 듣고 나니 오래 전, 하딘이 내게 했던 말이 떠올랐다.

"그러긴 싫어. 다시는 절대 얘기도 하지 않겠다니, 그건 못 해."

"그럼, 대체 네가 원하는 게 뭐야?"

제드의 목소리에는 슬픔과 분노가 뒤엉켜 있었다.

"너도 나만큼 혼란스러워 보인다고! 나한테 계속 문자 보내고, 계속 나를 만나고, 키스까지 하고, 한 침대에서 잠까지 자고. 걔한테 상처 받고는 항상 나한테 달려오고! 도대체 나한테 원하는 게 뭐야?"

병원에서 내 생각을 명확하게 말했어야 했다.

"나도 모르겠어, 너한테 뭘 원하는 건지. 하지만 나는 하딘을 사랑하고, 그 사실만은 변하지 않을 거야. 널 혼란스럽게 만들어서 정말 미안해. 근데 난⋯."

"그럼 왜 일주일 후에 시애틀에 가려는 거야? 왜 개한텐 그 사실을 말하지도 않은 거냐고!"

제드가 내게 소리쳤다. 그는 부들부들 떨고 있었다.

"모르겠어⋯. 기회가 되면 하딘한테도 얘기할 거야."

"넌 개한테 얘기하지 않을걸. 그럼 개가 널 떠날 거라는 걸 너도 잘 알고 있을 테니까."

제드가 일갈했다. 그의 시선이 내 뒤로 움직였다.

"그건, 그러니까⋯."

무슨 말을 해야 할지 모르겠다. 제드 말이 맞다는 게 정말 두려웠다.

"어쨌든, 테사. 넌 나중에 나한테 고마워할 거야."

"뭘?"

제드는 입꼬리를 올리며 사악한 미소를 지었다. 그리고 내 뒤를 가리켰다. 온몸이 오싹해지며 떨렸다.

"너를 대신해 하딘한테 얘기해준 걸."

뒤를 돌아보았다. 하딘이 거기 서 있었다. 매서운 겨울바람 사이로 하딘의 씩씩거리는 숨소리가 똑똑히 들렸다.

5 • 하딘

밖으로 나왔다. 차가운 바람이 몸을 때렸다. 바람 속으로 목소리 하나가 들렸다. 이 순간 들을 거라 예상도 못 했던 목소리였다. 수많은 사람들이 나에 대해 주고받던 온갖 비난의 목소리들을 참아내야 했다. 그저 잠자코 있을 수밖에 없었다. 그 시간이 지나고, 오로지 내가 듣고 싶었던 건, 테사, 내 천사의 목소리뿐이었다.

그녀의 목소리가 들린다. 그런데 그 자식의 목소리도 들린다. 모퉁이를 돌아가 보았다. 진짜로 그 자식이 있었다. 그들이 함께 있다. 테사와 제드.

'저 빌어먹을 자식은 왜 또 여기 있는 거지? 왜 테사는 밖에서 저 자식이랑 얘기하고 있는 거야? 대체 저 자식과 떨어지라는 내 말은 왜 안 듣는 거지?'

제드의 언성이 높아졌다. 그들을 향해 다가갔다. 그 누구도 테사에게 그런 식으로 소리 지르진 않는다. 녀석의 입에서 시애틀 얘기가 나왔다…. 걸음을 멈추었다.

'테사가 시애틀로 가려는 건가? 그걸 제드 녀석도 알고 있는데, 나만 몰랐어?'

말도 안 되는 상황이다. 이건 정말 말도 안 된다. 나한테 말 한마디 없이 테사가 떠날 계획을 했을 리 없다….

쓰레기통 같은 너저분한 생각들을 정리해보려고 애를 썼다. 제드가 거친 눈빛으로 나를 조롱하듯 비웃고 있었다. 테사가 나를 돌아보았다. 테사의 움직임은 충격을 받은 듯 느리기만 했다. 그녀의 회청색 눈은 동그래졌고, 나와 눈이 마주치는 순간 눈동자가 튀어나올 것만 같았다.

"하딘…."

분명 테사 입에서 나온 소리였지만, 너무 작았다. 그마저도 바람에 쓸려 날아가버렸다.

무슨 말을 할지 몰라, 그대로 서 있었다. 입이 떡 벌어졌다, 닫혔다가, 또 벌어졌다. 그러다 마침내 말을 내뱉었다.

"이게 네 계획이었어?"

그녀는 머리카락을 뒤로 넘겼다. 입모양은 금세 울상이 됐다. 두 손으로 자기 팔을 비비고만 있었다.

"아냐! 그런 거 아니야, 하딘. 난⋯."

"엿 같은 배신자들, 넌⋯."

나는 역겨운 자식을 가리켰다.

"이 구역질나는 새끼! 내 뒤에서 모사를 꾸며? 내 여자를 떼어내려고, 그것도 몇 번씩이나! 그렇게 얻어터지고도 여전히 뒤에서 그딴 짓을 벌이고 있는 거냐?"

어이없게도 자식이 감히 입을 놀린다.

"테사가⋯."

"그리고 너⋯."

나는 뾰족한 하이힐의 뒷굽으로 나를 처참히 짓밟은 금발의 여자를 가리켰다.

"넌 여전히 내 마음을 갖고 놀고 있어. 아무 상관없는 척하더니. 그동안 내내 나를 떠날 궁리를 하고 있었어! 내가 시애틀에 안 갈 거, 너도 알잖아. 그런데도 거기로 튈 생각을 해? 나한테 한마디 말도 없이?"

테사의 눈이 반짝거렸다. 그녀가 애원하듯 말했다.

"이래서 너한테 아직 말하지 않은 거야, 하딘. 네가 이러니까⋯."

"입 닥쳐."

그녀가 손을 가슴으로 가져갔다. 내 말에 상처라도 받은 것처럼. 아마 그렇겠지. 나도 그러길 원했다. 그래야 내가 느끼는 아픔을 그녀도 느낄 수 있을 테니까. 어떻게 나를 이런 식으로 엿 먹일 수 있는 거지? 게다가 하필이면 그 많은 사람 중에 제드 앞에서.

"저 자식은 왜 여기 있는 건데?"

그녀에게 물었다. 테사가 제드를 돌아보았다. 나를 보며 날리던 비웃음은 온데간데 없이 사라졌다.

"내기 여기서 만나자고 부탁했어."

놀라는 척하며 휘청거렸다. 아니다, 진짜 놀랐다. 이 기분을 뭐라고 해야 할지 진짜 모르겠다. 정체 모를 감정들이 일순간에 휘몰아쳤다.

"또 시작이구나! 너희 둘, 분명히 여기서 무슨 짓을 꾸미고 있었어."

"제드한테 고소하지 말아 달라고 얘기하려던 것뿐이었어. 널 도와주려고 온 힘을 다해 애쓰는 중이야, 하딘. 제발 내 말 좀 들어줘."

테사가 내 앞으로 다가왔다.

"집어치워! 너희들이 하는 얘기 다 들었어. 너, 쟤를 원하지 않는다면, 지금 당장 얘기해, 내 앞에서."

테사는 젖은 눈으로 조용히 나에게 애원했다. 자기가 졌노라고, 내 앞에서 제드 자식을 모욕하지 말라고. 그렇다고 눈 하나 깜짝할 내가 아니다.

"당장! 안 그러면 너랑은 끝이야."

내 입에서 나온 최후 통첩이 비수가 되어 날아갔다.

"널 원하지 않아, 제드."

테사가 나를 마주보며 입을 열었다. 갑자기 튀어나온 그녀의 목소리에 당혹감이 담겨 있었다. 그런 말을 하는 게 그녀에겐 상처가 되는 것 같았다.

"전혀?"

제드가 흘렸던 조소를 입가에 띠며 내가 물었다.

"전혀."

테사는 울상이 되었고, 제드는 머리를 쓸어 넘겼다.

"다시는 저 자식 만날 생각도 하면 안 돼."

테사에게 한 번 더 다짐했다.

"이제 쟤한테 똑바로 말해줘."

제드가 먼저 목소리를 높였다.

"하딘, 그만 좀 해. 그냥 좀 내버려 둬. 무슨 소린지 잘 알았어. 테사, 너도 저 자식의 역겨운 게임에 놀아날 필요 없어. 다 알았으니까."

녀석은 슬픔에 찬 어린아이처럼 가엾어 보였다.

"테사…."

나는 다시 말을 꺼냈다. 하지만 나를 올려다보는 그녀의 눈 속에 숨어 있는 감정을 보고야 말았다. 맥이 탁 풀렸다. 역겨움. 그녀의 눈은 나에 대한 역겨움으로 가득 차 있었다. 테사가 다가왔다.

"아니, 하딘. 난 말하지 않을래. 제드와 함께하고 싶어서가 아니라, 그런 말을 하기 싫어서야. 난 널 사랑해, 오로지 너만. 그런데도 넌 이런 짓을 하고 있잖아. 네 욕심을 채우려고. 이건 정말 추악해. 그리고 잔인해. 난 네가 원하는 대로 하진 않을 거야."

테사는 이를 악물고 있었다. 울지 않으려고 애를 쓰는 거다.

'난 대체 무슨 짓거리를 하고 있는 거야?'

맹렬한 기세로 테사가 쏘아붙였다.

"집에 갈 거야. 네가 시애를 얘기를 하고 싶을 땐, 난 이미 거기 가 있을 거야."

테사는 돌아서 걸음을 옮겼다.

"너, 집에 갈 차도 없잖아!"

그녀를 향해 냅다 소리를 질렀다. 제드가 테사 쪽으로 팔을 뻗었다.

"내가 데려다줄게."

참고 있던 마지막 이성이 와장창 무너져 내렸다.

"네놈 때문에 이 개판이 돼버린 거야. 죽여버릴 거야, 이번엔 뼈 정도 부러지는 걸로 끝나지 않아. 진심으로 네 대가리를 바닥에 처박아 부숴버릴 거라고. 네놈이 피 흘리며 죽어 가는 걸 내 눈으로…."

"그만 해!"

테사가 돌아서며 소리쳤다. 그녀는 두 귀를 막고 있었다.

"테사, 혹시…."

제드가 부드럽게 말을 걸었다.

"제드, 지금까지 네가 해준 건 다 고마워. 근데 너도 좀 그만해."

테사는 단호하게 말하려 애를 썼다. 하지만 처참하게 실패하고 말았다.

제드는 한숨을 푹 내쉬더니, 발길을 돌려 가버렸다.

차를 세워 둔 곳으로 향했다. 거의 다 오자마자 아빠와 랜던이 나타났다. 제기랄. 뒤에서 또각거리는 테사의 구둣발 소리가 들렸다.

"우리, 가려고요."

그들이 말을 꺼내기 전에 내가 먼저 말했다.

"좀 있다가 전화할게."

테사가 랜던에게 말했다.

"그래도 수요일엔 가는 거지, 그치?"

랜던이 되물었다. 테사가 억지로 웃어 보였다. 눈 속에 공포를 숨긴 채.

"그럼, 당연하지."

랜던이 나를 노려보았다. 우리 사이에 흐르는 팽팽한 긴장을 알아차린 거다.

'저 녀석도 테사의 계획을 알고 있을까? 그렇겠지. 저 녀석도 그 결정을 도왔겠지.'

먼저 차에 올라탔다. 인내심이 한계에 오른 걸 숨기고 싶지 않았다.

"전화할게."

테사가 한 번 더 랜던에게 말하고, 아버지에게 손을 흔들어 인사했다. 그녀가 차에 타고 안전벨트를 매자, 나는 바로 오디오를 껐다.

"계속 해봐."

그녀가 말했다. 감정이라곤 하나도 담겨 있지 않은 건조한 목소리였다.

"뭐라고?"

"계속해보라고. 나한테 계속 소리쳐보란 말이야. 그럴 거잖아."

말문이 막혔다. 당연히 소리 지르려고 했다. 하지만 그녀가 무방비 상태에서 훅 들어와버렸다. 물론 알았겠지. 늘 벌어지는 일이었으니까. 늘 내가 하던 짓이니까….

"안 해?"

테사는 입을 꽉 다물었다.

"너한테 소리 지르지 않을 거야."

테사는 나를 슬쩍 쳐다보더니 창밖으로 시선을 돌렸다.

"너한테 소리치는 거 말고 뭘 해야 할지 모르겠다…. 그게 문제인가 봐."

나는 패배감에 빠져 한숨을 내쉬었다. 운전대에 머리를 기댔다.

"네 뒤에서 꾸민 일이 아니야, 하딘. 일부러 그런 것도 아니고."

"근데 그런 것처럼 보여."

"너한테는 절대 그런 짓 안 해. 널 사랑하잖아. 우리가 이걸 다 극복해내면 넌 이해하게 될 거야."

그녀의 말은 먹히지 않았다. 나는 화가 치밀었다.

"네가 곧 떠날 거라는 건 이해하지. 언제 가는지조차 모르지만 말이야. 우린 같이 살잖아, 테사. 한 침대를 쓰면서. 근데 넌 나를 떠날 준비를 하고 있었어. 난 항상, 네가 그럴 거라 생각했어."

딸깍 하며 안전벨트 풀리는 소리가 들렸다. 그녀는 내 어깨를 잡고 내 몸을 뒤로 밀었다. 눈 깜짝할 새에 그녀가 내 다리 위에 올라앉았다. 허벅지의 맨살이 내 다리에 닿았고, 차가운 두 팔로는 내 목을 감싸 안았다. 그리고 눈물로 얼룩진 얼굴을 내 가슴에 파묻었다.

"얼른 내려와."

그녀의 팔을 풀려고 애썼다.

"왜 넌 항상 내가 널 떠날 거라고 단정짓는데?"

끌어안은 그녀의 손에 힘이 들어갔다.

"그럴 거니까."

"널 떠나려고 시애틀로 가려는 게 아니야. 나를 위해서, 내 미래를 위해서 가려는 거야. 늘 거기 가고 싶어 했잖아. 이번에야말로 둘도 없는 기회야. 우리가 어떻게 해야 할지 갈팡질팡하는 동안 반스 씨에게 요청했어. 그리고 너한테도 몇 번이나 말하려고 했어. 근데 넌 내 말을 단칼에 잘라내고, 심각한 얘기는 하려고 하지도 않았잖아."

내가 생각할 수 있는 장면이라곤 이것뿐이다. 테사는 자기 짐을 다 싸놓고, 아무렇지도 않게 나를 떠나버리는 거다. 식탁 위에 빌어먹을 쪽지 한 장 남겨 둔 채로.

"내 탓으로 돌리려고 하지 마."

생각했던 것만큼 설득력 있게 들리지는 않았다.

"널 탓하는 게 아니야. 네가 날 이해 못 할 줄 알았어. 그래도 이게 나한테 얼마나 중요한 일인지 알잖아."

"그래서, 그 다음엔 어떡할 건데? 네가 거기 가고 나면, 난 너 없이 어떻게 살아. 널 사랑해, 테사. 그래도 시애틀엔 가지 않을 거야."

"왜? 넌 시애틀이 어떤지 모르잖아. 적어도 노력은 해볼 수 있잖아. 그래도 싫으면, 영국으로 갈 수도 있고…, 어쩌면."

테사가 훌쩍거렸다.

"너도 시애틀이 좋은지 어쩐지 모르긴 마찬가지야."

공허한 눈빛으로 테사를 쳐다보았다.

"미안해, 하지만 넌 선택해야 해. 나인지 시애틀인지."

테사가 잠깐 나를 올려다보았다. 그러더니 말없이 조수석으로 옮겨 앉았다.

"지금 당장 결정하지 않아도 돼. 근데 시간이 많지는 않아."

차를 몰아 좁은 주차장에서 빠져나왔다.

"네가 결국 둘 중 하나를 선택하라고 하다니, 믿어지지가 않아."

테사는 나를 쳐다보지도 않았다.

"내가 시애틀을 어떻게 생각하는지 알잖아. 그 자식이랑 같이 있는 걸 보고도 내가 이성을 잃지 않은 걸 다행이라고 생각해."

"다행?"

테사가 콧방귀를 뀌었다.

"오늘 이미 기분 잡쳤거든. 이런 걸로 싸우지 말자. 금요일까지 답 기다릴게. 그렇지 않으면, 당연하지만, 넌 그때까지 내 눈앞에서 사라져 버려야 할 거야."

그럴 거라 생각만 해도 온몸이 오싹해진다.

테사는 날 선택하겠지. 아니, 선택해야만 한다. 우린 영국으로 갈 거니까. 이 거지 같은 것들을 모두 버리고. 테사가 오늘 수업을 죄다 빠지게 된 거에 대해선 일언반구도 없었다. 그건 기뻤다. 그 얘길 꺼내 또 다른 싸움을 벌이고 싶진 않았으니까.

"넌 진짜 이기적이야."

테사의 비난이 귀에 꽂혔다. 논쟁의 여지는 없다. 그녀의 말이 백 번 옳으니까. 그래도 할 말은 해야겠다.

"글쎄, 근데 너도 마찬가지인 거 아니야? 떠나려고 결정했으면서 나한테 얘기도 안 했잖아? 어디서 살려고? 살 집은 정했어?"

"아니, 내일쯤 알아보려고. 수요일엔 우리, 너네 가족이랑 여행 가야 하잖아."

무슨 소리인지 알아들을 수가 없어 잠깐 멈칫했다.

"우리?"

"네가 간다고 했었잖아…."

"아직 시애틀 폭탄에서 헤어나오지도 못했어, 테사."

그래, 안다. 나, 나쁜 놈이다. 그래도 이건 정말 엿 같은 상황이다.

"게다가 네가 다시 제드를 만났다는 사실도 잊지 마."

나는 계속 밀어붙였다. 테사는 내내 잠자코 있었다. 몇 번이나 그녀를 넘겨다보았다.

"이제 나한테 말도 안 할 거야?"

참지 못하고 내가 먼저 말했다. 막 우리…, 아니, 내 아파트에 도착한 참이었다.

"무슨 말을 해야 할지 모르겠어."

나지막한 목소리에 패배감이 묻어 있었다. 차를 세웠다. 번득, 생각이 하나 스쳐 지나갔다.

'제기랄.'

"너네 아버지 아직 집에 있을까?"

"어디로 가셨을지도 모르겠네…."

테사는 나를 쳐다보지도 않았다. 함께 차에서 내리며 말했다.

"같이 올라가보고, 어디로 데려다 드리면 되는지 내가 물어볼게."

"아냐, 내가 모셔다 드릴 거야."

테사가 웅얼거렸다. 바로 내 곁에서 함께 걷고 있었지만 멀리 있는 것처럼 느껴졌다.

하딘에게 너무나 실망했다. 물론 그도 나에게 화가 났겠지. 그래서 언성을 높이지 않고 얘기하기 어려웠겠지. 하딘의 반응은 예상보다는 나쁘진 않았다. 그래도 어떻게 나에게 선택을 강요할 수 있지? 시애틀이 나한테 어떤 의미인지, 얼마나 중요한지 뻔히 알면서. 이건 그를 위해 포기하고 말고 할 문제가 아니다. 그게 가장 상처 받는 부분이다. 입버릇처럼 나를 떠나보낼 수 없다고, 나 없이는 살 수 없다고 말하면서, 나한테 자기를 위해 모든 걸 포기하라고 최후 통첩을 한다. 이게 뭐야, 이건 말도 안 된다.

"혹시라도 우리 물건을 하나라도 훔쳐갔다간…."

현관문 앞에 다다르자 하딘이 말을 꺼냈다.

"됐어, 그만해."

부드럽게 묵살했지만, 내 목소리에 담긴 피로감을 그도 느낀 모양이었다.

열쇠를 꽂아 돌렸다. 아주 잠깐, 하딘의 말이 완전히 가능성이 없는 건 아니라는 생각이 스쳤다. 나도 아빠란 사람을 잘 모르는 건 마찬가지다. 집 안으로 들어가자 망상은 순식간에 사라졌다. 아빠는 소파에 철퍼덕 누워 있었다. 입은 크게 벌리고, 벌어진 입술 사이로 코 고는 소리가 새어나왔다. 하딘은 아무 말 없이 침실로 들어갔다. 나는 부엌으로 가 물 한 잔을 마시며, 어떻게 할까 잠시 생각했다. 하딘과 싸우기는 싫었다. 그를 생각하는 것만으로도 진절머리가 났다. 그가 많이 달라지긴 했다. 열심히 노력하기도 했고. 나는 그에게 기회를 주고 또 주었다. 하지만 그건 우리를 끝도 없는 싸웠다가 화해하는 굴레에 빠지게 만들었을 뿐이다. 누구라도 이런 굴레에서 쳇바퀴를 도는 데 진절머리가 났을 거다. 그와 계속 사귀고 싶다는 망령에 빠져서 언제까지 밀려드는 파도에 맞서 싸울 수 있을지, 나도 자신이 없다. 겨우 딛고 일어서는 걸 배웠다는 생각이 들 때마다 또 다른 갈등이 생겨 물 밑으로 빨려 들어가는 것 같았다.

식탁 의자에서 일어나 아버지를 건너다보았다. 여전히 코를 골고 있었다. 생각에 빠져 있지 않았더라면 그 소리에 깜짝 놀랐을 거다. 노선을 결정하고 침실로 향했다.

하딘은 팔베개를 하고 누워 천장을 쳐다보고 있었다. 그가 침묵을 깨면 말할 참이었다.

"나, 퇴학 당했어. 혹시라도 네가 궁금해 할까 봐."

그를 향해 재빨리 몸을 돌렸다. 심장이 방망이질 쳤다.

"뭐라고?"

"그랬다고. 당연하겠지만."

그는 어깨를 으쓱거렸다.

"정말 미안해. 내가 먼저 물어봤어야 하는데."

켄 씨가 엉망인 이 상황에서 아들을 구해줄 수 있을 거라 확신했다. 충격이었다.

"상관없어. 넌 제드에게 빠져 있었고, 시애틀로 튈 계획 중이었잖아. 안 그래?"

침대 모서리에 걸터앉았다. 최대한 그에게서 멀찍이 앉아 이를 악물었다. 이래 봤자 힘만 빼는 거다.

"제드에게 고소하지 말아 달라고 부탁하는 중이었어. 그런데 걔가 그러더라, 여전히…."

하딘이 조롱하는 표정으로 눈을 치켜떴다.

"걔한테 들었잖아. 나도 거기 있었어, 기억 안 나?"

"하딘, 그런 태도는 참을 만큼 참았어. 네가 화났다는 건 알지만, 무례하게 구는 건 그만해."

내 말이 먹히길 바라면서 천천히 얘기했다. 하딘은 잠깐 놀란 듯 싶었지만 금세 정신을 차렸다.

"뭐라고 그러셨어요?"

할 수 있는 한 최대한 무덤덤한 표정을 유지하려고 애를 썼다.

"나한테 그런 식으로 말하지 말라고."

"미안해. 근데 나 학교에서 쫓겨났어. 그리고 바로 네가 그 자식이랑 있는 걸 봤어. 그런 다음 네가 시애틀에 간다는 걸 알았지. 그럼 조금은 화내도 되지 않겠어?"

"그래, 그럴 수 있지. 그렇다고 나쁜 놈이 될 필요까진 없잖아. 난 우리가 성인답게 대화로 해결하길 바랐어…, 한 번만이라도."

"그게 무슨 뜻이야?"

그가 일어나 앉았다. 나는 여전히 거리를 두고 있었다.

"누구 하나가 떠나거나, 뭔가를 때려 부수지 않고도 문제를 해결할 수 있을 거라 생각해. 6개월이나 이런 걸로 오락가락했으면 말이야."

"6개월이라고?

그가 입을 떡 벌렸다.

"그래, 6개월."

어쩐지 어색해져서 그의 눈을 피했다.

"우리가 처음 만났을 때부터."

"그렇게 오래된 줄 몰랐는데."

"그래, 근데 6개월이나 흘렀어."

'난 꼭 평생 같았는데.'

"벌써? 시간이 그만큼 지난 거 같진 않았는데…."

"그게 문제야? 우리가 너무 오래 만나고 있었다는 게?"

결국 그의 초록색 눈동자를 쳐다보았다.

"아냐, 테사. 생각해보니 너무 이상한 것 같아. 그렇게 오래 누굴 만나본 적이 없었거든. 그러니까 6개월은 나한테 긴 시간이야."

"글쎄, 우리가 6개월 내내 사귄 건 아니었지. 대부분은 싸우거나 서로 피하면서 지냈으니까."

"넌 노아랑은 얼마나 사귀었는데?"

뜻밖의 질문에 깜짝 놀랐다. 노아와 사귄 얘기는 몇 번 했었다. 하지만 채 5분을 넘지 못했다. 하딘이 질투를 하는 바람에 갑자기 대화가 끝나버리곤 했다.

"기억이 날 때부터 쭉 우리는 제일 좋은 친구였어. 사귀기 시작한 건 고등학교 중간쯤이었고. 그전부터도 사귀고 있던 것 같긴 한데, 미처 깨닫지 못했던 거 같아."

조심스럽게 하딘을 쳐다보았다. 어떤 반응을 보일까?

노아 얘기를 꺼내니, 그가 보고 싶어졌다. 로맨틱한 그리움이 아니라, 오랫동안 못 본 가족을 그리워하는 기분이랄까?

"아."

그가 두 손을 다리 위에 내려놓았다. 문득 그의 손을 잡고 싶었다.

"너희 둘도 싸웠어?"

"가끔. 근데 그땐 무슨 영화를 볼지, 아니면 날 늦게 데리러 왔다든지 하는 걸로 싸웠어."

그는 다리 위에 놓은 손만 뚫어지게 보고 있었다.

"우리처럼 싸운 건 아니지?"

"누구도 우리처럼 싸울 거 같진 않아."

하딘을 안심시키려고 슬며시 웃었다.

"또 다른 건 뭘 했는데? 그러니까 노아하고 말이야."

하딘은 이런 아이 같다. 초록색 눈동자는 밝게 빛나고, 두 손은 바들바들 떨며 침대에 앉아 있는 작은 아이. 나는 가만히 어깨를 으쓱했다.

"사실 별다른 걸 하진 않았어. 같이 공부하고, 수백 편의 영화를 봤지. 우리는 베스트 프렌드였던 거 같아."

"넌 걔를 사랑했잖아."

저 아이가 한 번 더 기억을 떠올리게 한다.

"널 사랑하는 것처럼은 아니었어."

전에 수도 없이 했던 말이다.

"넌 걔를 위해 시애틀에 가는 걸 포기할 수 있었을까?"

애꿎은 손톱을 뜯으며 하딘이 말했다. 그가 나를 쳐다보았다. 그의 눈 속에 불안감이 넘실댔다.

이래서 노아 얘기를 하고 싶었던 거구나. 자존감 낮은 하딘은 결국 거기까지 생각이 미친 거다. 필요하다고 생각되면 누구든, 뭐든 자기와 비교하고야 마는 지경에 이르렀다.

"아니."

"왜?"

나는 손을 뻗어 그의 손을 잡았다. 하딘의 내면에 있는 아이를 안심시켜주고 싶었다.

"선택할 필요조차 없었을 테니까. 노아는 내 계획과 꿈을 알고 있었거든. 그러니까 그런 선택을 할 필요도 없었겠지."

"난 시애틀에 아무 것도 없어."

하딘이 한숨을 쉬었다.

"나…, 내가 있잖아."

"그걸로는 충분하지 않아."

'아….'

그에게서 손을 떼었다.

"멍청한 소리인 거 알아. 그치만 사실이야. 난 거기에 아무 것도 없어. 넌 새 직장이 있잖아. 새 친구들도 생길 거고…."

"너도 새 일자리를 얻을 수 있어. 크리스찬이 너한테 일자리를 주겠다고 했어. 그럼 우리는 같이 새 친구들을 만들 수 있을 거고."

"크리스찬과 일하고 싶지 않아. 그리고 네가 친구로 고르는 사람들은 내가 어울리고 싶은 사람들과 다를 거야. 거기서 우리는 너무나 다를 거야."

"그건 아무도 모를 일이야. 난 스테프하고 친구잖아."

"그건 너희들이 룸메이트였기 때문이고. 거기로 이사 가고 싶지 않아, 테사. 게다가 퇴학까지 당했잖아. 영국으로 돌아가서, 거기서 대학을 마치는 게 일리가 있지."

"너한테만 일리 있는 게 전부는 아니잖아."

"넌 나를 속이고 제드를 자꾸 만나잖아. 네 주장만 할 입장은 아닐 텐데."

"진심이야? 그건 우리 관계가 불확실할 때였잖아. 난 다시 돌아오기로 했고, 넌 나를 잘 대해주기로 했잖아."

나는 침대에서 일어나 방 안을 왔다 갔다 했다.

"너도 나 몰래 걔를 두들겨 팼잖아. 결국 그걸로 퇴학까지 당했고. 네 주장만 할 입장이 아닌 사람은, 바로 너야."

"넌 나한테 이 모든 걸 숨겼잖아!"

하딘의 언성이 높아졌다.

"나를 떠날 계획을 하면서 니한테 아무 얘기도 안 했잖아!"

"나도 알아! 그건 미안해. 근데 누가 더 잘못했나 시시비비하는 대신에, 절충안 같은 걸 찾아보는 게 어떨까?"

"너…"

그가 말을 멈추고 침대에서 벌떡 일어섰다.

"네가 무슨 생각을 하는지 모르겠어. 너한테 너무 화가 나."

"그런 식으로 알게 한 건 정말 미안해. 근데 뭐라고 말해야 할지 나도 모르겠어."

"가지 않겠다고 말해."

"지금 당장? 그럴 순 없어. 그래야 할 필요도 없고."

"그럼 언제? 난 더 기다리진 않을 거야."

"안 기다리면? 떠나기라도 할 거야? 그럼 대체 '처음 당신을 만난 그날부터 절대로 헤어지지 않기만을 바랐다'는 뭔데?"

"이 와중에 그 얘기를 끄집어내? 내가 그 빌어먹을 타투를 하기 전에 시애를 얘기를 꺼냈어야 한다고 생각하진 않아? 그렇게 비꼬아 봤자 아무 소용 없어."

하딘이 나를 향해 다가오며 으름장을 놓았다.

"그러려고 했다고!"

"근데 안 했잖아."

"내가 대체 몇 번이나 그 얘기를 해야겠어? 이러다가 하루 종일 공방전만 하게 될 거야. 나, 그런 기운 없어. 난 끝났어."

"끝났다고? 넌 다 끝났다고?"

하딘이 비꼬며 말했다.

"그래, 난 다 끝났어."

사실이다. 시애틀 가지고 하딘과 싸우는 건 끝이다. 숨이 막히고 절망스럽기만 하다. 이 정도면 충분하다.

하딘이 옷장에서 검정색 트레이닝복을 꺼내 입었다. 그리고 부츠를 신었다.

"어디 가려고?"

"이 집구석에서 되도록 멀리."

하딘은 씩씩거렸다.

"하딘, 네가 나가지 않아도 돼."

하딘은 내 말을 귓등으로도 안 듣고 문을 열어젖혔다.

아빠가 거실에 있지 않았다면, 하딘을 쫓아가 못 나가게 했을 거다. 근데 솔직히 하딘을 쫓아가는 것도 이제 지겹다.

그새 테사 아버지는 잠이 깬 모양이었다. 소파에 팔짱을 끼고 앉아 멍하니 창밖을 바라보고 있었다.

"차 태워 드릴까요?"

사실 이 남자를 데려다주고 싶은 생각은 없었다. 그렇대도 테사와 이 남자를 단둘이 둘 순 없는 노릇이다.

남자는 놀란 듯 내 쪽으로 고개를 돌렸다.

"아, 그래. 근데 괜찮겠어?"

"네."

말이 떨어지기 무섭게 대답했다.

"그래. 테시한테 작별 인사라도 하고 싶은데."

남자는 침실 쪽을 쳐다보았다.

"그러세요. 차에 먼저 가 있을게요."

현관문을 나섰다. 하지만 이 거렁뱅이 늙은이를 떨궈주고, 어디로 가야 할지 잘 모르겠다. 하지만 내가 여기 있는 건 우리 둘 모두에게 좋을 게 없다. 나 자신에게 너무 화가 난다. 비난 받아야 할 대상은 테사가 아니라는 걸 잘 안다. 하지만 나는 남에게 모든 화살을 돌리는 데 너무 익숙해져 있다. 게다가 테사는 늘 나와 함께였다. 그러니 그녀가 가장 쉬운 타깃이 된 거다. 그래, 난 정말 못난 놈이다. 차 안에 앉아 아파트 현관을 뚫어지게 쳐다보며 리차드를 기다렸다. 얼른 나오지 않으면 그냥 버려두고 갈 거다. 그러다 곧 한숨을 쉬었다. 남자를 테사와 함께 여기 두는 게 더 싫었다.

드디어 남자가 '최고의 아버지 상'이라도 탄 것처럼 위풍당당하게 걸어나왔다. 그러더니 쌀쌀한지 걸어 올린 소매를 내렸다. 테사가 내 옷이라도 건네줘 입고 나올 줄 알았다. 하지만 남자는 어제 입은 옷 그 대로였다. 깨끗이 세탁만 되어 있을 뿐이다. 젠장, 테사는 정말 착하다.

남자가 조수석 문을 열었고, 나는 라디오 볼륨을 크게 올렸다. 제발 시답잖은 대화 따위를 시도하지 말아야 할 텐데.

"테사가 자네한테 조심하라고 전해 달라네."

남자는 차에 타자마자 말을 꺼냈다. 그러고는 안전벨트를 맸다. 마치 어떻게 하는지 보여주려는 듯한 동작으로. 자기가 무슨 승무원이라도 된 줄 아나 보다. 남자에게 고개만 살짝 까딱하곤 곧 도로로 진입했다.

"오늘 회의 결과는 어땠나?"

"뭐라고요?"

남자를 향해 인상을 찌푸렸다.

"그냥 궁금해서."

남자는 다리에 손을 얹어 손가락으로 툭툭 두드렸다.

"테사가 자네와 같이 가줘서 기뻤다네."

"그러게요."

"걘, 제 엄마를 많이 닮았어."

나는 남자를 노려보았다.

"테사는 그 여자와 손톱 만큼도 닮은 구석이 없다고요."

'뭐야, 고속도로에 자기를 버리고 가라고 몸부림이라도 치는 거야?'

남자가 웃음을 터뜨렸다.

"당연히 좋은 면만 말하는 걸세. 테사는 딱 걔 엄마 캐롤처럼 고집불통이거든. 자기가 하고 싶은 건 꼭 해야 해. 하지만 테시가 훨씬 다정하고 온화하긴 하지."

되도 않는 '테시' 타령을 또 시작했다.

"너희 둘이 다투는 소리를 들었다. 그 소리에 잠이 깼거든."

"해가 중천에 뜰 때까지 소파 차지하고 주무시던 걸 깨워서 정말로 죄송하네요."

또 저렇게 기분 나쁘게 웃는다.

"알았네, 친구. 자넨 온 세상에 화가 나 있군. 나도 그랬다네. 젠장, 지금도 그렇지만. 그래도 자네의 허물을 기꺼이 덮어줄 누군가를 만나게 되면, 더 이상 화내지 않게 될 거야."

'이보세요, 영감님. 대체 무슨 얘기를 하고 싶은 거요? 당신 딸이 나를 미치도록 화나게 만든다고요.'

"저기요, 이제 그쪽이 생각했던 것만큼 나쁜 인간이 아니라는 건 인정할 참이었어요. 그렇다고 당신한테 충고를 듣고 싶은 건 아니거든요. 그러니까 제발 나한테 신경 좀 꺼줄래요?"

"충고하는 게 아니라, 경험을 얘기하는 거야. 너희 둘 사이가 끝나는 걸 보고 싶진 않거든."

'끝나다니, 무슨 그런 말씀을.'

나는 그저 테사와 함께이길 원한다. 그리고 반드시 그럴 거다. 테사도 결국엔 승복하고 나를 따르게 될 거다. 이유를 막론하고 테사가 제드 자식을 다시 우리 사이에 끌어들인 게 화가 나 미칠 지경이었다.

빌어먹을 라디오를 껐다.

"당신은 나를 몰라요. 테사도 마찬가지고. 무슨 문제인지도 모르면서 왜 나서는 거예요?"

"네가 테사한테는 잘 맞는 좋은 상대라는 걸 아니까."

"아, 그러세요?"

잔뜩 빈정거리며 대답했다. 다행인 건 이제 남자를 만났던 동네에 거의 도착했다는 거다. 이 대화도 곧 끝나겠지.

"물론."

남자의 말이 귓전을 때렸다. 이 얘긴 절대 누구한테도 안 할 거다. 하지만 내가 테사에게 잘 맞는 상대란 얘기를 다른 사람한테 들은 건 사실 조금 좋다. 그 사람이 술주정뱅이 아버지라도 말이다. 좋아, 이건 접수!

"테사를 또 만날 건가요?"

대답할 겨를을 주지 않고, 내가 덧붙였다.

"근데 어디에 내려주면 됩니까?"

"어제 우리가 만났던 가게 근처에 내려줘. 거기라면 잘 아니까. 그리고 난 내 딸을 또 만날 거야. 내가 망쳐놓은 걸 만회하려면 한참 멀었거든."

"네, 그렇긴 하죠."

타투샵 옆 주차장은 텅텅 비어 있었다. 그럴 만도 하다. 아직 오후 1시도 되지 않았다.

"저기 길 끝까지 태워줄 수 있겠나?"

나는 고개를 끄덕이고, 타투샵을 지나쳤다. 거리 끝에는 술집 하나와 다 쓰러져 가는 빨래방만 있었다.

"태워다줘서 고맙네."

"네."

"같이 들어갈 텐가?"

그가 차에서 내려 작은 술집으로 들어가면서 고개를 까딱거렸다. 테사의 술주정뱅이 노숙자 아버지와 술을 마신다? 좋은 생각인 것 같지는 않았다. 그래도 뭐, 내가 옳은 결정만 하는 사람은 아니니까.

"빌어먹을."

차에서 내려 남자를 따라 들어가며 중얼거렸다. 딱히 갈 데가 있는 것도 아니었다.

술집 안은 컴컴했고, 곰팡이와 위스키 냄새 같은 것들이 훅 끼쳤다. 남자를 따라 비좁은 카운터 자리로 갔다. 남자와의 사이에 빈 자리를 하나 두고 앉았다. 10대 딸의 티셔츠 같은 걸 입은 중년의 여자가 우리를 향해 걸어왔다. 여자는 아무 말도 없이 얼음이 든 위스키 잔을 리차드에게 미끄러뜨려 건넸다.

"뭘로 드려요?"

여자가 내게 물었다. 여자의 목소리는 나보다 더 낮고 걸걸했다.

"같은 걸로 주세요."

이래선 안 된다고 경고하는 테사의 목소리가 귓전에서 종이 울리듯 또렷하게 들렸다. 종소리를 떨쳐버리고 그녀마저 밀어냈다. 잔을 들어 건배를 하고 한 모금씩 마셨다.

"돈벌이도 없으면서 어떻게 술은 마실 수 있죠?"

"이틀에 한 번씩 이 술집 청소를 하거든. 그래서 술이라면 얼마든지 마실 수 있지."

남자는 쑥스러운 목소리로 말했다.

"술 마시는 대신 급료를 받지 그래요?"

"글쎄, 그러려고 노력하고 또 노력해봤지."

남자는 반쯤 뜬 눈으로 자기 잔을 노려보았다. 잠깐 동안 그의 눈동자는 내 눈빛과 비슷했다. 그의 눈 속에서 그림자 같은 내 모습을 볼 수 있었다.

"내 딸을 더 자주 볼 수 있다면 그게 좀 쉬워지겠지. 그걸 바라는 중이네."

가만히 고개를 주억거렸다. 쏘아붙이고 싶지도 않았다. 대신 차가운 술잔을 손으로 감싸 쥐었다. 머리를 뒤로 젖히며 마지막 남은 술을 끝까지 마셨다. 타는 듯한 느낌이 오히려 반가웠다. 거친 테이블 위로 빈 잔을 밀었다. 여자는 나와 눈을 마주치고는 또 한 잔의 술을 따라주었다.

8 · 테사

"너네 아빠?"

믿을 수 없다는 랜던의 목소리가 수화기 너머로 들렸다. 그동안 아빠가 돌아왔다는 얘기를 랜던에게 할 기회가 없었다.

"어제 길에서 마주쳤어…."

"어떠셨어? 무슨 말씀을 하셨는데? 행색은 괜찮아 보였고?"

"아빠는…."

이유는 모르겠지만 어쩐지 창피했다. 아빠가 아직도 술을 마시고 있단 소리를 랜던에게 하려니 말이다. 랜던이 아빠를 나쁘게 생각하지는 않겠지만, 어쨌든 조금 걱정스럽긴 하다.

"혹시 여전히…."

"맞아. 맞닥뜨렸을 때 취해 계시더라. 그래도 우리 집에 모시고 왔어. 여기서 하룻밤 묵으셨어."

나는 검지로 머리카락 한 다발을 잡아 빙빙 꼬고 있었다.

"하딘이 가만히 있었어?"

"별 말은 안 하더라고. 여긴 뭐, 내 집이기도 하니까."

딱 잘라 말했다. 하지만 곧 후회가 밀려와 사과를 했다.

"미안. 자꾸 하딘이 내 모든 걸 통제한다는 생각이 들어서."

"테사, 수업 끝나고 잠깐 들를까?"

랜던은 정말 너무 착하다. 말하는 것만 들어도 알 수 있다.

"괜찮아, 그냥 좀 감정이 격해졌어."

한숨을 쉬며 침실을 둘러보았다.

"사실, 나도 학교에 가야 하는데. 지금 가면 마지막 수업이라도 들을 수 있을 거야."

그럼 요가 수업을 듣고 커피도 마실 수 있을 거다. 랜던과 통화하며 요가복을 챙겨 입었다. 수업 하나 때문에 학교까지 운전해 간다니, 시간 낭비인 것도 같았다. 그래도 집에 앉아서 언제 들어올지도 모르는 하딘을 기다리고 싶진 않았다.

"소토 교수님이 너 왜 결석했는지 물으시더라. 교수님이 하딘을 위해 탄원서를 쓰셨대. 대체 무슨 일이 있었던 거야?"

"소토 교수님이? 전에 하딘을 도와주겠다고 하신 적은 있어. 근데 그게 진심이라고는 생각 안 했거든. 교수님이 하딘은 좋아하시는 건가?"

"좋아한다고? 하딘을?"

랜던이 웃음을 터뜨렸다. 나도 따라 웃을 수밖에 없었다.

머리를 묶으려다가 휴대전화를 싱크대에 떨어뜨렸다. 얼른 주워 다시 귀에 대었다. 랜던이 다음 수업 전에 도서관으로 가고 있다 말하는 소리가 들렸다. 작별 인사를 하고 전화를 끊었다. 그리고 하딘에게 보낼 메시지를 썼다. 내가 어디 있는지는 그도 알아야 하니까. 하지만 보내려다 말기로 했다.

시애틀 얘기는 하딘이 결국 받아들일 거다. 아니, 받아들여야만 한다.

학교에 도착하자, 바람이 다시 거세졌다. 하늘빛은 어두운 그림자를 드리우며 잿빛으로 변했다. 커피 한 잔을 사 들었다. 요가 수업까지는 아직도 30분이나 남았다. 도서관은 캠퍼스 반대편에 있다. 랜던을 만나러 가기엔 시간이 부족했다. 대신 소토 교수님의 강의실 밖에서 기다리기로 했다. 수업이 언제 끝나려나.

미처 궁리할 새도 없이 강의실 문이 열리더니 학생들 무리가 쏟아져 나왔다. 나는 학생들 틈바구니를 뚫고 강의실로 들어갔다. 교수님은 등을 돌리고 서서 가죽 재킷을 챙겨 들고 있었다. 마침내 교수님이 뒤로 돌더니 환한 미소를 지었다.

"미스 영!"

"안녕하세요, 교수님."

"무슨 일로? 오늘 못 들은 저널 주제를 알고 싶은 건가?"

"아니에요, 랜던에게 이미 들었어요. 감사 인사를 드리려고요."

나는 우물쭈물하며 멋쩍게 말했다.

"뭘 말인가?"

"하딘을 위해 탄원서를 써주신 거요. 하딘이 교수님을 잘 따르진 않았잖아요. 그래서 더 감사드려요."

"별 거 아니야. 진심으로. 누구나 양질의 교육을 받을 자격은 있는 거지. 인성이 엉망인 학생이라도 말이야."

교수님이 껄껄 웃었다.

"저도 그렇게 생각해요."

교수님께 미소를 지어 보이며 강의실을 둘러보았다. 무슨 얘기를 이어 나가야 할지 막막했다.

"어쨌든 제드 학생도 응당 치러야 할 대가는 치러야지."

교수님이 말을 이었다.

"무슨 말씀인가요?"

소토 교수님은 아차 싶은 듯 눈만 몇 번 깜박거렸다.

"아무 것도. 난 그저…, 하딘도 그럴 만한 이유가 있었다고 여길 뿐이야. 자, 이제 난 가봐야겠네. 회의가 있어서. 아무튼 들러줘서 고마워. 수요일 수업에서 봅시다."

"수요일엔 수업 못 들어갈 것 같아요. 여행 갈 예정이거든요."

교수님은 가볍게 손을 흔들어주었다.

"그래, 그럼 즐거운 시간 보내요. 다녀와서 만나지."

교수님은 재빨리 자리를 떴다. 여전히 어리둥절한 나만 우두커니 남겨둔 채로.

9 · 하딘

술친구인 리차드는 벌써 네 번째다. 술집에 들어와서 네 번이나 화장실로 부리나케 갔다. 바텐더 여자가 그를 좋아하는 눈치다. 근데 그게 어쩐지 불편했다.

"한 잔 더?"

고개를 끄떡이며, 무뚝뚝한 여자에게서 눈길을 돌렸다. 이제 겨우 오후 2시가 넘었다. 그리고 나는 네 잔을 마셨다. 얼음을 조금만 넣은 스트레이트 스카치 위스키는 그닥 나쁘지 않았다.

사고는 흐릿했고 분노는 아직 가라앉지 않았다. 누가 더, 아니 뭐가 더 미치게 화가 나는 건지 모르겠다. 시시콜콜 따져 묻는 건 포기하기로 했다. 그리고 이 거지 같은 상태를 그냥 놔두기로 했다.

"자, 여기 갑니다."

바텐더는 내 앞으로 술이 든 잔을 미끄러뜨렸다. 리차드는 내 옆자리에 바짝 붙어 앉았다. 남자가 우리 사이에 완충 지대가 필요하다는 사실을 숙지한 줄 알았는데. 이럴 거라고는 생각 못 했다.

그가 나를 향해 몸을 돌렸다. 덥수룩한 구레나룻을 벅벅 긁고 있었다. 소리도 역겹다.

"내 것도 주문했나?"

"그 수염 좀 깎으시죠."

술김에 입바른 소리를 내질렀다.

"이것 말인가?"

그러더니 수염을 또 한 번 벅벅 문질렀다.

"네, 볼썽사납거든요."

"괜찮아. 덕분에 뺨이 시리진 않거든."

남자가 웃음을 터뜨렸다. 더 말 섞기가 싫어서 술 한 모금을 마셨다.

"베스티!"

남자가 큰 소리로 여자를 불렀다. 여자는 고개를 끄덕이더니 카운터에 놓인 빈 잔을 끌어당겼다. 남자가 나를 쳐다보았다.

"뭘 마시고 있는지 얘기해줄 텐가?"

"아뇨."

스카치가 담겨 있는 잔을 들고 빙빙 원을 그리듯 돌렸다. 얼음 한 덩이가 유리잔에 쨍쨍 소리를 내며 부딪쳤다.

"그래, 질문은 하지 않겠네. 술이나 마시지."

남자는 어쩐지 기쁜 듯 말했다.

남자에게 이글거리던 증오가 어느덧 거의 사라졌다. 하지만 그것도 잠시뿐이었다. 내 머릿속에는 열 살 금발 소녀가 엄마의 온실로 숨어드는 장면이 그려졌다. 그녀의 회청색 눈동자는 한껏 커졌고, 공포가 가득했다. 그리고 흉측한 카디건을 입은 사내아이가 구원의 영웅처럼 나타났다.

"하나만 묻지."

남자가 불쑥 밀고 들어와 잠깐의 상상이 와장창 깨졌다.

나는 한숨을 크게 쉬며 술을 벌컥 마셨다. 뭔가 바보 같은 짓을 하지 말아야 할 텐데. 여자친구의 술주정뱅이 아버지와 함께 술을 마시는 것보다 더 바보 같은 짓 말이다. 이놈의 가족, 이 거지 같은 질문 공세.

"딱 하나만요."

"자네 정말로 학교에서 쫓겨난 건가?"

나는 바 이름이 적힌 네온사인으로 시선을 옮겼다. 남자의 질문을 생각하는 중이었다. 아, 네 잔…, 아니 다섯 잔째 술은 마시지 말았어야 했는데.

"아뇨. 근데 테사는 그렇게 생각해요."

"왜 그렇게 생각하는데?"

'귀찮은 영감탱이, 말도 많군.'

"제가 그렇게 얘기했거든요."

초점 없는 눈빛으로 남자를 바라보았다.

"하룻밤만에 이 정도 얘기해줬으면 된 거 아닙니까?"

"알았네, 자네 맘대로 하게."

남자는 싱긋 웃으며 내 잔에 부딪히려 잔을 들었다. 나는 고개를 가로저으며 잔을 치웠다. 내가 순순히 건배할 거라 예상하진 않은 모양이다. 남자는 멋쩍게 웃었다. 남자는 내게서 흥미로운 면을 발견한 듯했다. 내가 그에게서 짜증 나는 면을 발견한 것처럼.

남자 연배의 여자 하나가 그의 옆으로 와 앉았다. 여자는 가느다란 팔을 남자의 어깨에 둘렀다. 남자는 친근하게 여자를 맞았다. 여자는 노숙자 같진 않았지만, 확실히 남자와 아는 사이 같았다. 남자는 아마 대부분의 시간을 이 거지 같은 술집에서 보냈을 거다. 어수선한 틈을 이용해 휴대전화를 확인했다. 테사에게서는 전화는커녕 메시지 한 통도 없었다.

안심이 되면서도 짜증이 났다. 테사는 나와 얘기해 보려 시도조차 하지 않았다. 안심이 된 건 술에 취해서였고, 짜증이 난 건 벌써부터 테사가 보고 싶기 때문이었다. 목구멍으로 스카치가 넘어갈 때마다 그녀를 점점 더 원하게 된다. 그녀의 빈자리가 점점 더 커져만 간다.

'젠장, 대체 넌 나한테 무슨 짓을 한 거야?'

테사는 나를 너무나 화나게 만든다. 항상 나를 폭발하게 만드는 마지막 발화점이다. 내 주변을 기웃거리면서 나를 화나게 만드는 새로운 방법을 고안해 내는 것 같다. 사실, 그녀는 그러고 있을 거다. 침대에 다리를 꼬고 앉아, 밥맛 떨어지는 다이어리를 다리 위에 올려놓고, 무슨 말을 하고 무슨 짓을 해야 내가 미쳐 날뛸까 머리를 쥐어짜고 있을 거다. 펜 하나는 입에 물고, 다른 하나는 귀 뒤에 꽂은 채로.

우리가 함께 한 지도 6개월. 어언 6개월이 되었다. 정말 긴 시간이다. 내가 한 사람을 견딜 수 있을 거라 짐작했던 것보다 훨씬 더 긴 시간이다. 그렇지만 내내 사귀었던 것도 아니다. 대부분의 날들을 그녀에게서 멀어지려 애를 쓰며 보냈다, 아니, 허비해버렸다.

리차드의 목소리에 퍼뜩 정신이 들었다.

"이쪽은 낸시라고 하네."

여자를 향해 고개를 까딱하고는 다시 짙은 색깔 나무로 된 바 테이블을 뚫어지게 보았다.

"낸시, 이 예의 바른 청년은 하딘이야. 테시의 남자친구."

남자는 의기양양하게 말했다. 내가 자기 딸이랑 사귀는 게 뭐가 그리 자랑스러운 건지.

"테시한테 남자친구가 있었네! 테시도 왔어? 나, 너무 만나고 싶은데. 리차드가 딸 얘기를 얼마나 많이 했는지 몰라!"

"여기 없어요."

나는 퉁명스럽게 말했다.

"거참 안타깝네. 근데 걔 생일 파티는 어땠어? 지난 주말이었잖아, 맞지?"

여자가 물었다.

'뭐라고?'

리차드가 나를 쳐다보았다. 자기가 한 거짓말을 무마시키려고 무던히 눈짓을 하고 있었다.

"맞아, 완전 좋았지."

끼어들 틈도 없이 남자가 대답한다. 그리고 남아 있던 술을 꿀꺽 마셨다.

"잘됐네요."

낸시가 대답하고는 입구 쪽을 가리켰다.

"오, 저기 왔네요!"

내 시선이 문을 향해 꽂혔다. 아주 잠깐 여자가 테사를 말하는 건 줄 알았다. 하지만 그건 말도 안 된다. 여자는 테사를 만난 적도 없는데. 비쩍 마른 금발의 여자가 술집 안을 가로질러 우리 쪽으로 걸어왔다. 이 싸구려 술집이 이제 사람들로 북적이는군.

나는 빈 잔을 공중에 번쩍 들었다.

"한 잔 더."

혼잣말로 중얼거렸다.

"멍청한 자식."

술을 한 잔 더 받았다.

"이쪽은 내 딸, 섀넌이야."

낸시가 나에게 여자를 소개했다.

섀넌은 나를 아래위로 쳐다보았다. 그녀의 눈두덩이는 까만 거미줄이라도 앉은 듯 새까맸다. 이 애송이가 화장을 너무 짙게 하셨군.

"섀넌, 여긴 하딘이야."

리차드가 입을 뗐다. 나는 꿈쩍도 안 하고 그대로 있었다.

몇 달 전이었더라면, 아마 적어도 눈길 한 번쯤은 줬을지도 모른다.

이 술집의 역겨운 화장실에서 오럴 섹스를 시킬 수도 있었을 거고. 하지만 지금은 아니다. 그저 여자가 나를 쳐다보는 눈길을 거두길 바랄 뿐이다.

"그걸 벗지 않고 더 아래로 내릴 방법은 없는 것 같은데."

여자를 향해 쏘아붙였다. 여자는 셔츠 아랫단을 붙잡고 아래로 끌어내리고 있었다. 그래야 가슴골이 더 잘 보일 테니까.

"뭐라고?"

여자가 두 손을 허리에 대며 씩씩거렸다.

"내 얘기 들었잖아."

"다들 좀 진정하자고."

리차드가 손짓을 하며 말했다. 리차드의 말이 끝나자, 낸시와 헤퍼 보이는 그녀의 딸이 다른 테이블을 찾아갔다.

"잘 쫓아 보냈죠? 고마워하지 않아도 돼요."

남자에게 말했지만, 남자는 고개를 가로저었다.

"네 녀석은 진짜 불쾌한 개새끼로군."

그 말에 대꾸하기도 전에 남자가 덧붙였다.

"내가 저들을 얼마나 좋아하는데."

석 잔을 더 마셨다. 의자에 겨우 앉아 있을 지경이 되었다. 리차드는 분명히 살려고 술을 마시는 거다. 남자도 나와 똑같은 상황인 듯했다. 나한테 기댈 듯 몸이 기울어 있었으니까.

"그래서, 다음날 내가 집을 나갔을 때, 2마일이나 걸어야 했어! 당연히 비가 추적추적 내리기 시작했고…."

남자는 말을 이어나갔다. 마지막으로 체포됐던 때의 기억을 떠들고 있었다. 나는 계속해서 술을 마셨다. 남자가 내게 지껄이는 건 안 들리는 척 했다.

"비밀을 지켜야 하는 거라면, 적어도 자네가 왜 테시한테 퇴학당했다고 했는지 그 이유를 얘기해주게."

남자는 결국 이 말을 하고 말았다. 이 화제를 다시 꺼내려고 내가 술에 흠뻑 취할 때까지 기다렸을 거다.

"그렇게 해야 더 쉬워지니까요."

"뭐가 말인가?"

"테사를 데리고 영국으로 가고 싶거든요. 근데 테사가 영 시큰둥해요."

"무슨 말인지 모르겠네."

남자가 콧등을 찡긋거렸다.

"당신 따님은 나를 떠나고 싶어 한다고요. 그런 일이 벌어지게 둘 순 없어요."

"그래서 걔한테 학교에서 쫓겨났다고 얘기했나? 걔를 데리고 영국으로 가려고?"

"뭐, 그런 셈이죠."

남자는 자기 술잔을 내려다보다가 나를 쳐다보았다.

"진짜 어리석은 생각이네."

"알아요."

입 밖으로 꺼내고 보니 진짜 한심하게 들렸다. 한편으로는 말이 되는 것 같기도 했다.

"근데 당신이 뭔데 나한테 충고 같은 걸 하고 있죠?"

결국은 이 말이 튀어나왔다.

"아무 것도 아니지. 내가 하고 싶은 말은 자네가 결국은 딱 나처럼 끝장이 날 거란 거네. 계속 그런 식으로 한다면 말이야."

당장이라도 남자에게 꺼지라고, 당신 일에나 신경 쓰라고 말하고 싶었다. 하지만 남자의 얼굴을 보자 어딘지 나와 닮아 보였다. 술집에 처음 들어왔을 때 느꼈던 것처럼 말이다. 제기랄.

"테사한텐 얘기하지 말아요."

남자에게 다시 한 번 다짐 받았다.

"안 할 거네."

남자는 몸을 돌렸다.

"한 잔 더."

여자는 미소를 지어 보이더니 우리의 술잔을 채워주었다. 더 마시면 감당할 수 없을 것 같았다.

"지금 보니 당신 눈이 세 개로군요."

남자는 내 말에 어깨를 으쓱거렸다.

"더 많다네."

'난 정말 형편없는 남자친구야.'

이런 생각이 들었다. 테시, 제길, 테사는 지금 뭘 하고 있을까.

"나는 형편없는 아버지일세."

리차드가 말했다. 이게 머릿속 생각인지, 내가 입 밖으로 낸 말인지 분간이 되질 않았다. 너무 취했기 때문이었다. 남자가 저런 말을 한 게 단순한 우연인지, 아니면 내가 한 말은 들었기 때문인지 알 수 없었다.

"옆으로 가라고."

리차드의 왼편에 있는 남자가 걸걸한 목소리로 말했다.

땅딸막한 남자를 힐끗 쳐다보았다. 온 얼굴에 수염이 뒤덮여 있었다. 내 술친구보다 훨씬 더 심했다.

"이봐, 이쪽으론 더 이상 움직일 자리가 없어."

리차드는 느릿느릿한 말투로 대답했다.

"음, 그럼 당신이 꺼지면 되겠네."

남자가 으름장을 놓았다.

'제기랄, 이건 아니잖아. 지금은 아니야.'

"우린 움직이지 않을 거야."

나는 남자의 말을 일축해버렸다.

남자가 리차드의 멱살을 움켜쥐며 거칠게 일으켜 세웠다. 확실한 건, 이 남자 실수한 거다.

10 · 테사

요가 수업을 마쳤다. 차까지 걸어오는 길이 어쩐지 평소보다 멀게 느껴졌다. 명상 시간 내내 마음이 붕 뜬 기분이었다. 하딘의 퇴학과 시애틀로의 이사, 이 두 가지 생각이 머릿속에 뒤엉켜 있었다. 밖으로 나오자 뒤엉킨 생각의 무게가 열 배는 늘어난 것처럼 무거웠다.

주차장을 빠져나오자 조수석에 있던 휴대전화가 진동했다. 하딘이다.

"여보세요?"

차를 세우고 공원 쪽으로 들어갔다. 수화기에서 웬 여자가 꽥꽥거리는 소리가 들렸다. 심장이 털컥 내려앉았다.

"테사 양인가요?"

"맞는데요?"

"다행이다, 여기 지금 당신 아버지랑 또….."

"걔… 남자친구요….."

수화기 너머로 하딘이 웅얼거리는 소리가 들렸다.

"그래요, 당신 남자친구."

여자는 탐탁치 않은 목소리로 말했다.

"얼른 와서 이 두 사람 다 데리고 가요. 더 있다간 경찰 부를 판이에요."

"경찰을 부른다고요? 두 사람이 어디 있는데요?"

"라마 애비뉴에 있는 디지스라는 데예요. 여기 알아요?"

"아뇨, 제가 검색해 볼게요."

"그러시든가."

여자의 태도 따윈 무시하고, 서둘러 전화를 끊고 술집 위치를 검색했다.

'어쩌다 아빠랑 하딘이 오후 3시밖에 안 된 대낮에 술집에 있는 거야? 왜 여태껏 같이 있는 건데?'

도무지 이해가 되지 않았다. 게다가 경찰은 또 뭐람? 둘이 무슨 짓을 한 거야? 전화했던 여자한테 물어볼 걸 그랬다. 바라는 게 있다면 둘이 싸운 게 아니길. 그런 일이 일어나면 좋을 게 없으니까.

술집을 찾아가는 동안 온갖 상상의 나래를 펼치고 있었다. 그러다 하딘이 아빠를 죽였거나, 아니면 그 반대의 경우가 됐을지도 모른다는 결론에 이르렀다. 술집 앞에 경찰차는 없었다. 좋은 조짐일 거라 생각했다. 건물 바로 앞에 차를 세우고 안으로 서둘러 들어갔다.

"저기 오네!"

아빠가 환호성을 질렀다. 나를 향해 휘청거리며 오는 걸 보니 분명 엄청 취한 모양이다.

"너도 봤어야 하는 건데, 테시!"

아빠는 두 손을 짝짝 마주쳤다.

"하딘이 저 머저리 같은 자식에게 한 방 날리는 걸 말이야!"

"하딘은 어딨…."

말하려는 찰나 화장실 문이 열리며 하딘이 나왔다. 핏자국이 묻은 종이 타월에 손을 닦고 있었다.

"무슨 일이야?"

그를 향해 냅다 소리를 질렀다.

"아무 것도 아니야…, 진정해."

그를 향해 다가가면서 입이 떡 벌어졌다.

"너, 술 마셨어?"

하딘의 눈을 쳐다보았다. 새빨갛게 선 핏발이 선명했다. 하딘은 내 시선을 피했다.

"그럴지도."

"정말 어이가 없다."

나는 팔짱을 꼈고, 하딘은 내 손을 잡으려 했다.

"너네 아빠가 멀쩡한 거에 대해 나한테 고마워해야 해. 나 아니었으면 지금쯤 바닥에 대자로 뻗어 있었을 거야."

하딘은 바닥에 앉아 뺨에 얼음주머니를 대고 있는 남자를 가리켰다.

"뭐든 너한테 고마워하진 않을 거야. 대낮에 술에 흠뻑 취해서는! 아빠랑 다른 사람들 죄다! 대체 왜 이러는 거니?"

하딘에게 속사포처럼 쏟아 붓고는 아빠가 앉아 있는 바 쪽으로 갔다.

"쟤한테 화내지 마라, 테시. 널 사랑하고 있단다."

아빠가 하딘을 두둔하고 나섰다.

'여기서 도대체 무슨 일이 일어나고 있는 거야?'

하딘이 나를 향해 다가왔다. 나는 두 주먹을 꽉 쥐며 소리쳤다.

"뭐야? 둘이 같이 술 퍼마시면서 절친이라도 된 거야? 둘 다 술 마시면 안 된다고!"

"베이비."

하딘이 내 귀에 대고 속삭이며 두 팔로 나를 감싸 안으려 했다.

"이봐요."

바 뒤쪽에 있던 여자가 테이블을 두드리며 말했다. 내 주의를 끌려는 거겠지.

"이 두 사람 데리고 나가요."

나는 여자에게 고개를 끄덕였다. 그러면서 내 몫이 되어버린 술 취한 두 얼간이를 노려보았다. 아빠의 한쪽 뺨에 홍조가 있었다. 아마 한 대 얻어맞은 모양이다. 하딘의 양손은 이미 퉁퉁 부어오르고 있었다.

"오늘 밤은 우리 집으로 가세요. 거기서 술 좀 깨시고요. 그렇더라도 이건 정말 있을 수 없는 행동이에요."

애들한테 그러는 것처럼 둘 다 된통 야단치고 싶었다.

"둘 다 마찬가지예요."

퀴퀴한 냄새가 나는 좁아터진 술집을 나섰다. 두 사람보다 먼저 차에 도착했다. 아빠가 하딘의 어깨에 팔을 두르려 하자 하딘이 노골적으로 싫은 티를 냈다. 나는 차에 올라탔다. 역겹다.

하딘이 취한 걸 보니 신경이 더 날카로워졌다. 그가 취하면 어떻게 변할지 뻔히 아니까. 이렇게까지 취한 걸 전에도 본 적이 있는지 잘 모르겠다. 파티에서도 술 대신 물만 마시던 때가 그립다. 당장 쌓여 있는 문제만도 한가득이다. 이 와중에 술까지 마시다니, 활활 타는 불에 기름을 들이부은 꼴이 됐다.

확실한 건, 아빠는 술에 취해 화를 내는 경지는 넘어선 듯했다. 실없는 소리를 끝없이 해대고 있었다. 던지는 얘기들은 대부분 쓸데없고 불쾌한 말들이었다. 집에 오는 내내 아빠는 자기가 말하고 혼자 껄껄 웃어댔다. 하딘은 그 말에 족족 맞장구를 치고 있었다. 이건 내가 그렸던 하루가 절대 아니다. 어쩌다 하딘과 아빠 사이가 저렇게 깨가 쏟아지게 된 건지 도무지 모르겠다. 그렇대도 이런 식의 '우정' 따위는 사양이다. 대낮부터 술에 취해 해롱거리는 그런 우정 말이다.

집에 도착했다. 부엌에서 하딘의 시리얼을 먹는 아빠를 두고 침실로 들어갔다. 거의 모든 논쟁과 다툼의 시작과 종말이 묻혀 있는 성지.

"테사."

내가 방문을 닫자마자 하딘이 말을 꺼냈다.

"아니, 말하지 마."

차가운 말투로 그의 말을 막았다.

"나한테 너무 화내지 마. 우린 그냥 술만 마셨어."

하딘의 말투에는 장난기가 배어 있었다. 하지만 그걸 받아줄 기분이 아니었다.

"그냥 술만 마셨다고? 우리 아빠랑? 이제 겨우 관계를 정립해보려고 기를 쓰고 있는 알코올 중독자 우리 아빠랑? 온전한 정신이길 바랐던 그 아빠랑 말이야?"

"베이비…."

나는 고개를 가로저었다.

"그렇게 부르지 마. 지금 그런 상황 아니야."

"아무 일도 없었다고."

하딘이 내 팔을 붙잡고 잡아당겼다. 그의 손길을 뿌리치자 비틀거리며 침대에 쓰러졌다.

"하딘, 너 또 싸웠잖아!"

"별 거 아니야. 그딴 걸 누가 신경 쓰겠어?"

"내가 신경 써."

하딘은 침대 모서리에 걸터앉아 나를 올려다보았다. 초록색 눈동자는 술기운에 벌겋게 변했다.

"그렇게 신경을 쓰면서 왜 떠나는 건데?"

가슴이 철렁 내려앉았다.

"널 떠나려는 게 아냐. 함께 가자고 부탁했잖아."

나는 한숨을 폭 쉬었다.

"가고 싶지 않다니까."

하딘은 짜증스럽게 말했다.

"이게 너랑 나랑 헤어지게 될 유일한 이유가 되겠지."

"난 너랑 결혼할 거야."

하딘이 내 손을 잡으려 팔을 뻗었지만, 나는 뒷걸음질 쳤다. 숨이 차올랐다. 내가 잘못 들은 건가.

"뭐라고?"

하딘이 더 가까이 오려는 걸 막으며 두 손을 들어올렸다.

"네가 날 택하면 너랑 결혼하겠다고."

하딘은 벌떡 일어나 내 앞으로 성큼성큼 다가왔다.

술김에 내뱉은 의미 없는 소리였대도, 여전히 가슴은 쿵쾅거렸다.

"너, 취했구나."

결혼이니 뭐니 하는 건 순전히 취했기 때문이다. 결혼 얘기를 꺼내지 않는 것보다 더 나쁘다.

"난 진심인데."

"아니, 넌 진심 아냐."

나는 고개를 흔들며 그의 손길을 또 다시 피했다.

"진심이야. 물론 지금 당장은 아니지. 그래도… 6년 뒤나 그쯤?"

하딘은 엄지로 이마를 긁었다. 말해 놓고도 아차 싶었겠지.

어이가 없었다. 애매하게 '6년 뒤나 그쯤'이라고 얼버무리면서 은근슬쩍 발뺌을 하는 거다. 하딘은 술 취한 와중에도 어떻게든 나를 설득해보려고 애쓰고 있었다. 그러면서도 빠져나갈 구멍은 만들어 놓고. 그걸 다 알면서도 내 가슴은 울렁거렸다.

"이 얘긴 내일 맑은 정신에 다시 해."

내일이면 하딘은 이런 얘기를 했다는 사실도 새까맣게 잊어버릴 걸 나는 안다.

"그 바지, 계속 입고 있을 거야?"

하딘의 입가에 능글맞은 미소가 번졌다.

"아니. 그 얘기라면 입도 뻥긋 하지 마."

"알잖아, 내가 그 옷을 어떻게 생각하는지."

하딘은 시선을 아래로 옮기더니 자기 앞섶을 가리켰다. 그러더니 나를 향해 눈썹을 찡긋거렸다. 장난스럽고, 짓궂고, 적당히 취한 하딘은 정말 사랑스럽다. 그렇다고 홀딱 넘어갈 내가 아니다.

"이리 와봐."

울상을 지으며 그가 애걸했다.

"싫어. 아직 너한테 화났어."

"그러지 말고, 테시. 화내지 마."

하딘은 싱글싱글 웃더니 손등으로 눈을 문질렀다.

"누구든 한 번만 더 그렇게 부르면…."

"테시, 왜 그러는데, 테시? 테시라는 이름이 마음에 안 드는 거야, 테시?"

하딘이 웃음을 터뜨렸다. 화가 스르르 사그라드는 느낌이 들었다.

"내가 그 바지 벗겨줄까?"

"됐거든. 나 오늘 할 만큼 했어. 내 옷을 벗길 생각일랑 절대 하지 마. 내가 그렇게 함께하자고 부탁했는데도 넌 우리 아빠랑 허송세월을 보내고. 그럼 난 혼자 갈래."

"어딜 가겠다고?"

하딘의 목소리는 부드러웠지만 술에 취해 걸걸하고 탁했다.

"그걸 입고 가진 않을 거지?"

"아니, 입을 거야. 뭐든 내가 입고 싶은 걸 입을 거라고."

나는 맨투맨 셔츠를 손에 쥐고 문 쪽으로 향했다.

"나중에 다시 올게. 멍청한 짓거리는 하지도 마. 너나 아빠를 감옥에서 꺼내주는 일 따윈 하지 않을 거니까."

"멋져. 아주 맘에 들어. 네 그 똘똘한 입으로 뭔가 더 해줄 수 있을 것 같은데 말야."

음란한 말 따위는 무시해버렸다. 그가 다시 한 번 달콤하게 속삭였다.

"나와 함께 있어줘."

나는 잽싸게 방을 나와 아파트 밖으로 나왔다. 그가 또 붙잡기 전에 얼른. 문을 막 나서는데 뒤에서 '테시'라고 부르는 소리가 들렸다. 입을 틀어막아야 했다. 키득거리는 웃음이 새어나왔다. 이게 문제다. 하딘에 관해서라면 갑자기 사고가 정지되는 것 말이다. 옳고 그름을 제대로 판단할 수가 없다.

11 · 테사

차를 향해 가면서 나는 이미 후회하고 있었다. 침실에서 하딘과 뒹굴며 로맨틱한 분위기를 이어가고 싶었던가 보다. 하지만 처리해야 할 일이 너무 많았다. 시애틀 아파트 때문에 그쪽에서 연락해준 사람과 통화해야 한다. 또 하딘 가족이랑 여행갈 준비도 해야 했다. 무엇보다 중요한 건 시애틀 건으로 꽉 차 있던 머릿속을 정리해야 한다. 하딘이 꺼낸 결혼 얘기에 마음이 동요됐던 건 사실이다. 하지만 분명한 건 내일이면 그가 진심이 아니었다고 말할 거라는 점이다. 그 말을 심각하게 받아들이지 않기로 했다. 생각보다 쉽지 않은 것 같았다.

'네가 날 택한다면 너랑 결혼할 거야.'

그 말에 너무 놀랐다. 충격 그 자체였다. 그는 침착해 보였고, 목소리는 심상했다. 마치 저녁식사를 하면서 그날 있었던 일을 얘기하듯이. 하지만 나는 안다. 하딘은 절박했던 거다. 술의 힘을 빌려 필사적으로 붙잡으면 내가 시애틀을 포기할 줄 알았던 거다. 바로 이게 그의 말 속에 숨은 뜻이다. 그걸 뻔히 알면서도 그 말이 머릿속을 떠나지 않았다. 어떤 희망 같은 것과 그런 말에 현혹되지 말아야 한다는 생각이 뒤엉켜 있었다.

어느새 쇼핑몰에 도착했다. 아파트 건으로 부동산 중개인 산드라(분명 이 이름이 맞겠지?)와 통화도 못 했는데. 웹사이트에 올라 있는 사진으론 꽤 근사해 보이는 아파트였다. 지금 사는 집만큼 넓지는 않지만, 꽤 괜찮아 보였다. 무엇보다 비용이 내가 감당할 수 있는 범위 안에 있었다. 한쪽 벽면을 가득 채운 책장이나 멋드러진 장식 벽돌 같은 건 없지만, 괜찮다. 그런 건 살면서 차차 만들면 되니까.

준비는 끝났다. 시애틀로 갈 준비 말이다. 내 미래를 위해 앞으로 한 발짝 내딛을 시간이다. 기억할 수 있는 시절부터 나는 이 순간을 기다려왔다.

쇼핑몰을 어슬렁거리며 시애틀의 생활과 앞으로 펼쳐질 내 미래를 상상해봤다. 어느새 내 쇼핑 바구니는 이것저것 주워 모은 물건들로 가득 찼다. 정신을 차리고 보니 죄다 쓸데없는 것들이었다. 식기세척기용 세제, 치약, 새로 나온 쓰레받기. 이사할 거라면서 이딴 물건들을 왜 사려고 한 걸까? 쓰레받기를 제자리에 가져다주며, 아무 생각 없이 가져온 색색깔의 양말들도 돌려놓았다. 하딘이 같이 가지 않는다면, 나는 새 출발을 해야 한다. 그릇에서부터 모든 일상용품을 죄다 새로

사야 한다. 다행히 아파트에 가구가 다 있어서 조금은 안심이 된다. 준비해야 할 목록에서 두 페이지는 줄어들 테니까.

쇼핑몰을 나왔다. 어디로 가야 할지 갈피가 안 잡혔다. 하딘과 아빠가 있는 집으로 돌아가고 싶진 않았다. 그렇다고 딱히 갈 데가 있는 것도 아니었다. 이제 곧 랜던과 카렌, 켄 씨 가족과 사흘을 지낼 거다. 그러니 또 그 집으로 가서 그 가족들을 번거롭게 만들 수도 없는 처지다. 정말로 친구들이 필요했다. 아니면 딱 한 명이라도. 킴벌리한테 전화해볼까 하다가 그만두었다. 그녀도 이사 준비로 바쁠 테니까. 운도 참 좋지. 그녀는 딱히 준비하지 않아도 크리스찬의 회사에서 알아서 해줄 거니까. 암튼 그녀가 어딜 가든 크리스찬은 따라갈 거란 것만은 확실하다.

산드라에게 전화를 하려고 휴대전화를 뒤적거리다, 잘못해서 스테프에게 전화할 뻔했다.

스테프는 뭐 하고 있을까? 순간 궁금해졌다. 그녀와 어울렸다고 말하면 하딘이 거품을 물고 잔소리를 하겠지? 아니 한편, 하딘이 나더러 이래라 저래라 할 처지가 아니라는 생각이 들었다. 하딘은 오늘도 하루 종일 좌충우돌 싸움질이나 하며 허비했잖아.

스테프에게 전화해보기로 했다. 스테프는 금세 전화를 받았다.

"테사! 무슨 일이야?"

주위가 시끄러웠다. 스테프는 있는 대로 목소리를 높여 말했다.

"아무 일도 없어. 그냥 쇼핑몰 주차장이야."

"아, 재밌겠네. 그래서?"

스테프가 피식거리며 웃었다.

"넌 뭐하나 해서"

"별 일 없어. 친구랑 점심 먹으려고."

"아, 그래. 그럼 나중에 전화할게."

"괜찮으면 같이 만날래? 캠퍼스 나와서 바로 오른쪽에 있는 애플비스 갈 거야."

애플비스 얘기를 들으니 제드가 떠올랐다. 거기 음식은 정말 끝내주게 맛있다. 게다가 오늘 한 끼도 먹지 못했다.

"그래, 너만 괜찮으면 진짜 그쪽으로 갈게."

수화기 너머로 차 문이 닫히는 소리가 들렸다.

"좋아! 당장 이리로 와. 우린 15분쯤 후면 도착할 거야."

학교로 가면서 산드라에게 전화를 걸어 음성메시지를 남겼다. 그녀와 통화를 하는 것보다 이게 훨씬 편했다.

내가 도착했을 땐 애플비스는 사람들로 북적거렸다. 가게 안을 재빨리 둘러보았지만, 스테프는 보이지 않았다. 종업원에게 이름을 남겨두기로 했다.

"몇 분이세요?"

종업원이 미소를 지으며 친절하게 물었다.

"세 명쯤 될 거 같아요."

스테프가 친구와 함께 있다고 했으니까, 친구 한 명쯤 같이 있는 거겠지.

"자리가 있어요. 일단 안내해 드릴게요."

종업원은 방긋 웃으며 뒤쪽에서 메뉴판 네 개를 챙겼다.

종업원을 안내해주는 자리로 가서 스테프가 도착하기만을 기다렸다. 휴대전화를 확인했다. 하딘에게선 아무 연락이 없었다. 아마 지금 쯤 완전히 뻗어 있겠지. 고개를 들었다. 진홍색 머리가 보였다. 가슴이 뛰며 아드레날린이 솟구치기 시작했다.

12 · 하딘

먹을 게 있나 싶어 싱크대 서랍을 열었다. 혈관마다 술이 흐를 만큼 흠뻑 취하고 싶었다.

"우리한테 많이 화났지?"

리차드가 물었다.

"네."

화가 나 상기된 테사의 얼굴을 떠올리니 슬쩍 웃음이 났다. 작은 주 먹을 꼭 쥐어 옆구리에 붙인 자세도. 테사는 폭발할 만큼 화가 났었다.

음, 그건 재밌지 않다. 아니, 재밌다, 아니, 이래선 안 되지.

"내 딸이 혹시 속에 품은 원한 같은 게 있나?"

남자를 잠시 쳐다보았다. 낯설기 그지없다. 아버지라는 사람이 남자 친구에게 자기 딸의 상태를 묻고 있다니.

"그런 건 아니에요. 빌어먹을 내 시리얼을 다 먹었군요?"

나는 빈 시리얼 상자를 흔들었다. 남자가 빙긋 웃는다.

"아마 그럴걸세."

"네, 그러시겠죠."

엿 같았지만 그게 사실이니까.

"이런 상황에서 당신이 나타났다는 게 진짜 짜증나요. 테사가 일주일 안에 여기를 떠난다고 하는 이 마당에 말이에요."

나는 뚜껑 덮인 그릇을 전자레인지에 넣었다. 안에 뭐가 들었는지 모르겠다. 어쨌든 지금은 배가 고팠고, 너무 취해서 음식을 만들 순 없으니까. 나를 위해 요리해줄 테사도 여기 없다.

'테사가 결국 떠나겠다고 하면 어떻게 하지?'

"그렇긴 하지."

남자가 인상을 썼다.

"그래도 시애틀은 그다지 멀지 않으니 다행이네."

"영국도 마찬가지거든요."

한동안 침묵이 이어졌다.

"테사는 영국에 가지 않을 걸세."

나는 남자를 쏘아보았다.

"당신이 뭘 안다고 그래요? 고작 테사를 안 지 이틀 된 주제에."

막 들이받으려는 참에 전자레인지가 울렸다.

"어쨌든 나는 캐롤은 잘 알지. 그녀도 영국에 가지 않으려고 했다네."

허허, 이 남자가 어제의 그 짜증 나는 술주정뱅이로 돌아갔군.

"테사는 자기 엄마랑 달라요. 나도 당신과 다르고요."

"알지."

남자는 어깨를 으쓱거렸다.

13 · 테사

몰리였다.

몰리가 나타난 건 우연인가? 그 순간, 몰리 뒤로 스테프의 얼굴이 나타났다. 나는 자리 안쪽으로 들어가며 몸을 숨겼다.

"안녕, 테사!"

스테프가 인사를 하며 맞은편 자리에 앉았다. 그리고 자기 '친구'가 들어와 앉도록 벽쪽으로 바짝 붙었다.

'몰리랑 점심 먹을 거면서 나를 오라고 한 거야?'

"오랜만이네."

재수 없는 몰리가 인사를 건넸다. 무슨 얘기를 해야 할지 모르겠다. 당장이라도 일어나 나가고 싶었지만, 어정쩡하게 웃으며 대답했다.

"그러게."

"주문했어?"

스테프가 물었다. 자기가 데려온 내 '유일한 적' 따위는 아랑곳하지 않았다.

"아니."

가방으로 손을 뻗어 휴대전화를 꺼냈다.

"아빠한테 전화할 필요까진 없어. 널 잡아먹진 않을 테니까."

몰리가 히죽거렸다.

"하딘한테 전화하려는 거 아녔어."

사실 하딘에게 문자메시지를 보내려 했었다.

"그러시겠지."

몰리가 깔깔거리며 웃었다.

"그만해."

스테프가 쏘아붙였다.

"착하게 굴겠다고 했잖아, 몰리."

"넌 여기 왜 온 거야?"

세상에서 제일 꼴 보기 싫은 애에게 따지듯 물었다. 몰리는 어깨를 한 번 으쓱했다.

"글쎄, 배가 고파서?"

몰리는 나를 놀리듯 아무렇지도 않게 말했다. 나는 일어서 나가려고 했다.

"난 그냥 갈게."

"아냐, 가지 마! 부탁이야. 너, 이사가면 다신 못 만나잖아."

스테프가 입술을 삐죽거리며 말했다.

"뭐라고?"

"너, 조만간 떠난다며?"

"누가 그런 말을 했어?"

몰리와 스테프는 서로를 쳐다보았다. 그러더니 스테프가 대답했다.

"제드였던 것 같아. 근데 뭐 그게 중요한가. 난 네가 나한테 얘기해줄 줄 알았는데."

"그러려고 했어. 그간 일이 많아서 오늘 얘기하려고 했는데…."

뒷말을 얼버무리며 몰리를 쳐다보았다. 너 때문에 말하기 싫다는 인상을 주고 싶었다.

"그래도 네가 직접 얘기해줬으면 좋았을 텐데. 여기 와서 네 첫 번째 친구는 나였잖아."

스테프는 아랫입술을 쭉 내밀었다. 한편으론 마음이 썩 좋지 않았지만, 또 한편으론 좀 웃기는 것 같았다. 다행히 음료수 주문을 받으러 종업원이 왔다.

스테프와 몰리가 탄산음료를 주문하는 동안, 나는 하딘에게 문자메시지를 보냈다.

넌 아마 술 취해서 뻗었겠지.

난 스테프랑 점심 먹고 있어.

근데 얘가 몰리를 데리고 왔어. (-_-);

메시지를 보내고, 다시 두 여자를 쳐다보았다.

"그럼 너랑 하딘은 어떻게 되는 건데?"

나는 어깨를 으쓱거리며 시선을 돌려 식당 안을 둘러보았다. 내 연애사에 대해 이들과 이러쿵저러쿵 하고 싶지 않았다. 특히나 이 못된 계집애 앞에서는.

"얘기해도 돼. 난 너의 그 따분한 인생 따위엔 전혀 관심 없거든."

"정말?"

내가 웃어버렸다. 그때 휴대전화가 진동했다.

집으로 와.

하딘이었다. 그에게서 무슨 말을 기대하지는 않았다. 하지만 그의 조언은 어쩐지 실망스러웠고, 성에 차지도 않았다.

싫어, 나 배고파.

얼른 답장을 보냈다.

"너랑 하딘이랑 그러는 게 귀엽긴 하지. 그게 다야. 난 너희 관계에
이제 눈곱만큼도 관심 없어."

몰리가 한마디 거들었다.

"요새 내 연애만으로도 버겁거든."

"잘됐네. 좋겠다."

그 멍청한 인간이 누구인지 모르겠지만 안됐다.

"근데 몰리, 그 미스터리 맨은 언제 만날 수 있는 거야?"

스테프가 제 친구에게 물었다. 몰리는 손사래를 치며 스테프의 말을
일축했다.

"몰라, 암튼 지금은 아냐."

종업원이 음료수를 들고 와서 음식 주문을 받았다. 종업원이 가자마
자 몰리가 나를 쳐다보았다. 이제 내가 먹잇감이군.

"암튼, 너넨 대체 얼마나 제드를 엿먹였길래 걔가 하딘을 감옥에 처
넣으려고 난리니?"

몰리의 말에 마시던 물을 뿜을 뻔했다. 하딘이 감옥에 갈지도 모른
다고 생각하니 등골이 오싹해졌다.

"막으려고 애쓰는 중이야."

"행운을 빈다. 근데 네가 제드랑 잘 거 아니면, 아마 할 수 있는 건 없
을 거야."

몰리가 히죽거리면서 형광 연두색 매니큐어가 발린 손가락으로 테
이블을 톡톡 쳤다.

"그럴 일은 없을 거야."

내가 거칠게 말했다.

너 먹을 거 내가 준비해놨어.

진심이야, 집으로 와.

무슨 일 벌어져서 내가 어떻게 해줄 수 없는 지경이 되기 전에.

'뭘 어떻게 해준다는 거야?'

무슨 일이 벌어져? 몰리와 스테프가? 스테프는 내 친구다. 그리고 몰리는 이미 전에 나한테 꼼짝 못 한다는 게 입증됐는데 말이다. 또 덤 빈다면 나는 주저 없이 그렇게 해줄 거다. 몰리가 참기 힘들 만큼 짜증 나게 굴면, 그날의 내가 바로 소환되는 거다.

말도 안 되는 메시지를 보내는 걸 보니, 하딘은 여전히 취한 모양이다.

진심이야, 얼른 자리에서 일어나.

내가 답장을 보내지 않자, 하딘이 또 메시지를 보냈다. 휴대전화를 가방에 대충 던져 넣고, 일행에게 주의를 돌렸다.

"너, 근데 전에 제드랑 잤잖아? 그래서 둘이 뭐가 달라?"

몰리가 불쑥 말했다.

"뭐라고?"

"뭐라고 하진 않을게. 나도 하딘이랑 제드, 둘 다 자봤거든."

굳이 꼬집어 저런 소리를 한다. 기분이 확 잡치면서 소리를 지르고 싶었다.

"제드랑 안 잤어."

나는 이를 악물며 항변했다.

"음…, 흠…."

몰리가 중얼거리자 스테프가 노려보았다.

"누가 그런 소리를 해? 내가 제드랑 잤다고?"

내가 다그쳐 물었다.

"아니야."

몰리가 입을 떼기 전에 스테프가 먼저 대답했다.

"제드 얘기 말고 시애틀 얘기를 듣고 싶어. 하딘도 같이 간 거야?"

"그럼."

거짓말이다. 사실대로 말하고 싶지 않았다. 특히나 몰리 앞에서 하딘이 시애틀에 가는 걸 거절했다고 말할 수는 없었다.

"그럼 너네 둘은 여긴 다시 안 와? 그건 좀 이상할 거 같은데."

스테프가 울상을 지으며 말했다.

새로운 캠퍼스에서 새 출발을 한다는 게 낯설기는 하다. 온갖 일들을 겪었던 WCU를 떠나서 말이다. 하지만 또 바로 그게 내게 필요한 거다, 새 출발. 이곳은 배신과 일그러진 우정의 잔재로 얼룩져 있었다.

"그럼 이번 주말엔 다 같이 모여야겠네. 송별회는 해야지."

스테프의 말에 신음이 절로 나왔다.

"아냐, 파티는 됐어."

"아니, 파티가 아니라 우리 친구들 말이야."

애원의 눈빛으로 스테프가 나를 쳐다보았다.

"솔직히 아마 다시는 못 만나게 될 거야. 그니까 하딘도 최소한 친구들이랑 한 번은 어울려야 하잖아."

나는 머뭇거리며 시선을 저 멀리로 돌렸다. 몰리의 목소리가 끼어들며 침묵을 깼다.

"난 그 파티 안 갈게, 걱정 마."

그들에게 다시 시선을 돌렸다. 바로 그때, 주문한 음식이 나왔다. 하지만 이미 입맛이 떨어져버렸다.

'애들은 진짜로 내가 제드랑 잤다고 생각하는 건가? 하딘도 혹시 그 소문을 들은 걸까? 제드는 정말로 하딘을 감옥에 보낼까?'

머리가 지끈거렸다. 스테프가 감자튀김을 몇 개 집어먹었다. 우물거리며 그녀가 말했다.

"하딘한테 얘기해보고 알려줘. 누구네 집에서든 하면 되니까. 트리스탄이랑 네이트네 아파트도 있고. 모르는 애들이 오진 않을 거야."

"물어는 볼게…. 근데 걔가 올지 안 올지는 잘 모르겠어."

시선을 휴대전화 화면으로 옮겼다. 부재중 전화가 세 통이나 와 있었다. 문자메시지도 한 통 있다.

전화 좀 받아 봐.

밥 먹고 갈게, 진정해. 물 좀 마시고.

답장을 보내고, 내 감자튀김을 집었다.

몰리가 느닷없이 화가 치밀어 오른 모양이다. 물이 끓어 넘치는 주전자처럼 말을 쏟아내기 시작했다.

"암튼, 하딘은 이 아이디어를 좋아해야 할 거야. 우린 네가 나타나서 걔를 망치기 전부터 오랜 친구였다고."

"난 걔를 망치지 않았어."

"아냐, 네가 망쳤어. 지금 걘 완전히 달라졌어. 누구한테도 연락조차 안 한단 말이야."

"친구들이라고?"

내가 콧방귀를 뀌었다.

"너희들도 아무도 걔한테 전화하지 않잖아. 유일하게 아직도 연락하는 건 네이트뿐이야."

"그건 우리가 다 알고 있⋯."

스테프가 손을 휘저으며 말을 막았다.

"됐어, 그만! 이게 웬일이니."

스테프는 한숨을 쉬며 관자놀이를 문질렀다.

"포장해 달라고 하고, 난 갈게. 이건 정말 나쁜 생각이었어."

결국 나는 스테프에게 한마디 하고 말았다. 대체 무슨 생각으로 몰리를 여기까지 데리고 왔는지 모르겠다. 적어도 미리 귀띔이라도 해줬어야지.

스테프가 안쓰러운 눈빛으로 나를 쳐다보았다.

"미안해, 테사. 난 이제 얘가 하딘이랑 자려고 기를 쓰지 않아서, 너희 둘이 잘 지낼 수 있을 줄 알았어."

그러면서 몰리를 쳐다보았고, 몰리는 어깨를 으쓱했다.

"잘 지내고 있잖아. 전보다는 훨씬."

몰리가 한마디 거들었다. 생각 같아선 면상을 한 대 후려치고 싶었다. 하지만 스테프의 전화가 울리는 바람에 울컥했던 마음이 사그라들었다. 스테프 얼굴에 어리둥절한 표정이 스쳤다.

"하딘이야. 하딘이 나한테 전화했어."

스테프가 전화를 들어 내게 보여주었다.

"내가 답메시지를 안 보냈거든. 내가 전화할게."

스테프가 고개를 끄덕이더니 전화를 거절했다.

"맙소사. 스토커야, 뭐야?"

몰리가 감자튀김을 씹으며 말했다. 어금니를 꽉 깨물며 종업원에게 포장 박스를 부탁했다. 음식엔 거의 손도 대지 못했다. 그래도 음식점 한복판에서 싸울 순 없는 일이었다.

"토요일 파티는 꼭 생각해봐. 꼭 파티가 아니더라도 저녁을 같이 먹어도 되니까."

스테프가 한 번 더 당부했다. 그러더니 활짝 웃어 보였다.

"부탁이야."

"생각해볼게. 근데 토요일 오전까지는 여행가 있을 거야."

스테프가 알아들었다는 듯 고개를 끄덕였다.

"시간은 네가 편한 대로 정해."

"고마워. 나중에 알려줄게."

스테프에게 대답하고, 내 몫의 음식 값을 냈다.

송별회라니 별로 좋은 생각 같진 않았다. 그래도 어떤 면에선 스테프 말이 옳긴 하다. 우린 다시는 그들을 못 만날 거다. 하딘도 어딘가로 가긴 갈 테니까. 시애틀은 아니더라도 여기에 계속 있지는 않겠지. 퇴학당했잖아. 그러니 그도 친구들을 마지막으로 한 번은 봐야겠지.

"하딘이 또 전화했어."

스테프가 내게 말했다. 이번에는 왠지 기뻐하는 얼굴이었다.

"나, 가는 중이라고 얘기해줘."

자리에서 일어서 문을 향했다.

뒤를 돌아보니 스테프와 몰리가 한창 얘기하는 중이다. 스테프의 전화기는 테이블 위에 놓여 있었다.

14 · 하딘

"테사! 당장 전화하지 않으면 찾으러 갈 거야. 술 취했든 말든 말이야."

소리를 지르고 나서 전화기를 소파에 세게 집어던졌다. 전화기는 튕겨 나와 콘크리트 바닥에 떨어졌다.

"곧 돌아올 거야."

재수 없는 인간이 장담했다. 퍽이나 도움이 되는군.

"그쯤은 나도 알아요!"

남자에게 소리치며 전화기를 주웠다. 다행히 액정이 깨지지는 않았다. 술주정뱅이 늙은이를 흘겨보고, 침실로 들어갔다.

'저 남자는 왜 계속 여기 있는 거야? 그리고 테사는 왜 안 들어오는 거야?'

테사가 몰리랑 같이 있는 건 좋을 게 하나도 없다.

어떻게 하면 나가서 테사를 찾을 수 있을까 궁리했다. 차 키도 없고, 차도 없고, 혈중 알코올 농도도 불면 걸릴 만큼 높은 이 마당에 말이다. 그러던 참에 현관문 열리는 소리가 들렸다.

"하딘은, 음, 누워 있을 거야."

리차드의 목소리는 뜬금없이 발랄하고 요란스러웠다. 나한테 테사가 도착했다고 눈치라도 주려는 건가 보다.

나는 방문을 벌컥 열었다. 그녀를 확 끌어안아 방으로 데리고 들어왔다. 잔뜩 성이 난 내 표정을 보고도 테사는 주눅 들지 않았다.

"왜 전화 안 받았어?"

"말했잖아, 금세 올 거라고. 그리고 그렇게 했고."

"그래도 전화는 받았어야지. 걱정했잖아."

"걱정했다고?"

내 말에 테사는 확실히 놀란 듯했다.

"그래. 대체 무슨 생각으로 몰리랑 있었던 거야?"

테사는 지갑을 의자 뒤에 올려놓았다.

"몰라. 스테프가 같이 점심 먹자고 해놓고, 걔를 데리고 왔어."

'엿 먹을 계집애 같으니라고.'

"걘 무슨 생각으로 그러는 거래? 못된 거야, 뭐야?"

"평소보다 더 못되게 굴거나 하진 않았어."

테사는 한쪽 눈썹을 찡긋 올리며 나를 쳐다보았다.

"못된 계집애 맞네, 몰리를 데려왔다며. 그래서 걔들이 뭐랬는데?"

"몰라. 근데 사람들이 나에 대한 안 좋은 소문을 퍼뜨리는 것 같아."

테사가 인상을 쓰며 의자에 앉아 신발을 벗었다.

"무슨 안 좋은 소문?"

'진짜로 묻고 싶은 건, 그래서 내가 누굴 죽여버려야 하냐고.'

제기랄, 아직도 술이 안 깬다. 못해도 3시간은 지난 거 같은데. 언젠가 그런 얘기를 들은 거 같다. 술 한 잔 깨는 데 한 시간씩 걸린다고. 젠장, 그럼 10시간은 지나야 할 텐데. 내가 제대로 기억하고 있다면 말이다.

"내 말 들었어?"

테사의 목소리가 차분해졌고, 더 걱정스러웠다.

"아니, 미안해."

웅얼거리며 대답했다. 그녀의 뺨이 붉어졌다.

"사람들이 제드랑 나랑 같이…, 무슨 말인지 알지?"

"네가 뭘?"

"그게, 걔랑 나랑…, 잤다고 그러나 봐."

테사의 눈빛은 지친 듯했고, 목소리는 부드러웠다.

"누가 그딴 소리를 지껄여?"

피가 거꾸로 솟는 것 같았다. 하지만 테사처럼 최대한 차분히 말하려 애를 썼다.

"소문이 돌고 있나 봐. 스테프랑 몰리가 얘기해줬어."

테사를 위로해야 할지 화를 내야 할지 모르겠다. 난 너무 취했다.

테사는 고개를 떨구고 두 손을 다리 위에 올려놓았다.

"사람들이 나를 그런 식으로 생각하는 건 싫어."

"재수 없는 것들 얘기, 신경 쓰지 마. 혹시라도 소문이 돌면, 내가 어떻게든 다 정리해줄게."

그녀를 끌어당겨 내 옆에 앉게 했다.

"그러니까 걱정하지 마."

"나한테 화난 거 아냐?"

테사의 회청색 눈동자가 내 눈과 마주쳤다.

"맞아. 전화 안 받아서 화났어. 스테프도 안 받고. 근데 적어도 그 거지 같은 소문이나 너한테 화난 건 아니야. 소문을 퍼뜨린 놈들은 죄다 병신이 되고 싶은 모양이지."

스테프랑 몰리는 테사에게 상처 주려고 일부러 그런 소리를 했을 거다. 생각이 거기에 미치자 짜증이 솟구쳤다.

"이해가 안 돼. 왜 스테프가 몰리를 데리고 왔을까?"

테사는 지긋지긋한 듯 고개를 가로저었다. 나도 마찬가지다.

"걔들은 구제불능이야."

테사가 팔찌를 풀더니 일어나 책상 위에 올려놓았다.

"하딘, 아직도 술이 안 깬 거야?"

"약간."

"약간이라고?"

나는 멋쩍게 웃었다.

"약간보다는 조금 더 약간이랄까."

"넌 좀 많이 이상해."

테사가 어이없다는 표정을 짓더니 책상 서랍에서 빌어먹을 플래너를 꺼냈다.

"얼마나 이상한데?"

자리에서 일어나 그녀 뒤에 섰다.

"너 취해서 계속 착하게 굴잖아. 전화 안 받았다고 화내더니, 지금은 또…."

테사가 내 얼굴을 올려다보았다.

"이해해주는 범주를 넘어서 내 편이 된 것처럼 굴어서."

"내가 어떻게 할 거라 생각했는데?"

"글쎄, 나한테 소리를 지른다거나…, 여튼 넌 술에 취하면 화를 잘 내니까."

테사가 부드럽게 말했다. 그녀는 나를 화나게 하지 않으려고 무지 애를 쓰는 중이었다. 그리고 자신이 일희일비 하지 않는다는 걸 내가 알아주길 바라는 눈치였다.

"이제 너한테 소리치지 않을 거야. 그냥 네가 그런 인간들 주변을 맴돌지 않길 바랄 뿐이야. 걔들이 어떤지 너도 알잖아, 특히 몰리. 누구도 너에게 상처 주지 않았으면 좋겠어."

나는 모든 단어 하나하나를 강조하며 덧붙였다.

"어떤 면에서든."

"그렇진 않았어. 바보 같은 소리 같겠지만, 딱 한 번만이라도 친구와 평범한 점심을 먹어보고 싶었어."

스테프는 네가 생각하는 이상적인 친구가 아니라고 얘기해주고 싶었다. 하지만 테사는 다른 친구가 없다. 랜던과 나, 그리고 노아를 빼면. 그리고 제드 자식까지.

글쎄, 제드는 이제 아니다. 상황은 종료됐다. 그리고 한동안 그놈을 볼 일은 없을 거다.

15 · 테사

하딘이 너무 침착하게 얘기해서 깜짝 놀랐다. 덕분에 약간 안심이 되면서 느긋해졌다. 하딘은 다리를 꼬고 뒤로 살짝 기대어 앉아 있었다. 어쩐지 편안하고 기분 좋아 보였다. 이 시점에서 시애틀 얘기를 꺼내도 될지, 아님 더 기다려야 할지 잘 모르겠다.

하딘은 대체 언제 이 얘기를 나눌 준비가 되는 걸까. 그를 힐끗 쳐다보았다. 초록색 눈동자가 나를 쳐다보고 있었다. 그래, 이 느긋함을 좀 더 즐겨보자.

"스테프가 송별 파티하고 싶대."

그의 반응을 살피며 슬쩍 말을 꺼냈다.

"어디 간대? 루이지애나주립대학교?"

"아니, 걔 말고 나."

너도 같이 갈 거라고 말했다는 소린 쏙 빼놓고 얘기했다. 하딘이 나를 쳐다보았다.

"걔들한테 이사할 거란 얘길 했어?"

"응, 얘기하면 안 돼?"

"당연하지, 아직 결정한 게 아니잖아?"

"하딘, 난 시애틀에 갈 거야."

하딘은 태연하게 어깨를 으쓱거렸다.

"아직 생각할 시간이 좀 있잖아."

"어쨌든…, 파티는 어떻게 생각해? 스테프가 그랬어. 클럽하우스 파티 같은 거 말고, 네이트랑 트리스탄 아파트에서 다 같이 모여 조촐하게 저녁 먹는 파티 같은 걸 하자고."

하딘은 술이 좀 깬 것 같았다. 다음 주 이사 스케줄을 살펴보았다. 산드라가 빨리 연락해주어야 아파트 문제가 해결될 텐데. 그렇지 않으면 나는 거기 가서 지낼 데가 없다. 그럼 또 캐리어를 질질 끌고 모텔을 전전해야 한다. 맙소사, 또 모텔 신세라니.

"아니, 우린 안 갈 거야."

그의 말에 깜짝 놀랐다.

"왜? 저녁식사만 하는 거면 나쁘진 않잖아. 진실 게임이나 술 먹고 튀기 게임 같은 것도 없고."

하딘이 키득거리더니 장난기 가득한 표정으로 나를 쳐다보았다.

"술 먹고 '튀기' 아니고 술 먹고 '빨기'야, 테스."

"암튼! 마지막일 거란 말이야. 우리가 걔들을 만날 수 있는 자리가. 이상하긴 하지만 친구들이잖아."

그 애들과 '우정'이 싹트게 된 순간은 떠올리고 싶지도 않다.

"나중에 다시 얘기하자. 말만 들어도 머리가 지끈거려."

한숨이 나왔다. 말투로 보니 다시는 이 얘기를 꺼낼 것 같지 않았다.

"이리 와봐."

하딘은 침대 위로 물러나 앉으며 두 팔을 활짝 벌렸다.

플래너를 덮고 침대 위 그에게 다가갔다. 내가 그의 다리 사이에 서자, 하딘은 두 손으로 내 엉덩이를 감싸 쥐었다. 그는 나를 올려다보며 의미심장한 미소를 지었다.

"나한테 화내거나 하진 않을 거지?"

"나, 점점 부담스러워지고 있어, 하딘."

"뭐가?"

자포자기하는 심정으로 말했다.

"전부 다. 시애틀이랑 전학하는 거랑 랜던이 여길 떠나는 거. 그리고 네가 퇴학당한 것도."

"거짓말했어."

그가 단도직입적으로 말하더니 내 배에 얼굴을 파묻었다.

"뭐라고?"

그의 머리를 들어올려 나를 쳐다보게 했다. 그가 어깨를 으쓱했다.

"퇴학 당했다는 거, 거짓말이라고."

그에게서 뒷걸음질 쳤다. 그는 나를 다시 잡아당겼다. 하지만 나는 버티고 있었다.

"왜 그랬어?"

"나도 몰라."

그가 벌떡 일어섰다.

"네가 제드랑 같이 있는 걸 보고 화가 났어. 시애틀 얘기도 그렇고."

입이 떡 벌어졌다.

"그래서 퇴학 당했다고 거짓말했다고? 내가 널 열받게 해서?"

"근데, 또 다른 이유도 있어."

"또 무슨 이유?"

하딘이 한숨을 쉬었다.

"들으면 화낼 거야."

하딘의 눈은 여전히 벌겋게 상기되어 있었다. 하지만 빠르게 술이 깨는 것 같았다. 나는 팔짱을 끼고 그의 앞에 섰다.

"그래도 얘기해."

"네가 상심한 나랑 영국으로 같이 가줄 것 같아서."

뜻밖의 고백이었다. 화가 나는 게 맞다. 화가 난다. 화가 나 돌아버릴 지경이다. 그의 머릿속에는 온통 나를 데리고 영국에 갈 생각밖에 없었던 거다. 애초부터 솔직하게 말했어야 했다. 그래도 그나마 다행인 건 거짓말이 들통나기 전에 자기 입으로 털어놨다는 거다. 기분이 조금은 나아졌다.

하딘이 의아한 눈빛으로 나를 쳐다보았다.

"테사…?"

나도 그를 올려다보았다. 웃음이 나올 뻔했다.

"솔직히, 좀 놀랐어. 다른 사람이 말하기 전에 먼저 얘기해줘서."

하딘이 가까이 다가와서 손을 올려 내 턱을 감싸 안았다.

"제발 화내지 마."

깊은 한숨이 나왔다. 하지만 그의 손길은 좋았다.

"나 나쁜 놈 맞아. 그래도 널 사랑하는 건 진심이야. 조만간 너도 알게 될 거잖아. 아빠네 가족들이랑 그 괴상한 여행도 간다면서."

"그래서 말한 거야? 내가 알게 될 거라?"

"응."

나는 다시 하딘을 쳐다보았다.

'대체 내가 무슨 말을 해야 하니?'

하딘은 제정신이 아니다. 넌 내 아빠가 아니라고, 나를 멋대로 조종하려는 걸 제발 좀 그만두라고 말하고 싶었다. 하지만 나는 아무 말도 못 하고 바보처럼 입만 벌리고 서 있었다.

"거짓말로 나를 조종하고, 네가 하고 싶은 걸 나한테까지 강요할 순 없어."

"그래, 말이 안 된다는 건 나도 알아."

하딘은 걱정이 가득 담긴 초록색 눈동자로 나를 쳐다보았다.

"나도 내가 왜 그러는지 모르겠어. 그냥 널 잃고 싶지 않을 뿐이야. 그리고 너무 절박하기도 하고⋯."

자기가 무슨 짓을 했는지 이해하지 못하는 것 같다. 그러니 저런 소리를 할 수 있는 거다.

"넌 진짜 모르는 것 같아. 그렇지 않고서야 어떻게 그런 거짓말을 했겠어."

하딘은 두 손으로 내 엉덩이를 잡았다.

"테사, 미안해. 그래도 우리가 이 골치 아픈 관계에서 점점 나아지고 있다는 건 인정해야 해."

그의 말이 맞다. 우리는 전보다 확실히 소통하는 데 있어서는 나아졌다. 방법이 좀 엉망진창이긴 하지만. 정상적인 관계라고 할 순 없다. 사실 '정상'이라는 게 늘 우리와는 거리가 멀었다.

"그럼, 결혼 어쩌고 한 것도 함께 안 갈 거니까 한 말이야?"

심장이 걷잡을 수 없이 뛰었다. 아마 하딘의 귀에도 들렸을 거다. 하지만 나는 담담히 말했다.

"그 얘긴 술 깨고 난 다음에 다시 하자."

"술 다 깼어."

미소를 지으며 그의 뺨을 쓰다듬었다.

"이런 대화를 하기에는 너무 취하셨거든요?"

그도 미소를 지으며 나를 끌어당겼다.

"샌드포인트에서는 언제 돌아올 건데?"

"넌 안 가?"

"모르겠어."

"간다고 했잖아. 우리 같이 여행 가본 적도 없고."

"시애틀 갔었잖아."

"그땐 네가 불쑥 나타난 거지. 그리고 다음날 아침에 불쑥 가버렸고."

그가 내 머리카락을 쓸어 넘겼다.

"정말 같이 갔으면 좋겠어. 랜던도 곧 떠나잖아."

그 생각만으로도 벌써 마음이 아프다.

하딘이 고개를 가로저었다.

"너네 아버지도 네가 가면 좋아하실 거야."

"아, 아빠는 나한테 화가 났을 거야. 학교에서 빌어먹을 벌금을 먹이고, 학사 보호관찰 처분을 내렸거든."

"근데 왜 나랑 같이 시애틀 캠퍼스로 가는 건 거부하는데?"

"오늘 밤엔 '시애틀'이란 말은 다시는 듣고 싶지 않거든. 하루도 너무 길었고, 지금은 머리가 아파…."

하딘은 내 이마에 입을 맞췄다. 나는 슬쩍 머리를 뒤로 빼서 그에게서 떨어졌다.

"넌 우리 아빠랑 술을 퍼마시고, 퇴학 당했다고 거짓말도 했어. 나도 내가 하고 싶은 얘기 정도는 할 수 있어."

날카롭게 쏘아붙였지만 하딘은 나를 향해 미소 지었다.

"그리고 넌 그 바지를 입고 나를 괴롭히더니, 나가서 전화도 받지 않았지."

하딘은 엄지로 내 아랫입술을 문질렀다.

"그렇게 많이 전화할 필요는 없었어. 정말 숨 막혀. 심지어 몰리는 너한테 스토커라고 했어."

말은 그렇게 했지만 그의 손길에 풋, 웃음이 터졌다.

"걔가 그랬다고?"

하딘은 입술선을 따라 손의 움직임을 멈추지 않았다. 나도 모르게 입술이 벌어졌다.

"응."

나는 숨을 토해냈다.

"흠…."

"뭐하려는 건지 다 알아."

손을 뻗어 엉덩이에 있던 그의 손을 치웠다. 어느새 그의 손가락이 내 바지 허리춤으로 미끄러지듯 움직이고 있었다. 그가 씨익 웃었다.

"뭔데?"

"한눈 팔게 만들어서 너한테 화 못 내게 하려는 거잖아."

"그게 효과가 있을까?"

"별로인 것 같아. 게다가 우리 아빠도 여기 계시잖아. 이런 데서 섹스할 순 없어."

장난스럽게 그의 엉덩이를 찰싹 때렸다.

"아, 그니까 바로 저기서 너랑 섹스했던 것처럼 말이지?"

하딘이 침대를 가리켰다.

"우리 엄마가 소파에서 주무시는 동안에."

꼬투리 잡을 게 하나 더 있었다.

"아니면 우리 아빠 집 욕실에서 했던 것처럼? 것도 아니면 몇 번이나 카렌이랑 랜던, 그리고 아빠까지 아래층에 다 있는데 했던 그때처럼 말이야?"

하딘은 손을 아래로 내려 내 허벅지를 부드럽게 만졌다.

"아, 잠깐만! 그때를 말하는 거구나? 회사 책상에서 내가 널 눕혔던…."

"알았어! 알았어! 알아 들었다고."

얼굴이 화끈 달아올랐고, 하딘은 깔깔 웃었다.

"그러지 말고 이리 와봐, 테시, 여기 누워봐."

"넌 제정신이 아니야."

나는 웃으며 그에게서 떨어졌다.

"어디 기?"

하딘이 입술을 쭉 내밀었다.

"밖에. 아빠가 뭐 하시는지 보러."

"그리고 여기로 다시 돌아와서 나랑…."

"맙소사! 가서 자든가 해!"

나는 결국 소리를 질렀다. 하딘이 속을 털어놓고도 여전히 장난스럽게 구는 게 좋았다. 그래도 신경 쓰이는 건 분명히 있다. 그가 거짓말했다는 거, 그리고 시애틀 얘기 자체를 거부한다는 거.

내가 돌아왔을 때, 분명 화낼 줄 알았다. 문자에 답도 없고 전화도 안 받았으니까. 그런데 화도 안 내고 허심탄회하게 속 마음을 얘기해주었다. 자신이 거짓말한 것도 순순히 인정했다. 내가 집에 가는 길이라고 스테프가 안심시켜줬기 때문인가? 그래서 마음을 진정할 수 있었나? 내가 돌아봤을 때, 스테프는 통화중이 아니었는데….

"네가 전화했을 때 스테프가 안 받았다고 했나?"

"응, 그게 왜?"

하딘의 표정이 혼란스러워졌다. 나는 어깨를 으쓱했다. 이 상황을 뭐라고 말해야 하나.

"그냥 궁금해서."

"뭐가?"

하딘의 목소리가 가라앉았다.

"내가 집에 가는 길이라고 너한테 전해 달라고 했거든. 근데 왜 말을 안 했는지 궁금해서."

"아."

하딘이 시선을 돌리며 서랍장 위에 있는 컵을 잡았다. 이 모든 대화가 너무 어색했다. 스테프가 내 말을 전하지 않은 것도, 하딘이 내 눈을 피하는 것도.

"난 밖에 있을게. 너도 나오든가."

"응. 옷 좀 갈아입고."

고개를 끄덕이고 방문을 돌렸다.

"이제 막 네 인생에 아버지가 다시 돌아왔는데, 그래도 넌 떠날 거야?"

그 소리에 걸음을 멈칫했다. 그 생각은 한 번도 못 해봤다. 등 뒤에서 쏘아올린 미사일처럼 하딘의 질문이 가슴에 와서 꽂혔다.

방을 나서기 전에 잠시 마음을 가다듬었다. 거실로 나가 보니, 아빠는 다시 잠들어 있었다. 대낮부터 폭음을 했으니 지칠 만도 하겠지. 텔레비전을 끄고 물을 마시러 주방으로 갔다. 하딘의 말이 귓전에서 맴돌았다. 이제 겨우 아빠를 다시 만났는데, 그런데도 떠나겠냐는 말이…. 하지만 9년이나 못 만났던 아빠 때문에 내 미래를 발목 잡혀야 하나? 상황이 달랐다면 나도 다시 생각해봤을 거다. 하지만 떠난 사람은 아빠였잖아.

침실 문을 열려고 하는데, 안에서 누군가와 얘기하는 하딘의 목소리가 들렸다.

"빌어먹을, 대체 무슨 짓거리를 한 거야?"

하딘의 목소리가 점점 작아졌다. 나는 문에 귀를 바짝 갖다 대었다. 하지만 어쩐지 그 대화를 듣지 말아야 할 것 같았다. 그건 내가 그 대화를 들어야 한다는 뜻이기도 했다.

"상관 안 해. 그러니까 그런 짓을 벌이지 말았어야지. 완전히 열받았잖아. 그러니까 네가….."

뒷말은 들리지 않았다.

"개수작하지 마."

하딘이 일갈했다. 대체 누구랑 얘기하는 거지? 뭘 하기로 했던 걸까? 스테프인가? 아니면, 설마 몰리?

문 쪽으로 다가오는 하딘의 발소리가 들렸다. 나는 잽싸게 욕실로 들어가 문을 닫았다. 잠시 후, 문을 두드리는 소리가 났다.

"테사?"

문을 열었다. 안절부절못하는 내 표정이 그대로 드러났을 거다. 심장이 쿵쿵거리고, 속이 뒤틀리는 것 같았다.

"막 나가려던 참이었어."

기어들어가는 목소리로 말했다. 하딘은 나를 향해 한쪽 눈썹을 찡긋했다.

"그래….."

그는 복도 쪽을 기웃거렸다.

"너네 아버지는? 주무셔?"

"음, 어."

내 대답에 하딘이 활짝 웃었다.

"그럼 침실로 돌아가자."

하딘이 내 손을 잡고 가만히 끌어 당겼다.

하딘을 따라 침실로 들어갔다. 익숙한 망상이 스멀스멀 번지기 시작했다.

16 · 테사

머릿속은 하딘에 관한 생각으로 꽉 차 있었다. 손톱만큼 남아 있던 이성이 경고 시그널을 보냈다. 이성은 자꾸 물어보라고 재촉했다. 그냥 넘어갈 일이 아니라면서. 매번 그런 식으로 넘어가곤 했으니까.

그런데 그 이성의 힘이 너무 미약하다. 하딘과 싸우거나 괜한 오해로 그를 몰아붙이기는 싫었다. 하딘은 식사 자리에 몰리를 데리고 나온 스테프에게 화가 났을 뿐이다. 내가 제대로 들은 것도 아니다. 그리고 하딘은 내 편을 들어줬다. 퇴학 당했다고 거짓말 한 것도 서슴없이 고백했는데, 이제 와서 왜 또 거짓말을 하겠는가?

하딘은 침대에 등을 기대고 앉아 내 손을 잡아끌었다. 그리고 자신의 다리 위에 나를 앉혔다.

"심각한 얘기 했더니 지친다. 너네 아버지도 주무시는데, 우리, 신선한 것 좀 해볼까…?"

음흉한 그의 미소에 이내 전염 되었다.

"네 머릿속엔 온통 섹스 생각뿐이지?"

장난스럽게 하딘의 가슴팍을 밀쳤다. 그는 침대에 누워 한 손으로는 내 허리를, 다른 한 손으로는 내 허벅지 뒤를 잡고 나를 잡아끌었다. 그를 올라타고 앉아 다리를 그의 양쪽 다리에 붙였다. 그가 나를 끌어당겨 얼굴이 닿을 듯 가까워졌다.

"아니, 다른 것도 생각하지. 이를 테면, 네 입술이 나를 감싸면서 벌어진다든가…."

하딘의 입술이 내 입술을 스쳤다. 그가 입을 맞추자 숨결에서 희미하게 민트 맛이 났다. 거칠게 입술이 포개지는 순간 온몸에 전율이 일었다. 하지만 나는 더 원하고 있었다.

"네 다리 사이에 얼굴을 파묻을 거야. 그럼 너는…."

하딘이 입을 열자, 나는 손으로 그의 입을 막았다. 하딘이 손바닥을 혀로 장난스럽게 핥는 바람에 화들짝 손을 뗐다.

"우웩."

콧잔등을 잔뜩 찡그리며 젖은 손바닥을 그의 검정 셔츠에 닦았다.

"조용히 할게."

그의 말투는 부드러웠다. 하딘은 엉덩이를 들어올려 나에게 밀어붙였다.

"말로 다 할 수 없을 만큼 좋을 거야."

"아빠가…."

또 아빠 핑계를 댔지만 이번에는 내 목소리도 자신 없는 것처럼 들렸다.

"무슨 상관인데? 여긴 우리 집이야. 싫으면 본인이 나가야지."

그에게 슬쩍 눈을 흘겼다.

"그런 식으로 말하지 마."

"안 그럴게. 근데 널 갖고 싶단 말이야. 내가 갖고 싶을 땐 언제든 널 가질 수 있어야 한다고."

"나도 할 말이 있는데. 네가 말하는 그거, 내 몸이거든."

심장이 쿵쾅거렸지만, 아무 동요도 없는 척하며 말했다.

"물론이지. 그래도 이렇게 하면…."

하딘은 포개진 몸 사이를 비집고 내 바지와 팬티 속으로 손을 밀어 넣었다.

"이거 봐, 네 몸이 준비되어 있잖아. 내가 먹겠다고 했을 때부터…."

그의 입술에 내 입술을 포갰다. 저속한 농담을 막으려면 이러는 수밖에 없다. 하딘이 숨을 삼켰다. 그의 손가락이 클리토리스를 스치며 움직였다. 건드릴 듯 말듯, 그는 일부러 나를 애태우고 있었다.

"하딘, 부탁이야."

내 입에서 쇳소리가 흘러나왔다. 그는 힘을 주어 내 안으로 미끄러지듯 손가락을 밀어 넣었다.

"이럴 줄 알았어."

하딘이 천천히 넣었다 뺐다 하며 손을 움직였다.

느닷없이 그가 움직임을 멈추더니 나를 옆에 눕혔다. 투덜거릴 새도 없이, 그가 일어나 앉아 내 바지춤을 붙잡았다. 그가 바지를 거칠게 끌어 내렸다. 나는 엉덩이를 들어, 그가 바지 벗기는 걸 도왔다. 그런 다음 팬티까지 벗겨냈다.

그는 내게 침대의 위쪽으로 올라가라고 몸짓으로 말했다. 나는 팔꿈치를 세워 등을 밀며 침대 머리맡까지 올라갔다. 하딘이 내 위에 몸을 포개며, 양 손으로 내 허벅지를 활짝 벌렸다. 그러고는 싱긋 웃는다.

"최대한 조용히 하려고 노력은 해보자고."

기가 막혔다. 하지만 이내 그의 따뜻한 숨결이 내 몸에 훅 끼쳤다. 처음에는 부드러웠다가 그가 가까이 다가올수록 점점 더 강한 압박감이 느껴졌다. 예고도 없이, 그의 혀가 내 몸에서 미끄러지듯 움직였다. 나는 베개를 움켜쥐었다. 하딘이 싫어하던 직사각형의 노란색 베개였다. 나는 베개로 얼굴을 가렸다. 그의 혀는 점점 더 빠르게 움직였고, 나는 입술 사이로 새어나오는 신음을 베개로 겨우 막았다. 갑자기 얼굴을 덮었던 베개가 확 치워졌다.

"안 돼, 베이비! 나를 봐."

하딘의 말에 나는 천천히 고개를 끄덕였다. 그의 엄지가 입술을 부드럽게 훑는가 싶더니, 혀가 내 몸 위에서 미끄러지듯 움직였다. 그는 내 다리 사이로 손을 반복해서 움직이며, 내 몸 가장 민감한 부분을 건드렸다. 두 다리가 뻣뻣해졌다. 클리토리스에 닿을 때마다 황홀함이 번졌다. 그는 손가락으로 천천히 원을 그리며 내 몸을 가볍게 자극했다. 참을 수가 없었다. 나는 그가 시키는 대로 고개를 떨구어 내 다리 사이에 얼굴을 파묻고 있는 그를 내려다보았다. 머리카락이 섹시하게 헝클어져 있었다. 이마로 흘러내린 머리카락이 그가 움직임을 반복할 때마다 함께 움직였다. 그의 입술과 혀가 내 몸 위에서 움직이는 걸 바라보며, 다른 각도에서 바라본 그와 나의 모습을 그려 보고 있었다. 그러자 온몸의 감각이 폭발하듯 살아났다. 천천히 절정을 향해 치닫기 시작하자 조용히 있을 수 없을 것 같았다. 한 손으로 입을 막고, 다른 한 손으로 그의 머리카락을 움켜쥐었다. 그의 혀를 더 깊이 느끼고 싶어 엉덩이를 들어올렸다. 아, 느낌이 너무 좋다.

그의 머리카락을 잡아당겨 내 몸에 닿는 그의 신음을 느꼈다. 그에게 나를 밀어붙였다, 가까이, 더 가까이….

"더 세게."

하딘이 숨을 헐떡거리며 말했다.

'뭐라고?'

머리카락을 움켜쥔 내 손 위에 그가 손을 포갰다. 그리고 머리카락을 더 세게 움켜쥐게 했다…. 더 세게 잡아당기라는 건가?

"그렇게 해줘."

그가 간절한 눈빛을 보내며 말했다. 그러더니 손가락들을 더 빠르게 빙빙 돌리며 움직였다. 그리고 머리를 숙여 혀를 가세했다. 온몸의 감각 세포가 들끓는 것 같았다. 그의 머리카락을 더 세게 움켜쥐었다. 그가 나를 올려다보았다. 눈은 게슴츠레하게 반쯤 감겨 있었다. 그가 다시 눈을 뜨자, 옥색의 밝은 빛이 번쩍 스쳐 지나갔다. 눈앞이 흐려지며 순간적으로 앞이 보이지 않는 것 같았다. 그러는 동안에도 그는 내게서 눈을 떼지 않았다.

"이것 봐, 베이비."

그의 손이 그의 다리 사이에 가 있었다. 더 이상 참을 수가 없었다. 그가 단단해진 페니스를 잡고 흔드는 모습을 쳐다보았다. 나와 함께 오르가슴에 오르려는 듯했다. 그의 움직임 하나하나가 내게 주는 이 느낌엔 정말 익숙해질 것 같지 않다. 그가 자위하는 모습을 보는 동안, 그의 숨소리가 점점 더 거칠어졌다. 그러다가 나를 향해 뜨거운 숨을 혹 쏟아냈다….

"넌 진짜 맛있어."

그가 내 몸에 대고 신음했다. 그의 손놀림이 더 빨라졌다. 절정에 오르자 손바닥을 이로 꽉 깨물고 있다는 것조차 느끼지 못했다. 나는 그의 머리카락을 여전히 움켜쥐고 있었다.

눈을 깜박거렸다. 천천히, 느긋하게, 몇 차례 더 깜박거렸다. 정신이 들었다. 하딘이 내 배에 머리를 기대고 있었다. 눈을 들어 그를 바라보았다. 그는 얕게 숨을 헐떡이고 있었다.

나는 그의 어깨를 잡아 일으키며, 그의 다리께로 움직이려고 했다. 그러자 그가 말했다.

"나…, 끝났어."

나는 그를 빤히 쳐다보았다.

"벌써 사정했다고…."

기진맥진하여 푹 잠긴 목소리였다.

"아."

그는 나른하고 반쯤 취한 듯한 미소를 지었다. 그리고 침대에서 일어났다. 서랍장으로 성큼성큼 가더니 맨 아래 칸 서랍을 열어 흰색 운동복 반바지를 꺼내들었다.

"샤워하고 옷 갈아입어야겠어."

하딘이 바짓가랑이를 가리켰다. 젖은 부분이 확실히 두드러졌다.

내가 미소를 짓자, 그가 마주 웃었다.

하딘이 다가와서 이마에 입을 맞췄다. 그리고 입술에도.

"실력은 녹슬지 않았네."

그가 방문 쪽으로 가며 말했다.

"근데 내 실력은 아니었잖아."

내가 짚어줬다. 그는 고개를 절레절레 저으며 방을 나갔다.

침대 모서리에 있던 옷을 집었다. 부디 소파에서 자던 아빠가 깨지 않았기를. 혹시 우연히 아빠가 깨 있었더라도, 욕실로 가는 하딘을 붙잡지 않았기를. 잠시 후 욕실 문 닫히는 소리가 들렸다. 나는 일어나 옷을 입었다.

부동산 업자인 산드라에게서 온 음성메시지가 없는지 휴대전화를 확인했다. 없다. 대신에 새 문자메시지가 와 있었다. 바빠서 문자로 연락을 대신한 모양이다. 메시지 창을 열었다.

너한테 할 얘기가 있어.

발신인을 보니 한숨이 나왔다. 제드였다.

메시지를 지우고 휴대전화를 다시 책상 위에 올려놨다. 하딘의 휴대전화를 살펴봐야겠다. 누구랑 통화했는지 궁금했다. 가슴이 쿵쾅거렸다. 지난 번 하딘의 휴대전화를 봤을 때는 끝이 좋지 않았었다.

하지만 이번엔 다르다. 하딘은 이제 아무 것도 숨기는 게 없으니까. 별일 없을 거다. 우리는 이제 전과는 완전히 다른 국면에 접어들었다. 나를 위해 타투까지 했잖아…. 나를 절대 떠나지 않기로. 걱정할 건 아무 것도 없다.

'그렇겠지?'

책상 위에 하딘 휴대전화가 보이지 않아 서랍장을 살펴봤다. 그제야 알았다. 하딘은 휴대전화를 욕실까지 가지고 들어간 거다. 다들 그러나?

'걱정할 건 없어. 그저 조금 스트레스를 받았고, 내가 좀 편집증적이긴 하니까.'

스스로 되뇌었다. 걱정의 늪에 빠져들기 전에 합리화를 해본다. 어쨌든 그의 휴대전화를 뒤져 보는 건 옳지 않다. 그가 내 걸 봤다면 나는 불같이 화냈을 거다.

딸깍, 문 열리는 소리가 들렸다. 못된 짓을 하다 들킨 사람처럼 펄쩍 뛰며 놀랐다. 하딘이 성큼성큼 방으로 들어왔다. 맨발에 상의는 입지 않고, 흰색 반바지만 걸쳤다.

"괜찮아?"

젖은 머리를 닦으며 하딘이 물었다. 물기를 머금은 그의 머리카락은 까맣게 보였다. 그 모습이 정말 좋다. 초록색 눈동자와 대비되어 뭔가 꿈을 꾸고 있는 것 같은 느낌이다.

"응, 금방 왔네?"

떨리는 목소리를 감추려 아무렇지 않게 얘기했다.

"빨리 보고 싶어서 좀 서둘렀지."

그가 건성건성 대답한다. 나는 미소를 지어 보였다.

"배고프지 않아?"

"배고파."

하딘이 해맑게 웃었다.

"그럴 줄 알았어. 너네 아버지는 여전히 주무시더라. 우리가 가버려도 계속 여기 있을 건가?"

머리에 가득 찼던 걱정이 일순간에 사라지며 흥분이 밀려왔다.

"너도 같이 가려고?"

"그럴까 해. 근데 여행이 거지같으면, 난 하룻밤만 자고 바로 올 거야."

"오케이."

그 정도쯤이야 이해해줄 수 있다. 그래도 내심 하딘이 먼저 가지는 않을 거라 믿는다. 그냥 여행이 맘에 들지 않는다는 티를 내고 싶은 거겠지.

하딘이 입술을 핥았다. 내 허벅지 사이에 얼굴을 파묻고 있던 그가 떠올랐다.

"뭐 하나만 물어봐도 돼?"

그가 내 눈을 똑바로 쳐다보더니 고개를 끄덕였다.

"뭔데?"

하딘은 침대에 걸터앉았다.

"그니까, 그때…, 내가 네 머리카락 잡아당긴 거 때문이야?"

"뭐라고?"

하딘이 피식 웃음을 터뜨렸다.

"내가 네 머리카락 움켜쥐었을 때 말이야. 그거 좋았어?"

얼굴이 화끈 달아올랐다.

"좋았어."

"아."

온 얼굴이 새빨개지는 느낌이 들었다.

"그게 이상했어? 내가 그걸 좋아하는 게?"

"아니, 그냥 궁금해서."

진심이었다.

"누구나 섹스할 때 좋아하는 게 있잖아. 난 그런 게 좋아. 근데 네가 말하기 전까지는 나도 몰랐네."

우리가 지금 하는 얘기에 하딘은 손톱만큼도 동요 없이 웃기만 했다.

"아, 그랬어?"

나와 사랑을 나누는 동안 그가 새로운 걸 배우게 됐다니, 생각만으로도 짜릿했다.

"그러니까 내 말은, 다른 여자 애들도 내 머리를 잡아당기긴 했어. 근데 너하고 하는 느낌과는 달랐단 얘기지."

"아."

아, 소리만 벌써 열 번째다. 하지만 이번엔 어쩐지 석연치 않은 느낌이다. 내 반응을 눈치채지 못했는지, 하딘은 초록빛 눈동자에 호기심을 가득 담아 나를 쳐다보았다.

"혹시 내가 해주지 않은 것 중에 네가 좋아하는 거 있어?"

"난 네가 하는 건 다 좋아."

"알아. 근데 우리가 안 해봤던 것 중에 혹시 하고 싶었던 게 있냐고."

나는 고개를 가로저었다.

"부끄러워하지 마, 베이비. 다들 그런 로망 하나쯤은 있잖아."

"난 없어."

적어도 난 아니다. 나는 하딘 말고는 경험이 없으니까. 그리고 우리가 했던 거 말고 또 뭐가 있는데?

"아니, 있을걸."

하딘이 의미심장한 미소를 지었다.

"그걸 찾아내야 해."

아랫배가 요동쳤다. 뭐라고 대답해야 하나. 그때 아빠 목소리가 들렸다.

"테시?"

바로 떠오른 생각은 목소리가 복도가 아닌 거실에서 들린다는 거였다. 마음이 놓였다. 하딘과 나는 벌떡 일어섰다.

"난 화장실 좀 다녀올게."

내가 말하자 하딘은 짓궂게 웃으며 고개를 끄덕였다. 그리고 아빠가 있는 거실로 향했다.

욕실에 들어가니, 하딘의 휴대전화가 세면대 모서리에 놓여 있었다.

나도 안다. 이래선 안 된다. 하지만 멈출 수가 없었다. 재빨리 통화 목록을 훑어보았다. 아무 것도 없었다. 통화 목록은 깨끗이 지워져 있었다. 단 하나의 기록도 남아 있지 않았다. 이번에는 문자메시지 창을 열어보았다. 역시 아무 것도 없었다.

하딘이 모든 기록을 지워버린 거다.

17 · 테사

하딘의 휴대전화를 들고 욕실에서 나왔다. 아빠와 하딘은 부엌 테이블에 앉아 있었다.

"우리 여기 있다."

아빠는 순한 눈빛으로 나를 쳐다보았다.

나는 하딘이 앉아 있는 의자 등받이에 손을 올렸다. 하딘이 머리를 뒤로 기대자 축축한 그의 머리카락이 손에 닿았다.

"하딘, 아빠가 드실 만한 걸 네가 좀 만들어 드리면 어때?"

하딘의 휴대전화를 그의 앞에 놓으며 말했다. 아빠는 덤덤한 표정으로 나를 바라보았다.

"그러지, 뭐…."

하딘이 일어나 냉장고로 향했다.

"너도 배고프니?"

"전 아까 식당에서 먹던 거 가져왔어요."

"오늘 하딘이랑 술 마셨다고 나한테 화난 거니?"

아빠가 물었다. 나는 아빠를 쳐다보며 목소리를 누그러뜨렸다. 아빠는 처음 우리 집에 오라고 제안했을 때처럼 약간 위축된 듯 했다.

"화 안 났어요. 근데 이런 일이 자꾸 생기는 건 싫어요."

"그럴 일 없을 거다. 게다가 넌 이사한다면서."

또 쓸데없는 얘기를 한다. 나는 테이블 너머로 겨우 안 지 이틀밖에 안 되는 남자를 낯설게 쳐다보았다. 딱히 대꾸하지 않았다. 대신 하딘을 따라 냉장고 쪽으로 가, 냉동실 문을 열었다.

"뭐 먹을 건데?"

내가 물었지만, 하딘은 대답 대신 내 눈치를 살폈다.

"그냥 치킨이나…, 아니면 뭘 좀 시킬까?"

한숨이 나왔다.

"그래, 먹을 걸 좀 시키자."

머릿속이 여전히 복잡했다. 대체 왜 하딘은 휴대전화 목록을 전부 삭제했을까.

하딘과 아빠는 중국 음식이냐 피자냐를 두고 열띤 논쟁을 벌였다. 하딘은 피자가 먹고 싶었나 보다. 아빠에게 돈 낼 사람이 누군인지 상기시키며, 하딘은 자기 뜻을 관철시켰다. 하딘의 비아냥거림에도 아빠는 아랑곳하지 않는 것처럼 보였다. 아빠는 웃으면서 하딘을 툭툭 쳤다.

저러고 있는 두 사람을 보다니, 정말이지 낯선 광경이다. 아빠가 집을 나간 후 친구들이 자기 아빠와 함께 시간을 보내는 모습을 보면서 나도 공상에 빠지곤 했다. 그때부터 나는 가상의 아빠를 만들어 놓았었다. 나와 비슷하면서 단지 나이만 든, 술주정뱅이 노숙자는 아닌 그런 아빠. 늘 그런 생각을 해왔다. 한 손에는 커피가 담긴 텀블러를, 다른 손에는 중요한 서류가 든 가방을 들고, 아침마다 출근하러 차로 향하는 아빠의 모습을. 그런 상상 속의 아빠가 술에 취해, 살 곳도 없이 떠돌며 황폐하게 살고 있을 줄은 꿈에도 몰랐다. 엄마가 이 남자와 몇 년 동안이나 결혼 생활을 했었다고는 상상조차 할 수 없었다.

"엄마랑은 어떻게 만나셨어요?"

머릿속 생각이 갑자기 툭 튀어나왔다.

"고등학교에서 만났지."

하딘은 휴대전화를 가지고 피자를 시키러 방으로 들어갔다. 누구한테 전화하든 그런 다음 통화 목록을 재빨리 지우겠지. 나는 아빠 맞은편에 앉았다.

"결혼하기 전에 얼마나 사귀셨어요?"

"겨우 2년쯤. 우린 어렸을 때 결혼했어."

이런 질문을 하는 건 어쩐지 불편했다. 하지만 엄마에게선 절대 들을 수 없는 대답이었다.

"왜요?"

"네 엄마와는 이런 얘기를 한 번도 안 해봤구나?"

"네, 엄마랑 아빠 얘기한 적은 없어요. 제가 말이라도 꺼내려고 하면, 엄마가 바로 입을 다물었거든요."

흥미로워하던 아빠의 표정은 어느새 부끄러운 것처럼 보였다.

"아…."

"죄송해요."

사과를 했지만, 뭐가 죄송한 건지는 잘 모르겠다.

"아니다, 이해한다. 네 엄마를 탓하진 않아."

아빠는 잠시 눈을 감았다가 떴다. 하딘이 부엌으로 돌아와 내 옆에 앉았다.

"우리가 어렸을 때 결혼한 건 너를 임신했기 때문이었다. 그런데 네 외조부모님이 나를 싫어하셨지. 네 엄마에게서 나를 떼어내려 하셨거든. 그래서 결혼해버렸단다."

아빠는 옛 추억을 더듬는 듯 미소를 지었다.

"그럼 아빠는, 외할아버지랑 외할머니에게 복수하려고 결혼한 거예요?"

나도 미소를 지으며 물었다. 돌아가신 외할아버지, 외할머니는, 뭐랄까…, 조금은 완고하셨다. 아니, 아주 완고하셨다. 어린 시절 기억이 떠올랐다. 저녁식사 자리에서도 웃거나 말 한마디 못 하게 하셨고, 카펫 위를 다닐 땐 신발을 벗어야 했다. 생일엔 또 어땠는가. 8살짜리에게 10년 만기 정기예금 통장을 멋대가리 없는 봉투에 넣어 보내시던 분들이었다.

엄마는 그런 외할머니와 뼛속까지 닮았다. 다만 그 정도가 조금 덜

할 뿐. 엄마는 내내 외할머니처럼 완벽해지려고 기를 쓰는 사람이었다. 아니면 당신이 생각했던 것만큼 완벽해지려고 했거나.

아빠가 웃음을 터뜨렸다.

"어떤 측면에서는 그렇지. 그분들을 열받게 했으니까. 그런데 네 엄마가 늘 결혼하고 싶어 했어. 말 그대로, 네 엄마가 나를 교회로 질질 끌고 갔지."

아빠가 또 웃음을 터뜨렸다. 하딘도 따라 웃으며 내 눈치를 슬쩍 보았다. 분명 결혼을 주장하는 나에게 한방 먹일 말을 궁리 중일 거다. 나는 아빠에게로 고개를 돌렸다.

"아빠는 결혼하기 싫으셨어요?"

"아니, 다만 19살에 애 아빠가 된다는 게 무지하게 두려웠다."

"그런데도 그걸 받아들이셨으니까, 우리가 지금 네가 얼마나 잘 자랐는지 볼 수 있는 거지."

하딘이 한마디 거들었다. 나는 그를 노려보았다.

"나는 그 현실이 달갑진 않았다만, 사실 그런 상황을 받아들이는 젊은 부모들도 많아."

아빠는 체념한 듯 두 손을 들어올렸다.

"내가 그런 류의 인간이 아니었던 것뿐이지."

"아."

내 나이에 부모가 된다는 건 상상할 수도 없다. 아빠가 미소를 지었다. 대답할 수 있는 건 전부 대답해주겠다는 듯이.

"더 물어보고 싶은 게 있니, 테시?"

"아뇨…. 된 거 같아요."

어쩐지 아빠와 함께 있는 게 편치 않았다. 이상하다. 엄마와 같이 있는 것보다는 편할 줄 알았는데.

"더 생각나는 게 있으면 언제든 물어봐도 괜찮다. 근데 그 전에 샤워를 좀 할 수 있을까? 저녁 먹기 전에 말이다."

"그럼요."

아빠가 여기 있었던 게 이틀이 훌쩍 넘은 느낌이었다. 아빠가 나타난 이후 너무 많은 일이 있었다. 하딘의 퇴학, 아니 퇴학은 아니었지만, 주차장에서 제드와 만난 것도 그렇고, 스테프하고 몰리랑 점심 먹은 일도 있었고, 게다가 하딘의 통화 내역이 사라져버린 일까지. 너무 많은 사건들이 명확하지 않은 채 지나가버렸다. 스트레스 가득하고 끊임없이 커져 가기만 하는 갈등이라니. 이런 일들이 내 인생에서 금세 없어질 것 같지 않았다.

"무슨 일 있어?"

아빠가 욕실 쪽으로 사라지자 하딘이 물었다.

"아니, 아무 일도 없어."

자리에서 일어나 몇 걸음 떼었을 때였다. 하딘이 내 허리를 붙잡아 세웠다. 그 바람에 하딘을 마주보고 서게 되었다.

"내 눈은 못 속여. 뭐가 문제인지 얼른 얘기해봐."

그가 양 손을 내 엉덩이에 대고 부드럽게 말했다. 나는 잠자코 그를 쳐다보았다.

"너."

"나?"

"네가 이상하게 행동하잖아. 문자메시지랑 통화 내역까지 다 지우고."

그의 표정이 일그러지며, 콧잔등을 찌푸렸다.

"넌 내 휴대전화를 왜 본 건데?"

"네가 수상쩍게 행동해서."

"그렇다고 내 걸 훔쳐봐? 그런 짓 하지 말라고 전에 말하지 않았던가?"

뻔뻔스럽게 화를 내다니, 그것도 저렇게 능숙하게. 순간 피가 거꾸로 솟는 것 같았다.

"알아, 그런 짓 하면 안 된다는 거. 근데 너도 그럼 꼬투리 잡힐 짓은 하지 말아야지. 그리고 네가 숨기는 게 없다면 왜 신경 쓰는데? 난 네가 내 휴대전화 보든 말든 신경 안 써. 난 숨기는 게 없거든."

주머니를 뒤져 내 휴대전화를 꺼냈다. 그러다 갑자기 걱정이 밀려왔다. 제드한테 온 문자는 지워졌겠지? 하딘은 내 말이 하찮다는 듯 손사래를 치며 전화기를 치웠다.

"너, 지금 사이코 같은 거 알지? 그런 식으로 하면 누가 모를 줄 알고."

그의 말이 가슴에 화살이 되어 꽂혔다. 할 말이 없었다. 음, 사실, 할 말은 많았다. 하지만 입 밖으로 소리가 되어 나오지 않았다. 나는 엉덩이에 있던 그의 손을 밀치고 나왔다. 자기 눈은 못 속인다고? 나도 마찬가지다. 그가 뭔가 숨기고 있는 것쯤은 나도 알아차릴 수 있다. 하찮은 거짓말이든, 내 순결을 두고 한 내기든, 매번 똑같다. 첫째, 하딘이 수상쩍은 행동을 한다. 그 다음, 내가 그 사안을 들추어내면 그가 불같이 화를 내고 방어 태세에 돌입한다. 그리고 나서 나에게 심한 말들을 쏟아 붓는다.

"도망가지 마."

등 뒤에서 하딘이 소리쳤다.

"따라오지 마."

똑같이 쏘아붙이고 방으로 들어왔다. 하지만 이내 하딘이 문 앞에 나타났다.

"내 물건에 손대는 거 싫다고."

"나도 그래야만 할 것 같은 기분이 드는 게 싫다고."

하딘은 방문을 닫고 등을 기댔다.

"내가 통화 내역을 다 지운 건, 그러니까…, 우연히 그렇게 됐어. 네가 신경 쓸 건 아무 것도 없단 말이야."

"신경 쓴다고? 그 말은 내기 사이코 같다는 기야?"

하딘이 한숨을 쉬었다.

"그런 뜻은 아니었어."

"신경 쓰지 않아도 된단 소리 좀 하지 마. 그러고 나면 뭐가 진실이고 뭐가 아닌지 알 수가 없잖아."

"내 물건 좀 뒤지지 마. 그러고 나면 널 믿어야 할지 말아야 할지 알 수가 없잖아."

"좋아."

나는 책상 앞에 가 앉았다.

"좋아."

하딘이 따라서 침대에 가 앉았다.

그를 믿어야 할지 말아야 할지 모르겠다. 앞뒤가 맞는 게 하나도 없지만, 한편으로 말이 되기도 했다. 문자메시지랑 통화 내역은 우연히 지웠겠지. 스테프하고도 통화했을 거고. 드문드문 엿들었던 대화의 조각들이 상상의 나래를 펴게 했다. 하지만 하딘에게 물어볼 순 없었다.

그랬다간 내가 엿들은 것까지 들통날 테니까. 그리고 무슨 얘기를 했는지 하딘이 스스로 말해주는 거 하고는 다르니까.

"우리 사이에 또 비밀이 생기는 건 싫어. 우린 이걸 극복해야 해."

"제길. 비밀 따위 없어. 넌 미쳐 가고 있는 것 같아."

"나더러 미쳤다고 하지 마. 너를 비롯해서 그 누구도 그런 소리하면 안 돼."

말을 내뱉고 나자마자 후회했다. 하지만 하딘이 내 말에 동요하는 것 같지는 않았다.

"미안. 너, 안 미쳤어."

그가 말하더니 씨익 웃는다.

"넌 그냥 내 휴대전화를 훔쳐봤을 뿐이지."

나는 억지로 웃어 보였다. 그리고 끊임없이 스스로를 설득했다.

하딘 말이 맞다, 내가 너무 강박적인 거다, 라고. 최악의 시나리오는 하딘이 내게 뭔가를 감추고 있는 거다. 결국엔 알아내고 말겠지만, 지금은 너무 집착하지 말아야 한다. 이제까지 다른 것도 죄다 알아냈으니 말이다.

확신이 들 때까지 그 말을 수없이 되뇌었다.

밖에서 아빠가 부르는 소리가 들렸다.

"피자가 온 거 같은데. 밤새도록 나한테 화낼 건 아니지?"

대답할 틈도 없이 하딘은 방을 나갔다. 의자 위에 놓았던 내 휴대전화를 보았다. 그의 전화기는 궁금해서 확인했을 뿐, 그걸로 됐다. 제드에게서 새 문자메시지가 하나 더 와 있었다.

사무실도 오늘이 마지막이다. 평소보다 천천히 차를 몰았다. 사무실로 가는 동안 모든 거리와 건물들을 마지막으로 확인하고 싶었다. 이 유급 인턴십을 통해 내 꿈이 이루어졌다. 이제 시애틀 반스 출판사에서 일하게 되겠지. 이곳은 내 경력이 시작되고, 꿈이 실현된 곳이라고 할 수 있다.

엘리베이터에서 내리자 킴벌리가 앉아 있는 게 보였다. 책상 주변에는 갈색 포장 박스가 산처럼 쌓여 있었다.

"굿 모닝!"

킴벌리가 먼저 인사했다.

"굿 모닝."

킴벌리만큼 발랄한 목소리는 나오지 않았다. 어쩐지 긴장되고 어색한 것 같았다.

"여기서 보내는 마지막 주인데, 마음의 준비는 됐어요?"

커피를 따르는데, 킴벌리가 물었다.

"사실은 오늘이 마지막 날이에요. 내일부터 주말까지는 여행을 가거든요."

"잊고 있었어요. 와우! 마지막 날이라니! 선물이나 카드라도 준비했어야 했는데."

킴벌리가 미소를 지었다.

"다음 주 새로운 사무실에서는 뭘 좀 준비해볼게요."

나도 따라 웃었다.

"킴벌리, 이사 준비는 다 했어요? 언제 이사해요?"

"금요일이요! 새 집에 짐은 다 풀었고, 우리는 몸만 들어가면 돼요."

킴벌리와 크리스찬의 새 집은 분명 멋질 테지. 널찍하고 세련되고 예전 집만큼 훌륭할 거다. 킴벌리의 약혼 반지가 불빛 아래서 반짝였다. 반지를 볼 때마다 그 아름다운 반짝임에 눈을 뗄 수가 없다.

"전 아직 집을 못 구해서, 연락 기다리고 있어요."

"아직도 집을 못 구했다고요?"

"중개인한테 서류는 다 보냈어요. 임대차 계약서 세세한 부분은 조율해야 해요."

"6일밖에 안 남았는데."

킴벌리가 황당한 표정으로 나를 쳐다보았다.

"알아요. 다 잘될 거예요."

제발 말이 씨가 되길 바라며.

불과 몇 달 전만 하더라도 시시콜콜한 것까지 모두 계획했다. 근데 요즘엔 뭔가에, 심지어 살 집을 구하는 것에조차 집중하기 힘들어졌다. 일상이 스트레스였다. 계획대로 되는 게 하나도 없었다.

"도움이 필요하면 언제든지 얘기해요."

킴벌리에게 전화가 와서 나는 내 사무실로 왔다. 바닥에 빈 박스 몇 개가 놓여 있었다. 개인 물건은 많지 않았다. 짐 싸는 데 별로 오래 걸리진 않을 거다.

20분쯤 뒤, 마지막 박스에 테이프를 붙였다. 점잖게 문 두드리는 소리가 들렸다.

"들어오세요."

아주 잠깐 하딘이 아닐까 생각했다. 하지만 밝은 컬러 청바지에 흰색 티셔츠를 입은 트레버가 문 앞에 서 있었다. 캐주얼 차림의 그는 낯설었다. 그때마다 나는 무방비 상태였던 것도 같다. 그가 정장을 차려입은 모습에 너무 익숙해진 탓일까.

"이사 준비는 다 됐어요?"

짐으로 가득 찬 박스를 들어 올리려는 찰라였다.

"거의요. 준비 다 했어요?"

트레버가 다가오더니 박스를 번쩍 들어 책상 위에 올려놓았다.

"고마워요."

나는 미소를 보내며, 양손을 옆구리에 쓱쓱 문질렀다.

"난 오늘 퇴근하자마자 바로 그쪽으로 갈 거에요."

"와, 대단한데요. 지난번 시애틀에 다녀와서부터 쭉 준비한 거죠?"

당혹스러움이 두 볼로 번졌다. 그의 얼굴에도 당혹감이 스쳐 지나갔다.

지난번 시애틀에서 그와 멋진 저녁식사를 했었다. 그러다 내게 키스를 거절당했고, 하딘에게 위협 당하는 험한 꼴을 봤다. 도대체 이 얘기를 왜 꺼낸 거지?

트레버가 멍하니 나를 쳐다보았다.

"그때는 재미있었어요. 아무튼 당신도 나만큼 설레겠죠. 늘 시애틀에서 살고 싶어 했잖아요."

"너무 기대돼요."

트레버는 내 사무실을 둘러보았다.

"상관할 바는 아니지만, 하딘도 함께 시애틀로 가나요?"

"아니요."

반사적으로 대답이 나왔다.

"아직 잘 몰라요. 가고 싶지 않다고는 했는데, 마음이 바뀌길 바라는 중이에요…."

나는 계속 횡설수설했다. 말이 제멋대로 튀어나왔다. 트레버는 왠지 좀 불편해 보였다. 그는 두 손을 청바지 주머니에 밀어 넣었다.

"왜 같이 안 간대요?"

"잘 모르겠어요. 근데 난 같이 갔으면 해요."

나는 한숨을 쉬며 가죽 의자에 털썩 앉았다. 트레버의 푸른 눈동자가 나를 응시했다.

"같이 안 간다면, 제정신이 아닌 거죠."

"하딘은 제정신이 아니거든요."

나는 큰 소리로 웃었다. 방 안에 감도는 긴장감을 없애고 싶었다. 그도 따라 웃었다. 하지만 고개를 가로저었다.

"이제 난 출발해야겠어요. 그럼 시애틀에서 봅시다."

미소를 지으며 트레버가 사무실을 나갔다. 몇 가지 이유들로 왠지 모를 죄책감이 느껴졌다. 휴대전화를 집어 하딘에게 문자메시지를 보냈다. 아무렇지도 않게 트레버가 사무실에 들렀다는 얘기를 했다. 이러면 하딘이 질투하는 모습을 볼 수 있지 않을까? 트레버 때문에라도 결국엔 시애틀에 함께 가지 않을까? 그럴 거 같진 않았지만, 실낱같은 희망의 끈을 놓지 않았다. 혹시라도 그가 마음을 바꿀 수도 있으니까. 이젠 여유가 없다. 6일은 이사 준비를 하기엔 충분치 않은 시간이다. 전학 신청도 해야 한다. 시애틀로 갈 마음의 준비만 되었을 뿐 정작 필요한 것들은 아직 결정된 게 없다.

그래도 꼭 가야만 한다. 이건 나의 미래다. 하딘에게만 매어 있을 수는 없다. 나는 충분히 공평한 계획을 제시했다. 일단 시애틀로 가보고, 거기가 정 맞지 않으면 영국으로 가자고. 그는 1초도 생각해보지 않고 일언지하에 거절했다. 내가 바라는 건, 이번 가족 여행 때 그가 마음을 바꾸는 거다. 나와 랜던, 켄 씨와 카렌이 모두 함께 재밌고 긍정적인 시간을 보내는 게 그닥 어려운 일이 아니라는 걸 그도 알았으면 좋겠다.

하지만 하딘이 개입되면 뭐 하나 쉽게 넘어가는 일이 없다.

책상 위에 있던 전화기가 울렸다. 퍼뜩 정신이 들었다.

"손님 오셨어요."

킴벌리였다. 하딘인가 싶어 가슴이 철렁 내려앉았다. 불과 몇 시간밖에 지나지 않았지만, 떨어져 있을 땐 늘 그가 보고 싶다.

"하딘한테 들어오라고 전해주세요. 당신이 전화할 때까지 기다리다니, 놀라운데요?"

킴벌리가 혀를 찼다.

"음, 하딘이 아니에요."

하딘이 아빠를 데려온 건가?

"턱수염 있는 연세 드신 분이에요?"

"아뇨…. 젊은 분이에요, 하딘처럼."

킴벌리는 말 그대로 소근소근 속삭였다.

"얼굴에 멍자국이 있는 남자인가요?"

이미 대답은 알고 있으면서도 다시 물었다.

"네, 돌아가라고 할까요?"

킴벌리가 제드를 억지로 가게 하는 건 싫었다. 그리고 사실 제드는 아무 잘못도 없었다. 굳이 있다면 내 곁에 얼씬도 하지 말라는 하딘의 경고를 무시했다는 거?

"괜찮아요. 내 친구예요."

'왜 여기까지 온 걸까?'

내가 연락을 안 해줬기 때문일 거다. 하지만 이해가 되지 않는다. 뭐가 그리 급해서 나하고 잠깐 얘기하려고 40분이나 되는 거리를 달려온 걸까?

전화를 끊고 잠시 고민했다. 제드가 여기까지 왔다는 걸 하딘에게 알려야 할지 말지 모르겠다. 휴대전화를 책상 서랍에 넣고 닫았다. 직장에서의 마지막 날, 하딘이 쳐들어오게 할 순 없다. 화를 다스리지 못하는 그가 내 직장에 나타나 소란을 피우거나, 체포되는 일이 있어서는 안 되니까.

18 · 테사

사무실 문을 열었다. 문 앞에 제드가 저승사자 같은 모습으로 서 있었다. 검정색과 빨간색 체크 무늬 셔츠에 짙은 색 청바지, 운동화 차림이었다. 얼굴 붓기가 많이 빠지진 않았지만, 눈과 코 주변 보랏빛 멍은 푸르스름한 파란색으로 옅어졌다.

"이런 식으로 찾아와서 미안해."

"무슨 일 있어?"

책상 쪽으로 걸어가며 내가 물었다. 제드는 잠시 머뭇거리다가 사무실 안으로 들어왔다.

"아냐. 음, 있어. 어제부터 계속 너하고 얘기하려고 했는데, 아무런

답도 없고."

"알아. 근데 하딘하고 나, 지금 너무 골치가 아파. 너하고 얘기하는
걸 하딘이 싫어하기도 하고."

"이제 걔가 하는 대로 두기로 한 거야?"

제드는 책상 앞 의자에 앉았다. 나는 그 맞은편에 앉았다. 이렇게 앉
아서 얘기를 하자니 좀 더 사무적이고 진지해지는 것 같았다. 불편하
진 않은데 너무 서먹하고 딱딱했다. 나는 창문 쪽으로 시선을 돌렸다.

"그런 건 아니야. 하딘이 좀 강압적이기도 하고, 제대로 일처리를 못
하는 면이 있기는 해. 하지만 너하고 친구하는 걸 싫어한다고 걔를 탓
할 순 없어. 나도 걔가 쓸데없는 감정이 뒤얽힌 사람이랑 시간 보내는
게 싫거든."

제드의 눈이 동그래졌다.

"뭐라고?"

"아니, 내 말은 그냥…."

사무실 안이 답답해지고 벽이 나를 향해 다가오는 느낌이다. 왜 그
런 말을 했을까? 지금 이 상황에 하나도 도움될 게 없는데.

"나한테도 그렇게 느낀 거야?"

한 마디 한 마디 할 때마다 제드의 눈빛이 번득였다.

"아니…, 음, 그렇기도 하고. 아, 나도 모르겠어."

횡설수설하고 있다. 생각 없이 말을 뱉어낸 자신을 쥐어박고 싶었다.

"괜찮아. 근데 거짓말은 하지 말았어야지."

"거짓말은 아니야. 너한테 감정이 있기도 했고. 솔직히 지금도 조금
남아 있긴 해. 근데 모르겠어. 넌 늘 내 곁에 있어 줬어. 내가 그런 감정

을 키웠더라도 말이 안 되는 건 아니야. 전에 얘기했잖아. 나도 너한테 관심 있다고. 근데 우리 둘 다 알잖아. 다 부질없다는 거."

"왜?"

몇 번이나 이 남자를 밀쳐 낼 수 있을지 나도 자신이 없다. 그가 얼른 내 처지를 이해해주면 좋을 텐데.

"무의미하잖아. 난 절대 너와 함께할 순 없을 거야. 너 말고 누구라도, 그 문제에 관해선 마찬가지야. 하딘 말고는 안 돼."

"네가 그렇게 말하는 건 그 녀석한테 꽉 잡혀 있어서야."

제드가 하딘에 대해 얘기하는 걸 들으면서 스멀스멀 화가 치밀어 올랐다. 겨우 꾹꾹 눌러 참았다. 제드가 하딘에게 나쁜 감정을 품을 순 있다. 하지만 내가 하딘에게 질질 끌려다니는 것처럼 말하는 그의 태도는 거슬렸다.

"내가 이렇게 말하는 건 하딘을 사랑하기 때문이야. 그리고 너한테 이런 항변을 하고 싶지는 않지만, 그래도 해야겠어. 난 네가 나더러 이러쿵저러쿵 하는 것도 싫어. 이 난리를 치면서도 내가 왜 하딘 곁에 붙어 있는지 넌 이해 못 할 거야. 난 하딘을 너무 많이 사랑해. 그리고 걔한테 꽉 잡혀 있는 거 아니야. 그냥 걔 곁에 있고 싶은 거지."

이 모든 말은 사실이다. 하딘이 나와 함께 시애틀로 가든 말든, 우린 어쨌든 그 문제를 해결해 나갈 거다. 하딘이 영국에 가기 전까지 영상 통화를 하면서 주말마다 만나면 된다. 그때까지는 하딘이 나와 헤어지고 싶지 않길 바랄 뿐이다.

서로 좀 떨어져 있다 보면 그도 다정해질 거고, 목소리도 부드러워질 거다. 하딘이 나와 함께 이사하는 데 동의하는 게 근본적인 해결책이겠지만. 지금까지 서로 떨어져 있어서 좋았던 적은 없었다. 우리는 항상 둘이 붙어 앉아 함께 지지고 볶아야 결론이 났다. 하딘이 곁에 없어 밤낮으로 괴로웠던 때를 다시 떠올리는 건 힘들다. 그가 없는 삶을 그려 보았지만, 불가능할 것만 같았다.

"그건 걔가 널 옭아매고 있어서야. 진짜 네가 원하는 게 뭐고, 너한테 좋은 게 뭔지 생각해볼 기회조차 주지 않잖아."

제드의 목소리가 갈라졌다. 하지만 말투는 확신에 차 있었다.

"걔는 자기 생각밖에 안 하는 녀석이라고."

"그 지점이 네가 틀렸다는 거야. 그래, 너희 둘 사이에 무슨 문제가 있다는 건 알아. 그래도⋯."

"아니, 넌 우리한테 무슨 문제가 있는지 절대 몰라."

제드는 재빨리 말을 이었다.

"혹시 네가⋯."

"하딘은 나를 사랑해, 나도 그렇고."

제드의 말을 막았다.

"널 이 지경까지 오게 한 건 정말 미안해. 너에게 상처 주고 싶지 않았어."

제드가 얼굴을 찡그렸다.

"넌 계속 나한테 그런 소릴 하잖아. 그런데도 여전히 사건은 생기고."

나는 이런 식의 대립이 싫다. 특히나 내가 좋아하는 사람의 마음을 다치게 하는 거라면 더욱. 하지만 이번에는 분명히 말해야 한다. 우리 관계에 확실히 일단락을 짓기 위해서라도⋯. 이런 관계가 되어버린 이유를 잘 모르겠다. 부적절한 상황? 아니면 오해? 그것도 아니라면 나쁜 타이밍?

제드를 똑바로 쳐다보았다. 내 눈빛에 담긴 진정성을 그가 알아주기를 바라면서.

"일부러 그런 건 아니야. 정말 미안해."

"그렇게 계속 사과하지 않아도 돼. 난 이럴 줄 알았거든. 여기 오려고 마음 먹기 전부터 말이야. 대학 본부 앞에서 만났을 때도 네가 확실히 얘기했었잖아."

"그럼 왜 온 건데?"

"너하고 얘기하러."

제드는 사무실을 둘러보더니 다시 나를 쳐다보았다.

"신경 쓰지 마. 나도 내가 여기 왜 왔는지 모르겠어, 정말로."

그가 한숨을 내쉬었다.

"좀 전까지만 해도 뭔가 결심한 것처럼 보였는데?"

"무의미한 얘기야, 네가 말했던 것처럼. 암튼 불쑥 찾아와서 미안해."

"괜찮아, 네가 사과할 건 아니지."

'둘 다 계속 똑같은 얘기만 하고 있군.'

그렇게 생각하던 참에 제드가 바닥에 있는 박스들을 가리켰다.

"어쨌든 넌 계획대로 실행중이구나?"

"응, 이사 준비도 얼추 다 했어."

분위기가 싸해졌다. 서로 무슨 말을 해야 할지 모르는 것처럼 보였다. 제드는 멍하니 창밖 하늘을 보고 있었다. 나는 나대로 제드 뒤편 카펫만 쳐다보았다. 결국 제드가 자리에서 일어났다. 옅은 슬픔이 배어 있는 것 같은 말투였다.

"그럼, 가 봐야겠어. 불쑥 찾아온 거 사과할게. 시애틀에서도 잘 지내, 테사."

나도 따라 일어섰다.

"전부 다 미안해. 상황이 달랐으면 좋았을걸."

제드를 생각하니 마음이 아팠다. 그는 항상 내게 다정했지만, 나는 늘 그를 밀쳐내기만 했다.

"형사 고발할지, 결정했어?"

이런 걸 묻기에 적당한 타이밍은 아니었다. 하지만 다시는 제드를 만나거나 소식을 듣지 못할 것 같았다.

"안 하기로 했어. 전부 넘겨버리기로 했거든. 계속 질질 끄는 것도 의미 없고. 그리고 내가 말했잖아. 이것 때문에 네가 날 다시는 안 보겠다고 하면, 그만두겠다고."

제드가 날 쳐다보기라도 하면 눈물이 쏟아질 것 같았다.

"그래."

조용히 대답했다. 내가 꼭 『위대한 유산』에서 핍의 감정을 갖고 장난을 치는 에스텔라가 된 것 같았다. 현실의 핍이 갈색 눈동자를 내게서 떼지 못하고 있었다. 나는 이런 역할을 하고 싶지 않았다.

"미안해. 우리가 친구였으면 좋았을 텐데."

"나도. 근데 네가 친구로 지내는 것도 안 된다고 했잖아."

제드는 한숨을 내쉬었다. 그러다 손가락으로 아랫입술을 문질렀다.

그의 마지막 말에 대해선 대답하지 않기로 했다. 이건 내가 어쩔 수 있는 게 아니었다. 하지만 하딘과 꼭 얘기해 봐야겠다. 다른 사람들이 하딘과 내가 함께하는 것에 대해 어떻게 생각하는지. 또 그의 태도 때문에 다른 사람들이 나에 대해 뭐라고 쑥덕거리는지도. 또 내가 그런 부분에 신경 쓰고 있다는 사실을 그도 확실히 알게 해줘야겠다.

때마침 사무실 전화가 울렸다. 제드와 나 사이에 어색하게 흐르던 침묵이 깨졌다. 얼른 전화를 받았다.

"테사."

수화기 너머로 하딘의 거친 목소리가 들렸다.

'망했다.'

"어, 안녕."

내 목소리는 떨리고 있었다.

"별 일 없어?"

"응, 괜찮아."

"안 괜찮은 목소리인데?"

'대체 이 남자는 왜 이렇게 나를 잘 아는 거야?'

"괜찮다니까."

한 번 더 단호하게 말했다.

"그냥 좀 정신이 없어."

"아무튼 연락이 안 되니까 궁금해서. 너네 아버지는 어떻게 해야 하는 거야? 문자 보냈잖아. 근데 답도 안 해주고. 나 할 일 많단 말이야. 여기에 너희 아버지만 두고 나가도 될지 모르겠네."

제드를 슬쩍 보았다. 그는 창밖만 바라볼 뿐 나를 쳐다보지 않고 있었다.

"글쎄, 네가 모시고 나가면 안 돼?"

가슴이 쿵쾅거렸다.

"젠장, 안 된다고."

"그럼 거기 그냥 계시게 해."

이 대화를 얼른 마무리 짓고, 하딘에게 제드가 왔다는 걸 얘기하려고 했다. 제드가 여기 있다는 걸 알면 하딘이 얼마나 불같이 화를 낼지 짐작도 되지 않았다. 역시 하딘이 알면 안 될 것 같다.

"그럼 네가 돌아와서 보살펴 드려."

"음, 이따 집에서…."

갑자기 사무실에서 전화벨 소리가 들렸다. 잠시 어리둥절했다. 그러다 소리의 진원지가 제드라는 걸 알았다. 제드가 황급히 주머니에 손을 넣어 전화기를 껐다. 하지만 하딘이 이미 알아차리고 말았다.

"이게 무슨 소리야? 누구 전화벨이 울린 거야?"

하딘이 다그쳤다. 온몸의 피가 얼어붙는 것 같았다. 뭐라고 말해야 하나 잠깐 생각했다. 사실 제드가 여기 있다는 걸 하딘이 안다 해도 너무 걱정할 건 없다. 나는 아무 잘못도 하지 않았으니까. 제드는 이제 갈 거다. 하딘은 트레버가 내 사무실에 들렀대도 짜증을 냈을 거다. 그는 직장 동료이고, 아무 때나 들를 수 있는데도 말이다.

"빌어먹을 트레버 자식, 거기 있어?"

"아니, 트레버가 아니라 제드야."

대답을 하고 침을 꿀꺽 삼켰다. 수화기 너머가 잠잠해졌다. 혹시 전화가 끊겼나 싶어 액정을 보았다.

"하딘?"

"응."

그의 숨소리가 거칠다.

"내 말 들었어?"

"들었어."

'괜찮은 건가? 소리치지도 않고, 제드를 죽여버리겠다고 위협하지도 안 하네?'

"나중에 다시 얘기하자. 걔 빨리 보내, 부탁이야."

하딘의 목소리는 차분했다.

"알았어…."

"고마워, 이따 집에서 보자."

하딘이 먼저 말하고는 전화를 끊었다.

전화기를 내려놓으면서 약간 당혹스러웠다. 제드가 나를 돌아보았다.

"미안. 하딘이 또 너한테 난리 치겠구나."

"아냐, 괜찮을 거야."

하딘의 반응은 의외였다. 사무실에 제드가 와 있다는 말을 듣고도 그렇게 차분하다니. 당장이라도 달려오겠다고 할 줄 알았다.

제드가 문 쪽으로 걸어갔다.

"난 이제 갈게."

"제드, 들러줘서 고마워. 떠나기 전에 다시 볼 순 없을 것 같아."

그가 나를 돌아보았다. 눈빛에 복잡한 감정이 스쳐 지나갔다. 무슨 감정인지 생각하기도 전에 이내 사라졌다.

"널 만나서 내 인생이 꼬였다고 생각하진 않아. 후회하지도 않고. 그간 일어났던 일을 하나하나 다 되짚어볼 거야. 하딘과의 다툼, 잃어버린 우정, 너와 함께 겪은 모든 일들을."

제드가 말을 이어나갔다.

"운이 좋았던 것 같아. 아, 물론, 이미 누군가를 사랑하는 여자를 만났지만."

그의 말 한마디 한마디가 가슴을 파고들었다. 제드는 항상 진실했고, 나는 그런 측면에서 그를 좋아했다.

"잘 있어, 테사."

다정한 작별 인사 이상으로 그의 인사가 가슴에 박혔다. 하지만 거기까지다. 여기서 자칫 잘못 말했다간, 그를 다시 희망 고문하는 꼴이 될 테니까.

"잘 가, 제드."

억지로 미소를 지어 보였다. 그러자 그가 내게 다가왔다.

아주 잠깐, 제드가 내게 키스할 거라 생각하며 패닉 상태가 됐다. 하지만 그러지 않았다. 제드는 두 팔을 벌려 나를 한 번 꽉 안아주었다. 그리고 이마에 가볍게 입을 맞췄다. 그러더니 황급히 몸을 돌려 지팡이를 짚듯 문 손잡이를 쥐었다.

"몸조심하고, 알았지?"

그는 문을 열며 다시 한 번 말했다.

"응. 시애틀은 괜찮을 거야."

웃고 있었지만 단호하게 말했다. 그에게 필요했던 확실한 끝맺음을 위해.

그는 인상을 찌푸리며 방을 나섰다. 문을 닫기 전에 그가 부드럽게 한마디 덧붙였다.

"시애틀 얘기가 아니야."

19 · 테사

문이 닫혔다. 제드는 가버렸다. 나는 눈을 감고 의자 깊숙이 앉아 머리를 기댔다. 대체 이게 무슨 기분일까. 감정들이 뒤죽박죽 섞여, 나를 혼란의 소용돌이로 이끌었다. 제드와의 관계가 일단락된 것에 한편으로는 안심이 되었다. 그러면서도 마음 한 구석 중요한 뭔가를 잃은 듯한 서운함이 남았다. 제드는 하딘의 몇 안 되는 친구였다. 그리고 늘 내 곁에 있어 주었다. 다시는 그를 볼 수 없다고 생각하니 낯선 감정이 올라왔다. 느닷없이 눈물이 두 뺨으로 흘러내렸다. 마음을 추슬러야 한다. 울면 안 된다. 그와 함께했던 이야기의 마지막 책장을 덮으며, 나는 행복해야 한다. 이제 그 책 위엔 먼지만 쌓일 뿐, 다시는 펼쳐지지 않을 거다.

그와 함께 있길 원하지도, 그를 사랑하지도 않는다. 또 절대로 하딘 대신 그를 선택하지도 않을 거다. 그저 그를 진짜 걱정하고 염려할 뿐이다. 모든 게 다르게 흘러갔으면 좋았을 텐데. 제드와 나의 관계가 플라토닉하게 유지됐으면 좋았을 텐데. 그랬더라면 내 인생에서 그를 야멸차게 끊어내지 않아도 됐을 텐데.

그가 왜 왔는지 도대체 모르겠다. 그래도 다행이다. 나를 혼란스럽게 하거나 하딘에게 더 상처를 줄 말을 하지 않고 가버렸다.

사무실 전화벨이 울렸다. 받기 전에 목청을 가다듬었다.

"여보세요."

어쩐지 내 목소리가 불쌍하게 들렸다. 반면 수화기 너머 하딘의 목소리는 강하고 분명하게 전해져 왔다.

"그 자식 갔어?"

"응."

"울었어?"

"그냥….'

내가 말을 꺼냈다.

"뭔데?"

애타는 목소리였다.

"모르겠어, 다 끝나서 그냥 기뻐."

나는 또 한 번 눈물을 닦았다. 그의 한숨 소리가 들렸다. 그리고 깜짝 놀랄 만한 말을 했다.

"나도."

눈물은 더 이상 흐르지 않았다. 하지만 목소리가 푹 잠겼다.

"고마워. 이해해줘서."

생각했던 것보다 상황은 훨씬 괜찮았다. 안도의 한숨을 내쉬며 이곳에서의 마지막 날을 마치기로 했다. 최대한 평화롭게.

3시쯤 되었을 때, 킴벌리가 내 사무실에 들렀다. 그녀 뒤에는 처음 보는 여자가 서 있었다.

"이쪽은 에이미예요, 내 후임자."

킴벌리가 얌전하지만 근사해 보이는 여자를 내게 소개했다. 나는 읽고 있던 걸 덮고 일어나 에이미에게 다정한 미소를 지어 보였다.

"안녕하세요. 테사예요. 우리 회사가 마음에 들 거예요."

"감사합니다! 회사는 벌써 마음에 들어요."

여자는 격앙된 목소리로 인사했다. 킴벌리가 웃었다.

"음, 그냥 회사 구경시켜주는 척하다가 당신 사무실에 들르고 싶었어요."

"아, 업무 인수인계하는 중이었군요."

내가 짓궂게 말해다.

"사장이랑 약혼했으니 이 정도 특전은 있다고요."

킴벌리도 농담으로 맞받아쳤다. 둘은 웃으며 사무실을 나갔다.

이곳에서의 마지막 날이 드디어 끝났다. 시간이 천천히 흘렀으면 했다. 이곳이 너무나 그리워질 거다. 집에 가서 하딘을 맞닥뜨릴 생각을 하니 마음이 약간 무거웠다.

나의 첫 사무실을 마지막으로 훑어보았다. 책상에 제일 먼저 눈길이 갔다. 하딘과 책상 위에서 섹스했던 기억이 떠올랐다. 그건 정말 너무 강렬했다. 누군가 들이닥칠지도 모르는 사무실에서 섹스를 하다니. 하딘 때문에 정신이 산란해져 다른 건 아무 것도 생각나지 않았다. 아…, 이러는 게 내 일상이 되어버린 것 같다.

집으로 오는 길에 식료품 몇 가지를 사러 가게에 들렀다. 오늘 저녁을 해결할 정도면 된다. 내일은 아침 일찍 출발할 거니까. 여행 생각을 하니 신이 나면서도 조금 긴장됐다. 제발 하딘이 성질을 죽였으면 좋겠다. 가족과 보내는 이틀간의 휴가 동안만이라도. 그럴 가능성은 정말 희박하겠지. 그 다음 희망은 우리가 타는 배에 다섯 명이 넉넉히 탈 만한 여유 공간이 있기를 바라는 거다.

아파트 현관문을 발로 밀면서 바닥에 놓았던 식료품 백을 들어올렸다. 세상에… 거실은 엉망진창이었다. 빈 물병들과 음식 포장지들이 테이블 위에 어질러져 있었다. 아빠와 하딘은 소파 반대편에 앉아 있었다.

"오늘은 어땠니, 테시?"

아빠가 목을 길게 빼고 나를 쳐다보았다.

"좋았어요. 여기서의 마지막 날이었거든요."

나는 테이블과 바닥에 있는 쓰레기를 치우기 시작했다.

"좋았다니 나도 기쁘다."

하딘을 힐끔 쳐다보았다. 그는 내게 눈길도 주지 않았다. 그의 시선은 텔레비전 화면에 고정되어 있었다.

"저녁 만들게요."

아빠는 나를 따라 부엌으로 들어왔다.

식료품 쇼핑백을 풀어 다진 소고기와 타코쉘 박스를 조리대 위에 꺼내 놓았다. 아빠는 나를 흥미로운 눈초리로 쳐다보았다. 그러더니 마침내 말을 꺼냈다.

"내 친구가 날 데리러 여기까지 오겠다더구나. 괜찮다면 말이다. 넌 내일 아침에 떠나서 며칠 동안 집에 없잖니."

"네, 괜찮아요. 내일 아침에 가면서 내려드려도 되고요. 그게 더 나으시면요."

"아니다, 지금까지 해준 것도 황송한데. 한 가지만 약속해주렴. 여행에서 돌아오거든 꼭 연락한다고."

"그럴게요…. 근데 아빠랑 어떻게 연락해야 하는데요?"

아빠는 뒷목을 문질렀다.

"라마르로 올래? 대부분 거기에 있거든."

"알겠어요, 그럴게요."

"그럼 난 친구한테 연락할게. 출발할 준비 다 되었다고."

아빠가 부엌에서 나갔다.

하딘이 아빠에게 비아냥거리는 소리가 들렸다. 전화번호를 다 외워야 할 거라며, 휴대전화가 없는 아빠를 조롱했다. 아빠는 질세라 옛날에는 다들 그랬다며 고리타분한 소리를 해댔다.

소고기를 넣은 타코는 만들기도 쉬웠고, 고민할 필요도 없었다. 하딘이 부엌으로 들어와 말동무라도 해주면 좋을 텐데. 아니, 그냥 아빠가 가실 때까지 기다리는 게 나을 것 같았다. 식사 준비를 마치고 두 사람을 불렀다. 하딘이 먼저 들어왔다. 여전히 나를 쳐다보지 않았다. 뒤따라 아빠가 들어왔다. 아빠가 자리에 앉으며 말했다.

"채드가 곧 데리러 올 거다. 여기 머물게 해줘서 정말 고맙다. 너희 둘은 참 관대하구나."

아빠가 나와 하딘을 번갈아 쳐다보았다.

"정말 고맙다, 테시. 그리고 핵폭탄 군."

하딘이 어이없는 표정으로 아빠를 흘겨보았다. 둘은 이 정도의 농담쯤은 아무렇지 않게 주고받는 사이가 된 듯했다.

"별 거 아니에요."

"우리가 다시 만나게 돼서 정말로 너무 기쁘단다."

아빠는 말을 마치고 게걸스럽게 음식을 먹기 시작했다.

"저도요…."

웃음 짓고 있었지만, 여전히 이 사람이 내 아빠란 게 받아들여지지 않았다. 9년 동안이나 만나지 못했던 사람, 일그러진 감정들로 점철되어 있던 사람. 그 사람이 지금, 내 부엌에서 나와 그리고 내 남자친구와 함께 밥을 먹고 있다.

하딘을 쳐다보았다. 아빠에게 무례한 말이라도 하려나 싶었다. 하지만 그는 아무 말 없이 조용히 밥만 먹고 있었다. 그의 침묵에 불안이 더 커졌다. 제발 아무 말이라도 해줘, 제발. 때로는 그가 미친 듯이 소리 지르는 것보다 침묵하는 게 훨씬 더 나쁜 것 같다.

20 · 하딘

시사를 마치고, 테사는 아버지에게 다소 뻣뻣히게 작별 인사를 했다. 그러고는 샤워를 한다며 욕실로 들어갔다. 그녀와 함께 샤워하고 싶었는데. 그러나 리차드의 친구가 빌어먹을 이 밤에 그를 데리러 온단다.

"친구 분이 오늘 오는 거예요?"

리차드가 고개를 스무 번쯤 끄덕였다. 그러더니 살짝 걱정스러운 표정으로 창밖을 내다보았다.

"곧 오겠다고 했는데. 아무래도 길을 잃어버렸나 보네."

"그러시겠죠."

내가 맞장구치자 그가 씨익 웃었다.

"나랑 어울렸던 게 그리워지진 않을까?"

"별로요."

"암튼, 나도 직업을 찾을 거야. 그리고 두 사람은 시애틀에서 보자고."

"우린 시애틀에 안 갈 거라니까요."

짐짓 점잔을 빼며 그가 나를 쳐다보았다.

"그러시겠지."

방금 내가 했던 말을 그가 따라 했다.

현관문을 노크하는 소리가 들렸다. 이 불쾌한 대화도 끝이다. 그가 대답을 했고, 나도 자리에서 일어섰다. 혹시 문을 여는 걸 도와줘야 할 수도 있으니까.

"데리러 와줘서 고맙네."

테사의 아버지가 친구를 보고 인사했다. 남자는 복도에 그대로 있었지만 힐끗 머리가 보였다. 키가 크고 검정색 머리카락을 뒤로 싹 빗어 넘겼다. 구역질나고 느끼하게 빗어 넘긴 머리를 하나로 질끈 묶었다. 우웩. 양 볼은 움푹 들어가 있고, 옷차림은 추레하기 그지없었다. 손톱은 보기에도 불결하게 새까만 줄때가 끼어 있고, 뼈만 남은 손은 앙상했다.

'빌어먹을.'

남자는 외모에 걸맞는 걸걸한 목소리로 물었다.

"여기가 당신 딸네 집이야?"

'취하지는 않았군.'

"그렇다네. 멋지지? 내 딸이 정말로 자랑스러워."

리차드가 웃자, 남자는 동의한다는 듯 고개를 끄덕이며 그의 어깨를 툭툭 쳤다.

"이쪽은 누구?"

둘은 동시에 나를 쳐다보았다. 리차드가 미소 지었다.

"아, 하딘이라네. 테시의 남자친구지."

"멋지네, 나는 채드야."

남자는 자기가 무슨 이 지역 우두머리인 양 젠체하며 인사했다.

'취한 것보다 훨씬 더 나빠.'

"네."

남자의 시선이 우리 집 거실로 옮겨지는 걸 쳐다보면서 대답했다. 테사가 샤워 중이라 이 괴물과 맞닥뜨리지 않은 게 다행이었다.

그때였다. 욕실 문이 열리는 소리가 들렸다. 성급하게 생각했던 스스로를 질책했다. 채드는 팔을 긁적이며 셔츠의 긴 소매를 걷어 올렸다. 아주 잠깐 테사로 빙의한 듯 빌어먹을 마룻바닥을 대걸레로 문질러 닦고 싶었다.

"하딘?"

테사의 목소리가 복도 쪽으로 쩌렁쩌렁 울렸다.

"이제 가시죠?"

목소리를 최대한 위협적으로 내며, 두 털복숭이들에게 말했다.

"나도 당신 딸을 만나보고 싶어."

채드의 눈빛은 어둡고 음산했다. 갑자기 정신이 들면서 내 영역을 지켜야겠다는 생각이 퍼뜩 들었다. 이 개뼈다귀 같은 인간들을 복도나 창문 밖으로 집어던져서는 안 되니까.

"아뇨, 안 되겠는데요."

내 대답에 리차드가 슬쩍 나를 쳐다보았다.

"알았네…, 우린 갈 거야."

리차드가 자기 친구를 끌고 나가면서 말했다.

"또 보세, 하딘. 다시 한 번 고맙네. 그리고 감옥 근처는 얼씬도 하지 말게나."

히죽히죽 웃으며 그가 마지막으로 쏘아붙이고는 아파트를 나섰다.

"하딘?"

테사가 거실로 나오며 또 한 번 나를 불렀다.

"막 갔어."

"무슨 일 있었어?"

"무슨 일 있었냐고? 흠…, 제드 자식은 너네 회사로 갔고, 술주정뱅이 네 아버지는 거지 같은 자식을 여기로 끌어들였네."

잠깐 말을 끊었다가 덧붙였다.

"너네 아버지가 술만 마셨을 거 같아?"

"뭐라고?"

그녀의 티셔츠가 -아니, 사실 내 티셔츠다- 어깨가 미끄러져 내려 맨 어깨가 드러났다. 테사는 셔츠를 끌어 올리며 소파에 앉았다.

"그게 무슨 소리야?"

물끄러미 그녀를 쳐다보았다. 테사한테 아버지가 술주정뱅이 노숙자일 뿐 아니라 마약 중독자일 수도 있다는 걸 알게 하고 싶진 않았다. 그를 데리러 온 멍청이보다 나빠 보이진 않았지만, 그래도 이상한 느낌이 가시지 않았다.

"나도 모르겠어. 신경 쓰지 마. 그냥 생각나는 대로 지껄인 거야."

"응…."

테사의 목소리는 나지막했다. 자기 아버지가 마약 중독자일 거라는 생각은 꿈에도 못 하고 있는 것 같았다. 내가 한 말의 속뜻을 전혀 모르고 있는 눈치였다.

"하딘, 나한테 화났어?"

기가 꽉 죽은 목소리로 그녀가 물었다. 내가 언제 폭발할지 눈치를 보며 기다리는 중인 듯했다. 나는 그녀와 이런 대화를 하는 걸 일부러 피하고 있는 중이었다.

"아니."

"정말이야?"

그녀의 크고 아름다운 눈동자가 자꾸 무언가를 말하라는 듯 나를 매혹했다. 그 눈빛에 그만 빠져들고 말았다.

"아니, 정말은 아니야. 나, 진짜 화났어. 근데 너하고 싸우고 싶지 않아. 달라지려고 무지 노력 중이야. 내가 벌인 짓 때문에 네가 덤터기 쓰지 않게 하려고 말이야."

나는 한숨을 쉬며 뒷목을 문질렀다.

"내가 몇 차례나 얘기했잖아. 제드하고 얘기하지 말라고. 근데도 넌 계속 하고 있잖아."

차가운 눈빛으로 테사를 쳐다보았다. 그녀가 내 말에 어떻게 반응하는지 보고 싶었다.

"내가 너한테 그렇게 했다면 어떤 느낌일 것 같아?"

테사의 얼굴이 금세 일그러졌다.

"기분 엉망이었을 거야. 제드를 만난 게 잘못이라는 거 나도 알아."

테사는 변명조차 하지 않으려는 듯했다.

음, 이건 예상치 못했다. 나한테 소리를 지르며 제드 자식 편을 들 줄 알았다. 늘 그랬던 것처럼 말이다.

"그래, 네가 잘못한 거야."

나는 한숨을 쉬었다.

"근데 네가 그 자식한테 '끝'이라고 했다면, 이젠 정말 끝이겠지. 그 자식이 네 주변에서 어슬렁거리지 못하게 온갖 걸 다 했어. 그래도 자식은 멈출 줄 몰랐지. 그 자식과 관계를 끝내려면, 네가 그 자식 근처에 얼씬도 하지 말아야 해."

"다 끝났어, 맹세해. 앞으로 절대 만나지 않을게."

테사가 나를 올려다보았다. 아까 전화 통화 할 때가 생각났다. 테사는 제드와 작별 인사를 하고는 눈물 바람을 하며 전화를 받았다.

"우리 토요일에 하는 파티엔 안 갈 거야."

그녀의 얼굴엔 실망감이 퍼졌다.

"왜?"

"좋은 생각이 아닌 것 같아."

"난 가고 싶어."

테사는 입술을 앙다물었다.

"우린 안 갈 거라니까."

다시 한 번 다짐하듯 말했다. 테사는 허리를 곧게 세우더니 등을 기댔다.

"가고 싶으면, 난 갈 거야."

제기랄, 이 여자는 정말 고집불통이다.

"이 얘긴 나중에 다시 하자. 부탁이야. 내가 빌어먹을, 그 거지 같은 보트 여행에 같이 가길 원한다면 말이야. 안 그래도 할 일이 더럽게 많잖아."

테사는 장난스럽게 웃었다.

"지금 그 문장에 욕을 더 넣어서 할 수 있을까?"

나도 모르게 웃음이 나왔다. 그녀가 애교를 부리며 내 앞에 무릎을 꿇는 상상을 했다. 아마 그녀도 좋아하겠지. 내 다리 위에 그녀가 엎드리고, 내 손은 그녀의 살갗을 스친다. 너무 세지는 않게, 살갗에 소름이 돋을 정도로만….

"하딘?"

음흉한 상상이 일순간 깨졌다. 무슨 상상을 했는지 말해준다면, 그녀는 두 손을 뒤로 감추며 물러나 앉을 거다.

21 · 테사

한 번 더 하딘의 팔을 흔들었다. 이번에는 조금 거칠게.

"하딘! 얼른 일어나. 우리 늦었단 말이야."

나는 이미 옷을 다 입고 준비를 마친 상태였다. 가방까지 차에 가져다 두었다. 하딘에게 최대한 늦잠 잘 시간을 벌어주려는 거였다. 어젯밤에는 짐도 겨우 쌌다. 하딘은 짐 싸는 데엔 정말 소질이 없었다.

"아냐…, 안 갈래."

그는 엄살을 부리며 신음 소리를 냈다.

"제발, 일어나!"

나는 징징거리면서 그의 팔을 잡아당겼다. 아, 힘들어. 하딘이 나처럼 아침형 인간이면 얼마나 좋을까. 하딘은 베개로 얼굴을 가렸다. 나는 베개를 홱 낚아채 바닥에 던져버렸다.

"싫어, 꺼져."

다른 방법을 쓰기로 했다. 그의 팬티에 손을 집어넣었다. 어젯밤에 하딘은 청바지를 입은 채로 잠이 들었다. 그를 깨우지 않고 그놈의 꽉 끼는 바지를 벗기려고 혼자 얼마나 고생했는지 모른다. 그래서 그는 지금 완전 무방비 상태다.

허리 위에 그려진 타투를 따라 손톱으로 살짝 할퀴며 손을 움직였다…. 그는 미동도 하지 않았다. 손을 팬티 깊숙이 밀어 넣었다. 그가 눈을 번쩍 떴다.

"굿 모닝."

하딘이 환하게 웃는다. 나는 손을 빼고 자리에서 일어섰다.

"일어나라고."

하딘은 늘어지게 하품을 하더니 자기 팬티를 내려다보며 말했다.

"벌써…, 이렇게 일어났는걸…."

하딘은 다시 잠든 척 하더니 만화에서나 나올 법하게 시끄러운 소리로 코를 골았다. 그의 철없는 짓을 보고 있자니 사랑스럽고 유쾌했다. 주말까지 내내 이런 분위기였으면 좋겠다. 이 정도라면 남은 하루도 버텨볼 수 있겠다.

손을 뻗어 다시 팬티 속을 더듬었다. 그가 눈을 번쩍 떴다. 그리고 낑낑거리는 강아지 같은 눈빛으로 나를 바라보았다.

나는 손을 불쑥 빼버렸다.

"불공평하잖아."

하딘이 투덜거리며 몸을 일으켰다. 그리고 어제 입었던 청바지를 다시 꿰어 입었다. 서랍장으로 가서 검정색 셔츠를 쥐고 나를 쳐다보더니, 다시 흰색 셔츠를 꺼내 입었다.

"이 닦을 시간은 있겠지?"

빈정거리는 말투였다. 잠이 덜 깬 듯했다.

"이 닦고 바로 출발하면 돼."

하딘이 준비하는 동안, 집 안을 휘 둘러보며 제대로 준비됐는지 점검했다.

잠시 후, 하딘이 거실로 나왔다. 드디어 출발이다.

켄 씨와 카렌, 랜던은 이미 도로에 나와 기다리고 있었다. 나는 차창을 내리고 인사했다.

"늦어서 죄송해요."

"괜찮아! 우리 한 차에 다 같이 타고 가기로 했어."

카렌이 활짝 웃으며 대답했다.

"빌어먹을, 안 돼."

하딘이 내 옆에서 조그맣게 속삭였다.

"어서 가자."

카렌이 반대편 도로에 서 있는 검정색 SUV를 가리켰다.

"켄이 이번 생일 선물로 저걸 사줬지 뭐니. 근데 아직 한 번도 안 탔어."

"안 돼! 맙소사, 안 돼."

하딘이 조금 더 큰 목소리로 말했다.

"괜찮을 거야."

조용히 그를 달랬다.

"테사…."

"하딘, 제발! 상황을 복잡하게 만들지 말아줘, 부탁이야."

그에게 애원하듯 말했다. 아마도, 진짜 아마도, 내가 애교 부리듯 눈을 깜빡거렸는지도 모르겠다. 이러는 게 먹히길 바라면서 말이다. 그는 잠시 나를 물끄러미 바라보았다. 드디어 눈빛이 순해졌다.

"좋아. 제기랄, 내가 널 사랑해서 운 좋은 줄 알아."

나는 그의 손을 부서질 듯 꽉 쥐었다.

"고마워."

나는 카렌에게 큰 소리로 말했다.

"네, 알겠어요."

하딘은 내내 언짢은 표정으로 SUV에 가방을 옮겨 실었다.

"진짜 재밌을 거 같아!"

내가 차에 오르자 랜던이 웃으며 말했다.

하딘은 내게 랜던 옆에 앉지 말라며 한소리 하더니 기어이 뒷좌석 내 옆자리에 앉았다. 켄 씨가 도로로 차를 몰자, 카렌이 오디오를 켰다. 그리고 흘러나오는 노래를 나지막이 따라 불렀다.

"재미없는 코미디의 한 장면 같군."

하딘이 구시렁대며 내 손을 잡고 자기 다리 위로 끌어당겼다.

22 · 테사

"위스콘신!"

카렌이 손뼉을 치며 신이 나서 말했다. 그러면서 지나가는 트럭을 가리켰다. 하딘이 섬뜩한 표정을 짓는 바람에 웃음이 터졌다.

"오, 마이, 빌어먹을, 갓."

혼자서 씩씩거리더니 좌석에 머리를 기대고 누웠다.

"그러지 좀 마, 재밌어 하시잖아."

하딘에게 조용히 말했다.

"텍사스!"

이번엔 랜던이 소리쳤다.

"문 좀 열어줘. 여기서 뛰어 내려야겠어."

하딘이 또 한마디 거든다.

"암튼 오버하기는."

그를 쳐다보며 짓궂게 말했다.

"그냥 번호판 게임일 뿐이잖아. 너랑 네 친구들도 멍청하기 그지없는 게임들 좋아하잖아. 진실 게임 같은 거."

하딘이 맞받아치기 전에 카렌이 먼저 소리쳤다.

"너희 둘에게 우리 보트와 오두막을 보여주게 돼서 얼마나 기쁜지 몰라!"

나는 카렌을 쳐다보았다.

"오두막이요?"

"그래, 물 위에 있는 수상 오두막 말이야. 네가 좋아할 거 같구나, 테사."

안도감이 밀려왔다. 보트에서 자는 줄 알았는데, 그게 아니었다.

"해가 길었으면 좋겠군. 2월 날씨 치곤 너무 좋네. 여름보다 훨씬 나은데. 근데 우리, 다 같이 돌아올 수 있는 거지?"

켄 씨가 룸미러를 보면서 물었다.

"그럼요."

랜던과 내가 약속한 듯 대답했다. 하딘은 뭔가 억울한 표정이었다. 도착할 때까지 내내 뾰로통해 있을 모양이다.

"테사는 이사갈 준비 다 마쳤니?"

켄 씨가 물었다.

"크리스찬하고 어제 얘기 나눴다. 네가 같이 간다고 무척 기대하고 있더구나."

하딘의 시선이 나에게 꽂혀 있었다. 하지만 내버려 두었다.

"돌아가면 짐을 챙기려고요. 새 학교에 전학하는 건 이미 준비를 마쳤어요."

"그 학교는 우리 학교에 비할 바가 아니긴 하지."

켄 씨가 짓궂게 말하자, 카렌이 웃었다.

"아니, 거기도 정말 좋은 학교야. 혹시라도 문제가 생기면 나한테 알려주렴."

내 편을 들어주는 켄 씨가 있어 마음이 든든해졌다.

"감사합니다."

"아, 다음 주 시애틀 캠퍼스에서 새 교수 한 분을 모시기로 했다. 종교학 과목 교수 대체 인력으로 말이다."

"어떤 분이 그만두신대요?"

랜던이 나를 쳐다보며 한쪽 눈썹을 찡긋 들어올렸다.

"소토라고 젊은 교수야."

켄 씨가 룸미러로 우리 쪽을 쳐다보았다.

"아마 지금 너희를 가르치고 있을 텐데, 그렇지?"

"네, 맞아요."

랜던이 대답했다.

"어디로 간다고 했는지 기억은 나지 않는다만, 아무튼 그 교수가 학교를 옮기겠고 하더구나."

"잘됐네요."

랜던이 속삭이듯 말했지만, 나는 듣고 말았다. 나는 랜던에게 미소를 지어 보였다. 우리는 학구적인 면이 부족한 것 같은 소토 교수의 강의 스타일이 별로 마음에 들지 않았다. 그래도 그의 저널 쓰기 과제는 정말 재미있었는데. 딴생각을 하고 있는데 카렌의 부드러운 목소리가 들렸다.

"너희 둘, 살 곳은 정했니?"

"아직요. 아파트를 구했다고 생각했는데, 중개인이 땅으로 꺼저버린 모양이에요. 그 집이 딱이었어요. 예산에도 딱 맞았고, 사무실에서도 가까웠거든요."

하딘이 옆자리에서 몸을 움직였다. 그가 시애틀에 같이 안 갈 거란 얘기를 지금 해야 하나. 그래도 이번 여행에서 한 번 더 그를 설득해볼 참이었다. 일단 잠자코 있기로 했다.

"테사, 시애틀에 지인들이 몇 있단다. 월요일 전까지 괜찮은 곳이 있으면 좀 알아봐 달라고 할 수도 있다."

켄 씨는 친절하기도 하지.

"아뇨, 괜찮아요."

하딘이 재빨리 대답했다. 나는 물끄러미 그를 쳐다보았다.

"사실, 저는 그랬으면 좋겠어요."

룸미러로 보이는 켄 씨를 마주보며 내가 말했다.

"안 그러면 마땅한 곳을 찾을 때까지 호텔에 묵으며 돈을 써야 하거든요."

하딘이 아버지를 향해 손사래를 쳤다.

"괜찮아요. 산드라가 곧 연락할 거예요."

'뭐?'

갑자기 의아한 생각이 들어 그를 쳐다보았다.

"산드라 이름은 어떻게 알았어?"

"뭐라고?"

하딘이 눈을 몇 번이나 깜빡거렸다.

"네가 골백번은 얘기했잖아."

하딘이 내 허벅지 위에 손을 올리고는 슬쩍 힘을 주었다.

"아무튼, 혹시 도움이 필요하면 나한테 알려주렴."

켄 씨가 한 번 더 말했다.

20분쯤 지나고, 카렌이 우리를 돌아보았다. 흥분과 즐거움으로 가득한 얼굴이었다.

"얘들아, 스파이 게임(I spy game, 특정 물건을 정한 뒤 질문을 통해 무엇인지 추리해내는 게임 - 옮긴이) 할래?"

랜던이 환하게 웃었다.

"좋아요! 하딘, 스파이 게임 어때?"

하딘은 머리를 내 어깨에 올려놓고 비스듬히 기대고 있었다. 한 팔로 나를 끌어안은 채로.

"재밌지. 근데 난 지금 한숨 잘 거거든. 너하고 테사가 하면 되겠네."

하딘이 비아냥거리듯 얘기했지만, 어쩐지 이런 가족 같은 분위기가 좋았다. 마음이 따뜻해지면서 미소가 새어 나왔다. 켄 씨네 집에서 저녁 먹으면서 하딘이 식탁 아래로 몰래 내 손을 잡고 있던 때가 생각났다. 하딘은 이제 가족들 앞에서 나를 안고 있는 게 아무렇지도 않아 보였다.

"오케이! 그럼 내가 먼저 시작한다."

카렌이 신이 나서 말했다.

"아이 스파이, 작은 눈에…, 파란색!"

카렌이 꺅꺅 대며 소리쳤다. 하딘이 나를 보며 키득거렸다.

"아버지 셔츠야."

하딘이 내게 코를 비벼대며 속삭였다.

"네비게이션 화면이에요?"

랜던이 대답했다.

"땡."

"켄 씨의 셔츠요?"

내가 말했다.

"맞았어! 테사, 네 차례야."

하딘은 자기 덕이라는 듯 나를 살짝 꼬집었다. 카렌은 활짝 웃었다. 이 유치한 게임이 엄청 재미있는 모양이다. 저렇게 좋아하는데 맞장구를 쳐줄 수밖에.

"좋아요. 아이 스파이, 그러니까…."

나는 하딘을 쳐다보았다.

"검정색."

"하딘의 영혼!"

랜던이 바로 소리쳤고, 나는 웃음을 터뜨렸다. 하딘이 번쩍 눈을 뜨더니 랜던을 향해 가운데 손가락을 세워 보였다.

"맞았어!"

나는 낄낄거리며 소리를 질렀다.

"너희들이 닥쳐주면 나와 내 시커먼 영혼이 잠들 수 있을 것 같군."

하딘이 다시 눈을 감았다.

우리는 하딘을 무시하고 게임을 계속했다. 불과 몇 분 후, 하딘이 쌕쌕거리며 내 목에 대고 가볍게 코를 골았다. 그러다 잠결에 웅얼거리며 미끄러지며 내 다리에 머리를 베고 누웠다. 한 팔로는 여전히 내 허리를 감싸 안고 있었다. 랜던도 졸음이 오는지 좌석을 가로질러 눕더니 잠이 들었다. 결국 카렌까지 잠이 들고 말았다.

주위가 조용해졌다. 나는 가만히 창밖을 바라보았다. 나무가 울창한 자연 풍경이 휙휙 지나가는 걸 평화로이 즐기고 있었다.

"거의 다 왔구나. 몇 마일만 더 가면 도착할 거야."

켄 씨가 혼잣말처럼 중얼거렸다.

나는 고개를 끄덕이고는 하딘의 부드러운 머리카락을 쓸어내렸다. 내 손길이 닿자 그의 눈꺼풀이 가볍게 떨렸다. 잠이 깬 것 같지는 않았다. 천천히 그를 쓰다듬으며 평화롭게 잠든 모습을 바라보았다. 내 몸을 감싸고 있던 그의 팔에 힘이 들어갔다.

차는 곧 이면도로로 접어들었다. 도로 양옆으로 큰 소나무들이 일렬로 늘어서 있었다. 가만히 창밖을 응시했다. 코너를 돌아 또 다른 길로 접어들자 갑자기 눈앞이 확 트이며 넓고 푸른 해안선이 보였다. 아름다웠다.

반짝이는 푸른 바다가 해안선을 마주보며 멋진 대조를 이루고 있었다. 하지만 길가의 풀은 갈색 빛을 띠고 있어서, 워싱턴의 겨울보다 삭막해 보였다. 여름에는 정말 아름다울 것 같았다.

"다 왔다."

진입로에 들어서며 켄 씨가 입을 열었다.

앞쪽으로 커다란 통나무 집이 보였다. 확실히 스캇 집안의 '오두막'이라는 단어의 정의는 내가 알던 것과는 완전히 달랐다. 켄 씨의 '오두막'은 체리목으로 지어진 2층짜리 높다란 통나무 집이었다. 1층에 흰색으로 마감한 널찍한 현관이 있었다.

"하딘, 일어나."

검지로 그의 턱선을 훑어 내렸다.

하딘은 눈을 번쩍 뜨더니 몇 차례 깜빡였다. 잠시 혼란스러운 듯했다. 그러더니 일어나 앉아 손등으로 눈을 비볐다.

"허니, 우리 도착했어."

켄 씨가 아내를 깨웠다. 랜던과 카렌이 차례로 잠에서 깨며 고개를 들었다.

여전히 비몽사몽인 상태로, 하딘은 짐 가방을 꺼냈다. 켄 씨가 우리가 묵을 방을 안내해주었다. 나는 카렌을 따라 부엌으로 들어갔다. 랜던도 가방을 들고 자기 방으로 들어갔다.

집은 성당 같은 스타일로, 거실 천장이 부엌까지 이어져 있었다. 뭔가 특이한 느낌이었다. 부엌은 규모만 조금 작을 뿐 켄 씨 집과 똑같이 우아하게 꾸며져 있었다.

"정말 아름다워요. 초대해 주셔서 정말 감사해요."

감탄할 수밖에 없었다.

"나도 고마워. 너희들과 같이 와서 무척 기쁘구나."

카렌이 웃으며 냉장고 문을 열었다.

"모두 같이 와서 얼마나 좋은지. 하딘이 가족 여행에 함께할 거라고는 생각도 못 했거든. 짧은 여행이지만, 켄은 세상을 다 얻은 것 같을 거야."

카렌은 나한테만 들리도록 작고 부드럽게 말했다.

"하딘이 같이 와줘서 저도 기뻐요. 아마 본인도 즐거울 거예요."

입 밖으로 나온 말이 현실이 되길 바랐다. 카렌은 내 손을 잡았다. 따뜻함이 마음 가득 차올랐다.

"테사, 시애틀로 가면 정말 많이 보고 싶을 거야. 하딘하고 많은 시간을 보내진 못했지만, 그 애도 보고 싶을 거고."

"아주 멀리 가는 건 아니잖아요. 한두 시간이면 충분히 오갈 수 있고요."

나는 카렌에게, 아니 스스로에게 다짐하듯 말했다.

카렌과 켄 씨가 많이 그리울 거다. 게다가 랜던이 떠날 날이 멀지 않았다고 생각하니 마음이 심란해졌다. 그가 뉴욕으로 떠나기 전에 내가 먼저 시애틀로 가게 될 거다. 나는 아직 랜던과 떨어져 있을 마음의 준비가 안 되었다. 시애틀은 멀다 해도 같은 주 안에 있다. 하지만 뉴욕은 멀어도 너무 멀다.

"나도 그랬으면 좋겠네. 랜던까지 가버리고 너마저 잃을까 봐 겁이 나는구나. 20년 가까이 엄마로만 살아와서 그런지…."

카렌이 눈물을 흘렸다.

"미안하구나, 난 그저 너희들이 자랑스러워서…."

카렌은 손끝으로 눈가를 두드렸다. 그녀는 눈물을 거두고 주방을 둘러보았다. 북받쳐 오르는 감정을 추스르려 할 일을 찾는 것 같았다.

"너희 셋이 저기 초입에 있는 가게에 좀 다녀올래? 켄이 보트를 손볼 동안 말이야."

"네, 다녀올게요."

말 떨어지기가 무섭게 세 남자가 부엌으로 들어왔다. 하딘이 내 옆에 와서 섰다.

"가방은 침대 위에 올려놨어. 괜히 내가 손대면 맘에 안 들 것 같아서."

"고마워."

내 짐은 건드리지 않는 게 낫다. 하딘은 서랍장에 물건들을 마구 쑤셔 넣는 걸 좋아한다. 내가 못 견디는 부분 중 하나다.

"우린 가게에 다녀오자. 아버지가 보트를 손보실 동안."

"그러지, 뭐."

하딘이 어깨를 으쓱했다. 랜던도 고개를 끄덕였다.

"랜던이 가게 위치를 잘 알 거다. 도로 끝에 있거든. 걸어가도 되고, 차 타고 가도 돼. 차 키는 현관문 옆에 걸려 있고."

켄 씨가 알려주었다. 우리는 밖으로 나섰다.

날씨가 참 좋았다. 며칠 전보다 햇볕이 훨씬 더 따뜻해진 것 같았다. 하늘을 맑게 개었고 파도가 철썩거리며 부딪치는 소리가 들렸다. 바람을 타고 짠내가 밀려왔다. 우리는 가게까지 걸어가기로 했다. 반소매 셔츠와 청바지 차림이 편안했다.

"여기 너무 좋다. 우리만의 세상에 있는 것 같아."

하딘과 랜던에게 말했다.

"우리만의 세상, 맞지. 누가 빌어먹을 2월에 바닷가에 오냐?"

하딘이 한마디 거들었다.

"어쨌든 난 멋진 것 같아."

나는 소신껏 말했다.

"하여튼."

랜던이 하딘을 쳐다보았다. 하딘은 자갈길을 걸으며 돌을 툭툭 걷어차고 있었다.

"다코타가 이번 주에 작은 프로덕션에서 하는 오디션을 볼 거래."

"정말? 잘됐다!"

"걔도 신이 나 있더라고. 배역을 따면 좋겠는데."

"걔는 아직 학교에 다니는 것도 아니잖아. 그런 아마추어한테 누가 배역을 주겠냐?"

하딘의 목소리는 차분했지만 진짜 궁금해 하는 것 같았다.

"하딘…."

"아마추어든 아니든 다코타는 훌륭한 무용수야. 평생 발레를 배웠잖아."

랜던이 발끈했다. 하딘은 우스꽝스럽게 두 손을 마주잡았다.

"열 내지 마. 그냥 말이 그렇다는 거지."

랜던은 확실하게 여자친구 편을 들었다.

"다코타는 충분히 재능 있어. 배역 하나 정도는 맡게 될 거야."

"알았어…, 제기랄."

"랜던, 진심으로 다코타를 응원해주다니, 멋지다."

하딘과 랜던 사이에 흐르는 팽팽한 긴장감을 깨려고 내가 끼어들었다.

"나야 항상 다코타를 응원하지. 그래서 뉴욕으로 가는 거고."

랜던이 하딘을 쳐다보았다. 하딘이 어금니를 꽉 깨물었다.

"그래서 여행 내내 그러겠다는 거야? 너희 둘이 나 하나 병신 만들려고? 나 좀 내버려둬. 여기 별로 오고 싶지도 않았으니까."

하딘이 거칠게 침을 뱉었다. 우리는 동시에 걸음을 멈추었다. 랜던과 나는 하딘을 바라봤다. 하딘을 어떻게 진정시켜야 하나 궁리하고 있는데, 랜던이 먼저 말을 꺼냈다.

"그럼 오지 말았어야지. 우린 너랑 너의 그 썩어 빠진 태도 없이 더 즐거운 시간을 보낼 수 있었어."

눈이 휘둥그레졌다. 랜던이 저렇게 거친 말을 하다니. 나는 하딘 편을 들어주려 하다가 잠자코 있기로 했다. 사실 랜던이 틀린 말을 한 건 아니다. 정당한 이유도 없이 저런 태도를 보이는 건 하딘 잘못이니까. 그럴 거였으면 정말로 같이 오지 말았어야지.

"너야 말로 썩어 빠진 태도잖아. 네 여자친구 아마추어 맞잖아."

"아니, 넌 차 안에서부터 못되게 굴었잖아."

랜던도 지지 않았다.

"왠줄 알아? 너네 엄마가 라디오에서 나오는 빌어먹을 노래마다 따라 불렀잖아. 쓸데없이 주 이름이나 외쳐 대면서 말이야."

하딘의 목소리가 격앙되었다. 하딘이 랜던 쪽으로 다가가려 할 때, 둘 사이에 내가 끼어들었다. 랜던은 심호흡을 한 번 하고 하딘을 노려보았다. 언제라도 달려들 기세였다.

"우리 엄만 즐거운 시간을 보내려고 애쓰셨던 거야!"

"글쎄, 그랬다면…"

"둘 다 그만! 여기 있는 동안은 둘 다 싸우면 안 돼. 아무도 견딜 수 없게 될 거야. 그러니까 제발 좀 그만해."

베스트 프렌드와 남자친구 사이에서 누구 편도 들고 싶지 않았다.

둘이 서로를 노려보는 긴장된 시간이 흘러갔다. 그들이 친형제처럼 으르렁대는 모습에 웃음이 터질 것 같았다. 저희들은 아니라고 하지만 말이다.

"알았어."

결국 랜던이 입을 열며 한숨을 내쉬었다.

"그러지, 뭐."

하딘도 씩씩거렸다.

도착할 때까지 누구도 입을 열지 않았다. 하딘은 돌멩이를 걷어찼고, 랜던은 조용히 노래를 흥얼거렸다. 폭풍이 지난 후의 고요인지, 아니면 폭풍 전야인지…. 어쩌면 그 중간 어디쯤일지도 모르겠다.

"보트 탈 땐 뭘 입을 거야?"

오두막으로 돌아가며 랜던에게 물었다.

"난 반바지 입을 거 같아. 날씨가 제법 따뜻하잖아. 근데 트레이닝복도 가져가려고."

"아."

날씨가 더 따뜻해져서 수영복을 입을 수 있으면 좋겠다. 수영복은 없지만, 하딘과 함께 수영복을 사러 돌아다닐 생각을 하니 어쩐지 미소가 지어졌다.

그는 수영복을 고르며 음란한 말들을 쏟아내겠지. 피팅룸에도 나와 함께 들어가려고 할 거다. 막무가내인 그를 말릴 수는 없으니까.

이런 생각을 하고 있다니, 나 왜 이러니…. 옆에서 랜던이 날씨 얘기를 하고 있는데, 적어도 듣는 척이라도 해줘야 하잖아.

"보트가 완전 깨. 너무 크거든."

랜던이 말했다.

"아…."

보트를 탈 시간이 점점 다가오자 어쩐지 심장이 쪼그라드는 것 같았다.

랜던과 나는 사온 식료품을 풀어놓으러 부엌으로 향했다. 하딘은 말없이 방으로 들어가버렸다. 랜던은 어깨 너머로 하딘이 가버린 쪽을 힐끗 쳐다보았다.

"시애틀 얘기만 나오면 엄청 날카로워지네. 아직 같이 가기로 결정한 거 아니지?"

나는 주위를 살폈다. 혹시라도 듣는 사람이 있으면 안 되니까.

"응."

당혹스러워서 아랫입술을 깨물었다.

"이해가 안 돼."

랜던은 장 봐온 쇼핑백들을 쳐다보았다.

"왜 그렇게 시애틀을 싫어하는 거야? 거기서 전에 무슨 일이라도 있었나?"

"글쎄, 내가 아는 한은 없어…."

순간 하딘의 편지가 떠올랐다. 시애틀에서 고생했다는 얘기는 없었던 것 같은데, 그런 얘기는 일부러 뺀 걸까? 그런 것 같진 않았다. 그리고 그러지 않았기를 바란다. 더 이상 놀랄 일은 없었으면 좋겠다.

"글쎄, 분명 무슨 이유가 있을 거야. 너 없인 욕실도 가지 않으려고 했잖아. 하딘이 너 혼자 이사 가게 놔둘 거라고 생각해? 널 자기 곁에 두려고 뭐든지 할 거야…, 말 그대로 뭐든지."

랜던은 '뭐든지'를 강조했다.

"나도 그래."

한숨이 나왔다. 왜 그렇게 고집을 부리는지 모르겠다.

"근데 나 없이 욕실에 가기도 해, 가끔이긴 하지만."

내가 농담을 던졌다. 랜던이 따라 웃었다.

"겨우 몇 번? 아마 그때도 네 셔츠에 몰래카메라를 숨겨 놓을 걸."

"카메라 같은 건 내 스타일이 아니지. 난 더 치밀한 추적 장치를 쓸 거야."

불쑥 하딘의 목소리가 들렸다. 우리는 깜짝 놀랐다. 하딘이 부엌 입구에 기대서 있었다.

"내 말의 포인트를 제대로 증명해줘서 고맙군."

랜던의 말에 하딘은 고개를 절레절레 흔들면서 키득거렸다. 기분이 좀 나아진 것 같았다. 하느님 감사합니다.

"보트는 어딨어? 너희 둘이 내 험담하는 거 듣고 있기도 지겹다."

"그냥 농담한 거야."

그가 서 있는 쪽으로 다가갔다. 꼭 안아주고 싶었다.

"괜찮아, 나도 너 없는 데서 네 험담하니까."

하딘의 말투는 농담처럼 들렸지만, 그 말 속에 가시가 돋쳐 있었다.

"선착장이 좀 휘청거리네. 그래도 아직 튼튼해. 사람 불러서 보수를 좀 해야겠군…."

켄 씨가 조심스럽게 말했다. 우리는 그를 따라 보트가 정박해 있는 곳으로 가는 중이었다.

뒷마당이 바로 바다 쪽으로 통해 있었다. 경치가 정말 아름다웠다. 해안선을 따라 파도가 밀려와 바위에 부딪혔다. 나는 본능적으로 하딘의 뒤로 물러섰다.

"왜 그래?"

하딘이 나지막하게 물었다.

"조금 긴장돼서."

하딘이 몸을 돌려 나를 마주 보았다. 그리고 내 청바지 뒷주머니에 양손을 꽂아 넣었다.

"그냥 물이야, 테사. 괜찮아."

그가 싱긋 웃었다. 놀리려고 하는 소리인지 진심인지 분간할 수가 없었다. 하지만 그가 내 볼에 입을 맞추자 의심이 한순간에 사라졌다.

"네가 물을 안 좋아한다는 걸 잊고 있었어."

하딘이 나를 바짝 끌어당겼다.

"물 좋아해…, 수영장에서는."

"강은 어때?"

장난기가 담긴 그의 눈동자가 반짝 빛났다. 추억이 떠오르며 미소가 지어졌다.

"어떤 강 하나만 좋아."

그날도 나는 잔뜩 긴장했었다. 하딘이 나를 꼬셔 물에 들어가게 했었지. 그 대가로 내 질문에 딱 한 가지만 대답해주기로 약속했었다. 그때가 아득히 먼 옛날 같다. 하지만 여전히 그때의 비밀스러운 무언가가 아직까지도 남아 나를 어지럽히고 있었다.

엄청나게 큰 보트가 정박된 선착장으로 내려갔다. 그동안 하딘은 내 손을 꼭 잡아주었다. 배에 대해서는 잘 모르지만, 이 배는 거대한 크기의 평저선(배 밑 부분이 평탄한 구조의 배- 옮긴이)인 듯했다. 요트는 아닌 것 같고, 지금껏 내가 봤던 어떤 어선보다 컸다.

"정말 크네."

하딘에게 소곤거렸다.

"쉿, 가족들 앞에서 내 페니스 얘기는 꺼내지 마."

하딘이 짓궂게 말했다. 이런 장난스러운 분위기라니. 그의 미소에는 전염성이 있다. 그때 내가 밟은 선착장 나무 바닥이 삐걱거렸다. 나는 겁에 질려 하딘의 손을 꼭 잡았다.

"조심하렴."

켄 씨가 우리를 향해 큰 소리로 외쳤다. 그는 선착장과 보트를 연결하고 있는 사다리를 올라갔다. 하딘은 내 허리를 받쳐주며 사다리 오르는 걸 도와주었다. 나는 이게 거대한 배에 달린 사다리가 아니라 놀이터에 있는 정글짐 같은 거라고 생각하려 애를 썼다. 당장이라도 휘청거리는 이곳에서 벗어나 안전한 오두막으로 달려가고 싶었다. 하딘이 잡아주지 않았으면 그랬을지도 모른다.

켄 씨는 우리가 갑판에 오르는 걸 도와주었다. 갑판에 올라보니 얼마나 멋진 배인지 알 수 있었다. 배는 흰색 나무와 카라멜색 가죽으로 멋드러지게 장식되어 있었다. 좌석 부분은 모두가 편안히 앉을 만큼 넉넉하고 넓었다.

켄 씨가 하딘의 승선을 도와주려했지만, 하딘은 손사래를 쳤다. 그는 갑판에 올라와 배를 한 바퀴 둘러보더니 냉랭하게 말했다.

"아빠 보트가 엄마 집보다도 좋다니, 멋지네요."

켄 씨의 얼굴에서 웃음기가 사라졌다.

"하딘."

그의 손을 잡아당기며 내가 속삭였다.

"죄송해요."

하딘이 거친 숨소리로 씩씩거렸다. 켄 씨는 한숨을 내쉬었지만 하딘의 사과를 받아들인 듯했다. 그리고 보트의 다른 쪽으로 걸어갔다.

"넌 괜찮아?"

하딘이 나에게 몸을 기울였다.

"좀 얌전하게 굴어, 부탁이야. 나 벌써 속이 울렁거린단 말이야."

"알았어, 사과했잖아."

하딘은 라운지 의자에 앉았고, 나도 그의 곁으로 가 앉았다. 랜던은 장바구니에서 음료수 캔과 과자 봉지를 꺼냈다. 나는 배 뒤로 펼쳐진 탁 트인 바다를 쳐다보았다. 너무나 아름다웠다. 햇빛이 수면 위로 일렁이며 춤추고 있었다.

"사랑해."

하딘이 귓가에 대고 부드럽게 속삭였다. 보트가 깨어나듯 엔진이 웅웅 소리를 냈다. 나는 하딘 곁으로 더 바짝 달라붙었다.

"좀 멀리 나가면 돌고래 몇 마리는 볼 수 있을 거야. 운이 좋다면 고래도 볼 수 있고!"

켄 씨가 큰 소리로 말했다.

"고래는 이 보트 따위는 순식간에 뒤집어엎을걸."

하딘이 투덜거렸다. 나도 모르게 꿀꺽 침을 삼켰다.

"젠장, 미안."

하딘이 금세 사과했다.

해안에서 멀어질수록 평온해졌다. 정말 이상하다. 그 반대일 거라 생각했는데. 어디에서도 육지가 보이지 않는 망망대해로 나오니 알 수 없는 고요함이 느껴졌다.

"여기서 돌고래를 많이 보셨어요?"

카렌에게 물었다. 그녀는 음료수를 한 모금 마시더니 미소를 지었다.

"딱 한 번. 그래도 열심히 찾아보려고!"

"오늘 날씨, 정말 끝내준다. 꼭 6월 같아."

랜던이 티셔츠를 머리 위로 벗었다.

"태닝하려고?"

하얗다 못해 창백한 랜던의 상반신을 보며 물었다.

"아니면 유령 놀이라도 하려고?"

하딘의 말에 랜던은 어이없는 표정을 지었지만 대꾸하지 않았다.

"도시에서 태닝은 꿈도 못 꾸잖아."

"물이 얼음장 같지만 않았으면, 해안가에서는 수영도 할 수 있을 텐데."

카렌이 아쉬운 듯 말했다.

"여름에는 할 수 있겠지요."

위로처럼 말하자 카렌은 금세 행복한 표정이 되었다.

"그래도 오두막 뒷뜰엔 자쿠지(기포가 나오는 욕조 – 옮긴이)가 있잖아."

켄 씨가 거들었다. 이 순간을 즐기며 하딘을 쳐다보았다. 그는 아무 말이 없었다. 그저 먼 바다만 가만히 응시하고 있었다.

"봐! 저쪽!"

켄 씨가 우리가 서 있는 뒤편을 가리켰다.

하딘과 나는 재빨리 뒤로 돌았다. 켄 씨가 발견한 걸 찾기까지 잠깐 헤맸다. 물 위로 솟아오르는 돌고래 떼였다. 보트 가까이는 아니었지만 물결에 맞춰 움직이는 모습을 보기엔 충분했다.

"행운의 날이네!"

카렌이 활짝 웃었다. 바람이 불어 머리카락이 날렸다. 잠시 시야가 가려졌다. 하딘이 머리카락을 쓸어 귀 뒤로 넘겨주었다. 사소하지만 무심코 터치하는 그의 손길이 좋다.

"정말 멋지다."

돌고래 떼가 완전히 지나갔다.

"그래, 정말 멋졌어."

하딘의 목소리에도 놀라움이 가득했다.

그 후 두 시간 동안은 보트 타기, 여름의 아름다운 해안선, 스포츠, 어색한 시애틀 얘기 등 온갖 주제의 대화가 오갔다. 비록 시애틀 얘기는 시작하자마자 하딘이 중단시키긴 했지만.

켄 씨는 다시 해변가로 기수를 돌렸다.

"나쁘진 않았어, 그치?"

하딘과 내가 동시에 물었다.

"그런 것 같네."

하딘이 활짝 웃었다. 그는 내가 사다리에서 선착장으로 내려오는 걸 도와주었다.

그의 두 빰과 콧잔등은 햇빛의 흔적인 듯 검게 그을려 있었다. 바람이 불어 그의 머리카락이 제멋대로 날렸다. 하딘은 너무 사랑스럽다, 가슴이 아플 만큼.

우리는 뒤뜰을 가로질러 걸었다. 바다 위에서 느꼈던 평화로움을 내내 붙들어두고 싶었다.

오두막에 들어서자 카렌이 말했다.

"점심 준비할게. 다들 배고프지?"

카렌은 서둘러 부엌으로 들어가고, 우리는 모두 그대로 서서 가만히 만족스러운 기분을 만끽했다. 결국 하딘이 입을 열었다.

"여기서 더 할 만한 건 없어요?"

"글쎄, 마을 안으로 더 들어가면 멋진 레스토랑이 있어. 내일 저녁은 거기서 먹자꾸나. 옛날 영화를 상영하는 극장도 있고, 도서관도…."

"시시한 것들만 있단 거군요?"

장난스러운 말투였다.

"멋진 곳이란다. 너도 한번 가보면 좋아할 거다."

켄 씨는 조금도 화난 기색 없이 말했다.

넷 다 부엌으로 들어가 우두커니 서 있었다. 카렌은 그동안 샌드위치와 과일로 점심을 차렸다. 하딘은 한 손을 내 엉덩이에 대었다. 이 남자, 오늘따라 지나치게 매력이 넘친다. 아마도 그도 이곳이 좋은가 보다.

점심을 먹고 카렌을 도와 부엌을 치운 뒤 레모네이드를 만들었다. 그 사이 랜던과 하딘은 현대 문학이 얼마나 끔찍한지에 대해 열띤 토론을 펼쳤다. 랜던이 『해리 포터』까지 언급할 땐 웃음이 터져나와 참기 힘들었다. 그러자 하딘은 장장 5분 동안이나 왜 그 책을 안 읽는지부터 앞으로 절대 읽지 않을 거란 장광설을 쏟아냈다. 랜던은 하딘의 생각을 바꾸려고 필사적으로 매달렸다.

레모네이드를 마시며 켄 씨가 모두에게 말했다.

"카렌하고 나는, 요 몇 집 건너에 있는 친구네 가서 한두 시간쯤 있을 거야. 너희들도 가고 싶으면 말해라."

하딘이 나를 쳐다보았다. 나는 그가 대답하기만을 기다렸다.

"우린 됐어요."

하딘은 나를 똑바로 보며 입을 열었다.

랜던은 하딘과 나를 번갈아 보았다.

"전 갈게요."

랜던은 담담하게 말하고 일어섰다. 하지만 그전에 하딘을 향해 능글맞은 웃음을 던지는 걸 똑똑히 보았다.

24 · 하딘

셋이 나가자마자 나는 테사를 내가 앉아 있던 소파로 끌어당겼다.

"가고 싶었던 건 아니지?"

테사가 물었다.

"절대 아니지. 내가 왜 거길 가고 싶겠어? 너랑 단둘이 여기 있는 게 훨씬 좋은데."

그녀의 목덜미에 있는 머리카락을 빗어 넘겼다. 내 손길이 닿자 그녀가 몸을 움찔했다.

"넌 거기서 사람들이랑 북적거리면서 쓸데없는 얘기를 하는 게 좋아?"

내 입술이 그녀의 턱에 닿을 듯 말 듯했다.

"아니."

테사의 숨소리는 이미 달라져 있었다.

"확실해?"

코로 그녀의 목선을 따라 쓰다듬으며 몸을 밀착시켰다. 그녀는 고개를 뒤로 젖혔다.

"모르지, 여기보다 더 재밌을 수도 있잖아."

나는 그녀의 목에 기대 키득거렸다. 내 숨결이 닿아 소름이 돋은 그녀의 살갗에 입을 맞추었다.

"그럴 가능성은 절대 없어. 여긴 뜨거운 물이 나오는 자쿠지가 있잖아."

"근데 난 수영복이 없어…."

그녀의 목을 가볍게 빨며 수영복 입은 모습을 상상했다.

"수영복 같은 건 필요 없어."

속삭이듯 말했다. 테사는 고개를 돌려 미친 사람 보듯 나를 쳐다보았다.

"벌거벗고 온탕에 들어가진 않을 거야."

"그럼 좀 어때?"

꽤 재밌을 것 같은데 말이다.

"너네 가족들도 있잖아."

"왜 늘 내 가족 핑계를 댈까⋯."

한 손으로 그녀의 허벅지를 쓰다듬으며 훑어 내렸다. 청바지 위로 그녀의 허벅지 사이를 지그시 눌렀다.

"가끔은 너도 그런 걸 좋아할 거 같은데."

"뭘?"

그녀가 숨을 헐떡거리며 묻는다.

"들킬지 모르는 아슬아슬함."

"그런 걸 좋아하는 사람도 있어?"

"사람들은 다들 좋아해. 그런 스릴 말이야."

그녀의 다리 사이에 놓인 손에 더 힘을 주었다. 테사는 다리를 오므리려 애를 썼다. 욕망과 절제 사이에서 사투 중인 듯했다.

"아니, 그건⋯, 잘 모르겠어. 난 싫어."

이건 거짓말이다. 테사는 분명 원하고 있다.

"음⋯, 음⋯?"

"싫다고!"

테사는 끈질기게 저항하듯 소리쳤다. 두 볼은 이미 붉게 물들었고, 당혹감에 두 눈이 동그래졌다.

"테스, 괜찮아. 죽여주게 화끈하다고, 정말이야."

"그래도 싫어."

'그렇겠지, 테사.'

"알았어, 하지 마."

패배를 인정하듯 두 손을 들어올렸다. 자극이 사라지자 그녀는 끙끙거렸다. 그녀가 본능을 인정했던 적은 없었지. 하지만 한 번쯤 해볼 만하잖아.

"정말 나랑 자쿠지 안 들어갈래?"

다시 물었다.

"가볼래…, 근데 들어가진 않을 거야."

"맘대로 해."

미소를 지으며 자리에서 일어섰다. 결국 들어가게 될 거다. 다른 여자들보다 더 많이 애원하고 설득해야 직성이 풀리는 여자. 생각해보니 한 번도 여자랑 자쿠지에 들어간 적은 없었다, 옷을 벗었든 입었든 말이다.

내 손목을 작은 손으로 감싸 쥐고, 테사는 나를 따라 위층으로 올라왔다. 며칠 동안은 이 방에 묵게 되겠지. 발코니가 자쿠지와 통해 있는 걸 보고, 애초부터 이 방에 묵겠다고 했다. 자쿠지가 거기 있는 걸 발견한 순간, 테사를 확 집어넣고 싶었다.

침대도 나쁘지는 않았다. 조금 작았지만 우리에게 굳이 큰 침대는 필요 없으니까.

"여기 정말 마음에 들어. 평화롭고 아름다워."

침대에 올라앉아 신발을 벗으며 테사가 말했다.

나는 발코니의 이중창을 열어젖혔다.

"그렇지."

아빠랑 카렌, 랜던이 같이 있는 게 아니었다면 확실히 더 나았을 텐데.

"내일 저녁 먹으러 갈 때 입을 옷이 없어."

어깨를 으쓱하고 자쿠지에 기대어 수도꼭지를 틀었다.

"우린 안 가도 돼."

"가고 싶어. 짐 쌀 땐 우리가 그런 데 갈지 몰랐거든."

"그러니까 그 사람들이 계획을 잘못 짠 거지."

거품 장치가 제대로 작동하는지 확인해 보려고 살폈다.

"청바지 입고 가면 돼. 캐주얼한 곳일 거야."

"그래도 될까?"

"아니면 이 쓰레기 같은 동네에서 입을 만한 걸 파는 가게를 찾아보면 되지."

내 말에 그녀가 미소를 지었다.

"너 왜 이렇게 기분이 좋아?"

테사가 나를 향해 한쪽 눈썹을 찡긋 들어올렸다.

물에 손가락을 넣어 보았다. 거의 다 됐다. 물이 엄청 빨리 데워지는군.

"글쎄, 그런가?"

테사가 발코니로 나와 내 쪽으로 다가왔다.

욕조 옆에 있는 등나무 의자에 앉으라고 손짓했다.

"곁에는 있어 줄 거지? 내가 뜨거운 물에 몸을 푸는 동안 말이야."

테사는 웃으며 고개를 끄덕이고는 의자에 앉았다. 나는 셔츠와 바지를 벗었다. 나를 쳐다보고 있는 테사의 순진한 눈을 바라보았다. 복서 팬티는 벗지 않았다. 테사가 벗겨주었으면 좋겠다.

"진짜 들어오기 싫어?"

다리를 물에 넣으며 욕조 가장자리에 앉았다.

'빌어먹을, 너무 뜨겁잖아.'

조금 지나자 뜨거움이 가셨다. 들어가서 단단한 플라스틱 욕조에 등을 기댔다.

"응."

테사는 주변에 있는 숲을 두리번거렸다.

"보는 사람 없어. 넌 설마 훔쳐보는 사람이 있는데 내가 다 벗고 들어오라고 했을 거 같아?"

따지듯 물었다.

"질투의 화신인 나 말고 널 볼 사람이 누가 또 있겠냐."

"식구들이 다시 돌아오면 어떡해?"

테사가 목소리를 낮췄다. 누가 듣기라도 하는 듯.

"한두 시간은 있다 온댔잖아."

"근데….'

"이제 요령 있게 사는 걸 좀 배운 거 아니었어?"

나는 아름다운 내 여자를 놀려댔다.

"맞아."

"내가 이 경관과 따뜻한 물을 즐기는 동안, 넌 거기 앉아서 입만 삐죽거리고 있잖아."

"삐죽거린 거 아니야."

테사는 입을 더 삐죽거렸다. 그녀를 향해 히죽 웃었다. 그래, 이러는 게 더 괴롭히는 것 같다.

"알았어."

테사는 입을 꼭 다물었고, 나는 눈을 감았다.

"난 여기서도 외로운 신세로군. 결국 날 신경 써주는 사람은 나밖에 없어."

"입을 옷이 없잖아."

"이 장면 어디서 봤던 것 같은데."

강에서의 추억이 오늘 벌써 두 번째로 떠오른다.

"난…"

"빌어먹을, 그냥 들어오면 안 돼?"

눈을 감은 채 똑같은 톤으로 말했다. 어쩔 수 없다는 듯이. 어차피 우리 둘 다 이미 알고 있는 상황이니까.

"알았어."

테사는 자기가 화가 났으며, 이건 자기가 원하던 일이 아니라고 스스로에게 주입하는 것 같았다. 하지만 생각했던 것만큼 애를 먹이진 않았다. 눈을 뜨자 시야에 들어온 광경에 숨이 막혔다. 테사가 셔츠를 머리 위로 벗고 있었다. 게다가 그 미칠 것 같은 빨간색 브라를 입고 있다.

"브라도 벗어."

테사는 한 번 더 주변을 두리번거렸다. 나는 고개를 가로저었다. 이 발코니에서 보이는 것이라고는 욕조의 물과 나무들뿐이었다.

"벗으라고, 베이비."

내가 징징거리자, 그녀가 고개를 끄덕이더니 브라 끈을 어깨 아래로 내렸다.

그녀는 내게 결핍이다. 아무리 가져도 늘 부족하다. 수없이 만지고, 입을 맞추고, 끌어안고, 섹스를 해도…. 절대로 채워지지 않을 결핍. 그래서 늘 더 원한다. 비단 섹스의 문제는 아니다. 그건 이미 충분하다. 그녀와 영원히 함께 할 유일한 사람은, 바로 나다. 그러니 테사는 나를 믿고, 이 죽여주는 발코니에서 옷을 벗어도 된다.

그런데도 난 왜 늘 얼간이 짓을 하고 있지? 이 여자와는 어떤 것도 망치고 싶지 않은데.

그녀가 청바지를 벗어 티셔츠와 브라를 놓은 의자 위에 놓았다. 물론 반듯하게 개어서.

"팬티도 벗어."

또 한 번 참견을 했다.

"싫어, 너도 입고 있잖아."

그녀가 팩 성질을 내더니 물속으로 들어왔다.

"앗, 뜨거!"

테사가 발을 넣었다가 얼른 빼며 비명을 질렀다. 하지만 금세 온도에 익숙해져 물 안으로 들어와 깊은 숨을 내쉬었다. 온몸이 따뜻한 물에 적응하는 것 같았다.

"이리 와봐."

팔을 뻗어 테사를 끌어당겨 내 다리 위에 앉혔다.

그러고 보니 불편하고 딱딱한 줄 알았던 플라스틱 자리도 꽤 쓸 만했다. 그녀의 몸이 나에게 기대오는 걸 느꼈다. 욕조 속 물이 출렁였다. 순간적으로 그녀의 팬티를 갈기갈기 찢어버리고 싶어졌다.

"시애틀에서도 이럴 수 있을 거야, 항상 말이야."

테사가 내 목을 두 팔로 감싸며 말했다.

"뭐라고?"

시애틀 얘기는 꺼내고 싶지도 않았다. 그 저주 받을 도시를 지도에서 지워낼 수만 있다면 벌써 그랬을 거다.

"우리 말이야. 친구들과도 별 문제 없을 거고, 나쁜 기억도 없어질 거야. 그냥 너랑 나랑 둘이서 새 도시에서 새 출발하는 거야, 하딘. 우리 둘이 같이."

"그렇게 간단한 문제가 아니야."

"간단한 문제야. 제드도 없을 거고."

"여기서 섹스할 줄 알았는데. 제드 자식을 입에 올리는 건 좀…."

그저 장난이었는데, 테사가 긴장하는 것 같았다.

"미안해…."

"농담이야."

테사를 들어올려 내 다리 위에 앉혔다. 그녀는 나를 향해 다리를 벌리고 앉았다. 그녀의 벌거벗은 가슴이 내 가슴에 스쳤다.

"넌 내 전부야. 알지?"

수없이 했던 질문을 나는 또 반복하고 있다.

그녀는 아무 대답도 하지 않는다. 대신 팔꿈치를 내 어깨에 올리고 내 머리카락을 쓸어내렸다. 그러더니 내게 입을 맞추었다.

테사는 굶주렸다. 딱 그럴 거라고 짐작했던 그만큼.

25 · 하딘

벌거벗은 그녀를 끌어당겼다. 그녀는 더 깊게 입을 맞췄다. 두 손으로 내 팔을 꼭 잡고 있었다. 내 손은 그녀의 허벅지 사이로 내려갔다. 시간 낭비할 틈은 없다.

"이것도 벗었어야지."

물에 푹 젖은 얄팍한 팬티를 잡아당기고 그녀 안으로 손을 밀어 넣었다. 숨소리조차 내지 못하며 테사는 황홀한 미소를 지었다. 그러더니 날카롭게 숨을 들이마셨다. 터져 나오는 신음 소리를 내 입술로 막았다. 테사는 내 아랫입술을 문 입술에 힘을 주었다. 정신을 못 차리겠다. 너무 섹시하고 매혹적이다. 이건 거짓 반응이 아니다.

테사는 엉덩이를 흔들며 내 쪽으로 바짝 다가왔다. 다리 위에 앉은 그녀의 허리를 안았다. 내 옆에 앉히고 그녀의 다리를 활짝 벌렸다. 내 손은 여전히 그녀 안에 있었다.

빌어먹을 손바닥만 한 팬티가 걸리적거린다. 손을 빼고 그녀의 팬티를 홱 낚아챘다. 테사가 깜짝 놀라며 이내 뾰로통해졌다. 나는 재빨리 팬티를 끌어내려 그녀의 옆으로 치웠다. 욕조에서 뿜어내는 물줄기를 따라 팬티가 반대쪽으로 떠내려갔다. 우리를 가로막던 마지막 장벽이 부드럽게 떠내려가는 걸 넋을 잃고 보았다. 그것도 잠시 테사가 내 손목을 잡아 자기 쪽으로 끌어당겼다.

"뭘 원해?"

그녀가 원하는 걸 해주고 싶었다.

"너."

테사가 달콤한 미소를 짓더니 다리를 더 넓게 벌렸다. 정말 후끈 달아오른 모양이었다.

"그럼 뒤로 돌아봐."

미처 대답을 들을 겨를도 없이 나는 그녀의 몸을 돌렸다. 꺅, 테사가 비명을 질렀다. 잠깐 어리둥절다가 이내 알아차렸다. 그녀의 민감한 부분에 욕조에서 분사되는 물이 정확하게 와 닿는다는 걸. 테사는 신음을 내며 몸을 뒤틀었다. 빌어먹을 고함은 계속 지르겠지?

테사의 뒤쪽으로 가서 무릎을 꿇었다. 나는 이 체위가 너무 좋다. 그녀를 더 깊이 느낄 수 있고, 등허리의 매끈한 피부를 만질 수 있으니까. 그녀의 피부 밑 근육의 떨림 하나하나에 집중할 수 있다. 내가 거칠게 움직일 때 그녀가 헐떡거리는 작은 숨결까지도 놓치지 않고 볼 수 있다.

그녀의 긴 머리카락을 한쪽으로 치우고 더욱 가까이 다가갔다. 그러면서 천천히 그녀 안으로 나를 밀어 넣었다. 등허리가 내 쪽으로 휘어졌다. 양손으로 그녀의 젖가슴을 움켜쥐었다. 그리고 부드럽고 천천히 그녀 안으로 들어갔다 나오기를 반복했다.

제기랄, 너무 좋다. 그 어느 때보다. 그녀 안으로 나를 밀어 넣고 뺄 때마다 뜨거운 물이 밀려오는 것 같다. 테사는 신음을 내뱉었다. 손을 내려 여전히 물줄기가 그녀를 자극하는지 확인해 보았다. 테사는 미간을 모으고 눈을 감았지만 입은 크게 벌리고 있었다. 욕조 모서리를 잡은 두 손이 하얘지도록 힘이 잔뜩 들어가 있었다.

더 빨리 움직이고 싶다. 더 힘차게 그녀 속으로 들어갔다가 파도처럼 밀려나오고 싶다. 하지만 억지로 속도를 늦췄다. 안달이 날 만큼 천천히.

"하…딘…."

테사가 신음처럼 내 이름을 불렀다.

"젠장, 네 몸의 모든 걸 느낄 수 있을 것 같아."

말을 꺼내는 순간, 패닉에 빠져 그녀에게서 떨어졌다.

아, 콘돔!

왜 콘돔을 생각조차 못 했을까. 대체 우리 무슨 짓을 한 거야?

"왜 그래?"

테사가 헐떡거린다. 얼굴이 축축히 젖어 번들거렸다.

"콘돔을 잊었어!"

나는 젖은 머리카락을 쓸어 넘겼다.

"아."

그녀의 목소리는 차분했다.

"아, 라니?"

"이제 하면 되잖아?"

테사가 천진한 표정으로 나를 보았다.

"그게 중요한 게 아냐!"

나는 욕조에서 벌떡 일어섰다. 테사는 아무 말도 하지 않았다.

"내가 끝내 생각해내지 못했으면, 넌 임신할 수도 있었다고."

테사는 이해한다는 듯 고개를 끄덕였다.

"근데 네가 기억해냈잖아."

'아니, 왜 이렇게 아무렇지도 않은 거야?'

미래를 위해 시애틀로 이사 간다는 거창한 계획을 세웠으면서, 아기라도 생겼다간 모든 걸 망쳐버릴 수도 있다.

'잠깐···.'

"너, 이거 계획적인 거야? 네가 임신하면 내가 따라갈 거라고 생각한 거야?"

그녀가 돌아섰다. 웃고 있다.

"하딘, 농담하는 거지?"

그러더니 두 팔로 나를 끌어안으려고 했다. 나는 멀찍이 떨어졌다.

"농담 아니거든."

"말도 안 되는 소리. 이리 와봐, 베이비."

테사가 또 다시 나를 붙잡으려고 했다. 하지만 나는 그녀를 뿌리치고는 자쿠지의 반대쪽으로 도망갔다.

그녀는 상처 받은 듯 금세 얼굴이 붉으락푸르락 달아올랐다. 그리고 양손으로 가슴을 감쌌다.

"콘돔을 잊은 건 둘 다 마찬가지야. 그런데 지금 나한테 임신으로 네 발목을 잡으려 한다는 말이 나와?"

믿을 수 없다는 듯 테사가 고개를 흔들었다.

"그 헛소리가 네 진심이야?"

나는 미끄러지듯 그녀에게 다가갔다. 하지만 테사는 재빨리 무릎을 세웠다. 나는 무표정하게 그녀를 쳐다보았다. 할 말이 없었다.

나를 쳐다보는 그녀의 눈에서 눈물이 흘러내렸다. 그리고 몸을 일으키더니 자쿠지에서 나가버렸다.

"샤워하러 갈래."

테사는 발코니를 나가 문을 꽝 소리 나게 닫고는, 욕실문도 거친 소리를 내며 닫아버렸다.

"빌어먹을!"

거품이 일고 있는 물 위를 손바닥으로 거칠게 내리쳤다. 내가 무슨 소리를 한 거지? 다른 사람도 아니고, 테사한테. 대체 난 왜 이러는 걸까? 심각한 피해망상에 빠져 있는 걸까? 시애틀 얘기만 나오면 정신을 못 차린다. 아무튼 뭔가 꺼림칙한 게 남아 있다. 이건 바로잡아야만 한다. 적어도 노력이라도 해봐야 한다. 마음이 무거워졌다. 그녀에게 멍청하기 그지없는 소리를 했다.

차라리 콘돔 따위 새까맣게 잊어버렸으면 더 좋았을 걸…. 아냐, 아냐, 그건 아니다. 그냥 테사가 내 곁을 떠나는 걸 원치 않을 뿐이다. 하지만 그녀를 붙잡기 위해 뭘 어떻게 해야 할지 모르겠다. 우리 나이에 아기를 갖는 건 해결책이 아니다, 그것만은 확실하다. 할 수 있는 건 다 해봤다. 테사를 아파트에 가둬 놓은 것 빼고는. 물론 몇 번이나 그래 볼까 생각했던 걸 부인하진 않겠다. 하지만 테사가 못 견딜 거다. 게다가 비타민D 결핍에 시달릴지도 모른다. 아, 요가 수업에 못 가니 그 요가 팬츠도 안 입겠군.

안으로 들어가서 그녀에게 못나게 군 걸 사과해야겠다. 그들이 돌아오기 전에 말이다. 그래도 난 행운아다. 그들은 몇 시간 동안 숲에서 헤맬 게 뻔하다.

먼저 해야 할 일이 있다.

자쿠지에서 나와 방으로 들어갔다. 젖은 팬티 바람이라서 살을 에는 듯한 추위가 느껴졌다. 휴대전화와 방에 있는 욕실 문을 번갈아 쳐다보았다. 테사는 아직 한창 샤워 중이다. 휴대전화를 쥐고 의자에 걸쳐 있는 담요를 집어 들었다. 그리고 다시 발코니로 나왔다.

연락처를 뒤적이며 새뮤얼이라는 이름을 찾았다. 빌어먹을 영악한 꽃뱀 같으니라고. 대체 이 여자의 전화번호를 왜 저장한 건지 모르겠다. 간악한 유혹에 빠져 엉망진창이 됐다. 어쨌든 그 여자에게 전화를 해야 한다. 얼른 이름을 바꿨다. 혹시라도 테사가 내 전화기를 뒤질 수 있으니까. 이미 그랬던 것도 눈치채고 있었다. 왜 통화 목록을 삭제했냐고 물었을 때 이미 낌새를 챘다. 분명 내가 몰리한테 소리 지르는 것도 들었을 거다.

차라리 테사가 통화 목록에서 몰리 이름을 보게 되는 게 나을지도 모른다. 이 인간의 이름을 발견하는 것보다….

26 · 테사

내가 일부러 임신하려고 했다니. 하딘이 저런 황당한 말로 나를 몰아붙일 줄은 몰랐다. 그에게…, 나 스스로에게 그런 짓을 할 거라 생각했다니. 어리석기 그지없다.

콘돔 얘기를 꺼내기 전까지만 해도 믿을 수 없을 만큼 분위기가 좋았다. 그냥 나가서 가져왔으면 되는데. 콘돔 한 뭉치를 여행 가방 맨 위에 둔 걸 뻔히 아는데. 내가 똑똑히 봤다. 가방을 다 싼 뒤 우격다짐으로 콘돔 뭉치를 쑤셔 넣는 걸.

시애틀 얘기 때문에 제정신이 아니었을 테지. 그래서 과잉반응을 했을 거고, 아마 나도 그랬겠지. 결국 하딘의 어이없는 말 때문에 짜증이 폭발했다. 하필 뜨거운 욕조에서 그 뜨거운 그 순간에 말이다. 살갗이 벗겨질 정도로 뜨거운 물에 몸을 맡겼다. 잠시 후 물줄기가 뻣뻣해진 근육을 풀어주며 곤두선 신경줄이 느슨해지기 시작했다. 복잡한 머릿속도 좀 정리되는 것 같았다. 우리 둘 다 오버했다. 나보다 하딘이 더 그랬지만. 이런 감정 소모는 아무 쓸모도 없다. 샴푸를 찾았다. 그제야 알아차렸다. 너무 흥분한 나머지 세면 가방도 챙겨 오지 않았다는 걸. 멋지군.

"하딘?"

물소리 때문에 내가 부르는 소리가 들릴지 모르겠다. 꽃무늬 샤워 커튼을 젖히고 하딘을 찾아보았다. 잠시 둘러보았지만 그는 보이지 않왔다. 타월로 몸을 감싸고, 물을 뚝뚝 떨어뜨리며 침실로 들어갔다. 여행 가방은 침대 위에 있었다.

그때였다. 하딘의 목소리가 들렸다. 잘 들리지는 않았지만 분명 일부러 친절한 척하는 말투였다. 예의 바른 척, 초조하지 않은 척하는 말투. 뭔지 모르지만 상당히 중요한 일인 듯 했다. 평소처럼 제멋대로 굴지 않는 걸 보니 말이다.

살금살금 마루를 가로질러 갔다. 그가 스피커폰으로 통화하고 있어서 상대방 목소리까지 들렸다.

"제가 중계업자잖아요. 그리고 제 일이 아파트를 소개해 드리는 거고요."

하딘이 한숨을 쉬었다.

"그럼, 비어 있는 다른 아파트가 있나요?"

하딘이 나를 위해 아파트를 구해주려는 건가? 가슴이 쿵쾅거릴 만큼 깜짝 놀랐다. 그런 생각을 하고 있을 줄이야. 결국 시애틀에 가기로 했구나. 날 힘들게 하는 대신 도와주려는 거였구나. 이번만큼은 말이다.

상대 여자가 대답했다. 어쩐지 목소리가 귀에 익었다.

"당신이 그렇게 말했잖아요. 당신 친구 테사한테 열심히 집을 구해줄 필요는 없다고 말이에요."

'뭐라고? 잠깐만…, 이건…?'

이럴 수는 없다.

"아니, 그러니까 제 말은…. 걔가 그렇게 나쁜 사람은 아니라고요. 집을 부쉈거나 집세를 떼어먹거나 하진 않았어요."

어떤 상황인지 알겠다. 뱃속이 뒤틀리는 것 같았다. 하딘 짓이다.

나는 발코니 문을 벌컥 열어젖혔다.

"정말 질린다! 이 이기적이고 천하에 나쁜 놈!"

나는 튀어나오는 대로 마구 소리를 질렀다.

하딘이 나를 휙 돌아보았다. 그는 낯빛이 창백해지면서 입을 떡 벌렸다. 전화기가 바닥에 떨어져 나뒹굴었다. 하딘은 마치 내가 자기를 잡아먹으러 온 괴물인 양 나를 쳐다보았다.

"여보세요?"

스피커를 통해서 산드라의 목소리가 들렸다. 하딘은 휴대전화를 집어 들더니 전화를 끊었다. 머리 꼭대기까지 화가 치밀어 올랐다.

"어떻게 그럴 수가 있어?"

"난…."

하딘이 대답하려고 했다.

"됐어! 그딴 변명으로 시간 낭비하게 만들지 마! 대체 무슨 생각을 하는 거야?"

나는 침실로 뛰어들어 왔고, 하딘은 나를 따라오며 애원했다.

"테사, 내 말 좀 들어봐."

뒤로 돌아섰다. 상처 받은 가슴이 아파왔다. 또 그만큼 화도 치밀었다.

"아니! 너나 내 말 들어, 하딘."

목소리를 낮추려고 애쓰며 이를 악물고 말했다. 하지만 잘 되진 않았다.

"네 맘대로 되지 않는다고 내 인생까지 분탕질하는 너한테 정말 질린다!"

나는 소리 지르고 말았다. 두 주먹은 꽉 쥔 채였다.

"그게 아니고…."

"닥쳐! 넌 세상에서 제일 이기적이고, 오만하고…, 역겨워!"

정신을 차릴 수가 없었다. 분노에 찬 말들이 마구 튀어나왔다.

"나도 무슨 생각이었는지 잘 모르겠어. 이 상황을 정리하려고 했던 건데."

그다지 놀랍지도 않다. 산드라와 갑자기 연락이 안 됐던 배후에 하딘이 있었다는 걸 알아챘어야 했다. 그는 정말 모르는 것 같다. 내 인생과 내 일, 내 꿈에 간섭하며 뒤흔드는 걸 언제 멈춰야 할지 말이다.

"넌 늘 꿍꿍이가 있잖아. 몰래 숨어서 내 모든 걸 감시할 방법을 어떻게든 찾아내지. 근데 난 더 이상 참을 수가 없어! 이건 정말 심각한 일이야."

나는 방 안을 이리저리 서성거렸다. 하딘은 조심스러운 눈초리로 나를 쳐다보았다.

"네가 날 좀 과잉보호 하는 건 이해해. 지금까지 싸움질하고 돌아다닌 것도 받아들일 수 있어. 심지어 우리가 함께하는 동안 네가 완전 또라이 짓을 한 것까지도 이해하겠다고. 왜인 줄 알아? 그건 다 네 딴에는 나를 위해 최선을 다하려고 한 거라는 걸 아니까. 근데 이건 아니잖아. 넌 내 미래를 망치려고 하잖아. 그것만은 절대 용서 못 해."

"미안해."

그의 사과가 진심이라는 건 안다, 하지만….

"늘 미안하다고 하지! 항상 똑같아. 네가 무슨 짓을 저질러. 그리고 숨겨, 그리고 결국 들통나지. 그럼 난 울고, 넌 또 미안하다고 해. 그럼 짜잔! 모든 걸 용서 받고 끝나."

나는 하딘을 비난했다.

"근데 이번에는 아니야."

하딘의 뺨을 후려갈기고 싶었다. 하지만 화를 분출할 다른 걸 찾아 보았다. 침대에 있던 베개 하나를 집어 바닥에 힘껏 던졌다. 또 하나를 던졌다. 타오르는 분노를 가라앉히기에는 턱없이 부족했다. 그렇다고 카렌의 살림살이를 망가뜨리면 기분이 더 나빠질 것 같았다.

너무 지치고 힘들었다. 내가 얼마나 더 버틸 수 있을까. 젠장, 빌어먹을. 아무 것도 망가뜨리지 않을 거다. 바닥에 떨어진 베개를 다시 주워 가지런히 올려두어야 할 텐데. 하딘의 발치에 떨어진 베개들이 그의 발에 짓밟히기 전에 말이다.

"이 끝없는 악순환에 질렸어. 이런 짓 하려거든 다른 사람을 찾아. 난 끝이야, 완전 끝!"

그에게 이 정도로 화냈던 적이 있었는지 잘 모르겠다. 맞아, 그는 더 나쁜 짓도 했었다. 그때마다 항상 넘어가주곤 했다. 하지만 이건 다른 문제다. 내 직업과 미래를 위한 선택이라는 걸 그가 이해했다고 생각했다. 왜냐하면 이 기회가 나에겐 전부였으니까. 화려한 배경이나 경제적 능력이 없는 여자에게 어떤 일이 일어나는지, 나는 똑똑히 보면서 자랐다. 엄마는 아빠가 집을 나가기 전까지 스스로 돈을 벌어본 적도, 자기만의 커리어를 가져본 적도 없었다. 그래서 나는 이 일을 해야만 한다. 이 기회를 잡아야 한다. 내 삶을 스스로 만들어 나갈 수 있다는 걸 증명하기 위해서라도. 엄마처럼 아무 것도 하지 않고, 의지했던 사람을 원망하며 살고 싶지는 않다. 누구도 내게서 이걸 앗아가게 두진 않을 거다. 엄마가 나한테 그랬던 것처럼 말이다.

"끝이라고…, 나랑?"

하딘의 목소리는 떨리고 갈라졌다.

당장 대답하진 않을 거다. 평상시 같았으면 이 시점에서 내가 울음을 터뜨리고 그에게 키스하며 용서했겠지…, 오늘은 어림없다.

"너무 지쳐서 더는 견딜 수가 없어. 이런 식으로 계속할 순 없어! 넌 집도 못 구한 나를 혼자 시애틀에 가게 만든 거잖아. 고작 내 발목을 잡으려고!"

하딘이 일어났다. 나는 화가 가라앉기를 바라며 심호흡을 했다. 소용없었다. 눈에서 불꽃이 떨어질 것처럼 화가 차오르고 또 차올랐다. 나머지 베개들을 죄다 움켜쥐었다. 베개들이 유리 꽃병이라 상상하며 바닥에 내동댕이쳤다. 치우든 말든 상관 안 할 거다. 근데 문제는 결국 치우는 사람 또한 내가 될 거라는 거다. 하딘은 나를 배려하고 희생할 인간이 절대 아니니까.

"꺼져버려!"

그를 향해 냅다 소리쳤다.

"미안해, 나…."

"당장 내 눈앞에서 꺼지라고."

하딘은 낯선 사람 보듯 나를 쳐다보았다.

그는 축 처진 어깨를 하고는 방을 나갔다. 나는 그의 등 뒤에서 방문을 있는 힘껏 닫았다. 그리고 발코니로 돌아갔다. 등나무 의자에 앉아 바다를 바라보며 마음을 진정시켰다.

눈물조차 흐르지 않았다. 후회만 가득할 뿐이다.

테사가 지쳐 있다는 건 알고 있었다. 내가 헛짓거리를 할 때마다 그녀의 표정에 여실히 드러났으니까. 제드와 싸우고, 퇴학 당했다고 거짓말하고…, 그럴 때마다 테사는 조금씩 무너지고 있었다. 내가 눈치채지 못했을 거라 생각하겠지만, 나도 알고 있었다.

왜 산드라와 스피커폰으로 통화했을까? 그러지만 않았어도 이 망할 놈의 짓거리를 다 수습하고 나서 말할 수 있었을 텐데. 그랬더라면 테사가 화낼 일도 없었을 거다.

테사가 알게 되더라두 저런 식으로 반응할 거라고는 꿈에도 생각 못했다. 나는 테사라는 강박 괴물을 통제할 수 있다고 생각한 모양이다. 살 곳을 정하지 못하면, 테사가 이사를 미룰 게 분명하다고 생각했다.

잘했다, 잘했어, 하딘.

선의였다. 그 당시엔 아니었을지 몰라도, 지금은 그렇다. 시애틀에 집 구하는 걸 망쳐버린 건 내 잘못이다. 하지만 나는 지푸라기라도 잡고 싶었다. 어떻게든 테사가 내 곁을 떠나지 않게 만들려고 기를 쓰는 중이다. 시애틀에서 무슨 일이 일어날지 뻔히 아니까. 결국 끝이 좋지 않을 거다.

나도 모르게 계단 옆 벽으로 주먹을 날렸다.

"빌어먹을!"

다행인지 불행인지 허술한 보드 벽이 아니었다. 젠장, 진짜 나무 벽이다. 훨씬 더 아프다. 다른 손으로 주먹을 문질렀다. 충동적으로 멍청한 짓을 하는 건 이제 그만둬야겠다. 어디 부서진 데가 없는 게 천만다행이다. 주먹에 멍은 좀 들겠지만. 그래도 그뿐이니까.

'이 끝없는 악순환에 질렸어. 이런 짓 하려거든 다른 사람을 찾아.'

계단을 터덜터덜 내려와 심통 난 아이처럼 소파에 털썩 앉았다. 그래, 이게 내 모습이다. 버르장머리 없는 아이. 테사는 그걸 알고 있다. 젠장, 세상 모두가 안다. 티셔츠에 인쇄라도 하고 다녀야 할까 보다.

다시 위층으로 올라가서 변명이라도 해야 할 텐데. 솔직히 조금 쫄았다. 테사가 그렇게까지 화내는 건 본 적이 없다.

지옥 같은 이곳에서 벗어나야겠다. 지금 당장 떠나버리면 이 거지 같은 여행을 끝낼 수 있을 텐데. 테사가 한 차를 타고 가자고 억지를 부리지만 않았어도 말이다. 애초에 오고 싶지도 않았다.

그래, 보트 탔던 건 좀 괜찮았다. 그거 말고는 모든 게 맘에 안 든다. 이제 테사까지 화가 났으니, 여기 있을 이유가 하나도 없다. 멍하니 천장만 바라보고 있었다. 계속 여기 앉아 있을 수도 없고…. 계속 이러고 있다가 나중에 위층에 올라가면 나를 더욱 밀어내겠지. 산책을 좀 해야겠다. 보통 사람들은 화가 나면 산책을 하지, 나처럼 벽을 치거나 물건을 부수는 게 아니라.

뭐라도 하려면 빌어먹을 옷이라도 입어야 할 텐데. 도저히 위층으로는 못 가겠다. 그랬다간 테사가 나를 죽이려고 할지도 모른다.

한숨을 내쉬며 일어났다. 콘돔 때문에 혼란스럽지만 않았어도 좀 더 조심스럽게 행동했을 거다. 랜던의 방 문이 열려 있었다. 얼른 방 안을 스캔했다. 옷들이 침대 위에 단정히 쌓여 있었다. 나가기 전에 다 정리해 놓은 것 같았다.

괴상망측한 누더기 같은 옷들을 훑어보았다. 필사적으로 칼라 없는 옷을 찾아보았다. 드디어 무늬 없는 파란색 티셔츠와 검정색 트레이닝

바지를 찾아냈다.

'젠장, 사랑스럽기도 하지.'

랜던 옷을 빌려 입게 되다니. 테사의 분노가 오래 가지 않았으면 좋겠다. 그렇게 화낼 거라고는 생각 못 했다. 나한테 그런 말을 한 적은 한 번도 없었다. 그런 표정으로 나를 쳐다본 적도 없었다. 표정만으로 충분히 많은 말을 하는 것 같았다. 말보다도 그 표정이 더 무서웠다.

20분 전까지만 해도 우리 방이었던 방문을 물끄러미 쳐다보았다. 그러다 계단을 내려와 문 밖으로 나섰다.

진입로를 채 빠져 나가기도 전에 사랑해 마지않는 의붓 형제를 만났다.

"너, 지금 내 옷 입고 있는 거야?"

랜던은 어리둥절한 표정이었다.

"어쩔 수 없었어. 호들갑 떨지 마."

어깨를 으쓱했다. 그의 얼굴에 미소가 번졌다.

"근데 무슨 일이야?"

"내가 뭔 짓을 좀 했어. 어리석기 그지없는 멍청한 짓."

내가 씩씩거렸다.

"근데 네 충고 따윈 듣고 싶지 않거든. 그러니까 신경 끄셔."

"알겠어."

랜던은 어깨를 으쓱하더니 가던 길을 계속 가려 했다. 하지만 그에게서 몇 마디라도 듣고 싶었다. 가끔 그의 조언도 나쁘지 않았으니까.

"무슨 일인지 안 물어봐?"

"얘기하기 싫다며."

"근데…, 음."

무슨 말을 해야 할지 모르겠다. 랜던은 내 머리가 두 개라도 되는 양 의아한 표정으로 나를 쳐다보았다.

"물어봐줬으면 좋겠어?"

어쩐지 반가워하는 기색이었다. 그래도 다행히 더 멍청하게 굴진 않는다.

"나 때문에…."

말을 꺼냈다. 하지만 이내 카렌과 아빠가 이쪽으로 걸어오는 게 눈에 들어왔다.

"뭐가?"

"아냐, 됐다."

낭패다. 한숨을 쉬며 흘러내린 머리카락을 쓸어 넘겼다.

"어머, 하딘! 테사는 어딨니?"

카렌이 물었다. 왜 세상 사람들은 내가 테사랑 조금이라도 떨어져 있는 꼴을 못 보지? 그걸 꼭 나한테 물어야 해? 갑자기 현실이 가슴을 옥죄었다.

"안에서 자요."

거짓말을 하며 랜던 쪽으로 시선을 돌렸다.

"난 산책 좀 하려고. 가서 테사가 잘 있는지 좀 봐줄래?"

랜던이 고개를 끄덕였다.

"어디 갈 건데?"

그들을 지나쳐 오는데, 등 뒤에서 아빠 목소리가 들렸다.

"밖이요."

무뚝뚝하게 대답하며 빠르게 걸음을 옮겼다.

정지 표지판에 이를 때까지 몇 블록을 걸은 것 같았다. 어디로 가는지, 어떻게 돌아가야 하는지 도통 알 수가 없었다. 잠깐 동안 걸었을 뿐인데, 어느새 길에는 믿을 수 없을 만큼 바람이 몰아치고 있었다.

정말 이곳이 싫다.

처음엔 그렇게 나쁘지 않았는데. 테사의 머리카락이 바람에 가볍게 날리고, 눈동자가 반짝이는 바닷물에 빛나고, 그녀의 입술이 만족스러운 미소를 머금고 있는 걸 볼 때까지만 해도 말이다. 먼 바다에서 잔잔하게 파도가 일렁이는 것처럼 테사는 느긋해 보였다. 보트가 흔들려 평화로운 한때를 방해하기 전까지만 해도 그녀는 차분했고 무엇에도 방해 받지 않는 것 같았다.

그 모든 게 이미 지난 일이 되었다. 바닷물은 잔뜩 성이 나 보트를 덮쳐버렸다.

햇빛에 그을린 테사의 피부를 상상하는데, 웬 여자 목소리가 들렸다.

"길을 잃은 거야?"

뒤를 돌아보았다. 내 또래의 여자가 서 있었다. 갈색 머리가 테사 만큼이나 길었다. 이 밤중에 여기 혼자 나와 있다니. 주위를 둘러보았다. 텅 빈 자갈길과 숲만 있을 뿐 아무 것도 없었다.

"너도?"

여자의 긴 스커트로 시선을 옮기며 물었다.

여자는 싱긋 웃더니 나를 향해 걸어왔다. 좀 모자란 애인 모양이다. 갑자기 불쑥 나타나서 길 잃은 낯선 남자에게 말을 걸다니.

"아니, 난 도망치는 중이야."

여자가 귀 뒤로 머리카락을 넘기며 대답했다.

"도망? 스무 살은 됐고?"

여자 옆에 서 있지 않는 게 나을 듯했다. 괜히 그랬다가 심하게 차려입은 십대 딸을 화난 표정으로 쳐다보는 아버지를 맞닥뜨리고 싶진 않으니까.

"아니."

여자가 깔깔거렸다.

"대학 다녀. 집에 부모님 뵈러 왔는데, 지겨워 죽을 것 같아서."

"잘됐네. 그럼 자유를 잘 찾아봐."

나는 여자에게서 멀어지며 걷기 시작했다.

"그 길이 아닐걸."

여자가 외쳤다.

"상관 마."

등 뒤에서 자갈 밟는 소리가 들렸다. 아, 망했다.

28 · 테사

지친다. 하딘과 싸우고 또 싸우는 데 질려버렸다. 더 이상 뭘 어떻게 해야 할지, 이제 어디로 가야 할지 모르겠다. 지난 몇 달간 하딘이 하자는 대로 해왔다. 하지만 지금 우리는 어디로 가고 있는 걸까. 처음 만났을 때처럼 우리는 갈피를 못 잡고 갈팡질팡하고 있다.

"테사?"

밖에서 부르는 랜던의 목소리가 발코니까지 들렸다.

"발코니에 있어."

다행히 반바지와 맨투맨 티셔츠를 입고 있었다. 이렇게 입었다간 하딘한테 놀림거리가 되겠지만 상관없다. 너무 덥지도, 그렇다고 너무 춥지도 않을 때에는 이 차림이 제일 편하다.

"뭐 해?"

랜던이 옆에 있는 의자에 앉았다.

"그냥 있어."

랜던을 한 번 쳐다보고 자쿠지로 시선을 옮겼다.

"괜찮아?"

잠시 그의 질문을 생각해보았다. 내가 괜찮은가? 아니다. 괜찮아질까? 그렇다.

"응, 그런 거 같아."

무릎을 가슴께로 당겨 두 팔로 감싸 안았다.

"무슨 일이야?"

"나 때문에 여행을 망치고 싶지 않아. 괜찮아, 정말이야."

"얘기하고 싶으면 언제든 말해. 들어줄게."

"응."

랜던을 쳐다보았다. 안심시키려는 듯 그가 미소를 지었다. 앞으로 랜던이 옆에 없으면 어떻게 해야 할지 모르겠다.

랜던의 눈이 동그래졌다. 그러더니 뭔가를 가리켰다.

"저거…?"

그가 가리키는 걸 쳐다보았다.

"오, 맙소사!"

의자에서 펄쩍 뛰어내렸다. 뜨거운 욕조에서 둥둥 떠다니고 있는 빨간색 팬티를 움켜쥐었다. 그리고 재빨리 맨투맨 셔츠 앞 주머니에 쑤셔 넣었다.

랜던이 아랫입술을 꽉 깨물며 웃음을 참고 있었다. 나는 참지 못했다. 우리는 둘 다 웃음을 터뜨렸다. 랜던은 진심으로 웃겼겠지만, 나는 민망함을 숨기려 웃었다. 하지만 조만간 진심으로 웃을 거다. 하딘과 싸우며 질질 짜던 일상에서 벗어나서 말이다.

29 · 하딘

슬슬 싫증이 나기 시작했다. 이 코딱지만 한 동네에는 온통 자갈이랑 나무밖에 없나 보다. 낯선 여자는 여전히 내 뒤를 졸졸 쫓아왔다. 테사와 다툰 게 아직도 마음을 무겁게 짓누르고 있었다.

"이 동네를 다 돌 때까지 나는 쫓아올 셈이야?"

성가신 여자에게 한마디 했다.

"아니, 난 부모님 집으로 가는 중인데."

"그럼 너 혼자 그리로 가."

"넌 정말 무례하구나."

여자가 콧방귀를 뀌었다.

"내 강점 중에 하나가 정중함이라고들 하던데."

"사람들이 거짓말했네."

여자가 등 뒤에서 키득거렸다.

발끝에 걸리는 돌을 걷어찼다. 테사가 깔끔 떤 게 그나마 다행이었다. 현관에 신발을 벗어놓지 않았더라면, 랜던의 운동화까지 신고 나왔어야 했을 테니까. 끔찍하게 보였을 거다. 게다가 녀석의 발은 나보다 훨씬 작을 테니.

"넌 어디서 왔는데?"

여자가 물었다. 나는 무시하고 갈 길을 갔다. 다음 번 멈춤 표지판에서는 좌회전을 해야 할 것 같았다. 그 길이 맞기를.

"영국?"

"응."

아무래도 물어보는 편이 더 낫겠다.

"어느 길이야?"

뒤를 돌아보니 여자가 오른쪽을 가리켰다. 그럼 그렇지, 내가 틀렸다. 여자의 눈동자는 서늘한 푸른빛이었다. 자갈길 위에서 긴 스커트 자락을 질질 끌며 걷고 있었다. 그 모습에서 얼핏 테사가 떠올랐다. 처음 만났을 때의 테사 말이다. 나의 테사는 더 이상 저런 흉물스런 스커트를 입지 않는다. 또 새로운 말도 많이 배웠다. 그 대가로 시도 때도 없이 멍청한 짓을 하는 나는 엄청난 말들을 들어야 했다.

"여긴 부모님이랑 같이 왔어?"

여자의 목소리는 나지막하고 달콤하기까지 했다.

"아니…. 음, 그렇다 할 수도 있고."

"그분들이 부모님이라 할 수도 있고 아닐 수도 있어?"

여자가 웃었다. '그들'이라고 줄임말을 쓰는 대신에 '그분들이'라고 말하는 것까지 테사를 떠올리게 했다. 혹시 테사가 진짜로 여기 있는 건 아니지 다시 여자를 쳐다보았다. 설마 나한테 무슨 교훈 따위를 주려고 나타난 '크리스마스 캐럴'의 영혼 같은 건 아니겠지.

"가족들과 여자친구. 아무튼 나, 여자친구 있어."

여자에게 미리 말해두었다. 나한테 크게 관심 있는 눈치는 아니었지만. 테사도 처음엔 마찬가지였다.

"알았어…."

여자가 무심히 말했다.

"좋아."

여자와의 거리를 유지하려고 속도를 냈다. 내가 오른쪽으로 돌자, 여자도 따라 돌았다. 풀밭으로 접어들었다. 트럭이 우리 곁을 지나갔다. 여자가 내 곁으로 다가왔다.

"네 여자친구는 어디 있어?"

"자고 있어."

아빠와 카렌한테 했던 거짓말을 천연덕스럽게 했다.

"음…."

"뭐?"

"아무 것도 아냐."

여자는 앞을 응시했다.

"너, 계속 나를 따라왔잖아. 할 말 있으면 어서 해."

내가 짜증스럽게 말했다. 여자는 손으로 뭔가를 비틀더니 아래를 쳐다보았다.

"난 그냥 네가 뭔가에서 탈출하거나 숨으려는 것 같아 보여서…. 모르겠다, 신경 쓰지 마."

"숨는 거 아냐. 여자친구가 나더러 꺼지라 그래서, 그러는 중이야."

근데 이 짝퉁 테사가 뭘 알고 말하는 건가?

여자가 나를 쳐다보았다.

"왜 꺼지라고 한 건데?"

"넌 늘 이렇게 말이 많냐?"

여자가 미소를 지었다.

"응."

"시끄러운 인간들은 딱 질색인데."

당연히 테사는 예외다. 하지만 그녀를 아무리 사랑한대도 가끔씩 입을 테이프로 붙여버리고 싶을 때가 있다. 심문하듯 따져 물을 때. 테사는 지금껏 만난 사람 중에 제일 거침없이 훅 들어온다. 하지만 그녀의 성가신 행동까지도 사랑한다. 전에는 그런 게 너무 싫었지만 이제는 전부 이해할 수 있다. 그녀의 모든 걸 다 알고 싶다…. 무얼 생각하는지, 무얼 하고 있는지, 무얼 원하는지. 이제야 깨달았다. 빌어먹을 두려움 때문에, 그녀가 했던 것보다 더 많은 질문들을 내가 해대고 있다.

"얘기 안 할 거야?"

여자가 다그친다.

"너, 이름은 뭐야?"

"릴리안."

여자는 손에 쥐고 있던 걸 떨어뜨렸다.

"나는 하딘."

여자가 머리카락을 귀 뒤로 넘겼다.

"여자친구 얘기 좀 해봐."

"왜?"

"나처럼 낯선 사람한테 얘기하는 게 더 나을걸?"

이 여자한테 얘기하고 싶지는 않았다. 섬뜩할 만큼 테사와 닮아, 나를 더 불안하게 했다.

"좋은 생각은 아닌 거 같아."

여기선 해가 더 빨리 진다. 하늘이 거의 캄캄해졌다.

"마음속에 계속 담아두는 것보다 낫지."

여자의 말에도 일리가 있다.

"네가 착한 것 같긴 한데, 나도 널 모르고 너도 날 모르잖아. 그러니까 대화 자체가 안 돼."

여자가 인상을 찌푸리며 한숨을 쉬었다.

"알았어."

마침내 멀찌감치 오두막의 낯익은 지붕이 눈에 들어왔다.

"우리 집은 저기야."

"정말? 너네 아빠 켄 씨 맞지?"

여자가 이마를 손바닥으로 찰싹 때렸다.

"어떻게 알아?"

나도 깜짝 놀랐다. 우리는 진입로 끝에서 걸음을 멈추었다.

"아, 바보인가 봐! 억양을 듣고도 눈치채지 못했네."

"무슨 소리야?"

"너희 아빠랑 우리 아빠랑 친구야. 대학교를 같이 다녔다든가. 좀 전까지도 두 분이 잘 나가던 때 얘기하시는 걸 듣고 있었다고."

"아이러니한 일이군."

나는 희미하게 미소를 지었다. 불과 몇 분 전까지 느꼈던 불편함이 사라졌다. 여자는 환하게 웃었다.

"낯선 사람이 아니었네."

30 · 테사

"쿠키요!"

랜던과 내가 동시에 대답했다.

"여기 있다."

카렌이 웃으며 찬장을 열었다.

카렌은 잠시도 쉬지 않는다. 늘 지지고 볶고 굽는다. 불평하는 게 아니다. 카렌의 요리 솜씨는 믿기 어려울 정도로 훌륭하다.

"밖이 어두워졌군. 하딘이 길을 잃어버리지 말아야 할 텐데."

켄 씨가 말했다. 랜던은 하딘처럼 어깨를 으쓱했다.

하딘이 나간 지 거의 3시간이나 되었다. 나는 패닉에 빠지지 않으려고 애를 썼다. 하딘은 괜찮을 거다. 그에게 무슨 일이 생겼다면 내가 느꼈을 것이다. 설명할 길은 없지만 이건 마음 속 깊은 곳에서부터의 느낌이다.

그에게 나쁜 일이 생겼을까 봐 걱정된다기보다, 괴롭다는 핑계로 술집을 기웃거릴까 봐 걱정이었다. 하딘이 사라져주길 원했지만, 술 냄새를 풍기며 비틀거리는 걸 보는 건 더 싫다. 그런다면 정말 죽어버리고 싶을지도 모른다. 그저 난 혼자서 생각하고 마음을 가라앉힐 시간이 필요했을 뿐이다. 웬만하면 깊이 생각 안 하려고 일부러 피하고 있었다.

"오늘 밤이나 내일 아침에 다 같이 자쿠지에 들어갔으면 했는데."

카렌이 말했다. 랜던이 마시던 음료수를 컵에 품 뱉어냈다. 둥둥 떠다니던 내 팬티가 생생하게 기억났겠지. 나는 한쪽 볼을 깨물면서 먼 산을 바라보았다. 두 뺨이 달아올랐다.

"카렌, 쟤들은 우리랑 같이 자쿠지에 들어가고 싶지 않을 것 같은데?"

켄 씨가 웃자 카렌이 미소를 지었다. 생각해보니 좀 이상한 것 같은 모양이었다.

"그러네요."

카렌이 웃으며 쿠키 반죽을 작은 덩어리로 떼어냈다. 카렌은 콧등을 찡그렸다.

"이런 거 미리 만들어 놓는 건 정말 싫더라."

카렌에게는 귀찮은 일이겠지만, 나에게 쿠키는 복음과도 같다. 특히나 지금처럼 언제든지 한입 베어 물고 싶을 때는 말이다.

랜던이랑 그들이 곧 이사할 아파트에 대해 한참 얘기했다. 카렌과 켄 씨가 우리 대화를 끊고 집을 나서는 하딘을 우연히 만났다고 말했다. 그는 내가 자고 있다고 얘기했던 모양이다. 그 거짓말에 동조해주기로 했다. 자다가 랜던이 들어왔을 때 깼다고.

하딘은 대체 어디에 간 걸까. 언제 돌아올까. 하지만 한편으로는 보고 싶지 않았다. 안 그래도 위태로운 우리의 관계를 깨뜨릴 만한 짓은 하지 말아야 할 텐데. 시애틀 이사를 무산시키려고 몰래 뒤에서 방해하다니, 아직도 화가 난다. 도대체 어떻게 해야 할지 정말 모르겠다.

"걔가 아파트 얻는 걸 훼방 놓았다고?"

릴리안의 입이 떡 벌어졌다.

"그래, 내가 다 망쳤지."

헤드라이트 불빛이 우리를 지나쳐 갔다. 릴리안네 집으로 가는 길이었다. 아직까지는 릴리안이 내 얘기를 꽤 잘 들어주고 있다. 그래서 릴리안이 자기네 오두막에 가서 얘기를 더 하자고 말했을 때, 순순히 그러자고 했다. 내가 눈앞에서 사라져야 테사도 마음이 안정될 거다. 그럼 내가 돌아갔을 때 차분히 얘기할 수 있겠지.

"어느 정도 수준으로 망쳤는데? 화내는 게 당연하네."

그럼 그렇지. 이미 테사 편을 들고 있다. 지난 6개월 동안 내가 테사한테 했던 짓을 다 알게 된다면 나를 어떻게 생각할까.

"넌 어떻게 할 생각이야?"

오두막 현관문을 열며 여자가 물었다. 나에게 안으로 들어오라는 눈짓을 했다. 당연히 그러기로 한 것처럼.

안으로 들어가자 호화로운 실내가 한눈에 들어왔다. 우리 오두막보다 훨씬 컸다. 빌어먹을 부자놈들 같으니라고.

"다들 위층에 계실 거야."

릴리안이 말했다.

"누가 위층에 있는데?"

웬 여자 목소리가 들렸다. 릴리안의 엄마인 게 틀림없다. 그녀는 목소리가 들리는 쪽으로 돌아보기 전에 인상을 찌푸렸다. 그녀의 엄마는 릴리안과 꼭 닮았다. 다른 점이라면 더 늙었다는 것 뿐?

"누구니?"

바로 그때, 폴로셔츠와 면바지를 입은 중년 남자가 거실로 들어왔다.

'빌어먹게 멋지군.'

이 집에 꼼짝없이 붙들리게 생겼다. 내가 여기 있다는 걸 테사가 알기라도 한다면 기분이 어떨까? 싫어하려나? 아무튼 테사는 나한테 화가 나 있다. 게다가 몰리 때문에 질투심이 불타올랐던 전력까지 있다. 하지만 얘는 몰리가 아니다. 또 몰리처럼 아무 것도 아닌 존재다.

"얘는 하딘이에요. 켄 씨의 아들이요."

남자의 얼굴에 환한 미소가 번졌다.

"널 정말 만나고 싶었단다!"

고급스러운 영국 억양으로 남자가 소리쳤다. 이런, 아빠랑 어떻게 친구가 되었는지 알겠군.

그가 다가와 다정하게 어깨를 툭툭 쳤다. 나는 뒤로 슬쩍 물러섰다. 그가 인상을 살짝 찡그렸다. 내가 이렇게 반응할 줄 알고 있는 것처럼 보였는데. 아빠가 미리 경고해둔 모양이다. 그런 생각이 들자 웃음이 터질 것 같았다.

"여보, 얘가 트리시의 아들이야."

"우리 엄마를 아세요?"

남자에게 물었다.

"그럼, 트리시가 네 엄마이기 전부터 알고 있는걸."

여자가 미소를 지으며 말했다.

"우리는 다 친구였어. 다섯 명 전부."

여자가 덧붙였다.

"다섯 명이요?"

릴리안의 아빠가 여자를 쳐다보았다.

"지금은 그렇지."

"그건 그렇고, 넌 정말 네 엄마를 꼭 닮았구나! 아빠랑은 눈만 닮았네. 미국으로 이사온 후로 네 엄마를 한 번도 못 봤는데. 잘 계시니?"

"잘 지내세요. 조만간 결혼하실 거예요."

"정말?"

여자가 꽥 소리를 질렀다.

"축하한다고 전해줘. 그 소식을 들으니 무척 기쁘구나."

"네."

빌어먹을, 이 사람들은 왜 이렇게 계속 웃는 거야? 더 짜증나고 덜 매력적인 카렌이 이 집에 세 명 더 있었군.

"음, 그럼 난 가볼게."

릴리안에게 말했다. 이 정도면 어색할 만큼은 다 어색했다.

"아냐, 더 있다 가거라. 우린 위층으로 올라갈 거란다."

릴리안의 아버지는 아내의 허리에 팔을 두르면서 자리를 비켜줬다.

"미안, 우리 부모님이 좀…."

"가식적이라고?"

내가 대답을 대신 했다. 억지로 꾸민 듯한 남자의 미소 뒤에서 엿 같은 무언가를 감지할 수 있었다.

"응, 좀 많이."

그녀는 웃으며 소파에 앉았다. 나는 현관 근처에서 어색하게 서성였다.

"너, 여기 있다고 하면 여자친구가 싫어하지 않을까?"

"어쩌면."

나는 중얼거리며 신경질적으로 머리카락을 쓸어 넘겼다.

"걔가 너한테 똑같이 하면 어떨까? 막 만난 남자와 어울린다면 말이야?"

속에서 부아가 치밀어 올랐다.

"눈에서 불이 나겠지."

"그럴 줄 알았어."

여자가 히죽거리면서 소파 옆자리를 툭툭 쳤다.

심호흡을 하고, 소파로 가서 여자의 반대편 자리에 앉았다. 이 여자는 끝도 없이 무례한데다가 약간 짜증스럽기까지 하다.

"질투가 심한 타입이구나?"

여자가 눈을 동그랗게 뜨며 물었다.

"그런 편이지."

나는 어깨를 으쓱했다.

"네가 나한테 키스한다면, 네 여자친구가 엄청 싫어하겠구나."

여자가 느닷없이 다가왔다. 나는 소파에서 펄쩍 뛰며 일어섰다. 내가 현관 쪽으로 가자 여자가 웃음을 터뜨렸다.

"뭐 하는 짓이야?"

최대한 언성을 낮추며 작게 비명을 질렀다.

"장난 좀 쳐봤어. 너한테 눈곱만큼도 관심 없어. 믿어줘."

여자가 싱긋 웃었다.

"그리고 너도 나한테 그런 것 같아서 다행이야. 이제 앉아봐."

분명 테사하고 닮은 부분이 많다. 하지만 이 여자는 사랑스럽지도, 순수하지도 않다. 나는 소파 맞은편에 있는 의자에 앉았다. 얘를 믿을 수 있을까? 내가 계속 여기 있는 이유는 하나다. 집으로 돌아가 테사의 화난 얼굴을 맞닥뜨리고 싶지 않아서.

얘는 완전히 낯선 사람이다. 그래서 제3자로서 중립을 유지할 수 있다. 테사의 베스트 프렌드인 랜던과 달리 말이다. 나에 대한 편견이나 비판의 의도가 없는 사람이랑 얘기하는 건 꽤 괜찮은 일이니까. 그런데다 이 여자는 약간 또라이 같다. 나랑 생각이 비슷한 면이 있는 것 같다.

"이제 얘기해봐. 시애틀에서 걔한테 들킬까 봐 전전긍긍하는 이유가 뭔지?"

"별 건 아니야. 사소한 흑역사가 있거든. 하지만 가장 큰 이유는 걔가 거기서 엄청 성공할 거란 사실이야."

내 말이지만, 이게 얼마나 말도 안 되는 소리인가 싶었다.

"그게 나쁜 일이야?"

"아니. 물론 나도 걔가 성공하길 바라. 단지 내가 그 일부였으면 하는 거지."

나는 한숨을 쉬었다. 겨우 몇 시간 지났을 뿐인데도 테사가 미치도록 보고 싶었다.

"그럼 시애틀에 안 간다고 한 건, 네가 걔 인생에서 더 중요한 존재가 되고 싶어서야? 그건 말이 안 되잖아."

딱 부러지는 말투였다.

"이해를 잘 못하는 것 같은데. 걔는 나한테 남은 유일한 존재거든. 내가 신경 쓰고 관심 갖는 유일한 사람이라고. 걔를 잃을 순 없어. 걔 없이는 난 아무 것도 아니야."

　이런 말은 왜 애한테 하고 있는 건지 모르겠다.

　"내 말이 얼마나 한심하게 들리는지 알아."

　"아냐, 한심하지 않아."

　여자가 동정 어린 미소를 보냈고, 나는 시선을 피했다. 저런 동정은 받고 싶지 않다.

　계단 불이 꺼졌다. 나는 릴리안을 쳐다보았다.

　"이제 가야겠지?"

　"아냐, 우리 아버지는 내가 널 집에 데리고 와서 기분 째지셨을걸."

　빈정거리는 말투는 아니었다.

　"왜?"

　"음, 내가 라일리를 부모님께 소개시켰거든. 그때부터 아버지는 쭉 우리가 헤어지기를 바라서."

　"아버지가 그 놈팽이를 안 좋아하셔?"

　"여자야."

　"뭐?"

　"아버지가 그 여자애를 안 좋아하신다고."

　하마터면 이 여자에게 웃어줄 뻔했다. 안됐긴 했다. 아버지가 딸의 연애를 받아들이지 않으신다니. 하지만 한편으론 천만다행이라는 생각이 들었다. 부인할 수 없을 만큼.

랜던이 구구절절 설명했다. 아파트가 학교랑 가까워서 매일 걸어 다닐 수 있단다. 운전할 필요도 없고, 심지어 지하철도 안 타고.

"그 복잡한 도시에서 운전을 안 해도 된다니 정말 다행이구나."

카렌은 아들의 어깨에 손을 얹으며 다정하게 말했다. 랜던은 고개를 가로저었다.

"이래 봬도 제가 꽤 괜찮은 드라이버예요. 테사보다는 잘하죠."

랜던이 짓궂게 놀려댔다.

"저도 못하진 않아요. 하딘보다는 잘하거든요."

내가 꼭 집어 말했다.

"엄마가 걱정하는 건 네 운전 솜씨가 아니야. 정신 나간 택시들 때문이지!"

카렌은 병아리들을 걱정하는 엄마 닭 같았다.

나는 식탁 접시에 놓인 쿠키를 집으며 현관문을 슬쩍 쳐다보았다. 하딘이 돌아오기를 기다리며 하염없이 문만 쳐다보고 있었다. 시간이 지날수록 분노는 걱정으로 바뀌었다.

"알겠네, 알려줘서 고마워. 내일 보세."

켄 씨는 통화를 하며 부엌으로 들어왔다.

"누구예요?"

"맥스. 하딘이 릴리안이랑 거기 있다네."

켄 씨의 말에 가슴이 철렁했다.

"릴리안이요?"

나도 모르게 말이 튀어나왔다.

"맥스의 딸이야. 너랑 비슷한 또래일 거야."

하딘은 어쩌자고 옆집 딸이랑 그 집에 있는 걸까? 그 여자를 잘 아나? 어디서 만났지?

"곧 돌아올 거야."

켄 씨가 인상을 썼다. 표정을 보니 그 말을 하기 전에는 내가 어떻게 생각할지 짐작도 못 했던 것 같다. 켄 씨가 불편해 하는 걸 보니 내 마음도 편치 않았다. 숨이 턱 막혀 식탁 의자에서 일어섰다.

"저는…, 저는 먼저 잘게요."

정신을 바짝 차리려 애를 쓰며 겨우 말했다. 화가 다시 치밀어 오르는 느낌이었다. 폭발하기 전에 얼른 이들에게서 멀어져야 한다.

"그 집에 같이 가볼까?"

"아냐, 오늘 일찍 일어났잖아. 피곤하기도 하고 시간도 너무 늦었고."

랜던에게 다짐하듯 말하자, 그가 고개를 끄덕였다. 모르는 척하는 거다.

계단을 오르자 랜던이 하는 소리가 들렸다.

"그 자식은 정말 구제불능이에요."

그래, 정말 구제불능이다.

발코니 창문을 닫고 잠옷으로 갈아입어야 할 텐데. 정신이 산란해서 아무 것도 하기 싫었다. 하딘이 입던 옷 말고는 입고 싶은 게 없었다. 내 잠옷을 입고 잠들 수 있을까. 서랍을 뒤적거리다 포기하고 말았다. 이 차림 그대로 자야겠다. 침대에 누웠다.

하딘이랑 같이 있는 여자는 어떤 애일까? 하지만 그 여자보다 시애틀 아파트 사건이 더 속상하다. 하딘이 바람을 피워서 우리 관계를 더욱 위태롭게 만든다 해도, 그건 그의 선택이다. 그게 내 마지막 자존심까지 갈기갈기 찢어버리겠지만. 그렇게 되면 더 이상 회복될 수 없을 거다. 그래, 그 일에는 신경 쓰지 말자.

내 인생은 앞으로 어떻게 될까. 나를 속이고 바람 피우는 하딘은 상상이 되지 않는다. 과거의 하딘이 어떤 짓을 했든 나는 그 점만은 믿는다. 하딘은 지배적이다, 심각하게. 내 삶에 간섭하는 걸 언제 그만두어야 하는지를 모른다. 저런 행동의 이면에는 나를 자기 곁에 잡아두려는 의도가 있다. 내게서 벗어나려고 애쓰는 게 아니다. 이건 속임수다.

천장의 얼룩무늬 나무 기둥을 세면서 한 시간을 보냈다. 하딘을 향한 분노가 사그라들지 않았다.

아직 그와 얘기할 준비가 안 된 것 같다. 하지만 그가 돌아올 때까지 잠들지 못할 것이다. 기다리는 시간이 길어질수록, 마음속에서 질투심이 꿈틀거리며 자라났다. 이건 이중 잣대다. 내가 다른 남자랑 어울렸다면, 하딘은 그 주변 나무들을 죄다 태워버렸을 거다. 어처구니없는 생각이 들자 웃음이 나왔다. 그런 생각은 지워버려야겠다. 눈을 감고 잠을 청해야지.

33 · 하딘

"술 마실래?"

릴리안이 물었다.

"좋아."

시계를 힐끔 보았다.

릴리안이 일어나 은색 바 카트로 갔다. 카트에 담긴 병을 쭉 훑어보다가 병 하나를 들어 보여줬다. 그녀가 브랜디 뚜껑을 열었다. 저 술은 벽에 걸린 대형 텔레비전보다 더 비쌀 텐데. 그녀는 맞장구 치는 듯한 표정으로 나를 쳐다보았다.

"언제까지 겁쟁이로 살 순 없잖아, 그치?"

"닥쳐."

"넌 개를 많이 닮았어."

그녀가 키득거렸다.

"내가 테사를 닮았다고? 네가 그걸 어떻게 알아?"

"테사 말고. 라일리."

"뭐?"

릴리안은 둥근 술잔에 진한 색 술을 따라 건네주었다. 그러더니 소파로 돌아와 앉았다.

"넌?"

그녀는 당당하게 고개를 저었다.

"난 술 안 마셔."

물론 그렇겠지. 나도 술 마시면 안 되는데. 하지만 브랜디의 달달하고 강렬한 향이 자꾸만 목구멍으로 흘러들어가고 있다.

"어디가 닮은 건데?"

나는 기대에 찬 눈으로 그녀를 쳐다보았다.

"걔도 음울한데다가 세상을 향한 분노가 있거든."

그녀는 호들갑스럽게 감성적인 표정을 지으며 다리를 꼬았다.

"뭔가 화나는 일이 있는 거겠지."

알지도 못하는 애의 여자친구 편을 들고 있다니. 술 반 잔을 꿀꺽 삼켰다. 꽤 독했지만 완벽하게 숙성된 좋은 향이었다. 부츠 바닥까지 타오르는 느낌이 들었다.

릴리안은 대답이 없었다. 대신 입술을 꼭 다물고 내 뒤쪽 벽을 가만히 바라보면서 생각에 잠겼다.

"나 혼자 '질의 응답' 같은 건 안 할래."

내가 투덜거리자, 그녀가 고개를 끄덕였다.

"그런 거 기대하지도 않았어. 근데 저도도 타마라한테 사과할 궁리는 해야 할 것 같아."

"타마라가 아니라 테사야."

사소한 실수였지만 갑자기 짜증이 확 밀려왔다. 그녀는 미소를 지으며 갈색 머리카락을 한쪽 어깨로 모았다.

"미안. 내 사촌 이름이랑 헷갈렸나 봐."

"근데, 넌 왜 내가 사과를 할 거라고 생각해?"

나는 혀를 끌끌 차며 그녀의 대답을 기다렸다.

"지금 장난해? 당연히 사과해야지!"

그녀의 목소리가 높아졌다.

"적어도 같이 시애틀에 가겠다고 얘기해줘야지."

나는 신음했다.

"시애틀 안 갈 거야."

'테사랑 빌어먹을 테사 2호는 왜 나를 시애틀에 못 보내서 안달이야?'

"그래, 그럼 걔가 너 없이 혼자 시애틀에 가길 바랄게."

릴리안이 퉁명스럽게 말했다. 물끄러미 그녀를 쳐다보았다.

"너 지금 뭐랬어?"

잽싸게 브랜디 잔을 테이블에 내려놓았다. 흰 탁자 위에 갈색 술의 출렁거림이 비쳤다. 릴리안이 한쪽 눈썹을 찡긋 들어올렸다.

"걔가 혼자 가서 잘 살기를 바란다고. 넌 걔의 계획을 망쳐놨으면서 여전히 걔랑 같이 갈 생각은 없잖아."

"네가 어떻게 생각하든 상관없어."

나는 벌떡 일어났다. 그래, 이 거지 같은 대화는 그만 할 거다.

"인정하고 싶지 않겠지만 한 가지는 확실해. 적어도 신경 써주는 척이라도 하는 사람이 실제로도 제일 신경 써주는 사람이라는 거."

나는 다시 잔을 들어 남아 있는 술을 전부 마셨다. 그리고 현관문을 향했다.

"네가 뭘 안다고 그래?"

릴리안이 일어서더니 심상하게 나에게 다가왔다.

"말했잖아, 넌 라일리를 닮았다고."

"글쎄, 걔한텐 좀 미안한데. 걔도 그럼…."

나는 여자를 몰아세우려다 그만뒀다. 이 여자가 잘못한 건 없었으니까. 사실 나를 도와주려 애쓰는 중이다. 그러니 내 분노의 직격탄을 맞을 이유는 없다. 한숨이 나왔다.

"미안해, 됐지?"

나는 다시 거실로 가 소파에 풀썩 앉았다.

"거 봐, 사과는 어려운 게 아니야."

릴리안이 미소 지으며 브랜디를 내게 가져다주었다.

"술이 한 잔 더 필요할 것 같아서."

그녀는 웃으며 내 잔을 받아 쥐었다.

석 잔을 마시고 나는 중얼거렸다.

"내가 술 마시는 거 테사가 엄청 싫어하는데."

"취했다는 소리야?"

"아니."

반사적으로 대답했다. 그녀가 정말로 관심을 보이는 것 같았다.

"가끔은."

"음⋯."

"넌 왜 술을 안 마시는데?"

"몰라, 그냥 안 마셔."

"혹시 네 남자친구는⋯."

말을 꺼냈다가 얼른 정정했다.

"그⋯ 여자친구는 술 마셔?"

그녀가 고개를 끄덕였다.

"가끔은. 전만큼 많이 마시지는 않아."

"아."

라일리라는 애는 생각보다 나와 공통점이 많은가 보다.

"릴리안?"

그녀 아버지의 목소리였다. 그러더니 계단에서 삐걱거리는 소리가 들렸다. 본능적으로 벌떡 몸을 일으켜 그녀에게서 떨어졌다. 릴리안은 아버지 쪽으로 시선을 돌렸다.

"네?"

"새벽 1시가 다 되었어. 친구는 보내야 할 것 같구나."

새벽 1시라고? 아, 망했다.

"알겠어요."

그녀가 나를 쳐다보았다.

"아빠는 내가 성인이란 사실을 잊어버린 것 같아."

짜증이 가득 담긴 볼멘소리로 그녀가 속삭였다.

"아무튼 니도 가야 할 것 같아. 테사가 날 죽이려고 할 거야."

투덜거리며 자리에서 일어났다. 다리가 후들거렸다.

"내일 또 와도 괜찮네, 하딘 군."

문을 나서려는데 그녀의 아버지가 말했다.

"일단 사과 먼저 하고, 시애틀은 한 번 더 고민해봐."

릴리안이 당부했다.

그 말은 무시하고 문 밖으로 나와 계단을 내려갔다. 도대체 쟤네 아버지는 무슨 일을 하는 사람인데 저렇게 부자인 걸까?

밖은 칠흑같이 어두웠다. 손을 코앞에서 흔들어도 보일까 말까 했다. 진입로 끝에 도착하고서야 오두막에 켜진 가로등이 눈에 들어왔다. 그 불빛을 따라 걸어 현관 계단에 다다랐다.

현관문을 여는데 덧문에서 삐걱거리는 소리가 났다. 욕설이 튀어나왔다. 잠에서 깬 아빠가 나한테서 나는 술 냄새를 맡으면 안 되는데. 그랬다간 아빠도 술이 마시고 싶어질지 모른다.

머릿속에서 냉소적인 내 생각을 꾸짖는 테사의 목소리가 들린다. 그 소리를 잠재우려고 콧등을 찌푸리며 고개를 저었다.

부츠를 벗으려다가 램프를 뒤집어엎을 뻔했다. 얼른 벽을 붙잡고 부츠를 벗었다. 그리고 테사 신발 옆에 가지런히 놓았다. 최대한 천천히 계단을 오르는데 손바닥에 땀이 흥건했다. 취하진 않았지만 머리가 어질어질했다. 테사는 전보다 훨씬 더 많이 화를 낼 거다. 아까도 죽일 듯이 화를 내는 바람에 지금껏 밖에서 헤맨 건데. 그러다 술을 마시게 된 거고. 아, 더 화를 내겠군. 안 그래도 그녀가 좀…, 두려운데. 근데 화가 나서 나를 쫓아낸 건 그녀잖아.

방문이 끼익 소리를 내며 열렸다. 최대한 살금살금 어두운 방으로 들어갔다. 테사를 깨워서는 안 된다. 히지만 행운은 여기까지.

침대 옆 스탠드가 탁 켜졌다. 테사가 무표정하게 나를 쳐다보았다.

"미안…. 깨우려던 건 아니었는데."

얼른 사과를 했다. 그녀의 입이 일그러졌다.

"안 잤어."

그녀의 말에 가슴이 조여 오기 시작했다.

"너무 늦었지만, 미안해."

말이 뒤죽박죽 한꺼번에 나왔다. 테사의 눈이 가늘어지며 나를 노려보았다.

"너, 술 마셨어?"

찡그린 테사의 눈빛은 더욱 빛났다. 그녀의 얼굴에 부드러운 스탠드 불빛이 드리워졌다. 침대로 뛰어올라 그녀를 만지고 싶었다.

"응."

짧게 대답하고, 분노의 폭탄이 떨어지기를 기다렸다.

테사는 한숨을 쉬더니 손으로 이마에 흘러내린 머리카락을 빗어 넘졌다. 내 대답에 놀라는 것 같지도 않았다.

30초쯤 지났지만, 아무 일도 일어나지 않았다.

테사는 침대에서 일어나 앉았다. 낙담한 눈빛으로 가만히 나를 바라볼 뿐이었다. 그 사이 나는 방 한 구석에 어정쩡하게 서 있었다.

"아무 말도 안 할 거야?"

무섭도록 조용한 침묵을 깨며, 결국 내가 먼저 입을 열었다.

"안 할 거야."

"뭐?"

"난 너무 피곤하고, 넌 술에 취했잖아. 그러니까 할 말 없어."

감정이라곤 털끝 만큼도 섞여 있지 않은 말투였다. 나는 테사의 최후 통첩을 안절부절못하며 기다리고 있었다. 그녀는 나한테 질려버린 것 같다. 솔직히 죽을 것처럼 무서웠다.

"안 취했어. 딱 세 잔 마셨어. 이 정도면 안 마신 거나 다름없잖아."

나는 침대 모서리에 걸터앉았다. 그녀가 내게서 떨어지려 몸을 움직였다. 등골이 오싹해지는 느낌이었다.

"어디 있었는데?"

목소리가 한결 부드러워졌다.

"옆집에."

그녀가 나를 뚫어져라 쳐다보았다. 더 자세한 설명을 원하는 모양이다.

"릴리안이라는 애랑 같이 있었어. 걔네 아빠가 우리 아빠랑 대학 동창이래. 얘기하다 보니 이 얘기 저 얘기 하게 돼서…."

"아, 맙소사."

테사는 눈을 질끈 감고 두 손으로 귀를 막았다. 그러면서 다리를 가슴께로 끌어당겨 무릎을 세웠다. 나는 가까이 다가가서 그녀의 손목을 잡아 내 다리에 내려놓았다.

"그런 거 아니야. 젠장. 우린 네 얘기를 했어."

테사가 내 말은 한마디도 믿을 수 없다는 표정을 짓길 기다렸다.

그녀는 천천히 눈을 뜨고 나를 쳐다보았다.

"나에 대한 무슨 얘기?"

"시애틀 얘기."

"걔랑은 시애틀 얘기를 히면서, 니하고는 안 할 기야?"

테사의 목소리는 화난 거 같진 않았다. 그저 궁금한 것 같았다. 나는 정말로 혼란스러워졌다. 말하고 싶어서 주절댄 건 아니었다. 사실 개가 나를 다그친 거였다. 근데 한편으로는 그렇게 대화했던 게 좋기도 했다.

"그런 게 아니라… 네가 날 내쫓았잖아."

테사의 얼굴을 하고 있지만 평소와는 너무 다른, 내 앞에 있는 여자에게 일깨워줬다.

"그래서 넌 개랑 내내 같이 있었어?"

테사의 입술이 파르르 떨렸다. 그녀는 얼른 입술을 깨물었다.

"아냐, 돌아다니던 중에 우연히 만났어."

나는 그녀에게로 다가가 뺨에 붙은 헝클어진 머리카락을 쓸어주었다. 이번에는 몸을 빼지 않는다. 손끝에 닿은 그녀의 살갗은 뜨거웠다. 두 뺨은 불빛에 반짝거리는 것처럼 보였다. 그녀가 내 손에 뺨을 기댔다. 엄지로 광대뼈를 문지르자 테사의 눈이 감기며 파르르 떨렸다.

"걘 너랑 진짜 닮았어."

상황이 이렇게 전개될 거라곤 생각도 못 했다. 당장이라도 세계 대전이 벌어질 줄 알았다.

"그래서, 걔가 마음에 들었어?"

테사의 회색 눈동자가 나를 바라봤다.

"응, 걔 괜찮더라."

어깨를 으쓱했다. 테사는 다시 눈을 감았다. 예상 외로 차분한 테사의 반응에 허를 찔린 느낌이었다. 그리고 숙성 잘된 브랜디와 섞여 혼란스러워졌다.

"나 피곤해."

테사는 뺨을 만지던 내 손을 치웠다.

"화 안 났어?"

뭔가가 더 있는 것 같은데, 뭔지 모르겠다. 빌어먹을 술 때문이다.

"그냥 좀 피곤해."

테사는 다시 몸을 뉘었다.

오케이….

경고등, 아니, 건조한 테사의 말투 때문에 켜졌던 빌어먹을 토네이도 사이렌이 꺼졌다. 얘기하지 않은 무언가가 있다. 그냥 말해 줬으면 좋겠다.

하지만 테사는 곯아떨어졌다, 아니, 적어도 그렇게 보였다. 오늘 밤은 이 침묵의 신호를 무시하기로 했다. 너무 늦었다. 테사를 밀어붙였다간 날 또 내쫓을지도 모른다. 그럴 수는 없다. 테사 없이는 잠들 수 없으니까. 산드라 문제가 있었는데도 곁에 눕게 해주는 걸 감사할 따름이다. 그리고 적당히 오른 취기에도 감사한다. 너무 나른해져서 테사가 무슨 꿍꿍이를 감추고 있는지 밤새 걱정하지 않게 만들어줬으니까.

34 · 테사

멀찍이 태양이 떠오르며 빛이 온 방 안을 휩쓸었다. 시선이 열리지 않은 발코니 문을 훑고 내 몸까지 움직였다. 하딘의 한 팔이 내 배위에 있었다. 살짝 열린 입술 사이로 쌕쌕거리는 소리가 새어나왔다. 당장 이 남자를 침대에서 쫓아내야 할지, 아니면 이마로 흘러내린 갈색 머리카락을 쓸어 넘기며 붉어진 뺨에 입이라도 맞춰야 할지 잘 모르겠다.

화가 난다. 어젯밤 하딘이 저지른 모든 일에 화가 난다. 새벽 1시가 훌쩍 넘어 돌아오다니 뻔뻔하기 그지없다. 게다가 걱정했던 대로 술 냄새를 풀풀 풍겼다. 갈수록 태산이라고 여자 문제까지 얽혀 있다. 나를 닮은 여자라니. 그 여자와 몇 시간을 보냈다니. 그냥 얘기만 했다고? 그의 말을 못 믿는 건 아니다. 포인트는 하딘이 나와는 시애틀의 시옷 자도 꺼내지 않는다는 거다. 그런데도 그 여자하고는 그 얘기를 했단 말이지?

이걸 어떻게 받아들여야 할까. 내내 이런 생각을 하는 것도 질린다. 늘 풀어야 하는 문제들이 있고, 해결해야 하는 쟁점들이 있다. 이 모든 것들에 너무나 지친다. 하딘을 사랑하지만 내가 얼마나 더 버틸 수 있을지 정말 모르겠다. 갈등이 생길 때마다 혹시나 그가 술을 마시지는 않을까 전전긍긍하면서 살 수는 없다. 어제도 그를 향해 소리를 지르고, 베개를 던지며, 얼마나 형편없는 인간인지 욕을 해주고 싶었다. 그러나 이제야 깨닫기 시작했다. 똑같은 일로 수 없이 싸울 순 있겠지만 결국엔 내가 지쳐 나가떨어질 거라는 걸.

시애틀에 안 가겠다는 하딘을 어떻게 설득해야 하지? 그래도 이것만은 확실히 알겠다. 이 침대에 누워 있는 게 나한테 전혀 도움이 되지 않는다는 거. 하딘의 팔을 들어올려 옆에 있는 베개에 놓았다. 하딘은 신음했지만 다행히 잠에서 깨진 않았다.

협탁에 놓아둔 휴대전화를 쥐고, 얼른 발코니 쪽으로 갔다. 문을 여니 조그맣게 소리가 났다. 발코니로 나와 문을 닫았다. 공기가 어제보다 훨씬 차가웠다. 당연하지, 겨우 아침 7시니까.

휴대전화를 쥐고, 시애틀에서의 생활을 생각해 보았다. 사실 지금 상황에선 존재하지도 않는 거지만. 시애틀로 이사하는 게 예상했던 것보다 골치 아프게 되어버렸다. 그럴 가치가 있을까 싶을 만큼. 그러다 금세 이런 생각을 하는 나 스스로를 꾸짖었다. 이게 바로 하딘이 하려던 짓이다. 할 수 있는 한 최대로 나를 골치 아프게 만들려는 게 그의 속셈이다. 내 발목을 잡아서 스스로 포기하게 만들어 자기 곁에 붙잡아 놓으려는 것이다.

글쎄, 그런 일은 일어나지 않을 거다.

휴대전화를 들고 검색 사이트를 열었다. 로딩되는 내내 손바닥만 한 화면에서 시선을 떼지 않았다. 내 고물 전화기는 너무 느리다. 침실로 돌아가 의자에 던져놓은 하딘의 휴대전화를 들고 다시 발코니로 나왔다.

만에 하나 하딘이 깨서 내 손에 자기 휴대전화가 들려 있는 걸 본다면 불같이 화를 낼 거다. 근데 그의 통화 내역이나 메시지를 보려는 게 아니다. 인터넷만 쓰면 된다.

'응, 걔 괜찮더라.'

하딘이 했던 말이 자꾸만 머릿속에서 맴돌았다.

나는 시애틀의 아파트를 찾아보았다. 쓸데없는 생각을 떨쳐내듯 고개를 가로저었다. 럭셔리한 아파트에 감탄하며 집을 찾는 데 집중했다. 이런 집을 내가 감당할 수 있으면 얼마나 좋을까. 다음 페이지로 넘겨 보았다. 더 작은 침실 하나짜리 복층 아파트다. 어쩐지 복층 아파트는 불편하다. 화면을 몇 번이나 넘기며 중간 크기의 침실이 하나 있는 고층 아파트를 겨우 찾아냈다. 예산을 초과하긴 했지만, 많이는 아니다. 자리 잡을 때까지 식료품 비용 같은 걸 줄여야 한다면, 기꺼이 그럴 거다.

내 전화기에 번호를 옮겨 적고 다른 리스트를 뒤졌다. 하딘과 나란히 앉아 아파트를 알아보는 거라면 얼마나 좋을까. 절대 불가능한 일이다. 우리는 함께 침대 위에 앉아 있다. 나는 다리를 꼬고, 하딘은 긴 다리를 앞으로 쭉 뻗고 등은 침대 헤드에 기대고 있겠지. 나는 하딘에게 아파트를 끊임없이 보여주고, 하딘은 내가 찾은 아파트마다 단점을 찾아내 투덜거리겠지. 하지만 그의 입가에 번진 미소를 놓치지 않을 거다. 그는 내 입술에서 눈을 떼지 못하고, 하딘이 내게 얼마나 예쁜지 말해준다. 나는 가슴이 따뜻해지겠지. 그리고 마침내 그가 우리에게 맞는 아파트를 찾아내겠지.

너무 간단하다. 6개월 전만 해도 내 삶은 간단하고 참 쉬웠다. 기숙사를 구하는 건 엄마가 도와줬다. 그리고 워싱턴에 오기도 전에 모든 일들이 다 정리되어 있었다.

엄마…, 엄마가 보고 싶다. 엄마는 내가 아빠를 다시 만났을 거라곤 꿈에도 생각 못 하고 있을 거다. 알았다면 분명 펄펄 뛰었겠지.

미처 생각을 정리하기도 전에 엄마에게 전화를 걸었다.

"여보세요?"

엄마가 부드러운 목소리로 전화를 받았다.

"엄마?"

"아님 누구겠니?"

벌써부터 전화한 게 후회됐다.

"잘 지내셨어요?"

내 목소리는 차분했다. 엄마가 한숨을 내쉬었다.

"잘 지낸다. 여러 가지로 좀 바쁘게 지내고 있어."

수화기 밖에서 주전자와 팬이 덜컥거리는 소리가 들렸다.

"무슨 일인데요?"

'엄마가 아빠 얘기를 알고 있나?'

재빨리 머리를 굴렸다. 엄마가 아직 모르고 있다면, 지금은 말할 타이밍이 아니다.

"특별한 일은 없었어. 일을 좀 많이 하고 있어. 그리고 목사님이 새로 오셨고. 참, 루스 씨가 돌아가셨어."

"루스 포터 씨요?"

"응, 너한테 전화하려고 했었다."

엄마의 차가운 목소리에 아주 조금 따뜻함이 배어 있었다.

노아의 할머니이신 루스 씨는 이제껏 내가 만난 사람들 중에 가장 상냥한 분이었다. 그 분은 항상 친절했고, 이 세상에서 카렌 다음으로 초코칩 쿠키를 잘 만드셨다.

"노아는 어떻게 지내요?"

간도 크게 이걸 묻다니. 노아는 할머니와 특히 가까웠다. 아마 그에게도 무척 힘든 시간일 거다. 나는 조부모님과 가까워질 기회조차 없었다. 아빠의 부모님은 내가 아기였을 때 돌아가셨다. 엄마의 부모님은 곁에 누군가를 가까이 두는 분들이 아니었다.

"노아는 꽤 힘들어 하고 있어. 전화 좀 해봐라, 테사."

그럴 수는 없다고 말하려다가 입을 닫았다. 왜 내가 전화도 못 해? 당연히 할 수 있고, 나는 할 거다.

"그럴게요… 전화해볼게요."

"정말이니?"

엄마의 목소리에 놀라움이 가득했다.

"그럼, 9시 이후에 해봐."

엄마 목소리에 웃음이 피식 나왔다. 엄마도 수화기 반대편에서 미소를 짓고 있을 거다.

"학교 생활은 어떠니?"

"월요일에 시애틀로 가요."

엄마에게 털어놓았다. 바닥에 무언가 와장창 떨어지는 소리가 들렸다.

"뭐라고?"

"말씀 드렸잖아요, 기억 나시죠?"

'말했잖아, 아닌가?'

"아니, 말한 적 없어. 네 동료가 그리로 간다는 얘기만 했었지. 너도 그리로 간다는 소리는 안 했잖아."

"죄송해요. 시애틀이랑 하던 때문에 좀 바빴어요."

엄마의 목소리는 다시 딱딱해졌다.

"걔도 너랑 같이 가니?"

"…모르겠어요."

나는 한숨을 쉬었다.

"괜찮아? 속상한 것 같은데."

"괜찮아요."

거짓말이다.

"요즘 우리가 아주 잘 지내는 건 아니지만 여전히 난 네 엄마야, 테사. 네 인생에 무슨 일이 생기면 엄마한테 얘기해도 된다."

"저 괜찮아요, 정말이에요. 회사랑 학교 옮기는 거 때문에 스트레스를 좀 받아서 그래요."

"넌 거기서도 훌륭하게 해낼 거야. 넌 어느 학교엘 가도 잘할 거니까. 어디에서도 잘해낼 거야."

엄마는 확신에 차 있었다.

"근데 이 학교에 너무 익숙해졌거든요. 교수님들하고도 친하고, 친구들도 있고…, 많진 않지만."

진짜로 보고 싶을 만한 친구는 랜던 말고는 없긴 하다. 그리고 스테프 정도…. 그래도 뭐니뭐니 해도 랜던밖에 없다.

"테사, 우리가 몇 년 동안 이런 순간을 위해 열심히 해왔잖아. 지금 네 모습을 봐. 이렇게 빨리 이루어내다니…, 스스로를 자랑스럽게 생각하렴."

엄마가 이런 말을 하다니 놀라웠다. 그동안의 과정들이 주마등처럼 스쳐 지나갔다.

"고마워요."

중얼거리듯 대답했다.

"시애틀로 이사 가면 바로 연락줘. 엄마가 가볼 테니까. 아마 거기 가면 집에는 잘 못 오게 될 거다."

"그럴게요."

엄마의 엄격한 말투는 무시하기로 했다.

"다시 전화하마. 이젠 출근 준비해야 하니까. 노아한테 전화하는 거 잊지 말고."

"네, 오전 중에 전화할게요."

전화를 끊었다. 발코니를 서성이는 움직임이 눈에 띄었다. 하딘이었다. 이미 옷을 다 차려입었다. 평소처럼 검정색 티셔츠에 블랙진. 맨발로 서서 나를 뚫어지게 보고 있었다.

"누구랑 통화했어?"

"엄마."

"왜 전화하신 건데?"

하딘은 빈 의자를 하나 잡았다. 앉기 전에 내 옆으로 의자를 바짝 끌어다 놓았다.

"내가 전화한 거야."

하딘을 쳐다보지도 않고 대답했다.

"내 전화기는 왜 여기 나와 있어?"

그는 내 다리 위에 놓여 있던 휴대전화를 낚아채서 살펴보았다.

"인터넷 썼어."

"아, 그래?"

믿을 수 없다는 말투다.

'숨길 게 없다면서 왜 그렇게 신경 쓰는데?'

"누구한테 전화하겠다고 말한 거야?"

욕조 모서리에 앉으며 하딘이 물었다.

"노아한테."

아무렇지도 않게 대답했다. 그의 눈에 힘이 들어갔다.

"네가 지옥에 기고 싶구나."

"응."

"왜 그 자식하고 얘기해야 하는데?"

그가 손으로 무릎을 짚으며 몸을 앞으로 숙였다.

"전화하지 마."

"넌 다른 사람이랑 몇 시간이나 보내고, 술 취해서 들어와도 되고…"

"걘 네 전 남자친구잖아."

"걔가 네 전 여자친구일지 어떻게 알아?"

"난 전 여자친구가 없어, 몰라?"

기가 막혀서 콧방귀가 나왔다. 다시 화가 치밀어 올랐다.

"좋아, 그럼 네가 잤던 여자들 중에 하나일지."

내 목소리는 낮았지만 분명했다.

"그리고 내가 누구한테 전화할 때마다 네 허락을 받아야 해? 전 남자친구든 누구든."

"나한테 화난 거였어?"

그의 초록색 눈동자를 피해 물 쪽으로 시선을 돌렸다. 한숨이 나왔다.

"화 안 났어. 그럴 거라고 예상했던 짓을 네가 딱 했거든."

"무슨 짓인데…?"

"몇 시간 동안이나 사라졌다가 술 냄새를 풍기면서 돌아왔잖아."

"네가 꺼지라고 했잖아."

"그게 술 취해서 들어와도 괜찮다는 소리는 아니지."

"또 시작이군!"

하딘이 으르렁거렸다.

"그래, 네가 잠자코 있지 않을 줄 알았어."

"잠자코 있으라고? 이게 네 문제야. 넌 내가 그럴 거라 생각하지? 나, 그거 끝났어."

"뭐가 끝났는데?"

하딘이 내 쪽으로 몸을 기울였다. 그의 얼굴이 코앞까지 다가왔다.

"이러는 거…."

나는 신경질적으로 손사래를 치고 벌떡 일어섰다.

"난 더 이상 못 해. 넌 네가 하고 싶은 대로 해. 그리고 네가 아무리 말도 안 되는 짓거리를 해도 잠자코 있을 다른 사람 찾아봐. 나는 이제 안 할 거니까."

나는 그에게서 돌아섰다. 하딘이 펄쩍 뛰며 일어나서는 내 팔을 잡았다. 그러더니 다시 나를 돌려세웠다.

"그만해."

명령조였다. 한 손은 내 팔을, 다른 한 손은 내 허리를 휘어잡았다. 몸을 비틀어 빠져나오려고 했지만, 하딘은 나를 가슴께로 끌어당겼다.

"그만 싸우자. 넌 아무 데도 안 갈 거잖아."

하딘은 입술을 앙다물며 내 팔을 힘껏 잡아당겼다.

"놔줘, 여기 앉아 있을게."

씩씩거리며 말했다. 지고 싶진 않았지만 이 여행을 망치고 싶지도 않았다. 아래층으로 내려가면 분명 하딘도 따라 내려올 거다. 그랬다 간 하딘의 가족들 앞에서 못 볼 꼴을 제대로 보이게 될 거다.

하딘이 잽싸게 나를 놓아주었다. 나는 다시 의자에 앉았다. 하딘은 맞은편에 앉아 팔꿈치로 몸을 받치고 기대에 찬 눈빛으로 나를 쳐다보았다.

"뭐야?"

내가 쏘아붙였다.

"나를 떠날 거라고?"

하딘이 속삭이듯 말했다. 날이 선 마음이 조금 누그러졌다.

"시애를 얘기라면, 맞아."

"월요일에?"

"그래, 월요일. 몇 번이나 얘기했잖아. 넌 계속 이런 기행을 저지르면 내가 단념할 거라고 생각하는 모양이지?"

속이 부글부글 끓어올랐다.

"소용없어. 네가 무슨 짓을 해도 소용없을 거야."

하딘은 짙은 속눈썹을 치켜뜨며 나를 쳐다보았다.

'나, 너랑 결혼할 거야.'

취했을 때 하딘이 내게 말했다. 그 말이 진심일까? 지금 당장, 바로 여기서 다시 묻고 싶었지만, 할 수 없었다. 술주정 같은 그의 대답을 들을 준비가 안 되었다.

"하딘, 네가 기를 쓰고 시애틀에 안 가려는 이유가 대체 뭐야?"

다른 질문을 했다. 하딘의 눈이 뚫어져라 쳐다보았다.

"별 거 없어."

"맹세할게. 혹시 나한테 말 못 할 게 있다면, 다시는 이 얘기 하지 않을게."

이건 진심이었다.

"아무 것도 아니야, 테사. 옛날 친구들이 몇 있어. 이제 다 지난 일이라 딱히 신경 쓰지도 않지만."

"지난 일이라고?"

"너 만나기 전의 일 말이야. 술 마시고, 파티하고, 널려 있는 아무 여자들하고 막 자던 때."

내가 움찔 놀라자 하딘이 중얼거렸다.

"미안해."

그리고 곧 덧붙여 말했다.

"비밀 같은 건 없어. 그냥 나쁜 기억들뿐이야. 그렇다고 그것 때문에 거기 가기 싫은 건 아니야."

문제의 핵심을 말할 때까지 기다렸지만 하딘은 더 이상 아무 말이 없었다.

"이유를 얘기해줘. 난 이해가 안 되거든."

나를 빤히 들여다보는 그의 표정에선 어떤 감정도 읽히지 않았다.

"왜 설명해야 하는데? 난 가기 싫고, 내가 안 가는데 너 혼자 가는 게 싫은 것 뿐이야."

"글쎄, 그걸로는 설득이 안 돼. 난 갈 거야."

나는 고개를 가로저었다.

"그리고 더 이상 네가 나랑 같이 가는 거, 원하지도 않아."

"뭐라고?"

그의 눈빛이 심각해졌다.

"네가 가는 걸 원치 않는다고."

나는 최대한 차분함을 유지하며 의자에서 일어났다. 소리치지 않고도 이 대화를 마무리 지은 내 자신이 자랑스러웠다.

"넌 내 꿈을 망치려 하잖아. 이건 어린 시절부터의 내 꿈이었어. 그런데 넌 그걸 망치려고만 했어. 넌 내가 기대해왔던 것들을 겨우 견딜 수 있는 걸로 만들었어. 나는 기쁨에 들떠서 내 꿈을 이룰 그 순간을 준비했는데, 넌 내가 가서 살 곳도, 날 지원해 줄 체계도 무너뜨려버렸어. 그러니까 싫어, 네가 가는 걸 원치 않는다고."

하딘의 입이 떡 벌어졌다 닫혔다. 그가 일어나 나무 데크를 가로질러 왔다.

"너…."

그가 입을 열었다가 이내 다물었다. 생각을 정리하는 것 같았다.

하지만 하딘은 하딘이다. 변한 건 없다. 그는 더 힘들고 어리석은 경로를 택했다.

"그거 알아, 테사? 너 같은 애 말고는 누구도 그 빌어먹을 시애틀 같은 건 신경도 안 쓴다고. 누가 시애틀 따위로 이사갈 생각을 하면서 계획을 세워? 꿈도 야무지시지."

하딘은 거칠게 숨을 씩씩 몰아쉬었다.

"잊어버린 모양인데, 애초에 너한테 그런 기회를 준 건 나야. 머리가 있으면 생각해 봐. 누가 대학교 1학년짜리한테 유급 인턴십 자리를 주겠냐? 빌어먹을! 대학을 졸업한 사람들도 유급 인턴십을 얻으려고 얼마나 피 터지게 애를 쓰는데."

"그건 이 얘기의 논점이 아니잖아."

"그럼 논점이 뭔데, 이 배은망덕한⋯."

그를 향해 한 발짝 다가갔다. 내가 무슨 짓을 하는지 채 알아차리기도 전에 손이 먼저 그를 향해 날았다.

하지만 하딘이 잽싸게 내 손목을 낚아채는 바람에 그의 뺨에 닿기도 전에 멈추었다.

"하지 마."

그가 경고를 날렸다. 하딘의 목소리는 거칠었고 분노에 떨리고 있었다. 따귀를 한 대 올려붙이려는 걸 막지 않았더라면 좋았을걸. 그가 화를 삭이며 씩씩거리는 동안 민트향의 숨결이 내 뺨에 와 닿았다.

'덤빌 테면 덤벼 봐, 하딘.'

될 대로 되라는 생각이 들었다. 그의 거친 숨결이나 상스러운 말 따위는 겁나지 않는다. 받은 만큼, 아니 더 크게 돌려줄 수도 있다.

"넌 대가 없는 사람들하고는 상대도 안 하지."

내 목소리는 낮았지만 내가 듣기에도 위협적이었다.

"대가라고?"

나를 노려보는 하딘의 눈빛이 이글댔다.

"그래, 난 대가 말고는 관심 없다."

내 인턴십 가지고 그가 생색내는 게 싫었다. 내가 당길 때면 그는 밀어내고, 내가 밀어내면 그는 당긴다. 폭력을 증오하는 내게 따귀를 때리고 싶을 만큼의 분노를 끌어내는 그가 싫다. 자제력을 잃은 이런 느낌이 너무나 싫다. 그를 올려다보았다. 여전히 그는 내 손목을 잡은 채였다. 다시는 자신에게 위해를 가할 수 없도록 있는 힘껏. 그는 상처 받고 위태로워 보였다. 하지만 눈빛 속에는 위협 같은 게 있었다. 속이 뒤틀리는 것 같았다.

그가 잡고 있던 내 손을 그의 가슴에 가져다 댔다. 그의 눈을 뚫어져라 보았다.

"넌 무슨 대가를 치를지 꿈에도 모를 거야."

하딘이 내게서 멀어져갔다. 그의 눈빛은 여전히 무언가를 말하고 싶어 했다.

내 손이 툭 떨어졌다.

35 · 하딘

'이 여자는 대체 자기를 뭐라고 생각하는 거야?'

내가 자기 뜻을 따르지 않는다고 이딴 식으로 얘기해도 되는 거야? 아님 정말로 나랑 같이 가고 싶지 않은 거야?

날 붙잡지도 않더니, 때리려고 해? 그럴 순 없지. 눈앞에서 불이 치솟는 것 같았다. 나를 때리려고 하다니 깜짝 놀랐다. 진심으로. 눈이 휘둥그레진 그녀를 그대로 두고 자리를 떠났다. 그녀의 회갈색 눈동자는 분노로 이글거리고 있었다. 빨리 이 거지 같은 상황에서 벗어나야 한다.

정신을 차려 보니 마을에 있는 작은 커피숍에 앉아 있었다. 커피에서는 타르 맛이 났고, 머핀은 더 형편없었다. 이 코딱지만 한 동네에는 뭐 하나 변변한 게 없다. 너무 싫다.

설탕 세 봉지를 한꺼번에 뜯어 구역질나는 커피에 쏟아 부었다. 그리고 스틱으로 휘휘 저었다. 이렇게 이른 시간에 이렇게 엿 같은 상황이라니.

"굿 모닝."

익숙한 목소리다. 지금은 별로 듣고 싶지 않은데.

"너 왜 여기 있어?"

릴리안이 내 곁으로 왔다.

"분명 아침형 인간은 아닌데."

그녀는 상냥하게 말하더니 내 앞에 앉았다.

"꺼져."

씩씩거리며 카페 안을 휘, 둘러보았다. 출입문 근처까지 줄이 길게 늘어서 있었고, 빈 테이블이 거의 없었다. 줄 서 있는 사람들에게 호의를 좀 베풀어야 하나? 그들에게 빌어먹을 스타벅스 같은 데나 찾아보라고 해줘야겠다. 이 커피숍은 정말 아니다.

릴리안이 나를 쳐다보았다.

"사과 안 했구나?"

"맙소사, 진짜 말이 많군."

나는 콧잔등을 찡그렸고, 릴리안은 미소를 지었다.

"그거 다 먹을 거야?"

그녀는 내 앞에 놓인 돌덩이처럼 딱딱한 머핀을 가리켰다.

머핀을 그녀 쪽으로 밀어 주었다. 릴리안이 머핀을 잘랐다.

"난 안 먹어."

분명히 말했는데도 그녀가 내 앞에 다시 놓았다.

"그렇게 나쁘진 않은데."

거짓말이다. 당장 내뱉고 싶을 게 뻔한데도 그녀는 기어이 씹어 넘겼다.

"타마라한테 왜 사과 안 했어?"

"빌어먹을, 테사라고."

"어이쿠, 진정해. 농담이야, 장난 좀 친 거라고."

그녀가 키득거렸다. 자기가 엄청 짜증나는 인간인 건 알고 저러나.

"하, 하, 하."

나는 남은 커피를 내려다보았다.

"아무튼, 왜 안 했어?"

"몰라."

"아니, 넌 알아."

그녀가 자꾸 재촉했다.

"네가 무슨 상관이야?"

그녀 쪽으로 몸을 기울이자, 그녀가 뒤로 물러나 앉았다.

"모르겠어…, 네가 진짜로 걔를 사랑하는 것처럼 보여서? 그리고 넌 내 친구잖아."

"친구? 난 널 몰라, 그리고 너도 나에 대해서 뭘 안다고 이래?"

내가 쏘아붙였다. 심상했던 그녀의 표정이 잠시 흔들렸다. 그녀가 천천히 눈을 깜박거렸다. 이 여자가 울기라도 한다면, 나는 누구든 붙잡고 패버릴 거다. 아침부터 이런 전개의 스토리는 감당할 수가 없다.

"이봐, 쿨한 사람이 왜 이래."

그녀와 나 사이를 손짓으로 가리켰다.

"이런 건 우정이 아니야. 나한테 우정 따위는 없어."

그녀가 고개를 한쪽으로 갸우뚱했다.

"친구가 없다고? 한 명도?"

"없어. 그냥 파티하는 애들이랑 테사뿐이야."

"아무리 그래도 친구가 한 사람은 있겠지."

"친구가 있건 없건 그게 무슨 상관인데? 그래 봤자 겨우 내일 오후까지 여기 있을 사이에."

그녀가 어깨를 으쓱거리며 말했다.

"그때까지만 친구하자."

"너도 친구 없지?"

"많지는 않아. 라일리가 별로 좋아하지 않아서."

"그게 무슨 상관인데?"

"걔랑 싸우고 싶지 않으니까. 그래서 친구들이랑 잘 안 어울리는 것뿐이야."

"미안한 소리지만, 라일리라는 애는 나쁜 년인 것처럼 들린다."

"그딴 식으로 말하지 마."

릴리안의 뺨이 달아올랐다. 처음으로 평정심을 잃은 모습이다.

커피잔을 만지작거렸다. 그녀를 약 올렸다는 게 내심 기분 좋았다.

"친구가 될 수 있느니 없느니 하는 말도 듣기 싫어."

"그래서 네가 이러는구나. 테사가 너 말고 어울리는 다른 친구들이 있어서?"

그녀는 한쪽 눈썹을 찡긋 올렸다. 릴리안의 질문을 생각하며 시선을 돌렸다. 테사는 친구가 있다…, 랜던이 있으니까.

"그래."

"너 말고, 그냥 친구."

"알아, 랜던이랑 친해."

"랜던은 네 의붓형제잖아. 걔도 빼고."

스테프는 테사의 친구 같지만, 사실은 아니다. 그리고 제드…, 더 이상 골치 아프고 싶진 않다.

"걔한테는 내가 있으니까."

내가 대답하자, 그녀가 히죽 웃었다.

"그럴 줄 알았어."

"그게 뭐? 여기를 떠나서 새 출발하면, 걔도 새 친구들을 사귈 수 있어. 우린 같이 새 친구들을 사귈 수 있다고."

"물론 그렇겠지. 근데 문제는 네가 테사랑 같이 가지 않을 거란 거지."

"걘 나하고 같이 갈 거야. 넌 걔를 몰라. 걘 나 없인 살 수 없어."

릴리안은 사려 깊은 눈빛으로 나를 올려다보았다.

"누구 없이 살 수 없는 거 하고, 사랑한다는 거 하고는 완전 다른 문제야."

대체 무슨 소리를 하는 거야. 말도 안 되는 소리다.

"걔 얘기는 더 이상 하기 싫어. 우리가 친구가 되려면, 너하고 레이건에 대해 알아야겠어."

"라일리야."

신경질적인 목소리다. 나는 나지막이 키득거렸다.

"짜증나지, 그치?"

릴리안은 장난스럽게 나를 흘겨보았다. 그러다 금세 여자친구와 어떻게 만나게 되었는지 얘기해주었다. 릴리안의 신입생 오리엔테이션에서 둘이 파트너가 되었다고 했다. 라일리는 처음엔 무례했지만 나중엔 그녀를 감동시켜서 둘 다 깜짝 놀랐다고 했다. 분명히 라일리라는 애는 질투가 많고 벌컥벌컥 하는 성격이다. 어쩐지 익숙하게 들렸다.

"거의 대부분 개가 질투를 하는 바람에 싸우게 돼. 항상 내가 떠날까봐 전전긍긍하고. 왜 그러는지 모르겠어. 개는 남자든 여자든 사람들의 시선을 한 몸에 받는 애거든. 게다가 남자 여자 상관없이 사귀고."

릴리안이 폭 한숨을 쉬었다.

"그러니까 다른 사람들한테도 똑같은 조건의 게임 같은 거지."

"넌 아니고?"

"난 남자랑 사귄 적 없어."

릴리안이 콧잔등을 찌푸렸다.

"고2 때 한 번 있었어. 그래야 할 것 같았거든. 친구들이 남자친구가 없다고 나를 괴롭혔거든."

"걔들한테 말하지 그랬어?"

"그게 그렇게 간단한 문제가 아니야."

"그랬어야지."

그녀가 미소를 지었다.

"맞아, 그랬어야지. 근데 안 그랬어. 어쨌든 난 라일리하고 또 다른 여자애 하나 하고만 사귀었어."

릴리안의 얼굴에서 웃음기가 사라졌다.

"라일리는 엄청 많이 사귀었지만."

오후까지도 내내 이렇게 시간을 보냈다. 얘가 쏟아내는 문제들을 들으면서 말이다. 근데 생각만큼 나쁘진 않았다. 나만 이런 문제를 갖고 있는 게 아니라는 걸 알았으니까. 릴리안은 내게 테사와 랜던 같은 관계랄까? 걔들이 한 사람으로 변한다면 분명 릴리안이 될 거다. 그녀는 나처럼 아웃사이더라서 그런지 나를 비난하진 않았다. 하긴 나에 대해 아는 게 거의 없으니까. 많은 사람들이 커피숍을 드나들었다. 그때 금발 하나가 들어왔다. 저절로 눈길이 갔다. 내가 아는 금발이 아니기를.

우스꽝스러운 벨 소리가 울리기 시작했다.

"아빠가 전화한 걸 거야…."

릴리안이 자기 휴대전화를 내려다봤다.

"망했다, 벌써 5시가 다 됐어."

당황한 목소리였다.

"우리 가야겠다. 음, 나는 가야겠어. 오늘 밤에 입을 옷이 없거든."

"오늘 밤에 뭐 해?"

"너네 가족이랑 다 같이 저녁식사하잖아?"

"카렌은…."

우리 가족에 대해 얘기해주려다 놔두기로 했다. 이미 알고 있을지도 모르니까.

릴리안을 따라 한 블록 쯤 내려와 작은 옷가게에 들어갔다. 화려한 드레스와 야시시한 장신구들이 가득했다. 좀약이랑 바닷물 짠내 같은 냄새가 났다.

"입을 만한 게 없네."

밝은 핑크색에 프릴이 잔뜩 달린 원피스를 쥐고 릴리안이 툴툴거렸다.

"완전 흉측해."

내 말에 그녀도 고개를 끄덕였다.

지금쯤 테사는 뭘 할까. 내가 어디 있는지 궁금하기는 할까? 내가 릴리안이랑 같이 있을 거라 짐작하고 있을 거다. 사실 그게 맞다. 그래도 걱정할 건 없다. 다 알고 있을 테니까. 잠깐만…, 테사는 모른다. 내가 릴리안의 여자친구 얘기를 안 했다.

"테사는 네가 동성애자인 거 몰라."

릴리안에게 불쑥 말했다. 그녀는 내게 검정색 반짝이가 달린 원피스를 보여주고 있었다.

릴리안은 나를 부드럽게 쳐다보더니 손으로 원피스를 쓸어내리기만 했다. 이 장면은 어젯밤 그녀가 브랜디 병을 잡았을 때 본 것 같았다.

"이런 데서 너한테 패션에 대한 내 견해를 피력하고 싶진 않으니까 자꾸 물어보지 마."

내가 사납게 말하자 릴리안이 어이없는 표정을 지었다.

"근데, 왜 얘기 안 했어?"

나는 깃털 목걸이 같은 걸 쿡쿡 건드리고 있었다.

"모르겠어, 생각 못 했나봐."

"글쎄, 감사해야 하나? 내 오리엔테이션 같은 건 안중에도 없었나봐."

릴리안은 고마워하는 척하며 손으로 목덜미를 만졌다.

"그래도 제대로 말했어야지."

그녀가 미소를 지었다.

"그러니까 걔가 널 때리려고 했겠지."

따귀 맞을 뻔했다는 소리를 괜히 했나 보다.

"닥쳐. 얘기할 거야…."

사실 내 의도만큼 잘 먹힐지는 모르겠다.

"아마도."

릴리안이 또 한 번 어이없어 했다. 저럴 땐 테사의 표정과 너무 비슷하다.

"테사가 좀 어렵긴 하지만, 내가 무슨 짓을 하는지는 나도 안다고."

적어도 그런 것 같다. 내가 원하는 대로 테사를 움직이게 하는 방법은 알고 있으니까.

"오늘 저녁엔 잘 차려입어야 해. 우리가 갈 식당이 구역질날 만큼 화려하거든."

릴리안은 꼬임 매듭이 있는 원피스에서 눈을 떼지 않으며 말했다.

"젠장, 난 안 갈 거야."

"왜 안 가? 네 '애인' 기분 풀어주고 싶었던 거 아니야?"

"애인?"

릴리안은 흰색 버튼업 셔츠를 내 가슴팍에 갖다 안겼다.

"아무리 그래도 셔츠라도 좀 제대로 된 걸 입으라고. 안 그랬다가는 우리 아빠가 널 밤새도록 갈굴 거야."

릴리안은 피팅룸으로 쏙 들어갔다.

잠시 후, 릴리안이 검정색 원피스를 입고 나왔다. 썩 잘 어울렸다. 릴리안은 키도 크고 꽤 섹시했다. 하지만 금세 테사가 이 원피스를 입은 모습을 상상하기 시작했다. 아마 훨씬 타이트할 거다. 테사의 가슴이 훨씬 풍만하니까. 골반도 훨씬 넓다. 그러니 이 원피스가 훨씬 잘 맞을 거다.

"다른 것들보다 더 후지진 않네."

반쯤 칭찬이다. 릴리안은 커튼을 닫으며 가운데 손가락을 들어올렸다.

36 · 테사

전신 거울로 내 모습을 훑어보며 랜던에게 물었다.

"이거 괜찮아 보여?"

"응."

랜던은 미소를 지었다.

"근데 내가 남자라는 사실을 잊은 건 아니지?"

나는 한숨을 내쉬며 키득거렸다.

"미안. 네가 유일한 친구라서."

살갗에 닿는 검정색 반짝이 원피스는 소재가 별로였다. 너무 뻣뻣하고, 움직일 때마다 따가운 비즈들이 살갗에 닿았다. 이 작은 마을의 옷 가게엔 골라 입을 만한 게 별로 없었다. 그렇다고 망사로 된 핫핑크 원피스를 입을 수는 없는 노릇이니까. 이 겁나는 저녁식사에 입을 만한 게 필요했다. 청바지를 입고 가라던 하딘의 조언은 말도 안 되는 거였다.

"하딘이 시간 맞춰 돌아올까?"

랜던에게 물었다. 하딘은 언제나처럼 싸우고 집을 박차고 나가서 아직까지도 돌아오지 않았다. 전화는커녕 문자 한 통도 없었다. 그 미스터리한 여자와 함께 있겠지. 개랑은 우리 문제를 떠들어대고 싶은가 보다. 여자친구보다 그 여자하고 얘기하는 게 더 나은 거야? 나를 엿 먹이려고 그 여자랑 무슨 짓을 했대도 놀랍지 않다. 하딘은 화가 나면 물불 안 가리니까. 아냐…, 안 그랬을 거다.

"잘 모르겠어, 솔직히."

랜던이 말했다.

"왔으면 좋겠다. 하딘이 안 오면 엄마가 많이 실망하실 거야."

"그렇지."

나는 올림머리에 핀을 하나 더 꽂아 넣었다. 그리고 욕실 테이블에서 마스카라를 집어 들었다.

"돌아오겠지. 아무튼 고집불통이라니까."

"근데 같이 갈지는 잘 모르겠네."

마스카라 브러시로 속눈썹을 쓸어 올렸다.

"나, 한계점에 도달한 것 같아. 어젯밤 하딘이 다른 여자애랑 같이 있었단 소리를 들었을 때 어떤 기분이었는지 알아?"

"뭐라고?"

랜던이 어안이 벙벙한 눈빛으로 나를 쳐다보았다.

"격동의 러브 스토리에 종지부를 찍는 것 같았어."

농담조로 얘기하고 싶었지만 맘처럼 되지 않았다.

"네가 그런 소릴 하다니, 정말 이상하다. 다른 사람도 아니고 네가."

랜던이 말했다.

"약간 화가 나긴 하지만, 그게 다야. 모든 게 좀 무감각해진 것 같아. 이런 상황이 계속 반복되는 게 이제 싫어. 딱히 하딘한테 원인이 있는 것 같지도 않고. 그러니까 가슴이 무너져 내리는 것 같아."

나는 울음이 터져나오려는 걸 억지로 참았다.

"관계에 문제가 발생했는데 원인 제공자가 없는 건 말이 안 돼. 대부분 힘들어서 그냥 자신이 원인이라 생각할 뿐이지."

"너희들 준비 다 됐니?"

거실에서 카렌의 목소리가 들렸다. 랜던이 곧 내려가겠다고 대답했다. 발목에 끈이 있는 검정색 힐을 신었다. 새 구두였다. 운도 없지, 새 구두는 모양처럼 편하지 않았다. 매일 운동화를 신고 다니던 때가 그리워졌다.

차에 탈 때까지도 하딘은 돌아오지 않았다.

"더 이상은 못 기다리겠다."

켄 씨가 실망스러운 듯 인상을 찌푸렸다.

"괜찮아요, 돌아오는 길에 데리고 오면 되죠."

카렌이 상냥하게 말했다. 해결책이 아니라는 건 알지만, 어찌 됐든 남편의 짜증을 잠재우려고 애를 쓰는 것 같았다.

랜던이 나를 쳐다보았다. 괜찮다는 듯 그에게 웃어 보였다. 랜던은 가는 동안 내내 수업 시간에 웃겼던 학생들 얘기를 하며 내가 하딘에게 신경 쓰지 않도록 배려해주었다. 그 중 몇몇은 종교학 수업을 같이 들었던 학생들이었다.

켄 씨가 차를 세우자, 호화로운 레스토랑이 눈에 들어왔다. 건물은 거대한 통나무 오두막 스타일이었다. 호텔이라고 해도 될 만큼 넓었고, 울창한 숲이 연상되는 외관과 완전히 다른 인테리어를 해놓았다. 현대적이고 세련되었으며, 블랙과 화이트로 통일감을 주었다. 회색으로 마감한 벽과 바닥이 눈에 띄었다. 어둡지 않은 정도의 조명이 분위기를 더했다. 예상치 못했는데 내 원피스가 가장 밝게 반짝거렸다. 비즈 장식에 조명이 닿을 때마다 마치 어둠 속의 다이아몬드처럼 빛났다. 덕분에 사람들의 이목이 나에게 집중되었다.

켄 씨가 안내대 뒤쪽에 있던 아름다운 여성에게 말을 건넸다.

"일행 분들 모두 오셨습니다."

여자가 완벽하리만큼 하얀 이를 드러내며 미소를 지었다. 그러면서 가려져 있는 한쪽을 가리켰다.

"일행이라니?"

나는 랜던을 쳐다보았고, 그는 어깨를 으쓱했다.

여자를 따라 구석 자리에 있는 테이블로 갔다. 옷 때문에 사람들이 다 나를 쳐다보는 것 같아 너무 싫었다. 차라리 흉물스러운 핫핑크 원피스를 사 입을 걸 그랬다. 그랬다면 시선이 덜 집중됐을 거다. 우리가 지나가는데 중년 남자가 술잔을 들이켰다. 랜던이 자기 옆에 딱 붙도록 나를 끌어당겼다. 이 원피스는 정말 적절치 않은 것 같다. 길이도 무릎이 훤히 보일 정도였다. 문제는 따로 있었다. 이 원피스는 나보다 가슴이 훨씬 작은 여자에게나 맞는 옷이었다. 옷에 붙어 있는 브라가 가슴을 너무 조여 가슴골이 있는 대로 들여다 보였다.

"잘 왔네, 얼른 앉게."

남자 목소리가 들렸다. 카렌의 눈치를 보면서 분위기를 파악했다.

켄 씨의 친구인 듯한 남자가 일어나 손을 흔들고 있었다. 남자의 부인이 카렌을 반기며 미소를 지었다. 여자의 옆에는 젊은 여자가 있었다. 그 여자인 걸 본능적으로 알 수 있었다. 가슴이 철렁했다. 여자는 아름다웠다. 게다가 나와 똑같은 원피스를 입고 있었다.

그럼 그렇지.

여기서도 여자의 밝고 푸른 눈동자가 똑똑히 보였다. 미소를 지으니 훨씬 더 아름다웠다. 질투에 눈이 멀어 집중이 잘 안 됐다.

아, 그녀의 오른쪽에 흰색 버튼다운 셔츠를 입은 하딘이 앉아 있었다. 하마터면 눈치채지 못할 뻔했다.

37 · 하딘

"오 마이 갓…."

릴리안이 다 들릴 정도로 속삭였다. 테사와 싸웠던 걸 한참 생각하는 중이었다. 그러다 릴리안이 바라보는 쪽으로 시선을 돌렸다.

테사다.

그 원피스…, 입고 있는 모습을 상상했던 바로 그 원피스다. 가슴이 완전 강조되는.

'빌어먹을.'

정신을 차리려고 눈을 빠르게 깜박거렸다. 잠깐이지만 환각에 빠진 것 같았다. 테사는 상상했던 것보다 훨씬 섹시했다. 테사가 지나갈 때 모든 남자들이 그녀를 돌아보았다. 한 남자는 술을 벌컥 들이켰다. 그 자식이 테사에게 말을 걸까 봐 눈에 불을 켜고 쳐다보았다. 그랬다가는 내가 그냥 확!

"쟤가 테사지? 오 마이 갓."

릴리안이 숨을 헐떡이며 내뱉었다.

"그만 좀 쳐다봐."

내가 핀잔을 주자, 릴리안이 웃음을 터뜨렸다. 술을 들이키던 남자는 자기 와이프에게 몸을 기대고 내 여자가 가는 데로 시선을 옮기고 있었다.

"으스스한데."

릴리안이 가만히 내 손을 만졌다. 테이블을 얼마나 세게 움켜잡았는지 흉터가 선명한 주먹이 새하얘졌다.

랜던이 테사를 잡아당기며 음흉한 남자의 시선을 막았다. 테사가 랜던을 보고 웃는다. 랜던은 테사를 더 가까이 끌어당겼다.

'저것들, 뭐 하는 짓이야?'

테사가 랜던 뒤에 가만히 섰다. 그 사이 릴리안의 부모님들은 카렌과 아버지에게 반가운 듯 인사를 건넸다. 어젯밤에도 만났으면서 가식적이기는. 테사는 매의 눈으로 릴리안을 찾는 것 같았다. 그러다 테사의 눈이 동그래졌다. 질투하고 있는 거다.

잘됐다. 그러길 바라고 있었다.

38 · 테사

하딘이 여자 옆에 앉아 있는 걸 보고 패닉에 빠졌다. 심지어 하딘은 내가 나타난 것도 알아차리지 못했다. 그와 반대편 자리 랜던 옆에 앉았는데도 말이다.

"안녕하세요? 근데 누구신지?"

켄 씨의 친구가 미소를 지으며 물었다. 이 식당 안에서 제일 잘난 사람이라는 듯 뻐기는 말투였다.

"안녕하세요? 테사예요."

나는 얌전히 미소를 지으며 고개를 끄덕였다.

"랜던 친구예요."

시선을 하딘에게 돌렸다. 일자로 다물고 있는 입술에 희미하게 웃음기를 머금고 있다. 음, 확실히 저 남자의 딸과 희희낙락하고 있는 중인가 보다. 그러니 분위기를 왜 망치겠어?

"만나서 반가워요, 테사 양. 나는 맥스, 이쪽은 드니즈예요."

남자는 옆에 있는 여자를 가리켰다.

"반가워요. 둘이 아주 잘 어울리네요."

드니즈가 인사를 했다. 하딘이 기침을 해댔다. 목이 막힌 건가? 그게 뭐든 하딘을 쳐다보고 싶지 않았지만, 어쩔 수 없었다. 그를 쳐다보자 하딘은 눈을 가늘게 뜨고 나를 노려보고 있었다. 랜던이 웃음을 터뜨렸다.

"아, 저희는 커플이 아니에요."

랜던은 하딘을 쳐다보았다. 하딘이 뭐라도 한마디 거들어줬으면 하는 눈치였다. 당연히 하딘은 아무 말도 하지 않았다. 옆에 앉은 여자는 조금 황당하고 불편해 보였다. 잘됐다. 하딘이 여자에게 몸을 기대며 귓속말을 했다. 여자는 하딘을 향해 미소를 지으며 고개를 가로저었다.

'무슨 짓들을 하는 거야?'

"릴리안이라고 해. 정말 반가워."

여자는 친근하게 웃으며 자기소개를 했다.

'재수 없는 년.'

"나도."

할 수 없이 답했다. 가슴 속에서 심장이 두방망이질 쳤다. 겨우 그녀

를 똑바로 쳐다볼 수 있었다. 켄 씨 가족과 친구분들만 없었다면 잔에
든 술을 하딘의 얼굴에 끼얹었을 거다. 그럼 눈도 못 뜰 테니 이번엔 따
귀를 제대로 올려붙여도 막지 못하겠지. 자리마다 메뉴판이 놓여졌다.
내 앞에 놓인 잔에 물이 채워질 때까지 기다렸다. 켄 씨와 맥스 씨가 생
수와 수돗물을 선택하라 했다며 이상하다는 얘기를 시작했다.

"넌, 어떻게 하고 싶어?"

잠시 후, 랜던이 조용히 물었다. 하딘과 그 여자에게서 주의를 돌리
려는 거였다.

"글쎄…, 잘 모르겠어."

중얼거리듯 대답하고 멋진 손글씨로 꾸며진 메뉴판으로 시선을 돌
렸다. 당장 무얼 먹는다는 건 상상조차 되지 않았다. 뱃속이 뒤틀리는
건 멈췄지만 숨을 제대로 쉬기가 어려웠다.

"나가고 싶어?"

랜던이 귓속말을 했다. 테이블 너머 하딘을 힐끗 보았다. 나와 눈이
마주치자 그는 다시 릴리안에게 시선을 돌렸다.

'그래, 이 지옥 같은 곳에서 나가고 싶어. 그리고 하딘한테 다시는 내
게 말도 붙이지 말라고 하고 싶어.'

"아니, 아무 데도 안 갈 거야."

나는 허리를 곧추세워 똑바로 앉았다.

"잘했어."

랜던이 칭찬해주었다. 잘생긴 웨이터가 우리 테이블로 왔다.

"가장 좋은 화이트 와인으로 한 병 주세요."

켄 씨의 친구가 말하자, 웨이터가 고개를 끄덕였다. 그리고 막 자리

를 떠나려는데, 맥스 씨가 다시 그를 불러 세웠다.

"아직 안 끝났어요."

맥스 씨는 애피타이저를 주문했다. 그가 고른 음식들은 전부 생전 처음 듣는 것들뿐이었다. 앞으론 이런 음식들도 많이 먹게 되겠지.

테이블 건너 하딘은 쳐다보지 않으려고 기를 썼다. 하지만 너무 어려운 일이었다. 왜 저 여자와 여기에 온 걸까? 게다가 저렇게 쫙 빼입고서 말이다. 하딘이 하의까지 맞춰 입고 왔다면, 심장이 산산조각 날 것 같았다. 블랙진과 티셔츠를 벗기고 다른 옷을 입히려면 하딘을 족히 한 시간은 설득해야 한다. 그런데 지금 하딘은 저 여자 옆에서 말쑥한 흰 셔츠를 입고 앉아 있다.

"메뉴 고를 시간을 드릴게요. 천천히 보세요. 혹시 필요한 게 있으면 불러주세요. 저는 로버트입니다."

웨이터가 말했다. 그와 눈이 마주치자 그의 입이 살짝 벌어졌다. 그러더니 재빨리 시선을 피했다가 다시 나를 쳐다보았다. 다 이 빌어먹을 원피스와 가슴골 때문이다. 나는 어정쩡한 미소를 지어 보였다. 그도 나를 향해 웃더니 목에서부터 두 뺨까지 빨갛게 물들었다.

웨이터가 하딘을 쳐다봤으면 싶었지만 곧 깨달았다. 우리가 앉은 자리 때문에 그는 랜던과 나, 그리고 하딘과 릴리안이 커플인 줄 알 거다. 다시 뱃속이 뒤틀리기 시작했다.

"어이, 거기. 주문을 받든지 아니면 가든지."

하딘이 웨이터에게 말했다.

"죄, 죄송합니다."

로버트가 더듬거리며 사과하고는 허둥지둥 자리를 떠났다.

모든 시선이 하딘에게 집중됐다. 그의 행동을 못마땅해 하는 눈치였다. 카렌은 창피해하는 듯했다. 켄 씨도 마찬가지였다.

"괜찮아요. 다시 올 거야. 그게 저 사람 일인데, 뭐."

맥스 씨가 어깨를 으쓱하며 말했다. 하딘의 행동이 봐줄 만한가 보다.

하딘을 노려보았지만, 그는 신경도 쓰지 않는 것처럼 보였다. 재수 없는 푸른 눈동자한테 단단히 홀려 있는 거다. 릴리안과 같이 있는 하딘은 낯설었다. 마치 내가 사랑하는 커플 사이에 끼어든 것만 같았다. 쓴 물이 올라왔다. 하지만 목구멍 너머로 꿀꺽 삼켰다. 다행히 로버트가 와인과 아이스 버킷을 들고 나타났다. 이번에는 다른 웨이터가 동행했다. 자기편이 필요했나 보다. 아니면 예방 차원이었을지도.

하딘은 내내 그에게서 시선을 떼지 않았다. 그의 뻔뻔함과 무신경함에 어이가 없었다. 하딘과는 전혀 모르는 사람인 척하며 웨이터를 안쓰러운 눈으로 바라보았다.

로버트는 초조해하며 내 잔에 와인을 채웠다. 나는 조용히 고맙다는 인사를 건넸다. 그가 내게 미소를 건네며 랜던 잔으로 옮겨 갔다. 켄 씨와 카렌의 결혼식 때 말고는 랜던이 술 마시는 걸 본 적이 없었다. 심지어 그때도 샴페인 딱 한 잔을 마셨다. 하딘의 행동 때문에 심란하지만 않았더라면, 나는 와인 잔을 내려놨을 거다. 켄 씨와 카렌 앞에서 술 마시고 싶진 않았으니까. 하지만 오늘은 하루가 너무 길다. 와인 없이는 이 저녁식사를 버틸 수 없을 것 같았다.

로버트가 켄 씨에게 다가가자, 그는 잔 위를 손으로 가렸다.

"전 됐어요, 고마워요."

하딘을 쳐다보았다. 아버지에게 신랄한 소리를 해댈까 싶어서였다.

하지만 이번에도 그는 릴리안에게 뭐라고 소곤거리는 중이었다. 혼란스러웠다. 왜 저러는 걸까? 그래, 우리가 싸우긴 했지. 그래도 저건 너무 심하잖아.

와인을 한 모금 마셨다. 시원하고 달콤한 와인의 풍미가 입안에 감돌았다. 한꺼번에 다 마실까 하다가 멈칫했다. 내 페이스는 내가 조절해야 한다. 다른 사람들 앞에서 취해서 해롱거리는 모습을 보일 순 없으니까. 하딘은 여자에게 어이없는 표정을 지으며 장난을 걸었다. 그들에게서 억지로 시선을 돌렸다. 안 그랬다간 아름다운 무늬의 바닥에 눈물 웅덩이를 만들 수도 있으니까.

"…맥스가 벽을 기어올라 갔어. 너무 술에 취해서 학교 경비원들한테 끌려갔다니까!"

켄 씨가 말하자 모두가 웃음을 터뜨렸다. 물론 하딘은 빼고.

포크로 파스타 면을 둘둘 감아 또 한 번 입에 넣었다. 생면으로 만든 파스타는 정말 맛있었다. 포크에 감긴 면발에만 집중하려 애쓰는 중이었다. 안 그랬다간 하딘에게로 신경이 갈 테니까.

"아무래도 당신의 팬 클럽이 생긴 것 같네요."

드니즈가 내게 말했다. 그녀의 시선을 따라가자 로버트가 보였다. 그는 우리 옆 테이블을 정리하고 있었다. 하지만 눈은 나를 향해 있었다.

"너무 신경 쓰지 말아요. 언감생심 꿈도 못 꾸는 걸 바라는 일개 웨이터 따위한테."

맥스 씨가 다 안다는 듯한 미소를 지었다. 냉혈한 같은 그의 말에 깜짝 놀랐다.

"아빠!"

릴리안이 그를 노려보았다. 그는 아랑곳하지 않고 딸에게 미소를 짓더니 스테이크를 썰었다.

"미안하다. 근데 사실을 말했을 뿐이야…. 테사 양 같이 아름다운 여성은 호의로라도 이런 데서 일하는 점원들을 쳐다봐주면 안 되는 거다."

맥스 씨는 그쯤에서 멈추었다. 우리가 불편해 하는 걸 상관 안 했다면 -분명 그랬을 테지만- 그는 인격 비하 발언을 계속했을 거다. 내 포크가 쨍그랑 소리를 내며 접시에 떨어질 때까지 쭉.

"쳐다보지 마."

하딘이 나에게 말했다. 여기 온 이후 처음으로 내게 건넨 말이다.

깜짝 놀라 그를 쳐다보았다. 그리고 양쪽을 저울질 하듯 다시 맥스 씨를 보았다. 하딘은 또 진상을 부리는 중이고, 나는 와인 한 잔을 다 마셨다. 아마도 내가 입을 다무는 게 맞을 것 같았다.

"사람들한테 그런 식으로 말씀하시면 안 되죠."

릴리안이 아버지에게 말하자, 맥스 씨는 어깨를 으쓱했다.

"알았어, 알았어."

그는 나이프를 흔들며 투덜거리더니 스테이크를 썹었다.

"누군가를 화나게 만들 생각은 추호도 없었어."

맥스 씨 옆에 앉은 그의 부인은 당황한 것 같았다. 그녀는 냅킨으로 입꼬리를 닦았다.

"와인을 좀 더 마셔야겠어."

랜던에게 말하자 그가 미소를 지었다. 그리고 반쯤 남은 그의 잔을 내게 들이밀었다. 그 모습을 보며 나도 미소를 지었다.

"로버트가 우리 테이블에 올 때까지 기다려볼게. 어쨌든 고마워."

레스토랑 안을 두리번거리는데, 하딘의 시선이 나에게 꽂혀 있는 느낌이 들었다. 웨이터의 금발이 눈에 띄지 않았다. 나는 팔을 뻗어 와인병을 집어 내 잔을 채웠다. 내 행동에 맥스 씨가 한마디쯤 하겠구나 예상했지만, 아무 말도 없었다. 하딘은 맞은편에서 차가운 시선으로 쳐다보고 있었다. 릴리안은 그녀의 엄마와 얘기하는 중이었다.

나는 혼자 내 세상에 빠져 있었다. 하딘이 내 옆에 앉아, 내 허벅지에 손을 얹고 있는 환각의 세상에. 그 세상에서 하딘은 내게 몸을 기울여 뻔뻔한 소리를 해댄다. 그럼 나는 몸이 달아올라 얼굴이 빨개지면서도 깔깔거리며 웃는다.

내 몫의 음식을 다 해치우고, 두 잔째 와인까지 다 마셨다. 머리가 약간 띵해지는 것 같았다. 랜던은 맥스 씨와 켄 씨와 함께 스포츠 얘기에 열을 올리고 있다. 나는 무늬가 있는 테이블보를 뚫어져라 쳐다보았다. 검정색과 흰색이 얽혀 있는 무늬 속에서 얼굴이나 그림 같은 모양을 찾으려 집중했다. H자와 비슷한 연결고리를 찾았다. 손가락으로 그 패턴을 반복해서 따라 그렸다. 갑자기 동작을 멈추고 재빨리 고개를 들었다. 내가 이러는 걸 하딘이 본다면 편집증이 발동했다고 생각할 거다.

하지만 하딘은 나를 전혀 신경 쓰지 않았다. 그의 시선은 오직 그 여자에게 꽂혀 있었다.

"바람 좀 쐬고 올게."

랜던에게 살짝 말하고 자리에서 일어섰다. 의자가 바닥에 끌리며 끼익 소리를 냈다. 하딘이 대화 도중 아주 잠깐 나를 쳐다보았다. 그러다 이내 물 잔을 찾는 척을 했다. 그러더니 다시 새 여자친구에게 시선을 돌렸다.

39 · 테사

구두 굽이 나무 바닥에 부딪히자 또각또각 소리가 크게 났다. 취기가 올랐지만 레스토랑 뒷문을 찾는 데 온 신경을 모았다. 집에서 가까웠다면 당장이라도 집으로 가버렸을 거다. 가서 시애틀로 갈 짐을 싸서 아파트를 찾을 때까지 호텔에 묵었을 거다.

하딘이 내게 이러는 데 정말 질린다. 너무나 고통스럽고 당황스럽다. 나를 무너뜨리는 일이다. 그도 그걸 잘 알고 있다. 그래서 이런 짓을 하는 거다. 예전에 말했었다. 이러는 게 나한테 고통스럽다는 걸 알기 때문에 그런다고.

문을 밀어 열었다. 경보음 같은 소리가 나진 않겠지? 오싹한 밤공기가 온몸을 에워쌌다. 취기는 진정이 되는 것 같았다. 저녁식사 때 느껴졌던 퀴퀴하고 어색한 공기와는 완전히 다른 느낌이었다.

돌로 만든 난간에 팔꿈치를 기대며 숲을 바라보았다. 칠흑같이 어두웠다. 레스토랑은 숲 한가운데 자리 잡고 있었다. 고즈넉함마저 느껴진다. 꽤 괜찮은 곳이다. 아니, 엄청나게 멋있는 곳일 수도 있다. 하지만 갇힌 듯한 느낌이 드는 지금, 나에게 이상적인 공간은 아니다.

"괜찮으세요?"

뒤에서 목소리가 들렸다. 돌아보니 로버트가 문가에 서 있었다. 한 손에는 접시 더미를 잔뜩 든 채였다.

"네. 바람 좀 쐬고 있어요."

"아, 조금 추우실 텐데요."

그가 웃는다. 그의 미소는 공손함을 넘어 아주 사랑스럽기까지 했다. 나도 그에게 웃어 보였다.

"네, 좀 춥네요."

우리는 둘 다 가만히 서 있었다. 조금 어색했지만 상관없다. 저 테이블에 앉아 있는 것만큼 어색한 건 없었으니까.

잠시 후 로버트가 먼저 입을 떼었다.

"근처에서는 뵌 적이 없는 것 같은데."

그는 접시 더미를 빈 테이블에 가만히 내려놓고 내게 다가왔다. 불과 얼마 떨어지지 않은 곳에 그가 팔꿈치를 기대고 섰다.

"놀러 온 거예요. 여긴 처음이에요."

"여름에 오셨어야죠. 2월은 비수기인 걸요. 음, 11월이랑 12월, 아, 1월도 그렇겠네요."

그는 얼굴을 붉히며 말을 더듬었다.

"그, 그니까, 뭔 소린 줄 아시죠?"

그러더니 소리 내어 웃는 척했다. 얼굴이 새빨개진 그를 보고 최대한 웃지 않으려 애를 썼다.

"확실히 여름이 제일 예쁠 것 같아요."

"네, 예쁘세요."

자기가 말해 놓고 그는 눈이 동그래졌다.

"아니, 제 말은, 여름에 정말 아름답다고요."

그가 얼른 말을 바꿨다. 그리고 얼굴을 두 손으로 문질렀다.

웃지 않으려고 입을 앙다물었다. 하지만 어쩔 수가 없었다. 키득거리는 소리가 새어나왔다. 로버트의 얼굴은 더 흙빛이 되었다.

"여기 살아요?"

무안함을 달래주려고 화제를 돌렸다. 그와 함께 있으니 기분이 나아졌다. 위협적인 존재가 아닌 사람과 어울리는 건 즐겁다. 하딘은 늘 자기 범위 안에서 내 모든 것을 장악하려 한다. 그의 존재 자체가 압도적일 수밖에 없다.

잠시 후 그가 좀 진정된 모양이었다.

"네, 여기서 나고 자랐어요. 당신은요?"

"WCU에 다녀요. 다음 주부터는 시애틀 캠퍼스로 전학할 거고요."

막상 말하고 나니 너무 오래 기다려 온 것 같은 기분이 들었다.

"와우, 시애틀. 대단하네요!"

그가 미소를 지었고, 나는 다시 웃음을 터뜨렸다.

"죄송해요, 와인 때문에 자꾸 웃음이 나와요."

내가 불쑥 말했다. 그는 활짝 웃으며 나를 쳐다보았다.

"음, 나 때문에 웃는 게 아니라니 다행이에요."

그의 시선이 천천히 내 얼굴을 훑었다. 나는 뒤를 돌아보았다. 그는 레스토랑 안을 쳐다보았다.

"남자친구 분이 찾으러 나오기 전에 들어가셔야겠어요."

고개를 돌려 창문 안을 들여다보았다. 여기와는 다른 우아한 공간. 하딘의 고개는 여전히 릴리안을 향해 있었다.

"괜찮아요, 아무도 안 올 거예요."

나는 한숨을 내쉬었다. 마음과는 다른 말이 나오자 입술이 파르르 떨렸다. 기분이 점점 더 가라앉았다.

"저분이 당신이 없어서 꽤 난감해 하는 것 같은데요."

로버트가 한 번 더 당부하듯 말했다. 랜던이 식당 안을 두리번거리는 모습이 보였다. 그는 아무하고도 얘기하고 있지 않았다.

"아! 쟤는 내 남자친구가 아니에요. 내 남자친구는 맞은편에 있는 사람이에요. 타투 많은 사람이요."

로버트가 하딘과 릴리안을 쳐다보았다. 그의 얼굴에 혼란의 쓰나미가 스쳐 지나갔다. 하딘의 셔츠 안에서 검정색 잉크의 소용돌이가 비쳐 보였다. 하딘이 흰색 옷을 입는 게 정말 좋다. 옷 아래로 그의 타투가 언뜻언뜻 보이는 게 좋다.

"음, 저분도 자기가 당신 남자친구인 걸 알아요?"

로버트가 한쪽 눈썹을 찡긋 올렸다.

하딘이 히죽거리며 웃는 모습에서 시선을 돌렸다. 저 정도면 움푹 팬 보조개가 드러난다. 그렇게 웃는 건 나에게만 보여주던 모습이다.

"나도 똑같은 생각이 들기 시작했어요."

나는 두 손으로 얼굴을 가리며 고개를 가로저었다.

"말하자면 복잡해요."

'정신 똑바로 차려. 이 게임에 넘어가면 안 돼. 이번에는 더더욱.'

로버트가 어깨를 으쓱했다.

"글쎄요, 그럼 낯선 사람 말고 누구와 그 문제에 대해 얘기해보는 게 더 나을까요?"

우리 둘은 내가 빠져나온 테이블로 시선을 옮겼다. 랜던 말고는 아무도 알아차리지도 못하는 것 같았다.

"일해야 하지 않아요?"

말은 그렇게 했지만 내심 그가 안 돌아갔으면 했다. 로버트는 젊고 나보다 연상인 것 같았다. 그렇대도 아무리 많아 봐야 23살은 넘지 않은 것 같았다.

그는 자신감에 찬 표정으로 미소를 지었다.

"해야죠, 근데 여기 사장님하고 꽤 잘 지내거든요."

상관없다는 듯 스스로에게 농담을 던지는 것 같았다.

"아."

"저분이 당신 남자친구라면, 같이 있는 여자 분은 누구예요?"

"릴리안이라고 해요."

내 귀에도 잔뜩 앙심을 품은 목소리였다.

"저 여자는 잘 몰라요. 그건 남자친구도 마찬가지고. 아, 근데 지금은 잘 아는 것처럼 보이네요."

로버트와 눈이 마주쳤다.

"그럼 당신을 질투하게 하려고 여자를 데리고 온 거예요?"

"모르겠어요. 그래 봤자 소용없는데. 음, 질투가 나긴 하죠. 저 여자 좀 보세요. 나하고 똑같은 옷을 입고 있잖아요. 나보다 훨씬 잘 어울리는 것 같아요."

"그건 아니에요."

로버트가 차분하게 말했고, 나는 그에게 감사의 미소를 보냈다.

"어제까지는 잘 지냈어요. 근데 아침에 좀 다퉜거든요. 하긴 우린 늘 다퉈요. 근데 이번에는 뭔가 달라요. 이제 싸울 일도 없을 것 같아요. 봐요, 날 처음 만났을 때처럼 무시하고 있잖아요."

이게 누구한테 하는 소리야? 나는 호기심에 가득 찬 푸른 눈동자로 나를 바라보는 이 낯선 남자에게 얘기하는 게 아니었다. 나 자신한테 얘기하고 있는 거였다.

"제정신이 아닌 거 같죠? 와인 때문이에요."

입꼬리가 싹 올라가며 그의 얼굴에 미소가 번졌다. 그는 고개를 가로저었다.

"정신 나간 소리처럼 들리지 않아요."

나는 쿡 웃음이 터졌다. 우리 테이블 쪽을 보고 그가 고개를 끄덕였다.

"저 사람이 당신을 보고 있어요."

머리가 띵해졌다. 물론 그렇겠지. 하딘이 나와 새 말동무를 쳐다보고 있었다. 그의 눈은 말 그대로 이글이글 불타고 있었다. 그 강렬함에 순간적으로 심장이 쪼그라드는 것 같았다.

"이젠 안으로 들어가야겠네요."

겁에 질려 그에게 말했다. 당장이라도 하딘이 자리를 박차고 일어날 것 같았다. 이리로 달려나와 로버트를 숲 속으로 던져버릴지도 모른다.

하지만 그는 그러지 않았다. 그는 한 손으로 와인 잔을 움켜쥐고, 다른 손으로 릴리안의 의자 등받이를 감싸 안았다. 그러면서 나를 한 번 힐끗 쳐다보고 말았다.

'아, 맙소사.'

그의 냉담한 반응에 가슴이 죄어 오기 시작했다.

"유감이네요."

로버트가 말했다. 사실 그가 내 옆에 있다는 것조차 잊고 있었다.

"괜찮아요. 이런 상황에 익숙해요. 반년이나 저 사람과 이런 게임을 했거든요."

불쑥 속에 있는 말을 내뱉었다. 나 자신을 나무라는 소리였다. 그와 만나고 한 달 뒤, 아니 두 달 뒤, 아니 석 달 뒤엔 충분히 교훈을 얻었어야 했다. 그럼 이 추운 곳, 낯선 사람 앞에서 이런 꼴을 당하진 않았을 거다. 하딘이 뻔뻔스럽게 다른 여자와 바람피우는 걸 모르는 사람과 함께 바라보는, 이런 꼴 말이다.

"당신한테 왜 주절주절 이런 얘기를 하는지 모르겠네요. 죄송해요."

"내가 물었잖아요."

그가 상냥하게 대답했다.

"그리고 우리 가게에 와인 많아요, 더 마시고 싶다면 말이에요."

그의 미소는 다정하고 명랑했다.

"확실히 더 마셔야겠네요."

고개를 끄덕이며 창가에서 돌아섰다.

"이런 상황을 이해해줄 수 있어요? 반쯤 취한 여자가 남자친구 얘기를 하며 징징거리는 거?"

그가 싱긋 웃었다.

"사실 부자 노인네가 스테이크가 덜 익었네, 너무 익었네 하며 불평불만을 쏟아 놓는 데 더 익숙하죠."

"우리 테이블에 있는 남자처럼요? 빨간색 넥타이 한 사람 말이에요."

나는 맥스 씨를 가리켰다.

"맙소사, 저 남자 완전 재수 없어요."

로버트가 동의한다는 듯 고개를 끄덕였다.

"올리브가 너무 많이 들어갔다고 샐러드를 다시 달라는 사람은 분명히 재수 없는 게 맞죠."

우리는 동시에 웃음을 터뜨렸다. 나는 손등으로 입을 막았다. 너무 웃어서 눈물이 나올 지경이었다.

"맞아요! 거기다가 꽤나 뻐기기도 하죠. 그런 다음 우리한테 올리브에 대해 시시콜콜 연설을 한바탕 했거든요."

짐짓 짜증나는 여자의 짜증나는 아버지 목소리를 흉내 냈다.

"올리브가 너무 많이 들어가면 이 잎채소의 섬세한 풍미를 압도해 버리거든."

로버트가 큰 소리로 웃었다. 먼저의 두 배쯤 되는 목소리였다. 그가 고개를 들더니 나보다 훨씬 비슷하게 맥스 씨의 목소리를 흉내 냈다.

"네 개만 넣어줄 수 있습니까? 세 개는 좀 모자라고, 다섯 개는 너무 많습니다. 맛의 균형이 흐트러져 버립니다!"

나는 웃느라고 정신을 잃을 지경이었다. 너무 웃어서 배가 아팠다. 그런데도 웃음이 멈추지 않았다. 그러다 갑자기 문 열리는 소리가 들렸다. 로버트와 나는 반사적으로 웃음을 멈추고 고개를 들었다. 하딘이 문 앞에 서 있었다.

나는 똑바로 서서 옷매무새를 다듬었다. 뭔가 잘못을 저지른 것 같은 느낌이 들었다. 아무 짓도 안 했는데 말이다.

"내가 즐거운 시간을 방해했나?"

하딘이 꽥 소리를 질렀다.

"맞아."

대답하는 내 목소리는 단호했다. 의도했던 거다. 아직도 웃느라 꺽꺽 숨이 끊겼다. 와인 때문에 머리가 빙빙 도는 것 같았다. 하딘 때문에 심장이 아픈 것도 같다. 하딘은 로버트를 쳐다보았다.

"보아하니 그러네."

로버트는 여전히 장난기 가득한 미소를 머금고 있었다. 하딘이 기를 쓰고 그를 위협하려는데도 말이다. 로버트는 눈 하나 깜박이지 않았다. 아무리 손님이 말도 안 되게 굴어도 언제나 친절하게 대해야 한다고 훈련 받은 것 같았다. 근데 여긴 다른 손님이 부르는 소리도 들리지 않는 곳이다. 어쨌든 하딘이 말도 안 되는 태도를 보이는데도 그는 해맑게 웃고만 있었다.

"원하는 게 뭔데?"

하딘에게 물었다. 나를 돌아보는 그의 입이 굳게 다물어져 있었다.

"안으로 들어가."

명령조 말투에 나는 고개를 가로저었다.

"테사, 나하고 이런 장난 하지 마. 들어가자고."

하딘이 내 팔을 붙잡으려 했지만, 나는 홱 뿌리치고 그 자리에 버티고 섰다.

"싫다고 했잖아. 너나 들어가. 네 친구가 널 보고 싶어 할 거 같은데."

내가 비아냥거렸다.

"당신…."

하딘이 로버트를 돌아보았다.

"당신이야말로 안에 있어야 하는 거 아니야? 가서 우리 테이블 술 좀 더 갖다주시죠."

최대한 모욕적으로, 하딘이 손가락을 부딪치며 딱 소리를 냈다.

"사실 저는 쉬는 중이에요. 테이블에 술은 저 말고 다른 멋진 직원이 가져다 드릴 겁니다."

로버트는 어깨를 으쓱해 보였다.

순간 하딘이 멈칫했다. 이런 식으로 그에게 대꾸하는 사람은 없었다. 특히나 낯선 사람이라면 더욱.

"오케이, 그럼 다시 말하지…."

하딘이 로버트에게로 한 발짝 다가섰다.

"빌어먹을! 그 여자한테서 떨어져. 안으로 들어가서 다른 할 일이나 찾아보라고. 멱살 잡혀서 난간에 대가리 처박히기 전에."

"하딘!"

나는 둘 사이를 막아섰다. 하지만 로버트는 미동도 없었다.

"계속 하시죠."

로버트가 자신만만한 목소리로 천천히 말했다.

"근데 이거 하나만 알아두시죠. 여긴 좁은 동네예요. 우리 아버지는 이곳 보안관(미국 최소 행정 단위인 군(county)에서 주민들에 의해 선출된 사법경찰관 - 옮긴이)이고, 할아버지는 판사입니다. 그리고 삼촌은 그분들이 폭행죄로 가둬 놨죠. 그러니까 제 대가리를 후려치고 싶으면…, 그렇게 해보시죠."

그가 어깨를 으쓱했다.

입이 떡 벌어졌다. 다물 수 없을 것 같다. 하딘의 눈빛에 살기가 번뜩였다. 나와 로버트, 그리고 레스토랑 안을 번갈아 보면서 상황을 저울질 하는 것 같았다.

"가자."

결국 하딘이 나한테 한 말이었다.

"안 갈 거야."

내가 대답하며 그에게서 물러섰다. 그리고 로버트 쪽으로 돌아서며 말했다.

"잠깐 우리한테 얘기할 시간 좀 줄래요?"

로버트가 천천히 고개를 끄덕였다. 나는 안으로 들어가면서 마지막으로 하딘을 한 번 더 노려보았다.

"그래서, 뭐! 지금 웨이터하고 자기라도 하려고?"

하딘은 괴로운 듯 인상을 찌푸렸다. 나는 더 멀찍이 물러섰다. 그래도 그의 시야에서 벗어나지 않으려 했다.

"이제 좀 그만해. 어떻게 될지 우리 둘 다 알잖아. 넌 계속 나를 모욕하겠지. 난 계속 도망갈 테고. 그럼 넌 날 쫓아와서는 다시는 무례하게 굴지 않겠다고 말하고, 우린 같이 오두막으로 돌아가서 섹스를 하겠지."

하딘은 완전히 멘탈이 무너진 것처럼 보였다. 하지만 평소처럼 그는 곧 자신을 추슬렀다. 고개를 뒤로 젖히며 크게 웃었다. 그러더니 아무렇지 않다는 듯 말했다.

"틀렸어."

그는 문 쪽으로 걸음을 옮겼다.

"벌써 다 잊어버린 거야? 넌 내가 무슨 말만 하면 경기를 일으키잖아. 그러곤 도망가버리고, 내가 널 졸졸 쫓아가고, 그러면 너랑 섹스할 수 있게 되지. 그리고…."

하딘이 심술궂은 표정으로 쳐다보았다.

"넌 항상 그걸 받아들였잖아."

가시 돋친 말이었다. 순간 오싹해졌다. 나는 양손으로 몸을 감싸 안

왔다.

"뭐라고?"

가쁜 숨을 들이마셨다. 찬 공기가 들어와 숨이 막혔다.

"네가 날 떠날 수 없기 때문인가? 아마 내가 세상에서 섹스를 제일 잘하는 모양이지?"

그의 딱딱한 말투는 잔인하기까지 했다.

"왜…, 지금이야?"

질문을 바꿨다.

"왜 지금 이러는 거냐고. 내가 너하고 영국에 가지 않는다고 해서?"

"그렇기도 하고 아니기도 해."

"내가 시애틀을 포기하지 않을 거라서, 그래서 날 화나게 하려는 거야?"

눈이 타들어 가는 것 같았다. 하지만 울지 않을 거다.

"그래서 저 여자랑 나타난 거야?"

나는 릴리안을 가리켰다.

"그래서 이런 말도 안 되는 소리들을 나한테 퍼붓는 거야? 이미 이런 건 다 겪었다고 생각했어. 나 없이 살 수 없다고 한 건 어떻게 된 거야? 할 수 있는 한 최고로 잘해주겠다고 했던 건?"

하딘은 시선을 피했다. 아주 잠깐, 혐오가 담긴 그의 시선 뒤에 무언가 깊은 감정이 스며 있는 것처럼 보였다.

"누군가 없이 살 수 없는 것과 누군가를 사랑하는 건 아주 다른 거야."

하딘은 내게서 멀어져 갔다. 그가 일깨워 준 사실에 일말의 존경심 같은 걸 남긴 채.

테사에게 상처를 주고 싶었다. 그녀의 기분을 더럽게 만들고 싶었다. 테이블 맞은편에서 그녀가 깔깔거리고 있는 게 눈에 들어왔을 때 말이다. 내 주목을 끌려고 굳이 맞은편에 앉아서는, 빌어먹을, 엄청 웃고 있었다. 내가 릴리안이랑 바짝 붙어 있는 건 신경도 안 쓰는 것처럼 보였다. 게다가 웨이터에게 한눈이 팔려서 무턱대고 실실거렸다.

그러자 증오심이 불타오르기 시작했다. 테사를 무너뜨릴 확실한 방법을 실행해 봐야겠다. 아침에 릴리안이 했던 말이 불현듯 떠올랐다. 다시 분노가 끓어오르려 했다. 그래서 내가 먼저 말해버린 거다.

'누군가 없이 살 수 없는 것과 누군가를 사랑하는 건 아주 다른 거야.'

다시 되돌리고 싶다…. 아니, 테사는 그런 말을 들어도 싸다.

적어도 그 말은 하지 말았어야지. 나하고 시애틀에 같이 가고 싶지 않다는 말 따위는. 나더러 자기를 화나게 만든다고 했지만, 난 그녀를 화나게 한 적이 없다. 나는 그녀를 위해 여기, 그녀의 곁에 있는 거다. 그런데도 그녀는 기회만 되면 어떻게든 나를 떠날 궁리만 하고 있다.

"갈게요."

테이블로 돌아와 던지듯 말했다. 여섯 쌍의 눈이 일제히 나를 쳐다보았다. 랜던은 어이없는 표정을 짓더니 문을 쳐다보았다.

"테사는 밖에 있어."

비꼬듯이 말했다. 나가서 빌어먹을 것들한테 장갑이라도 끼워주든가.

"너, 뭐 하고 온 건데?"

랜던이 신경질적으로 물었다. 나는 그를 노려보았다.

"빌어먹을, 네 일에나 신경 쓰시지."

"하딘."

아빠가 경고했다. 모두가 나를 못마땅해 한다. 누구든 나랑 한판 시작하겠다면, 제길, 나도 가만있지 않을 거다.

"저도 갈래요."

릴리안이 일어섰다.

"싫어."

딱 잘라 말했지만, 그녀는 내 말은 무시하고 따라 나왔다. 나는 레스토랑을 가로질러 문밖으로 나왔다.

"대체 무슨 일인데?"

밖으로 나오자 릴리안이 물었다. 걸음을 멈추지 않고 어깨 너머로 소리 질렀다.

"테사가 그 재수 없는 자식이랑 같이 있잖아."

"내가 너한테 아무 것도 아니란 얘긴 했어? 그랬더니 걔가 뭐래?"

릴리안은 하이힐을 신고 휘청거렸다. 나는 걸음을 멈추지 않았다. 어디로 가야 할지 갈피를 잡으려 애를 쓰는 중이다. 내 차를 몰고 여기 왔어야 했는데, 아니다, 테사가 자기 길을 제대로 갔어야 한다. 미치겠군.

"말 안 했어."

"왜? 그럼 지금 걔가 무슨 생각을 할지 알잖아?"

"상관 안 해. 내가 너랑 잘 거라고 생각했으면 좋겠어."

릴리안이 걸음을 멈췄다.

"왜? 걔를 사랑한다면서, 왜 걔가 그렇게 생각했으면 하는데?"

아, 이제 릴리안까지 나를 열받게 한다. 나는 고개를 홱 돌렸다.

"걔는 그렇게 해서라도 깨달아야…."

릴리안이 손을 들어 내 말을 막았다.

"그만. 걘 깨달아야 할 게 없어. 내가 보기엔 네가 뭔가를 깨달아야 할 거 같은데. 가엾은 그 애한테 무슨 얘기를 한 거야?"

"오늘 아침, 네가 나한테 했던 소리를 그대로 해줬어. 누군가 없이 살 수 없는 것과 누군가를 사랑하는 건 아주 다른 거라고."

릴리안이 믿을 수 없다는 듯 고개를 가로저었다.

"그러니까, '너 없이는 살 수 없지만, 너를 사랑하지는 않는다'고?"

"그래. 그렇게 말하지 않았던가?"

테사 2호는 이제 꺼져줘야 한다. 오리지널 테사처럼 내 신경을 긁기 시작했으니까.

"와우."

릴리안이 별안간 웃음을 터뜨렸다.

'뭐야, 지금 날 비웃는 거야?'

"뭐가 그렇게 웃긴데?"

나는 거의 고함치듯 말했다.

"넌 정말 구제 불능이구나."

릴리안이 나를 조롱했다.

"그건 네가 아니라 테사에 대한 거였어. 내 말은 걔가 너 없이 살 수 없다고 말했대서, 걔가 널 사랑하는 건 아닐 거란 소리였어."

"뭐라고?"

"넌 그렇게 생각했잖아. 걔가 네 손바닥 안에 있으니 너를 떠날 수 없을 거라고. 걔는 너 없이 살 수 없다고. 근데 제3자 입장에서 보면 그게 아니야. 네가 걔를 옴짝달싹 못 하게 옭아매고 있으니까 걔가 널 못 떠나는 거지. 널 사랑해서가 아니라. 네가 걔한테 너 없이 살 수 없는 것처럼 느끼게 만들기 때문이라고."

"아니…, 테사는 나를 사랑해."

그건 내가 안다. 그래서 테사는 언제나 나를 따라올 거다.

릴리안이 의아한 듯 두 팔을 들었다 놨다.

"널 사랑한다고? 일부러 상처만 주는 널 왜 사랑하겠어?"

이딴 얘기는 지겹도록 많이 했다.

"네가 뭔데 나한테 이래라 저래라 훈계야?"

릴리안이 했던 것처럼 나도 두 팔을 공중에 들어올렸다.

"네가 테사와 나 사이에 끼어서 해결사 노릇 하려고 난리 치는 지금, 네 여자친구는 다른 사람이랑 자고 있을 거다."

릴리안의 눈이 휘둥그레졌다. 그리고 내게서 한 발짝 물러섰다. 조금 전 테사가 그랬던 것처럼. 그녀는 고개를 절레절레 흔들며 방향을 바꿔 레스토랑 주차장을 향했다.

"어디 가?"

차가운 공기를 가르며 소리쳤다.

"다시 들어가려고. 테사는 그따위 짓거리를 받아줄 만큼 멍청할지 몰라도, 난 아냐."

아주 잠깐 그녀를 따라갈 뻔했다. 내… 친구라고 생각했던 여자를. 왜 그런지 모르겠지만, 그녀는 믿을 만한 사람인 것 같았다. 겨우 안 지 이틀밖에 안 됐지만 말이다.

쳇, 엿이나 먹으라지. 난 누구도 따라가지 않는다. 테사든 테사 2호든. 둘 다 지옥에나 가라지. 둘 다 필요 없다.

가슴이 아파 오고, 목은 바짝바짝 마르고, 머리는 빙빙 돈다. 하던 얘기의 골자는 나를 사랑하는 게 아니라 나랑 잘 수 있어서 나를 따라다녔다는 거였다. 가장 최악인 건 그동안의 모든 것이 진심이 아니었다는 거다. 하딘은 나를 사랑한다. 분명히. 그의 관점에서 보자면, 그는 세상 무엇보다 나를 사랑한다. 그것만큼은 지난 6개월간 나에게 보여주고 또 보여줬다. 그런데 한편으로는 다른 모습도 보여줬다. 나에게 상처 주는 걸 그만두겠다는 약속도 어겼고, 자존심이 상해 나를 위축되게 만드는 것도 멈추지 않았다. 그가 나를 사랑했다면, 절대 나에게 고의로 상처를 주지는 않을 거다.

오로지 나한테 섹스만을 원했다고? 그게 진심일까? 하딘이 진심으로 나를 노리개로 여기진 않을 거다, 그렇겠지? 하딘한테 진실과 거짓이란 오로지 기분에 따라 쉽게 좌우될 뿐이다. 그러니 진심일 리가 없다. 그런데 한편으로는 제법 설득력이 있었다. 눈도 하나 깜짝하지 않았으니까. 솔직히 이젠 나도 잘 모르겠다. 그 무수한 다툼과 눈물, 그걸 다 겪으면서도 일말의 확신은 있었다. 그가 날 사랑한다는.

그것마저 없다면, 우리는 아무 것도 아니다. 그리고 하딘이 없다면, 나는 아무 것도 없다. 우리 둘 다 비이성적이고 욱하는 성질을 가지고 있는데다 십대의 열정까지 섞여서 점점 더 감당하기 어려워지고 있다.

'누군가 없이 살 수 없는 것과 누군가를 사랑하는 건 아주 다른 거야.'

그의 말이 비수가 되어 또 한 번 가슴에 꽂혔다.

이곳의 공기는 너무 퀴퀴하고, 답답하고, 숨이 막혔다. 사람들의 웃음소리는 점점 더 사악해져만 갔다. 출구를 찾았다. 발코니로 가는 유리문은 닫혀 있었다. 문을 열고 나가니 시원한 공기가 반가웠다. 거기 앉아서 어둠 속을 하염없이 쳐다보고 있었다. 밤의 적막과 느릿하게 이어지는 생각들….

로버트가 곁에 다가왔다. 그가 올 때까지 문이 열린 줄도 모르고 있었다.

"뭘 좀 가져왔어요."

그의 손에는 와인 한 병이 들려 있었다. 그는 와인 병을 장난스럽게 흔들었다. 로버트는 어깨를 한쪽으로 떨구고는 잘생긴 얼굴에 함박웃음을 지었다. 진심 어린 미소였다.

"동정의 와인이에요?"

그는 흰색 레이블이 붙은 와인 병을 들고 있었다. 아까 맥스 씨가 주문했던 바로 그 와인이었다. 꽤 값이 나갈 텐데.

그가 웃으며 내 손에 와인 병을 쥐어 주었다.

"그거 말고 또 뭐가 있겠어요?"

병은 차가웠다. 2월의 차가운 공기 때문인지 손의 감각이 거의 없었다.

"잔도 있어요."

그가 미소를 지으며, 앞치마 주머니에 손을 깊숙이 찔러 넣었다.

"진짜 와인 잔은 여기 안 들어가서, 이걸 가지고 왔어요."

그는 작은 스티로폼 컵을 건네주었다. 나는 컵을 받아 들었고, 그는 와인 뚜껑을 열었다.

"고마워요."

컵에 와인이 채워지자, 바로 컵을 입술에 가져다 댔다.

"안으로 들어가도 돼요. 이미 정리해서 닫은 구역이 있거든요. 거기 앉으면 돼요."

로버트가 말하고는 한 모금 마셨다.

나는 한숨을 쉬며 우리 테이블 쪽으로 시선을 옮겼다.

"그 사람은 갔어요."

그의 목소리에 동정심이 담겨 있었다.

"그 여자도 갔고요."

그가 덧붙였다.

"이 와인 얘기나 해주세요."

최대한 아무렇지도 않은 척하며 가벼운 주제로 바꾸었다.

"이 녀석은, 음, 제대로 숙성된 완벽함이랄까?"

그가 웃었고, 나도 따라 웃었다.

"마시기만 했지 잘은 몰라요."

컵에 남은 와인을 재빨리 마셔버렸다.

"음."

그가 내 뒤쪽을 쳐다보았다. 그의 표정에 긴장감이 스쳐 지나갔다. 가슴이 철렁 내려앉았다. 하딘이 다시 돌아온 것만 아니면 좋겠다. 성에 안 찬 욕지거리를 내뱉으러 왔을지도 모른다. 뒤를 돌아보았다. 릴리안이 문 앞에 서 있었다. 들어가야 할지 말아야 할지 망설이는 것처럼 보였다.

"왜 그러고 있어요?"

내가 물었다. 질투를 억누르려 애쓰면서. 하지만 온몸으로 퍼진 술기운 때문인지 말투가 곱진 않았다. 빈 컵이 바람에 날렸다. 로버트가 빈 컵을 가져가더니 새 와인을 채워주었다. 이 어색하고 말도 안 되는 상황을 최대한 피하려고 딴청을 피우는 것 같았다.

"얘기 좀 할 수 있을까요?"

릴리안이 물었다.

"우리가 뭣 때문에 얘기를 해야 하죠? 모든 걸 확실히 알겠는데."

또 술 한 모금을 꿀꺽 마셨다. 차가운 와인이 입안을 가득 채웠다.

예상과 달리 그녀는 아무 반응이 없었다. 그저 우리 쪽으로 걸어와서 덤덤하게 말했다.

"나, 레즈비언이에요."

'뭐?'

로버트가 파란 눈을 동그랗게 뜨고 나를 빤히 쳐다보고 있지만 않았더라면, 마셨던 와인을 뿜을 뻔했다. 시선을 로버트에게서 릴리안에게 옮기며 천천히 와인을 삼켰다.

"정말이에요. 난 여자친구도 있어요. 하딘하고 나는 그냥 친구일 뿐이에요."

릴리안이 인상을 찌푸렸다.

"당신이 하딘과 나 사이를 궁금해 한다면 말이에요."

저 표정이 뭔지 알겠다. 하딘이 분명 릴리안한테 다 말한 거다.

"그럼 왜…."

내가 말을 꺼냈다.

'이 여자가 솔직한 거 맞나?'

"두 사람이 내내 딱 붙어 있었잖아요."

"그런 거 아니에요, 하딘이 좀…, 치근덕거리잖아요. 아마 내 의자에 팔을 두른 걸 본 것 같은데, 그건 당신이 질투하게 만들려고 한 거예요."

"왜 그런 짓을 했대요?"

사실 답을 알고 있었다. 나에게 상처 주려고 그랬겠지, 당연히.

"당신한테 내가 동성애자란 걸 얘기하라고 말했어요. 우리 사이에 무슨 일이 있었다고 생각했다면 미안해요. 하지만 절대 아니에요. 나는 사귀는 사람 있어요, 여자친구요."

어이없는 표정을 지으며 로버트에게 컵을 들이밀었다. 와인이 더 필요했다.

"둘이 그러는 게 꽤나 편안해 보이던데요."

나는 거칠게 쏘아붙였다. 진심을 담아 애원하는 눈빛으로 그녀가 말했다.

"고의로 그런 건 아니에요. 마음 상했다면 진심으로 미안해요."

그녀가 털어놓은 말 때문에 머릿속이 복잡해졌다. 아무 생각도 나지 않았다. 릴리안이 레즈비언이라니 엄청 안심이 된다. 좀 더 일찍 알았으면 좋았을걸. 그렇더라도 별로 달라질 건 없다. 혹시나 있다면 그의 행동이 상황을 더 나쁘게 만들었다는 거다. 하딘은 일부러 나의 질투심을 자극한 거다. 거기다 한술 더 떠서 나에게 독설을 쏟아냈다. 하딘이 그녀와 시시덕거리는 건 그닥 상처가 되지 않았다. 오히려 그가 나를 사랑하지 않았단 말이 훨씬 더 상처가 되었다.

나는 릴리안을 쳐다보며 홀짝거렸다.

"근데 왜 나한테 이런 소리를 하는 거예요? 하딘이 당신을 두고 가버렸군요, 그렇죠?"

릴리안은 반쯤 미소를 짓고는 우리 테이블에 앉았다.

"네, 맞아요."

"하딘은 원래 그런 짓 잘해요."

내 말에 그녀가 고개를 끄덕였다. 약간은 긴장한 듯 보였다. 속으로 끊임없이 되뇌었다. 문제는 이 여자가 아니다, 하딘이다.

"컵 더 없어요?"

로버트에게 묻자, 그가 자랑스러운 듯 미소를 지으며 고개를 끄덕였다. 가슴이 약간 떨렸다. 와인 때문이겠지, 그래, 분명 와인 때문이다.

"안에서 가지고 올게요."

예의 바른 말투였다.

"우리 다 같이 안으로 들어가죠. 입술이 새파래졌어요."

로버트를 쳐다보았다. 시선이 자연스레 그의 입술로 옮겨졌다. 도톰하고 핑크빛이 도는 입술. 너무 부드러울 것 같았다. 근데 내가 왜 이남자 입술을 보고 있지? 다 와인 때문이다. 하딘의 입술이 보고 싶다. 하지만 요즘 들어 그 입술은 내게 소리를 지르는 데만 쓰이는 것 같다.

"하딘은 안에 있어요?"

릴리안은 고개를 가로저었다.

"좋아요, 그럼 안으로 들어가요. 저 테이블에서 랜던도 해방시켜줘야 하니까요, 특히 저 맥스라는 남자 분한테서 말이에요."

툭 아무 생각 없이 말했다. 그러다 아차 싶어 릴리안을 쳐다보았다.

"이런, 미안해요."

릴리안이 깔깔대며 웃는 바람에 깜짝 놀랐다.

"괜찮아요, 진짜. 나도 우리 아빠가 재수 없거든요."

대답을 할 수 없었다. 그녀가 우리 사이를 위협하는 존재가 아닐지라도, 그게 그녀를 좋아한다는 의미는 아니니까. 아무리 나한테 친절하고 다정해 보인다 해도 말이다.

"안으로 들어갈 거예요, 아니면…?"

로버트가 구둣발로 뒤꿈치를 톡톡 쳤다.

"들어가요."

남은 와인을 단숨에 마시고 안으로 향했다.

"난 랜던을 데려올게요. 당신, 여기서 술 마셔도 괜찮아요? 유니폼 입고?"

새 친구가 된 로버트에게 물었다. 괜히 그가 곤란해지는 건 싫었다. 머리가 어질어질했다. 로버트의 아버지가 그를 체포하는 장면이 떠올라 키득키득 웃었다.

"뭐라고요?"

그는 내 표정을 살피고 있었다.

"아무 것도 아니에요."

거짓말을 했다. 안으로 들어가, 릴리안과 나는 우리 테이블 쪽으로 걸어갔다. 두 손을 랜던의 의자 등받이에 놓았다. 그는 고개를 돌려 나를 올려다보았다.

"괜찮아, 테사?"

"응."

랜던이 조용히 물었고, 나는 어깨를 으쓱했다. 릴리안은 자기 부모님께 뭔가 말하고 있었다. 그깟 와인 몇 잔에 취기가 한계점까지 오르지 않았다면 이러지 않았을 거다.

"우리랑 같이 어울릴래? 여기서 와인 좀 마실 건데…, 좀 많이 마실지도 몰라."

실실 웃음이 나왔다.

"누구랑? 쟤랑?"

랜던이 테이블 너머 릴리안을 힐끗 쳐다보았다.

"응, 쟤 괜찮더라."

사람들 앞에서 릴리안의 사생활을 까발리고 싶진 않았다.

"맥스 씨네 오두막에서 축구 경기 같이 보겠다고 아버지한테 말씀드렸어. 근데 네가 여기 남고 싶다면 그렇게 하자."

"아냐…."

랜던이 같이 있어 주길 무엇보다 바랐지만, 나 때문에 계획을 바꾸게 하고 싶지는 않았다.

"난 너도 저 사람들이랑 떨어져 있고 싶은 줄 알았지."

내가 속삭이자 랜던이 미소를 지었다.

"그러고 싶지. 근데 내가 같이 가겠다니까 아버지가 너무 좋아하셨어. 맥스 씨가 상대 팀을 응원하시거든. 서로 상대 팀 헐뜯으며 같이 보는 게 재미있을 것 같으신가 봐."

그러고는 나만 들리게 내 쪽으로 몸을 바짝 기울였다.

"근데 저 웨이터랑 어울리는 거 정말 괜찮겠어? 착해 보이긴 하는데, 하딘이 알면 죽이려고 할지도 몰라."

"저 남자도 호락호락하지 않던데."

랜던에게 큰소리를 떵떵 쳤다.

"축구 경기 재밌게 봐."

나는 몸을 기울여 랜던의 볼에 입을 맞추었다. 그러다 재빨리 물러나 내 입을 틀어막았다.

"아, 미안. 왜 이러는지 모르겠어…."

"괜찮아, 괜찮아."

랜던이 웃음을 터뜨렸다. 얼른 주위를 둘러보았다. 다행히 모두들 대화에 열중하고 있었다. 아무도 나의 창피스러운 행각을 눈치채지 못한 것 같았다.

"조심해, 테사! 언제든 필요하면 연락하고."

"응. 너도 지루해지면 여기로 와."

"그래."

랜던이 미소를 지었다. 켄 씨와 축구 경기를 보는 게 지루할 리는 없을 거다. 아버지와 함께 시간을 보내는 걸 좋아하니까. 하딘과는 절대 공유할 수 없는, 그런 애정을 그는 가지고 있었다.

"아빠, 나도 이제 성인이라니까요."

테이블 너머 릴리안이 씩씩거리는 소리가 들렸다. 맥스 씨는 완고한 표정으로 고개를 저었다.

"길바닥에 널 내놓고 가야 할 이유가 대체 뭐냐? 넌 우리와 함께 오두막으로 돌아갈 거야. 최후통첩이다."

맥스 씨는 자기 사람들을 완전히 휘어잡고 통제하는 그런 류의 사람인 게 분명했다. 딱딱해 보이는 그의 얼굴에 심술궂은 미소가 번지는 걸 보니 확실하다.

"알았어요."

절망에 찬 그의 딸이 당차게 응수했다. 그녀는 엄마를 쳐다봤지만, 엄마는 입을 다물고 가만히 있었다. 와인을 한 잔만 더 마셨더라면 저 재수 없는 남자에게 한마디 쏘아 붙였을 텐데. 하지만 켄 씨와 카렌을 화나게 하는 건 싫었다.

"테사, 넌 우리랑 같이 갈래?"

카렌이 물었다.

"아니요, 전 여기 좀 더 있을게요. 괜찮죠?"

카렌이 걱정하지 않았으면 좋겠다. 카렌이 릴리안을 보더니 내 뒤쪽으로 멀찍이 서 있던 로버트를 쳐다보았다. 릴리안의 성적 취향 같은 건 꿈에도 생각지 못하겠지. 카렌은 하딘이 릴리안에게 한 행동이 언짢았던 모양이다. 역시 카렌이다.

"그래. 즐거운 시간 보내렴."

카렌은 수긍하는 듯 미소를 지어 보였다.

"네."

카렌에게 웃어 보이고 일어섰다. 맥스 씨나 그 와이프에게는 한마디 인사도 안 했다.

"우리끼리 가야겠어요. 쟤는 허락 못 받았어요."

로버트에게 다가가 속삭였다.

"허락을 못 받았다고요?"

"쟤네 아버지가 좀 재수 없잖아요. 근데 차라리 잘됐어요. 내가 지금 어떤 감정인지 사실 잘 모르겠어요. 쟤를 보니 누군가가 떠올라요. 누구라고 꼭 꼬집어 말할 순 없지만…."

말꼬리를 흐렸다. 나는 로버트를 따라 레스토랑의 비어 있는 구역으로 갔다. 막힌 공간에 테이블 몇 개가 있었다. 그 위에는 켜지 않은 초와 소금, 후추통이 놓여 있었다.

자리에 앉자, 온통 멍으로 알록달록한 제드의 얼굴이 불현듯 떠올랐다.

"나랑 어울리는 거, 진짜 괜찮아요? 하딘이 돌아올지도 몰라요. 걔는 사람들에게 폭력을 휘두르는 경향이 있어서⋯."

로버트는 내 쪽으로 의자를 당겨 앉더니 싱긋 웃었다.

"그럴 줄 알았어요."

로버트가 맞은편에 앉아 스티로폼 컵에 화이트 와인을 따라주었다. 건배를 했지만 유리잔을 부딪치는 청량한 쨍강 소리는 나지 않았다. 레스토랑의 딱딱한 분위기와는 너무나 다르다. 왠지 아늑하고 멋졌다.

42 · 하딘

이 동네에서 부를 수 있는 콜택시는 다 부른 것 같다. 집으로 돌아갈 테다. 하지만 택시가 없다. 거리가 너무 멀단다. 버스를 탈 수도 있지만 대중교통은 어쩐지 탐탁지 않다. 테사가 버스를 타고 쇼핑하러 다닌다는 얘기를 스테프에게 들었을 때 움찔했던 기억이 났다. 그땐 테사를 싫어했는데⋯, 그러니까, 싫어하는 줄 알았었지⋯. 거지 같은 사람들 사이에 오도카니 혼자 앉아 있을 테사를 생각하니 지금도 몸서리가 쳐진다.

그때와는 모든 게 달라졌다. 그때는 어떻게든 테사를 열받게 하려고 괴롭히고 조롱했는데. 레스토랑 발코니에서 혼자 돌아 나왔을 때 테사의 표정이란⋯. 아무 것도 변한 게 없다. 나는 아무 것도 달라지지 않았다.

사랑하는 여자를 고문하고 있다. 그게 내가 하는 짓이다. 그리고 그걸 그만둘 수 없을 것 같다. 근데 전부 내 잘못은 아니다. 테사도 잘못이 있다. 시애틀에 가자고 끊임없이 종용했다. 절대 수락할 수 없다고 분명히 선을 그었는데도 말이다. 나랑 계속 싸울 게 아니라, 당장 짐을 싸서 같이 영국으로 가야 한다. 퇴학을 당했든 아니든 더 이상 여기 있기가 싫다. 미국은 이제 질린다. 여긴 나한테 아무 의미도 없다. 아빠를 만나는 것도 지겹다. 이곳의 모든 게 지겨워 죽겠다.

"길 좀 똑바로 보고 다녀, 이 자식아."

어둠 속에서 난데없이 여자 목소리가 들렸다. 깜짝 놀랐다. 여자와 맞닥뜨리기 전에 옆으로 슬쩍 피해 섰다.

"너나 똑바로 보고 다녀."

걸음을 멈추지 않고 나도 쏘아붙였다.

'근데, 대체 왜 이 여자가 맥스 씨네 오두막 앞에 있는 거야?'

"뭐라는 거야?"

여자의 말에 뒤를 돌아보았다. 오두막 현관의 센서 등이 켜졌다. 여자가 한눈에 들어왔다. 까무잡잡한 갈색 피부, 곱슬곱슬한 머리, 찢어진 청바지에 바이커 부츠.

"누군지 맞춰볼까? 라일리?"

여자는 양손을 허리 옆에 올렸다.

"넌 누군데?"

"맞군, 라일리. 릴리안을 찾는 거라면, 걘 여기 없어."

"그럼 어딨어? 그리고 넌, 내가 릴리안을 찾는 줄 어떻게 안 거야?"

거침없는 여자가 당차게 응수했다.

"내가 걔하고 잤거든."

여자가 긴장하며 고개를 아래로 떨궜다. 짙은 어둠이 여자를 감쌌다.

"지금 뭐라고 지껄였어?"

여자는 한 걸음 앞으로 다가왔다.

나는 슬쩍 고개를 옆으로 치우며 여자를 쳐다보았다.

"맙소사, 농담이야. 걔는 부모님이랑 저 아래 레스토랑에 있어."

라일리가 고개를 번쩍 들었다.

"근데 넌 걔를 어떻게 알아?"

"어제 만났어. 걔네 아버지랑 우리 아버지가 친구인 거 같아. 걔도 네가 여기 온 거 알아?"

"아니, 걔를 찾아서 여기저기 헤매는 중이었어."

여자는 고갯짓으로 사방을 둘러싸고 있는 숲 쪽을 가리켰다.

"이런 빌어먹을 곳으로 와버린 다음 연락이 끊겼거든. 아마 빌어먹을 개네 아빠가 연락도 못 하게 했을 거야."

한숨이 절로 나왔다.

"그 사람은 진짜 그렇더라. 근데 그 사람이 걔를 만나게 허락해줄까?"

여자가 나를 노려보았다.

"넌 원래 이렇게 재수 없게 남의 일에 참견하냐?"

그러더니 뭐가 자랑스러운지 실실 웃었다.

"결국 만나게 해주겠지. 그 남자는 진짜 재수 없는데, 사실 완전 쫄보야. 나를 무서워하거든."

어둠 속에서 헤드라이트가 비쳤다. 나는 잔디 위로 내려섰다.

"왔나 보다."

차가 진입로에 들어서며 멈춰 섰다. 릴리안이 문을 열고 뛰어나와 라일리의 팔에 안겼다.

"여기까지 어떻게 온 거야?"

릴리안은 거의 비명을 지르고 있었다.

"운전해서."

릴리안의 여자친구는 덤덤하게 대답했다.

"날 어떻게 찾았어? 일주일 내내 휴대전화가 안 터졌어."

릴리안은 여자친구의 목에 코를 비벼댔다. 터프 걸 같던 라일리의 모습이 점점 바뀌었다. 그녀는 릴리안의 등을 사랑스럽게 어루만졌다.

"여긴 작은 동네잖아, 베이비. 그닥 어렵진 않았어."

라일리는 살짝 뒤로 몸을 빼고는 릴리안의 얼굴을 쳐다보았다.

"내가 여기 온 거, 너네 아빠가 상관 안 하려나?"

"안 할 거야. 할지도 모르고. 그래도 널 쫓아내지는 못할 거야."

나는 뭔가 어색해서 헛기침을 했다. 쭈뼛거리며 둘의 애정 행각을 보고 있다니.

"오케이. 그럼, 난 가볼게."

나는 다시 걷기 시작했다.

"잘 가."

라일리가 인사했다. 릴리안은 아무 말도 하지 않았다.

잠시 후, 우리 오두막 입구에 도착해 진입로로 걸어 들어갔다. 좀 있으면 테사가 오겠지. 그들이 도착하기 전에 집 안으로 들어갔으면 좋겠다. 분명 테사는 울고 있겠지. 결국엔 내가 사과해야 할 거고, 그녀의 울음을 그치게 해줘야 하겠지. 그리고 내 상황을 설명해줘야지.

겨우 현관에 도착했을 때는 카렌과 릴리안의 엄마가 차에서 내리는 중이었다.

"다른 사람들은요?"

눈으로는 테사를 찾으며 카렌에게 물었다.

"아, 네 아빠하고 랜던은 맥스 씨네 집으로 갔어. 축구 경기를 같이 본다고."

"테사는요?"

가슴이 철렁 내려앉았다.

"테사는 레스토랑에 있고."

"뭐라고요?"

'젠장, 빌어먹을!'

이건 내가 생각했던 상황이 아니다.

"그놈이랑 같이 있는 거죠?"

두 여자를 향해 물었다. 물론 대답은 이미 알고 있었다. 테사는 아버지가 보안관인가 뭐가 하는 금발 애송이와 함께 있는 거다.

"맞아."

카렌이 대답했다. 주위에 아무도 없었더라면 카렌한테 욕지거리를 했을 거다. 숨기려고 애쓰는데도 그녀의 입가에 슬며시 미소가 번졌기 때문이다.

43 · 테사

"내 인생 얘기는 이쯤 해두죠."

로버트가 활짝 웃었다. 그의 미소는 따뜻하고 정직했으며, 어린아이 같았다. 그러면서도 사랑스러웠다.

"그래요…, 재미있네요."

테이블에 놓인 와인 병을 잡고 기울였다. 다 마신 모양이다.

"거짓말쟁이."

로버트가 짓궂게 말하자, 술기운 때문인지 키득키득 웃음이 터졌다. 그가 살아온 이야기는 간단했지만 따뜻했다. 완전히 평범하지는 않지만 우여곡절 없는, 정말로 평탄한 삶이었다. 어머니는 교사, 아버지는 보안관인 부모님 슬하에서 자랐다. 두 동네 떨어진 작은 대학을 졸업하고 의대에 가기로 결정했다. 워싱턴대학교 의대 입학 대기자 명단에 올라가 있어서 순서를 기다리며 이곳에서 아르바이트를 하고 있다. 이 근처에서 가장 비싼 레스토랑이라 수입도 꽤 괜찮고, 모아놓은 돈도 제법 있다.

"그러지 말고 WCU에 갔어야 했는데 말이에요."

그에게 말했지만, 그는 고개를 가로저었다. 그가 자리에서 벌떡 일어나 손가락을 들며 말을 끊었다. 나는 의자에 기대 앉아 그가 돌아오기를 기다렸다. 의자 등받이에 머리를 기대고 위를 올려다보았다. 천장의 한 부분에 구름과, 성, 천사들이 그려져 있었다. 바로 위에 있는 천사는 잠들어 있었다. 그 옆에는 소년처럼 보이는 천사가 잠든 천사를 응시하고 있었다. 등 뒤에는 검은 날개가 펼쳐져 있다.

'하딘이다.'

"말도 안 돼요."

생각들 사이로 로버트의 목소리가 불쑥 들렸다.

"거기엔 나한테 적당한 커리큘럼이 없어요. 게다가 의대 과정은 시애틀에 있는 메인 캠퍼스에 일부 있을 뿐이에요. WCU는 시애틀 캠퍼스가 훨씬 작아요."

고개를 들어보니 로버트의 손에 새 와인이 들려 있었다.

"거기 가봤어요?"

새로 갈 캠퍼스가 궁금해져 로버트에게 다그쳐 물었다. 천장에 있는 으스스한 아기 천사 이미지에서 눈을 떼고 싶기도 했다.

"딱 한 번이요. 캠퍼스는 작지만 꽤 멋졌어요."

"월요일부터 거기로 가게 되었어요. 근데 살 곳이 없어요."

웃음이 터졌다. 이런 무계획은 절대 웃긴 게 아닌데, 이상하게 지금은 웃기기만 했다.

"다음 주 월요일에요? 오늘이 벌써 목요일이잖아요. 월요일이면 코앞인데?"

"넵."

나는 고개를 끄덕였다.

"기숙사는 어때요?"

로버트가 코르크 마개를 따며 물었다.

기숙사…, 그 생각은 못 했다, 단 한 번도. 그러니까 하딘과 같이 갈거라 생각…, 아니 바랐으니까, 기숙사는 내 선택지가 아니었다.

"캠퍼스 안에서 살긴 싫어요. 게다가 이제 나만의 공간에서 사는 게 어떤 기분인지 알아버렸거든요."

로버트가 고개를 끄덕이며 와인을 따랐다.

"맞아요. 한 번 자유의 맛을 보면 다시 되돌아갈 순 없죠."

"하딘이 시애틀에 같이 간다면…."

나는 멈칫거리며 말을 끊었다.

"그럼 두 사람은 장거리 연애를 할 계획이었어요?"

"아뇨, 그렇게는 안 될 거 같아요."

가슴 깊은 곳에서 묵직한 통증이 느껴졌다.

"단거리 연애도 잘될까 말까였는데요."

얼른 주제를 바꿔야겠다. 안 그랬다간 펑펑 울어버릴지도 모른다.

"엉엉."

이게 무슨 난데없는 소린지.

"엉엉."

그가 엄지와 검지로 입술을 한껏 찌푸리며 우는 시늉을 했다.

"그러면 재밌어요?"

로버트는 싱긋 웃으며 와인이 가득 담긴 컵을 내 앞에 놓았다. 고개를 끄덕이며 따라 웃었다.

"지금껏 일하면서, 오늘이 제일 재밌는 것 같아요."

"나도요."

앞뒤가 하나도 안 맞는 소리였다.

"나, 술을 잘 못 마셔요. 요즘엔 예전보다 더 안 마시죠. 근데 이제 참는 데도 한계가 있어요. 그래서 그냥 막 마시는 거예요."

흥얼거리듯 말하고 컵을 눈앞에 들어올렸다.

"나도 그래요. 술을 많이 마시진 못해요. 그래도 아름다운 아가씨가 형편없는 저녁 시간을 보내고 있다면, 그날만은 예외죠."

로버트가 패기 있게 내뱉고는 이내 말꼬리를 흐린다.

"난, 그냥…, 내 말은…."

그는 두 손으로 얼굴을 감쌌다.

"당신 주변에 방어막이 있는 것 같진 않았어요."

테이블 너머로 손을 뻗어 얼굴을 가리고 있던 그의 손을 끌어내렸다. 그가 살짝 움찔하더니 나를 빤히 쳐다보았다. 그의 푸른 눈동자는 너무도 맑았다.

"무슨 생각을 하고 있는지 알 것 같아요."

생각할 겨를도 없이 불쑥 말이 튀어나왔다.

"당신만 괜찮다면."

로버트가 속삭이듯 대답하며 입술에 침을 발랐다.

그는 내게 키스하고 싶은 것 같았다. 정직한 눈빛이라, 표정으로 읽을 수 있다. 하딘의 눈은 늘 경계심이 가득했다. 그의 생각을 읽으려면 한참을 고군분투해야 한다. 단 한 번도 내가 바라고, 내게 필요한 방식으로 그를 읽어낼 수 없었다. 나는 로버트에게 몸을 기울였다. 그도 내쪽으로 천천히 다가왔다. 아직 우리 사이에 작은 테이블이 있긴 했지만.

"내가 그를 많이 사랑한 게 아니라면, 당신한테 키스했을 거예요."

나지막한 목소리로 말했다. 뒤로 빼지 않았지만 더 가까이 다가가지도 않았다. 취할 만큼 취했고 하딘에게 화날 만큼 화났는데도, 어쩐지 할 수가 없었다. 이 남자에게 키스할 수가 없다. 하고 싶은데, 할 수가 없다.

로버트의 왼쪽 입꼬리가 비쭉 올라갔다.

"당신이 그를 얼마나 사랑하는지 몰랐다면, 키스를 허락했을 거예요."

"그래요…."

무슨 말을 더 해야 할지 모르겠다. 너무 취했고, 어색했다. 하딘과 제드 외에 다른 사람들을 어떻게 대해야 할지 모르겠다. 어찌 보면 그 둘은 비슷했다. 하지만 로버트는 지금껏 만났던 사람들과 다르다. 랜던은 빼고. 랜던은 다정하고 착했으니까. 마음이 자꾸만 하딘이 아닌 다른 사람과 키스하겠다는 쪽으로 기울고 있었다.

"미안해요."

의자를 뒤로 빼 물러나 앉았다. 그도 물러났다.

"미안해하지 말아요. 나하고 키스하고 후회하느니 안 하는 게 나아요."

"당신은 이상한 사람이에요."

다른 표현을 고르고 싶었지만 너무 늦었다.

"좋은 의미에서 말이에요."

얼른 말을 고쳤다.

"당신도 마찬가지예요."

그가 싱긋 웃었다.

"그 원피스를 입고 나타난 당신을 처음 봤을 때, 성질 더러운 거만한 부잣집 딸일 거라 생각했어요."

"미안하지만 난 전혀 부자가 아니에요."

웃음이 나왔다.

"거만하지도 않고요."

로버트가 말을 보탰다.

"성질도 그렇게 더럽진 않아요."

어깨를 으쓱하며 말했다.

"그래야겠죠."

로버트가 싱긋 웃으며 짓궂게 말했다.

"당신은 정말 착한 것 같아요."

"모르겠어요."

나는 그에게 불쑥 컵을 내밀었다.

"미안해요, 내 말이 바보같이 들리네요."

"바보같이 들리지 않아요. 그리고 계속 사과할 필요 없어요."

"네?"

나도 모르게 스티로폼 컵을 조각내고 있었다. 컵 조각들이 테이블 위로 흩어졌다.

"말끝마다 사과를 하고 있잖아요. 한 시간 동안 '미안하다'는 소리를 열 번도 넘게 했어요. 아무 것도 잘못한 게 없는데 말이에요. 그러니까 나한테 사과할 필요 없어요."

당황스러움을 감출 길이 없었다. 로버트의 눈빛은 너무나 다정했고, 말투에는 아무런 짜증이나 비판도 담겨 있지 않았다.

"미안해요…."

반사적으로 또 말이 튀어나왔다.

"아, 진짜! 나도 내가 왜 이러는지 모르겠어요."

나는 늘어진 머리카락을 귀 뒤로 쓸어 넘겼다.

"난 알 것 같아요, 근데 말 안 할래요. 그냥 미안해 하지만 말아요."

로버트가 아무렇지도 않게 말했다. 나는 숨을 깊이 들이마셨다가 내쉬었다. 긴장이 풀리는 것 같았다. 마음을 불편하게 만드는 건 아닐까 걱정하지 않아도 되는 사람과 대화를 하는 건 정말 좋다.

"그건 그렇고, 시애틀에서 무슨 일을 하게 되는 거예요?"

화제를 바꿔주다니 고맙기 그지없었다.

"그럼 내가 어디로 가야 하는 건데요?"

걸어 나가며 카렌을 향해 소리 질렀다. 화가 치밀어 올랐다.

카렌이 현관 계단 아래까지 따라 나오며 말했다.

"참견하려는 건 아니다, 하딘. 하지만 걔를 좀 내버려둬야 한다고 생각하진 않니? 한 번이라도 말이다. 너를 화나게 만들려는 게 아니야. 네가 거기까지 쫓아가서 싸운다고 해서 좋을 건 없잖니. 걔가 보고 싶은 건 알지만, 그래도…."

"당신이 뭘 안다고 그래요?"

내가 일갈하자, 아버지의 와이프는 움찔 뒤로 물러섰다.

"미안하구나, 하딘. 그렇지만 오늘은 걔를 그냥 내버려둬야 할 것 같구나."

자기가 엄마라도 되는 양 말한다.

"왜요? 걔가 바람이라도 피울 수 있게 기회를 주란 말이에요?"

괴로움에 몸부림치며 머리카락을 쥐어뜯었다. 테사는 분명 저녁 먹으면서도 와인을 한 잔, 아니 한 잔 반은 마셨다. 테사가 술을 못 마시는 건 하늘도 알고 땅도 안다.

"네가 테사를 그렇게 생각하는 거라면…."

카렌이 말을 꺼냈다가 멈추었다.

"가보려무나, 늘 그랬잖니."

카렌은 맥스 씨의 와이프를 한 번 쳐다보더니 옷매무새를 가다듬었다.

"조심해라, 얘야."

억지로 미소를 지어 보이고, 카렌은 동행과 함께 계단을 올랐다.

두통이 사라졌다. 나는 원래 계획대로 밀어붙이기로 하고 레스토랑으로 향했다. 테사를 질질 끌고 나와야지. 아, 물론 진짜 끌고 나온다는 건 아니다. 결국엔 나랑 같이 나오게 될 거다. 정말 거지 같은 상황이다. 이건 전부 그 빌어먹을 콘돔을 잊어버린 데서 시작됐다. 우리가 이 카오스에 휘말린 건 그때부터다. 산드라한테 전화해서 아파트 계약을 망쳐버린 것도 만회할 수 있었다. 아니, 테사가 살 만한 다른 장소를 알아봐 줄 수도 있었을 거다. 근데 둘 다 물 건너갔다. 시애틀은 절대 안 된다. 테사를 설득하는 게 생각보다 더 오래 걸렸다. 그리고 이제는 훨씬 복잡하게 꼬여버렸다.

아직도 충격이 가시지 않는다. 테사가 카렌과 릴리안 엄마랑 같이 차에서 내리지 않았을 때 받았던 그 충격 말이다. 테사가 열받아서 나한테 따질 만반의 준비를 하고 올 거라 생각했다. 이건 다 그 웨이터 때문이다. 대체 뭐였을까? 뭐에 꽂혀서 그 레스토랑에 그 자식이랑 남는 걸 택한 걸까? 그 자식에 대해서 뭘 안다고?

가던 길을 멈추고 마당 모서리에 장식된 돌 위에 앉았다. 잠시 생각을 좀 정리해봐야겠다. 당장 달려가는 게 최선이 아닐 수도 있다. 랜던한테 테사를 데리고 나오게 하는 게 나을 수도 있다. 내 말보다 랜던 말을 훨씬 잘 들을 테니까. 그러나 이내 바보 같은 생각인 걸 깨달았다. 랜던이 순순히 그 아이디어에 동조하지는 않을 거다. 자기 엄마랑 같은 얘길 하겠지. 그리고 나를 나무라며 테사를 내버려두라고 할 거다.

20분 넘게 차가운 돌덩이 위에 앉아 있었다. 이건 상황을 악화시킬 뿐 나아지는 건 없다. 머릿속을 떠나지 않는 건, 발코니에서 나한테서 뒷걸음질 치던 모습과 그 녀석에게는 무장 해제 되어 활짝 웃던 모습 뿐이다.

테사에게 뭐라고 말해야 할까? 그 자식은 테사를 데리고 가려는 나를 기어코 막을 거다. 절대로 그 자식을 때리지 말아야지. 내가 소리 지르면, 테사는 나를 따라 나올 거다. 싸움은 피하고 싶을 테니까. 그러기를 바란다. 오늘 밤, 내 예상대로 된 게 아무 것도 없었다.

모든 게 너무 유치하다. 내 행동도, 테사의 감정을 마음대로 조작하려 했던 것도. 잘못되었다는 건 알지만 어떻게 수습해야 할지 모를 뿐이다. 나는 테사를 사랑한다. 빌어먹을, 그 여자를 너무너무 사랑한다. 하지만 그녀가 나에게서 멀어지지 않도록 기를 쓰는 데 온 힘을 소진해버렸다.

'네가 걔를 옴짝달싹 못 하게 옭아매고 있으니까 걔가 못 떠나는 거지. 널 사랑해서가 아니라. 네가 걔한테 너 없이 살 수 없는 것처럼 느끼게 만들기 때문이라고.'

릴리안의 말이 고장난 레코드처럼 머릿속을 맴돌았다. 자리에서 일어나 진입로 초입으로 향했다. 젠장, 너무 춥다. 이 거지 같은 셔츠는 너무 얇다. 테사도 저녁식사 자리에 재킷을 가져오지 않았다. 딸랑 손바닥만 한 원피스 차림으로. 분명 추울 거다. 테사가 입을 만한 재킷을 가져가야 하는데….

그 자식이 자기 재킷을 테사한테 준 거 아냐? 질투가 솟아올랐다. 생각만으로도 꽉 쥔 주먹에 힘이 들어갔다.

'…네가 걔를 옭아매고 있어서, 걔가 널 못 떠나는 거야. 널 사랑해서가 아니라….'

빌어먹을 테사 2호의 연애 상담이라니. 자기가 뭐라고 지껄이는지 조차 모르는 그런 애한테 조언을 듣다니. 테사는 확실히 나를 사랑한다. 나를 바라보는 순간마다 그녀의 회청색 눈동자에서 그걸 읽을 수 있다. 내 살갗에 새겨진 잉크 자국을 따라 훑던 그녀의 손끝 움직임에서도 느낄 수 있다. 그녀의 입술이 내 입술에 닿는 순간에도 느낄 수 있다. 사랑인지 덫인지 중독인지는 나도 구별할 수 있다.

엄습하는 공포를 꿀꺽 삼켰다. 테사는 나를 사랑한다, 테사는 나를 사랑한다. 그녀가 나를 사랑하지 않는다면, 어떻게 해야 하지? 그럴 순 없다. 그녀는 나를 사랑해야 하고, 내 곁에 있어줘야 한다. 지금껏 그 누구도 그녀만큼 내 곁에 가까이 둔 사람은 없었다. 어떤 상황에서라도 나를 사랑해줄 사람은 오직 그녀뿐이다. 때로는 엄마까지도 내 망나니짓에 질려 했다. 하지만 테사는 항상 나를 용서했다. 내가 무슨 짓을 하든, 그녀를 필요로 하면 그녀는 항상 내 곁에 있어줄 거다. 고집불통에다 송곳 꽂을 틈도 없는 그 여자가 내 세상의 전부다.

"뭐 하고 있냐, 멍청아?"

어둠 속에서 목소리가 들렸다.

"너, 지금, 빌어먹을, 장난하냐?"

으르렁거리며 뒤를 돌아보았다. 라일리가 맥스 씨의 오두막 쪽에서 걸어 나오는 게 보였다. 좀 더 정신을 집중하고 다녀야겠다. 그녀가 이쪽으로 오는 것도 알아차리지 못하다니.

"넌 여기서 어슬렁대면서 스토킹하냐?"

그녀가 소리를 질렀다.

"릴리안은 어딨어?"

"신경 꺼. 테사는 어딨어?"

그녀가 실실 웃었다. 릴리안이 우리 얘기를 한 모양이다.

'멋지군.'

"신경 꺼. 넌 왜 밖에서 어슬렁거려?"

"그러는 넌?"

라일리는 확실히 행동거지에 문제가 있다.

"넌 못된 년처럼 구는 게 좋냐?"

그녀는 몇 차례 오버하며 고개를 끄덕였다.

"사실 못된 년이거든."

'못된 년'이라고 했다고 내 머리통을 잘근잘근 씹을 줄 알았는데. 오히려 신경도 쓰지 않는 것 같았다. 자기 자신을 잘 아는 거다.

"릴리안은 잠들었고, 걔네 아빠랑 너네 아빠, 그리고 네 병신 같은 남동생 틈바구니에서 토할 것 같았거든."

"그래서 이 한밤중에 밖에서 어슬렁거리는 거야? 2월인데?"

"코트 입었어."

그녀는 옷 아랫단을 잡아당기며 보란 듯이 말했다.

"여기 오면서 지나쳐 왔던 술집을 찾아가려던 참이야."

"그럼 운전해서 가면 되잖아?"

"술 마실 거야. 주말을 유치장에 갇혀서 보내고 싶진 않아."

그녀는 콧방귀를 뀌더니 내 앞을 지나쳐 갔다. 그러더니 멈추지도 않고 뒤를 돌아보았다.

"넌 어디 가는데?"

"테사한테. 지금 딴 놈이랑…, 아니다, 신경 꺼."

다른 사람에게 내 얘길 떠벌리는 것도 질린다. 그랬더니 라일리가 멈춰 섰다.

"릴이 레즈비언이란 걸 말 안 한 네가 똥멍청이지."

"그래, 당연히 다 떠들어댔겠지."

"전부 들었어. 정말 병신 같은 짓이었어."

"다 말하자면 길어."

"넌 테사랑 시애틀에 안 갈 거라며, 그리고 지금…."

그녀는 머리카락을 어깨 너머로 홱 넘겼다.

"걔는 아마 그 금발 남자랑 욕실에서 오럴 섹스를 하고 있을…."

나는 그녀 앞으로 다가갔다. 핏속에서 증오가 끓어 넘치는 것 같았다.

"닥치지 못해? 감히 그딴 소리를 지껄여!"

정신줄을 놓지 말아야 한다. 아무리 입에 걸레를 물었더라도, 이 사람은 여자다. 절대 때려서는 안 된다.

불같이 화를 내는 나를 보고도 그녀는 동요하지 않고 차분히 말했다.

"기분 좋진 않지? 그러니까 다음부턴 내 여자친구한테 쓸데없는 소리 지껄이기 전에 입 조심하라고."

숨소리가 거칠어지면서 점점 자제력을 잃고 있었다. 테사의 입술이 그 자식의 몸을 훑고 있다는 생각을 멈출 수가 없었다. 나는 우왕좌왕했다.

"미칠 것 같지? 걔가 그 남자랑 같이 있다는 게?"

"그만해!"

으름장을 놓았지만, 그녀는 어깨를 으쓱거렸다.

"이봐, 그렇게 말하지 말았어야 했지만, 네가 먼저 재수 없게 굴었잖아."

내가 아무 대답도 못 하자, 그녀가 말을 이었다.

"이쯤에 휴전하자. 내가 술 한 잔 사줄게. 릴리안의 혀놀림이 얼마나 끝내주는지 얘기해줄 테니까 넌 테사 생각이나 하며 울부짖고 있든지."

그녀가 나에게 다가오더니 소매를 잡아끌었다.

싸구려 느낌의 번쩍거리는 불빛이 눈에 들어왔다. 멀찌감치 술집의 금속 지붕이 보였다. 나는 팔을 뿌리쳤다.

"난 테사한테 가야 해."

"딱 한 잔만 마셔. 그런 담에 내가 지원 사격하러 같이 가줄게."

라일리의 말은 불과 몇 분 전 내 생각과 똑같았다.

"왜 나랑?"

그녀의 눈을 똑바로 쳐다보았다. 그런데도 그녀는 어깨만 으쓱할 뿐이었다.

"뭐, 난 따분하고, 네가 여기 있었잖아. 게다가 릴도 널 꽤 괜찮아 하는 눈치거든. 왜인지는 이해가 안 되지만."

그녀는 내 몸을 아래 위로 훑어보았다.

"난 진짜 이해가 안 돼. 하지만 뭐, 걔가 널 좋아하니까, 친구로서."

라일리가 유독 '친구'라는 말을 강조했다.

"나도 릴한테 감동을 좀 주고 싶었거든. 너네의 그 끝나버린 관계에 관심 있는 척하면서 말이야."

"끝나버렸다고?"

발끈하며 그녀 뒤를 따라갔다.

"내가 한 많은 말 중에, 하필 그 단어를 꼬투리 잡냐?"

그녀는 고개를 가로저었다.

"넌 진짜 나보다 더 심한 놈이구나."

그녀는 깔깔거리며 웃었고, 나는 잠자코 있었다. 이 불쾌하기 짝이 없는 여자가 또 내 셔츠 자락을 움켜쥐었다. 그리고 나를 길가로 끌어당겼다. 생각이 너무 많아 이 여자를 뿌리칠 겨를이 없었다. 어떻게 이 여자는 우리가 끝났다고 생각하는 걸까? 나에 대해, 우리에 대해 아는 것도 없는 주제에.

우린 끝나버린 게 아니다. 내가 망한 거지, 테사는 아니다. 테사가 날 구해줄 거다. 언제나 그랬으니까.

45 · 테사

"아이쿠, 기온이 10도는 떨어진 것 같네요."

로버트가 밖으로 나서며 말했다. 찬 공기가 온몸을 휘감았다. 내가 두 팔로 몸을 감싸자 로버트가 살짝 인상을 쓰며 나를 보았다.

"당신한테 줄 재킷이라도 있으면 좋을 텐데… 데려다줬으면 좋겠지만 나도 술을 마셔서요."

장난스럽게 겁먹은 표정으로 그가 덧붙였다.

"오늘 내가 아주 신사적이지 못한 것 같네요."

"괜찮아요."

나는 미소를 지었다.

"꽤 취했거든요. 그래서 따뜻해요. 앞뒤가 안 맞는 것 같죠?"

나는 키득거리며 그를 따라 레스토랑 앞길로 걸어 내려왔다.

"근데 신발은 좀 다른 걸 신고 왔어야 했는데….'

"바꿔 신을래요?"

로버트가 농담을 던졌다. 나는 부드럽게 그의 어깨를 밀었다. 그는 오늘 밤만 백 번째 쯤 되는 미소를 날렸다.

"당신 신발은 하던 거보다는 편해 보이네요. 하던의 부츠는 너무 무거운 데다가 항상 문 옆에 벗어두거든요. 그래서 내가…, 아녜요, 신경 쓰지 마요."

내가 대체 무슨 소리를 하는 거지? 나는 민망함에 고개를 저었다.

"나는 운동화 형 남자예요."

로버트가 괜찮다는 투로 말했다.

"나도 마찬가지예요. 음, 남자는 아니지만."

또 웃음이 터졌다. 머리가 빙글빙글 돌았다. 머릿속에 스쳐 지나가는 말이 그대로 툭툭 튀어나왔다. 죄다 말도 안 되는 소리였다.

"오두막은 어느 길로 가야 하는지 알아요?"

로버트가 주차장으로 걸어들어가는 나를 부축했다.

"어떤 오두막이요? 이 동네는 전부 오두막 천지예요."

"음, 그러니까, 길에 작은 신호등이 있고, 서너 채 정도 오두막이 모여 있는 곳이요, 그리고 또 거리가 있었나?"

켄 씨의 오두막에서 레스토랑까지 오는 길을 기억해 내려고 애썼다.

"그 기억만으로는 찾기 어렵겠는데요."

로버트가 키득거렸다.

"찾을 때까지 걸어가볼까요?"

"20분 안에 못 찾으면, 호텔로 갈래요."

신음처럼 말했다. 걸어가는 것도 그렇지만, 도착하고 난 다음 하던 과 말다툼할 걸 생각하니 아찔했다. 극도로 소모적인, 말 꼬리 잡는 말 싸움. 특히나 로버트랑 술 마신 걸 봤으니 더하겠지.

우리는 깜깜한 어둠 속을 걷고 있었다.

"사람한테 질려본 적 있어요? 항상 당신에게 이래라 저래라 하는 사람."

"아뇨, 나한테는 그런 사람 없었어요. 근데 누군가 그랬다면 나도 질렸을 거예요."

"운이 좋네요. 누군가 나한테 뭘 해라, 어딜 가라, 누구랑 얘기하지 마라, 어디에서 살아라, 계속 잔소리를 해대는 느낌이에요."

크게 숨을 내쉬자 차가운 밤공기 속으로 내 입김이 퍼져나가는 게 보였다.

"마치 내 생활을 지배하는 것처럼."

"진짜 그럴 것 같네요."

잠시 고개를 들어 하늘의 별을 쳐다보았다.

"나도 뭔가를 하고 싶은데, 그게 뭔지 잘 모르겠어요."

"시애틀에 가면 다 잘될 거예요."

"그렇겠죠…. 근데 지금도 뭔가를 하고 싶어요. 막 도망을 친다든가, 누군가한테 욕을 퍼붓는다든가."

"욕을 퍼붓는다고요?"

로버트는 큰 소리로 웃었다. 그리고 신발 끈을 묶으려고 허리를 구부렸다. 나는 몇 걸음 앞서서 걸음을 멈추고 주위를 둘러보았다. 온갖 돌발 행동을 하고 싶은 충동이 일었다. 한번 생각하니 멈출 수가 없었다.

"특히 어떤 사람한테요."

"욕설은 꽤 거친 행동이에요. 그러니까 가벼운 것부터 시작해봐요."

그가 나를 놀린다는 걸 깨닫기까지 시간이 좀 걸렸다. 눈치를 채고 나니 말 속에 담긴 재치가 보였다.

"근데 진심으로 당장 뭔가를 해야 할 것 같아요. 미친 거 같죠?"

아랫니로 윗입술을 깨물며 곰곰이 생각해봤다.

"와인 때문이에요. 그런데다 단시간에 너무 많이 마셨어요."

우리는 동시에 웃음을 터뜨렸다. 멈추지 않을 것 같았다. 근처 작은 건물에 매달린 랜턴 불빛에 겨우 정신이 돌아왔다.

"저기가 우리 바예요."

로버트가 고갯짓을 했다.

"완전 작은데요!"

나는 소리를 질렀다.

"음, 이 동네에 단 하나뿐이지만 넓을 필요는 없죠. 그래도 재미있는 걸로 가득 차 있어요. 바텐더가 바 위에서 춤도 추고, 온갖 걸 다 해요."

"〈코요테 어글리〉처럼요?"

로버트의 미소가 환하게 빛났다.

"근데 여기 여자들은 죄다 마흔살이 넘었고, 옷을 당신보다 조금 더 입죠."

그의 미소에는 전염성이 있었다. 우리가 이제 무엇을 하게 될지 알 수 있었다.

"싫어. 한 잔만 하겠다고 했잖아."

나는 얼음이 든 빈 술잔을 밀어냈다.

"그러든가."

라일리는 바텐더에게 손짓해 두 잔을 주문했다.

"안 마시겠다고 했잖…."

"누가 이게 네 거래?"

그녀가 거들먹거리는 표정으로 나를 쳐다보았다.

"가끔은 여자들한테도 비상용 술잔이 필요한 법이야."

"그래, 재밌게 보내라고. 난 갈 테니까."

내가 바 의자에서 일어나자 그녀는 또 내 셔츠 자락을 붙잡았다.

"나한테 손 대지 마."

"재수 없게 굴지 좀 마. 나도 가겠다고 했잖아. 이것만 다 마시고. 걔한테 무슨 얘기할지 생각해놨어? 아님 또 야만인 같이 굴 계획이야?"

다시 자리에 앉았다. 무슨 말을 할지 진짜로 생각해보지 않았기 때문이다. '빌어먹을, 그냥 좀 가자.' 이 말 말고 뭐 더 할 말이 필요해.

"너라면 무슨 말을 할 건데?"

"글쎄, 우선 무엇보다…."

그녀는 말을 멈추고 바텐더에게 5달러짜리 두 장을 건네고 술잔을 받았다.

"릴리안은 절대 레스토랑에 다른 여자랑…, 아니 남자랑 남아 있진 않을 거니까, 나 없이는 말이야."

그녀는 술 한 잔을 꿀꺽 마시더니 나를 쳐다보았다.

"나 같으면 그 거지 같은 놈을 땅에 내동댕이치고 불 질러버렸을 거야."

이런 식으로 말하는 인간은 도무지 맘에 들지 않는다.

"근데 네가 날 붙잡았잖아. 가겠다는데도."

그녀는 어깨를 으쓱했다.

"내 방식이 옳다는 말은 아니잖아. 그냥 말하자면 그렇다는 거지."

"말도 안 되는 소리. 갈래."

문을 향해 몇 걸음 발을 떼었다. 머리가 지끈거리게 만드는 컨트리 뮤직이 점점 더 커졌다. 이제 작은 술집 안은 온통 음악 소리가 가득했다. 이제 뭘 해야 할지 대충 알겠다. 애초에 이런 형편없는 술집 따윈 오는 게 아니었다. 테사를 찾으러 곧장 갔어야 했는데. 술집에 있는 사람들이 죄다 환호하기 시작했다. 뒤를 돌아보니 중년의 바텐더 둘이 바 위에 올라가는 게 보였다.

이건, 젠장, 너무 이상하다. 이딴 게 오락이라니.

"너, 이 쇼 다른 데선 못 볼 텐데?"

라일리가 낄낄거리며 웃었다.

막 뭐라고 대꾸하려던 참이었다. 등 뒤에서 소리가 들리더니 누군가 다가오는 느낌이 들었다. 뒤를 돌아보았다. 순식간에 입이 마르고 피가 끓어오르기 시작했다. 테사가 술집의 작은 문으로 비척거리며 들어오고 있었다. 그놈이랑 같이.

늘 그랬던 것처럼 놈에게 달려들지 않고 바 쪽으로 뒷걸음질을 쳤다. 그리고 라일리의 뒷통수에 대고 말했다.

"테사가 왔어, 그 자식하고 같이."

라일리는 바 위에 있는 여자들에게서 시선을 떼고 뒤를 돌아보았다.

그러더니 입이 떡 벌어졌다.

"세상에, 엄청 섹시하네."

라일리를 힐끔 쳐다보았다.

"그만. 그딴 눈길로 쳐다보지 마."

"릴리안이 예쁘단 소리는 했지만, 젠장, 저것 좀 봐, 저 거대한 가…."

"더 이상 말하지 마."

나는 테사를 쳐다보았다. 그녀는 미치게 섹시했다. 근데 더 중요한 건 그녀가 술에 취했고, 깔깔거리며 웃고 있다는 거다. 테사는 테이블 위를 보고 있었다. 그녀는 화장실에 가까운 쪽 빈자리에 가서 앉았다.

"가볼게."

왜 미주알고주알 얘한테 보고하는지 모르겠다. 아마도 마음 한구석에서는 라일리가 내 입장이 되면 어떻게 할지 궁금했던 모양이다. 내가 지금까지 저지른 짓을 알면 테사가 속상해 할 거다. 거기에 또 다른 짓까지 보태고 싶진 않았다. 하지만 테사도 나한테 화낼 권리는 없다. 저녁식사 때부터 다른 놈팽이와 눈을 맞추며 어울렸고, 실컷 취해서 여기까지 비척거리며 들어왔으니까. 게다가 깔깔거리며 웃고 있다. 그 놈과 같이.

"조금만 기다려보는 게 어때…, 잠깐만 그냥 보고 있어 봐."

라일리가 충고하듯 말했다.

"무슨 말이냐? 내가 왜 테사가 머저리 같은 녀석이랑 어울리는 걸 봐줘? 재는 내 거라고, 그리고…."

라일리는 호기심 가득한 눈빛으로 나를 쳐다보았다.

"재를 네 거라고 하면 재가 경기 일으키지 않냐?"

"아니, 쟤도 좋아해. 아니, 그럴 거야."

적어도 한 번은 그렇다고 얘기했던 적이 있다.

'네 거야! 하던, 난 네 거야.' 내가 그녀의 안으로 더 깊게 밀어붙일 때, 분명 테사가 내 목에 대고 그렇게 말했었다.

"릴은 내가 그렇게 얘기했을 때 엄청 화내던데. 내가 자기를 무슨 소유물쯤으로 생각하는 것 같대."

라일리는 내 옆에 바짝 붙어 얘기했다. 하지만 내 신경은 온통 테사에게 쏠려 있었다. 손으로 머리카락을 모아 한쪽 어깨로 넘기는 모습을. 화가 끓어오르고 짜증이 솟구치며 집중력이 떨어졌다. 어떻게 테사는 내가 여기 있다는 걸 모를 수가 있지? 나는 그녀가 이곳에 들어올 때부터 알아차렸다. 공기의 흐름조차 달라지고, 그녀가 가까이 있다는 느낌이 온몸을 휘감았다. 테사는 그놈한테 완전히 정신이 팔려 있었다. 저 자식은 잔에 물 따르는 얘기를 해대고 있겠지.

그들에게서 눈길을 떼지 않고 말했다.

"어쨌든, 테사는 내 거야. 걔가 뭐라든 난 신경 안 써."

"진짜 똥멍청이처럼 말하네."

라일리는 테사를 넘겨다보며 말했다.

"그래도 타협해야 돼. 쟤가 릴리안이랑 비슷한 부분이 있다면, 쟤도 네가 그러는 거에 질렸을 거야. 결국 너한테 최후통첩을 내릴 거라고."

"뭐?"

잠시 테사에게서 눈을 뗐다. 그것만으로도 충분히 고문이다.

"릴리안이 내가 헛짓거리 하는 데 질려서 나를 떠났거든."

라일리가 테사를 향해 술잔을 들어 올렸다.

"가끔이라도 원하는 걸 안 들어준다면 쟤도 똑같이 할 거야."

놀랍다. 릴리안은 자기 여자친구보다 완전 쿨하다.

"넌 우리 관계에 대해 몰라. 지금 네가 무슨 소리를 지껄이는지도 모르겠고."

다시 테사를 돌아보았다. 그녀는 혼자 테이블에 앉아 한쪽으로 쓸어 넘긴 머리카락을 꼬면서 음악에 맞춰 어깨를 들썩이고 있었다. 잠시 후, 그 웨이터 놈이 바 끝에 앉아 있다는 걸 알아챘다. 분노가 조금 누그러졌다. 둘이 딱 달라붙어 있는 건 아니니까.

"이봐, 친구."

라일리가 나를 불렀다.

"시시콜콜 알 필요는 없어. 한 시간쯤 너랑 같이 있어 보니까 알겠네. 넌 똥멍청이고, 쟤는 징징대는 겁쟁이라는 거…."

욕지거리를 퍼부으려고 입을 열었지만, 그녀가 먼저 말을 보탰다.

"릴리안도 마찬가지야. 그러니까 너무 열받지 말라고. 쟤는 보살펴 줘야 하는 겁쟁이고, 너도 그걸 알잖아. 근데 그런 겁쟁이가 여자친구를 두면 가장 좋은 게 뭔 줄 알아?"

라일리는 사악한 미소를 지었다.

"섹스, 자주는 말고…."

"요점만 말해."

나는 다시 테사에게로 시선을 돌렸다. 테사의 두 뺨은 붉게 물들어 있었고, 눈은 즐거움에 가득 차 동그래졌다. 그녀는 바 위에서 댄스를 마친 댄서들을 보고 있었다. 이제 금세라도 내가 여기 서 있는 걸 보게 될 거다.

"가장 좋은 건, 걔들한텐 우리가 필요하다는 거지. 걔들도 가끔은 우리가 곁에 있어줄 필요가 있어. 릴리안도 항상 나를… 구해주려고 동동거리며 쫓아다녔거든. 난 개 생일조차 몰라. 개한테 아무 것도 안 해 줬지. 그런데도 난 다 줬다고 생각했어. 늘 주위를 맴돌면서 가끔 사랑한다고 얘기해주곤 했거든. 근데 그걸로는 부족해."

반갑지 않은 섬뜩함이 등골을 타고 내려왔다. 라일리가 첫 잔을 비우는 걸 보고 있었다.

"그래도 개는 지금 너와 함께 있잖아?"

"그래, 하지만 그건 개가 나한테 의지해도 된다는 걸 내기 보여줬기 때문이야. 그리고 나는, 개가 날 처음 만났을 때 같은 개자식은 아니기 때문이지."

라일리는 테사를 쳐다보다가 다시 나를 보았다.

"너도 알지? 멍청한 여자애들이 말하는 건 죄다 온라인에 포스팅되어 있다는 거? 이것도 마찬가지인 거 같아. '네가 하는 동안…, 네가 안 한다면…' 젠장, 기억이 안 난다. 아무튼 뜻은 그거였어. 네 여자한테 잘해라, 안 그러면 다른 사람이 잘해줄 거다."

"난 나쁘게 한 거 없어."

'적어도 항상 그렇진 않았지.'

라일리는 못 미덥다는 듯 싱긋 웃었다.

"친구, 나도 성인군자는 아냐. 하지만 난 이젠 릴리안을 그렇게 대하진 않아. 네가 여기 앉아서 '난 잘못이 없어'라고 말한다면, 넌 심각한 현실 부정에 빠져 있는 거야. 네가 안 그랬다면, 쟤가 저기에 멍청한 자식이랑 앉아 있진 않겠지. 저 멍청이는 너와는 정반대인 데다 제법 섹시하거든."

라일리 말에 반박할 수가 없었다. 그녀 말이 맞다, 대부분은. 내가 항상 테사를 엉망진창으로 취급한 건 아니다. 나를 열받게 할 때만 그랬을 뿐이다. 바로 지금처럼 말이다. 그리고 예전에도.

"널 봤어."

라일리가 내게 귀띔했다. 피가 얼어붙는 것 같았다. 테사가 있는 쪽으로 천천히 고개를 돌렸다.

테사의 시선이 내게 꽂혀 있었다. 불꽃이 이글이글하다. 그녀의 눈빛은 불을 뿜듯 빨갰다. 그녀는 라일리를 쳐다보더니 다시 나를 보았다. 테사는 꼼짝도 하지 않았다. 심지어 눈조차 깜박이지 않았다. 그녀의 시선은 순식간에 놀라움에서 처음의 이글거림으로 바뀌었다. 우리를 향해 맹렬히 돌진하는 눈빛 때문에 나는 멈칫거렸다.

"완전 열받았나 보다."

라일리가 내 옆에서 깔깔거렸다. 남은 술을 머리통에다 확 들이부으려다 참았다. 그 대신 이를 악물고 중얼거렸다.

"입 닥쳐."

나는 술잔을 쥐고 테사를 향해 걸어갔다. 테사를 향해 갈 때까지도 멍청한 웨이터 자식은 바 끝에 앉아 있었다.

"와우! 여기서 만날 줄이야. 또 다른 여자랑 같이, 술을 마시고 있을 줄이야. 놀랍네, 놀라워."

테사는 비웃으며 빈정거렸다.

"넌 왜 여기 있어?"

테사에게 다가가며 물었다. 그녀는 몸을 뒤로 뺐다.

"그러는 넌 왜 여기 있는데?"

"테사."

나는 힘을 주어 경고하듯 말했다. 테사는 어이없는 표정을 지었다.

"오늘 밤은 아냐, 하딘. 사고 치지 마."

테사는 높은 의자에 올라 앉아 원피스 자락을 끌어내렸다.

"나한테서 물러나지 마."

명령조의 말이 툭 튀어나왔다. 하지만 그건 진심으로 하는 애원이었다. 그녀의 팔을 잡으려고 팔을 뻗었다. 테사는 팔을 뺐다.

"왜? 네가 항상 나한테 하는 짓이잖아."

테사는 또 한 번 라일리를 쳐다보았다.

"우리 둘 다 다른 사람이랑 왔네."

나는 고개를 세차게 저었다.

"빌어먹을! 아니야. 쟤는 릴리안 여자친구라고."

순식간에 테사의 어깨에 있던 긴장이 풀렸다.

"아하."

테사는 내 눈을 똑바로 쳐다보며 아랫니로 입술을 꽉 깨물었다.

"우리 당장 가야 해."

"그럼 가든가."

"너랑 나랑 같이."

나는 쐐기를 박았다.

"난 아무 데도 안 갈 거야. 여기보다 재미있는 곳 아니면. 넌 늘 이런 데 있으면서, 내가 재밌는 꼴은 못 보잖아. 넌 정말 웃기는 경찰 같아."

말도 안 되는 자신의 농담이 웃긴지 테사가 웃으며 말을 이었다.

"그게 딱 너잖아! 넌 웃기는 경찰이야. 정말 경찰 배지라도 달아줘야겠어. 그걸 달면 온갖 데를 다 돌아다닐 수 있잖아. 그거 알아? 네가 사람들의 재미를 박살내고 다니는 거?"

테사는 횡설수설하더니 혼자 웃음이 터져 키득거렸다.

'맙소사, 취해서 제정신이 아니군.'

"대체 술을 얼마나 마신 거야?"

크게 소리를 질렀다. 내 목소리가 음악 소리보다 더 클 줄 알았지만, 저 늙은 댄서들이 앙코르를 선동하고 있었다. 테사가 어깨를 으쓱했다.

"나도 몰라. 조금? 그리고 이것도."

테사가 내 손에 들려 있던 술잔을 채 갔다. 미처 말릴 틈도 없었다. 술잔을 테이블 위에 놓더니 의자를 돌려 등을 보였다.

"마시지 마. 완전히 맛이 갈 거라고!"

"이게 무슨 소리지?"

테사가 귀에 손을 갖다 댔다.

"웃기는 경찰이 울리는 사이렌인가? 와우, 와우, 와우."

테사는 어린아이처럼 입을 삐죽거리더니 깔깔 웃었다.

"흥 깨는 소리 하려거든 꺼져."

그러고는 잔을 입에 가져가더니 꿀꺽꿀꺽 세 모금을 마셨다. 단숨에 술잔의 반이 비었다.

"그러다 술병 난다."

"주절, 주절, 주절."

테사는 내가 한마디 할 때마다 고개를 앞뒤로 까딱거리며 놀리듯 말했다. 내게서 시선이 빗겨나더니 입가에 미소를 띠며 히죽 웃었다.

"로버트야, 알지?"

옆을 슬쩍 보았다. 멍청한 놈이 한 손에 술을 들고 내 옆에 서 있었다.

"또 만나게 돼서 반갑군요."

로버트가 반쯤 웃었다. 이 자식도 눈이 새빨갛다. 취한 거다.

'이 자식이 테사를 이용해 먹었을까? 혹시 키스했을까?'

나는 크게 숨을 들이마셨다.

'이 자식의 아버지가 이 거지 같은 동네의 빌어먹을 보안관이랬지.'

나는 다시 테사를 쳐다보며 어깨 너머로 말했다.

"꺼지시지."

"가지 마요."

테사는 취하면 배짱이 세진다. 그래, 해보겠다는 거지. 빌어먹을 자식은 테이블에 앉았다.

"넌 같이 즐길 동행도 없는 거야?"

테사가 놀리듯 말했다.

"없어. 집에 가자."

겨우겨우 화를 참고 있었다. 다른 날 같았으면 로버트의 면상은 벌써 테이블에 처박혀 있었을 거다.

"그 오두막은 집이 아니라고. 우린 집에서 몇 시간이나 떨어진 데 있잖아."

테사가 내게서 뺏어간 술을 다 마셨다. 그러더니 나를 쳐다보았다. 그녀는 혐오와 술에 쩐 경박함이 섞인 얼굴이었지만, 무표정이 되려고 애쓰는 듯했다.

"그리고 월요일이면, 난 진짜로 집이 없어. 고마워 죽겠다."

하딘은 분을 가라앉히는 중인지 콧구멍을 벌름거렸다. 로버트를 힐 끗 보았다. 약간 불안해 보였다. 하딘이 딱히 위협하지도 않은 것 같은 데 말이다.

"의도적으로 나를 화나게 하려는 거라면, 성공했어."

하딘이 말했다.

"아니, 그냥 가기 싫을 뿐이야."

소리를 버럭 지르는 순간, 음악이 딱 끊겼다.

"난 술도 더 마시고, 청춘을 불사르며 놀고 싶다고!"

모든 사람이 나를 쳐다보았다. 시선이 집중되니 어찌할 바를 모르겠 다. 나는 어색하게 손을 들어 흔들었다. 어떤 사람들은 환호성을 보냈 고, 절반쯤 되는 사람들은 건배하듯 잔을 높이 들었다. 그러다가 이내 자신들의 이야기에 빠져들었다. 다시 음악이 흘러나왔고, 로버트는 웃 고 있었다. 하딘은 나를 노려보았다.

"제대로 취했어."

하딘은 로버트가 가져다준, 반쯤 비운 술잔을 쳐다보았다.

"뉴스 속보야, 하딘. 나는 성인이라고."

나는 유치한 어조로 놀려대듯 말했다.

"빌어먹을, 테사."

"나는 가봐야 할 거…."

로버트가 자리에서 일어났다.

"당연하지."

"가지 마요."

하딘과 내가 동시에 다른 대답을 했다.

주변을 둘러보고 나는 한숨을 내쉬었다. 내가 로버트랑 계속 어울릴 수록 하딘은 더 무례한 짓을 할 거다. 위협을 하면서 로버트가 갈 때까지 무슨 짓이든 할 거다. 차라리 지금 가는 게 낫겠다.

"미안해요. 당신이 여기 있어요, 내가 갈게요."

로버트에게 말했다. 그는 이해한다는 듯 고개를 저었다.

"아니에요. 걱정하지 마요. 나도 오늘 제법 힘든 하루였거든요."

그는 매사에 차분하고 느긋했다.

"같이 나가요."

로버트를 또 만날 수 있을까. 정말 다정하고 친절했는데.

"아니, 넌 못 가."

하딘이 버럭 끼어들었다. 무시하고 로버트를 따라 출입문 쪽으로 갔다. 돌아보니 하딘이 비스듬히 기대 눈을 감고 있었다. 심호흡을 하고 성질머리를 가라앉혔으면 좋겠다. 오늘 밤은 그의 허튼 소리를 들어줄 기분이 아니니까.

밖으로 나오자 로버트에게 말했다.

"정말 미안해요. 하딘이 여기 있을 줄 몰랐어요. 신나는 밤을 보내려고 한 것뿐인데."

로버트는 미소를 짓더니 몸을 낮춰 나와 눈높이를 맞췄다.

"사사건건 미안해 하지 말라고 했던 거, 기억하죠?"

그는 주머니에서 작은 메모장과 펜을 꺼냈다.

"뭘 기대하는 건 아니지만, 혹시라도 시애틀에서 심심하고 외로울 때 전화해요. 안 해도 괜찮고요. 하든 말든 당신 맘이에요."

그는 뭔가를 적어 내 손에 쥐여주었다.

"알았어요."

지킬 수 없는 어떤 약속도 하고 싶지 않았다. 그래서 그저 웃어 보이며 메모를 원피스 앞섶에 집어넣었다. 로버트의 앞에서 귀여운 척을 하고 있다는 걸 깨닫고는 화들짝 놀랐다.

"어머, 미안해요!"

"미안하다는 소리 좀 그만하라니까요!"

로버트가 껄껄 웃었다.

"특히나 이런 걸로는!"

그가 술집 입구를 쳐다보더니 깜깜한 길로 나섰다. 어두운 밤 속으로.

"만나서 정말 반가웠어요. 다시 만날 수 있겠죠?"

나는 고개를 끄덕이며 미소를 지었다. 그는 길 쪽으로 걸어갔다.

"춥잖아."

등 뒤에서 하딘의 목소리가 들렸다. 가슴이 철렁 내려앉았다.

씩씩거리며 하딘을 지나쳐 술집으로 들어갔다. 내가 앉았던 테이블은 어마어마한 맥주잔을 든 대머리 남자가 차지하고 있었다. 남자 옆에 있는 의자에서 핸드백을 집어 들었다. 남자가 게슴츠레한 눈으로 나를 쳐다보았다. 아니, 내 가슴을 쳐다보았다.

"그냥 좀 가자고, 부탁이야."

하딘이 등 뒤에서 말했다. 또 시작이다. 바가 있는 쪽으로 걸음을 옮겼다.

"우리 조금만이라도 떨어져 있으면 안 될까? 지금은 네가 곁에 있는 게 싫어. 네가 나한테 했던 그 끔찍한 말들을 생각해봐."

"진심이 아니었다는 거 알잖아."

변명하듯 그가 대답했다. 그는 어떻게든 나와 눈을 마주치려고 애썼지만, 호락호락 넘어가지 않을 것이다.

"그렇다고 그런 소리를 해도 되는 건 아니야."

나는 고개를 들어 여자를 쳐다보았다. 릴리안의 여자친구라는 여자. 여자는 하딘을 쳐다보고 있었다.

"지금은 얘기하고 싶지 않아. 오늘 밤 재밌었단 말이야. 김새게 만들지 마."

하딘이 내 앞을 가로막았다.

"그래서, 내가 여기서 꺼져줬으면 좋겠다는 거야?"

상처 받은 듯한 눈빛이 잠깐 스쳐 지나갔다. 그의 초록색 눈동자에 담긴 무언가에 빨려들 것 같아 뒤돌아섰다.

"나한테 또 한 번 사랑하지 않는다거나 섹스 때문에 나를 이용했다는 소리를 할 거면, 그냥 가. 아님 내가 가버릴 거야."

일부러 명랑한 척하려고 애를 썼다. 마음은 좌절감에 끝도 없이 가라앉고 고통스러웠는데도 말이다.

"이 싸움은 네가 먼저 시작한 거야. 그 자식하고 여기에 왔잖아. 술에 취해서. 게다가…."

하딘이 속사포처럼 쏘아댔고, 나는 한숨을 쉬었다.

"또 시작이군."

하딘은 이중 잣대의 왕이다. 우리 사이를 이렇게 만든 건 자기면서.

"맙소사, 둘 다 입 좀 닥쳐줄래? 공공장소잖아."

하딘과 함께 앉아 있던 예쁘장한 여자가 말했다.

"끼어들지 마."

하딘이 일갈했다.

"하딘의 집착녀 씨, 그러지 말고 바에 좀 앉자고요."

여자가 하딘은 무시한 채 말했다.

바 뒤쪽에 앉았다. 내 앞에 놓인 술 한 잔을 마시고, 바 위에 올라앉아 한 잔을 더 시켰다.

"나, 나이 많지 않아요."

여자에게 직접 말했다.

"아, 제발. 그런 원피스를 입고, 술을 마실 거잖아요."

여자는 내 가슴을 뚫어지게 쳐다보았다. 나는 앞섶을 끌어당겨 올렸다.

"내가 쫓겨나면 그건 다 당신 잘못이에요."

내 말에 여자는 고개를 젖히고 깔깔거렸다.

"감옥에 가면 보석금 내서 풀어줄게요."

여자가 윙크를 했다. 옆에 있던 하딘이 뻣뻣해지며 긴장했다. 그는 경고하는 눈빛으로 여자를 노려보았다. 웃음이 터졌다. 릴리안을 질투하게 만들려고 밤새 애를 쓰더니, 이제는 릴리안의 여자친구가 나한테 윙크 한 번 한 것 가지고 질투가 나나보다.

유치하기 짝이 없다. 하딘이 질투하다가, 내가 질투하고, 바에 있던 중년 여자가 질투하고, 모두 다 질투한다. 짜증난다. 특히나 지금은.

"나는 라일리라고 해요."

여자는 바의 끝에 앉았다.

"버르장머리 없는 당신 남자친구가 우리를 서로한테 소개해줄 리는 없으니까요."

하딘을 다시 힐끗 쳐다보았다. 혹시나 여자에게 욕을 하는 건 아닐까. 그러나 하딘은 어이없다는 표정만 짓고 있었다. 꽤나 참고 있는 모양이다. 하딘은 우리 사이 의자에 앉으려 기를 썼다. 몸을 똑바로 일으키려 그의 팔을 잡았다. 하딘을 건드려서는 안 된다는 걸 알지만, 제대로 앉아서 대참사로 바뀐 짧은 휴가의 마지막 밤을 즐기고 싶었다. 하딘은 내 새 친구를 무서워하는 중이고, 랜던은 이미 잠들어 있을 거다. 오두막으로 돌아가 방에 혼자 우두커니 앉아 있는 것 말고 딱히 할 일도 없었다. 여기 있는 게 나을 것 같았다.

"뭐 드릴까요?"

청재킷을 입은 구릿빛 머리의 바텐더가 물었다.

"위스키 세 잔 주세요. 차게!"

라일리가 대답했다. 여자는 내 얼굴을 잠깐 스캔하듯 쳐다보았다. 심장이 쿵쾅거리기 시작했다.

바텐더가 잔 세 개를 꺼내 우리 앞에 놓았다.

"난 술 안 마시려고 했어. 너 오기 전에 딱 한 잔 마셨어."

하딘이 몸을 기울이더니 내 귀에 대고 말했다.

"마시고 싶으면 마셔. 나도 그럴 거야."

하딘을 쳐다보지도 않고 말했다. 그래도 속으로 그가 술을 많이 마시지 않기를 기도했다. 어떻게 행동할지 모르니까.

"다 보여."

하딘이 꾸짖듯이 말했다. 경멸의 눈초리로 그를 쳐다보았다. 그러다 결국 그의 입술로 시선이 갔다. 가끔씩 그가 말할 때 천천히 움직이는 그의 입술을 가만히 앉아 쳐다본다. 이건 내가 정말 좋아하는 일이다. 내가 조금 누그러졌다는 걸 눈치 챘는지, 하딘이 물었다.

"아직도 화났어?"

"응."

"근데 왜 아닌 것처럼 행동해?"

그의 입술이 훨씬 더 천천히 움직인다. 아무래도 그 와인 이름을 꼭 알아내야겠다. 그 와인은 정말 좋았다.

"벌써 얘기했잖아. 즐기고 싶다고."

같은 말을 또 해주었다.

"넌 나한테 화났어?"

"나야 항상 그렇지."

하딘이 대답했다. 피식 웃음이 나왔다.

"그건 진실이 아니잖아."

"뭐라는 거야?"

"아무 것도 아니야."

나는 순진하게 미소를 지었다. 하딘이 목 뒤를 문지르며 어깨를 주무르는 게 보였다.

잠시 후, 술이 한 잔씩 앞에 놓였다. 라일리는 자기 잔을 하딘과 내게 들어 보였다.

"자, 여기, 망가져 제정신과 미침의 경계를 넘나드는 우리 관계를 위하여."

여자는 히죽 웃더니 고개를 젖혀 단숨에 마셨다.

하딘도 여자를 따라 마셨다.

나도 심호흡을 하고 차가운 술을 들이부었다. 타는 듯한 느낌이 목구멍에서부터 타고 올라왔다.

"한 잔 더!"

라일리가 내 앞에 새 술잔을 미끄러뜨리며 외쳤다.

"더 마실 수 있을지 모르겠어."

혀 꼬부라진 소리가 나왔다. 몸속에 위스키 병이 자리를 잡은 것만 같았다. 금방 철수할 것 같지도 않았다. 하딘은 연거푸 다섯 잔을 마셨다. 나는 석 잔까지 마신 다음부터는 몇 잔 마셨는지도 잊어버렸다. 저 정도 마셨으면 라일리도 지금쯤 바닥에 토할 법 한데.

"이 위스키 진짜 맛있네."

그녀는 차가운 위스키를 또 들이부었다.

옆에서 하딘이 히죽거렸다. 나는 그의 어깨에 비스듬히 기대어 그의 허벅지에 한 손을 올려놓았다. 그러자 그의 눈길이 내 손을 따라 움직였고, 나는 잽싸게 손을 치웠다. 아무 일 없던 것처럼 굴지 말았어야 했다. 근데 그게 말이 쉽지. 제대로 생각할 수도 없고. 하딘이 흰색 버튼 다운 셔츠를 멋지게 차려입고 앉아 있는 이 상황에서는 말이다. 아무래도 우리 문제는 내일 다시 얘기해봐야겠다.

"거봐, 긴장을 풀려면 위스키만 한 게 없다니까."

라일리는 빈 잔을 바 위에 소리 나게 내려놓았다. 그 모습에 내가 키득거렸다.

"뭐야?"

라일리가 사납게 말했다.

"너나 하딘이나 똑같다."

나는 손으로 입을 틀어막았다. 정신 빠진 웃음소리가 새어나왔다.

"아니, 우린 달라."

하딘은 취한 듯 느릿한 말투였다. 라일리랑 비슷하다.

"아냐, 너희들 똑같아! 서로 거울 보는 것 같을걸."

내가 깔깔거렸다.

"릴리안은 당신이 여기 있는 거 알아?"

나는 고개를 홱 돌리며 라일리에게 물었다.

"아니. 걘 지금 자고 있어."

라일리는 입술을 핥았다.

"근데 돌아가면 분명히 걔를 깨우게 될 것 같아."

음악 소리가 다시 커지기 시작했다. 구릿빛 머리카락의 여자가 바 위로 올라가는 게 보였다. 아마 오늘 밤 네 번째쯤 되는 거 같다.

"또?"

하딘이 콧등을 찡그렸다. 나는 웃음이 나왔다.

"난 재밌는데."

지금 당장은 뭐라도 재미있을 거다.

"밥맛 떨어져. 30분마다 방해하잖아."

하딘이 투덜거렸다.

"당신도 저기 올라가봐."

라일리가 팔꿈치로 나를 쿡 찔렀다.

"어디?"

"바 위에 말이야. 바 위에서 춤춰봐."

나는 고개를 가로저으며 웃음을 터뜨렸다.

"말도 안 돼!"

"에이, 빼지 말고. 내내 징징거렸잖아. 젊은이답게 재밌게 살고 싶다며. 지금이 기회야."

"나, 춤 못 춰."

사실이다. 사교댄스처럼 느리게 추는 춤 말고는 지금껏 딱 한 번 춰봤다. 그날 밤, 시애틀의 클럽에서 말이다.

"아무도 모를 거야. 다들 당신보다 훨씬 더 취했거든."

라일리는 한쪽 눈썹을 들어 올리며 도발했다.

"젠장, 말도 안 되는 소리."

하딘이 말했다. 취기로 정신이 몽롱한 와중에도 한 가지는 분명히 기억난다. 하딘이 나더러 이래라 저래라 하는 건 이제 끝내기로 했다는 거.

대꾸도 하지 않고, 하이힐을 벗었다. 바닥에 하이힐이 그대로 떨어졌다.

나는 의자 위로 먼저 올라간 다음 바 위로 올라갔다. 하딘의 눈이 동그래졌다.

"테사, 뭐 하는 짓이야?"

하딘이 벌떡 일어났다. 바에 남아 있던 몇몇 사람들이 환호성을 질렀다.

"테스…."

노랫소리가 점점 커졌다. 바 위의 여자가 나를 보고 짓궂은 미소를 지었다. 그러더니 내 손을 잡아끌었다.

"허니, 라인 댄스 출 줄 알아?"

여자가 소리쳤고, 나는 고개를 가로저었다. 갑자기 이래도 되는지 싶다.

"내가 가르쳐줄게!"

여자가 또 한 번 소리쳤다.

대체 나는 무슨 생각인 걸까? 그저 하딘에게 확실히 못 박고 싶을 뿐이었다. 바 위에서 춤을 추든 말든 내가 원하는 대로 할 수 있다는 걸 보여주고 싶었다. 라인 댄스라니, 바 위에 올라가기 전에 알았더라면 아까 여자들이 추던 걸 유심히 봐뒀을 텐데.

48 · 하딘

라일리는 자기 코앞, 바 위에 올라선 테사를 올려다보고 있었다.

"맙소사, 진짜 올라갈 줄은 몰랐어!"

나도 몰랐다. 아무래도 오늘 밤, 테사는 내 머리 뚜껑을 열려고 마음먹은 것 같았다. 라일리가 나를 쳐다보았다. 잔뜩 상기된 표정이었다.

"얘, 완전 야생마 같은데."

"아냐…, 안 그래."

나지막한 소리로 부인했다. 테사는 겁에 질린 듯 보였다. 분명 이건 충동적인 결정이다.

"끌어내릴래."

내가 손을 뻗자 라일리가 손을 찰싹 때렸다.

"그냥 좀 둬, 인간아."

다시 테사를 쳐다보았다. 우리한테 술을 따라주던 여자가 테사에게 뭐라고 속삭였다. 무슨 말인지 들리지 않는다. 안 들어도 뻔하다, 멍청한 소리겠지. 그러거나 말거나 테사는 짧은 원피스 차림으로 바 위에서 춤을 추고 있다. 바 쪽으로 조금만 기울이면 치마 속을 훤히 볼 수 있을 거다. 바에 있는 사람이라면 누구나. 라일리는 이미 봤을 거다. 바 이쪽 저쪽을 살펴보았다. 반대편 끝에 있는 느끼한 남자들은 테사를 보고 있지 않았다, 아직까지는.

테사는 옆에 있는 여자를 쳐다보고 있었다. 뭘 그렇게 집중하는지 미간에 온통 주름이 잡혔다. '야생마'와는 완전 반대되는 모습이다. 테사는 나이든 여자의 동작을 따라서 다리를 번갈아 차올렸다. 엉덩이를 양쪽으로 흔들면서 말이다.

"앉아서 쇼나 즐기시지."

라일리가 쌓아둔 술잔을 하나 들이밀며 말했다.

나는 취했다. 완전히. 그런데도 테사가 몸을 흔드는 걸 보니 술이 확 깼다. 양손을 엉덩이에 대더니 웃기까지 했다. 술집에 있는 사람들의 이목이 집중되는 것 따위는 이제 신경 쓰지 않는 것 같았다. 테사와 눈이 마주쳤다. 순간적으로 춤사위가 흐트러졌다. 그러더니 다시 눈길을 돌렸다.

"섹시하잖아, 그치?"

라일리가 내 옆에서 술잔을 홀짝이며 말했다.

그래, 바 위에 올라가 있는 테사라니, 섹시해 미칠 지경이다. 이건 상상도 못 했던 일이다. 속이 뒤집혀 죽을 것 같다. 머릿속에 첫 번째로 떠오른 생각은 '제길, 너무 섹시하잖아'였다. 그 다음으로 든 생각은 이 장면에 너무 빠져들지 말아야 한다는 거였다. 나한테 끊임없이 반항하려는 그녀의 행태에 바짝 긴장하고 있어야 한다. 그럼에도 제대로 생각할 수가 없었다. 첫 번째 생각이 온통 머릿속에 가득한데다 내 눈앞에서 그녀가 춤을 추고 있다.

치마를 허벅지 위로 살짝살짝 들어 올리는 모습이며, 한 손으로 머리카락을 모아 잡고 환히 웃는 모습, 그러면서도 옆에 있는 여자와 움직임을 맞추려고 애쓰는 모습까지…, 보고 있는 내내 나를 미치게 만들었다. 너무 좋아 무장해제 되는 것 같았다. 저렇게 웃는 모습은 최근에는 별로 보지 못했다. 살갗 위로 땀이 스며 반짝거렸다. 나는 어쩐지 불편해져서 몸을 이리저리 움직이며 셔츠를 앞으로 잡아당겼다.

"우, 와."

라일리가 갑자기 소리를 냈다.

"뭐야?"

무아지경에서 빠져나와 라일리의 시선을 따라 바 아래쪽을 쳐다보았다. 바 끝에 있는 사내 둘이 얼빠진 표정으로 테사를 쳐다보고 있었다. 뻐근해진 내 아랫도리보다 훨씬 더 커다래진 눈을 하고 말이다.

테사 쪽으로 시선을 돌렸다. 테사의 치맛단이 허벅지 위로 아슬아슬하게 올라가 있었다. 다리를 앞으로 찰 때마다 치맛단이 조금씩 올라갔다. 아, 참을 만큼 참았다.

"진정해, 친구."

라일리가 슬쩍 말을 건넸다.

"이 노래 좀 있으면 끝나…."

말끝을 흐리더니 음악이 잦아들 동안 내내 테사에게 손을 흔들었다.

하딘이 손을 내밀어 도와주는 바람에 깜짝 놀랐다. 춤추는 내내 하딘은 입을 뿌루퉁하게 내밀고 나를 노려보았다. 있는 대로 소리를 질러댈 거라 생각했다. 한술 더 떠서 바 위로 올라와 나를 끌어내리고, 바에 있는 손님들과 싸움판을 벌일 거라 생각했다.

"거봐, 당신이 하도 형편없는 댄서라 아무도 신경 쓰지 않잖아!"

라일리가 깔깔거렸고, 나는 시원한 바 위에 걸터앉았다.

"진짜 재미있었어!"

막 소리를 지르는데 하필 또 음악이 멈췄다. 나는 깔깔대며 바에서 뛰어내렸다. 하딘이 보호하듯 팔로 나를 감싸 안았고, 나는 중심을 잡고는 그의 팔을 뿌리쳤다.

"담엔 너도 올라와봐!"

하딘의 귀에 대고 얘기했지만, 그는 고개를 가로저었다.

"싫어."

목소리엔 진지함마저 묻어 있었다.

"삐친 척하지 마. 귀엽지도 않아."

삐죽 나온 그의 입술을 건드렸다. 사실은 귀여웠다. 아랫입술만 쭉 내밀고 있는 그의 모습이 말이다. 마주치는 그의 눈에서 반짝 빛이 났다. 맥박이 빨라지기 시작했다. 바 위에서 춤추는 바람에 한껏 분출된 아드레날린 덕분인지 기분이 날아갈 것 같았다. 살면서 내가 이런 짓을 할 거라곤 생각도 못 했다. 더할 나위 없이 즐거웠지만, 다시는 못 할 것 같다. 하딘은 바 의자에 앉았고, 나는 라일리와 하딘 사이, 빈 의자 옆에 서 있었다.

"너, 이거 좋아하는구나."

하딘이 미소를 지었다. 그러고 보니 여전히 그의 입술을 손가락으로 누르고 있었다.

"네 입술 말이야?"

나는 히죽 웃었다. 그는 고개를 가로저었다. 장난스러운 표정이긴 했지만, 어쩐지 심각해 보였다. 한껏 취기가 올랐다. 하딘은 중독성이 있다. 나는 완전히 취했다. 너무 재미있는 상황이다.

"아니, 나 열받게 하는 거. 넌 날 열받게 하는 걸 진짜 좋아하는구나."

건조한 어조였다.

"아냐. 네가 너무 쉽게 열받는 거지."

"이 사람 많은 술집에서 바에 올라가 춤을 춰댔잖아."

하딘의 얼굴이 닿을락 말락 했다. 그의 숨결에서 희미하게 민트와 위스키가 섞인 향이 났다.

"확실한 건 그게 날 화나게 했다는 거야, 테사. 운 좋은 줄 알아. 확 끌어내려서 어깨에 둘러메고 여기서 데리고 나가려 했다고."

"어깨에 둘러멘다고? 무릎 아니고?"

나는 완전히 무장해제된 그를 빤히 쳐다보면서 짓궂게 말했다.

"뭐, 뭐라고?"

그가 말을 더듬었다. 나는 깔깔 웃으며 라일리를 돌아보았다.

"하딘을 너무 바보 취급하지 마. 걔도 좋아했어."

라일리가 나에게 속삭였고, 나는 고개를 끄덕였다. 하딘이 나를 보고 있었다고 생각하니 아랫배가 죄어오는 것 같았다. 하지만 그럴 때가 아니다. 음란한 생각을 떨치며 마음을 다잡았다. 나는 화를 내야 한다. 그를 싹 무시해버리거나 시애틀 행을 망쳐놓은 걸 소리 지르며 따져야 한다. 나한테 했던 그 상처 주는 말들에 대해서도. 하지만 이렇게 취해서야 아무 것도 할 수 없을 것 같다.

그래서 아무 일도 없었던 척했다, 적어도 지금은. 친구들이랑 어울려 술 한 잔하는 평범한 커플들을 상상하면서 말이다. 거짓말도 다툼도 없이, 오로지 테이블 위에서 춤추며 즐거운 시간을 보내는 그런 커플.

"진짜 내가 이런 일을 했다는 게 아직도 믿기지 않아!"

들뜬 목소리로 두 사람에게 얘기했다.

"나도."

하딘이 구시렁거렸다.

"다시는 못 할 거 같아. 그것만은 확실해."

손으로 이마의 땀을 훔쳤다. 나는 땀에 흥건히 젖어 있었고, 작은 술집 안은 후끈 달아올라 있었다. 공기가 너무 탁했다. 아무래도 바람을 좀 쐬어야겠다.

"뭐, 문제 있어?"

하딘이 퉁명스레 물었다.

"너무 더워."

손 부채질을 했다.

"그럼 가자. 너 그러다 쓰러져."

"싫어, 더 있고 싶어. 재밌게 즐기고 있는데, 왜?"

"취해서 말도 이상하게 하잖아."

"내가 가고 싶지 않다는데. 날 좀 놔주든가 아니면 네가 가."

"너…."

하딘이 말을 꺼냈지만, 나는 손바닥으로 그의 입을 막았다.

"쉿…, 그냥 같이 놀자고."

나는 다른 한 손으로 그의 허벅지를 또 한 번 만졌다. 이번에는 힘을 꽉 주어 잡았다.

"좋아."

하딘이 내 손바닥에 대고 말했다. 막았던 손을 떼었다. 그러면서도 완전히 떼진 않았다. 언제든지 필요하면 바로 막을 수 있게.

"바 위에 올라가서 춤추는 건 안 돼."

달래는 말투였다.

"좋아. 삐치거나 언짢아하지 마."

질세라 쏘아붙였다. 그가 슬쩍 미소를 지었다.

"좋아."

"그, 좋아 소리도 좀 그만하고."

또 한 번 쏘아붙이듯 말했다. 하딘이 고개를 끄덕였다.

"좋아."

하딘의 눈동자가 장난기 어린 짙은 옥색으로 빛나고 있었다.

"넌, 가끔은 재밌어."

그에게 슬쩍 몸을 기울였다. 하딘은 한 팔로 내 허리를 감싸더니 다리 사이로 나를 잡아당겼다.

"가끔?"

하딘이 내 머리카락에 대고 입을 맞추자 살짝 긴장이 풀렸다.

"응, 가끔."

하딘이 키득거리면서 나를 놓아주지 않았다. 나도 그러고 싶었다.

안다, 이러면 안 된다는 걸. 하지만 하딘은 취했고 장난스러웠다. 내 몸 속에 돌고 있는 취기가 나도 정신을 못 차리게 만드는 모양이다.

"아이고, 두 사람 쿵짝이 잘 맞네."

라일리가 말했다.

"쟤 너무 짜증나."

하딘이 볼멘소리를 했다.

"네 쌍둥이?"

나는 깔깔거렸고, 하딘은 나를 보며 고개를 가로저었다.

"마지막 주문이요!"

오늘 밤 만난 새 친구가 바 뒤에서 외쳤다. 마지막 한 시간 동안 많은 정보를 얻게 되었다. 여자의 이름은 카미이고, 쉰 살이 다 되었단다. 그리고 작년 12월에 첫 손주를 보았단다. 코앞에 손주 사진을 흔들어댔다. 세상 모든 할머니들처럼. 나는 아기가 예쁘다며 호들갑스럽게 칭찬을 했다. 하딘은 힐끗 사진을 보는 둥 마는 둥 했다. 그러더니 난쟁이가 어쩌구 하면서 중얼거렸다. 나는 카미가 듣기 전에 얼른 사진을 치웠다.

몸이 이쪽저쪽으로 흔들흔들했다.

"딱 한 잔만 더 마시고 끝낼게."

"어떻게 뻗지도 않고 버티는지 알다가도 모르겠네!"

라일리가 소리를 질렀다. 존경이 가득 담긴 목소리였다.

나도 그렇게 생각한다. 하딘이 내 손에 들려 있던 반쯤 남은 잔을 가져가 털어 마셨다.

"하딘, 네가 술 제일 많이 마셨어. 아마 저 남자보다 더 마셨을 거야."

나는 바 끝에 앉아 있는 남자를 가리켰다. 그는 완전히 맛이 가서 바에 머리를 대고 있었다.

"릴리안이랑 같이 왔으면 좋았을걸."

내가 말하자 하딘이 콧등을 찡그렸다.

"싫어하는 줄 알았는데?"

하딘의 말에 라일리가 나를 향해 고개를 홱 돌렸다.

"싫어하지 않아."

하딘에게 말했다.

"질투나게 하려고 일부러 걔랑 어울렸을 땐 좀 별로였지만."

라일리가 바짝 긴장하며 옆에 있던 하딘을 쳐다보았다.

"뭐라고?"

'제길.'

"무슨 소리야?"

라일리가 나를 압박했다.

나는 술에 취해 이러지도 저러지도 못하고 있었다. 무슨 말을 해야할지 모르겠다. 라일리를 화나게 하긴 싫었다. 그것만은 확실하다.

"아무 것도 아니야."

하딘이 내 손을 잡으며 라일리에게 말했다.

"내가 나쁜 놈이었어. 테사한테 릴리안이 레즈라는 얘기를 안 했거든. 넌 다 알고 있었잖아."

라일리의 어깨에서 힘이 풀렸다.

"아, 그거."

'맙소사, 쟤는 딱 하딘 같군.'

"아무 일도 없었으니까 열받지 마."

하딘이 말했다.

"열 안 받았어, 진짜야."

라일리는 한풀 꺾인 목소리로 말하더니, 의자를 끌어 내 곁으로 왔다.

"살짝 질투했대도 나쁜 건 아니잖아, 그렇지?"

라일리가 나를 빤히 쳐다보았다. 눈빛이 순간 번뜩였다.

"여자랑 키스해본 적 있어, 테사?"

모골이 송연해졌다. 숨을 헉 들이마셨다.

"뭐라고?"

"무슨 헛소리….."

라일리가 하딘 말을 뚝 잘라버렸다.

"그냥 물어보는 거야. 여자랑 키스해본 적 있냐고."

"없어."

"그럼, 생각해본 적은?"

두 뺨으로 당혹스러움이 스멀스멀 올라왔다.

"여자랑 하는 게 훨씬 좋아, 솔직히. 더 부드럽거든."

라일리가 내 팔을 잡았다.

"그들은 네가 뭘 원하는지 정확히 알지…, 어디를 원하는지도."

하딘은 나를 만지는 라일리의 손을 뿌리쳤다.

"됐어, 거기까지."

하딘이 으르렁댔다. 나는 팔을 슬쩍 치웠다.

라일리는 난데없이 웃음을 터뜨렸다.

"미안, 미안! 저항할 수가 없었어. 쟤가 먼저 시작한 거야."

라일리는 발작하듯 웃으며 하딘에게 고개를 까딱거렸다. 그러더니 웃음을 멈추고 미소를 지으며 하딘을 쳐다보았다.

"내가 미리 경고했지. 나 엿 먹일 생각하지 말라고."

나는 안도의 한숨을 내쉬었다. 라일리는 하딘을 약 올리려고 그러는 것뿐이었다. 키득거리는 웃음이 터져 나왔다. 하딘은 당황스럽기도, 화가 나 보이기도 했다. 아니 살짝 열받은 건가?

"술값은 네가 내. 네가 재수 없게 굴었으니까."

하딘이 기다란 계산서를 라일리에게 내밀었다.

라일리는 어이없는 표정을 짓더니 뒷주머니에 손을 넣었다. 그리고 카드를 꺼내 계산서 앞에 놓았다. 카미는 재빨리 카드를 낚아채 바 끝으로 갔다.

문 쪽으로 걸어가며 라일리가 말했다.

"음, 우리가 술집 문을 닫는구나. 릴이 완전 화낼 텐데."

하딘이 내가 나갈 때까지 문을 잡아주었다. 라일리의 코앞에서 문이 닫힐 뻔 한 걸 내가 잡아주었다. 하딘은 싱긋 웃더니 잘못한 게 하나도 없다는 듯 어깨를 으쓱했다. 슬며시 내 얼굴에도 미소가 번졌다. 하딘은 재수 없는 놈이다, 근데 그 재수 없는 놈이 내 거다. 아닌가?

무엇 하나 확실한 건 없다. 하지만 한 가지는 분명하다. 새벽 2시에 오두막으로 걸어가는 동안은 복잡한 생각을 하고 싶지 않다는 거.

"릴은 자고 있을까?"

내가 라일리에게 물었다.

"그랬으면 좋겠네."

우리 오두막 사람들도 죄다 자고 있었으면 좋겠다. 괜히 현관에서 휘청거려서 켄 씨와 카렌은 깨우지 말아야 할 텐데.

"혹시 걔가 뭐라 그럴까 봐 무서운 거야?"

하딘이 라일리를 놀려댔다.

"맞아, 릴이 화내는 건 싫거든. 이미 살얼음판을 걷는 중이니까."

"왜?"

참견쟁이처럼 내가 물었다.

"상관없잖아?"

하딘이 내 말을 묵살했다. 라일리는 생각에 잠긴 듯했다.

그 후로 오두막까지 가는 내내 아무도 입을 열지 않았다. 나는 걸음 수를 세면서 걸었다. 바 위에 올라가 춤췄던 생각이 나서 혼자 키득거렸다.

맥스 씨 오두막에 도착하자 라일리가 머뭇거렸다.

"만나서…, 반가웠어."

인사를 건네는 라일리의 얼굴을 보고 웃음이 터졌다. 그녀는 신 레몬이라도 먹은 듯 얼굴을 찌푸리고 있었다.

"나도, 재밌었어."

아주 잠깐 라일리를 안아줘야 하나 생각했다. 하지만 왠지 어색했다. 그리고 내가 그러는 걸 하딘이 좋아하지 않을 것 같았다.

"잘 가."

하딘은 걸음을 멈추지도 않고 한마디 내뱉었다.

오두막에 다다랐다. 그제야 피곤함이 몰려왔다. 다 온 게 얼마나 다행인지 모르겠다. 발은 아팠고 몹쓸 원피스 때문에 몸이 가려웠다. 살

갖에 분명 상처가 났을 거다.

"발이 너무 아파."

"이리 와, 내가 안고 갈게."

'뭐래?'

하딘의 말에 피식 웃었다. 그는 알듯 말듯 한 미소를 지었다.

"왜 그런 눈으로 보는데?"

"나를 안고 간다며."

"근데?"

"너답지 않아서."

어깨를 으쓱했다. 하딘이 다가오더니 나를 번쩍 들어올렸다.

"너를 위해서라면 뭐든 할 거야, 테사. 내가 널 안고 간다고 그렇게 놀랄 것까지야."

아무 말도 하지 않고 그냥 웃어버렸다. 아주 심하게. 주체할 수 없이 웃음이 터져 온몸이 흔들렸다. 웃음을 멈추려고 입을 막았지만 별로 도움이 되지 않았다.

"왜 웃어?"

하딘의 얼굴이 굳어졌다. 심각한 표정이 어쩐지 위협적이었다.

"모르겠어…, 그냥 웃겨."

현관까지 와서 하딘이 나를 살짝 들어 올리더니 문 손잡이를 돌렸다.

"내가 널 위해 뭐든지 하겠다고 말한 게 웃겨?"

"그래, 날 위해 뭐든지 하겠다고는 했지. 시애틀만 빼놓고, 나랑 결혼하는 것도, 그래서 아이를 갖는 것도."

술에 취했지만 비꼬는 스킬은 말짱한 모양이다.

"싸움 걸지 마. 이런 얘기하기엔 둘 다 너무 취했잖아."

"우우우우우."

유치하게 야유를 퍼부었지만, 하딘의 말이 맞다.

하딘은 절레절레 고개를 저으며 계단을 올라갔다. 나는 그의 목에 매달렸다. 하딘은 퉁명스럽게 굴면서도 미소를 지었다.

"떨어뜨리지 마."

하딘은 나를 미끄러뜨리듯 내려주었다. 나는 내리려다가 두 다리로 그의 허리를 감쌌다. 그의 몸에 딱 달라붙어 작은 비명을 내질렀다.

"쉿, 그러다 널 놓치면⋯"

하딘이 위협하듯 말했다.

"머리부터 떨어질지도 몰라."

나는 최선을 다해 겁에 질린 표정을 지었다. 하딘의 얼굴에 짓궂은 미소가 번졌다. 나는 그에게 기대 혀끝으로 하딘의 코를 간질였다.

이건 다 위스키 때문이야.

복도 끝 전등이 켜졌다. 하딘은 서둘러 방으로 들어갔다.

"이러다가 다 깨우겠다."

하딘은 나를 침대 위에 놓았다. 구두를 벗으려 몸을 비스듬히 기댔다. 쓰라린 발목을 한참 문지르며 구두를 바닥에 내동댕이쳤다.

"다 네 잘못이야."

나는 침대에서 일어나 하딘을 지나쳐 옷장으로 갔다. 편하게 입고 잘 옷을 찾아 서랍을 뒤졌다.

"이 옷은 정말 최악이야."

신음하듯 말하고, 지퍼를 내리려 등 뒤로 손을 뻗었다. 술이 안 취했을 땐 훨씬 쉬웠는데.

"이리 와."

하딘이 등 뒤로 와서 내 손을 한쪽으로 밀었다.

"이게 대체 뭐야?"

"왜?"

그가 내 살갗을 손가락으로 만졌다. 온몸에 닭살이 돋았다.

"피부가 온통 빨개. 이 옷이 너한테 자국을 남겼어."

하딘은 내 어깨에 난 자국을 만지면서 원피스를 끌어내려 바닥에 떨어뜨렸다.

"이거 진짜 불편했어."

내가 우는 소리를 했다.

"그래 보였어."

하딘은 굶주린 눈빛으로 나를 빙빙 돌려 보았다.

"뭐든 너한테 자국은 남기는 건 안 돼, 나 말고는."

침을 꿀꺽 삼켰다. 하딘은 취했고 장난스러웠다. 음흉한 눈빛은 그가 무슨 생각을 하고 있는지 노골적으로 드러났다.

"이리 와봐."

그는 내 앞에 바짝 다가와 섰다. 하딘은 옷을 다 입었지만, 나는 브라와 팬티 차림이었다. 나는 고개를 가로저었다.

"아니야…."

분명히 그에게 해야 할 말이 있다. 근데 뭐였는지 떠오르지가 않았다. 하딘이 이런 식으로 나를 쳐다보면 기억나는 건 오직 내 이름뿐이다.

"맞아."

하딘의 반박에 나는 뒤로 물러섰다.

"너하고 섹스 안 할 거야."

그는 한 팔로 나를 붙잡고 다른 손으론 부드럽게 내 머리카락을 움켜쥐었다. 고개가 들리며 그의 얼굴을 보게 되었다. 그의 숨결이 내 얼굴에 와 닿았다. 그의 입술이 내 입술에 닿을 듯 말 듯했다.

"왜?"

그가 물었다.

뭐라고 대답해야 할까, 머릿속이 뒤죽박죽이다. 잠재의식 속에선 나머지 옷도 다 찢겨졌으면 하고 바랐다.

"너한테 화났거든."

"나도 너한테 화났어."

그의 입술이 내 살갗에 가볍게 닿으며 턱선을 따라 움직였다. 무릎에 힘이 빠졌다. 머릿속이 아련해졌다.

미간을 찌푸리며 물었다.

"넌 왜 화났어? 난 아무 짓도 안 했잖아."

하딘이 내 엉덩이를 잡고 천천히 주무르기 시작했다. 가슴이 마구 뛰었다.

"술집에서 벌인 그 쇼만으로도 충분히 뚜껑 열렸어. 네가 그 빌어먹을 웨이터 자식이랑 온 동네를 누비고 다닌 건 말할 것도 없고. 내 앞에서 그 자식이랑 시시덕거리면서 나를 경멸했잖아."

말투는 위협적이었지만, 그의 입술은 내 목을 따라 부드럽게 움직였다.

"그 싸구려 술집에서부터 널 원했어. 바에서 춤추는 거 보고, 화장실로 널 데려가 벽에 밀어붙이고 섹스하고 싶었다고."

하딘이 내게 몸을 붙였다. 그의 페니스가 얼마나 단단해졌는지 느낄 수 있었다. 나도 그를 원했지만, 그가 모든 걸 내 탓으로 돌리는 걸 내 버려둘 수가 없었다.

"너⋯."

눈을 감았다. 그리고 내 몸에 닿은 그의 손과 내 입술에 닿은 그의 입술을 느끼며 즐겼다.

"네가 그랬잖아⋯."

뒤죽박죽이 된 머릿속에서 엉망진창으로 말이 나왔다.

"그만."

그의 손을 잡고 내 몸을 더듬지 못하게 옆으로 밀어냈다. 하딘의 눈이 번뜩였다.

"나를 원하지 않아?"

"당연히 널 원하지. 난 항상 널 원해. 근데, 난⋯, 화내야 할 것 같아."

"그럼 내일 화내면 되지."

하딘은 짓궂게 웃었다.

"항상 그러잖아, 그러니까⋯."

"쉿⋯."

하딘이 입술로 내 입을 막았다. 그리고 키스를 퍼부었다. 내 입술은 벌어졌고, 하딘은 머리카락을 움켜쥔 손에 힘을 주었다. 그의 혀가 입 안 깊숙이 들어왔고, 나를 끌어당겨 자신의 몸에 밀착하게 했다.

"날 만져줘."

내 손을 잡으며 하딘이 애원했다. 나는 하딘을 만지고 싶었고, 하딘은 자신감을 되찾아야 했다. 이게 우리가 문제를 해결하는 방식이다. 건강한 방식은 아니다. 하딘이 키스를 퍼붓고 몸을 밀어붙이며 애원하는 이런 방식.

그의 셔츠 단추를 더듬었다. 하딘은 참지 못하고 신음을 터뜨렸다. 양손으로 셔츠를 잡아당겼다. 단추가 후드득 떨어져나갔다.

"이 셔츠 마음에 들었는데."

하딘의 입에 대고 속삭였다. 그의 입술은 여전히 내 입술에 맞닿아 있었다.

"난 싫었어."

나는 셔츠를 거칠게 벗겨 바닥에 떨어뜨렸다. 내 입속에서 그의 혀가 천천히 움직였다. 믿을 수 없을 만큼 달콤한 키스에 온몸이 녹아내리는 것 같았다. 그의 입술에서 분노와 좌절을 느낄 수 있었지만 하딘은 최선을 다해 숨기고 있다. 그는 늘 숨기기만 한다.

"네가 곧 나를 떠날 거라는 거 알아."

하딘이 입술을 목으로 옮기며 말했다.

"뭐?"

그에게서 살짝 몸을 뗐다. 놀랍기도 혼란스럽기도 했다.

하딘을 생각하니 가슴이 아렸다. 술 때문이겠지만 그의 감정이 고스란히 전달되는 것 같았다. 나는 그를 사랑한다. 정말 많이. 하지만 하딘은 나를 너무나 약하고 보잘것없는 사람인 것처럼 느끼게 만든다. 그 순간 나는 그가 걱정하고, 슬퍼하고, 어찌 됐든 속상해 한다고 믿어버리게 된다. 그러면 내 감정들은 방향을 바꿔 내가 어떻게 느끼는지가 아니라, 온통 그에게만 초점이 맞춰져버린다.

"사랑해, 많이."

그가 엄지로 내 입술을 천천히 쓰다듬으며 속삭였다. 그의 벗은 상반신이 블랙진과 대비를 이루어 천상의 모습처럼 보였다. 나는 완전히 하딘의 자비 아래 놓인 어린 양이다.

"하딘…."

"얘기는 나중에 하자. 널 느끼고 싶어."

하딘이 나를 침대로 이끌었다. 그를 멈춰야 한다고, 그에게 굴복해서는 안 된다고 머릿속에서 끊임없이 소리를 질러댔다. 애써 그 소리를 무시했다. 어쩔 수가 없었다. 그를 막을 만큼 나는 강하지 않다. 거친 손길로 그가 내 허벅지를 쓰다듬는데도, 다리를 벌리는데도, 내 팬티 위로 괴롭히듯 검지를 움직이는데도.

"콘돔."

내가 헐떡거리며 말하자 하딘이 핏발 선 눈으로 나를 쳐다보았다.

"우리가 콘돔을 안 쓴다면? 내가 네 안에 사정한다면? 그럼 넌…."

하딘이 먼저 말을 멈추었다. 다행이다. 무슨 말을 하든 아직 감당할 준비가 되지 않았다. 하딘이 몸을 일으키더니 바닥에 놓인 여행 가방 쪽으로 어슬렁거리며 걸어갔다. 나는 누워서 천장을 바라보았다. 술에 취해 흐트러진 정신을 가다듬고 있었다.

'시애틀에 꼭 가야 할까? 시애틀에 가는 게 하딘을 잃는 것 보다 중요한가?'

이런 생각을 하니 견딜 수 없는 고통이 밀려왔다.

"빌어먹을! 장난해?"

그의 목소리가 방에 쩌렁쩌렁 울렸다. 일어나 앉아 보니, 하딘이 손에 종이 쪽지를 들고 있었다.

"이거 뭐야?"

하딘이 내 눈을 똑바로 쳐다보았다.

"뭔데?"

그의 앞에 내가 입었던 원피스와 구두 무더기가 놓여 있었다. 처음엔 뭐지 싶었다. 하지만 바닥에 놓인 브래지어를 보고나서야 알아차렸다.

'망했다.'

재빨리 일어나 그의 손에 있던 쪽지를 뺏으려 했다.

"멍청한 짓 하지 마. 그 재수 없는 자식 번호 딴 거야?"

하딘이 쪽지를 머리 위로 번쩍 들었다. 뺏을 기회가 사라졌다.

"그런 거 아니야. 그 사람이…."

"빌어먹을!"

하딘이 소리쳤다.

'또 시작이군.'

저 표정을 잘 안다. 처음 저런 표정으로 나를 쳐다보았던 날이 아직도 생생하게 기억난다. 그의 아버지 집에서 나를 옷장에 밀어붙였을 때, 그의 얼굴은 분노로 일그러져 있었다.

"하딘…."

"계속 해보시지. 그 자식한테 전화해. 그 자식이랑 섹스하면 되겠네. 왜인 줄 알아? 난, 젠장, 너랑 하고 싶지 않거든."

"과민반응하지 마."

애원하듯 말했다. 그와 소리 질러대며 싸우기엔 너무 취했다.

"과민반응? 네 옷에서 딴 놈 전화번호를 찾아냈는데?"

하딘이 이를 악물었다.

"너도 결백하다 할 수는 없잖아."

내가 꼭 집어 말했고, 하딘은 방 안에서 우왕좌왕 하고 있었다.

"그리고 할 말 있으면 숨 좀 고르고 해. 난 너하고 싸우는 거 싫어."

나는 한숨을 쉬었다. 하딘이 화를 내며 손가락질을 했다.

"또! 나를 끊임없이 화나게 만들면서. 내가 이러는 건 다 네 잘못이야!"

"아니야! 아니라고!"

목소리를 낮추려고 기를 쓰며 말했다.

"죄다 나한테 뒤집어씌울 순 없어. 우리 둘 다 실수했잖아."

"아니, 네 실수지. 빌어먹을, 산더미처럼!"

하딘은 자기 머리를 쥐어뜯었다.

"제기랄, 나도 이러기 싫어. 전부 네가 벌인 일이잖아!"

나는 잠자코 있었다.

"이제 울어보시지."

하딘이 조롱하듯 말했다.

"난 안 울어."

하딘의 눈이 동그래졌다.

"그래, 놀랍네."

있는 대로 모멸감을 담아 하딘이 손뼉을 쳤다. 픽, 웃음이 나왔다. 그러자 손뼉을 멈추었다.

"왜 웃는 거야?"

하딘이 나를 빤히 쳐다보았다.

"대답해봐."

나는 고개를 흔들었다.

"네가 다 망쳤어."

"그래, 넌 너밖에 모르는 나쁜 년이고."

하딘이 싸늘하게 말했다. 일순간 웃음이 싹 사라졌다.

나는 아무 말 없이 침대에서 일어섰다. 그리고 서랍장에서 티셔츠와 반바지를 꺼냈다. 서둘러 옷을 입는 나를 하딘은 물끄러미 보고 있었다.

"어디 가려고?"

"상관 마."

"안 돼, 이리 와."

하딘이 나를 붙잡으려 했다. 필사적으로 한 대 후려치고 싶었지만, 결국 그에게 막히겠지.

"싫어, 놔!"

나는 붙들린 팔을 흔들어 뿌리쳤다.

"난 끝냈어. 이랬다 저랬다 하는 거 완전 끝냈다고. 지칠 대로 지쳤어. 그리고 더 이상 이러고 싶지도 않아. 넌 날 사랑하지 않아. 그냥 갖고 싶을 뿐이지. 더 이상 그렇게 놔두진 않을 거야."

반짝이는 그의 초록색 눈동자를 똑바로 쳐다보았다. 그리고 한마디 더 했다.

"넌 구제불능이야, 하딘. 난 널 구제하지 못할 거 같아."

그제야 그는 무슨 짓을 한 건지 깨닫는 표정이었다. 그는 모든 감정을 다 담아 내 앞에 섰다. 나를 보고 있었지만, 어깨는 축 처졌고, 눈동자는 더 이상 빛나지 않았다. 마침내 하딘은 내 눈에 비친 자기의 공허한 표정을 본 모양이다. 나는 아무런 할 말도 남아 있지 않았다. 그 또

한 나와 자신을 상처 입힐 말이 더는 남아 있지 않았다. 그의 얼굴에서 핏기가 가셨다. 이제야 제대로 깨달은 거다.

50 · 테사

랜던이 눈을 비비며 방문을 열었다. 티셔츠와 양말은 벗은 채, 반바지만 입고 있었다.

"네 방에서 좀 자도 돼?"

랜던은 잠에 취해 묻지도 않고 고개를 끄덕였다.

"깨워서 미안해."

소곤소곤 속삭였다.

"괜찮아."

랜던은 중얼거리며 비틀비틀 침대로 돌아갔다.

"이거 써. 다른 건 너무 납작해."

그는 푹신한 흰색 베개를 내게 안겼다.

나는 미소를 지으며 베개를 끌어안고 침대 모서리에 앉았다.

"이래서 널 좋아한다니까."

"너한테 제일 좋은 베개를 줘서?"

랜던의 미소는 잠자면서 지을 때가 훨씬 더 사랑스러웠다.

"아냐, 항상 곁에 있어 줘서…, 그리고 푹신한 베개를 가지고 있어서."

말이 느릿느릿해졌다. 술기운 때문이다…. 이상했다.

랜던은 침대에 누워서 한쪽으로 몸을 움직였다. 반대편에 내가 누울 공간이 넉넉히 생겼다.

"이제 너 따라서 하딘이 들어올 차례지?"

"안 그럴 거야."

랜던의 우스갯소리와 푹신한 베개의 달콤함이 이내 하딘과 주고받았던 말들로 인한 상처로 바뀌었다. 자리에 누워 옆에 있는 랜던을 물끄러미 쳐다보았다.

"전에 하딘의 행동에 아무 이유가 없는 건 아니라던 말 기억해?"

내가 물었다.

"응."

"정말 그렇다고 믿는 거야?"

"그럼."

랜던은 잠시 뜸을 들였다.

"하딘이 뭐 다른 짓을 하지 않았다면…."

"새로운 일을 벌인 건 아닌데. 난…, 모르겠어, 내가 더 견딜 수 있을지. 우린 계속 뒷걸음질만 치고 있거든. 그래선 안 되잖아. 우리가 더 나아지고 있다고 생각할 때마다, 걔는 6개월 전에 만났던 하딘으로 돌아가버려. 나한테 자기밖에 모르는 나쁜 년이라고 그랬어. 그건 기본적으로 나를 사랑하지 않는다는 말이잖아. 진심으로 한 말은 아니겠지. 근데 그런 말 한마디 한마디가 지난번보다 나를 더 무너지게 만드는 것 같아. 그러는 게 하딘 스타일인 걸 이해하기 시작했어. 그건 내가 도와줄 수도, 바꿀 수도 없어."

랜던이 생각에 잠긴 표정으로 나를 보다가 얼굴을 일그러뜨렸다.

"너한테 나쁜 년이라고 했다고? 오늘 밤에?"

내가 고개를 끄덕이자, 랜던이 깊은 한숨을 쉬며 얼굴을 문질렀다.

"나도 걔한테 상처 주는 말 했어."

딸꾹질이 났다. 와인과 위스키가 합쳐진 묵직한 숙취가 내일까지 갈 거다.

"그래도 그런 식으로 말하면 안 되지. 그건 절대 안 되는 거야, 테사. 걔를 감싸주지 마."

"감싸주는 게 아니라…."

말을 그렇게 했지만 감싸주고 있는 거다. 나는 한숨을 쉬었다.

"이게 다 시애를 때문인 거 같아. 걔는 나를 위해 타투를 했고, 나 없이는 살 수 없대. 그래놓고 내가 자기랑 섹스를 하니까 나를 따라 다니는 거래. 아, 맙소사! 미안해, 랜던!"

두 손으로 얼굴을 가렸다. 랜던한테 이런 말까지 하다니….

"괜찮아. 욕조에서 네 속옷도 낚아 올렸잖아."

랜던이 씨익 웃으며 분위기를 밝게 만들었다. 달아오른 내 얼굴이 보이지 않을 만큼 이 방이 어둡기를 바랄 뿐이다.

"이 여행은 정말 최악이야."

서늘한 베개에 얼굴을 파묻으며 고개를 흔들었다.

"아니, 이건 너희 둘한테 필요한 시간이었을 거야."

"우리가 헤어지는 데?"

"뭐…, 헤어지려고?"

랜던이 다른 베개를 가져와 내 옆에 누웠다.

"모르겠어."

나는 얼굴을 더 깊게 파묻었다.

"정말 헤어지고 싶어?"

랜던이 조심스럽게 물었다.

"아니, 근데 그래야 할 거 같아. 계속 이렇게 지내는 건 우리 둘 다한테 좋지 않아. 내가 하딘한테 너무 많은 걸 기대하나 봐."

우리 엄마의 나쁜 점을 내가 그대로 답습하고 있다. 엄마는 모두에게 너무 많은 걸 기대했다.

랜던은 살짝 몸을 일으켰다.

"하딘한테 뭔가를 기대하는 건 잘못이 아니야. 특히 그 기대가 합당한 것일 땐 말이야."

랜던이 대답했다.

"자기가 가진 걸 제대로 볼 줄 알아야지. 넌 지금껏 하딘한테 있었던 일 중에 최고의 사건이야. 걔도 그걸 알아야 해."

"하딘은 전부 내 잘못이래…, 그게 걔 방식이야. 내가 원하는 건 적어도 반만이라도 나한테 친절하게 대해주는 거였어. 우리 관계가 안정되기를 원한 것뿐인데. 나 정말 불쌍해."

신음하듯 말하는 목소리가 갈라졌다. 여전히 혀끝에서는 위스키와 하딘의 민트 향이 맴돌았다.

"네가 나라면 시애틀에 갈까? 다 포기하고 여기 있어야 한다고 생각할 수밖에 없잖아. 아니면 하딘을 따라 영국에 가든지. 시애틀 때문에 이러는 거라면, 그냥 내가…."

"안 돼, 가야지."

랜던이 내 말을 막았다.

"처음 만난 날부터 넌 시애틀에 열광했어. 하딘이 너랑 안 간다면, 그건 걔 손해야. 딱 일주일 본다. 네가 가버리고 네 집 문 앞에 하딘이 다시 나타날 때까지. 포기하면 안 돼. 이번엔 심각하다는 걸 개도 알아야 해. 개가 널 보고 싶어 하도록 내버려둬."

나도 모르게 미소가 지어졌다. 하딘이 내가 떠나고 일주일 후, 백합 꽃 다발을 들고 내 앞에 나타나 애걸복걸 용서를 구걸하는 모습을 상상해봤다.

"나타나줄 현관문 같은 것도 없는걸."

"하딘이지? 부동산 중개업자가 너한테 다시 전화 안 했던 이유가?"

"응."

"그럴 줄 알았어. 중개업자가 전화를 안 할 리가 없거든. 그래도 넌 가야 해. 네가 머물 곳을 마련할 때까지 아버지가 도와주실 거야."

"결국 하딘이 안 오면 어떡하지? 아니, 싫은데 억지로 데려왔다고 더 화를 내면?"

"테사, 내가 이런 말하는 건 너를 아끼기 때문이야, 알지?"

나는 고개를 끄덕였다.

"시애틀 가는 걸 포기한다면 넌 제정신 아닌 거야. 겨우 같이 있는 시간의 절반만 널 사랑한다는 걸 보여주는 그런 사람 때문에."

모두 내 잘못이라던 하딘의 말이 떠올랐다. 자기가 그렇게 행동한 건 '나' 때문이라던 것도.

"하딘한테 내가 없는 게 나을 것 같아?"

랜던이 일어나 앉았다.

"절대 아냐! 넌 지금 하딘이 했던 짓의 절반도 얘기하지 않았을 걸. 너희 둘, 어쩌면 잘 안 될 수도 있어."

랜던이 내 팔을 부드럽게 쓰다듬었다.

온몸에 흐르는 알코올 기운을 핑계로, 랜던의 말을 외면하고 말았다. 하딘과 나의 관계에 진심어린 조언을 해줄 유일한 사람이 수건을 던지고 마는 이 상황을 받아들일 수가 없었다.

"내일은 지옥 같을 거야."

얼른 다른 화제로 바꾸었다. 안 그랬다간 울지 않겠다고 스스로 한 약속을 깨버리고 말 거니까.

"맞아, 그럴 거야."

랜던이 놀려댔다.

"너한테서 술 창고 같은 냄새가 나."

"릴리안의 여자친구를 만났어. 걔가 계속 술을 줬거든. 참, 나 바 위에 올라가서 춤도 췄어."

랜던이 숨이 넘어갈 듯 키득거렸다.

"말도 안 돼."

"진짜야. 너무 창피했어. 라일리의 생각이었거든."

"걔…, 재미있구나."

랜던이 미소를 지었다. 그제야 아직도 내 맨살을 쓰다듬고 있다는 걸 알아차린 모양이었다. 그는 팔을 빼더니 머리를 베었다.

"걘 하딘의 여자 버전이야."

내가 말하며 웃음을 터뜨렸다.

"그래! 어쩐지 짜증나게 들리더라!"

랜던이 짓궂게 말했다. 순간 취기가 확 올랐다. 문 쪽을 슬쩍 보았다. 혹시나 랜던이 장난스럽게 구는 걸 들은 하딘이 잔뜩 노려보지나 않을까.

"넌 모든 근심을 다 잊게 만들어."

"그랬다니 기쁘네."

베스트 프렌드가 미소를 지으며 침대 발치에 있던 담요를 끌어올려 덮어주었다. 나는 눈을 감았다.

몇 분간의 침묵이 흘렀다. 잠 속으로 빠져들 것 같은 정신과 사투를 벌이는 중이다. 랜던이 천천히 숨을 쉬는 소리가 들렸다. 눈을 감고 그게 하딘이라고 생각해야겠다. 아니면 머릿속이 잠잠해지지 않을 것 같다.

몽롱한 의식 속으로 하딘의 분노 섞인 눈빛과 가혹한 말들이 스쳐 지나갔다. 나는 잠에 빠져들었다.

'넌 너밖에 모르는 나쁜 년이야.'

"안 돼!"

하딘의 목소리에 놀라 잠에서 깼다. 나는 랜던 방에 있고, 하딘은 복도 저쪽에 혼자 있다는 걸 기억해내기까지 잠깐 시간이 걸렸다.

"그 여자한테서 떨어져!"

잠시 후 복도에 하딘의 목소리가 쩌렁쩌렁 울렸다.

침대에서 내려와 문으로 갔다. 하딘의 외침이 끝나기도 전이었다.

'하딘은 자기가 가진 걸 제대로 볼 줄 알아야 해. 이번엔 심각하다는 걸 개도 알아야 해. 걔가 널 보고 싶어 하도록 내버려둬.'

당장 하딘 방으로 뛰어갔다간 모든 걸 용서하게 될 거다. 또한 하딘이 사실은 연약하고 두려워하고 있다는 걸 알게 될 거다. 그럼 그를 달래려고 무슨 소리든 하게 될 거다.

바닥에 떨어진 심장을 부여잡고 다시 침대로 돌아갔다. 다시 누우려는 순간이었다.

"안 돼!"

하딘의 목소리가 온 집안에 쩌렁쩌렁 울렸다.

"테사…, 너…."

랜던이 속삭였다.

"아니."

대답하는 목소리가 갈라졌다. 베개를 입에 물며 결국 약속을 깨뜨리고 말았다. 눈물이 터졌다. 나 때문이 아니다. 하딘 때문이었다. 자신이 아끼는 사람들을 어떻게 대해야 할지 모르는 가여운 소년, 하딘. 내가 없으면 악몽에 시달리지만, 나를 사랑하진 않는다는 남자. 혼자가 되었다는 게 어떤 기분인지 진심으로 알아야 할 그 남자 때문이었다.

51 · 하딘

저들은 멈추지 않을 거다. 사내의 더럽고 쭈글쭈글한 손이 그녀의 허벅지를 쓰다듬었다. 그녀는 다른 남자의 손아귀에 머리채를 휘어 잡힌 채 신음하고 있었다. 남자는 그녀의 머리를 움켜잡고 뒤로 잡아당겼다, 아주 세게.

"그 여자한테서 떨어져!"

소리를 질렀지만 저들은 내 말을 듣지 못한다. 움직이려 했지만, 어린 시절 그 계단에서처럼 얼어붙어 꼼짝도 못 하고 있었다. 그녀의 커다란 회색 눈동자는 두려움으로 생기를 잃은 듯했다. 그녀는 나를 쳐다보았다. 이미 그녀의 뺨에는 시퍼런 멍이 자리 잡고 있었다.

"넌 날 사랑하지 않잖아."

그녀가 속삭였다. 사내의 손이 그녀의 목을 움켜쥐었고, 나와 마주친 그녀의 눈빛은 이글거렸다.

'뭐라고?'

"아냐, 널 사랑해! 널 진심으로 사랑해, 테사!"

내가 소리쳤지만, 그녀는 듣지 않았다.

사내가 그녀를 꼼짝 못 하게 붙잡았고, 사내의 친구는 그녀의 다리 사이에 자리를 잡았다. 그녀는 고개를 흔들었다.

"안 돼!"

눈앞에서 그녀가 사라지고 있었다. 나는 있는 힘을 다해 마지막으로 소리를 질렀다.

"넌 날 사랑하지 않잖아…."

폭행을 당한 그녀의 눈에 핏발이 가득했다. 나는 그녀를 도와줄 수 없었다.

"테스!"

그녀를 잡으려 팔을 휘적거렸다. 그녀에게 닿는 순간, 이 모든 공포가 사라질 거다. 그리고 그녀의 목을 쥐고 있던 빌어먹을 남자도 없어질 거다.

하지만 그녀는 이곳에 없다.

테사는 오지 않았다. 나는 일어나 앉아 스탠드를 켜고 방 안을 살펴보았다. 심장이 튀어나올 듯 거세게 뛰었다. 온몸은 땀으로 흠뻑 젖었다.

'테사는 여기 없어.'

문 두드리는 소리가 들렸다. 숨을 참으며 조용히 문을 열었다. 제발….

"하던?"

방 안 가득 카렌의 부드러운 목소리가 울려 퍼졌다.

'빌어먹을.'

"괜찮아요."

카렌은 방문을 더 열었다.

"혹시 필요한 게 있으면…."

"괜찮다고 했잖아요!"

협탁을 쓸어서 스탠드를 바닥에 내동댕이쳤다. 스탠드가 와장창 깨졌다. 카렌은 한마디 대꾸도 없이 문을 닫았다. 나는 어둠 속에 혼자 남았다.

테사는 카운터 식탁에서 팔에 머리를 기대고 엎드려 있었다. 여전히 잠옷 차림인데다 머리 꼭대기는 새둥지를 얹어 놓은 것 같았다.

"두통약이랑 물이 필요해."

테사가 신음했다. 랜던은 그 옆에서 시리얼을 입에 쑤셔 넣고 있었다.

"내가 가져다주마. 차에 짐만 싣고 출발하자. 근데 켄이 여전히 침대에 있네. 어젯밤에 잠을 좀 설쳤거든."

카렌이 말했다. 테사는 고개를 들어 잠자코 카렌을 쳐다보았다. 아마 생각 중일 거다.

'다들 내가 어젯밤 불쌍하게 울부짖는 소리를 들은 건가?'

카렌이 서랍장을 열어 약을 꺼냈다. 그들이 나를 알아보기를 기다리며 서 있었다. 하지만 아무도 나를 바라보지 않았다.

"가서 짐을 싸야겠어요. 약 챙겨주셔서 감사합니다."

테사의 목소리는 부드러웠다. 그녀는 자리에서 일어섰다. 얼른 약을 먹고, 물 잔을 식탁에 올려놓았다. 그러다 나와 눈이 마주쳤다. 하지만 테사는 재빨리 시선을 피했다.

겨우 하룻밤이다. 테사 없이 겨우 하룻밤을 보냈을 뿐이다. 그런데도 벌써 그녀가 너무 그립다. 어젯밤 악몽이 머릿속에서 떨쳐지지가 않는다. 테사가 무덤덤하게 나를 지나쳐 가니 더욱…. 내가 괜찮을지 정말 모르겠다. 꿈은 너무나 생생했고, 테사는 너무나 냉정했다.

그 자리에 우뚝 서서 따라가야 하나 말아야 하나 잠시 고민했다. 하지만 나는 어느새 계단을 오르고 있었다. 방으로 들어가니 테사는 무릎을 꿇고 앉아 여행 가방을 열고 있었다.

"내가 짐 쌀게. 넌 그냥 가면 돼."

테사가 돌아보지도 않고 말했다. 고개를 끄덕였지만, 테사가 나를 볼 수 없겠구나 싶었다.

"알겠어."

중얼중얼 대답했다. 그녀가 무슨 생각을 하는지, 기분이 어떤지, 나는 또 무슨 말을 해야 하는지, 모르겠다. 빌어먹을, 늘 그랬다.

"미안해."

젠장, 목소리가 너무 크게 나왔다.

"알아."

테사가 바로 대답했다. 여전히 내게 등을 돌린 채였다. 그녀는 서랍장과 바닥에 놓인 내 옷들을 챙겨 다시 개기 시작했다.

"정말로 미안해. 진심이 아니었어."

테사가 나를 쳐다보기라도 했으면 좋겠다. 그래야만 꿈은 그저 꿈일 뿐이라고 확신할 수 있을 것 같다.

"알아. 걱정하지 마."

테사는 한숨을 쉬었다. 그녀의 어깨가 전보다 한 뼘은 더 내려앉았다.

"너, 진짜…, 내가 한 헛소리들 말이야."

'넌 구제불능이야, 하딘. 난 널 구제하지 못할 거 같아.'

테사가 내게 한 말 중에 가장 심한 말이었다. 테사는 드디어 내가 얼마나 형편없는 놈인지 알게 된 거다. 더 중요한 건, 그런 나를 고칠 방법이 없다는 걸 그녀가 깨달았다는 거다. 하지만 그녀가 아니라면 그누구도 나를 고칠 수 없다.

"나, 머리가 깨질 것 같아. 우리 다른 얘기하면 안 될까?"

"그래."

나는 어젯밤 부숴버린 스탠드 램프 조각을 발로 툭툭 찼다. 이걸로 아빠와 카렌한테 빚진 램프가 다섯 개째다.

새벽에 카렌한테 소리를 질렀던 게 마음에 걸렸다. 그렇다고 카렌한테 먼저 말을 꺼내고 싶진 않았다. 카렌은 분명 아주 친절하게, 전부 이해한다고 할 거다.

"욕실에 있는 네 물건들 좀 가져다줄래?"

테사가 말했다.

빌어먹을 이 오두막에서의 나머지 시간은 이딴 식이겠군. 테사가 짐을 싸고 부숴버린 램프 조각 치우는 걸, 나는 우두커니 쳐다보겠지. 아무 말도 없이, 심지어 눈길조차 주지 않는 그녀를.

"맥스와 드니즈를 다시 만나서 정말 너무 좋았어요. 이게 몇 년 만이에요!"

켄 씨가 운전하는 차가 출발하자, 카렌이 흥분한 듯 말을 쏟아냈다. 가방들은 뒷자리에 안전하게 실려 있었다. 가는 동안 하딘한테 신경 쓰기 싫어서 랜던에게 헤드폰을 빌렸다.

"그렇지? 릴리안도 훌쩍 컸더군."

켄 씨가 미소를 지으며 맞장구쳤다.

"그렇게 예쁘게 컸다니!"

어이가 없었다. 그래, 릴리안은 멋졌다. 그게 다다. 그래도 하딘과 몇 시간이나 시시덕거리며 어울렸다는 걸 알고 나니, 그녀를 좋아할 수 있을지 확신이 서지 않았다. 다행인 건 다시 만날 기회가 희박하다는 사실 정도.

"맥스는 그 세월이 지났는데도 그대로야."

켄 씨가 탐탁찮은 말투로 낮게 말했다. 적어도 그 사람의 오만하고 뻐기는 듯한 태도를 마뜩찮게 생각하는 게 나 하나만은 아닌가 보다.

"테사, 기분 좀 나아졌어?"

랜던이 돌아보며 물었다.

"별로."

나는 한숨을 폭 내쉬었다.

"가는 동안 눈 좀 붙여. 물 한 병 줄까?"

"갖고 있어."

하딘이 끼어들었다.

하딘을 무시하듯, 랜던이 자기 자리 앞에 있던 냉장고에서 물 한 병을 꺼내 건넸다. 작은 소리로 고맙다고 말하고 다시 헤드폰을 끼었다. 휴대전화가 자꾸 꺼져서 껐다 켰다를 계속 해봤다. 부디 살아나야 할 텐데. 음악에 기대서라도 이 팽팽한 긴장감을 누그러뜨리지 못한다면 가는 내내 너무 괴로울 거다.

"왜 그래?"

하딘이 몸을 기울여 내 귀에 대고 물었다. 나는 반사적으로 휙 몸을 뺐다. 하딘은 인상을 쓰더니 다시 나를 건드리려고 하지 않았다.

"아무 것도 아니야. 내 휴대전화가…, 쓰레기 같아서."

전화기를 허공에 대고 흔들어봤다.

"뭘 하려고 했는데?"

"음악 들으면서 자고 싶었어."

하딘은 내 손에서 휴대전화를 뺏어가더니 설정을 엉망진창으로 만들었다.

"애초에 내 말대로 새 폰으로 바꿨으면 이런 일은 없잖아."

하딘이 구시렁거렸다. 내가 창밖을 내다보는 동안 하딘은 내 휴대전화를 고쳐 보려 애를 썼다. 새 휴대전화를 사고 싶지 않다. 지금은 사실 그런 데 쓸 돈도 없다. 새 아파트를 얻어야 하고, 가구도 사야 하고, 공과금도 내야 한다. 벌써 최근에만 수백 달러나 써버렸다.

"지금은 되긴 한다. 또 안 되면 내 거 써."

'자기 걸 쓰라고?'

하딘이 자기 휴대전화를 순순히 나한테 내준다고? 참신하군.

"고마워."

나는 중얼거리며 플레이 리스트를 뒤적거렸다. 금세 귓속으로, 내 생각 속으로 음악이 흘러들어왔다. 복잡했던 머릿속이 잠잠해졌다.

하딘은 차창에 머리를 기대고 눈을 감았다. 잠을 못 잤는지 눈 밑에 진한 다크서클이 뚜렷했다.

일말의 죄책감이 밀려왔지만 억지로 밀어냈다. 몇 분쯤 지나자 잔잔한 음악 속에서 잠으로 빠져들었다.

"테사."

하딘의 목소리에 잠에서 깼다.

"배고프지?"

"아니."

눈조차 뜨기 싫었다.

"숙취 심하잖아. 뭐 좀 먹어야 해."

쏟아지는 위산 때문에 속이 쓰렸다. 뭔가를 욱여넣어야겠다는 생각이 퍼뜩 들었다.

"알았어."

결국은 그의 말을 듣기로 했다. 오늘은 싸울 기운조차 없다.

잠시 후, 눈을 뜨니 다리 위에 샌드위치와 감자튀김이 놓였다. 음식을 들고 반쯤 먹다가 다시 머리를 기댔다. 휴대전화가 다시 꺼져버렸다.

휴대전화를 만지작거리는 나를 본 하딘이 헤드폰 잭을 빼서 자기 휴대전화에 꽂았다.

"내 걸로 해."

"고마워."

하딘은 벌써 나를 위해 음악 앱을 열어 놓았다. 화면에 긴 플레이 리스트가 나타났다. 익숙한 노래가 있는지 찾았다. 거의 포기할 즈음 'T'라고 되어 있는 폴더를 발견했다. 하딘을 쳐다보았다. 그는 눈을 감고 있었다. 폴더를 열자 내가 좋아하는 노래들이 우르르 나타났다. 그에게 한 번도 말하지 않았던 곡도 있었다. 내 휴대전화에서 봤던 걸까.

이걸 보니 다시 질문을 던지게 된다. 하딘이 감추려고 기를 쓰는 그의 본심은 뭘까. 사소하지만 이런 배려의 제스처들이 나에게는 세상에서 가장 소중하다. 부디 하딘이 이런 걸 감추지 않았으면 좋겠다.

카렌이 부드럽게 툭툭 치며 깨웠다.

"일어나렴, 테사."

옆을 보니 하딘도 잠들어 있었다. 그의 손이 우리 사이 시트에, 내 다리에 닿을락 말락 하고 있었다. 잠을 자면서도 그는 나를 강하게 끌어당기는 모양이다.

"하딘, 일어나."

조용히 속삭이자, 하딘이 번쩍 눈을 떴다. 순식간에 눈이 초롱초롱해졌다. 그는 눈을 비비고 머리를 긁적이며 내 표정을 살폈다.

"너 괜찮아?"

하딘이 나지막이 물었고, 나는 고개를 끄덕였다. 오늘은 최대한 하딘과의 대립을 피하는 중이다. 하지만 이상하게 차분한 그의 모습에 점점 신경이 쓰였다. 이건 보통 폭풍 전야의 분위기다.

함께 차에서 내렸다. 하딘은 가방을 내리려 차 뒤쪽으로 갔다.

카렌은 두 팔을 벌려 나를 꼭 끌어안았다.

"테사, 다시 한 번 고맙구나. 정말 즐거운 시간이었어. 조만간 다시 들러줘. 나중에 내가 시애틀에 한번 가마."

카렌의 두 눈에 눈물이 가득 고였다.

"꼭 들를게요. 약속 드려요."

카렌을 다시 안았다. 카렌은 언제나 친절했고 항상 나를 응원해주었다. 내가 한 번도 가져본 적 없는 엄마 같았다.

"행운을 빈다, 테사. 혹시 필요한 게 있으면 꼭 이야기해다오. 나도 시애틀에 인맥이 제법 있으니까."

켄 씨가 미소를 지으며 어색하게 내 어깨를 감쌌다.

"뉴욕 가기 전에 다시 만나자. 그러니까 지금은 포옹 안 한다."

랜던의 말에 우리는 둘 다 활짝 웃었다.

"나는 차에 있을게."

하딘이 중얼거리더니 가버렸다. 자기 가족들에게 인사도 하지 않고.

하딘의 뒷모습을 보면서 켄 씨가 말했다.

"자기한테 뭐가 좋은지 깨닫게 되면, 하딘도 너한테 돌아올 거다."

나는 하딘을 물끄러미 바라보았다. 그는 벌써 차에 앉아 있었다.

"저도 그러길 바라요."

"영국으로 돌아가는 건 전혀 좋을 게 없어. 거기엔 안 좋은 기억, 적들, 지난날의 과오 뿐일 테니. 하딘한테 필요한 건 바로 너란다. 너와 시애틀, 새로운 관계와 환경 말이다."

켄 씨가 다짐하듯 말했고, 나는 고개를 끄덕였다. 하딘도 그걸 알게 되면 좋을 텐데.

"다시 한 번 감사드려요."

가족들에게 미소를 짓고 하딘의 차로 향했다.

차에 탔는데도 하딘은 한마디도 안 했다. 그는 오디오를 켜서 볼륨을 최대한으로 올렸다. 그래, 나하고 얘기하기 싫은 거지. 이럴 때는 저 머릿속에 뭐가 들었는지 들어가보고 싶다. 무슨 생각인지 도통 읽을 수 없는 지금 같을 때는.

크리스마스 선물로 하딘이 준 팔찌를 만지작거렸다. 가는 동안 나는 창밖만 바라보았다. 아파트 주차장에 도착했을 무렵, 우리 사이의 팽팽한 긴장감은 견딜 수 없을 정도로 고조됐다. 나는 미칠 것 같았지만, 하딘은 아무렇지도 않아 보였다.

막 내리려는데 하딘이 손을 뻗어 나를 잡았다. 그는 다른 손으로 내 턱을 잡고 고개를 들어올렸다. 그를 쳐다볼 수밖에 없게.

"미안해. 제발 화내지 말아줘."

하딘이 조용히 말했다. 그의 입이 내 쪽으로 바짝 다가왔다.

"그래."

그에게서 나는 민트향을 들이마시며 숨을 쉬었다.

"근데 괜찮지 않잖아. 아무 말도 안 하는 거, 난 그게 너무 싫어."

하딘의 말이 맞다. 그는 늘 내가 무얼 생각하는지 확실히 안다. 그러면서도 동시에 아무 것도 모른다. 이해할 수 없는 모순이다.

"더 이상 싸우기 싫어."

"그럼 싸우지 말자."

마치 간단한 일이라는 듯 그가 말했다.

"최대한 안 그러려고 노력 중이야. 근데 여행하는 동안 너무 많은 일이 있었잖아. 아직 그걸 정리하는 중이야."

하딘이 내가 아파트 얻는 걸 망친 것부터 시작해서 나밖에 모르는 나쁜 년이라고 말한 일까지.

"그래, 내가 여행을 다 망쳐버렸지."

"너만 그런 거 아냐. 나도 그러지 말았어야 했는데….."

"그만 얘기해."

하딘이 내 말을 막았다. 턱을 잡고 있던 손이 툭 떨어졌다.

"그 얘기라면 듣고 싶지 않아."

"알았어."

이글거리는 그의 시선을 피해 눈길을 돌렸다. 하딘은 내 손 위에 손을 겹쳐 다정하게 쥐었다.

"가끔씩은 나…, 그러니까, 가끔은…, 제기랄."

하딘이 한숨을 내쉬더니 다시 말을 시작했다.

"가끔 우리 사이를 생각하면 미칠 것 같을 때가 있어. 왜 네가 내 곁에 있는지 이해가 안 되는 것처럼. 그럼 난 멋대로 행동하게 되고, 널 잃을 거란 생각밖에 안 들어. 그러면 주워 담을 수 없는 아무 말이나 막 하게 되고. 네가 시애틀만 잊어준다면, 우린 행복해질 수 있을 거야. 더 이상 심란하지도 않을 거고."

"시애틀 때문에 심란한 게 아니야, 하딘."

나는 부드럽게 대답했다.

"아냐, 심란해. 넌 네 주장을 관철시키려고 밀어붙이기만 하잖아."

그의 어조가 순식간에 부드러움에서 차가움으로 변했다. 놀랍다. 나는 창밖을 내다보았다.

"제발 시애틀 얘기 좀 그만해. 바뀌는 건 아무 것도 없잖아. 넌 가기 싫겠지만 난 갈 거야. 끝도 없이 같은 얘기를 반복하는 데 정말 질린다."

하딘이 잡은 손을 놓았다. 나는 그를 향해 고개를 돌렸다.

"좋아, 그럼 나 없이 시애틀에 갈 거야? 우리가 얼마나 버틸 거라 생각해? 일주일? 한 달?"

그는 차가운 눈초리로 나를 쳐다보았다. 몸이 부르르 떨렸다.

"우리가 진심으로 이걸 풀어나가고 싶었다면, 우린 해결할 수 있었을 거야. 적어도 시애틀에 가보고 진짜 내가 거길 원하는지 알아볼 시간은 충분했어. 내가 시애틀이 아니라고 결정한 다음에 같이 영국으로 갈 수도 있잖아."

"아니, 아니, 아니지."

하딘이 어깨를 으쓱하며 말했다.

"네가 시애틀에 간다면, 우린 결국 함께할 수 없어. 그렇게 될 거야."

"뭐라고? 왜?"

나는 말을 더듬으며 다음 말을 이어나가려 허둥거렸다.

"난 장거리 연애는 안 할 거거든."

"넌 원래 '데이트'도 안 했었잖아, 기억 안 나?"

일부러 그 얘기를 끄집어냈다. 아무리 생각해도 화가 난다. 우리는 사귀는 사이인데 하딘에게 곁에 있어 달라고 애원하는 건 늘 나다. 그가 나를 막 대하는데도 떠날까 봐 전전긍긍하면서 말이다.

"그럼 어떻게 되나 보든지."

하딘이 시니컬하게 말했다.

"네가 사과한 게 겨우 2분 전이야. 그러더니 또 나 혼자 시애틀에 가면 우리 관계는 끝이라고 위협하고 있잖아."

하딘이 천천히 고개를 끄덕였다.

"그러니까 내가 안 가면 결혼하고, 내가 가면 헤어질 거라고?"

이런 말까지 꺼낼 생각은 없었지만, 한 번 꺼낸 말은 멈출 수 없었다.

"결혼?"

하딘이 눈을 가늘게 뜨며 입을 벌렸다. 그 말은 꺼내지 말았어야 하는 건데.

"네가 그랬잖아. 내가 시애틀 대신 널 선택하면 나하고 결혼할 거라고. 네가 취했다는 건 알지만, 그래도 난 혹시…."

"혹시 뭐? 내가 너랑 결혼할 거라 생각했다고?"

하딘이 말을 하는 순간, 차 안에 있는 공기가 모두 사라진 것 같았다. 침묵 속에서 시간이 흐를수록 숨 쉬기가 점점 더 힘들어졌다. 하지만 이 남자 앞에서만큼은 울지 않을 테다.

"아니, 네가 안 그럴 줄 알았어. 난 그냥…."

"근데 왜 그런 얘기를 꺼내? 내가 얼마나 취했는지, 널 붙잡으려고 얼마나 필사적이었는지 뻔히 알고 있잖아. 난 무슨 말이든 해야 했다고."

경멸이 담긴 어투에 가슴이 무너져 내렸다. 궁지에 몰려 내뱉은 터무니없는 말을 믿은 나를 비난하는 듯했다. 그의 대응이라는 건 결국 늘 나를 모욕하는 거라는 걸, 나도 안다. 하지만 마음 한 구석에서는 그의 청혼이 진심이라고 믿고 싶었다. 그의 사랑을 믿고 있던 내 마음 한 구석에서는 말이다.

데자뷔. 나는 차 안에 앉아 있고, 하딘은 나를 조롱하며 비웃고 있었다. 우리가 사귀게 될 거라 생각하고 있는 나를. 나는 상처 받았다, 전보다 훨씬 더 크게. 소리 지르고 싶었다. 하지만 그러지 않았다. 조용히 당혹스러움을 감추고 그대로 앉아 있었다.

"널 사랑해, 테사. 네 마음 다치게 하고 싶지 않아."

"그래, 넌 늘 엄청난 일을 하고 있지."

한쪽 뺨을 꽉 깨물며 응수했다.

"들어갈래."

하딘은 한숨을 쉬었다. 내가 차 문을 여는 것과 동시에 그도 문을 열었다. 하딘은 차 뒤로 가서 트렁크를 열었다. 가방 나르는 걸 도와줘야 했지만 그럴 기분이 아니었다. 하딘도 꾸역꾸역 혼자 애를 쓰고 있었다. 그래, 그는 혼자 섬이 되고 싶어 하니까.

말 없이 단지 안으로 걸어갔다. 들리는 소리라고는 엘리베이터를 움직이는 기계음뿐이었다.

집 앞에 도착하자 하딘이 열쇠를 집어넣었다.

"문 잠그는 거 잊어버렸어?"

무슨 소리를 하는 건가 싶었다. 그러다 곧 정신을 차리고 대꾸했다.

"아니, 네가 문 잠갔잖아. 똑똑히 기억나."

우리가 나서면서 하딘이 문을 잠그는 걸 보았다. 나더러 준비하는 데 시간이 오래 걸린다고 농담을 던졌던 것도 기억났다.

"이상하네."

하딘은 집 안으로 걸음을 옮겼다. 뭔가를 찾는 것처럼 집요하게 집 안을 훑고 있었다.

"무슨 생각하는 거야."

"누가 여기 들어왔던 것 같아."

하딘이 말했다. 경계 태세를 갖추고 그는 입을 굳게 다물었다. 나는 패닉 상태가 되었다.

"확실해? 없어진 건 없는 것 같은데."

복도로 걸어 들어가자, 하딘이 재빨리 나를 뒤로 당겼다.

"내가 다 살펴볼 때까지 넌 들어오지 마."

나도 그와 함께 있겠다고 말하고 싶었다. 같이 확인해보겠다고. 하지만 그건 어리석은 생각이다. 내가 하딘을 보호해줄 거라는 생각 말이다. 실제로 나를 보호해줄 사람은 하딘이다. 나는 고개를 끄덕였다. 서늘한 한기가 등줄기를 타고 내려갔다.

'진짜 누가 있나? 우리가 없을 때 누가 아파트에 침입한 건가? 거실 벽엔 여전히 평면 텔레비전이 걸려 있는데, 아무 것도 안 훔쳐갔나?'

하딘이 침실 안으로 사라졌다. 그의 목소리가 다시 들릴 때까지 나는 숨소리도 못 내고 있었다.

"이상 없어."

하딘이 침실에서 나왔다. 그제야 나는 참았던 숨을 토해냈다.

"정말 누가 들어왔던 게 확실해?"

"응, 근데 왜 아무 것도 안 가져갔지?"

"그러게."

집 안을 훑어보는데 달라진 점이 눈에 들어왔다. 하딘의 침대 옆 테이블에 놓인 책들이 움직여 있었다. 내가 밑줄을 그어 그에게 준 책이 맨 위에 있었기 때문에 똑똑하게 기억이 난다. 하딘이 그 책을 읽고 또 읽는 걸 알고는 나 혼자 슬그머니 미소를 지었으니까.

"빌어먹을, 너네 아빠야!"

난데없이 하딘이 소리를 질렀다.

"뭐?"

솔직히 말하자면, 그 생각을 안 했던 건 아니다. 하지만 입 밖으로 내놓고 싶지 않았다.

"그 사람이 틀림없어! 우리가 외출했다는 걸 누가 또 알겠어? 그리고 남의 집에 침입해서 아무 것도 안 훔쳐가는 사람이 어딨겠어? 그 사람밖에 없어! 형편없고 술에 쩌든 인간 말종 같으니라고!"

"하딘!"

"전화해봐, 당장."

명령조였다. 뒷주머니에서 휴대전화를 꺼냈지만 여전히 먹통이었다.

"아빠는 전화기가 없어."

하딘은 최악의 소식을 들은 듯 양손을 거칠게 허공에다 휘저었다.

"그렇지. 빌어먹을 빈털터리 노숙자니까."

"그만해."

그를 노려보며 말했다.

"범인이 아빠일지라도, 내 앞에서 그렇게 말해도 되는 건 아니야!"

"좋아."

하딘이 팔을 내리더니 나를 밖으로 내몰았다.

"그럼 가서 찾아보자고."

나는 전화기를 향해 걸어갔다.

"싫어! 경찰서에 신고해. 아빠를 사냥하러 가는 대신에."

"경찰서에 전화해서 뭐라고 그러게? 약물 중독자 아버지가 우리 집에 침입했는데, 아무 것도 훔쳐 가지 않았다고?"

걸음을 멈추고 돌아섰다. 눈이 이글이글 타오르는 걸 느낄 수 있었다.

"약물 중독자라고?"

하딘이 눈을 깜빡거리더니 내 앞으로 걸어왔다.

"내 말은…, 알코올…."

그는 나를 쳐다보지도 못했다. 거짓말을 하고 있는 거다.

"왜 우리 아빠를 약물 중독자라고 말한 건지 해명해."

어느새 내 말투도 명령조가 되었다.

그는 고개를 흔들며 머리카락을 쓸어 넘겼다. 나를 쳐다보다가 다시 바닥으로 시선을 떨궜다.

"그냥 짐작이야."

"왜 그런 짐작을 한 건데?"

생각만으로도 눈에서 불이 나고 목구멍으로 통증이 밀려왔다. 하딘과 그놈의 멋진 짐작이라니.

"모르겠어. 그날 네 아빠를 데리러 왔던 남자가 마약 중독자처럼 보였어."

한풀 꺾인 눈초리로 하딘이 나를 쳐다보았다.

"그 남자 팔 봤어?"

남자의 팔뚝에 있던 자국이 기억났다. 근데 남자는 긴 소매 옷을 입고 있었다.

"우리 아빠는 마약 중독자가 아니야…."

나는 천천히 말했다. 내가 뱉은 말이긴 했지만 나조차도 확신할 수 없었다. 하지만 그럴 가능성이 있다는 사실을 마주할 준비가 되어 있지 않았다.

"넌 그 사람을 잘 몰라. 내가 너한테 아무 말도 안 했잖아."

하딘이 한 걸음 다가왔지만, 나는 뒷걸음질 쳤다. 아랫입술이 떨리고 있었다. 더 이상 그를 쳐다볼 수가 없었다.

"너도 아빠를 잘 모르잖아. 그리고 왜 나한테 아무 말도 안 했어?"

하딘이 어깨를 으쓱거렸다.

"모르겠어."

머리가 깨질 것처럼 아팠다. 너무 지쳐서 정신을 잃을 것 같았다.

"그래서 요점이 뭐야?"

"그냥 말이 튀어나왔어. 그리고 그 사람이 우리 아파트에 침입한 건 사실이잖아."

"그건 너도 모르잖아."

하딘도 모를 거야. 그게 맞을 거야.

"좋아, 테사. 넌 계속 그렇게 생각해. 네 아빠가 이 시점에 완전히 결백하다고 생각하는 척하라고."

늘 그랬지만 하딘의 배짱은 정말 대단하다. 술 마시자고 아빠를 불러내려는 걸까? 하딘 스캇은 술을 마실 수만 있다면 누구라도 불러내는 인간인가? 그래놓고 다음날엔 취해서 한 짓을 하나도 기억 못 하는 그런 인간인 건가?

"너도 술주정뱅이잖아!"

불쑥 말을 내뱉고는 내 입을 막았다.

"지금 뭐라고 했어?"

그의 표정에서 일말의 동정심마저 사라졌다. 하딘이 나를 흉포한 포식자 보듯 아래위로 쳐다보았다. 기분이 나빴다. 나를 겁주려는 거다. 하딘은 자기가 어떤 사람인지, 내 기분이 어떤지도 모른다.

"너도 화나거나 속상하면 술부터 마시잖아. 언제 그만 마셔야 하는지도 모르면서. 그러니까 넌 한심한 술주정뱅이야. 물건이나 깨부수고 싸움질이나 하는…."

"난, 빌어먹을, 술주정뱅이가 아니야. 너하고 어울리기 전에는 술 한 방울 입에 대지도 않았다고."

"사사건건 모든 걸 내 탓으로 돌리지 마, 하딘."

나도 속상하거나 화날 때면 와인으로 달랜다는 사실은 잠시 접어두기로 했다.

"내가 너 술 마신다고 뭐라고 하지 않잖아, 테사."

그의 언성이 높아졌다.

"이틀만 지나면 우리 둘 다 이딴 걱정은 안 하게 될 거야!"

나는 쐐기를 박으며 거실로 나왔다. 하딘이 뒤를 쫓아왔다.

"제발 입 다물고 내 말 좀 들어줄래?"

하딘은 긴박한 목소리였지만 소리를 치진 않았다.

"네가 떠나는 걸 원하지 않는다는 거, 너도 알잖아."

"근데 넌 안 그런 것처럼 보이는 데 꽤 소질이 있더라."

"대체 그게 무슨 뜻이야? 내가 널 얼마나 사랑하는지 얘기하고 있는 거라고!"

그 말을 하면서도 그의 얼굴에는 한 줄기 망설임이 스쳐 지나갔다. 나를 얼마나 사랑하는지 충분히 보여주지 못했다는 건 그도 잘 알고 있을 터였다.

"넌 너 자신조차 믿지 못하잖아."

"그럼, 나도 말해볼까? 네 성질머리를 받아줄 사람이 있다고 생각해? 넌 끊임없이 징징거리고 짜증내면서 모든 걸 네가 정한 순서대로 하겠다고 난리잖아. 네 태도는 또 어떻고?"

하딘은 열변을 토했다. 웃음이 나왔다. 하딘의 표정 때문에 웃음이 터졌다. 한 손으로 입을 막았지만 터져 나온 웃음을 멈출 수가 없었다.

"태도? 너야말로 태도에 문제가 있지. 날 무시하고, 폭력적인데다 집착도 심하고, 사람들한테 무례하고. 네가 내 인생에 등장하고, 내 삶은 송두리째 뒤집혔어. 넌 내가 너한테 머리를 조아리길 바라잖아. 다른 사람들한테는 터프가이처럼 굴면서, 나 없으면 잠도 제대로 못 자잖아! 지금까진 네 흠결들이 안타까워 참았지만 이젠 더 이상 그만 소리 지껄이게 놔두지 않을 거야."

나는 시멘트 바닥을 이리저리 왔다 갔다 했다. 하딘은 내게서 눈을 떼지 않았다. 그에게 소리를 질러댄 건 조금 미안했다. 근데 이건 모두 하딘이 나한테 쏟아낸 말들이 내 분노에 기름을 부었기 때문이다.

"가끔 내가 너무 심하게 나서기는 했지. 그건 다 너하고 내 주변 사람들을 걱정했기 때문이야. 난 널 화나게 하지 않으려고 나 자신조차 잊어버리고 있었어. 그러니까 혹시나 내가 짜증나거나 나쁜 년처럼 굴었더라도 좀 용서해줘. 네가, 빌어먹을, 아무런 이유도 없이 날 끊임없이 몰아붙일 때는 말이야!"

하딘의 표정이 심각해졌다. 양손은 주먹을 꽉 쥐었고, 두 볼은 빨갛게 상기되었다.

"뭘 어떻게 해야 할지 모르겠어. 이런 관계를 맺는 것조차 나에겐 도전이었다고. 그런 나한테 못되게 굴 권리 따위, 너한테는 없어."

"못되게 굴 권리는 없다고? 이건 내 인생이기도 해. 내가 원하면 언제든 못되게 굴 거야."

나는 콧방귀를 뀌었다. 하딘은 진심일 리 없다. 아주 잠깐, 그의 표정을 보고 나한테 저지른 짓을 미안해하고 있는 거라고 생각했다. 하지만 제대로 알았어야 했다. 하딘의 문제는 이거다. 자기가 좋을 때, 하딘은 착하고 다정하고 정직했다. 나는 그런 그를 사랑했다. 그러나 안 좋은 상황일 때, 하딘은 세상에서 가장 증오스러운 인간이 된다.

나는 침실로 돌아가 여행 가방을 열고 옷을 있는 대로 쑤셔 넣었다.

"어디 가려고?"

하딘이 물었다.

"나도 몰라."

솔직한 대답이었다.

'너한테서 멀리…. 그건 확실하지.'

"네 문제가 뭔지 알아, 테레사? 넌 거지 같은 소설을 너무 많이 읽었어. 그게 죄다 개똥 같다는 걸 잊어버리고. 세상에 다아시(『오만과 편견』의 남자 주인공 – 옮긴이) 같은 사람은 없어, 위컴(『오만과 편견』에서 여주인공의 막내 동생 리디아와 눈이 맞아 달아난 거짓말쟁이 장교 – 옮긴이)이나 알렉 더버빌(소설 『테스』에서 테스는 친척뻘인 부유한 알렉 더버빌 가의 아들에게 강제로 순결을 빼앗긴다 – 옮긴이) 같은 놈들만 드글드글하다고. 그러니까 정신 좀 차려. 나한테 소설 속 주인공 같은 모습을 바라지 말라고. 빌어먹을, 그런 일은 절대 일어나지 않을 거니까!"

하딘의 말 한 마디 한 마디가 뼛속 깊이 들어와 박혔다. 이거였다.

"이래서 우린 안 되는 거야. 난 새파랗게 질릴 때까지 노력하고, 또 노력했어. 네가 나한테, 또 다른 사람들한테 저지른 온갖 역겨운 짓들도 다 용서했고. 그런데도 넌 계속 이러고 있어. 누굴 탓하겠어, 다 내가 벌인 일인데. 난 피해자는 아니야. 널 너무 사랑하는 바보 같은 여자지. 그런데도 난 여전히 너한테 아무 의미도 없지. 월요일에 내가 가고 나면, 네 인생은 정상으로 돌아갈 거야. 넌 앞으로도 똑같은 '하딘'일 거야. 다른 사람과 털끝만큼도 관계를 맺지 않는. 그리고 난 고통 속에 허우적거리면서 겨우겨우 연명하겠지. 그래도 나 혼자 해낼 거야. 난 너한테 꽁꽁 묶여 있었어. 네 손아귀에 꽉 잡혀서. 끝이 어떨지 뻔히 아는데도 말이야. 전에 우리가 떨어져 있었을 때, 혼자가 아니라 나랑 같이 있는 게 더 낫다는 걸 너도 알았잖아. 근데 그뿐이었어, 히딘. 나와 함께 있는 게 너한테도 좋을 게 없어. 넌 혼자가 나아. 넌 앞으로도 항상 혼자일 거야. 혹시 또 다른 순진한 여자애를 만난다 하더라도 말이야. 그 여자가 너한테 기꺼이 모든 걸 다 주고, 자기 자신을 다 바친다 해도, 결국 이랬다 저랬다 하는 데 질려서 널 떠나게 될 거야. 나처럼….”

하딘은 나를 빤히 보고 있었다. 눈에 핏발이 가득하고 손은 덜덜 떨렸다. 금세라도 폭발할 기세다.

“계속 해봐! 날 떠난다고 계속 지껄여보라고. 근데 뭐가 더 나을 거라는 소린 하지 마. 짐 싸서 얼른 꺼져.”

“너 자신을 옭아매는 것도 좀 그만두고.”

화도 났지만, 사실 애원에 가까웠다.

“너도 원하고 있잖아, 하딘. 네가 진짜 어떤 감정인지….”

“내가 어떤 감정인지 넌 몰라. 가버리라고!”

귀청을 찢을 듯한 소리였다. 나는 하딘을 끌어안고, 절대 그를 떠나지 않을 거라 말하고 싶었다. 하지만 그럴 수 없었다.

"제발 부탁이야, 하딘. 노력하겠다고 얘기해줘. 제발….."

그에게 애원하고 있었다. 하딘을 떠나긴 싫었다. 떠나야 한다는 걸 알고 있었지만.

하딘은 불과 몇 발자국 떨어진 곳에 서 있었다. 감정을 억누르고 있는 게 분명했다. 반짝거리던 하딘은 천천히 그 빛을 잃고 마침내 어둠 속으로 빠져들었다. 내가 사랑한 남자는 점점 더 멀어지고 있었다. 마침내 하딘은 내게서 시선을 돌리고 팔짱을 꼈다. 이제 그의 마음이 떠난 거다. 나는 하딘을 잃었다.

"더 이상 애쓰고 싶지 않아. 나는 나야. 그게 만족스럽지 않다면, 나가는 문이 어딘 줄은 알지?"

"이게 네가 원하는 거야? 노력조차 하지 않겠다는 게? 그래, 그게 나을 것 같네. 그냥 사실 대로 얘기해. 시애틀에 가는 게 싫어서라고."

하딘은 내 뒤에 있는 벽을 쳐다보며 건조하게 말했다.

"월요일까지 있을 곳을 찾아볼게."

내가 아무 대답도 없자, 하딘은 등을 돌리고 방을 나갔다. 나는 자리에 그대로 얼어붙었다. 하딘이 다시 돌아와 싸움을 걸지 않는다는 게 더 충격이었다. 한동안 멍하니 서 있다가 가방을 마저 쌌다. 하딘이 산산이 부숴버린 나를 하나하나 주워 모으면서.

53 · 하딘

마음에도 없는 말이 입 밖으로 술술 나왔다. 미처 막을 틈도 없었다. 분명한 건, 나는 테사가 떠나는 걸 원치 않는단 거다. 그녀를 품에 안고 부드러운 머리카락에 입을 맞추고 싶었다. 너를 위해서라면 뭐든 하겠다고 말하고 싶었다. 너를 위해서라면 기꺼이 달라질 거라고, 죽을 때까지 너만 사랑한다고 말하고 싶었다. 하지만 나는 그녀를 홀로 두고 방을 나와버렸다.

침실에서 그녀가 부스럭거리는 소리가 들렸다. 당장이라도 뛰어들어 가 짐 싸는 걸 그만두게 해야 한다. 근데, 그래 봤자 뭐? 테사는 어찌됐든 월요일엔 떠날 거다. 차라리 지금 떠나는 게 낫다. 테사가 부득불 장거리 연애를 고집하다니, 아직도 그게 나에겐 충격이다. 몇 시간이나 떨어진 곳에 있으면서 하루에 겨우 한두 번 통화하고, 같은 침대에서 잘 수도 없는 그런 관계, 나에겐 불가능할 거다. 분명 견딜 수 없을 것이다.

우리 관계가 끝나버린다면, 난 일말의 죄책감도 없이 술을 퍼마시며, 온갖 헛짓을 하고 돌아다니겠지. 이건 말도 안 된다. 테사 없이 1분을 보내느니, 함께 소파에 앉아 하루 종일 재미없는 시트콤을 보는 게 차라리 낫다.

얼마 지나지 않아 테사는 여행 가방 두 개를 끌고 나왔다. 핸드백을 어깨에 메고, 낯빛은 창백하기 그지없었다.

"책 몇 권 빼고 빠뜨리고 가는 건 없을 거야. 그건 그냥 새 책으로 살게."

테사의 목소리는 낮았고 살짝 떨렸다.

이거다. 바로 이 순간이다. 내가 이 여자를 처음 만났을 때부터 두려워하던 바로 그 순간. 테사는 나를 떠나고, 나는 그녀를 잡지 못하고 우두커니 서 있다. 테사는 늘 나보다 더 크고 의미 있는 일을 하려고 했다. 나보다 더 나은 사람과 함께 있으려 했다. 애초부터 난 알고 있었다. 그저 내가 바랐던 건, 내 생각이 틀렸으면 하는 거였다. 항상 그랬으니까. 이런 온갖 생각을 뒤로 하고 나는 덤덤하게 말했다.

"알았어."

"그래…."

테사는 숨을 꿀꺽 삼키며 어깨를 쫙 폈다. 현관 입구에서 열쇠를 잡으려 팔을 뻗자, 핸드백이 어깨에서 미끄러져 내려왔다. 도대체 뭐가 잘못된 걸까. 그녀를 잡아야 하는데, 아니면 도와주기라도 해야 하는데, 아무 것도 할 수가 없었다.

테사가 나를 돌아보았다.

"그게 다였던 거 같아. 싸우고, 울고, 사랑을 나누고, 웃고. 그 모든 게 다 부질없는 거였어."

테사는 담담하게 말했다. 분노는 배어 있지 않았다. 그저 공허. 아무 감정도 없는 공허함뿐이었다.

고개를 끄덕였다. 아무 말도 할 수 없었다. 한마디라도 꺼냈다간 우리 사이를 백배는 더 어렵게 만들 것 같았다. 아니, 그럴 게 분명했다.

테사는 고개를 절레절레 흔들더니 문을 열었다. 발로 문을 받치고 여행 가방을 끌어냈다. 현관문을 나서면서 그녀는 나를 물끄러미 쳐다보았다. 그러더니 들릴락 말락 한 소리로 조그맣게 말했다.

"항상 너를 사랑할 거야. 그것만은 알아줬으면 좋겠어."

'아무 말도 하지 마, 테사. 제발.'

"나 말고 다른 사람들도 그럴 거야. 내가 그러는 것만큼은."

"쉬잇."

나는 애원하듯 말했다. 더 이상은 들을 수가 없었다.

"너도 언제까지나 외톨이로 지내진 않을 거야. 혹시라도 도움이 필요하면, 네 안의 화를 다스리는 방법을 연구해봐. 그럼 너도 다른….'

목구멍으로 넘어오는 분노를 꿀꺽 삼키고 현관문으로 향했다.

"가, 그냥 가라고."

테사의 코앞에서 문을 닫아버렸다. 두꺼운 나무 문 너머로 테사가 거칠게 숨을 들이마시는 소리가 들렸다. 그녀의 면전에서 문을 쾅 닫아버린 것이다.

'도대체 난 왜 이러는 걸까?'

고통이 온몸을 관통하고 있었다. 테사의 소리가 멀어질 때까지 간신히 견디며 그 자리에 서 있었다. 손으로 머리카락을 쥐어뜯으며 콘크리트 바닥에 무릎을 꿇었다. 이제 혼자다. 나는 세상에서 가장 멍청한 놈이다. 내가 할 수 있는 건 아무 것도 없다.

사실 단순하다. 테사와 함께 시애틀로 가서, 영원히 행복하게 살면 된다. 하지만 그게 말처럼 쉬운 게 아니다. 그곳에서는 모든 게 달라질 거다. 테사는 인턴십과 새로운 수업에 푹 빠져 살겠지. 그리고 온갖 새로운 것들, 그것도 지금보다 더 좋은 것들을 경험하겠지. 그러면서 나는 까맣게 잊고 말겠지. 더 이상 나 따위는 필요하지 않을 거다. 두 눈에 차오르는 눈물을 훔쳤다.

'이게 뭐야….'

난생 처음으로 내가 얼마나 이기적인 놈인지 깨달았다.

"새 친구를 사귄다고?"

테사가 새 친구들을 사귀고, 새로운 일들을 경험하는 게 뭐가 그리 나쁜 거라고. 그곳에서, 바로 그녀 곁에서, 나도 같이 겪어나가면 될 일이다. 테사의 기회를 격려하고 지지해주지는 못할 망정, 무엇 때문에 그녀가 시애틀로 가는 걸 막기만 했을까? 그렇게 오랫동안. 테사가 원하는 '나'를 보여줄 수 있는 기회였는데. 테사가 바랐던 건 그거 하나였는데, 나는 그것조차 들어주지 못했다.

지금 당장 테사에게 전화한다면, 그녀가 차를 돌려 와줄까? 그리고 내 짐을 싸서 함께 살 곳을 찾아볼 수 있을까? 시애틀에서….

아니, 아니다. 테사는 돌아오지 않을 거다. 테사는 내게 붙잡아줄 기회를 줬다. 그런데도 나는 하지 않았다. 내내 그녀 혼자 동동거리며 내 감정이 나아지게 만들려고 애를 썼다. 난 그저 테사의 믿음이 내 눈앞에서 점점 죽어가는 걸 보기만 했을 뿐.

'너도 언제까지나 외톨이로 지내진 않을 거야.'

그건 틀린 말이다. 난 언제까지나 외톨이로 살 거다. 테사는 그녀를 사랑해주는 새로운 사람을 만나겠지. 내가 못 해줬던 그런 사랑을 해줄. 누구도 나만큼 그녀를 사랑할 순 없겠지만, 그들은 테사에게 사랑받고 있다는 느낌을 갖게 해줄 거다. 그래서 테사 또한 자신이 누군가를 사랑한다는 느낌을 갖게 되겠지. 그녀가 내게 보여주었던 바로 그 모습처럼.

테사는 그럴 자격이 충분하다. 하지만 그녀 곁에 다른 사람이 있다는 생각만으로도 숨 쉬기가 어려워진다. 그래도 받아들여야겠지. 테사를 오래 전에 놓아주었어야 했다. 야수 같은 내 손아귀에 붙잡혀 시간을 낭비하기 전에 그랬어야 했다.

갈피를 잡지 못하겠다. 마음 한편에서는 테사가 오늘 밤, 아니 내일 쯤이면 다시 돌아와 나를 용서해줄 거라 한다. 그러나 또 한편으로는 그녀는 이미 나에게 할 만큼 했다고 속삭인다.

　얼마나 지났을까. 나는 바닥에서 일어나 침실로 들어갔다. 방 안으로 들어가서, 나는 또 한 번 무너졌다. 내가 만들어 준 팔찌가 종이 위에 놓여 있었다. 그 옆에는 전자책 리더기와 『폭풍의 언덕』이 고스란히 남아 있었다. 팔찌를 집어 무한대 표식과 하트 장식을 만지작거렸다. 시선이 내 손목에 있는 타투로 자연스레 옮겨갔다.

　왜 이걸 다 두고 갔을까? 이건 내가 주는 선물이었는데. 그때 나는 필사적으로 내 사랑을 보여주었다고 생각했는데. 나는 그녀의 사랑과 용서가 필요했고, 결국 그녀는 모든 걸 내게 주었다. 팔찌 아래 놓여 있는 종이는 내가 써준 편지였다. 순간 망연자실해졌다. 편지를 펼쳐 읽었다. 가슴이 천천히 갈기갈기 찢어졌다. 내가 쓴 한 구절 한 구절이 딱딱한 바닥으로 내팽개쳐졌다. 추억이 한꺼번에 밀려왔다. 처음으로 테사에게 사랑한다고 말했던 순간, 그러다 그 말은 취소했던 것까지. 또 테사를 대신해 보려고 금발의 다른 여자를 만났던 일도 생각났다. 내 편지를 읽고 복도 끝에 서 있던 테사를 보았을 때 들었던 느낌도 생생하게 되살아났다. 편지를 읽어 내려갔다.

　넌 망나니 같은 나를 사랑해줬고, 난 그런 네가 필요해. 지난 주 네가 떠났을 때, 정말 죽을 것처럼 힘들었어. 제정신이 아니었어. 너 없인 정신을 차릴 수가 없어. 지난 주에 어떤 여자랑 데이트를 했었어. 너한테 얘기하지 않았지. 너를 또 잃기는 싫었으니까.

두 손이 떨렸다. 편지가 찢어질 것 같았다. 애써 마음을 가라앉히고 다시 읽기 시작했다.

넌 나보다 훨씬 좋은 사람을 만날 자격이 있으니까. 나는 로맨틱하지도 않고, 너를 위해 시를 쓰거나, 노래를 불러줄 수도 없어. 다정하지도 않고.

널 다시 상처 주지 않는다고 약속할 순 없어. 하지만 이것만은 맹세할게. 죽는 날까지 너만을 사랑할 거라고. 나는 형편없는 인간이고 너를 가질 자격이 없어. 그래도 네 믿음을 회복할 기회가 생기길 바라. 나 때문에 받은 모든 고통에 대해 미안하고 또 미안해. 네가 날 용서할 수 없다고 해도 이해해.

그런데도 테사는 나를 용서해주었다. 내가 무슨 짓을 저질러도 테사는 항상 나를 용서해줬다. 하지만 이번만은 아니다. 바닥까지 떨어진 내 신뢰를 회복해야 했지만, 나는 계속 상처를 주기만 했다.

애처로운 고백이 담긴 편지를 갈기갈기 찢어버렸다. 종잇조각들은 빙글빙글 돌면서 차가운 콘크리트 바닥에 흩어졌다.

'봤지, 난 모든 걸 파괴한다고!'

이 편지가 테사에게 얼마나 큰 의미를 갖고 있었는지 잘 안다. 그러면서도 난 이걸 쓰레기로 만들어버렸다.

"안 돼! 안 돼, 안 돼!"

미친 듯이 바닥을 긁어 종잇조각을 모아 붙이려고 애를 썼다. 하지만 너무 늦었다. 편지는 너무 잘게 찢어졌고, 어느 것 하나 맞출 수가 없었다. 조각들을 다시 바닥에 팽개쳤다. 여기저기 떠다니는 종잇조각들을 망연하게 보고 있었다. 테사도 이렇게 나를 다시 붙여보려고 애를 썼겠지. 일어서서 모아놓은 조각들 위로 부츠를 걷어찼다. 그러다 화들짝 놀라 다시 조각들을 그러모아 책상 위에 올려놓았다. 그리고 날아가지 못하게 책으로 눌러놓았다. 나는 『오만과 편견』을 꺼내 들었다.

침대에 누워 현관문이 열리기를, 그녀가 돌아왔다는 신호가 들리기를 기다렸다.

몇 시간이고 기다리고 또 기다렸다. 그러나 현관문이 열리는 소리는 들리지 않았다.

54 · 테사

스테프에게 거짓말을 했다. 하딘과의 관계가 끝났다는 얘기는 누구에게도 하고 싶지 않았다. 특히 막 벌어진 일을 채 수습하지도 못한 지금은 더욱. 그래서 스테프에게 전화한 거다. 랜던은 이 상황을 너무 자세히 안다. 그에게 또 신세를 질 순 없었다. 선택의 여지가 없다. 유일하게 하나 있는 친구가 하필이면 남자친구의 의붓동생인 이런 상황에서는 말이다. 사실, 전 남자친구지, 이제는….

스테프의 걱정스러운 목소리가 수화기 너머로 들려오자, 말을 얼버무렸다.

"아냐, 난 괜찮아. 근데…, 하딘이…, 걔네 아버지랑 지방에 갔어. 내가 밖에 있는 동안 문을 잠그고 가버렸거든. 그래서 월요일에 걔가 집에 올 때까지 있을 곳이 필요해."

"하딘답네."

스테프가 덤덤하게 말했다. 내 거짓말이 먹힌 것 같아 안심했다.

"좋아, 이리로 와. 예전 그 방이야. 옛날 생각 좀 나겠는데!"

스테프는 명랑하게 말했다. 나도 억지로라도 웃고 싶었다.

'멋지군. 옛날 생각이라니.'

"난 이따 트리스탄이랑 쇼핑몰에 갈 거야. 너도 같이 가도 돼."

"난 시애틀 갈 준비할 게 너무 많아. 그냥 방에 있을게."

"그래, 그럼."

스테프가 얼른 말을 이었다.

"내일 밤 파티 준비도 다 됐지?"

"파티?"

아, 맞다. 파티가 있었다. 그동안 다른 데 정신이 팔려 잊고 있었다. 스테프가 송별회를 열어주겠다고 한 걸 새까맣게 잊고 있었다. 하딘의 생일 파티처럼 걔네 패거리들은 웃고 떠들며 술을 퍼마실 거다. 내가 나타나든 안 나타나든 상관도 않고 말이다. 그래도 스테프는 내가 오기를 진짜로 바라는 것 같았다. 안 그래도 큰 신세를 지는 터라, 될 수 있으면 나도 잘해주고 싶었다.

"마지막이잖아! 아마 하딘은 안 된다고 했겠지만."

"내가 뭘 하든 하딘이 결정하는 건 아냐."

내가 딱 부러지게 말하자 스테프는 웃음을 터뜨렸다.

"그냥 말이 그렇단 얘기지. 우리 앞으로 못 만날 거잖아. 나도 이사 갈 거고, 너도 그렇고."

스테프가 징징거렸다.

"알았어, 생각 좀 해볼게. 나, 지금 간다."

바로 기숙사로 향하는 대신 나는 이리저리 좀 돌아다녔다. 스테프한테 가기 전에 확실히 마음을 다잡아야 했다. 절대 울지 말아야 한다.

'울지 말아야지, 울지 말아야지.'

입술을 꽉 깨물며 눈물이 나오는 걸 가까스로 참았다. 다행인 걸까? 이제 이런 고통에 익숙해졌다. 아니, 무덤덤해졌다는 말이 더 맞겠다.

스테프의 방에 도착했을 때, 그녀는 옷을 갈아입는 중이었다. 스테프는 미소 띤 얼굴로 문을 열어주었다. 검정색 망사 스타킹에 빨간색 원피스를 입고 있었다.

"정말 보고 싶었어!"

스테프가 나를 끌어안으며 소리를 지르는 바람에 깜짝 놀랐다.

"나도 보고 싶었어. 별로 오래 되지도 않았는데."

하딘과 함께 타투 샵에서 만났던 게 겨우 일주일 전이었다. 그런데도 한참이 지난 느낌이었다.

"맞아. 근데도 오래된 것 같아."

스테프는 옷장에서 허벅지까지 올라오는 싸이하이 부츠를 꺼내 침대에 걸터앉았다.

"오래 걸리진 않을 거야. 편하게 있어…, 청소만 하지 마!"

내가 엉망진창인 방을 훑어보는 걸 눈치 챈 모양이다.

"내가 언제 그랬다고!"

뻔한 거짓말이었다.

"그랬거든! 앞으로도 계속 그럴 거고."

스테프는 활짝 웃었고, 나도 웃어 보려고 애를 썼지만 잘 되지 않았

다. 결국 콧소리도 아닌 기침도 아닌 이상한 소리를 냈다. 다행스럽게
도 스테프는 아는 척하지 않았다.

"네가 파티에 올 거라는 얘기 다 해놨어. 애들이 엄청 좋아했어!"

이 말을 덧붙이며 스테프는 문을 탕 닫고 나가버렸다. 뭐라고 한마
디 하려 했는데.

이 방에 돌아오니 온갖 기억들이 되살아났다. 너무 싫었지만, 한편
으론 그때가 그립기도 했다. 내가 쓰던 침대는 여전히 비어 있었다. 뭐,
스테프의 옷가지와 쇼핑백이 잔뜩 쌓여 있긴 했지만. 하딘이 이 작은
침대에서 나와 처음 잤던 날 밤이 떠올랐다.

이 캠퍼스를 하루 빨리 떠나야겠다. 아니, 이 도시와 여기 사는 모든
사람들에게서 한시라도 빨리 떠나고 싶다. WCU에 와서부터 지금까지,
남은 건 아픈 상처뿐이다. 애초에 이 학교에 오지 않았으면 좋았을걸.

심지어 벽을 보는데도 하딘 생각이 났다. 하딘이 내 노트를 방에 흩
뿌리던 일, 그가 나를 벽에 밀어붙이며 거칠게 키스했던 일까지. 손가
락으로 입술선을 따라 훑었다. 다시는 하딘과 키스할 수 없다는 생각
이 들자 입술이 파르르 떨렸다.

오늘 밤 이 방에 계속 있어도 될까. 내내 마음이 요동칠 거다. 눈을
감을 때마다 기억들이 되살아나 나를 덮쳐왔다.

정신을 다른 데로 돌려야 한다. 노트북을 켜고 시애틀에서 살 집을
찾아보기로 했다. 반스 출판사에서 차로 30분 안에 갈 수 있는 아파트
하나를 찾았다. 하지만 예산을 조금 넘는 액수였다. 예상했던 대로였
다. 어쨌든 휴대전화에 번호를 저장했다.

한 시간쯤 더 찾고 나서, 자존심을 접어두고 킴벌리에게 전화하기로

했다. 킴벌리와 크리스찬이 사는 집에 묵게 해달라고 부탁하고 싶진 않았다. 근데 다른 선택의 여지가 없었다.

킴벌리는 기꺼이 그러겠다고 했다. 시애틀의 새 집에서 나랑 지내게 되어 기쁘다고 몇 번이나 강조했다. 지금 사는 집보다 더 큰 집에 살게 된 걸 자랑하고 싶은 마음도 없지 않은 듯했다.

2주 이상 머물지 않겠노라 약속했다. 형편에 맞는 적당한 아파트를 찾았으면 좋겠다. 창문에 창살만 없는 집이라면 어디든 상관없다. 문득 누군가 우리 아파트에 침입했었단 사실이 떠올랐다. 하딘과 마지막 말다툼을 벌이느라 잊고 있었던 사실이다. 아빠가 아니었으면 좋겠지만, 나조차 확신할 수 없었다. 아빠였다면 아무 것도 훔쳐가지 않았겠지. 아빠는 하룻밤 머물 곳이 필요했을 거다. 갈 만한 곳이 없었을 테니까. 하딘이 아빠를 찾아내 무단 침입으로 신고하지 않기만을 기도했다. 왜 그랬을까? 아빠를 하딘보다 먼저 찾아야 하는데, 시간이 너무 늦었다. 그리고 솔직히 그쪽 동네에 혼자 가는 게 조금 무서웠다.

잠에서 깼다. 스테프가 한밤중에 비틀거리며 방으로 들어왔다. 스테프는 침대에 쓰러지듯 누웠다. 언제 책상에서 잠이 들었는지 기억나지 않는다. 고개를 들자 목덜미가 아팠다. 손으로 문지르니 더 아팠다.

"내일 파티 잊지 마."

스테프는 중얼거리자마자 기절하듯 곯아떨어졌다.

일어나 그녀의 부츠를 벗겨주었다. 나지막이 코 고는 소리가 들렸다. 고맙게도 스테프는 여전히 좋은 친구다. 싫은 소리 없이 방에 묵게 해주었으니까.

스테프는 뭐라 잠꼬대를 하더니 몸을 돌리고는 다시 코를 골았다.

옛 침대에 누워 하루 종일 책을 읽었다. 가고 싶은 곳도, 얘기하고 싶은 사람도 없었다. 특히나 우연이라도 하딘은 만나고 싶지 않았다. 그럴 수 있을지 모르겠지만. 하딘이 이 근방을 어슬렁거리지 못할 이유는 없으니까. 나는 편집증과 상심의 늪에 빠져 있었다. 그래서 그 모든 가능성을 피하고 싶었다.

스테프는 오후 4시가 될 때까지도 일어나지 않았다.

"피자 주문할 건데, 너도 먹을래?"

스테프가 핸드백에서 손바닥만 한 냅킨을 꺼내 어젯밤 그린 두꺼운 아이라인을 지우며 물었다.

"응, 먹을래."

하루 종일 아무 것도 안 먹은 뱃속이 요동쳤다.

이후 2시간 동안 스테프와 피자를 먹으며 한참 얘기했다. 루이지애나로 이사 가는 거며, 트리스탄의 부모님이 스테프 때문에 학교 옮기는 걸 탐탁찮아 한다는 등의 얘기였다.

"나중엔 괜찮아지실 거야. 그분들도 널 좋아하셨잖아, 그치?"

애써 스테프를 위로했다.

"그렇겠지. 근데 걔네 가족들은 WCU에 좀 집착하는 거 같아. 전통이 있네 어쩌네 하면서."

스테프의 표정에 나는 웃음을 터뜨렸다.

"근데, 넌 파티에 뭐 입고 갈 거야?"

스테프가 실실 웃으며 물었다.

"내가 입을 만한 걸 좀 빌려줄까? 옛날 생각나게?"

나는 고개를 가로저었다.

"아직도 거기 가기로 한 게 잘한 짓인지 모르겠어, 이 판국에…."

하마터면 하던 얘기를 꺼낼 뻔했다. 나는 얼른 말을 바꿨다.

"…예전에 네가 날 온갖 파티에 끌고 다녔잖아."

"그것도 이번이 마지막이잖아. 시애틀 캠퍼스로 옮기면 우리처럼 쿨하게 어울릴 만한 사람도 없을 거야."

스테프가 나를 보며 긴 속눈썹을 깜빡거렸다. 난감하군.

"널 처음 만났을 때가 생각나. 이 방 문을 열고 들어왔을 때, 난 심장 마비 걸리는 줄 알았거든. 나쁜 뜻은 없어."

내가 싱긋 웃자, 스테프도 따라 웃었다.

"파티가 어마어마하다고 네가 그랬잖아. 우리 엄만 그 얘기 듣고 기절할 뻔했고. 엄마가 방을 바꿨으면 했지만 내가 안 바꿨고…."

"잘한 거야, 방 안 바꾼 건. 아님 하딘과 데이트도 안 했겠지."

스테프가 음흉하게 웃으며 시선을 피했다. 아주 잠깐 상상을 해봤다. 그때 내가 방을 바꿨더라면, 그래서 하딘을 다시 만나지 않았더라면, 지금 어떻게 됐을까? 이 모든 일을 겪고도 과거를 무르고 싶진 않았다.

"추억 곱씹기는 그만. 이제 준비하자!"

스테프가 면전에서 손뼉을 짝짝 치며 분위기를 환기시켰다. 그리고 침대 위에 앉은 내 팔을 잡아당겨 일으켰다.

"이제 기억났어, 내가 왜 공동 샤워장을 싫어했는지."

수건으로 머리를 말리며 구시렁거렸다.

"그렇게 나쁘진 않아."

스테프가 웃으며 말했다. 아파트에서 샤워하던 게 자꾸만 생각났다. 사소한 일 하나에도 하딘이 떠올랐다. 최선을 다해 가짜 미소를 지어 보였지만 가슴이 자꾸 무너졌다.

마침내 준비를 끝냈다. 스테프가 얼마 전 새로 산 노란색과 검정색이 어우러진 드레스 지퍼를 올려주었다. 머릿속에 한 가지 생각만 떠올렸다. 파티가 재미있기를, 적어도 2시간쯤은 평화롭게 보내기를.

8시가 조금 지나서 트리스탄이 우리를 태우러 왔다. 스테프는 내가 운전하는 걸 반대했다. 눈앞이 뿌옇게 될 때까지 술을 먹일 거라나 뭐라나. 꽤 마음에 드는 아이디어였다. 눈앞이 뿌얘지면 적어도 눈을 돌릴 때마다 하딘의 보조개 파인 미소가 보여 인상 찌푸릴 일은 없을 테니까. 하지만 여전히 눈 돌릴 때마다 그의 모습이 떠오른다.

"하딘은 어디 갔는데?"

조수석에 앉아 있던 네이트가 물었다. 잠시 할 말을 잃었다.

"걔네 아버지랑 어딜 좀 갔어."

"너희 둘, 월요일에 시애틀에 가는 거 아니었어?"

"맞아, 그럴 거야."

손바닥에 땀이 차는 느낌이었다. 거짓말하는 건 너무 싫다. 너무 끔찍한 기분이 든다.

네이트가 뒤를 돌아보며 다정하게 미소 지었다.

"너네 둘 다 잘되길 바랄게. 하딘은 못 보겠네."

열이 슬슬 올랐다.

"고마워. 네가 한 말 잘 전해줄게."

클럽하우스에 도착하자 괜히 왔다는 후회가 밀려왔다. 좋은 생각이 아닌 건 알았지만, 하던 말고 정신을 딴 데로 돌릴 구실이 필요했다. 근데 이건 오히려 판단 미스였다. 지금껏 겪었던 모든 기억들이 밀물처럼 몰려왔다. 내가 잃어버린 그 모든 것들의 기억.

웃기는 일이다. 매 순간 여기 온 게 후회스러웠다. 하지만 어쨌든 결국 이 클럽하우스까지 오고야 말았다.

"쇼 타임!"

스테프가 내 팔짱을 끼며 활짝 웃었다. 순간적으로 스테프의 눈이 번쩍 빛났다. 스테프의 말 속에 숨은 가시가 있는 게 아닐까 하는 느낌이 들었다.

55 · 하딘

서재에 노크를 했다. 기분이 정말 더러웠다. 이런 일이 생길 줄이야. 조언을 구하러 내 발로 아빠를 찾아갈 거라곤 꿈에도 생각 못 했다. 누군가 내 얘기를 들어줄 사람이 필요했다. 내 감정을 알아줄, 아니 그 언저리만큼이라도 이해해줄 사람이 필요했다.

안에서 목소리가 들렸다.

"들어와, 자기."

들어가야 하나 말아야 하나 머뭇거렸다. 하지만 분명한 건 불편하겠지만 필요한 일이라는 거다. 아빠의 커다란 책상 앞 의자에 앉았다. 아빠의 표정이 의아함에서 놀라움으로 바뀌었다. 그의 입가에 슬그머니 웃음이 비쳤다.

"미안하구나, 카렌인 줄 알았다."

그는 내 분위기를 보더니 입을 다물었다. 그리고 찬찬히 나를 살펴보았다.

나는 고개를 끄덕이며 시선을 돌렸다.

"여기 왜 왔는지 잘 모르겠어요. 근데 누구를 찾아가야 할지 모르겠어요."

두 손으로 머리를 감싸 쥐었다. 그는 묵직한 마호가니 책상 모서리에 걸터앉았다.

"와줘서 정말 기쁘다."

내 눈치를 살피며 조용히 말했다.

"아빠를 찾아 온 거라고 딱 잘라 말할 순 없어요."

사실 내 발로 온 게 맞다. 그렇대도 그가 이 상황이 대단한 것처럼 호들갑 떠는 건 싫었다. 그는 침을 꿀꺽 삼키며 천천히 고개를 끄덕였다. 그러고는 나를 쳐다보지 못하고 방 여기저기로 시선을 던졌다.

"그렇게 긴장하실 필요는 없어요. 울컥해서 때려 부수거나 하진 않을 테니까요. 그럴 힘도 없고요."

그의 뒤로 벽에 죽 늘어서 있는 감사패들을 쳐다보았다.

그는 아무 대답이 없었고, 나는 한숨을 내쉬었다. 낭패의 조짐을 눈치 챈 듯 그가 말을 시작했다.

"무슨 일이냐?"

"아뇨, 얘기 안 할래요."

벽장에 빼곡히 꽂힌 책들을 쳐다보며 말했다.

"그래…."

한숨이 절로 나왔다.

"하기 싫지만, 해야 할 것 같아요."

잠시 그의 얼굴에 의아함이 스쳐 지나갔다. 갈색 눈은 커다래지면서 나를 조심스럽게 쳐다보았다. 뭔가 실마리를 찾는 눈치였다.

"저를 좀 믿어주세요."

결국 나는 말을 꺼냈다.

"찾아갈 만한 다른 사람이 있었으면, 여기 안 왔을 거예요. 랜던은 선입견 덩어리라 늘 테사 편만 들어서요."

절반쯤은 사실이 아니다. 지금 당장 필요한 건 랜던의 충고가 아니다. 그리고 내가 얼마나 멍청한 자식인지 랜던에게 또 다시 증명하고 싶지는 않았다. 지난 며칠간 테사한테 바보 같은 소리를 해댄 것도 말하기 싫었다. 그 녀석의 의견 따윈 중요하지 않지만, 몇 가지 이유에서는 다른 사람들보다 나았다. 물론 내가 아닌 테사를 위해서 말이다.

아빠는 쓸쓸한 미소를 지었다.

"나도 안다."

"음…."

어디서부터 시작해야 할지 모르겠다. 솔직히 여기 왜 왔는지 아직도 모르겠다. 당장이라도 술집으로 달려가 술을 퍼마시고 싶었다. 하지만 결국 이곳으로 와버렸다. 평생 써왔던 '켄 씨'나 '똥멍청이' 대신에 '아버지'나 '아빠'라고 부르게 되다니, 저 사람은 운이 좋은 거다.

"음, 그러니까, 짐작하셨겠지만, 테사가 결국 저를 떠났어요."

내 입으로 인정하고야 말았다. 그를 올려다보았다. 그는 최대한 평정심을 유지하며 내가 계속 말하기를 기다렸다. 하지만 내가 덧붙인 말은 이게 전부다.

"그리고 저는 붙잡지 않았어요."

"그 애가 돌아오지 않을 것 같니?"

"네. 몇 번이나 제게 붙잡을 기회를 줬는데, 가고 나서는 전화 한 통, 문자 하나 없어요."

벽에 걸린 시계를 힐끗 쳐다보았다.

"거의 28시간이 지났는데, 지금 어디 있는지 짐작조차 가지 않아요."

이 집 앞에 도착했을 때, 거기 테사의 차가 세워져 있을 거라 짐작했었다. 애초에 그래서 여기로 온 거다. 대체 테사는 지금 어디 있는 거지? 테사가 자기 엄마 집으로 가지 않았길 바랄 뿐이다.

"그런데, 전에도 이런 일 있지 않았니?"

아빠가 말을 시작했다.

"너희 두 사람은 늘 해결 방법을 찾았…."

"제 말을 듣고 있기나 한 거예요? 돌아오지 않을 거라고 했잖아요."

발끈하며 그의 말을 막았다.

"듣고 있다. 이번엔 왜 달랐던 건지, 그게 궁금했을 뿐이다."

그를 노려보자, 그는 냉정한 눈빛으로 나를 쳐다보았다. 당장 박차고 일어나 방을 뛰쳐나가고 싶은 충동을 간신히 억눌렀다.

"왜 그런지 저도 모르겠어요. 여기 오다니 멍청한 자식이라고 생각하는 거 다 알아요. 근데 너무 지쳤어요, 아빠. 저도 이러는 거 너무 질려요. 근데 뭘 어떻게 해야 할지 모르겠어요."

'제기랄. 너무 필사적이고 애처롭게 들리는군.'

아빠가 입을 벌렸다. 그러다 금세 입을 닫고 아무 말도 하지 않았다.

"아빠 때문이에요. 다 아빠 때문이라고요. 아빠가 내 곁에 있었다면, 적어도 나한테 어떻게 살아야 하는지 보여줬다면…. 모르겠어요. 어떻게 해야 사람들한테 못되게 굴지 않는 건지. 자라면서 본받을 만한 어른이 있었다면, 이런 거지 같은 인간이 되진 않았을 거예요. 테사와 나를 위한 해결 방법을 찾지 못하면, 나도 결국 아빠처럼 되겠죠. 그러니까, 지금 말고 예전의 아빠처럼요."

니트 조끼에 딱 맞는 바지까지, 말쑥하게 차려입은 그를 가리켰다.

"아빠에 대한 증오를 멈추지 못하면, 절대 불가능한…."

말을 끝맺지 못했다. 내가 말하고 싶었던 건, 그에 대한 증오를 멈추지 못하면, 테사에게 내가 얼마나 사랑하는지 제대로 보여줄 수 없을 거라는 거였다. 또 테사가 누려야 마땅한 대우도 해줄 수 없을 것 같다는 두려움이었다.

아무 말도 없이 한참을 그대로 있었다. 고문 받는 것처럼 숨 막히고 꽉 짜인 이 방에서 아빠와 나는 둘 다 어찌할 바를 모르는 사람들처럼 그렇게 서 있었다.

"네 말이 맞다."

그가 동의하다니, 깜짝 놀랄 일이었다.

"제 말이요?"

"그래, 다 맞다. 너한테 어른이 되는 법을 제대로 알려줄 아버지가 있었다면, 너도 이런 상황들을 어떻게 다뤄야 할지 알았을 테고, 네 인생을 더 잘 꾸려갔을 텐데. 나는 비난 받아 마땅하다…."

그는 말을 골라서 하려고 애를 쓰는 것 같았다. 나는 앞으로 몸을 살짝 기댔다.

"네가 그런 식으로 행동하는 건 다 내 잘못이다. 전부 나와 내 실수로 인한 거다. 나는 살아 있는 내내 내 잘못에 대한 죄책감을 안고 살 거다. 그건, 너에게 정말, 정말로 미안하다, 아들아."

결국 목이 메었다. 그러다 갑자기 나는…, 믿을 수 없을 만큼 욕지기가 밀려왔다.

"그래요, 멋지네요. 아버지는 용서 받을 수 있겠지요. 하지만 그 결과물이 지금의 나라고요! 난, 그럼, 이제 난 어떻게 해야 하냐고요?"

손톱 주변에 찢어진 살갗을 쥐어뜯었다. 놀랍게도 이번에는 주먹을 쓰지 않았다. 어쨌든 화가 약간은 가라앉았다.

"뭔가 있어야 한다고요."

나도 모르게 누그러진 말투가 되었다.

"다른 사람이랑 얘기해보는 게 좋겠구나."

아빠가 제안했지만, 그 대답은 충분치 못했다. 분노가 다시 일었다.

'빌어먹을. 다른 사람이랑 얘기해보라니, 그럼 당신은 나랑 얘기도 안 할 거야?'

"우리가 하고 있는 건 뭔데요? 얘기하고 있잖아요."

"내 말은, 전문가하고 얘기해보란 소리다."

그는 차분하게 대답했다.

"넌 유년 시절의 분노를 너무 많이 간직하고 있어. 그걸 떨쳐버릴 방법을 찾아내야 해. 아니 적어도 건전하게 다룰 방법을 찾아야 한다. 네가 네 분노를 다스리지 못할까 봐 두렵구나. 난 네게 그 방법을 제시해주진 못한다. 애초에 이 모든 고통의 원인이 바로 나니까. 그리고 화가 나면, 내 말을 듣지도 않잖니. 그게 도움이 되는 말이더라도 말이다."

"그래요, 그러니까 여기 온 게 시간 낭비라는 거죠? 내가 뭘 더 할 수 있겠어요?"

그냥 술집으로 쳐들어갔어야 했다. 지금쯤이면 위스키 두 병쯤은 해치웠을 텐데.

"시간 낭비는 아니었다. 더 나은 사람이 되려는 네 노력의 첫걸음이었다."

그는 또 다시 내 눈을 쳐다보았다. 당장이라도 위스키를 들이붓고 싶었다.

"그 애가 너를 참 자랑스러워할 거다."

그가 덧붙였다.

'자랑스러워할 거라고?'

왜 다른 사람이 날 자랑스러워해야 하는 거지? 여기 왔다는 것 자체가 충격이다. 게다가 자랑스러워할 거라니…, 이건 아니다.

"테사는 나더러 술주정뱅이라고 했어요."

생각 없이 말이 툭 나오고 말았다.

"그 말이 맞는 거니?"

얼굴에 걱정스러운 기색이 역력했다.

"아니라고 생각하는데, 잘 모르겠어요."

"네가 정말 술주정뱅이인지 아닌지 모르겠다면, 더 늦기 전에 답을 찾고 싶겠구나."

아빠의 얼굴을 찬찬히 살펴보았다. 그의 눈빛 속에 두려움이 담겨 있었다. 그도 내가 가진 두려움을 가지고 있을지 모른다.

"아빠는 왜 술을 마시게 된 거예요?"

항상 묻고 싶었다. 하지만 진짜로 묻게 될 줄은 몰랐다.

그는 한숨을 쉬며 어색한 듯 머리를 만졌다.

"음, 네 엄마하고 나는 그때 좋은 상황에서 만난 게 아니었다. 내가 몸을 가눌 수 없을 정도로 취한 날 하룻밤을 보냈지. '취했다'는 의미는 걸어서 집에 못 갈 정도였단 소리다. 그런데 못 움직일 정도로 술을 마시는 게 좋아졌지. 아무 고통도 느낄 수 없게 무뎌지니까. 그 다음부턴 습관처럼 술을 마셨다. 네 엄마와 보낸 시간보다 길 건너 술집에서 보내는 시간이 더 많을 정도로. 술 없이는 아무 것도 할 수 없는 지경에 이르렀다. 성 기능까지도 형편없어졌지. 패잔병 같은 시절이었다."

그가 주정뱅이가 되기 전에 무슨 일이 있었는지는 기억나지 않는다. 내가 태어나기 전부터 그랬을 거라 막연히 생각했었다.

"뭐가 그렇게 고통스러우셨던 건데요?"

"그건 별로 중요하지 않아. 중요한 건 어느 날 결국 내가 정신을 차리고 깨어났다는 거다."

"엄마와 저를 떠난 후 얘기죠?"

"그렇다, 아들아. 너희 모자도 내가 없는 게 더 나았으니까. 나는 아버지로서나 남편으로서 아무 역할도 못 하고 있었다. 네 엄마는 너를 정말 훌륭하게 키우더구나. 네 엄마 혼자 육아를 감당하지 않기를 바랐는데, 내가 주위에서 얼쩡거리는 것보다 결과적으로 더 나았더구나."

분노가 요동을 쳤다. 손으로 의자 팔걸이를 꽉 움켜잡았다.

"그런데도 아빠는 카렌의 남편, 랜던의 아버지가 될 수 있었군요."

결국 입 밖으로 내뱉고야 말았다. 내 삶 전체에서 그저 술주정뱅이에 불과했던 이 남자에게 분노가 끓어올랐다. 내 삶은 망쳐버린 주제에, 새 부인과 새 아들을 얻어 새 인생을 살고 있다. 게다가 이제는 부유하기까지 하다. 자라는 내내, 우리는 정말 궁핍했다. 하지만 카렌과 랜던이 우리 대신 모든 걸 누리고 있었다.

"그렇게 보일 거라는 거 안다, 하딘. 하지만 그건 사실이 아니야. 카렌은 술을 끊고 2년 후에 만났다. 그때 랜던은 이미 16세였고, 나는 그 애에게 아버지 노릇을 하려고 하지 않았다. 그 애도 집에 남자 어른 없이 자랐다. 그래서 나를 빨리 받아들였어. 새 가족을 꾸려, 너를 대신할 아들을 원했던 건 아니다. 절대 너를 대신할 수 없었어. 넌 나와 그 어떤 것도 하고 싶지 않겠지. 그렇대도 너를 원망하진 않는다. 하지만 아들아, 나는 인생의 대부분을 암흑 속에서 보냈다. 한 치 앞도 보이지 않는 칠흑 같은 암흑 속에서 말이다. 카렌이 내게 빛이 되어 주었어. 테사가 너에게 그런 것처럼."

테사 얘기가 나오자 심장이 멈추는 것 같았다. 지옥 같던 어린 시절을 헤매느라 테사를 잠깐 잊고 있었다.

"카렌이 내 삶에 들어온 건 정말 감사하고 행복한 일이다, 랜던도 마찬가지고."

그는 말을 이어 나갔다.

"나는 랜던에게 했던 것처럼, 너와의 관계를 되돌릴 수 있다면 뭐든지 할 작정이다. 언젠가는 그럴 날이 오겠지."

그는 긴 고백을 끝내고 가까스로 숨을 토해냈다. 나는 할 말이 없었다. 아빠와 이런 대화를 나눈 건 처음이다. 테사 말고는 내 인생에서 누구와도 이런 얘기를 해본 적이 없었다. 테사는 늘 내게 예외였다.

아빠에게 뭐라 말해야 할지 모르겠다. 내 인생을 망친 것도, 엄마 대신에 술을 선택한 것도 용서할 수가 없다. 하지만 용서하려고 노력해 보겠다고 한 말은 진심이었다. 그러지 못하면, 나는 절대 제대로 된 인간이 될 수 없을 거다. 사실 내가 그렇게 될 수 있을지는 잘 모르겠지만. 단 일주일이라도 아무 것도 부수지 않고, 아무와도 부딪힘 없이 보낼 수 있었으면 좋겠다.

모욕적인 표정이 가득한 테사의 얼굴이 선명히 떠올랐다. 내가 떠나라고 했을 때의 그 표정. 늘 그랬던 것처럼 떨쳐버리려고 애쓰기보다 받아들이기로 했다. 테사에게 내가 했던 짓을 기억해야 한다. 더 이상 내가 저지른 짓의 결과를 외면하고 숨어버리지 말아야 한다.

"아무 말도 하지 않는구나."

상념을 깨며, 그가 말했다. 테사의 얼굴이 희미해져갔다. 붙잡으려고 애를 썼지만 미끄러지듯 사라졌다. 한 가지 위안이라면, 오래지 않아 그 기억이 다시 나를 덮칠 거라는 사실이다.

"무슨 말을 해야 할지 모르겠어요. 어떻게 해야 할지 모르겠다는 혼란이… 결국 많은 걸 주었네요."

나는 실토하고 말았다. 너무 솔직한 속내를 드러내는 바람에 두려워졌다. 분명 빌어먹게 어색해지겠지. 하지만 내 짐작이 틀렸다. 그는 내 얘기에 수긍하는 듯 고개를 끄덕이고는 자리에서 일어났다.

"카렌이 늦은 저녁 준비를 하고 있어. 혹시 함께하고 싶으면…."

"아뇨, 됐어요."

신음하듯 대답했다. 집에 가고 싶었다. 그 집의 유일한 문제는 테사가 없다는 거지만, 그건 다 빌어먹을 내 탓이다.

막 나서는데 복도에서 랜던과 마주쳤다. 나는 그를 무시하고 자리를 피했다. 랜던의 어줍잖은 충고를 듣고 싶진 않았다. 테사가 어디 있는지 물어볼 걸 그랬나. 진짜 알고 싶다. 나는 나를 잘 안다. 테사가 어디에 있든 찾아갈 거다. 그래서 함께 떠나자고 설득해볼 거다. 내게 왜 그렇게 형편없는 아버지였는지 그 이유를 직접 듣고 나서, 우리 관계는 분명 진일보했다. 하지만 이런 기적적인 통제가 언제까지 가능할지 모르겠다. 테사가 혹시라도 내가 원치 않는 곳에 있다면, 예를 들어 제드랑 같이 있다면….

'빌어먹을, 맙소사. 그 자식을 찾아간 건 아니겠지?'

그렇진 않을 거다. 테사에게 친구를 사귈 기회를 많이 주진 않았지만…. 랜던과 같이 있는 게 아니라면…. 아니다, 제드와 있진 않을 거다. 아닐 거다.

아니라고 스스로를 끊임없이 설득하며, 아파트 엘리베이터에 올랐다. 마음 한쪽에선 우리 집에 침입했던 그 멍청한 자식이 다시 돌아와 있기를 바랐다. 치솟는 이 분노를 배출할 곳이 필요했으니까.

오싹함이 등줄기를 타고 내려와 온몸을 휘감았다. 침입자가 집에 들어왔을 때, 혹시라도 테사가 혼자 있었다면? 악몽에서 본, 상기되고 눈물 젖은 테사의 얼굴이 눈앞에 스쳤다. 온몸이 딱딱하게 굳었다. 누구라도 테사의 털끝 하나라도 손댔다가는, 내 손에 죽고 말 거다.

나는 한심하기 짝이 없는 위선자다. 손대는 놈은 다 죽여버리겠다니. 꼭 나만 그럴 수 있는 것처럼.

물을 마시고, 잠깐 동안 텅 빈 아파트를 둘러보았다. 갑자기 불안한 마음이 들었다. 생각을 다른 데로 돌리려고 테사의 책들을 훑어보았

다. 너무 많은 책들을 그대로 남기고 갔다. 그럴 수밖에 없었겠지. 이것
또한 내가 얼마나 그녀에게 독이 되는 존재인지 말해준다.

다른 판본의 『엠마』 사이에 숨어 있는 가죽 노트가 눈길을 사로잡았
다. 가죽 표지를 잡아당겨 끄집어냈다. 페이지마다 테사가 쓴 글씨가
빽빽이 채워져 있었다. 테사의 일기 같은 건가?

첫 페이지에는 '세계의 종교 개론'이라고 적혀 있었다. 침대에 걸터
앉아 노트의 첫 장을 천천히 읽기 시작했다.

56 · 테사

부엌의 다른 쪽에서 로건이 나를 불렀나 보다. 그가 손짓을 하며 내
쪽으로 왔다.

"테사, 진짜로 올 줄 몰랐어!"

로건이 환하게 웃었다.

"내 송별회인데 빠지고 싶지 않았어."

떨리는 손으로 빨간 컵을 부딪치며 건배를 했다.

"네가 얼마나 그립던지. 한동안 아무도 몰리를 건드리지 못했거든."

로건이 웃으며 머리를 뒤로 젖혔다. 그러더니 술을 병째로 목구멍에
들이부었다. 그는 순식간에 한 병을 비웠다. 얼마나 목이 타들어갈까
생각하니 몸서리가 쳐졌다.

"그런 면에서 넌 늘 나한텐 영웅으로 남아 있을 거야."

로건이 짓궂게 말하며 술병을 내밀었다.

나는 고개를 저으며, 반쯤 빈 컵을 치켜들었다.

"어차피 금세 딴 사람이 와서 나처럼 추근댈 거야."

나는 잠깐 미소를 지었다.

"우와! 호랑이도 제 말하면 온다더니."

로건이 내 뒤에 시선을 고정한 채 말했다. 돌아보고 싶지 않았다.

"누군데?"

조용히 신음처럼 내뱉었다. 한쪽 팔은 카운터 테이블에 기댄 채였다. 로건이 장난스럽게 술병을 한 번 더 건넸고, 이번에는 받아 들었다.

"쭉 마셔."

그는 씩 웃더니 내 손에 술병을 남기고 총총히 멀어졌다.

몰리가 시야에 들어왔다. 그녀는 인사와 함께 빨간 컵을 들어올렸다.

"이사 간다며, 너무 슬프네."

몰리의 말투는 의아스러울 만큼 부드럽고 다정했다.

"다시는 널 안 봐도 된다니 정말 기뻐. 근데 하딘은 좀 그립겠다…. 걔의 혀 놀림은 정말…."

되받아 치려고 애썼지만 실패하고 말았다. 온몸의 혈관이 질투심으로 얼어붙는 것 같았다. 당장이라도 목을 졸라버리고 싶다, 지금 당장.

"꺼져."

내가 겨우 한마디 던지자 몰리가 키득거렸다. 듣기 싫은 이상한 소리였다.

"진정해, 테사. 내가 대학에서 만난 첫 번째 적수였잖아. 그게 중요한 거지, 안 그래?"

몰리는 윙크를 하더니, 나를 지나쳐 가며 엉덩이를 맞부딪쳤다.

이런 파티에 올 생각을 했다니, 제정신이 아니었다. 특히 하딘도 없는 이곳에. 스테프는 어느새 보이지 않았다. 로건이 잠시 말동무를 해주었지만, 금세 다른 여자를 찾아 가버렸다. 여자의 옆모습은 얼핏 순수한 느낌이었다. 하지만 앞모습을 보았을 땐 충격 그 자체였다. 다른 쪽 얼굴이 죄다 타투로 덮여 있었다.

'어이쿠.'

컵에 술을 좀 더 따르면서, 정말 타투가 영구적일까 하는 의문이 들었다. 밤새 이 한 잔으로 끝내기로 하고 천천히 마셨다. 안 그랬다간 무너지지 않으려고 고군분투하던 나의 노력이 수포로 돌아갈 거다. 그리고 나는, 쳐다보는 사람만 있어도 질질 짜는 술 취한 여자가 되고 말거다.

집 안을 어슬렁거리며 스테프의 진홍색 머리카락을 찾았다. 아무 데도 보이지 않았다. 마침내 아는 얼굴을 하나 발견했다. 네이트는 어떤 여자한테 작업을 걸고 있었다. 방해하고 싶진 않았다. 내가 있을 곳이 아니라는 생각이 들었다. 이들 틈에서 어울리지 못해서가 아니다. 내 '송별회'라는 명목의 파티에서조차 이런 느낌이 들다니. 나와 하딘이 없어진다고 해도 여기 있는 누구 하나 신경 쓰지 않을 것이다. 아마 오늘 하딘이 함께 나타났다면 좀 더 흥미를 보였겠지. 어쨌든 하딘은 그들의 친구니까.

거의 한 시간쯤 카운터 테이블에 혼자 앉아 있었다. 그때 스테프의 목소리가 들렸다.

"테사, 여기 있었구나!"

프레츨 과자 한 사발을 거의 다 먹어갈 때쯤이었다. 술도 두 잔이나 마셨고. 택시를 부를까 말까 고민하던 참이었다. 그제야 스테프가 다시 모습을 드러냈다. 조금 더 있어 봐야겠다. 트리스탄과 몰리, 댄이 스테프 뒤에 있었다. 나는 최대한 담담한 표정을 지으려 최선을 다했다. 하딘이 보고 싶었다.

"가버렸는 줄 알았어!"

쿵쿵 울리는 음악 소리 너머로 내가 소리쳤다. 몇 시간 동안 내내, 위층에 있는 하딘의 옛 침실을 생각하지 않으려고 애썼다. 그 방에 너무나 가보고 싶었다. 이 복잡하고 불편한 사람들한테서 숨어들어 옛일을 회상하고 싶었던가…, 아니 모르겠다. 시선이 자꾸만 계단 쪽으로 향했다. 점점 견디기 힘들어지던 참이었다.

"그럴 리가! 한 잔 해야지."

스테프는 미소를 지으며 내 손에 들려 있던 컵을 빼앗아갔다. 그리고 컵에 자기 것과 똑같은 핑크색 술을 가득 채웠다.

"체리 보드카 사워야, 마셔!"

스테프가 꽥 소리를 질렀다. 나는 어정쩡하게 웃으며 컵을 입에 대었다.

"우리의 마지막 파티를 위하여!"

스테프가 건배를 하자, 주변에 있던 무리들이 죄다 컵을 들었다. 나는 달달한 체리향의 술을 입속에 쏟아 부었고, 몰리는 내 시선을 피하고 있었다.

"타이밍 기가 막히네."

몰리가 스테프에게 말했다. 나는 재빨리 돌아섰다. 하딘이 오기를 바라는 건지 아닌지 나도 잘 모르겠다. 하지만 제드가 온통 블랙으로 빼입고 주방에 나타나자, 갈등은 끝났다.

놀란 눈은 커다래졌고, 나는 스테프를 돌아보았다.

"제드는 안 올거라며."

내 삶을 엉망진창으로 만들었던 순간들을 지금은 떠올리고 싶지 않았다. 제드에게 작별 인사는 벌써 했다. 그와 친구로 지내자고 했던 상처를 지금 다시 덧나게 하고 싶진 않았다.

"미안."

스테프는 어깨를 으쓱했다.

"그냥 쟤가 온 거야. 나도 몰랐어."

스테프는 트리스탄에게 몸을 기댔다. 술기운을 빌려 대담하게 스테프를 노려보았다.

"이 파티, 정말 나를 위한 거 맞아?"

못되게 들린다는 거 안다. 그래도 스테프가 제드와 몰리까지 초대했다는 게 아무래도 꺼림칙했다. 하딘이 같이 왔다면, 제드가 주방에 들어서자마자 이성을 잃을 게 뻔했다.

"당연하지! 쟤가 온 건 미안. 네 근처에 얼씬도 하지 말라고 얘기할게."

스테프가 제드 쪽을 향해 갔다. 나는 그녀의 팔을 잡았다.

"그러지 마. 못되게 굴기 싫어."

제드는 주방까지 따라온 금발 여자랑 한창 대화 중이었다. 그가 여자에게 미소를 지어 보이자 여자는 웃음을 터뜨렸다. 그러다 시선을 돌려 나를 발견하고는 순식간에 웃음기가 사라졌다. 그는 스테프와 트리스탄을 쳐다봤지만, 둘은 시선을 피했다. 스테프가 몰리와 댄을 데리고 방을 나갔다. 또 다시 나는 혼자 남겨졌다.

제드가 금발 여자에게 몸을 기울여 귓속말을 하는 게 보였다. 여자는 싱긋 웃더니 그에게서 물러났다.

"안녕."

제드가 어색한 미소를 지으며 다가왔다.

"안녕."

나는 술 한 모금을 더 마셨다.

"네가 여기 올 줄 몰랐어."

우리는 동시에 같은 말을 하고는 거북하게 웃었다.

제드가 씨익 웃더니 말했다.

"먼저 말해."

제드가 나한테 나쁜 감정을 품고 있는 것 같지는 않아서 안심했다.

"제드, 네가 올 줄은 정말 몰랐어."

"나도 테사 네가 있을 거란 생각은 전혀 못 했어."

"그럴 거 같았어. 스테프가 나를 위한 조촐한 송별회라고 했는데, 이제 확실히 알겠네. 걔가 그냥 착한 척하려고 그렇게 말했다는 거."

나는 또 한 모금을 홀짝 마셨다. 체리 보드카 사워가 먼저 마셨던 두 잔보다 훨씬 셌다.

"너…, 스테프하고 같이 왔어?"

제드가 우리 사이의 간격을 좁히며 물었다.

"응, 하딘은 안 왔어. 혹시 그게 궁금하다면 말이야."

"아냐, 난…."

그의 시선이 내 손으로 옮겨졌고, 나는 빈 컵을 카운터 테이블에 올려놓았다.

"그게 뭐야?"

"체리 보드카 사워. 아이러니 하지 않아?"

내가 말했지만, 제드는 웃지 않았다. 제드가 좋아하는 술을 애들이 나한테 줬다는 게 놀라웠다. 내 얼굴을 쳐다보던 제드의 표정이 혼란스러움으로 일그러졌다. 그리고 컵을 내려다보고는 다시 내 얼굴을 쳐다보았다.

"스테프가 이걸 너한테 줬어?"

제드의 목소리는 심각했다…, 너무 심각해졌다…. 그리고 나는 천천히 노곤해졌다. 너무나 천천히.

"응…, 그게 왜?"

"젠장."

그가 카운터 테이블에 있던 컵을 낚아챘다.

"여기 그대로 있어."

제드가 명령조로 말했고, 나는 느릿느릿 고개를 끄덕였다. 머리가 무거워지기 시작했다. 주방에서 멀어지는 제드의 뒷모습에 초점을 맞추려 애를 썼다. 정신이 흐릿해지면서 천장에 달린 불빛이 빙글빙글 도는 것 같았다. 불빛들이 이리저리 흩어지며 사람들의 머리 위에서 춤추고 있었다.

불빛이 춤을 춘다고? 불빛이 춤춘다…, 나도 춤을 춰야겠다.

'안 돼, 난 앉아 있어야 해.'

나는 테이블에 기대어, 일그러져가는 벽을 응시했다. 벽이 요동을 치면서 찌그러지고 있었다. 사람들의 머리 위에서 춤추던 불빛이 벽과 섞이고…. 아니 춤추고 있는 사람들 위에서 불빛이 반짝이는 건가? 어찌 됐든 예쁘네…, 그리고 정신이 없네…. 분명한 건, 지금 무슨 일이 벌어지고 있는 건지 모르겠다는 거다.

작은 노트를 뒤적이며, 어디서부터 읽어야 할지 한참을 머뭇거렸다. 노트는 테사가 종교학 강의 시간에 썼던 저널이었다. 처음엔 어리둥절했다. 앞장에 제목이 붙어 있긴 했지만, 각 장마다 소제목과 날짜가 적혀 있었고, 소제목들이 종교하고는 아무 관련이 없었기 때문이다. 또 전에 봤던 테사의 에세이보다는 다듬어지지 않은 글들이었다. 의식의 흐름대로 쓴 것 같은 느낌?

'고통'

소제목이 눈을 잡아끌었다. 거기서부터 읽기 시작했다.

고통은 인간을 신에게서 멀어지게 하는가? 만약 그렇다면, 어떻게?

고통은 사람을 무언가로부터 멀어지게 할 수 있다. 고통은 한 번도 생각해보지 않은 일을 하게 만들 수 있다. 불행 때문에 신을 원망하는 것 같은.

고통, 이 단순한 단어에 너무나 많은 의미가 담겨 있다. 고통이란 그 어떤 감정보다 가장 강한 감정이라는 걸 알게 되었다. 다른 감정들과 달리, 고통은 모든 인간이 인생의 어느 지점에서 반드시 느끼게 되는 감정이다. 고통에는 밝은 면이란 없고, 고통을 다른 관점으로 보게 만들어주는 긍정적인 측면도 없다. 마음을 짓누르는 엄청난 무게, 그것만 있을 뿐이다. 최근 나는 고통에 통달하게 되었다. 그 아픔은 견디기 힘들 정도였다. 가끔 혼자일 때, 고통은 더 자주 찾아온다. 어느새 어떤 고통이 더 견디기 힘든지 가늠해보려고 애쓰는 내 자신을 발견했다. 대답은 생각했던 것만큼 간단하지 않았다. 천천히 그리고 꾸준히 지속되는 아픔, 이런 고통은 같은 사람에게서 지속적으로 상처를 받을 때 생긴다. 당신이 그 자리에 있는 한, 내가 이 자리에 있는 한, 그 고통이 계속되도록 방치하는 셈이다. 때문에 절대 끝나지 않는다.

아주 드물게, 그가 나를 끌어안고 다시는 그러지 않겠노라 약속할 때만 그 고통이 사라진다. 내가 자초한 이 고통으로부터의 자유. 하지만 그 자유에 익숙해진 순간, 고통은 또 한 차례 폭풍처럼 불어닥친다.

이건, 빌어먹을, 종교와 관련 없는 얘기다. 이건 내 얘기다.

불에 데인 듯 뜨겁지만, 빠져나올 수 없는 고통이 가장 최악이다. 이런 고통은 안도하고 있을 때, 마침내 숨을 쉴 수 있다고 생각했을 때 불현듯 들이닥친다. 모든 문제는 지나간 어제의 일이라고 생각했을 때 말이다. 사실은 이건 오늘의 문제이고, 내일의 문제이고, 앞으로 살게 될 모든 날의 문제이다. 이런 고통은 무언가에, 혹은 어떤 사람에게 자신의 모든 걸 쏟아 부었을 때 겪게 된다. 모두가 당신을 완전히 배신했다거나, 예측할 수 없는 너무나 느닷없는 시점에, 고통은 우리를 덮쳐 숨조차 쉴 수 없게 만든다. 이때는 마음속에 붙잡을 지푸라기 하나조차 없다. 아무리 포기하지 않으려 애써도 돌이킬 수 없다.

제기랄.

가끔 사람들이 끝까지 놓지 않는 믿음이 있다. 혹시 행운이 따른다면 누군가에게 털어놓을 수도 있다. 그들을 믿고 그들에게 당신의 고통을 맡길 수도 있다. 고통이 완전히 자리 잡기 전에 말이다. 하지만 고통이란 한번 찾아오면 기어코 섬뜩하게 자리를 잡고야 만다. 우리는 그 고통에서 도망치려 고군분투해야 한다. 겨우 빠져나왔다고 느끼더라도, 고통은 영원히 우리 안에 새겨져 있다는 걸 알게 된다. 당신이 나와 같다면, 당신은 의지할 사람도 없고, 손을 잡아줄 사람도 없을 거다. 그리고 이 지옥에서 당신을 꺼내주리라 장담하는 사람도 없을 것이다. 그러니까 당신은 신발 끈을 단단히 묶고, 두 주먹을 불끈 쥐고, 스스로 그 지옥에서 빠져나와야 한다.

페이지 위에 날짜가 적혀 있었다. 내가 영국에 있을 때 쓴 거다. 더이상 읽지 말아야 했다. 책장을 덮고 다시는 열지 말았어야 했다. 하지만 그럴 수 없었다. 이 노트에 무슨 비밀이 담겨 있는지 알아야겠다. 두렵다. 내가 더 이상 가질 수 없는 그녀와 이제야 너무 가까이 있다.

'믿음'이라 라벨이 붙어 있는 다른 페이지를 넘겼다.

나에게 믿음이란 어떤 의미인가? 당신은 더 높은 무언가를 향한 믿음이 있는가? 당신은 믿음이 우리 인생에 긍정적인 영향을 미친다는 걸 믿는가?

이건 그래도 좀 낫다. 이 글은 가슴을 칼로 후벼 파지 말아야 할 텐데. 이 주제는 나와는 관련이 없을 것 같았다.

내게 믿음이란 무언가를 나 자신보다 더 믿는 거다. 모든 사람이 믿음에 대해 똑같은 견해를 가지고 있지는 않을 것이다. 그 믿음이 종교에 기반을 두고 있든 아니든 말이다. 나는 형이상학적인 어떤 가치에 대한 믿음이 있다. 그렇게 자랐다. 엄마와 나는 매주 일요일마다, 그리고 대부분 수요일에도 교회에 갔다. 지금은 교회에 다니지 않는다. 가야 하지만, 아직 종교에 대한 믿음을 어떻게 정리해야 할지 잘 모르겠다. 이제 성인이 되었고, 더 이상 엄마가 지시하는 대로 하지 않기 때문이다.

믿음이라는 말을 떠올릴 때, 자연스럽게 종교와 연관시키지는 않는다. 그래야겠지만, 그래지지 않았다. 사람에 대한 믿음으로 마음이 움직인다. 모든 것이 그렇듯, 내 모든 생각은 그 사람을 향해 있다. 그게 좋은 건지 아닌지는 확신할 수 없지만. 그리고 결국 우리는 모든 게 다 잘 될 거라는 믿음을 가지고 있다. 그 사람은 관계를 맺기 어렵고 지나치게 나를 통제한다. 하지만 나는 그에 대한 믿음이 있다. 그의 행동이 아무리 실망스럽더라도, 좋은 의도였을 거라는 믿음. 그와 사귀면서 나는 늘 상상도 못 했던 방식으로 시험에 빠졌다. 그래도 매 순간이 가치 있었다. 나는 진심으로 믿는다. 언젠가 그가 나를 잃을 거란 공포를 버릴 날이 올 거라는 걸. 그리고 함께하는 우리의 미래를 받아들일 거라는 것도. 그게 내가 바라는 모든 것이다. 한 번도 말하진 않았지만, 그도 나와 같을 거다. 나는 그를 굳게 믿고 있다. 그로 인해 흘릴 눈물도, 그와 함께할 무의미한 논쟁까지도 기꺼이 받아들일 거다. 그가 자기 자신을 믿을 수 있는 날이 올 때까지 그의 곁에서 지켜볼 거다.

동시에, 나는 또 믿는다. 언젠가 하딘이, 그가 느끼는 걸 솔직하고 개방적으로 얘기할 거란 사실을. 결국 자기 감정을 제대로 받아들여서,

스스로 묶고 있던 결박을 끊을 수 있으리란 것도. 그날이 오면, 그도 자신이 '나쁜 놈'이 아니라는 걸 알게 될 거다. 아무리 나쁜 놈이 되려고 노력해도, 속 깊은 곳에서 그는 진정한 영웅이다. 그는 나의 영웅이자 동시에 고통을 주는 사람이다. 그래도 대부분은 영웅이다. 그는 갇혀 있던 나를 해방시켜 주었다. 나는 지금까지 진짜 내 모습이 아닌 나로 살아왔다. 하딘은 진짜 내가 되어도 괜찮다는 걸 내게 보여주었다. 나는 더 이상 엄마가 바라던, 되어야 한다고 기대하던 모습에 맞춰 살지 않는다. 이런 점에서 나는 그에게 깊이 감사한다. 언젠가 그도 자신이 얼마나 대단한 존재인지 알게 될 거라 믿는다. 그는 믿을 수 없을 만큼 불완전하며, 나는 그런 그를 너무도 많이 사랑한다.

그에게 내재된 영웅은 평범하게 드러나지는 않을 것이다. 그래도 그는 노력할 거고, 내가 원하는 것도 그뿐이다. 나는 굳게 믿는다. 그가 노력을 멈추지 않는 한, 결국 행복해질 수 있다는 걸. 그가 스스로 그 믿음을 가질 때까지 나 역시 믿음을 버리지 않을 것이다.

노트를 덮고, 콧등을 움켜잡았다. 끓어오르는 감정을 억누르기 힘들었다. 테사는 줄곧 나를 믿어주었다. 처음에는 왜 그녀가 나에게 시간 낭비를 하는지 이해가 되지 않았다. 그러나 정제되지 않은 그녀의 생각을 읽고 나니, 가슴이 불에 달군 칼로 후벼 파이는 것 같았다. 칼날이 내 가슴에 와 박혔다.

테사가 나와 같다는 걸 알게 됐다. 그 깨달음이 나를 두렵게도, 동시에 흥분하게도 만들었다. 그녀의 세상에서는 모든 게 소용돌이치고 있었다…. 그게 나 때문이라는 걸 알게 된 순간, 어쩐지 행복했다. 아찔한 느낌조차 들었다. 하지만 그 모든 걸 내가 망쳐버렸다는 걸 깨닫자, 행복은 순식간에 사라졌다. 그녀에게 더 나은 사람이 되어야 했다는 빚을 지고 말았다. 내 모든 분노를 없애려 더 노력했어야 한다는 빚을 진 것이다.

이상하게 아빠와 어색한 대화를 한 다음부터 내 어깨를 짓누르는 짐을 조금 벗어버린 느낌이 들었다. 그렇다고 추악하고 상처투성이인 과거를 용서한 건 아니다. 그와 한순간에 친구가 되어, 텔레비전 스포츠 중계를 같이 볼 마음은 전혀 없다. 하지만 분명한 건, 그를 예전보다는 덜 증오하게 됐다는 사실이다. 인정하고 싶진 않지만, 나는 그를 많이 닮았다. 나는 테사를 위해 그의 곁에서 한사코 멀어지려고 애를 썼지만, 그럴 수 있을 만큼 강하지 않았다. 그러니 어떤 면에선 아빠가 나보다 강한 사람이다. 그는 스스로 떠났고, 다시는 돌아오지 않았다. 만약 나와 테사 사이에 아이가 있었다면, 나 또한 그들의 인생을 망쳐버렸을 거다. 그리고 나 또한 떠나버리고 싶었을 거다.

'젠장, 빌어먹을.'

아이 생각만으로도 메스꺼워졌다. 나는 최악의 아버지가 됐을 거다. 그리고 테사는 정말로 혼자 자신의 삶을 꾸려 가는 게 나았을 거다. 나는 테사에게 내 사랑을 보여줄 수 없었을 것이고, 아이 또한 그냥 두지 못했을 거다.

"그 정도면 충분해."

소리 내어 말하고 한숨을 쉬었다. 몸을 일으켜 부엌으로 가서 캐비닛을 열었다. 선반에 있던 반쯤 마신 보드카 병이 뚜껑을 열라고 유혹하는 것 같았다.

구제불능 술주정뱅이. 빌어먹을 보드카 병을 들고 카운터 테이블 근처를 서성였다. 마개를 열고 병 주둥이를 입에 가져다 댔다. 딱 한 모금이면 죄책감 따위는 사라져버리겠지. 딱 한 모금이면 테사가 곧 집에 돌아올 거라 스스로 위로할 수 있겠지. 고통이 무뎌지는 효과라도 있을 거다, 딱 한 모금이면.

눈을 감고 머리를 뒤로 젖혔다. 테사의 촉촉한 눈동자가 내 눈 속에서 빛났다. 눈을 뜨고 싱크대 수도꼭지를 틀었다. 그리고 보드카를 하수구에 쏟아 부었다.

58 · 테사

입을 벌리고 입술이 움직여 보았다. 하지만 아무 소리도 나오지 않았다. 음악 소리가 쿵쿵 벽을 울렸다. 마음도 덩달아 덜컹거렸다.

'여기 얼마나 서 있었던 거지? 언제 주방에 들어온 거야?'

기억이 나지 않는다.

"안녕."

댄이 내 앞으로 미끄러지듯 다가왔다. 나는 카운터 테이블에 기대서 몸을 조금 떨었다. 그의 얼굴이 비스듬히 보였다. 그의 얼굴에 초점을 맞추려 애를 쓰며 그를 쳐다보았다.

"어, 안녕…."

대답이 너무도 느릿느릿하게 나왔다. 댄이 미소를 지었다.

"괜찮아?"

고개를 끄덕였다. 그런 것 같았다.

"기분이 이상해."

순순히 대답하고는 제드가 있나 실내를 훑어보았다. 제드가 빨리 돌아왔으면 좋겠다.

"무슨 소리야?"

"모르겠어, 느낌이 좀…, 이상해. 취한 것도 같고, 세상이 느려진 것 같아. 기운이 세진 것도 같고."

한 손을 들어 코앞에서 흔들었다…. 나, 손이 세 개였던가? 댄이 웃음을 터뜨렸다.

"술 많이 마셨구나?"

나는 또 고개를 끄덕였다. 바닥을 내려다보았다. 앞에 있던 여자가 달팽이처럼 느리게 걸어간다.

"제드는?"

댄은 이리저리 둘러보았다.

"어디 갔는데?"

"술 때문에, 스테프 찾으러."

카운터 테이블에 몸을 더 기댔다. 아마 몸의 절반쯤을 기대고 있는 것 같았다.

"그래? 그럼 내가 찾는 걸 도와줄게."

댄이 어깨를 으쓱했다.

"위층에서 본 것 같은데."

"그래."

댄을 좋아하진 않는다. 그래도 제드를 찾아야 한다. 머리가 점점 무거워지고 있으니까.

천천히 댄을 따라갔다. 그는 사람들 틈바구니를 헤치고 위층으로 향했다. 음악 소리가 귀청이 떨어질 만큼 커졌다. 머리를 앞뒤로 느릿느릿 움직이고 있는 나 자신을 발견했다. 계단을 오를 때마다 몸이 휘청거렸다.

"제드가 여기 있어?"

"응. 안으로 들어간 것 같아."

댄이 고개를 끄덕이면서 복도를 가로질러 방문 쪽을 향했다.

"거긴 하딘 방이야."

댄에게 귀띔을 했지만 그는 어깨를 으쓱했다.

"저기 잠깐만 앉아 있으면 안 될까? 더 이상 못 걷겠어."

다리가 너무 무거웠다. 반대로 마음은 자꾸만 날카로워졌다. 앞뒤가 맞지 않았다.

"물론이지. 가서 앉아 있어."

댄이 내 팔을 잡으며 하딘이 예전에 쓰던 방으로 이끌었다. 침대 모서리에 걸려 넘어질 뻔했다. 옛 추억들이 선명하게 떠올라 나를 휘감는 것 같았다. 하딘과 나는 침대 위에 앉아 있었다. 지금 있는 바로 이 자리에. 여기에서 처음으로 하딘에게 키스를 했다. 너무 혼란스럽고 당황스러웠다. 그의 곁에 가까이 있고 싶다는 생각만 커져갔다. 나만의 어둠의 소년, 부드럽고 다정한 하딘의 내면을 봤던 건 그때가 처음이었다. 그게 오래 가진 않았지만, 그런 그를 본 건 정말 좋았다.

"하딘은 어딨어?"

댄을 올려다보며 물었다. 비실거리며 웃는 그의 얼굴에 순식간에 이상한 표정이 나타났다 사라졌다.

"아, 하딘은 여기 없어. 네가 걘 안 올 거라고 했잖아, 기억 안 나?"

댄이 방문을 닫더니 잠갔다.

'뭐지?'

온갖 생각이 다 들면서 머릿속이 빙빙 돌았다. 몸이 너무 무거워 움직일 수가 없었다. 눕고 싶었지만, 얼른 일어나라고, 머릿속에서 경고의 알람이 울렸다.

'눕지 마! 눈을 뜨라고!'

"무…, 문 열어줘."

기를 쓰고 자리에서 일어섰다. 방이 빙글빙글 돌았다.

때마침 노크 소리가 났다. 댄이 문을 열자 스테프가 모습을 드러냈다. 안도감이 밀려왔다.

"스테프!"

신음하듯 그녀의 이름을 불렀다.

"얘가…, 나한테 무슨 짓을 하려고 했어."

이 상황을 뭐라고 설명해야 할지 모르겠다. 그래도 댄이 무슨 짓을 하려고 했던 건 분명하다. 스테프는 댄을 쳐다보았다. 댄은 의미심장하게 웃고 있었다. 스테프는 다시 나를 쳐다보며 아무렇지도 않게 말했다.

"뭘 하려 했는데?"

"스테프…."

도움을 청하려 한 번 더 그녀의 이름을 불렀다. 이 으스스한 방을 나가려면 그녀의 도움이 필요했다.

"징징대지 마!"

스테프가 단칼에 잘라 말했다. 숨이 턱 막혔다.

"뭐?"

겨우 한 대답이었다. 하지만 스테프는 댄을 보며 실실 웃고만 있었다. 그러더니 들고 온 가방에 손을 집어넣었다. 다시 신음을 내뱉자 스테프가 하던 걸 멈추고 나를 노려보았다.

"맙소사, 좀 닥쳐줄래? 네년이 징징대는 소리 지겨워 죽겠어."

머리가 돌아가지 않았다. 스테프가 이런 말을 하다니. 스테프가 어이없다는 표정을 지었다.

"우웩, 이 멍청하고 슈진한 계집애."

한참 가방을 뒤지더니 스테프가 말했다.

"찾았어, 여기."

스테프는 조그만 물건을 꺼내 댄에게 건넸다.

정신이 가물가물해졌다. 귓전에서 나지막이 '삐~' 소리가 들렸다. 겨우, 적어도 잠시 동안은 정신을 차릴 수 있었다.

손톱만큼 작은 빨간 불빛이 보였다.

체리 보드카 사워. 스테프, 댄, 몰리, 제드. 그리고 이 파티. 아, 안 돼….

"너…, 무슨 짓을 한 거야?"

내 물음에 그녀는 빙글빙글 웃기만 했다.

"징징거리지 말라고. 괜찮을 거야."

스테프가 구시렁거리며 침대를 향해 다가왔다. 댄의 손에 카메라가 들려 있다. 녹화 중인 듯 빨간 불이 들어와 있었다.

"저, 저리 가."

크게 소리치고 싶었지만 겨우 소리가 나왔다. 기를 쓰고 일어나려

했지만, 다시 침대에 비틀거리며 쓰러졌다. 바닥이 모래사장처럼 부드럽게 푹 꺼지는…, 꼭 개미지옥 같다.

"나는 널…."

겨우 목소리를 냈다. 하지만 스테프는 두 손으로 내 어깨를 잡더니 침대 매트리스로 밀어붙였다. 일어날 수가 없었다.

"뭐라고? 친구라고 생각했다고?"

스테프는 침대에 무릎을 꿇고, 내 위로 덮쳤다. 그녀의 손이 내 치맛단을 잡아 허벅지 위로 끌어올렸다.

"내가 널 경멸하고 있다는 거 몰랐어? 제드와 하딘 사이를 오락가락하며 창녀 짓을 하느라 바빠서 몰랐겠지. 하딘이 내기에 이기려고 너랑 데이트한 거라 얘기해줬을 때, 너한테 엿 먹이려고 그랬다는 생각, 못 한거야? 친구로서 너한테 경고한 거라 생각했던 거야?"

스테프 말이 맞다. 난 천하의 머저리다. 배신의 칼날이 몇 번이나 나를 파고들었다는 걸 깨달았다. 스테프를 다시 쳐다보자, 이제 보이기 시작했다. 빨간 머리의 악마. 상상도 못 해본 악랄한 표정으로 뒤틀어진 얼굴에 사악한 눈빛이 번쩍이고 있었다. 온몸이 오싹해졌다.

"아, 그리고 그것도."

스테프가 깔깔 웃었다.

"하딘 생일날 말이지. 걔를 기다리면서 즐거운 시간 보냈어? 사소한 문자 한 통으로 그럴 수 있었다니, 놀랍더라. 그러니까 동영상이 훨씬 더 재밌을 거야, 그치?"

스테프를 밀쳐 내려 안간힘을 썼지만 역부족이다. 그녀는 팔을 잡으려는 내 손을 쉽게 뿌리쳤다. 그리고 내 옷을 거칠게 잡아당겼다. 눈을 질끈 감았다. 하딘이 방으로 들이닥쳐 나를 구해줄 거란 상상을 했다. 마치 흑기사처럼.

"하딘이…, 찾아낼 거야…."

개미만 한 소리로 위협 아닌 위협을 했다.

"하하, 그러시겠죠. 그게 클라이맥스야. 이제 입 좀 다물어."

그때였다. 노크 소리가 들렸다. 나는 또 한 번 스테프를 밀쳐 내려고 애를 썼지만, 허사였다.

"문 닫아, 빨리!"

댄이 다급하게 말했다. 간신히 문 쪽으로 고개를 들어올렸다. 하지만 몰리의 등장에 아연실색하고 말았다.

"옷 벗기는 것 좀 도와줘."

스테프가 말했다. 눈꺼풀이 파르르 떨렸다. 고개를 저으려 했지만, 소용없었다. 아무 것도 소용없었다. 댄이 내 몸 위로 올라올 거다. 이게 바로 스테프가 계획한 파티였던 거다. 애초부터 송별회 따윈 없었다. 나를 무참히 짓밟으려는 악의만 있을 뿐. 왜 내가 스테프를 친구라고 생각했던 걸까?

몰리가 침대 위로 올라왔다. 몰리의 머리카락이 내 머리 위로 흘러내렸다. 스테프가 내 몸을 돌렸다. 등 뒤에 있는 지퍼를 쉽게 내리려는 거였다.

"왜…, 이러는, 건데?"

목소리가 제대로 나오지 않는다. 두 뺨으로 눈물이 흘러내리는 게 희미하게 느껴졌다. 침대 시트가 축축해졌다.

"왜냐고?"

댄이 내게 얼굴을 바짝 갖다 댔다.

"왜냐니? 네 멍청한 남자친구놈이 내 동생이랑 섹스하는 걸 찍었잖아. 그게 이유다."

얼굴에 닿는 그의 뜨뜻한 숨결이 찐득하고 더러운 진흙 같았다.

"와우!"

몰리가 큰 소리를 쳤다.

"사진 몇 장만 찍는다고 그랬잖아!"

"아마 짤막한 동영상이 되겠지."

스테프가 대답했다.

"말도 안 돼! 맙소사… 안 돼, 친구. 댄이 강간하게 놔둘 순 없어!"

몰리가 소리쳤다.

"안 그럴 거야…. 난 사이코가 아니라고. 얘를 좀 건드려서 꼭 섹스하는 것처럼 보이게 만들 거라고. 그래야 하딘이 이걸 보고 뚜껑이 열릴 거 아냐. 순진한 척하는 창녀 같은 자기 여자친구가 댄한테 당하는 걸 걔가 봐야 해. 그때 걔 표정을 사진으로 남겨 놓을 거야."

스테프가 낄낄거렸다.

"난 너도 동참할 줄 알았는데."

스테프가 몰리에게 볼멘소리를 했다.

"네가 그런다고 했잖아."

"걔를 열받게 하는 데 동참한다고 했지. 이런 걸 찍을 순 없어."

몰리는 속삭이듯 말했지만, 목소리를 똑똑히 들을 수 있었다.

"너, 꼭 애처럼 말한다."

스테프가 나를 다시 쳐다보았다. 내 옷을 완전히 벗긴 후였다.

"그만 해….'

내가 훌쩍거리자, 스테프가 짜증스런 표정을 지었다. 몰리는 금방이
라도 토할 것 같은 표정이었다.

"잘 모르겠어."

몰리가 패닉에 빠진 듯 말했다. 스테프가 몰리의 어깨를 거칠게 움
켜잡더니 문을 가리켰다.

"그래? 그럼 문은 저쪽이야. 계속 재수 없게 굴 거면, 나가."

또 다시 노크 소리가 들렸다. 트리스탄의 목소리였다.

"스테프, 거기 있어?"

문밖에서 트리스탄이 물었다.

'아… 하딘이 아니었어.'

"젠장."

스테프가 중얼거렸다.

"몰리하고 얘기하는 중이야. 조금 있다가 나갈게!"

소리를 지르려 입을 열었지만 스테프가 손으로 내 입을 꽉 막고 꿈
쩍도 못 하게 했다. 손은 끈적끈적했고, 술 냄새가 났다.

필사적으로 몰리에게 도움의 눈길을 보냈다. 그러나 몰리는 돌아섰
다. 비겁한 인간.

"아래층에 내려가 있어, 금방 갈게. 몰리가…, 몰리가 좀 화났어. 여
자들끼리의 일이야, 알지?"

스테프가 거짓말을 했다. 이 난장판에서도 한편 안심이 되었다. 트
리스탄은 잔인한 자기 여자친구의 계략을 모르고 있는 거다.

"알았어! 빨리 내려와."

트리스탄이 소리쳤다.

스테프가 나지막이 댄에게 지시했다. 그러더니 내 뺨을 만졌다.

"눈 떠."

간신히 눈을 떴다. 댄의 손이 내 허벅지를 만지는 걸 느낄 수 있었다. 공포가 온몸을 휘감았다. 다시 눈을 감았다.

"아래층에 가 있을게."

몰리가 입을 열었다. 댄이 자기 얼굴 앞으로 작은 카메라를 끌어당겼다.

"알았어, 문 잠가."

스테프가 잘라 말했다.

"저리 비켜봐."

댄이 말했다. 침대가 출렁거렸다. 스테프가 침대에서 비켜나자, 댄이 그 자리로 왔다.

"네가 들고 있어."

댄의 손이 하딘의 손으로 바뀌기를 간절히 바랐지만, 불가능한 일이다. 소름끼치는 댄의 손이 느껴졌다. 그 손이 다른 거라고, 뭐든 다른 거라 여기려 애를 썼다. 문이 닫혔다. 몰리가 나갔다는 신호다. 나는 다시 흐느끼기 시작했다.

"하딘이… 널 가만두지 않을 거야."

목이 꽉 막혔다. 두 눈은 꼭 감고 있었다.

"아니, 못 그럴걸."

댄이 대꾸했다.

"그 자식은 아무도 이걸 못 봤으면 하겠지. 그러니까 나한테 아무 짓도 못 할 거야."

댄의 손이 내 팬티 위에서 움직이고 있었다. 그가 내게 속삭였다.

"세상 사람들은 다 이렇게 하지."

온 힘을 모아 댄을 밀어내려 발버둥 쳤다. 하지만 겨우 침대만 살짝 움직였을 뿐이다.

스테프가 악마 같은 소리를 내며 웃었다.

"멍청한 하딘!"

스테프가 카메라를 내 얼굴에 들이밀며 소리를 질러댔다.

"그 자식은 항상 여자들이랑 자고 자녀. 댄의 동생하고도, 또 나하고 도, 온갖 여자들이랑 섹스를 했지. 그러고는 헌신짝처럼 버린다고. 너를 만나기 전까지 그랬어. 왜 널 그렇게 좋아하는지, 난 도대체 이해가 안돼."

스테프의 말투는 역겨웠다.

"테사!"

어디선가 제드의 목소리가 울려 퍼졌다. 스테프는 내 입을 틀어막았 다. 문을 부술 듯 두드리는 소리가 들렸다.

"조용히 있어."

스테프가 명령했다. 스테프의 손을 깨물려 하자 그녀가 손을 들어 내 뺨을 때렸다. 다행인 건지 아무 느낌이 없었다.

"빌어먹을! 문 열어, 스테프. 안으로 들어갈 거야!"

제드가 소리 질렀다.

'제드도 여기에 합류하려는 건가? 하딘이 제드에 대해 얘기했던 게 맞는 걸까? 내 주변 사람들은 죄다 나를 못 잡아먹어서 안달인 걸까?'

아니라고 할 수는 없었다. 대학에서 만난 사람들은 거의 다 나를 배신했다. 거기에 이름 하나가 더 보태지는구나.

"이 문 부술 거야. 안 열면 가서 트리스탄 데리고 올 거야!"

제드가 소리치는 게 들렸다. 스테프가 황급히 내 입에서 손을 떼었다.

"잠깐만!"

스테프가 문으로 향하며 소리를 질렀다. 하지만 이미 늦었다. 우지끈 소리를 내며 문이 벌컥 열렸다. 댄은 더 이상 나를 건드리지 않았다. 눈을 떴다. 제드가 들이닥치자, 댄은 재빨리 내게서 물러섰다. 제드의 모습이 눈에 가득했다.

"이게 무슨, 빌어먹을!"

내 몸 위로 담요가 획 던져졌다. 나는 자리에서 일어서려고 애를 썼다.

"도와줘."

제드에게 애원했다. 이 악몽 같은 일에 제드가 관여하지 않았기를 간절히 기도했다. 제드가 내 말을 들은 것 같았다.

제드가 스테프 앞을 가로막고는 손에 들려 있던 카메라를 낚아챘다.

"대체 너, 무슨 짓을 하는 거야?"

제드는 카메라를 바닥에 내동댕이치더니 몇 번이나 짓밟았다.

"진정해, 친구. 그냥 장난이야."

스테프가 팔짱을 끼며 태연하게 말했다. 트리스탄이 방으로 들어왔다.

"장난? 술에다 뭘 타서 먹여 놓고, 여기에 끌고 와서 강간하는 걸 촬영하는 게? 그게 장난이라고?"

트리스탄이 입을 쩍 벌렸다.

"뭐라고?"

스테프가 짐짓 순진한 척 하면서 제드를 손가락질하더니 울부짖기 시작했다.

"쟤 말 듣지 마!"

제드가 고개를 저었다.

"다 사실이야. 제이스한테 가서 물어봐. 스테프가 제이스한테 신경 안정제를 달라고 했대. 당장 테사를 좀 보라고! 쟤들이 썼던 카메라도!"

제드는 바닥을 가리켰다. 나는 담요를 움켜쥐고 일어나 앉으려 애를 썼다. 실패다.

"장난이었다고. 아무도 테사를 해치려 하지 않았어!"

스테프가 억지로 거짓 웃음을 지어 보였다. 추악한 계략을 숨기고 싶은 거겠지.

하지만 트리스탄은 공포스러운 눈길로 자기 여자친구를 쳐다보았다.

"어떻게 테사한테 그런 짓을 할 수 있어? 네 친구잖아!"

"아냐, 트리스탄. 보이는 게 전부는 아니야. 이건 다 댄의 생각이었어!"

댄이 어이없다는 듯 두 팔을 들어올렸다. 모든 화살이 자기한테 쏟아지는 걸 피하고 싶은 모양이다.

"헛소리하지 마! 이건 내 아이디어가 아니야! 이건 스테프 네 생각이잖아."

댄이 스테프를 가리켰다.

"쟤가 하딘한테 빌어먹을 집착질을 하는 거라고…, 쟤 아이디어였다고."

트리스탄은 고개를 절레절레 저으며 방을 나서려 돌아섰다. 그러다 마음이 바뀌었는지 댄의 턱에 주먹을 날렸다. 댄은 바닥에 풀썩 쓰러졌다. 트리스탄이 나가려는 순간, 스테프가 뒤따라갔다.

"꺼져! 우린 끝났어!"

트리스탄이 소리를 지르더니 사라졌다. 스테프가 방 안에 남은 사람들을 둘러보았다.

"젠장, 고마워 죽겠다!"

이런 미친 호러쇼를 벌일 궁리를 했다니, 스테프에게 있는 대로 욕을 퍼부어주고 싶었다. 여기 뻗어 있는 게 아니라, 숨을 고르고, 실컷 웃어주고 싶었다.

제드의 얼굴에 가까이 다가왔다.

"테사…, 괜찮아?"

"아니…."

사실대로 털어놨다. 너무 어지러웠다. 처음에는 그냥 동작이 굼뜨고, 정신이 약간 흐릿했다. 하지만 지금은 점점 더 약기운이 퍼지는 느낌이 들었다.

"혼자 둬서 미안해. 아까 알아챘어야 하는 건데."

제드가 담요를 더 단단히 여며줬다. 한 팔로는 다리를 다른 팔로는 등을 감싸 안아, 나를 침대에서 들어올렸다.

제드는 나를 데리고 나가려다가 댄 앞에서 멈춰 섰다. 그는 방바닥에서 막 몸을 일으키는 중이었다.

"하딘이 네가 한 짓거리를 알고, 널 죽여버렸으면 좋겠다. 넌 그래도 싸."

제드는 나를 안고 북적거리는 사람들 틈을 빠져나왔다. 주변에서 흠칫 놀라는 소리와 웅성거리는 소리가 어렴풋이 들렸다. 그러든 말든 상관없었다. 그저 이곳을 어서 탈출해 다시는 꼴도 보지 않기를 바랄 뿐이었다.

"이게 무슨 난리야?"

로건의 목소리다.

"위층에 올라가서 애 옷이랑 핸드백 좀 챙겨다 줘."

제드가 로건에게 조용히 부탁했다.

"그래."

제드가 현관문을 나섰다. 차가운 공기가 온몸을 휘감았다. 부르르 몸이 떨렸다. 몸이 떨리는 것 같긴 했지만, 그것조차 확신할 수 없었다. 제드가 몸을 감싼 담요를 단단히 여미려고 했지만 자꾸만 흘러내렸다. 그런데도 나는 팔을 도통 움직일 수 없었다.

"차에 타는 대로 하딘한테 바로 전화할게."

"안 돼, 하지 마."

거의 신음에 가까운 대답이었다. 하딘이 나를 보면 불같이 화를 낼 거다. 눈도 거의 뜰 수 없는 이 마당에 하딘이 불호령까지 듣고 싶지는 않았다.

"테사, 하딘한테 전화해야 할 것 같아."

"제발, 하지 마."

다시 눈물이 쏟아져 나왔다. 지금 절대 보고 싶지 않은 사람이 있다면 바로 하딘이다. 이런 일이 벌어진 걸 그가 알게 되면 무슨 짓을 할지 모른다. 그 순간 제드가 아니라 하딘이 나타났다면, 지금쯤 댄과 스테프는 어떻게 되었을까? 아마 하딘은 감옥에 갇힐 만한 일을 저질렀을 거다, 확실히.

"하딘한테 얘기하지 마."

한 번 더 애원했다.

"한마디도…."

"어쨌든 하딘도 알게 될 거야. 동영상이 없다 해도 무슨 일이 있었는지 아는 사람이 너무 많아."

"하지 마, 제발 부탁이야."

제드가 절망적으로 한숨을 내쉬었다. 그는 한 팔로 나를 지탱하며, 다른 손으로 차 문을 열었다. 제드가 차가운 시트에 나를 내려놓았다. 그때 로건이 돌아왔다.

"여기. 테사는 괜찮아?"

로건의 얼굴에 걱정이 가득했다.

"응, 그런 것 같아. 신경안정제를 먹었나 봐."

"대체 이게 무슨 일이야?"

"말하자면 길어. 너, 그거 먹어 본 적 있어?"

제드가 물었다.

"딱 한 번. 반 알 정도? 한 시간 동안 완전 기절해 있었잖아. 쟤는 그래도 환각 증세는 안 보여서 다행이다. 어떤 사람은 미친 것처럼 발작하기도 했대."

"빌어먹을."

제드가 신음을 내뱉었다.

"하딘도 알아?"

로건이 물었다.

"아직 몰라…."

둘은 나를 아랑곳하지 않고 얘기를 계속했다. 히터에서 나오던 찬바람이 드디어 따뜻해지기 시작했다. 비로소 안심이 되었다.

"집에 데려다줘야겠어."

제드가 대화를 마무리짓고 차에 올라탔다. 걱정스러운 표정으로 나를 들여다보던 제드가 입을 열었다.

"하딘한테 말하는 게 싫으면 어디로 갈 건데? 우리 집에 가도 되지만, 너도 알잖아. 혹시 하딘이 알게 되면 어떻게 될지."

제대로 말이 나왔더라면, 우리가 헤어졌단 얘기를 했을 거다. 하지만 할 수 없었다. 고작 낼 수 있는 소리라곤 울음소리와 기침 소리뿐이었다.

"엄마한테."

간신히 말을 꺼냈다.

"너, 진심이야?"

"응…, 하딘은 안 돼. 부탁이야."

겨우 숨을 내쉬었다. 제드가 고개를 끄떡였고, 차는 천천히 도로로 들어섰다. 제드가 전화하는 동안 그의 말소리에 집중하려고 애를 썼다. 하지만 똑바로 앉아 있는 것조차 쉽지 않았다. 그의 말소리가 점점 흐릿해졌다. 잠시 후 나는 시트를 가로질러 몸을 뉘었다.

어쩔 수 없이, 결국 눈을 감고 말았다.

59 · 하딘

사랑이란 사람이 가질 수 있는 가장 중요한 감정이다. 신에 대한 사랑이든 다른 무언가에 대한 사랑이든, 사랑은 가장 강력하며, 압도적인, 믿을 수 없는 경험이다. 자기 자신보다 다른 누군가를 더 사랑한다고 느끼는 그 순간이, 인생에 있어 가장 중요한 순간이다. 나한텐 그랬다. 나는 하딘을, 나 자신보다, 아니 세상 그 무엇보다 사랑한다.

전화기가 2분 남짓 동안 다섯 번이나 울려댔다. 결국 받기로 했다. 그래야 욕이라도 한바탕 해줄 수 있으니까.

"빌어먹을, 대체 뭘 원하는데?"

전화기에 대고 소리를 질렀다.

"그러니까…."

"용건만 말해, 몰리. 너하고 주절거릴 시간 없어."

"테사 얘기야."

벌떡 일어서는 바람에 테사의 저널이 바닥에 떨어졌다. 피가 한꺼번에 얼어붙는 거 같았다.

"뭐?"

"걔가…, 있잖아, 놀라진 말고. 스테프가 걔한테 뭘 먹이고, 댄이…."

"테사, 지금 어디 있는데?"

"클럽하우스에."

몰리의 대답을 들으며 차 키를 움켜쥐었다. 미친 듯이 집을 뛰쳐나갔다.

가는 내내 심장이 튀어나올 듯 쿵쾅거렸다. 나는 어쩌자고 캠퍼스에서 이렇게 먼 곳에다 아파트를 얻은 걸까? 내 인생에서 가장 긴 20마일이다.

스테프, 그 빌어먹을 것이, 테사한테 뭘 먹였다고…. 도대체 왜? 그리고 댄, 그 자식이 혹시라도 테사를 건드렸다간 죽은 목숨이다.

신호등의 빨간불을 죄다 무시하고 내달렸다. 신호 위반 티켓이 적어도 네 장은 날아올 거다.

'테사….'

클럽하우스에 도착할 때까지 내내 몰리의 목소리가 귓전을 맴돌았다. 아무데나 차를 세워놓고 뛰어들어갔다. 주차 따위에 신경 쓸 시간은 없다. 술 취한 멍청이들이 거실과 복도를 어슬렁거리고 있었다. 사람들을 헤치며 아래층에서 테사를 찾았다.

네이트를 보자마자 멱살을 움켜쥐었다. 앞뒤 없이 녀석을 벽에 밀어붙였다.

"테사 어딨어?"

"난 몰라! 본 적도 없어!"

녀석이 소리를 질렀고, 나는 움켜쥔 손에 힘을 풀었다.

"그럼 빌어먹을 스테프는 어딨어?"

내가 다그쳤다.

"뒷마당에 있는 것 같아. 걔도 아까 보고는 못 봤어."

네이트를 뇌주었다. 그가 나를 노려보며 투덜거렸다.

점점 패닉 상태가 되었다. 뒷마당으로 갔다. 혹시라도 테사가 추운 밖에서 스테프랑 댄에게….

스테프의 새빨간 머리카락이 어둠 속에서 밝게 빛나고 있었다. 주저 없이 그녀에게 달려들어 가죽 코트의 목덜미를 움켜잡고 들어올렸다.

스테프는 뒤로 팔을 휘적거리며 내 팔을 찰싹찰싹 때렸다.

"뭐 하는 거야!"

"테사 어딨어?"

가죽 코트를 있는 힘껏 쥐면서 소리 질렀다.

"몰라. 네가 말해보시지."

스테프가 침을 뱉었고, 나는 그녀를 돌려세워 마주보았다.

"제기랄, 테사 어디 있냐고?"

"나한테 개수작하지 마."

"헛짓거리 하지 마. 테사 어디 있는지 불어, 당장!"

스테프 면상에 대고 소리를 질렀다. 허세를 부리던 스테프가 움찔했다. 그녀는 고개를 절레절레 흔들었다.

"어딨는지 진짜 몰라. 암튼 지금쯤 기절해 있을걸."

"넌 정말 질리고 구역질나는 년이야. 나였으면, 내가 테사를 찾아내기 전에 도망갔을 거다. 걔가 괜찮다는 것만 확인하면 널 가만 안 둘 거야!"

아주 잠깐 스테프를 반쯤 죽여 놓을까 고민했다. 하지만 진짜로 그러진 못할 거 같았다. 아무리 악녀라도 죽을 만큼 패놓으면 테사가 뭐라 할지는 뻔하다.

발걸음을 돌려 안으로 향했다. 이딴 짓거리를 할 시간이 없다.

"댄 허드, 어딨어?"

계단에 앉아 있던 금발 여자한테 다짜고짜 물었다.

"댄?"

여자는 위층을 손가락으로 가리켰다.

대답도 없이 계단을 두 개씩 올랐다. 댄은 발을 걸어 넘어뜨릴 때까지 내가 온 줄도 모르고 있었다. 같이 있던 다른 놈 몇 명이 덩달아 쓰러졌다. 나는 녀석을 똑바로 눕히고 그 위에 올라탔다.

'빌어먹을 데자뷔로군.'

"테사는 어딨어?"

녀석을 움켜쥔 손에 힘을 주었다.

댄의 얼굴은 이미 붉어질 대로 붉어졌다. 대답 대신 목이 졸려 고통에 찬 소리를 내고 있었다. 손에 힘을 더 주었다.

"네놈이 테사를 조금이라도 건드렸으면, 네놈 숨이 끊어질 때까지 두들겨 패줄 테니 그리 알아."

저주에 찬 목소리로 퍼부어댔다. 댄은 기를 쓰고 발버둥 쳤다. 나는 놈의 옆에 서 있는 남자를 올려다보았다.

"테사 영은 어디 있지?"

남자에게 물었다. 남자는 항복한다는 듯 두 손을 올리고 있었다.

"나는…, 걔를 몰라. 맹세해요!"

바보 같은 녀석은 뒷걸음질 치며 소리 질렀다. 나는 여전히 댄의 목을 조르고 있었다.

댄의 얼굴이 붉은빛에서 보랏빛으로 변했다.

"이제 얘기할 준비가 됐어?"

댄이 미친 듯이 고개를 끄덕였다.

"얼른 말해!"

소리치며 댄을 놓아주었다.

"걔는…, 제드랑 있어."

손을 놓자 댄은 기침을 해댔다. 그러면서 긴장한 듯 겨우 중얼거렸다.

"제드?"

막연했던 공포가 한꺼번에 밀려오며 눈앞이 캄캄해졌다.

"그 자식이 이 모든 일을 벌인 거야?"

"아냐, 제드는 아무 짓도 안 했어."

복도에 늘어선 방에서 몰리가 나오며 말을 걸었다.

"걘 안 했어. 진심이야. 걘 스테프가 무슨 짓을 꾸민다는 얘기를 들었대. 근데 심각하게 생각하진 않았던 거 같아."

몰리를 거칠게 쳐다보았다.

"지금 어디 있어? 테사는 어디 있냐고?"

벌써 백 번쯤은 물어본 것 같다. 테사를 보지 못한 지금, 테사의 안전을 확신할 수 없는 매 순간, 정신이 혼미해지고 있었다.

"나도 몰라. 제드하고 간 것 같던데."

"쟤들이 테사한테 무슨 짓을 한 거야? 다 말해, 당장."

나는 바닥에 나뒹구는 댄을 두고 자리에서 일어났다. 녀석은 숨을 고르며 목덜미를 쓰다듬고 있었다. 몰리는 고개를 절레절레 흔들었다.

"쟤들은 아무 것도 못 했어. 무슨 짓을 하기 전에 개가 들이닥쳐서 말렸거든."

"개라니?"

"제드 말이야. 내가 아래층으로 내려가서 개하고 트리스탄을 불렀어. 일이 벌어지기 전에. 스테프는 완전 미쳐 날뛰었어. 스테프가 댄한테 테사를 강간하라고 시켰어. 스테프는 그냥 그렇게 보이는 척하는 거라고 했지만, 난 모르겠어. 꼭 사이코처럼 굴었거든."

"테사를 강간한다고?"

목이 졸리는 것 같았다.

'말도 안 돼.'

"그래서, 댄이…, 테사를 건드렸어?"

"조금."

몰리는 침울하게 말하고는 바닥으로 시선을 떨궜다.

다시 댄을 내려다보았다. 녀석은 이제 일어나 앉아 있었다. 부츠 발로 녀석의 뺨을 있는 힘껏 걷어찼다. 녀석은 바로 바닥에 나가떨어졌다.

"맙소사! 너, 쟤를 죽일 셈이야?"

몰리가 비명을 질렀다.

"상관 마."

몰리에게 일갈하고, 어떻게 하면 저 녀석의 머리통을 깨부술까 생각했다. 핏줄기가 녀석의 뺨과 입가에서 흘러내리고 있었다. 바로 이거다.

"난 아냐…, 어쨌든 난 관련 없어, 진짜로."

"그럼 나한텐 왜 전화한 건데? 테사를 미워하는 줄 알았는데."

"미워하지, 진심. 그래도 거기 앉아서 걔가 강간당하는 걸 보고 있을 순 없잖아."

"음…."

하마터면 고맙다고 인사할 뻔했다. 하지만 금세 그동안 몰리가 얼마나 싸가지 없게 굴었는지 기억이 났다. 그래서 고개만 끄덕여주고, 테사를 찾으러 나섰다.

애초에 제드는 왜 여기 나타난 거야? 그 빌어먹을 자식은 꼭 결정적인 순간에 나타난다. 나를 완전히 나쁜 놈으로 만드는 바로 그 찰나에 말이다. 이번에도, 늘 그랬듯이, 그 자식이 테사를 구했다.

불타는 질투심과는 별개로 안심이 되었다. 스테프와 댄의 유치한 복수 계획이 실행되기 전에 테사가 빠져나왔다는 걸 알게 됐으니 말이다. 이 모든 시련의 근본은 나라는 생각이 들었다. 테사의 인생에 일어난 나쁜 일들은 모두 나 때문이었다. 내가 댄의 여동생에게 그런 짓을 안 했다면, 이런 일은 절대 일어나지 않았을 거다. 테사는 지금 약에 취해 제드와 함께 있다. 그 자식이 테사한테 무슨 짓을 할지 누가 알겠는가.

이거다, 이런 거지 같은 기분. 테사가 나 때문에 이 모든 시련을 겪는다는 걸 매 순간 알게 되는 거 말이다. 테사는 나 때문에 성폭행을 당할 뻔했다. 꿈에서처럼…. 난 그걸 막아줄 수도 없었고, 함께 있지도 못했다. 엄마 때와 똑같다. 그때도 나는 엄마를 지켜주지 못했다.

이런 상황이 싫다. 나라는 인간이 너무나 싫다. 나와 얽히면 사람이든 상황이든 모든 게 엉망이 된다. 나는 독이다. 그리고 테사는 그 속에서 천천히 부식하는 천사다. 내 망가지지 않은 최후의 한 조각을 끈질기게 부여잡고 있는 천사.

"하딘!"

계단 초입에서 로건을 만났다.

"테사랑 제드, 어딨는지 알아?"

속에서 신물이 올라오는 것 같다.

"15분쯤 전에 갔어. 너희 집으로 가는 줄 알았는데."

로건이 대답했다. 그랬구나, 우리가 헤어진 걸 아무한테도 말 안 했구나.

"테사…, 테사는 괜찮아?"

로건의 대답을 기다리는 동안 숨조차 쉴 수 없었다.

"잘 모르겠어, 정신을 못 차리는 것 같던데. 걔들이 테사한테 신경안정제를 먹였나 봐."

"빌어먹을!"

나는 머리카락을 쥐어뜯으며 현관문을 향했다.

"혹시 제드한테 연락오거든, 나한테 전화해줘."

로건에게 당부했다. 그가 고개를 끄덕였다. 나는 차로 달려갔다. 다행히도 아무도 내 차를 훔쳐가지 않았다. 그런데 어떤 얼간이가 앞 유리에 맥주를 들이붓고, 빈 컵을 보닛 위에 던져놓고 갔다. 빌어먹을 자식 같으니라고.

테사에게 전화를 걸었다. 음성메시지로 넘어갔다.

"전화 받아, 제발…, 한 번만, 딱 한 번만 전화 받아줘."

지금 당장은 전화를 받을 수 없을 거라는 거 안다. 그래도 제드가 대신 받을 수도 있잖아. 머릿속이 엉망진창 뒤죽박죽이다. 테사를 지켜줘야 할 때 그녀 곁에 없었다는 생각이 들자 나라는 인간이 역겨워졌다. 운전대를 있는 힘껏 내리쳤다. 그리고 도로로 내달렸다. 이건 재앙이다. 하필 테사가 제드 자식이랑 같이 있다니. 댄이나 스테프보다 더 못 믿을 인간이 그 자식이다.

진실은 나도 모르지만, 여전히 그 자식은 믿을 수 없다. 제드의 아파트에 도착했을 때, 나는 눈물을 흘리고 있었다. 눈물이 두 뺨에 얼룩져 있었다. 내가 얼마나 끔찍한 일을 저질렀는지 다시 실감이 났다. 테사가 약에 취해서 강간당할 뻔하고 온갖 치욕을 겪도록 내버려뒀다니. 나도 거기 갔어야 했다. 내가 있었다면, 감히 아무도 그딴 짓을 벌일 생각은 못 했을 거다. 얼마나 무서웠을까….

티셔츠 자락으로 눈물 자국을 닦아내고 제드의 아파트 앞에 차를 세웠다. 제드의 차가 주자장에 없다….

'어딜 간 거지? 테사는 어디에 있는 거야?'

테사에게 전화를 걸었다, 그 다음엔 제드, 그리고 또 다시 테사에게. 아무도 전화를 받지 않았다. 테사가 정신을 잃은 틈을 타, 그 자식이 무슨 짓이라도 벌인 걸까? 그랬다간 상상할 수도 없는 복수극이 펼쳐질 거다.

'대체 어딜 간 거야? 혹시 랜던?'

"하딘?"

수화기 너머로 잠이 덜 깬 랜던의 목소리가 들렸다. 얼른 스피커폰으로 돌렸다.

"테사 거기 있어?"

랜던이 하품을 했다.

"아니…, 여기 오기로 했어?"

"아니, 걔를 찾을 수가 없어서."

"너, 근데…."

랜던이 잠시 말을 끊었다.

"괜찮은 거야?"

"응…, 아니. 안 괜찮아. 테사를 찾을 수가 없어. 근데 어떻게 찾아야 할지 모르겠어."

"테사도 네가 찾길 원해?"

랜던이 부드러운 말투로 물었다.

'원할까?'

아마도 아니겠지. 하지만 이 시점에서 중요한 건, 테사가 제대로 사고를 할 수 없다는 사실이다. 조심스럽게 말하자면, 정상적인 상태가 아니란 말이다.

"아무 말도 못 하는 걸 보니 아닌가 보구나, 하던. 테사가 네가 찾길 바라지 않는다면, 아마 네가 올 수 없는 곳에 가 있을 거야."

"걔네 엄마 집이겠군."

왜 일찍 그 생각을 못 했을까, 허벅지를 힘껏 내리쳤다.

"아, 나도 딱 그렇게 생각했는데…. 거길 가려고?"

"응."

'제드가 두 시간이나 걸리는 걔네 엄마 집까지 테사를 데리고 갔을까?'

"어딘 줄은 알아?"

"정확하겐 몰라. 근데 아파트에 가면 주소가 있을 거야."

"나한테 주소 적어놓은 게 있을 거야…. 저번에 전학 서류를 쓰다가 여기 남겨둔 게 있거든. 찾아보고 바로 연락할게."

"고마워."

그의 연락을 초조하게 기다리며, 빈 주차장으로 차를 돌렸다. 창문 밖, 어둠 속으로 시선을 옮겼다. 어둠에 압도당하지 않으려 기를 썼다. 테사를 찾는 데 정신을 집중해야 한다. 그녀가 괜찮은지 확인하는 데만 집중해야 한다.

"근데 대체 무슨 일이야?"

다시 전화를 한 랜던이 잠시 머뭇거리다 물었다.

"스테프라고…, 알지, 그 빨강머리? 걔가 테사한테 약을 먹였어."

랜던이 헉 숨을 몰아쉬었다.

"뭐라고?"

"상황이 완전 개판이야. 내가 거기 없어서 테사를 도와줄 수가 없었어. 지금 제드랑 같이 있다는데 어디로 갔는지 모르겠어."

랜던에게 솔직하게 털어놨다.

"테사는 괜찮은 거야?"

랜던은 큰 충격에 휩싸인 것 같았다.

"모르겠어."

셔츠로 콧물을 닦았다. 랜던이 테사의 어린 시절 집 주소를 불러주었다.

내가 나타나면 테사의 엄마가 미쳐 날뛰겠지. 특히나 이런 상황을 만들었으니 더욱. 하지만 상관없다. 거기 도착했을 때 무슨 일이 벌어질지 짐작조차 안 되지만, 그래도 테사를 만나야 한다. 그리고 진짜로 괜찮은지 확인해야 한다.

60 · 테사

"대체 무슨 일이야? 전부 다 얘기해봐!"

제드가 차에서 나를 안고 나오자 엄마가 울부짖었다. 몸이 들어올려지자 희미하게 정신이 들었다. 당혹감이 피어올랐다.

"테사의 예전 룸메이트가 애 술에다 약을 탔어요. 테사가 여기로 데려다 달라고 부탁했고요."

제드가 절반쯤은 사실대로 얘기했다. 상세히 얘기하지 않아서 안심이 되었다.

"오 마이 갓! 그 아이는 왜 그런 짓을 했다니?"

"모르겠어요…. 테사가 깨어나면 다 설명해 드릴 거예요."

'나, 깨어났어!'

소리치고 싶었지만 그럴 수 없었다. 기분이 이상했다. 소리는 다 들리는데 말을 할 수가 없었다. 움직일 수도 없었다. 의식은 몽롱했고 온갖 생각들이 뒤죽박죽 떠올랐다. 하지만 이상하게도 무슨 일이 있어났는지 다 알 수 있었다. 하지만 일어나는 일들이 시시각각 바뀌었다. 가끔씩 제드의 목소리가 하딘의 목소리로 바뀌었다. 분명히 하딘의 웃음소리를 들었고, 눈을 뜨려고 애를 쓰면 그의 얼굴도 보였다. 제정신이 아니구나. 약 때문에 내가 미쳐가나 보다. 제발 이 모든 게 멈췄으면 좋겠다.

시간이 많이 지난 것 같았다. 얼마나 지난 걸까. 나는 계속 소파에 누워 있었다. 천천히, 제드는 내 밑에 깔려 있던 팔을 빼냈다.

"암튼, 여기까지 데려다줘서 고맙다."

엄마가 말했다.

"정말 끔찍한 일이구나. 테사는 언제쯤 깨어날까?"

엄마의 목소리는 날이 서 있었다. 머리가 천천히 빙빙 돈다.

"모르겠어요. 약효는 최대 12시간까지 갈 거예요. 벌써 3시간은 지났을 거예요."

"애는 어쩜 이렇게 모자랄까?"

엄마가 제드에게 들으라는 듯 쏘아붙였다. '모자라다'는 말이 머릿속에서 에코가 되어 점점 사라져갔다.

"누구요? 스테프요?"

"아니, 테레사 말이다. 그런 애들과 엮이다니, 어쩜 그렇게 모자랄 수가 있니?"

"테사 잘못이 아니에요."

제드가 내 편을 들어주었다.

"송별회를 하기로 했거든요. 테사는 그 애를 친구라고 생각했을 뿐이에요."

"친구? 제발! 애초에 그런 애랑 어울릴 생각을 말았어야지. 너 같은 애들⋯."

"죄송하지만, 어머니는 저를 모르시잖아요. 저는 두 시간이나 운전해서 따님을 이곳까지 데리고 왔다고요."

제드는 공손하게 답했다. 엄마는 한숨을 내쉬었다. 나는 엄마가 하이힐을 또각거리며 부엌으로 들어가는 소리에 집중했다.

"뭐 또 필요한 거 있으세요?"

제드가 엄마한테 물었다. 소파는, 분명, 제드의 팔보다는 부드러웠다. 하딘의 팔은 부드러우면서도 동시에 딱딱했다. 그의 피부 아래서 근육이 움직이는 건 언제 봐도 좋았다. 정신이 다시 몽롱해진다. 명료함과 혼란스러움이 끊임없이 반복된다. 너무 싫다.

좀 떨어진 데서 엄마의 목소리가 들려왔다.

"테사를 데려다주어서 고맙구나. 좀 전에는 내가 무례했다. 사과하마."

"차에 가서 테사 옷이랑 소지품을 챙겨 올게요. 그리고 돌아가겠습니다."

"알았다."

집 안을 가로질러 이리저리 딸깍거리는 엄마의 하이힐 소리가 들렸다.

제드의 차 시동 소리가 들리기를 기다렸다. 그런데 들리지 않았다. 아니면 소리가 들렸는데, 내가 놓친 걸 수도 있다. 혼란스럽다. 머리가 무거웠다. 얼마나 여기에 더 누워 있어야 할지 모르겠다. 목이 말랐다. 제드는 벌써 간 건가?

"감히 여기가 어디라고 나타난 거야?"

엄마가 소리를 질렀다. 있는 대로 날이 선 목소리였다. 무슨 일이 일어난 걸까.

"테사는 괜찮아요?"

헐떡거리며 내뱉는 목소리, 하딘이다. 하딘이 여기 왔다. 하딘.

아니면 제드 목소리에 또 홀린 건가? 아니다, 이건 하딘이다. 그가 여기 있다는 걸 느낄 수 있다.

"내 집엔 한 발짝도 못 들어온다!"

엄마가 소리 질렀다.

"안 들리니? 못 들은 척 얼렁뚱땅 들어가지 마!"

스크린 도어가 쾅 닫히는 소리를 들었다. 엄마는 계속 소리를 지르고 있었다.

그리고 내 뺨에 닿는 그의 손길이 느껴지는 것 같았다.

61 · 하딘

테사가 집에 도착한 지 오래되진 않았을 거다. 오는 내내 20마일 이상 과속하며 내달렸으니까. 테사 집 앞 도로에 서 있는 제드의 차를 발견한 순간, 구토가 날 뻔했다. 녀석이 현관에서 나오는 걸 보니 눈에서 불이 나는 것 같았다.

제드가 천천히 차를 향해 걸어왔다. 길에 차를 댔다. 녀석의 앞길을 막지는 말아야겠다. 그랬다간 바로 도망쳐버릴 테니까.

'녀석에게 뭐라고 말하지? 테사에겐 또 뭐라고 하지? 내 얘기가 들리기나 할까?'

"네가 나타날 줄 알았다."

앞으로 다가서자 녀석이 조용히 말했다.

"내가 못 올 데라도 왔냐?"

끓어오르는 화를 억지로 씹어 삼켰다.

"이게 다 네 잘못이기 때문이랄까?"

"무슨 헛소리야? 스테프가 사이코인 게 내 잘못이야?"

'그래, 그렇다고 치자.'

"아니, 애초에 네가 테사랑 파티에 오지 않은 게 잘못이지. 그 방문을 박차고 들어갔을 때, 테사의 얼굴을 네가 봤어야 해."

녀석이 기억을 지우려는 듯 고개를 절레절레 저었다. 가슴이 죄어왔다. 테사가 녀석한테 우리 일을 말한 모양이다.

'녀석이 아직도 테사한테 마음이 있다는 뜻인가? 나처럼?'

"나는…, 몰랐어. 테사가 거기 갈 줄. 테사는?"

"집 안에."

녀석이 나를 죽일 듯이 노려보았다.

"그런 눈으로 쳐다보지 마. 네놈이야말로 여기 있는 게 아니지."

"나 아니었으면, 걘 강간당했을 거고, 또 뭔 일이 있었을지…."

녀석의 가죽 재킷을 움켜쥐었다. 그리고 차로 밀쳐버렸다.

"네놈이 몇 번을 껄떡거리고, 몇 번이나 테사를 구해줬든, 테사는 너따위 원하지 않아. 그것만 잊지 마."

녀석을 한 번 더 밀어붙이고 물러섰다. 마음 같아선 우쭐거리는 녀석의 코에 한방 날려주고 싶었다. 하지만 테사가 집 안에 있고, 지금 당장은 테사의 상태를 확인하는 게 더 중요했다. 녀석의 차 안에 테사의 핸드백과 옷이 놓여 있는 게 보였다.

'설마 옷도 안 입고 있는 거야?'

"테사 옷이 왜 여기 있어?"

차 문을 벌컥 열고 테사의 물건들을 모았다. 제드는 아무 말도 하지 않았다. 녀석을 노려보았다. 대답할 때까지 기다릴 참이다.

"개들이 테사 옷을 벗겼어."

담담하게 말했지만 표정은 어두웠다.

"제기랄."

중얼거리며 발걸음을 돌려 테사 엄마의 집을 향해 걸어갔다.

현관 앞에 도착하자, 테사 엄마가 나오며 문 앞을 막아섰다.

"감히 여기가 어디라고 나타난 거야?"

"테사를 만나야겠어요."

스크린 도어 손잡이를 잡았다. 테사 엄마는 고개를 저었지만, 내 진로에서 한 발짝 물러섰다. 안 비켰다가는 내가 밀어붙이고 지나치려는 걸 알아차린 것 같았다.

"집 안으로 들어가지 마!"

무시하고 테사 엄마 곁을 지나쳤다.

"안 들리니? 못 들은 척 얼렁뚱땅 들어가지 마!"

스크린 도어가 꽝 닫혔다. 테사를 찾으려 작은 거실을 쭉 훑어봤다.

테사를 찾은 순간, 잠시 동안 그 자리에 얼어붙었다. 테사는 무릎을 살짝 구부리고 소파에 누워 있었다. 금발이 후광처럼 빛나고 있었고, 눈은 감은 채였다. 테사 엄마는 경찰을 부른다며 끊임없이 귀찮게 굴었지만 상관하지 않았다. 테사에게 다가가 무릎을 굽혀 얼굴을 마주했다. 무의식적으로 그녀의 광대뼈를 쓰다듬으며 상기된 그녀의 뺨을 어루만졌다.

"맙소사."

테사를 찬찬히 살펴보았다. 숨쉴 때마다 테사의 가슴이 천천히 움직였다.

"젠장, 테스, 정말 미안해. 다 내 잘못이야."

내 목소리를 듣길 바라며 그녀에게 속삭였다. 테사는 너무나 아름다웠고, 미동도 없이 차분했다. 살짝 벌어진 입술은 티 없이 맑고 무구했다.

테사 엄마는 욕설을 퍼부으며 달려들어 있는 대로 화를 냈다.

"그래, 네 말이 다 맞다! 죄다 네 잘못이야. 그러니까 이제 내 집에서 당장 나가. 경찰 불러서 끌어내기 전에!"

나는 돌아보지도 않고 말했다.

"잠깐만 좀 조용히 계실래요? 전 아무 데도 안 가요. 경찰, 부르세요. 이렇게 늦은 밤에 사이렌 울리며 여기까지 출동하게 하시라고요. 그럼 온 동네방네 소문이 다 나겠지요. 당신이나 나나 그걸 원하진 않잖아요."

테사 엄마가 나를 노려보고 있을 거다. 정곡을 찔렸으니까. 내 앞에 누워 있는 이 여자, 나의 테사에게서 눈을 떼지 않았다.

"좋아."

테사 엄마는 씩씩거렸지만 한풀 꺾였다.

"5분 줄게."

'저 여자는 이렇게 늦은 시간에 왜 저렇게 차려입고 있는 거야?'

"내 말이 들렸으면 좋겠어, 테사."

나는 부드럽게 그녀의 뺨을 어루만졌다. 눈물이 차올라 그녀의 뺨 위에 떨어졌다.

"정말 미안해. 내가, 미안해. 애당초 널 떠나보내는 게 아니었어."

대체 나는 무슨 생각이었던 걸까?

"그래도 이거 하나만은 대견하게 여겨줘. 댄을 찾아내고도 그 자식을 죽여버리지 않았거든. 면상 한 대 갈겨주고 말았어…."

잠깐 말을 끊었다.

"참, 오늘 밤에 술도 마실 뻔 했지만 안 마셨어. 우리한테 나쁜 짓은 하나도 안 했어. 그래, 이제 너한테는 상관없겠지. 근데 난 아니야. 너한테 이런 날 어떻게 보여줘야 할지 방법을 모르겠어."

내 목소리에 그녀의 눈꺼풀이 파르르 떨렸다. 하던 말을 멈추고 그녀의 얼굴을 살폈다.

"테사, 내 말 들려?"

기대감에 차서 물었다.

"제드?"

들릴락 말락한 소리로 테사가 속삭였다. 아주 잠깐, 속에서 악마가 되살아났다.

"아냐, 테사. 하딘이야. 나, 하딘이라고."

화가 솟아오르는 건 어쩔 수가 없었다. 테사의 입술에서 읊어지는 녀석의 이름이 왜 이렇게 부드럽게 들리는지.

"아냐, 하던 아니야."

테사는 혼란스러운 듯 눈썹을 찡그렸다. 하지만 여전히 눈을 감은 채였다.

"제드?"

또 똑같은 소리를 했다. 그녀의 뺨을 만지던 손에 힘이 빠지며 툭 떨어졌다. 자리에서 일어섰다. 테사의 엄마는 보이지 않았다. 놀라웠다. 자기 딸 곁에 내가 있는데도 기웃거리지 않고 자리를 비우다니. 바로 그때, 생각을 쓸어버리기라도 하듯 테사 엄마가 불쑥 나타났다.

"다 끝났니?"

테사 엄마가 재촉했다.

"아뇨, 아직 안 끝났어요."

테사는 결국 또 제드를 부르겠지. 기세등등하던 테사 엄마는 한풀 꺾인 목소리로 말했다.

"가기 전에 얘 좀 방에 올려다 주겠니? 계속 소파에 둘 순 없으니까."

"그러니까 전 여기 있으면 안 되는 거군요…."

말을 멈추었다. 더 말을 섞어 봤자 좋을 거 하나 없다는 건 테사 엄마를 만난 후로 열 번도 넘게 겪었다. 나는 그저 고개만 끄덕였다.

"그럴게요, 방이 어디죠?"

"왼쪽 끝이야."

테사 엄마는 무뚝뚝하게 대답하더니 또 다시 사라졌다. 나는 테사를 얌전히 들어올렸다. 가슴에 바짝 끌어안자 그녀의 입술 사이로 나지막이 신음이 흘러나왔다. 복도를 걸어가며 그녀를 가만히 내려다보았다. 집은 아담했다, 상상했던 것보다 훨씬 더.

왼쪽 끝 방은 닫혀 있었다. 발로 문을 밀어 열었다. 상상만 하던 방 안으로 발을 내딛었다. 한 번도 보지 못했던 광경에 마음속에 숨겨두었던 향수가 깨어나는 것 같았다. 생소한 느낌에 나조차 깜짝 놀랐다. 작은 침대가 벽과 멀찍이 떨어져 작은 방을 절반 가까이 차지하고 있었다. 한쪽 구석에 있는 책상은 거의 침대만 했다. 어린 시절 테사의 모습이 머릿속에 그려졌다. 테사는 이 큰 책상에서 과제와 공부를 하면서 몇 시간이고 앉아 있었겠지. 미간을 바짝 모으고, 입은 일자로 꽉 다문 채 말이다. 자연스럽게 흘러내린 머리카락을 뒤로 끌어당겨 묶고, 연필을 귀 뒤에 꽂은 모습이 눈에 선했다.

지금의 테사를 아는 나로선, 이 핑크색 시트와 이불이 그녀의 취향이라곤 짐작도 할 수 없었다. 이건 아마 그녀의 과거 유물들이겠지. 언젠가 그녀도 언급한 적 있는, 인생에서 가장 좋기도, 가장 나쁘기도 했던 바비 인형을 갖고 놀던 때 말이다.

나는 똑똑히 기억한다. 테사가 엄마에게 바비는 어디서 일을 하고, 어느 학교에 다니는지, 언젠가 결혼도 하고 아이도 낳을 수 있는지, 그런 것들을 끝도 없이 물어보고 싶었다고 말했던 걸.

내 품에 안겨 있는 테사를 물끄러미 쳐다보았다. 내가 가장 좋아하는, 한편으론 가장 싫어하기도 하는 테사의 끝도 없는 호기심이 문득 떠올라 픽 웃음이 나왔다. 담요를 젖히고 테사를 침대에 가만히 내려놓았다. 집에서처럼 베개에 테사 머리를 똑바로 뉘였다.

'집이라고…'

이곳은 더 이상 테사의 집이 아니다. 이 집처럼, 우리가 살던 아파트 또한 그녀가 꿈을 향해 가는 작은 기착지였을 뿐이다. 시애틀이라는 꿈.

작은 나무 서랍장 맨 위 칸을 열었다. 끼익 소리가 났다. 반쯤 벗고 있는 테사에게 뭐라도 걸쳐줘야겠다. 댄이 테사의 옷을 벗겼다고 생각하니 오래된 테사의 얇은 티셔츠를 쥔 손아귀에 힘이 들어갔다. 테사를 최대한 조심스럽게 일으켜 머리 위로 셔츠를 입혔다. 산발이 된 머리카락을 정돈해주려 했지만, 더 엉망으로 만들어버렸다. 테사가 또 한 번 신음을 내뱉었고, 손가락이 경련을 일으켰다. 테사는 움직이려 했지만 그럴 수 없을 거다. 분노가 일었다. 목구멍으로 치밀어 오르는 그 감정을 꿀걱 삼켰다. 테사의 몸에 녀석의 더러운 손길이 닿았다는 생각을 떨쳐버리려 했다.

겨우 티셔츠 팔 구멍에 팔을 끼웠다. 이제야 옷을 다 입혔다. 테사 엄마는 복도에 서서 나를 보고 있었다. 조금은 누그러졌지만, 여전히 경직된 표정이었다. 얼마나 거기 오래 서 있었던 건지 궁금했다.

62 · 테사

'그만해!'

두 사람에게 소리치고 싶었다. 이런 식으로 싸우면 이들과 잘 지낼 수 없다. 계속 이럴 순 없다. 순간, 시간이 비현실적으로 흐르는 것 같았다. 모든 게 말이 되지 않는다. 문이 꽝 닫히고, 엄마와 하딘이 언쟁을 벌이고 있었다. 듣고 싶었지만 들리지 않는다. 어둠이 나를 나락으로 끌어당긴다, 너무나 세게….

그러다가 내가 하딘에게 물었다.

"제드는? 너, 제드를 다치게 한 거야?"

적어도 마음으로는 그러고 싶었다. 하지만 아무리 애를 써도 말이
나오지 않는다. 입 밖으로 말이 나오는지도 않았고 무슨 말을 했는지
도 알 수가 없다. 마음과 입이 따로 노는 건가.

"아냐, 테사. 하딘이야. 나, 하딘이라고."

하딘이 여기 있다, 제드가 아니다. 잠깐, 제드도 여기 있잖아. 아닌가?

"하딘, 너 제드를 다치게 한 거야?"

하딘의 목소리가 들리는 반대편에서 어둠이 나를 끌어당기고 있다.
엄마의 엄한 목소리가 방 안을 가득 채운다. 그런데도 나는 한마디도
할 수가 없다. 명확하게 들리는 건 하딘의 목소리뿐이다. 그것도 무슨
말인지는 알 수 없었다. 오직 목소리, 그 목소리가 나를 휘감고 있었다.

그러다 문득, 무언가가 아래에서부터 내 몸을 들어올렸다. 하딘인
가? 확실치는 않았다. 익숙한 민트향이 콧속을 가득 채웠다. 하딘이 왜
여기 있는 거지? 어떻게 나를 찾은 걸까?

잠시 후, 나는 침대에 가만히 뉘어졌다. 그러다 다시 들어올려졌다.
움직이고 싶지 않다. 하딘이 떨리는 손으로 셔츠를 내 머리 위에 씌웠
다. 내 몸에서 손을 떼라고 그에게 소리치고 싶었다. 내 몸에 그의 손길
이 닿는 건 싫었다. 하지만 그의 손이 내 살갗을 부드럽게 쓰다듬자, 댄
의 구역질나는 손의 느낌이 지워지는 것 같았다.

'한 번 더 만져줘, 부탁이야. 다 떨쳐버리게 해줘.'

간절히 애원했다. 하딘은 대답이 없었다. 그의 손길이 내 머리를, 내
목을, 내 머리카락을 쓰다듬고 있다. 그를 만지려 손을 들어 올리고 싶

었지만, 너무 무거웠다.

"사랑해, 그리고 너무너무 미안해."

하딘의 목소리가 들렸다. 내 머리가 베개 위에 놓여진다.

"집으로 데려가고 싶어요."

안 돼, 그냥 여기 내버려둬, 부탁이야. 스스로 다짐을 해본다.

그래도 가지 마….

63 · 하딘

캐롤 씨가 팔짱을 꼈다.

"그건 절대 안 돼."

"알아요."

속이 부글거렸다. 이 여자에게 욕을 하면, 테사는 얼마나 화를 낼까?
갑자기 궁금해졌다. 테사의 방, 아니, 테사의 어린 시절 방을 떠나는 게
너무 힘들다. 내가 방을 나서는데도 테사는 아무런 반응이 없다.

"이런 일이 벌어졌는데, 넌 그 사이 어디 있었지?"

테사 엄마가 물었다.

"집에요."

"왜 가서 이 사달을 막지 않은 거니?"

"대체 왜 내가 그 일을 꾸민 일당이라고 생각하시는 거죠? 일이 잘
못되기만 하면 온통 나를 비난하잖아요."

"하찮은 네 선택이나, 그것보다 더 형편없는 네 태도는 차치하고라
도, 테사한테 이런 일이 벌어지도록 네가 놔두진 않았을 거 같아서 하

는 말이다. 그럴 수 없는 상황이었다면 말이 다르겠지만."

'이거 지금 칭찬인 거야?'

애매하긴 하다⋯, 근데, 뭐, 그냥 있는 그대로 받아들이자. 특히나 이런 상황을 고려하면.

"그러니까⋯."

테사 엄마가 손을 들어 내 말을 막았다.

"내 말 안 끝났다. 모든 걸 네 탓이라 생각하지는 않는다."

테사 엄마는 침대에 누워 반쯤 기절한 딸을 가리켰다.

"저 아이하고 상관있는 것만이지."

"잘못이 없다고는 안 할게요."

패배를 인정하며 한숨을 내쉬었다. 이 여자 말이 맞다. 테사 인생을 거의 다 내가 망쳐놨다는 건 반박의 여지가 없다.

'그는 나의 영웅이자 동시에 고통을 주는 사람이다. 그래도 대부분은 영웅이다.'

테사가 저널에 써놓은 말이다. 영웅이라고? 나는 영웅 같은 것과는 거리가 멀다. 테사에게 영웅이 될 수 있다면 뭐든지 줄 것이다. 하지만 뭘 어떻게 해야 할지 모르겠다.

"그래, 적어도 우리가 한 가지에는 동의를 했구나."

테사 엄마의 입꼬리가 웃을락 말락 반쯤 씰룩였다. 그러다 싹, 웃음기를 거두고 시선을 발치로 떨궜다.

"볼 일 다 봤으면, 가도 된다."

"네⋯."

마지막으로 테사를 돌아보았다. 그리고 다시 그녀의 엄마 쪽으로 몸을 돌렸다. 엄마도 나를 다시 쳐다보았다.

"내 딸하고는 어떤 계획을 세우고 있는 거지?"

약간은 권위적인, 또 한편은 두려움이 섞인 목소리로 그녀의 엄마가 물었다.

"네가 장기적인 계획이 있다면 난 그걸 알아야겠다. 테사한테 무슨 일이 생길 때마다, 안 좋은 일이 생길 때마다 가슴이 철렁 내려앉으니까. 시애틀에서는 뭘 할 계획이지?"

"시애틀에 같이 가지 않을 거예요."

무뚝뚝하고 무거운 대답이었다.

"뭐라고?"

테사 엄마는 복도로 발걸음을 옮겼고, 나는 뒤를 따랐다.

"전 안 가요. 테사 혼자 갈 거예요."

"듣던 중 반가운 소리네. 이유를 물어도 될까?"

테사 엄마는 완벽하게 아치를 이룬 눈썹을 찡긋 들어 올렸다. 나는 시선을 돌렸다.

"어쨌든 내가 같이 안 가는 게 테사한테도 더 나을 테니까요."

"딱 내 전남편처럼 말하는구나."

엄마는 침을 꿀꺽 삼켰다.

"때로는 테사가 너한테 너무 들러붙어 있는 게 꼭 내 탓인 것만 같았다. 걔 아빠가 집을 나가기 전과 같아서 난 너무 걱정됐다."

테사 엄마는 매니큐어를 단정히 바른 손을 들어 머리카락을 쓸어내렸다. 리차드를 언급하고는 아무렇지도 않은 척 애쓰는 것 같았다.

"테사와 제 관계에 걔네 아빠는 아무 상관도 없어요. 테사는 아빠를 잘 모르기도 하고요. 얼마 전에 며칠 같이 보냈는데, 그때 보니까 알겠더라고요. 자기가 남자를 고르는 데 아빠가 어떤 영향을 끼쳤는지조차도 테사는 모르고 있던걸요."

"얼마 전이라고?"

깜짝 놀란 듯, 테사 엄마의 눈은 커다래졌다. 낯빛이 창백해지면서 순식간에 공포에 질린 표정이 되었다. 그나마 지금까지 쌓았던 손톱만한 이해마저 한순간에 사라지는 것 같았다.

'젠장. 빌어먹을. 제기랄.'

"음, 열흘쯤 전에 우연히 만났어요."

"리차드를? 그 사람이 테사를 찾아왔어?"

목소리가 갈라졌다. 테사 엄마는 목덜미에 손을 올렸다.

"아뇨, 우연히 마주쳤어요."

진주 목걸이를 만지작거리는 테사 엄마의 손끝이 떨리기 시작했다.

"어디서?"

"그런 것까지 시시콜콜 다 말할 필요는 없는 것 같은데요."

"뭐라고?"

팔이 툭 떨어졌다. 테사 엄마는 충격에 휩싸인 듯했다.

"테사가 아빠 만난 걸 말하고 싶었으면, 벌써 얘기했을 거예요."

"이건 네가 날 싫어하고 말고의 문제보다 더 중요한 거다, 하딘. 쟤가 그 사람을 자주 만났니?"

테사 엄마의 회색 눈동자가 그렁그렁해지며 금세라도 눈물이 떨어질 것 같았다. 하지만 난 이 여자를 안다. 절대로 남 앞에서 눈물을 보일 사람이 아니다, 특히나 내 앞에서.

한숨이 나왔다. 테사를 배신하고 싶진 않았지만, 이 여자와 더 이상 실랑이를 벌이고 싶지도 않았다.

"우리랑 며칠 지냈어요."

"테사가 나한테 숨기려고 했나 보구나, 그런 거지?"

쉰 목소리는 떨리고 있었다. 테사 엄마는 내내 빨강 손톱을 쥐어뜯고 있었다.

"아마 그랬던 거 같아요. 그걸 이해해줄 만한 사람은 아니잖아요, 당신이."

이 시점에서 테사 아빠가 우리 아파트에 침입했었단 말까지 꺼내도 될까 살짝 고민했다.

"그러는 넌?"

테사 엄마의 목소리가 높아졌다. 나는 한 발짝 다가갔다.

"난 적어도 테사의 안위를 걱정한다. 그것만으로도 너보다는 내가 낫다고 말할 수 있지!"

그럼 그렇지, 이 여자와 나 사이에 정상적인 대화가 오래 가지 못할 줄 알았다.

"나는 테사를 누구보다도 걱정해요, 당신보다 훨씬 더요!"

나도 따라 불같이 쏘아붙였다.

"난, 테사 엄마야. 누구도 나보다 더 그 앨 사랑할 순 없다. 넌 그저, 네가 얼마나 미쳐 있는지 보여주면 된다고 생각하나 본데, 착각하지 마라!"

테사 엄마는 또각또각 구두 소리를 내며 이리저리 걸어 다녔다.

"당신은 내가 테사 아버지를 떠올리게 만든다는 이유로 나를 미워하잖아요. 그 때문에 당신 인생이 망가졌다는 걸 상기하는 게 싫은 거죠? 그래야 당신 자신을 증오하지 않을 수 있을 테니까…. 근데, 그거 알아요?"

테사 엄마가 빈정거리듯 끄덕이는 동안 잠깐 말을 끊었다.

"당신이 나랑 더 비슷해요, 리차드 씨보다. 우린 둘 다 자기가 저지른 실수에 책임지려 하지 않죠. 대신 우린 상대를 비난해요. 우린 사랑하는 사람들에게서 스스로 고립시키고, 그들을…."

"아니! 네 얘긴 다 틀렸어!"

테사 엄마가 울부짖었다.

그녀의 히스테릭한 반응과 눈물 바람으로 내 말이 뚝 끊겼다. 이 말은 꼭 하고 싶었는데. 그녀도 남은 날 동안 내내 혼자 외로이 보낼 거라는 말.

"아뇨, 틀리지 않았어요. 하지만 일단 지금은 가볼게요. 테사 차가 아직도 학교 근처에 있어요. 내일까지 가져다 놓을게요. 안 그러면 직접 가져오셔야 하니까."

캐롤 씨는 눈물을 훔쳤다.

"알았다. 내일 5시에 가져다줘."

마스카라가 번지고 핏발이 선 눈으로 테사 엄마는 나를 노려보았다.

"달라지는 건 없다. 난 절대 너를 좋아하지 않을 거니까."

"상관없어요."

현관문 쪽으로 걸어가며 잠시 고민했다. 다시 가서 테사를 데리고 갈까.

"하딘, 내가 너를 어떻게 생각하든 네가 내 딸을 사랑하는 건 안다.

난 그저 그 말을 해주고 싶어. 네가 테사를 사랑한다면, 진심으로, 걔 인생의 걸림돌이 되는 짓은 그만해라. 걘, 불과 반 년 전에 내가 그 몹쓸 학교에 데려다주었던 애가 아니야. 완전히 달라졌어."

"알아요."

이 여자를 증오하는 만큼, 한편 불쌍하기도 했다. 그녀도 앞으로 평생을 홀로 지내게 될 테니까, 나처럼 말이다.

"부탁 하나만 들어주실래요?"

테사 엄마가 의심스러운 눈초리를 보냈다.

"뭔데?"

"테사한테 내가 여기 왔었단 말은 하지 말아주세요. 기억 못 하거든 얘기하지 마세요."

테사는 완전히 정신이 나가 있으니, 아무 것도 기억 못 할 거다. 내가 지금 여기 있다는 것도 모를 거다. 캐롤 씨는 나를 빤히 쳐다보더니 고개를 끄덕였다.

"그 정도쯤은 해주마."

64 · 테사

머리가 무겁다, 너무나. 노란색 커튼 사이로 비쳐 들어오는 빛은 밝다, 너무나.

노란색 커튼? 눈을 다시 떴다. 옛날 내 방에 있던 낯익은 노란색 커튼이 창을 가리고 있었다. 저 커튼은 항상 너무 싫었는데. 하지만 엄마는 새 커튼 세트를 구입할 여유가 없었다. 결국 우리는 이런 상황에 익숙해지는 법을 배웠다. 지난 12시간 동안의 기억이 조각조각 밀려왔다. 군데군데 깨지고 끊어진 기억들이 도대체 하나로 이어지지 않는다.

아무 것도 이해할 수 없었다. 몇 분 동안이나 누워 무슨 일이 있었던 건지 이해해보려 했다.

어젯밤, 스테프가 나를 배신했다는 기억만은 또렷했다. 겪었던 일 중 가장 고통스러운 기억이었다. 어떻게 나한테 그럴 수 있지? 아니, 나 말고 누구한테든. 모든 상황이 뒤틀리고 꼬이고 잘못됐다. 이런 일이 나에게 일어날 줄은 꿈에도 몰랐다. 스테프가 방 안으로 들어왔을 때 안도했던 그 느낌이 아직도 생생하다. 그녀가 단 한 번도 나와 친구였던 적이 없다고 했을 때의 패닉까지도. 내 충격과 상관없이 스테프의 목소리는 너무나 명확했다. 내 술에다 뭔가를 탔단다. 정신을 잃게 만들려고. 스테프는 나와 하딘을 향해 용납할 수 없는 복수극을 펼쳤다. 어젯밤, 너무 두려웠다. 스테프는 내 안식처에서 날 잡아먹는 천적으로 너무나 빨리 변해버렸다. 이 모든 상황이 도통 이해할 수가 없었다.

그 파티에서, 나는 친구라고 믿었던 사람에 의해, 약에 취했다. 이게 현실이라고? 뺨으로 흘러내린 눈물을 거칠게 훔쳐냈다.

댄과 그 카메라도 기억났다. 배신의 날카로움이 굴욕감으로 바뀌었다. 더러운 손으로 내 옷을 벗겼다…. 어두컴컴한 방 안에서 반짝이던 카메라의 작은 빨간 불빛을 절대 잊을 수 없을 거다. 나를 강간하려 했고, 그걸 촬영하려 했다. 그 영상을 모두에게 보여주기 위해. 나는 배를 움켜쥐었다. 다시 아프지 않기를 바라면서.

내 삶은 끊임없는 싸움의 연속이다. 그 치열한 순간 속에서 잠시 한 숨을 돌리려 할 때마다 뭔가 나쁜 일이 계속 일어난다. 그럼에도 나는 이런 상황들 속에 나를 그냥 두고 있다. 그 많은 사람들 중에 스테프가? 아직도 이해할 수가 없다. 스테프가 정말로 나를 좋아하지 않고 하딘에게 미련이 있었다면, 애초에 왜 그렇게 말하지 않았을까? 왜 내내 친구인 척하다가 나를 함정에 빠뜨린 걸까? 어떻게 면전에서 살살 웃으며, 함께 쇼핑하러 다니고, 온갖 내 비밀과 걱정을 다 들어놓고는, 뒤에서 이런 일을 꾸민 걸까?

나는 천천히 일어나 앉았다. 그런데 너무 빨랐나 보다. 귀 뒤에서 맥박이 쿵쾅거렸다. 화장실로 뛰어가 다 토해내고 싶었다. 혹시라도 몸속에 약이 조금이라도 남아 있을지 모르니까. 하지만 그러지 않았다. 대신 다시 눈을 감았다.

잠에서 깼다. 머리가 약간은 가벼워졌다. 억지로 몸을 일으켜 어린 시절 쓰던 침대에서 나오려 애를 썼다. 바지도 입고 있지 않았다. 언제 입었는지도 기억나지 않는 티셔츠 차림이었다. 엄마가 옷을 입혔나…. 그랬을 것 같진 않은데.

옷장 안에 남아 있던 파자마 바지는 너무 짧고 꽉 끼어서 불편했다. 대학에 입학하고 몸무게가 늘었다. 그래도 내 몸에 더 자신감이 생겼고, 편안해졌다…, 그 어느 때보다 더.

비틀거리며 침대에서 나와, 복도를 지나, 부엌으로 향했다. 엄마가 카운터 테이블에 비스듬히 기대서서 책을 읽고 있었다. 매끈하고 보푸라기 하나 없는 블랙 원피스에 딱 어울리는 하이힐 차림이었다. 머리는 완벽하게 클래식한 웨이브로 컬이 잡혀 있었다. 스토브 위에 있는 시계를 힐끗 쳐다보았다. 벌써 오후 4시가 지나고 있었다.

"기분은 좀 어떠니?"

엄마가 나를 돌아보며 소심하게 물었다.

"끔찍해요."

신음처럼 내뱉었다. 다정하거나 용감한 표정을 지을 수가 없었다.

"그럴게다, 그런 밤을 보냈으니."

'또 시작이군….'

"커피 좀 마시고, 두통약 먹거라. 그럼 좀 나아질 거다."

천천히 고개를 끄덕이며, 머그를 꺼내려 캐비닛 쪽으로 걸어갔다.

"저녁에 교회에 갈 거다. 넌 같이 못 가겠지? 아침 예배도 빠졌구나."

엄마가 담담한 목소리로 말했다.

"안 가요. 지금 교회에 갈 몰골이 아니잖아요."

약에 취해 강간당할 뻔하다가 겨우 잠에서 깬 사람한테 교회에 가자고 하는 사람은 세상에 우리 엄마뿐일 거다. 엄마는 테이블에 있던 핸드백을 쥐고 나를 돌아보았다.

"알았다, 노아하고 포터 씨 내외에게 네가 안부 전해 달라 했다고 얘기하마. 여덟 시쯤이면 올 거다, 예배 끝내고 바로."

노아의 이름을 듣자 죄책감이 들었다. 할머니가 돌아가셨다는 소식을 듣고도 아직도 전화 한 통 하지 않았다. 예배 시간 이후에 전화해봐야겠다. 내 전화기를 찾을 수 있다면 말이다.

"어젯밤에 여기까지 어떻게 왔어요?"

기억의 퍼즐 조각을 맞춰보려고 애를 썼다. 제드가 방으로 뛰어들어와 카메라를 부숴버렸던 것까지는 기억이 났다.

"널 데리고 온 남자애 이름이 제드였던 것 같은데."

엄마는 다시 책으로 시선을 돌리며 나지막이 헛기침을 했다.

"아."

이런 게 너무 싫다. 아무 것도 모르는 게. 시시콜콜한 것들까지 스스로 통제하고 싶다. 어젯밤엔 내 생각이나 내 몸마저 내 것이 아니었다.

엄마는 책을 탁 소리 나게 내려놓았다. 그리고 나를 무표정하게 쳐다보더니 말을 꺼냈다.

"필요한 게 있으면 전화하거라."

그러고는 현관문을 향해 걸어갔다.

"네…."

"그리고 내 옷장에서 입을 만한 것 좀 찾아보고."

엄마는 딱 붙는 파자마를 탐탁찮게 쳐다보더니 집을 나섰다.

스크린 도어가 닫히는 순간, 번뜩, 하딘의 목소리가 떠올랐다.

'다 내 잘못이야.'

하딘이 말했다. 하딘일 리가 없는데. 아무래도 헷갈리고 있는 모양이다. 제드에게 전화해서 고맙다는 인사를 해야겠다. 나를 도와주러, 아니 구해주러 왔다. 그에게 너무 큰 빚을 졌다. 나를 도와주고, 여기까지 데려다주다니, 어떻게 감사를 해야 할지. 그가 나타나지 않았더라면, 카메라 앞에서 내가 무슨 일을 당했을지 상상하기도 싫었다.

찝찔한 눈물이 커피에 섞였다. 30분이나 망연하게 앉아 있었다. 억지로 몸을 일으켜 욕실로 향했다. 내 몸에 남아 있는 구역질나는 흔적을 닦아내야 한다. 엄마의 옷장에서 입을 만한 걸 찾았다. 기분이 조금 나아지는 것도 같다.

"정녕 평범한 옷은 없는 건가?"

죄다 칵테일 드레스만 걸려 있는 옷걸이를 뒤지면서 중얼거렸다. 차라리 홀딱 벗고 앉아 있는 게 낫겠다. 뒤지고 뒤져 크림색 스웨터와 다크 진을 찾아냈다. 진은 완벽하리만치 꼭 맞았다. 그런데 스웨터는 너무 꼭 끼었다. 그나마 이런 옷이라도 찾은 게 감사할 따름이다. 더 이상 투덜거리지 말아야지.

휴대전화와 핸드백을 찾아 온 집을 뒤졌다. 어디에 두었는지 손톱만큼도 기억이 나지 않는다. 왜 내 정신은 그 뒤죽박죽이 된 밤을 지나도 맑아지지 않는 걸까? 왜 모든 게 이해되지 않는 걸까? 내 차는 여전히 기숙사 밖에 주차되어 있겠지. 스테프가 내 차 타이어를 망가뜨리지만 않았으면 좋겠다.

예전 침실로 돌아가 책상 서랍을 열었다. 휴대전화가 핸드백 위에 놓여 있었다. 전원 버튼을 누르고 화면이 켜지기를 기다렸다. 끊임없이 알림 진동이 울려대는 바람에 전원을 다시 끌 뻔했다. 문자메시지와 음성메시지가 줄줄이 전송됐다.

하딘…, 하딘…, 제드…, 하딘…, 알 수 없음…, 하딘…, 하딘….

화면에서 그의 이름이 연달아 보이자 속이 불편해졌다. 그는 알고 있었다. 무슨 일이 벌어졌는지 누군가 그에게 말한 거다. 그러니까 수십 번을 전화하고 메시지를 보낸 거다. 적어도 내가 무사하다는 소식 정도는 하딘에게도 알려줘야겠다. 걱정하다 미쳐 날뛰기 전에 말이다. 우리 관계가 어떻게 됐든, 지금까지 벌어진 일을 하딘이 알면 가만있지 않을 거다. 아니, 이런 표현조차도 너무 점잖다.

벨이 여섯 번 울리고 음성사서함으로 넘어갔다. 전화를 끊었다. 일어나 엄마 방으로 향했다. 머리를 어떻게든 만져봐야겠다. 지금 외모를 신경 쓸 때는 아니지만, 엄마한테 괜한 잔소리 들을 생각을 하니 끔찍했다. 내 꼴을 보면 분명 그럴 테니까. 차림새를 가다듬으면 문득문득 떠오르는 어젯밤 기억들 때문에 불안한 마음도 조금 가라앉겠지. 눈 아래 짙어진 다크서클을 가리고, 마스카라를 몇 차례 덧칠했다. 그리고 머리를 다시 빗었다. 머리는 거의 다 말라 있었다. 손가락으로 훑어 자연스러운 웨이브를 만들었다. 생각했던 것만큼 좋아 보이지는 않는다. 하지만 엉망이 된 모습을 완전히 돌이킬 기운 같은 건 남아 있지 않았다.

현관문을 두드리는 소리가 희미하게 들렸다. 멍하게 있다가 정신을 차렸다.

'이 시간에 누구지?'

혹시나 문밖에 하딘이 와 있는 게 아닐까?

"테사?"

문을 여는데 익숙한 목소리가 나를 불렀다.

노아였다. 안도와 죄책감이 동시에 밀려왔다. 친근하지만 조금은 떨리는 듯한 미소로 노아를 맞았다.

"안녕…."

노아가 고개를 까딱하며 발걸음을 움직였다.

나는 생각할 새도 없이 그에게 뛰어들어, 두 팔로 목을 감싸 안았다. 얼굴을 그의 가슴에 묻고 나니 펑펑 눈물이 쏟아졌다. 노아는 쓰러지지 않도록 나를 꽉 끌어안아 주었다.

"괜찮아?"

"그냥…, 아냐, 안 괜찮아."

파묻었던 고개를 들었다. 그의 카디건에 마스카라를 묻히고 싶지는 않았으니까.

"네가 와 있다고, 너희 어머니가 말씀하시더라."

노아는 나를 놓지 않고 계속 안아주었다. 그의 품에서 익숙한 편안함을 만끽했다.

"그래서 예배 끝나기 전에 먼저 빠져나왔어. 근데 무슨 일 있었어?"

"설명하기엔 너무 많은 일이 있었어…."

신음처럼 내뱉고 그에게서 떨어졌다.

"대학 생활이 잘 안 풀려?"

노아가 안쓰러운 듯 살짝 미소를 지었다.

나는 고개를 가로저으며 부엌으로 들어오라 손짓했다. 커피를 더 마셔야겠다.

"완전 안 풀려. 나 시애틀로 이사할 거야."

"너희 어머니가 말씀하시더라."

노아는 테이블 앞에 앉았다.

"너 아직도 WCU로 올까 생각 중이야?"

나는 풋 웃음을 터뜨렸다.

"그 학교 추천 안 할래."

농담으로 분위기를 바꿔보려고 했지만, 금세 눈에 눈물이 차올랐다.

"일단 그렇게 계획하고 있어. 근데…, 내 여자친구는, 우리가 샌프란시스코로 가는 걸 생각하나 봐. 너도 알잖아, 내가 캘리포니아를 얼마나 좋아하는지."

이런 상황은 미처 대비하지 못했다. 노아가 다른 사람을 사귀고 있다니. 그럴 수 있다고 생각하지만, 어쩐지 기분이 이상해졌다.

"아, 그래?"

부엌 형광등 아래에서 노아의 푸른 눈동자가 반짝였다.

"응, 꽤 잘 지내고 있어. 잘 헤쳐나가려고 노력 중이야…, 전부 다."

괜히 화제를 돌리려다, 우리가 어떻게 헤어졌는지가 떠올라 죄책감이 들었다.

"너희는 어떻게 만났어?"

"걔는 너희 학교 근처에 있는 쇼핑몰에서 일해. 그래서…."

"우리 학교 근처에 왔었어?"

어쩐지 좀 이상했다. 노아가 근처에 왔으면서 나한테 얘기도 안 하고, 만나지도 않았다니…. 아니다, 어쨌든 이해해야 한다.

"응, 베카 만나려고. 너한테 연락했어야 했는데, 우리 사이가 어쩐지 좀 이상해서…."

"알아, 괜찮아."

서둘러 얘기를 마무리 지으려 했다. 이름이 베카구나. 이름이 머릿속에서 자꾸만 종처럼 울렸다…. 노아가 말을 이어나가는 동안 추억의 파편들이 하나 둘 기억 속에서 스쳐 지나갔다.

"어쨌든 우린 꽤 가까워진 것 같아. 이런 저런 문제들도 많았었고, 한동안 걔를 믿을 수 없었는데, 지금은 꽤 잘 지내고 있어."

노아의 푸념을 들으니 내 상황이 떠올라 한숨이 나왔다.

"난 이제 아무도 믿을 수 없을 것 같아."

노아가 인상을 찌푸렸고, 나는 급하게 말을 이었다.

"너 빼고. 대학에 가서 만난 사람들은 죄다 어떤 식이든 나한테 거짓말을 했더라고."

심지어 하딘도. 특히나 하딘도.

"그게 어젯밤에 일어난 일이야?"

"그런 셈이지…."

엄마가 노아한테 무슨 소릴 했을지 궁금했다.

"네가 집에 올 정도로 무슨 큰일이 있었겠구나, 생각은 했어."

나는 고개를 끄덕였고, 노아는 테이블을 가로질러 내 손을 맞잡았다.

"보고 싶었어."

노아가 중얼거렸다. 그의 목소리에는 슬픔이 묻어 있었다.

나는 눈을 동그랗게 뜨고 그를 쳐다보았다. 또다시 눈물이 쏟아질 것만 같았다.

"할머니 소식 듣고도 연락 못 해서 정말 미안해."

"괜찮아, 너도 바빴잖아."

노아는 부드럽게 쳐다보며 의자에 등을 기댔다.

"변명의 여지가 없어. 내가 너무 못되게 굴었어."

"아냐, 안 그랬어."

노아는 고개를 천천히 저었다. 거짓말이다.

"집 떠나고 난 다음부터 너한테 정말 못되게 굴었어. 미안해. 그러면 안 되는데."

"자책하지 마. 이제 괜찮아."

노아는 따뜻한 미소를 지었다. 그렇지만 죄책감은 쉽게 사라지지 않았다.

"테사, 만약에 이 모든 걸 다시 할 수 있다면, 뭘 바꾸고 싶어?"

노아가 생각지도 않았던 질문을 하는 바람에 깜짝 놀랐다.

"내가 상황을 받아들이고 처리하는 방식. 널 그렇게 속이고, 등을 돌려선 안 되는 거였어. 네가 내 인생의 절반이었는데도, 널 갑자기 봐버렸어. 정말 난 끔찍한 인간이었어."

"그랬었지."

노아가 말을 시작했다.

"근데 지금은 다 이해해. 우리는 서로한테 도움이 안 됐잖아…. 함께는 완벽했지만."

노아가 웃으며 말했다.

"근데 그게 사실 문제였던 거 같아."

작은 부엌을 가득 채우고 있던 죄책감이 사라지기 시작했다. 어쩐지 조금 널찍해진 느낌이었다.

"그렇게 생각해?"

내가 물었다.

"응, 난 널 사랑해. 아마 항상 그럴 거야. 그저 전에 사랑했다고 생각한 방식으로 사랑하는 게 아닐 뿐. 너도 하딘을 사랑하는 것처럼 나를 사랑할 순 없을 거야."

노아의 입에서 하딘이 언급되자 숨이 턱 막히는 것 같았다. 노아 말이 맞다. 하지만 노아에게 하딘 얘기를 할 순 없다. 지금 당장은. 화제를 바꿔야겠다.

"베카는 널 행복하게 해줘?"

"응, 아마 네가 예상한 것과는 좀 많이 다를 거야. 하긴 하딘이 너와 나 사이를 갈라놓을 수 있을 거라고 상상도 못 했으니까."

노아는 조용히 키득거렸다.

"우린 둘 다 뭔가 조금 다른 게 필요했나 봐."

이번에도 노아가 맞았다.

"그런 거 같아."

나도 노아를 따라 웃었다. 우리는 가벼운 대화를 나눴다. 그때 현관 문 두드리는 소리가 들렸다.

"내가 나가볼게."

말릴 새도 없이 노아가 일어섰다.

65 · 하딘

천천히 흐르는 시계를 바라보고 있는 건 고역이었다. 우두커니 앉아 다섯 시까지 이 길바닥 위에서 기다리느니, 머리카락을 하나씩 뽑는 게 차라리 낫겠다. 테사 엄마의 차는 보이지 않았다. 테사 차 말고는 도로 위에 아무 것도 없었다. 내가 테사 차를 몰고, 랜던이 차를 가지고 나를 따라온 거다. 그래야 나도 돌아갈 수 있으니까. 랜던도 테사의 안위를 누구보다도 궁금해했다. 물론 나만큼은 아니지만. 구구절절 설명할 필요도 없었다.

"가서 문 좀 두드려봐. 아니면 내가 한다."

수화기 너머로 랜던이 협박 같은 재촉을 했다.

"빌어먹을, 재촉 좀 하지 마! 사람이 있는지 없는지도 모르잖아."

"아무도 없으면 우편함에 차 키를 넣어두면 되잖아."

그게 바로 내가 지금 주저하는 이유다. 테사가 안에 있었으면 좋겠다. 정말 괜찮은지 다시 확인해야 한다.

"지금 갈 거야."

전화를 거칠게 끊어버렸다.

그 집 현관문까지는 딱 열일곱 걸음, 내 인생 최악의 순간이었다. 바깥쪽 스크린 도어를 두드렸다. 너무 약하게 두드린 모양이다. 빌어먹을. 다시 노크했다, 이번엔 좀 더 강하게. 더 강하게, 더 강하게. 엉성하게 달린 알루미늄 경첩이 덜렁거렸다. 그제야 두드리던 손을 내려놓았다. 스크린 도어 몇 군데가 휘어졌다. 이런 제길.

삐걱거리며 문이 열렸다. 테사도 아닌, 그녀의 엄마도 아닌, 이 빌어먹을 집구석에서 만나고 싶지 않은 인물이 나타났다. 노아다.

"지금 장난하냐?"

노아는 내 면전에서 문을 닫으려고 기를 썼다. 나는 부츠로 문을 막았다.

"머저리 같은 짓 하지 마."

나는 문을 밀어젖혔다. 노아가 주춤주춤 뒷걸음질을 했다.

"왜 온 거야?"

노아가 잔뜩 노려보며 물었다. 그건 내가 할 말이다. 테사와 내가 헤어진 지 겨우 사흘밖에 지나지 않았다. 그런데도 벌써 이 빌어먹을 자식이 테사의 인생으로 슬금슬금 기어들고 있다.

"차 가져다주러 왔다."

노아의 어깨 너머로 아무도 보이지 않는다, 젠장.

"테사, 여기 있어?"

오는 내내 나 자신에게 세뇌하듯 말했다. 테사를 못 만나길, 내가 어젯밤 여기 왔었단 사실을 기억하지 못하길. 하지만 결국 이건 다 개수작이었다.

"테사도 네가 여기 오는 거 알아?"

노아는 내 앞에 팔짱을 끼고 섰다. 이 자식을 때려눕히지 않으려 최대한 자제력을 가동했다. 테사를 찾으려면 이 자식을 밟고 넘어서야겠군.

"몰라. 테사가 괜찮은지 확인하고 싶어. 걔가 너한테 뭐라 그랬는데?"

나는 현관 뒤로 물러섰다.

"아무 말 안 했어. 테사가 나한테 뭔가를 굳이 말할 필요는 없지. 하지만 네가 걔한테 무슨 짓을 하지 않았다면, 걔가 여기까지 올 리가 없다는 것쯤은 알아."

눈을 찌푸렸다.

"틀렸어. 이번엔…, 내가 아니야."

노아는 순순히 인정하는 나에게 놀란 것 같았다. 나는 차분히 말을 이어나갔다.

"이봐, 네가 날 증오한다는 것쯤은 나도 알아. 그럴 만한 이유도 있고. 그래도 난 어떻게든 테사를 봐야겠어. 그러니까 내 앞길 막지 마."

"하딘?"

테사의 목소리가 속삭임처럼 들렸다가 미풍처럼 사라지는 것 같았다. 노아의 등 뒤로 테사가 나타났다.

"안녕…."

집 안으로 끌리듯 발걸음을 옮겼다.

"괜찮은 거야?"

차가운 두 손으로 테사의 뺨을 감싸 쥐었다.

테사는 세차게 머리를 흔들었다. 내 손이 차가워서일 테지. 그럴 거라고 믿는다. 테사가 나에게서 뒷걸음질 쳤다.

"응, 괜찮아."

거짓말이다. 내 입에서 폭풍 질문이 쏟아졌다.

"기분은 좀 어때? 잠은 잤어? 머리는 안 아프고?"

"괜찮아. 조금 아프지만, 괜찮아."

테사가 고개를 끄덕였다. 대답을 들으면서도 내가 뭘 물어봤는지조차 잊어버리고 있었다.

"누가 너한테 얘기한 거야?"

테사가 물었다. 그녀의 뺨이 붉게 물들었다.

"몰리."

"몰리가?"

"응, 걔가 전화했어. 네가⋯, 그러니까, 네가 그 방에 있을 때."

평정심을 유지할 수가 없었다.

"아⋯."

테사의 시선이 나를 지나쳐 멀리 고정되었다. 뭔가에 집중하려는 듯 미간을 잔뜩 찌푸렸다.

내가 여기 왔었단 걸 기억할까? 나는 테사가 기억하길 원하는 걸까?

그래, 물론 그러기를 원한다.

"괜찮은 거지?"

"응."

노아가 우리 쪽으로 다가왔다. 경계심이 가득한 목소리였다.

"테사, 무슨 일이 있었던 건데?"

테사의 표정을 살폈다. 노아가 모든 걸 알게 되는 건 싫은 게 분명했다. 나도 전적으로 동감이다.

"아무 것도 아니야. 걱정하지 마."

테사가 곤란해지지 않게 내가 대신 대답했다.

"심각한 일이야?"

노아가 재차 물었다.

"걱정하지 말라고 말했잖아."

내가 으르렁거리자 노아가 움찔했다. 다시 테사 쪽으로 몸을 돌렸다.

"네 차 가져왔어."

"네가 가져왔다고?"

테사는 놀라는 눈치였다.

"고마워, 스테프가 앞 유리든 뭐든 박살냈을 줄 알았는데."

테사가 한숨을 쉬었다. 한마디씩 할 때마다 테사의 어깨가 축 늘어
졌다. 농담처럼 얘기했지만, 누구에게도 먹히지 않았다. 심지어 자기
자신에게도.

"근데, 왜 하필 엄마네 집으로 온 거야?"

테사에게 따지듯 물었다. 테사는 노아를 보고는 다시 나를 쳐다보
았다.

"노아, 잠깐 우리끼리만 얘기 좀 해도 될까?"

테사는 부드럽게 부탁했다. 노아는 고개를 끄덕이고, 경고의 눈빛으
로 나를 노려보았다. 작은 거실에 이제 우리 둘만 남았다.

"왜 여기야? 제발 말해줘, 부탁이야."

똑같은 말을 되풀이했다.

"나도 모르겠어. 딱히 다른 데 갈 곳이 없었어, 하딘."

"랜던한테 갈 수도 있었잖아. 그 집에는 네 침실도 따로 있고."

내가 딱 꼬집어 말했다.

"네 가족들을 이 일에 끌어들이고 싶지 않았어. 그동안 신세를 많이 졌잖아. 그분들한테 계속 이런 모습을 보이는 건 옳지 않아."

"게다가 내가 거기 갈 수 있을 테니까?"

테사는 고개를 떨구고 손끝만 쳐다보았다.

"난 안 갔을 거야."

"그래, 알아."

테사는 슬픈 목소리로 말했다.

제길, 이러려던 게 아니었다.

"그런 의미가 아니었어. 내 말은 너한테 숨 쉴 틈을 주려고 했다는 거야."

"아."

테사는 손톱을 뜯으며 속삭였다.

"난 그냥…, 모르겠어. 너무 긴 밤과 긴 하루였어."

테사가 인상을 썼다. 다가가 찌푸린 미간을 펴주고, 키스로 그녀의 고통을 지워주고 싶었다.

'하딘 아니야, 제드야.'

의식이 오락가락하던 상태에서 그녀가 했던 말이다.

"너 기억 나?"

물어보긴 했지만, 테사의 대답을 듣고 견딜 수 있을지 자신이 없었다.

당장 꺼지라고 소리칠 줄 알았다. 아니면 욕설을 퍼붓든가. 하지만 테사는 그러지 않았다. 그녀는 고개를 끄덕이며 소파에 앉았다. 그리고 나에게 다른 쪽에 앉으라고 손짓했다.

66 · 하딘

테사에게 더 가까이 다가가고 싶었다. 그녀의 떨리는 손을 잡아주고, 그녀의 악몽 같은 기억들을 지워주고 싶었다. 테사가 이런 고난을 겪어야 하다니, 죽을 만큼 싫었다. 하지만 나는 그녀의 기에 눌려 꼼짝 못 하고 있었다. 테사는 허리를 꼿꼿이 세우고 앉았다. 나한테 이야기할 준비가 되었나 보다.

"넌 왜 왔어?"

테사가 조용히 물었다. 대답 대신 내가 물었다.

"저 녀석은 왜 여기 있는데?"

고갯짓으로 부엌 쪽을 가리켰다. 노아가 벽에 바짝 기대어 우리 대화를 엿듣고 있는 것 같았다. 저 녀석을 참아내는 건 진짜 힘들었지만, 지금은 어쩔 수 없었다.

손을 꼼지락거리며 테사가 말했다.

"내가 괜찮은지 확인하려고 온 거야."

"저 녀석이 그럴 필요는 없는 것 같은데."

그건 내 몫이다. 그래서 내가 여기 온 거다.

"하딘."

테사가 인상을 찌푸렸다.

"오늘은 그러지 말자, 부탁이야."

"미안⋯."

주춤거리며 한 템포 물러났다. 조금 전보다도 훨씬 더 내가 병신같이 느껴졌다.

"넌 왜 왔는데?"

테사가 재차 물었다.

"네 차 가져다주러. 넌 내가 여기 온 게 싫구나, 그치?"

방금 전까지는 그럴 거란 생각은 손톱만큼도 하지 못했다. 누군가 내게 뜨거운 물을 확 끼얹은 느낌이었다. 내가 여기 있는 것만으로도 테사는 더 나쁜 상황이 될 수 있는 거였다. 테사가 내 품에서 위안과 위로를 받는 날들은 이제 더 이상 없는 거다.

"그게 아니라…, 그냥 너무 혼란스러워."

"뭐가 혼란스러운데?"

거실의 어두컴컴한 전등 아래서 테사의 눈이 반짝 빛났다.

"너랑, 어젯밤이랑, 스테프랑, 모든 게 다. 넌 이게 죄다 스테프의 농간인 거 알았어? 그리고 내내 걔가 날 미워하고 있었다는 것도."

"당연히 몰랐지."

테사에게 분명히 대답해주었다.

"걔가 나한테 아주 작은 적대감이라도 갖고 있는 줄 몰랐다는 거야?"

'빌어먹을.'

나는 솔직해지고 싶었다.

"약간은 있을지도 모른다고 생각했어. 몰리가 한두 번쯤 언뜻 얘기한 적이 있었거든. 근데 구체적으로 얘기했던 것도 아니고, 그게 이런 식으로 확대될 줄은 몰랐어. 그리고 몰리가 하는 얘기가 진심일 줄도 몰랐고."

"몰리? 언제부터 몰리가 나한테 신경을 썼는데?"

그러니까 흑 아니면 백이라는 거지. 테사는 언제나 흑과 백처럼 모든 일이 명확하기를 원했다. 그게 늘 골치를 아프게 했다. 가끔은 모든 것이 그렇게 간단하고 단순하지 않다는 사실이 조금 슬프기도 했다.

"그렇진 않아. 걘 여전히 널 싫어해."

말해 놓고 나는 고개를 떨구었다.

"근데 걔가 전에 애플비에서 널 맞닥뜨리고 난 뒤에 나한테 전화했더라고. 난 화가 났어. 걔나 스테프가 우리 사이를 망치게 하고 싶진 않았거든. 스테프가 시끄럽게 말 옮기는 엉뚱한 짓을 하려는 줄 알았지. 그런 빌어먹을 사이코인 줄은 몰랐어."

테사를 다시 올려다보자, 눈가에서 눈물을 훔쳐내고 있었다. 소파를 가로질러 테사에게로 다가갔다. 테사가 몸을 움찔했다.

"괜찮아."

가만히 테사의 팔을 잡고 내 가슴으로 끌어당겼다.

"쉬이…."

한 손을 테사의 머리 위에 놓았다. 잠시 벗어나려 몸부림을 치다가 결국 테사가 지고 말았다.

"난 그냥 처음부터 다시 시작하고 싶어. 지난 6개월 동안 있었던 일은 다 잊어버리고 싶어."

테사가 흐느꼈다. 가슴이 죄어 왔다. 테사 말에 어느 정도 공감이 갔다. 나도 따라 고개를 끄덕였다. 하지만 테사가 나를 잊고 싶어 하는 건 싫었다.

"대학이 정말 저주스러워. 늘 대학 생활을 꿈꿔 왔는데, 이건 정말 큰 실수였어."

테사는 내 셔츠를 잡아당기며 나에게 더 가까이 왔다. 나는 잠자코 있었다. 이미 가라앉을 대로 가라앉은 테사의 기분을 더 엉망으로 만들고 싶진 않았다. 현관문을 두드릴 때만 해도 무슨 말을 꺼내야 할지 몰랐다. 테사가 내 품에 안겨 울 거라고는 생각지도 못했다.

"내 인생이 너무 드라마 같아."

테사가 금세 몸을 떼었다. 아주 잠깐, 다시 그녀를 끌어안을까 고민했다.

"그렇지 않아. 넌 차분한 사람이야. 기억나는 걸 얘기해봐. 부탁이야."

"정말로 모든 게 흐리멍텅해. 너무…, 이상해. 전부 다 알고 있는 것 같았는데, 아무 것도 말이 안 돼. 어떻게 설명해야 할지 모르겠어. 움직일 수는 없었는데, 느낌은 다 났어."

테사가 몸서리를 쳤다.

"느낌이 났다고? 그놈이 널 건드렸어?"

알고 싶지는 않았다.

"내 다리…, 걔들이 내 옷을 벗겼어."

"다리만 건드렸어?"

'제발 그렇다고 대답해줘.'

"응, 그랬던 거 같아. 상황이 더 나빠질 수도 있었어. 근데 제드가…."

테사가 말을 멈췄다. 그리고 심호흡을 했다.

"어쨌든 약 때문에 몸이 너무 무거웠어…. 어떻게 설명해야 할지 모르겠어."

나는 고개를 끄덕였다.

"무슨 소린지 알아."

술집에서 흥청거리고, 런던 길바닥에서 비틀거리던 기억들이 순식간에 떠올랐다. 한때는 재밌다고 생각했던 것들이었다. 지금과는 완전히 달랐다.

"나도 한때 재미로 약을 했었거든."

"너도?"

테사의 입이 떡 벌어졌다. 이런 식으로 테사가 나를 쳐다보는 게 싫다.

" '재미'라는 게 맞는 말은 아닌 거 같다."

얼른 말을 바꿨다.

"이제는."

테사는 고개를 끄덕이며, 달콤하고도 안심이 되는 미소를 지어 보였다. 테사가 입고 있던 스웨터의 깃을 바로잡았다. 이제 보니 스웨터가 테사한테 너무 꽉 끼었다.

"그 옷은 어디서 난 거야?"

"이 스웨터?"

테사가 찡그리며 미소를 지었다.

"엄마 거야…."

테사는 두툼한 옷을 손으로 잡아당겼다.

"현관 앞에는 노아가 서 있지. 넌 그런 옷을 입고 있지…, 내가 무슨 타임머신이라도 타고 온 줄 알았어."

짓궂게 말했다. 내 유머에 테사의 눈이 반짝였다. 순간적으로 그녀의 슬픔이 씻겨 나가는 것 같았다. 테사는 웃음을 참으려 아랫입술을 꽉 깨물었다.

테사는 훌쩍거리면서 테이블 위로 팔을 뻗어 티슈를 뽑았다.

"아냐. 그런 건 없어."

테사가 고개를 앞뒤로 흔들거리며 천천히 코를 닦았다.

'빌어먹을, 울고 난 다음에도 이렇게 예쁘다니.'

"걱정했어."

테사에게 말하자, 순식간에 미소가 사라졌다.

'제기랄.'

"그게 날 혼란스럽게 하는 거야."

테사가 입을 열었다.

"넌 더 이상 노력하고 싶지 않다고 했잖아. 그래 놓고는 이제 와서 나를 걱정했다니."

테사가 나를 멍하니 쳐다보았다. 그녀의 입술이 가늘게 떨렸다.

그 말이 맞다. 하지만 이 또한 사실이다. 하루에 몇 시간씩이나 테사를 걱정하며 지냈다. 감정…, 바로 그게 필요한 거였다. 나는 안도감이 필요했다.

잠자코 있었더니 테사가 오해한 모양이다.

"괜찮아. 너한테 화나지 않았어. 차 가져다줘서 정말 고마워. 네가 갖다줬다는 것만으로도 나한텐 의미가 크니까."

나는 입을 다물고 소파에 앉아 있었다. 한동안 아무 말도 할 수 없었다.

"별 것도 아닌데, 뭐."

어깨를 으쓱거리며 겨우 말했다. 하지만 나는 진짜 뭔가 말해야 한다, 그게 뭐든.

테사는 나의 고통스러운 침묵을 잠시 말없이 보고 있었다. 그러다가 친절하고 공손한 집주인 행세를 했다.

"집까진 어떻게 갈 거야? 아…, 근데 여기까지 오는 길은 어떻게 알았어?"

빌어먹을.

"랜던이 얘기해줬어."

테사의 눈빛이 또다시 반짝였다.

"랜던도 여기 왔어?"

"응, 밖에 있어."

테사는 얼굴을 붉히더니 벌떡 일어섰다.

"근데 내가 널 붙잡고 있었구나, 미안."

"아냐, 밖에서 기다리겠다고 했어."

나는 말을 더듬거렸다.

'가고 싶지 않아. 네가 나와 함께 가지 않는다면.'

"랜던도 들어오라고 하는 건데."

테사가 현관문을 힐끗 쳐다보았다.

"괜찮을 거야."

내 목소리가 날카로워졌다.

"다시 한 번 고마워, 차 가져다줘서…."

테사는 정중하게 내 말을 일축하려고 했다. 나는 테사를 잘 안다.

"네 물건들도 안으로 가져다 놓을까?"

"아냐, 내일 아침에 떠날 건데, 뭐. 차에 두는 게 더 나을 거 같아."

입만 열면 시애틀 얘긴데, 왜 그때마다 깜짝깜짝 놀라게 될까? 테사가 마음을 바꿀 때까지 기다릴 거다. 하지만 그런 일은 일어나지 않겠지.

현관으로 가며 하딘에게 물었다.

"댄은… 어떻게 했어?"

어젯밤 일을 더 자세히 알고 싶었다. 노아가 우리 얘기를 듣더라도 말이다. 복도에서 노아를 지나치면서도 하딘은 그에게 눈길조차 주지 않았다. 노아는 노려보고 있었지만, 뭘 어떻게 해야 할지 모르는 눈치였다.

"몰리가 너한테 얘기해줬다며, 댄은 어떻게 했는데?"

하딘이라면 당장 댄을 찾아냈을 거다. 몰리가 나를 도와줬다니, 여전히 놀라웠다. 어젯밤 몰리가 방에 들어왔을 때까지만 해도 그런 건 기대도 안 했는데. 다시금 기억이 떠올라 몸서리를 쳤다. 하딘이 싱긋 미소를 지었다.

"나쁜 짓은 안 했어."

'그 자식을 찾아내고도 죽여버리지 않았어. 면상 한 대 갈겨주고 말았어….'

"걔 얼굴을 때렸다며…."

머릿속에 뒤엉켜 있는 말들을 억지로 끄집어냈다. 하딘은 한쪽 눈썹을 찡긋 올렸다.

"그랬지…, 제드가 얘기해줬어?"

"잘 모르겠어…."

그런 말을 들은 것 같았다. 그런데 그게 누가 한 말인지가 기억나지 않았다.

'하딘이야, 제드가 아니고.'

분명히 하딘이었다. 귓전을 맴도는 그의 목소리가 진짜처럼 생생했다.

"너, 여기 있었잖아. 어젯밤에."

그에게로 한 발짝 다가갔다. 하딘은 벽에 등을 기댔다.

"기억 나. 네가 그랬잖아. 술 마시려고 했지만, 마시지 않았다고…."

"기억 못 할 줄 알았는데."

하딘이 중얼거렸다.

"왜 말 안 했어?"

머리가 아팠다. 약에 취해 꾼 꿈인지 진짜인지 구분이 가지 않았다.

"모르겠어. 말하려고 했는데 모든 게 너무 정상적이잖아. 네가 웃고 있고, 난 그걸 망치고 싶지 않았어."

하딘은 한쪽 어깨를 으쓱했다. 그의 시선은 벽에 걸린 천국으로 가는 황금문 그림에 고정되어 있었다.

"네가 날 집에 데려다줬는데, 무슨 소리야?"

"널 데려다준 건, 내가 아니라 제드였어."

어렴풋이 기억나는 것 같다. 실망이다.

"그럼 네가 따라온 거야? 나는 뭘 하고 있었는데?"

하딘이 일련의 사건들을 기억해 내도록 도와줬으면 좋겠다. 나 혼자서는 도저히 할 수 없을 것 같았다.

"넌 소파에 누워 있었어. 말을 못 하는 것 같았고."

"아…."

"걔 이름을 자꾸 불렀어."

그가 조용히 덧붙였다. 말투 깊숙이 원한이 꿈틀거리는 것 같았다.

"누구?"

"제드 말이야."

하딘의 대답은 간단했지만 그 속에 감정이 숨어 있는 걸 느낄 수 있다.

"아냐, 안 그랬어."

말도 안 되는 소리다.

"이거 정말 실망스러운데."

진흙탕 속에서 뒤범벅된 정신을 겨우 가다듬었다. 이제야 뭔가 알 것 같다…. 하딘이 댄 얘기를 하고, 내게 들리는지를 물었는데, 그런 그 앞에서 제드 이름을 불러댔다….

"걔가 어떤 상태인지 알고 싶었어. 혹시 네가 제드를 때렸을 거라 생각했나 봐."

기억이 뒤죽박죽이었지만, 분명 그거다.

"몇 번이나 불렀어. 근데 괜찮아. 그땐 제정신이 아니었잖아."

하딘은 시선을 카펫으로 떨구고 가만히 있었다.

"어쨌든 네가 날 원할 거라 기대하진 않았어."

"제드를 원했던 건 아니야. 기억이 잘 나지는 않지만, 두려웠어. 그래도 내가 제드가 아니라 하딘 너를 필요로 했다는 거 정도는 알아."

생각지도 않게 불쑥 말해버렸다.

'아, 왜 이런 소리를 하는 거야?'

하딘과 나는 헤어졌다, 또다시. 이번이 실제로 두 번째 헤어지는 거다. 그런데도 몇 번이나 헤어졌던 것 같은 느낌이 든다. 아마 이번엔 하딘의 사소한 애정 표현에 다시 그의 품으로 뛰어드는 짓은 안 할 거다. 나는 스스로 집을 떠났고, 하딘에게 받은 선물도 그대로 남겨두었다. 시애틀로 떠날 시간 또한 만 하루도 남지 않았다.

"이리 와봐."

하딘은 두 팔을 활짝 벌렸다.

"안 돼, 못 해."

나는 이제 하딘이라는 책의 한 페이지를 넘겼다. 손으로 내 머리카락을 쓰다듬었다.

"아냐, 넌 할 수 있어."

하딘이 곁에 있으면 어떤 상황에서도 하딘이라는 친숙함에 매몰되고 만다. 우리는 서로에게 소리를 지르거나 웃으며 장난을 치거나, 둘 중에 하나다. 우리 사이에 중간이란 건 없다. 이제는 그러는 게 자연스러워진 것 같았다. 본능적으로 그의 품속에서 편안함을 느끼고, 진부한 태도를 웃어넘겼으며, 우리가 겪었던 끔찍한 문제들을 무시하는 게 자연스러워진 것이다.

"우린 더 이상 함께할 수 없어."

나는 조용히 말했다. 이건 나에게 하는 다짐과도 같았다.

"나도 알아."

"그런데도 괜찮은 척할 순 없어."

아랫입술을 꽉 깨물며, 그의 눈을 보지 않으려 애를 썼다. 그랬다가는 이 상황마저 흐지부지 되고 말 거다.

"강요하는 게 아니야. 그냥 이리 와보라는 거야, 부탁이야."

하딘은 여전히 두 팔을 벌리고 있었다. 여전히 나를 갈망하며, 나를 더 가까이 끌어당기고 있었다.

"그러면 우리는 끝내기로 결정한 이 악순환의 굴레를 다시 반복하는 꼴밖에 안 돼."

"테사…."

"하딘, 부탁이야."

나는 뒤로 물러섰다. 거실은 너무 좁아서 하딘을 피할 공간도, 흔들리고 있는 내 자신을 숨길 공간도 없었다.

"알았어."

하딘은 결국 한숨을 내쉬며 두 손으로 머리카락을 움켜잡았다. 좌절하고 있다는 표시다.

"우리에겐 이런 거리가 필요해. 너도 알잖아. 우린 좀 떨어져 있는 시간이 필요해."

"떨어져 있는?"

하딘은 상처 받고, 기분이 상한 듯 보였다. 그의 입에서 무슨 말이 튀어나올지 걱정이 됐다. 하딘과 싸우고 싶지 않았다. 오늘만큼은 그와 다투고 싶지 않았다.

"그래, 혼자 있는 시간. 모든 게 우리 의지와 반대로 흘러가는 걸 끊어버릴 수 없었잖아. 너도 그게 질린다고 했고. 네가 날 아파트에서 내쫓았잖아."

나는 팔짱을 끼고 섰다.

"테사…, 제발 그 빌어먹을…."

하딘은 내 눈을 보더니 중간에 말을 끊었다.

"대체 얼마나?"

"뭐가?"

"얼마나 떨어져 있으면 되겠냐고?"

"난…."

하딘이 내 말에 동조할 줄 몰랐다.

"잘 모르겠어."

"일주일? 한 달?"

하딘은 구체적인 기간을 들며 다그쳤다.

"모르겠어, 하딘. 우리 둘 다 더 나은 곳이 필요해."

"내게 더 나은 곳은 네가 있는 곳이야, 테스."

그의 말들이 가슴에 콕콕 박혔다. 억지로 그에게서 눈길을 거두었다. 내게 저항할 여지가 남았는지는 모르겠지만, 그것마저도 다 잃을 것 같았다.

"나도 마찬가지야. 근데 넌 늘 너무 화가 나 있고, 나는 너를 벼랑 끝으로 밀어붙이잖아. 넌 네 분노를 다스려야 해. 나도 나 자신을 위한 시간이 필요하고."

"그러니까 이번에도 또 내 잘못이다?"

하딘이 물었다.

"아니, 나도 잘못했어. 너한테 너무 많이 의존했거든. 나도 홀로서기를 해야 해."

"대체 언제부터 이런 게 중요해진 거야?"

그의 말투에서, 내가 의존적인 것쯤은 문제라고 생각해본 적도 없다는 게 드러났다.

"며칠 전, 아파트에서 우리가 엄청나게 싸우고 난 다음부터. 사실 얼마 전에 시작되긴 했지. 시애틀 때문에 논쟁을 벌인 게 설상가상이었고."

속에 있는 용기를 끌어모아 하딘을 쳐다보았다. 그의 표정이 달라지고 있었다.

"알아들었어."

하딘이 대답했다.

"미안해, 내가 다 망쳐버린 거 알아. 시애틀 건으로 서로 물어뜯고, 바닥까지 갔지. 그래, 이젠 네 얘기를 더 들어줘야 할 것 같아."

하딘이 손을 뻗었다. 나도 그 손길을 거부하지 않았다. 새삼스레 그가 동조를 해주니 당황스럽긴 했다.

"너한테 시간을 좀 줄게, 됐지? 하루 동안 너 혼자 이미 충분히 시달렸잖아. 다른 문제를 또 만들고 싶진 않아…, 이번만큼은."

"고마워."

나는 담담하게 대답했다.

"언제 시애틀에 도착하는지 알려줄래? 그 다음엔 뭘 좀 먹고, 푹 쉬어, 제발."

하딘의 초록빛 눈동자는 부드러웠고, 따뜻했고, 편안했다.

그에게 좀 더 머물러 달라 부탁하고 싶었다. 하지만 그건 좋은 생각이 아닌 것 같았다.

"그럴게. 고마워…, 정말."

"고마워하지 않아도 돼."

하딘은 두 손을 타이트한 블랙진 포켓에 쑤셔 넣었다. 그리고 내 얼굴을 찬찬히 훑어보았다.

"랜던한테 네 안부 전해줄게."

하딘은 현관문을 나섰다.

둘이 함께 차를 타고 갈 걸 생각하니 미소가 번졌다. 하딘이 랜던 차 조수석에 올라탔다. 나는 엄마 집 창가에 서서 한참 동안 그 모습을 바라보았다.

68 · 테사

랜던의 차가 점점 멀어져 갔다. 가슴 한가운데로 공허함이 밀려왔다. 현관문을 닫고 돌아섰다. 노아가 거실과 부엌 사이 문턱에 기대 서 있었다.

"갔어?"

그가 조용히 물었다.

"응."

목소리가 먹먹했다. 나에게도 왠지 낯설게 들렸다.

"둘이 헤어진 거, 몰랐어."

"우린…, 잘 해결하려고 노력하는 중이야."

"다른 화제로 바꾸기 전에, 하나만 물어봐도 돼?"

노아는 내 얼굴을 살폈다.

"그 표정, 핑계거리를 찾아내는 중이지?"

노아와 헤어진 지 벌써 몇 달이 됐지만, 그는 여전히 나를 너무 잘 알았다.

"뭔데?"

노아의 푸른 눈동자가 내 눈을 뚫어지게 쳐다보았다. 그는 한참 동안 나를 그렇게 쳐다보았다, 용감할 만큼 오랫동안.

"돌아갈 수 있다면, 그렇게 할 거야? 네가 그랬잖아. 지난 6개월을 지우고 싶다고…. 근데 그럴 수 있다면, 정말 그럴 거야?"

'그럴 수 있을까?'

소파에 앉아 노아의 질문을 곰곰이 생각해보았다. 모든 걸 다 되돌릴 수 있을까? 지난 6개월 동안 일어났던 일들을 모두 지워버릴 수 있을까? 하딘과 수도 없이 싸웠던 거, 그의 내기, 추락한 엄마와의 관계, 스테프의 배신, 내가 당했던 모든 모욕, 전부 다.

"응, 당장이라도."

내 손을 잡던 하딘의 손, 나를 감싸던 타투 가득한 팔, 나를 품어주던 그의 따뜻한 가슴. 가끔씩 하딘은 너무 크게 웃곤 했지. 그럴 때면 가늘게 감기던 그의 눈과 귓가를 가득 채우던 웃음소리, 그리고 떨리던 내 가슴. 전에는 느껴보지 못했던 살아 있다는 느낌으로 행복했던 우리의 아파트까지.

"아니, 안 될 거 같아. 못 할 것 같아."

얼른 대답을 바꾸었다. 노아는 고개를 흔들었다.

"어떤 부분에서?"

노아가 싱긋 웃으며 소파 맞은편 안락의자에 앉았다.

"네가 이렇게 우유부단할 줄 몰랐어."

나는 단호하게 고개를 저었다.

"절대 지워버리지 않을 거야."

"진심이야? 너한텐 잔인한 시간들이었잖아…. 왜 그러는지 이해가 안 된다."

"진심이야."

나는 고개를 두 번 끄떡였다. 그리고 소파 끝에 앉았다.

"근데 너랑 함께였다면 달랐을 거야."

노아는 엷은 미소를 지었다.

"아마 그랬겠지."

"테레사."

누군가 내 어깨를 잡고 흔들어 깨웠다.

"테레사, 일어나."

"일어났어요."

신음처럼 내뱉고 눈을 떴다. 거실…? 엄마네 집 거실이었다. 담요가 발에 채었다. 담요…. 노아와 이야기를 더 나누었고, 소파에 누워 함께 텔레비전을 보기 시작했다. 그때 노아가 덮어주었던 담요다. 예전처럼.

나는 엄마의 손을 뿌리쳤다.

"몇 시예요?"

"밤 9시야. 좀 더 일찍 깨우려고 했었다."

엄마는 입술을 앙다물었다. 종일 잠만 자고 있는 나를 보면서 속이 터졌을 거다. 신기하게도 그런 생각을 하니 기분이 좋아졌다.

"죄송해요, 잠이 들었는지도 몰랐어요."

기지개를 켜고 자리에서 일어섰다.

"노아는 갔어요?"

부엌을 힐끔 쳐다보았다.

"그래. 포터 부인이 널 정말 보고 싶어 하더구나. 때가 좋지 않다고 말씀드렸다."

엄마가 말을 마치고 부엌으로 들어갔다. 엄마를 따라 들어가니 뭔가 맛있는 냄새가 났다.

노아한테 제대로 작별 인사를 하고 싶었다. 다시는 노아를 못 만날 것 같았기 때문이다.

엄마가 불 앞으로 걸어가며 어깨 너머로 말했다.

"하딘이 네 차 가져왔더라."

목소리에서 못마땅한 기색이 묻어나왔다. 잠시 후 돌아서자, 손에 구운 토마토와 양상추가 담긴 접시가 들려 있었다. 엄마가 해준 요리를 그리워한 적은 없었다. 하지만 접시를 받아들었다.

"어젯밤에 하딘이 왔었단 얘기는 왜 안 하셨어요? 이제 다 기억나요."

엄마는 어깨를 으쓱했다.

"걔가 말하지 말라고 했다."

테이블 앞에 앉아, 엄마의 '음식'을 어떻게 먹을지 망설이며 포크로 찔러보았다.

"언제부터 엄마가 걔가 원하는 대로 해줬는데요?"

발끈했다. 엄마가 어떻게 나올지 조금 걱정스럽긴 했지만….

"신경 안 쓴다."

엄마는 본인 접시를 챙겼다.

"말 안 한 건, 기억 안 하는 게 너한테 더 좋을 것 같아서야."

손가락 사이로 포크가 미끄러지면서 소리를 내며 접시에 부딪혔다.

"숨기기만 하는 게 능사는 아니에요."

최대한 차분하고 냉정하게 말하려고 애썼다. 그걸 강조하려고, 완벽하게 접힌 냅킨으로 입가를 톡톡 닦았다.

"테레사, 네 불만을 나한테 전가하지 마라."

엄마가 테이블 앞에 앉았다.

"걔랑 무슨 일이 있었는지는 모르겠다만, 이건 전부 네 잘못이야. 내 잘못이 아니란 말이다."

빨간 립스틱을 바른 엄마의 입가에 자신감 넘치는 미소가 흘렀다. 나는 냅킨을 접시 위에 던지며 자리를 박차고 일어섰다. 그리고 부엌을 나와버렸다.

"어딜 가니?"

"침실이요. 새벽 4시에 일어나야 해서요. 운전도 오래 해야 하고요."

아래층을 향해 냅다 외치고는 방문을 닫았다.

어린 시절부터 쓰던 침대에 앉았다…. 밝은 회색 벽이 나를 향해 다가오는 것 같다. 이 집이 정말 싫다. 그러면 안 되지만, 그래도 싫다. 이런 기분이 드는 게 너무 싫다. 꾸지람도 지적하는 사람도 없는데 숨을 쉴 수가 없는 것 같은 이런 기분 말이다. 하딘을 만나 처음으로 자유를 맛보기 전까지는 내가 갇혀서 억압 받고 있다는 것조차 깨닫지 못했다. 저녁으로 배달 피자를 먹는 것도, 하루 종일 홀딱 벗고 침대에서 뒹구는 것도 너무 좋았다. 칼같이 접힌 냅킨 따윈 없었다. 완벽하게 컬을 넣은 머리카락도 없고, 흉물스러운 노란색 커튼도 없었다.

생각할 틈도 없이 하딘에게 전화를 걸었다. 벨이 두 번 울리기도 전에 하딘이 전화를 받았다.

"테스?"

그가 숨을 헐떡였다.

"음, 안녕."

속삭이듯 내가 대답했다.

"무슨 일 있어?"

하딘이 씩씩거렸다.

"아무 일도 없어. 넌?"

"이리 와, 스캇. 얼른 돌아와."

수화기 밖에서 여자 목소리가 들렸다. 순간 온갖 생각이 다 들면서 갈비뼈 속, 심장이 망치로 두들기는 것처럼 뛰기 시작했다.

"아, 너…, 볼일 봐."

"아냐, 괜찮아. 기다리라지 뭐."

수화기 밖 소음이 점점 작아졌다. 누구랑 같이 있었는지 모르겠지만, 밖으로 나왔겠지.

"정말 괜찮아. 전화 끊을게…. 방해하고 싶지 않아."

침대 바로 옆 회색 벽을 바라보았다. 금세 날 덮칠 것만 같다.

"알았어."

하딘이 숨을 내쉬었다.

'뭐라고?'

"그래, 안녕."

얼른 전화를 끊었다. 카펫 위에 토할 것만 같아서 손으로 입을 막았다. 뭔가 납득할 수 없는 이상한 느낌이 들었다…. 옆에 놓은 전화기가 다시 진동했다. 하딘 이름이 화면에 선명히 떠 있었다. 머리가 복잡했지만 전화를 받았다.

"네가 상상하는, 그런 짓을 하고 있었던 건 아니야…. 옆에서 무슨 소리가 나는지도 몰랐어."

하딘이 순식간에 말을 쏟아냈다. 전화기 너머로 세찬 바람 소리가 들렸다.

"괜찮다니까, 정말."

"아니, 테스. 괜찮지 않잖아."

하딘이 내게 큰 소리로 말했다.

"내가 지금 다른 사람이랑 같이 있다면, 괜찮지 않은 거잖아. 그러니까 괜찮은 척하지 마."

나는 침대에 누웠다. 하딘 말이 맞다.

"네가 무슨 짓을 하고 있을 거라고 생각한 건 아니야."

빈쯤 거짓말이다. 어쨌든 아니라는 건 알겠다. 하지만 그새 상상의 나래는…, 거기까지 날아가 있었다.

"좋아, 아마 날 믿는 거겠지."

"아마도 그렇겠지."

"네가 날 떠나지 않았다면 훨씬 더 상관있었을 텐데."

하딘의 목소리가 날카로워졌다.

"하딘…."

하딘이 한숨을 쉬었다.

"왜 전화했어? 너네 엄마가 재수 없게 굴기라도 했어?"

"아니야, 엄마에 대해 그렇게 얘기하지 마. 엄마가 좀 그렇긴 한데, 그건 중요한 게 아니고. 나, 그냥…, 왜 전화했는지 모르겠어, 진짜야."

"그럼…."

하딘이 잠깐 말을 끊었다. 자동차 문이 닫히는 소리가 들렸다.

"더 얘기할래?"

"넌 어때? 그럴 수 있어?"

내가 물었다. 불과 한 시간 전에 더 독립적일 필요가 있다고 해놓고
는, 지금 이러고 있다. 속이 상하는 순간 나도 모르게 하딘한테 전화를
한 거다.

"물론이지."

"너 어디 있는데?"

최대한 평정심을 유지하며 대화를 이어나가야 한다… 하딘과 나 사
이에 평정심을 유지하는 건 불가능하겠지만.

"체육관이야."

순간 웃음이 터질 뻔했다.

"체육관? 너, 그런 데 안 가잖아."

하딘은 운동을 안 하면서도 멋진 몸매를 유지하는 드문 사람 중 하
나였다. 타고 난 체격이 완벽했고, 키도 훤칠했으며, 어깨가 떡 벌어져
있었다. 10대 때는 너무 말랐었다고 했지만, 하딘의 근육은 탄탄하고
부담스럽지 않았다. 그의 몸은 부드러움과 단단함이 완벽하게 조화를
이루고 있다.

"게다가 엉덩이를 걷어차였어. 너무 창피했어."

"누가?"

목소리에 힘이 들어갔다.

'침착하자, 테사. 분명히 네가 들었던 목소리의 주인공일 거야.'

"트레이너가. 그놈의 킥복싱 회원권을 써보기로 했거든. 네가 생일
선물로 준 거 말이야."

"정말?"

하딘이 킥복싱을 한다니. 괜히 엉뚱한 생각이 자꾸 들었다. 땀에 흠

삑 젖은 하딘의 몸 같은…. 하딘은 약간 부끄러워하는 것 같았다. 웃옷을 벗고 있는 하딘의 모습이 자꾸만 떠올라 고개를 세차게 흔들었다.

"어땠어?"

"괜찮은 거 같아. 다른 스타일의 운동이 더 좋긴 하지만. 몇 시간 전보다 훨씬 긴장이 풀렸어."

하딘의 대답에 보이지도 않는 그를 향해 살짝 눈을 흘겼다.

"또 갈 거야?"

마침내 숨통이 좀 트이는 것 같았다. 하딘은 처음 30분 동안 뻘쭘해하는 바람에 트레이너한테 등허리를 걷어차였다며 얼마나 그 여자 욕을 해댔는지 모른다. 하지만 몇 번이나 그러는 동안 결국은 트레이너를 존중하고 더 이상 못되게 굴지 않게 됐다고 말했다.

"잠깐."

나는 그의 말을 끊었다.

"너, 아직도 거기 있어?"

"아니, 지금은 집이야."

"그럼…, 나온 거야? 트레이너한테 간다고 얘기는 했어?"

"아니, 왜 그래야 하는데?"

하딘이 반문했다. 마치 모든 사람들이 그렇게 행동하는 것처럼 말이다.

나랑 통화하려고 하던 걸 다 관뒀다니 기분이 좋아졌다. 그래선 안 되지만, 어쨌든 좋다. 마음이 따뜻해졌다. 하지만 한편으론 한숨이 나왔다.

"공간이니 시간이니 그런 게 필요하다는 건 우리한텐 안 어울리는 거 같아."

"안 어울리지."

백 마일을 떨어져 있대도 하딘이 이기죽거리는 모습을 금세 떠올릴 수 있었다.

"하지만 이런 게 우리 버전의 필요 공간일지도 몰라. 그냥 전화만 하는 거."

"뭐, 그럴 수도….."

뒤틀린 논리였지만 그도 결국 동의하고 말았다. 이게 좋은 건지 나쁜 건지는 잘 모르겠다.

"노아는 아직 거기 있어?"

"아니, 한참 전에 갔어."

"좋아."

내 방의 흉측한 커튼 너머로 어둠을 쳐다보았다. 하딘은 웃으며 말을 이어나갔다.

"전화로 이렇게 떠드는 건 정말 이상해."

"왜?"

나는 반문했다.

"모르겠어. 우리 한 시간이나 통화했어."

귀에서 휴대전화를 떼서 시간을 확인해보았다. 정말 그렇다.

"그렇게 오래 지난 거 같지 않은데."

"그러게 말이야. 난 누구와도 전화로 길게 얘기하지 않거든. 네가 전화해서 집에 이걸 가져오라느니 저걸 사오라느니 귀찮게 할 때 빼고. 친구 몇 놈하고도 2분 넘게 통화한 적 없어."

"정말?"

"왜 그런 짓을 하겠어? 10대들 데이트도 아니고. 근데 아는 놈들은 죄다 자기 여자친구 수다를 몇 시간씩 들어주더라고. 개떡 같은 수다를 말이야."

하딘이 피식 웃었다. 하딘이 평범한 10대 시절을 보낼 기회가 없었다고 했던 기억이 떠올랐다.

"대단한 걸 놓친 건 아니야."

하딘에게 다짐하듯 얘기했다.

"넌 누구랑 몇 시간씩 떠들었는데? 노아랑?"

하딘의 물음엔 악의가 가득했다.

"아니, 나도 몇 시간씩 전화통 붙잡고 있는 짓은 안 했어. 책 읽느라 바빴거든."

나 역시 진짜 10대 소녀는 아니었던 것 같다.

"음, 네가 '너드(nerd, 한 분야에 바보처럼 빠져 있는 사람을 가리키는 말 - 옮긴이)'였다는 게 왠지 반가운데."

하딘의 말에 가슴이 떨렸다.

"테레사!"

엄마가 계속해서 나를 부르는 소리가 들렸다. 퍼뜩 나는 현실 세계로 돌아왔다.

"아, 잠자리에 들 시간이 지난 거야?"

하딘이 짓궂게 말했다. 사귀는 건가, 헤어진 건가, 서로 거리를 두자면서 전화로 한참을 떠들다니. 왠지 한 시간 전보다 더 혼란스러워졌다.

"닥쳐줄래?"

하딘에게 응수하고 얼른 수화기를 막았다. 그리고 엄마한테 곧 나갈 거라고 대꾸했다.

"엄마가 뭣 때문에 부르는지 나가봐야겠어."

"정말 내일 떠날 거야?"

"응."

잠시 침묵이 흘렀다. 하딘이 먼저 입을 열었다.

"알았어. 몸 조심해…."

"내일 아침에 전화해도 돼?"

조심스럽게 말하는 내 목소리가 떨렸다.

"아니, 우리 이런 거 하지 않는 게 좋겠어."

하딘의 말에 가슴이 아파왔다.

"그러니까, 자주는 하지 말자. 사귀지도 않으면서 이러는 건 말이 안 돼."

"그래."

풀 죽은 목소리로 대답했다.

"잘 자, 테사."

하딘이 인사를 건네고 전화를 끊었다.

하딘 말이 맞다. 이게 말도 안 된다는 건 알지만, 상식적으로 행동한다고 해서 마음의 상처가 줄어드는 건 아니다. 애초에 하딘에게 전화를 하는 게 아니었다.

새벽 5시까지는 15분 남았다. 처음으로 엄마가 외출복 차림이 아닌 채다. 엄마는 실크 잠옷 위에 가운을 걸쳤고, 잘 어울리는 슬리퍼를 신었다. 머리가 덜 말라 축축했지만, 나는 화장을 하고 옷을 고르는 데 시간을 쓰기로 했다. 엄마가 나를 찬찬히 살펴본다.

"필요한 건 다 있지?"

"네, 차에 다 실었어요."

"알았다. 고속도로 타기 전에 차에 기름 꼭 채우고."

"괜찮을 거에요, 엄마."

"그냥 널 도와주려고 최선을 다하는 거다."

엄마에게 작별 포옹을 하려고 두 팔을 벌렸다. 엄마는 쭈뼛거리며 어색하게 나를 안았다. 집을 나서기 전에 커피를 한 잔 마시기로 했다. 작은 희망이, 바보 같지만 그래도 조그만 희망이 마음속에서 꿈틀거렸다. 어둠 속에서 환하게 헤드라이트가 비치기를 바라는 멍청한 희망 말이다. 하딘이 차에서 내려 커다란 가방을 가리키며, 나와 함께 시애틀로 떠날 준비가 되었다고 말하는 바보 같은 희망. 그러나 멍청한 희망은 그저, 멍청할 뿐이다.

5시 10분 정각, 엄마와 마지막 포옹을 하고 차에 올랐다. 다행히도 차에 히터를 미리 틀어 놓아 춥진 않았다. 킴벌리와 크리스찬의 집 주소가 휴대전화 네비게이션에 등록되어 있다. 앱이 자꾸만 꺼지면서 재설정되는 중이다. 그래서 아직도 집 앞을 떠나지 못하고 있었다. 정말 새 휴대전화가 필요했다. 하딘이 있었다면, 또 잔소리를 해댔을 거다. 하지만 하딘은 여기 없다.

가는 길은 멀었다. 이제 막 모험을 시작했는데, 마음속에는 이미 불안의 구름이 두텁게 드리워져 있었다. 작은 도시들을 지나칠 때마다 점점 내 공간에서 멀어지고 있다는 느낌이 들었다. 혹시 시애틀이 더 나쁘면 어떡하나 걱정이 되기도 했다. 내가 그곳에 잘 정착할 수 있을까? 다시 WCU 본교로 돌아오는 건 아닐까? 아니면 엄마 집으로?

시간을 확인했다. 벌써 한 시간이 지났다. 온갖 생각들을 가로지르며 시간은 빨리 지나갔다. 그러자 이상하게도 마음이 가벼워지기 시작했다.

다시 시계를 보았다. 20분이 눈 깜짝할 사이에 지나갔다. 모든 것에서부터 멀어질수록, 마음은 점점 더 가벼워졌다. 어둠 속을 뚫고 낯선 도로 위를 달리고 있다는 불안에서도 벗어나고 있었다. 앞날에 대해서만 집중하기로 했다. 누구도 좌지우지하거나 포기하게 만들 수 없는, 내 찬란한 미래 말이다.

커피와 간식을 먹으려고 가끔 멈춰 섰다. 신선한 새벽 공기를 들이마셨다. 절반쯤 갔을 때 드디어 해가 떠올랐다. 밝은 노랑과 오렌지 빛깔이 도로 위에 쏟아졌다. 내 앞날을 밝고 아름답게 비추는 밝은 빛에만 집중하기로 했다. 밝아지는 하늘처럼 내 기분도 밝아졌다. 어느새 테일러 스위프트 노래를 따라 부르며 손가락으로 운전대에 박자를 맞추고 있었다. 어쩐지 아이러니한 상황에 웃음이 나왔다.

'시애틀에 오신 것을 환영합니다'라는 표지판을 지나왔다. 뱃속이 꿈틀거렸다. 느낌이 좋다. 나는 드디어 이루어냈다. 테레사 영은 지금 공식적으로 시애틀에 입성했다. 다른 친구들 대부분이 어떻게 살아야 할지 한창 고민하고 있는 시점에, 나는 방향을 설정하고 스스로 삶을 개척하고 있다.

나는 해냈다. 엄마의 실수를 대물림하지 않았고, 내 미래를 다른 사람의 손에 맡기지도 않았다. 물론 도움을 받긴 했다. 그에 감사한다. 하지만 이제 모든 것이 나에게 달렸다. 다음 단계로 한 걸음 더 나아가는 것 말이다. 나에겐 멋진 인턴십도 있고, 세련된 친구들도 있다. 그리고 내 소지품도 죄다 내 차 안에 있다.

아파트만 없다…. 뒷좌석에 놓인 책이랑 박스 몇 개, 직장 빼곤 사실 아무 것도 없다. 그래도 다 잘될 거다. 그럴 거다. 그래야 한다.

나는 시애틀에서 행복할 거다…, 늘 상상해왔던 그런 모습으로. 분명 그럴 거다.

조금씩 가까워지고 있다. 매 순간들은 추억, 이별, 그리고 불확실함으로 가득 차 있다.

킴벌리와 크리스찬의 집은 예상했던 것보다 훨씬 컸다. 킴벌리가 너무 소박하게 말한 거였다. 진입로에 들어서는데, 긴장감과 친숙함이 동시에 밀려왔다. 마당에 늘어서 있는 나무들과 집을 둘러싼 울타리가 잘 가꾸어져 있었다. 뭔지 모를 꽃향기가 풍겨왔다. 킴벌리의 차 뒤에 주차를 하고 심호흡을 크게 했다. 그리고 차에서 내렸다. 커다란 나무 문에는 큰 V자가 새겨져 있었다. 이런 장식을 하다니, 킴벌리의 대담함에 키득거리고 있는데 그녀가 현관문을 열었다.

킴벌리는 밝게 웃다가 내 시선을 따라 눈길을 옮겼다.

"우리가 새겨 넣은 거 아니에요, 진짜로! 여기 마지막으로 살던 사람이 '버몬' 씨였어요!"

"전 아무 말도 안 했어요."

킴벌리에게 어깨를 으쓱해 보였다.

"무슨 생각하는지 뻔한데. 보기 싫죠? 크리스찬이 아무리 자부심이 하늘을 찌른대도 이런 짓을 할 사람은 아니에요."

킴벌리는 빨간색 매니큐어를 바른 손톱 끝으로 글자를 톡톡 쳤다. 웃음이 터졌다. 킴벌리를 따라 안으로 들어갔다.

"오는 길은 어땠어요?"

킴벌리를 따라 현관으로 들어섰다. 벽난로에서 피어오르는 따뜻한 기운과 달콤한 냄새가 나를 맞았다.

"괜찮았는데…, 좀 멀었어요."

"다시는 그 길을 운전해 가지 않길 바라요."

킴벌리는 콧등을 찡긋했다.

"크리스찬은 사무실에 있어요. 당신이 온다고 해서 나는 하루 휴가 냈고요. 스미스는 좀 있으면 유치원에서 올 거예요."

"여기 머물게 해줘서 다시 한 번 감사해요. 2주 안에 나갈게요."

"너무 스트레스 받지 말아요. 시애틀에 왔잖아요."

킴벌리는 환하게 웃었다.

그래, 드디어 시애틀에 왔다!

⟨6권⟩으로 이어집니다.

왓패드에서 '안나 토드'를 검색해 보세요!

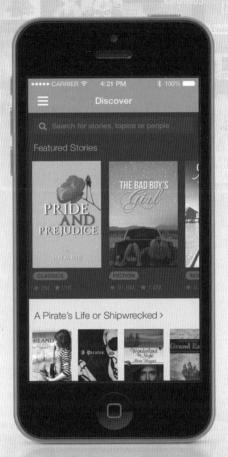

이 책의 저자 안나 토드도 당신처럼 독자였습니다.
이야기를 읽기 위해 왓패드에 가입했다가,
결국 이야기를 쓰게 되었지요.

오늘 왓패드에서 그녀를 만나 보세요
 imaginator1D